本书受同济大学学术支持计划"美国后南方小说研究"资助,项目号1100219148

李杨 ◎ 著

颠覆·开放·与时俱进

| 美国后南方的小说纵横论

中国社会科学出版社

图书在版编目（CIP）数据

颠覆·开放·与时俱进：美国后南方的小说纵横论/李杨著.—北京：中国社会科学出版社，2018.12
ISBN 978-7-5203-3699-4

Ⅰ.①颠⋯　Ⅱ.①李⋯　Ⅲ.①小说研究—美国—现代
Ⅳ.①I712.074

中国版本图书馆 CIP 数据核字（2018）第 275844 号

出 版 人	赵剑英
责任编辑	郭晓鸿
特约编辑	张金涛
责任校对	李　莉
责任印制	戴　宽

出　　版	中国社会科学出版社
社　　址	北京鼓楼西大街甲 158 号
邮　　编	100720
网　　址	http://www.csspw.cn
发 行 部	010-84083685
门 市 部	010-84029450
经　　销	新华书店及其他书店
印　　刷	北京明恒达印务有限公司
装　　订	廊坊市广阳区广增装订厂
版　　次	2018 年 12 月第 1 版
印　　次	2018 年 12 月第 1 次印刷
开　　本	710×1000　1/16
印　　张	24.75
插　　页	2
字　　数	338 千字
定　　价	99.00 元

凡购买中国社会科学出版社图书，如有质量问题请与本社营销中心联系调换
电话：010-84083683
版权所有　侵权必究

目　　录

引　言 …………………………………………………………… 1

第一章　南方、南方文学的历史演进 ………………………… 9
　一　南方的三个历史时期 …………………………………… 9
　二　南方文学的发展、嬗变 ………………………………… 13

第二章　后南方的小说的时代语境 ………………………… 20
　一　政治改革与民主化进程 ………………………………… 20
　二　经济增长与城镇化发展 ………………………………… 23
　三　移民涌入与地方感淡漠 ………………………………… 25
　四　后现代思潮的渗透 ……………………………………… 28
　五　作家的地缘位置、阶级出身差异 ……………………… 31

第三章　历史遭遇危机 ……………………………………… 35
　一　对历史的凝思 …………………………………………… 35
　二　对历史的质疑、重审、拒斥 …………………………… 48

三　对历史强力出击 ………………………………………… 67

第四章　宗教跌下神坛 ……………………………………… 83
　　一　"圣经地带"与南方文学 ………………………………… 83
　　二　功利化、世俗化、娱乐化的宗教 ……………………… 97

第五章　地方情结散失 ……………………………………… 115
　　一　南方的地方情结 ………………………………………… 115
　　二　摒弃南方情结，放眼更大天地 ………………………… 122

第六章　阶级格局改变 ……………………………………… 143
　　一　"南方文艺复兴"的阶级色彩 ………………………… 144
　　二　"庶民翻天"：穷白人文学崛起 ……………………… 166

第七章　性别版图重整 ……………………………………… 207
　　一　传统的性别关系 ………………………………………… 207
　　二　女性意识觉醒 …………………………………………… 217
　　三　两性气质、角色重塑 …………………………………… 234

第八章　家庭衰变 …………………………………………… 256
　　一　"南方家庭罗曼司" …………………………………… 256
　　二　亲情淡漠式微，家庭扭曲残缺 ………………………… 266

第九章　种族多元共生 ……………………………………… 287
　　一　白人中心论及种族对立 ………………………………… 288

二　多元共生的种族关系 ················· 297

第十章　消费深入人心 ····················· 316
　　一　消费在南方的历史经纬 ··············· 316
　　二　消费定位身份，愉悦精神 ············· 324

第十一章　南方文学：现状与未来 ··············· 337
　　一　南方文学的现状 ····················· 337
　　二　南方文学的未来展望 ················· 365

参考文献 ······························· 370
后　记 ································ 390

引　言

美国南方文学有悠久的历史传统，在 20 世纪上半叶达到了鼎盛时期，迎来了长达 30 余年的"南方文艺复兴"，地方色彩鲜明，硕果累累，书写了南方文学乃至美国文学历史上的浓墨重彩的篇章，其强烈的历史意识、地方情结和家庭观念等构成其标志特征，独树一帜，驰名美国乃至世界文坛。20 世纪下半叶之后，南方社会、文化在国际化、同质化的后南方的环境里发生重大转型，也很大程度上改变了南方文学的价值理念、主题关切，生动体现了时代变迁对文学再现的重塑。这一嬗变引发了学术界尤其是南方学者高度的、持续的关注与讨论，其代表作有《南方现代文学之后》(*After Southern Modernism*)、《后现代世界里的南方作家》(*The Southern Writer in the Postmodern World*)、《当代小说的后南方地方意识》(*The Postsouthern Sense of Place in Contemporary Fiction*) 等均提出了各自的真知灼见。为了对后南方的小说研究更为系统、深入、充分，更能揭示问题本质，本书将研究置于南方文学的宏观历时经度审视，以统摄"南方文艺复兴"的主题表达、情节设计、人物塑造的历史、地方、阶级、种族、性别、家庭等经典标志性范畴为结构、板块设计参照标准，以期通过点对点式考察更清楚地透视南方文学在后南方在上述领域的嬗变之广泛性、深刻性，使做出的探讨、获得的发现更具典型、代表性。本书拟对后南方的小说进行三重维度解读：其所表现的后南方性，其所与南方文学传统发生的冲突，其所体现、代表的当今南方文学的态势：

第一，通过剖析这些作品中同质化的日常生活景观——快餐店、购物中心、高速路、广告牌、游乐园，以及主人公们的生活方式——明星追逐、商品崇拜、媒体依赖，梳理、提炼其所展示在大众、消费、娱乐总体氛围里开放多元、与时俱进、拥抱现在的主流文化态势，揭示其所蕴含浸淫着后现代主义元素的后南方的道德价值观念、审美标准、情感向背。

第二，在此基础上，可望洞察这种道德价值观念、审美标准、情感向背所散发出的强烈的反叛传统，解构陈规的精神，表明其不仅是为保持与时代同步、讲述当下的故事而做出的努力和探索，同时，也是在历史、地方、阶级、种族、性别、家庭等的主题范畴里对南方文学传统的对抗与消解，旗帜鲜明地颠覆了"南方文艺复兴"所确立、彰显的经典叙事主题与程式，开辟出一条与其截然不同的后南方的文学再现路径。

第三，以这些小说为代表的缩影，见微知著，有助于发现南方文学新近的形态及走向，辨识出在城市化、一体化的后工业语境中，南方文学正以开放代替坚守，在从以种植园、小村小镇为地标的农业文明叙事向以城市、购物中心为场景的后工业文明话语转型，在时代变迁的浪潮中经历着质的嬗变，呈现明显的通俗化、浅表化，在失去其原有的价值观念坚守和浓厚的区域色彩中，朝与美国其他区域的文学趋同、融会的方向发展。

借此，本书希望实现对这些致力于表现20世纪晚期美国南方经历"文化震荡"的小说创作主旋律的深入理解和准确认识把握以及对其本身及其之于南方、南方文学意义的全面、客观的评价。

此外，从更广的范围看，世界经济的持续发展以及全球化进程的不断推进似乎势不可挡地溶解着差异，制造着雷同，冲击了酿制醇郁的地方风情的物质环境，文学作为特殊意识形态，作为对现实的观察、再现、映射，不可避免受到影响，被重塑和改变，致使不同国家、地区的文学讲述着相同的主题，其人物的思维方式、价值观念、生活场景似曾相识。在这样的时代背景下，本书希望为后南方的小说所折射的南方文学朝同质化的转变提供一个实例模型，引发人们在势不可挡的一体化的洪流中思考文化、文学的独特性意义和必要性，努力寻求两者的平衡点，探索未来的发展之道，维护世界应有的缤纷色彩，同时，为中国文学正确应对相同的挑战，促其开拓创新并实现繁荣发展提供一些有益的启示和镜鉴。

本研究以麦卡锡、汉纳、泰勒、克鲁斯、艾莉森、梅森、史密斯、诺丹、布莱格等近30位后南方代表作家20世纪80年代以来出版的作品为研究文本，分析它们如何聚焦变革，刻画后南方的人生百态，展示其在后工业语境中与后现代思潮影响下，奉行开放思维，倡导消费与享乐主义，极具反叛与解构精神。为突出后南方之"新"，本课题重点探讨作品中对旧南方思想认知、价值体系和意识形态的质疑、否定，在差异和抗衡、冲击中彰显后南方对旧南方的覆盖消解。本书共分十一章，正文部分分别从历史、宗教、地方、阶级、种族、性别、家庭、消费层面展开论述。

第一章回顾了南方、南方文学的历史演进，第二章概述了后南方的小说的时代语境。

第三章结合消解"宏大叙事"的后现代语境，以福克纳、沃伦等所代表的"南方文艺复兴"坚定的历史观以及旧南方人对历史的特殊、复杂情感及对其执着探讨为对照，以麦卡锡、福特、汉纳、梅森等的作品为例，揭示在后南方的小说里，历史被去除曾经拥有的指导、教育、启迪价值，真实性、权威性受到质疑、反思、批判，甚至被颠覆、重构，过去被描述为血腥野蛮、混乱无序的梦魇，无旧时的主流意识形态所表现的优雅、崇高可言，为后世留下的是迷惘和精神虚空。历史被视为在人的主观意志驱动下构建的话语和符号体系，淡出作家们创作思维定式的视线。他们不想仿效其"南方文艺复兴"的文学前辈，继续在过去的阴影里追忆沉思，而是旗帜鲜明地宣示其在历史认识上与福克纳、沃伦、泰特等的根本分歧，将目光投向现在，全力关注如何融入既有的生存环境，在消费、大众文化空间里建构自己的身份，倾向于以开放多元、注重现实的当下性与以历史为代表的宏大叙事决裂，转向浅表化、即时性、享乐主义诉求和对感官体验的审美认知。

第四章分析宗教在后南方的衰落，揭示它在资本、商品潮流的侵袭下发生变质，呈现出鲜明的世俗化、功利化、娱乐化属性。在过去的真理、准则不断遭受质疑、冲击，宏大叙事日渐式微的后现代语境中，宗教至高无上的神圣地位及其对人们精神世界的统摄作用遭到无情的冲击和消解。后南方作家敏锐地把握住这一时代特点，高调、直白地质疑宗教虚无、虚假的本质，抛弃了"南方文艺复兴"时期被奉为金科玉律的"原罪—救赎"信仰，视其为自欺欺人的谎言，将宗教拉下神坛，带着轻慢的态度对其进行嘲讽。宗教成为商业文化的参与者，世俗、物质生活的一部分，教会变成了社交、狂欢场所，人们的自我救赎取代了对上帝的追随，虔诚的精神寻求转向现实、物质享乐。人们对宗教的理解处于一种茫然、混沌的状态，宗教活动变成一种程式化的敷衍，带有大众文化的娱乐功能，被处理成荒诞不经、滑稽可笑的闹剧，神圣意义荡然无存。宗教意识走向淡漠催化了社会思想价值体系的转变，破坏了宏大宗教理想的构筑，改写了南方文学的主题。

第五章将以南方曾经浓郁的乡土、区域意识为起点，剖析其形成的自然条件，指出南方曾经是一个以农为本的地区，它的这一社会体制酿制了人们对土地、家乡的醇厚情感。在传统南方人的心目中，南方汇聚了多重意义和内涵，不仅是养育他们的热土，而且是他们的精神家园，将他们在美国文化中标新立异，给予他们强烈的归属感。本章将进而讨论伴随全球化的不断推进以及科技、交通、通信的发展，人口流动的增加，外来文化与南方文化的交融杂糅模糊了地缘观念，冲淡稀释了南方的本土色彩，州际公路与超市、宾馆这样被无限复制、千篇一律的景观消解着基于差异的区域特性，也推动附着于区域特性的南方情结走向终结，后南方的小说出现明显的离心倾向。本章将指出，这种离心倾向首先是地理意义上的，一部分故事场景不再局限于南方，而是扩展到了其他地区甚至其他国家；其次，场景的转换之下涌动着思想的裂变，作品中的人物走出南方寻找生活时，把对南方的认同以及对那片土地和人民的眷恋和忠诚也留在了那里，与福克纳笔下前往北方求学却对故乡梦牵魂萦的昆丁形成鲜明对比。故土情思淡漠，随遇而安，怡然自得，视他乡即故乡的作家不乏其人。对于他们，南方不过是一个地理概念，是人生旅途的一个驿站，不是心灵归属的港湾。他们坦率描写了南方意识的崩溃，试图挣脱区域身份，汇入美国文化的主流，表达对同质化的理念与景观带来便利、进步的认可、接受以及对四海为家对开阔视野、丰富经历、增加机遇的欢欣。

  第六章观照以克鲁斯、艾莉森、布朗为代表的美国南方穷白人作家"庶民翻天"，冲出过去深陷的边缘地带，携锐利的意识形态锋芒及粗悍的乡野气息强势崛起，与尤其是"南方文艺复兴"代表的旧南方上层阶级的思想意识模式形成碰撞，打破了传统上对穷白人的认知牢笼，认领他们曾羞于承认的穷白人身份，阐述其生存至上价值观，解构其被模式化的形象，展示真实自我，打响了自己的品牌，使穷白人以局内人讲述的故事从几乎零起点迅速成长为南方文学一个重要类型，重塑了南方叙事母题及内容，当仁不让地代表着当代南方白人文学主流。这场翻天覆地的变化消解了人们对"南方文艺复兴"是南方文学唯一代言的固有印象和认识误区，呈现南方文学另一方重要天地，表明这一区域不只有"南方神话"里皎洁的月光、亭亭玉立的木兰树、冰镇薄荷酒等令人怀恋的浪漫风情，还有月光私酒、泥泞的乡间小路、大麻等阴郁场面，这为重新审视、全面客观评价曾经在"南方文艺复兴"光环笼罩下的南方文学，发现其本应具有却因长期受压抑而缺场的多元性提供了镜鉴和启示。穷白人文学崛起是20世纪下半叶南方文坛最大历史变革，根本改变了南方文学的意识形态性质、作家组成格局及推进路向，促使南方文学从"旧时温文尔雅的农业主义权贵视角向批评家罗伯特·金哲（Robert Gingher）称之为来自'生活……暴戾地带'的、无特权的'粗悍穷人'[①] 视点转变"[②]，从精英文学向贫民大众文学转变，彰显了阶级因素对南方文学一直以来的统摄。

第七章考察泰勒、梅森、史密斯、麦考克尔、哈姆佛瑞斯等的小说所体现的后南方的小说里性别意识、性别关系、性别气质的嬗变，其对"南方文艺复兴"及之前南方文学演绎的男性家长制霸权以及基于绅士、淑女的二元对立的"异性恋矩阵"的解构。在女权运动、外来移民潮、新文化传播的视域下，南方女性的政治、经济地位显著提高，就业机会增加，职业和生活方式选择渐趋多样化，激发了其自我意识的觉醒，使其发现了自己的潜在力量和价值，树立了争取追求自我权利、幸福、自由的勇气和信心，开始反抗在传统的等级制度里被分配的位置，挑战优雅、温顺的南方淑女定式，重塑两性形象，再造性别角色及关系，有的作家否定生物决定论及气质与生理性别之间的"自然对应"，主张社会因素在性别身份建构中发挥着至关重要的作用，性别身份不应是一个僵化、封闭、一成不变的概念，应该具有流动、交融性，将男女间性别气质的僭越视为自然现象，谋求开辟属于新时代的两性相处之道。

第八章将聚焦家庭在后南方的小说里的分崩离析，认为家庭的意象可谓已从"南方文艺复兴"里一座处在风雨飘摇的边缘，仍顽强屹立的破旧宅邸衰变成一片飘忽、聚散不定的烟云。在一个失去中心与恒久，一切的界限或

---

① Robert Gingher, "Grit Lit", *The Companion to Southern Literature*, eds. Joseph Flora et al., Baton Rouge: Louisiana State University, 2002, p. 319.

② Brian Carpenter, "Introduction", *Grit Lit: A Rough South Reader*, eds. Brian Carpenter and Tom Franklin, Columbia: University of South Carolina Press, 2012, pp. xviii – xix.

形式都可能被摒弃的世界里，家庭结构或者解体，或者即使表面的形式依旧残存，下面掩盖的却是严重畸形发展的内容。作为旧的秩序的支柱之一的家庭从较为稳定、封闭的实体向开放型衍化，变得充满了可能性和选择。曾经像季节轮换一样规律、确定的家庭也渗透进了后现代的开放性、不确定性、转瞬即逝性，充满了凄凉、无序。已婚的男女们仿佛都选错了婚姻的伴侣，被禁锢在家庭生活里，忍受着精神的煎熬，与婚姻伴侣的关系脆弱不堪。他们迷惘、彷徨，都在移情别恋，在恣意蔓生、错综复杂的情爱关系中体验暂时的快感，寻求精神慰藉，发泄对家庭的厌倦。每个人都在极度的孤独、迷惘中挣扎，家庭成员之间存在无法逾越的沟通屏障，相互间无真挚爱情可言。他们心中积郁着难以名状的凄凉，以冷漠的态度注视对方。家庭要么严重残缺不全，要么彻底解体，鲜有完整、正常运转的家庭，有的只是家庭结构扭曲走形，这种混乱无序状态是对家庭作用及其存在必要性的莫大嘲弄。在作家笔下，家庭提供不了温馨、关爱、凝聚力，它甚至连社会稳定因素都称不上。它是对人性的扼杀，对欲望的窒息，对情感的煎熬。它苟延残喘的困境令人强烈感到，家庭的存在毫无意义和作用，完全可以弃之如敝屣。对家庭的这种消极情绪呼应了后现代打破传统、准则、既定模式、社会体系及构成部分，渴望自由的解构思潮。

第九章运用后现代主义多元共生取代一元专制的信条，结合盖恩斯、麦克弗森、沃克等黑人作家作品，论证以黑人为代表的边缘种族崛起，及其对白人中心论的冲击和消解。在民主运动浪潮的推动下，美国南方的社会政治氛围得以改观，一批黑人作家成长为一股势不可挡的力量，打破了白人的话语霸权，颠覆了黑人在传统叙事中的弱势格局，以人性化、立体化新型黑人形象解构其愚蠢化、沉默化原型，表现黑人真貌。黑人作家对其非洲文化根基和美国公民身份展开双重寻求，试图确立非裔美国人的特殊自我认知，在表达种族平等诉求的同时，将写作重心从种族对立和仇恨转向种族壁垒消融，将焦点从种族平等上升为"人"的解放，挖掘人类共通的情感世界，彰显个体价值和人性力量，从而揭示族际之间可以通过种族身份僭越、包容差异、消弭隔阂等方式实现和谐共生理想。在关注种族问题的同时，黑人文学也在一定程度上呼应了后现代主题，映射出历史重构、地方情结消散、家庭解体、宗教衰败等宏大叙事走向没落的时代色彩。

  第十章将借鉴詹姆逊对晚期资本主义的论断，结合鲍德里亚等对消费社会的剖析，探讨后南方的小说中涌动的，在商业化浪潮推动下的社会、个体以及道德和审美转型。以享乐主义为导向，倡导娱乐精神与感官冲击的大众偶像崇拜和音乐明星追逐蔚然成风，消费拉动生产的后工业理念深入人心，成为新的审美和道德标杆。20世纪下半叶，南方经济持续蓬勃发展，商业化随之全面而深刻地浸淫南方生活，购物中心、主题公园、电影院、连锁快餐店、饭店、宾馆等消费场所成为其主要景观，极大改变了南方人的传统价值观和生活方式，带动南方人以开放姿态迎接消费时代的到来。后南方一些文学作品与时俱进，记录了这一嬗变。福特以及梅森等的小说通过消费视域下南方人的人生轨迹和心路历程体现了他们的浅表思维、物质崇拜、享乐主义、活在当下的信条和生存形态，消费可以定位身份，愉悦精神，慰藉心灵，否定颠覆了"南方文艺复兴"彰显的历史意识、地方情结和家庭观念，揭示了其与新时代恍若隔世、格格不入，对现实生活缺乏适用性和指导意义。

  第十一章评述了南方文学的现状，展望了其未来可能的运行走势。

第一章 南方、南方文学的历史演进

一 南方的三个历史时期

在美利坚的地理版图上,南方是最大的区域。它的范围通常是指美国南方和东南方部分,横向由东海岸的弗吉尼亚州向西至得克萨斯州,纵向由东南段的佛罗里达州向北至马里兰州这一广袤的区域。根据盖洛普的定义,它包括11个前南方邦联州——弗吉尼亚(Virginia)、佛罗里达(Florida)、佐治亚(Georgia)、南卡罗来纳(South Carolina)、北卡罗来纳(North Carolina)、阿拉巴马(Alabama)、田纳西(Tennessee)、路易斯安那(Louisiana)、阿肯色(Arkansas)、密西西比(Mississippi)、得克萨斯(Texas),加上肯塔基(Kentucky)、俄克拉荷马(Oklahoma)——南方不仅面积辽阔,占全国面积的四分之一以上,而且人口众多。

这一地区在16世纪就成为法国和西班牙的殖民地。英国国王詹姆斯一世颁诏组建的弗吉尼亚公司于1607年在弗吉尼亚的詹姆斯敦建立了第一个英属殖民地，标志着英国的势力范围开始扩展到新大陆的南方。从那时起，南方的农作物主要是棉花、烟草、甘蔗。温暖的气候、肥沃的土壤、适宜的地理位置为它们的生长提供了良好条件，决定了农业作为该地区的经济支柱产业将发挥核心作用。从欧洲漂洋过海到达这里的以英国人居多的移民不少属于中产阶级、乡绅或富商的后代。他们中的一些人在新的土地上经过个人奋斗成为了种植园主，进而掌控了南方社会生活的主导权。他们依据自己对英国乡绅生活的理解，构筑了旧南方主流基本价值体系和思维方式，包括强烈的历史、地方、宗教意识和家庭观念，崇尚优雅、荣誉、尊严、侠义、武力，热爱田园生活，由此成为传统意义上所谓"南方性"（southernness）的核心元素，产生了至关重要的形塑作用。从欧洲移民到达新大陆至1861年内战爆发的南方一般被称为殖民、内战前南方（Antebellum South），就其以农为主的社会形态而言，属于"旧南方"（Old South）。1861年因为南方企图脱离美国而爆发的南方与北方之间的战争以南方的战败而告终。像亚特兰大、查尔斯顿、里士满这样的主要城市遭到严重毁坏，南方人的财产和生命蒙受了重大损失，尊严被严重刺伤，本来落后于北方的经济遭到致命打击，濒临崩溃。从1867年至1877年，南方经历了内战后的重建（Reconstruction）时期，北方的共和党人赋予黑人普选权，采取强力措施削弱之前南方的白人统治阶级的统治权及影响。这一阶段，内战留下的创伤难以愈合。封闭、贫穷、种族关系紧张、教育设施匮乏以及战败带来的羞辱感困扰着南方。针对这种状况，《亚特兰大》（Atlanta）报纸编辑亨利·格雷迪（Henry W. Grady）此后提出了"新南方"（New South）的概念，主张更新思想意识，摒弃"旧南方"建立在黑人奴隶制基础上的种植园经济体制，在南方以北方为榜样进行工业化、城市化，全面融入美国的发展大潮，使这一概念广为流传。南方也被视为从1880年进入"新南方"历史时期。此后至20世纪上半叶，随着美国其他地方工业化、城市化进程飞速向前推进，南方也在苦苦追赶，其面貌也有了明显改观。这其中，第一次世界大战拉近了南方和整个国家的关系，促进了其社会、经济结构的重大变革。而第二次世界大战中，军事设施、兵工厂在这一地区的建立也为后来这里的工业化、城市化注入了强劲动力。总体而言，由于历史条件局限及原有经济基础薄弱，南方依然挣扎在落后的、似乎被遗忘的状态，经济、文化、意识形态被边缘化，如同美国的一个二线地区。在经过近一个世纪的追赶之后，它的经济指标、个人年均收入、教育投入在某些方面仍然低于全国平均水平，它的部分人口，尤其是农村人口，仍然属于全国最贫穷人口之列。应当说，南方的发展严重失衡，城乡差距巨大，受惠于经济繁荣的主要是城市，农村的贫困状况并不会随着这一区域的发展而在可预见的将来得以消除。卡萨德（Kasard）等人认为南方农村的贫困问题将长期存在，仍会是南方的一个重要特征，"可能会在21世纪制造一个深陷经济停滞、孤立封闭困境的下层阶级"，在这一群体中引爆严重的种族主义和极端政治行为[①]。其实，卡萨德所预言的这一下层阶级并不是将来时，而是原来就一直存在，比如像穷白人，只是问题没有得到充分正视，坦率承认而已。

到了20世纪70年代，南方的经济增长提速，"'美国经济的头号难题'成了美国发展最快的部分"[②]，迈阿密、新奥尔良、奥兰多等城市成为旅游热点，高楼大厦在亚特兰大、夏洛特、伯明翰、查尔斯顿、里士满这样的城市拔地而起，曾被称为"圣经地带"（Bible Belt）、被视为大棉花地的南方获得了"阳光地带"（Sun Belt）的美誉。在近几十年，南方的工业、航天、国防、石油、金融业、高科技产业、服务业有了长足发展。持续增长的传统工业及蓬勃崛起的新兴产业创造了不计其数的工作岗位，吸引了大批农村人口脱离其世代赖以生存的土地，涌入城市谋求生活改善和个人发展的机会，由此加

---

① Hughes Kasarda and Irwin, "Demographic and Economic Restructuring", *The South Moves into Its Future*, ed. Joseph S. Himes, Tuscaloosa & London: The University of Alabama Press, 1991, pp. 61–62.

② Louis D. Rubin, Jr. ed., *The History of Southern Literature*, Baton Rouge and London: Louisiana State University, 1985, p. 463.

快了南方的城镇化进程，打破了南方以农业为主的生产格局和生活方式。随着南方加入后工业时代的浪潮，其资金的流动性加快，市场运作方式更为灵活，催生了资本、商品与地域的剥离。交通运输、信息技术和大众传媒的发展拉近了地区之间的距离，生产方式呈现出鲜明的"时空压缩"的后现代特点。经济全球化、一体化、同质化进一步消融了地区差异，持续削弱了南方的地方特色。基于地区文化的衰落和全球化文化的兴起，著名南方学者刘易斯·辛普森（Lewis Simpson）提出了"后南方"（Post South）的概念，用来指称20世纪80年代以后，在后现代资本主义语境下受到国际化、同质化影响的美国南方。如同其他诸多由"后"（post）这一前缀组合而成的术语那样，这一指称的提出具有双重的既相连又悖反的意义，既承认了新生成的合成词与其始源词语的缘起、依附关系，同时又表明了其与这一始源词语的时差、区别、距离。的确，在后南方，虽然仍被称为南方，但已此一时、彼一时，地区风貌已经有天翻地覆、不可逆转的变化。房地产市场的迅猛扩张引发了小型农场的衰亡，曾经的乡村被城镇吞并，或被规划为郊区，生态地貌被装饰性的路标和商业指示牌占据，种植园、棉花田等景象被购物中心、快餐店替代，沃尔玛、麦当劳、宜家等国际连锁品牌侵蚀着地方风情，大城市千篇一律的高楼大厦让人难以辨认身在何处。此外，南方原来相对封闭的生活状态被打破，社会流动性加强，大量移民劳动力涌入，例如，即使最穷的密西西比和阿拉巴马州，也吸引了日本汽车制造商和非洲、亚洲、拉丁美洲工人。移民带来了不同的文化习俗、价值观念，冲击着南方的传统根基。注重家族血缘关系、排外、拒绝陌生事物等特点曾是南方的名片，但社会流动性、大众文化传播以及经济发展已是大势所趋。在这样的大背景下，要无动于衷、固守过去等于置若罔闻。全球一体化催化了南方文化产品的褪色，熟悉的红色泥土、骡子、松鼠丛生的山丘、农舍等意象不断消失，农业主义者的浪漫田园理想被资本主义商品化热情所取代，人们关注的对象由田园生活、农耕文化、精神境界的培育转为日常琐事、购物消费等。曾经衍生于稳定牢固的地方意识、观念的人物及其文明也不可避免地随着环境的变化而走向衰落。

二　南方文学的发展、嬗变

在美国二百多年的发展史上，作家和历史学家普遍认为，南方区别于美国其他地区。的确，南方历史、经济、文化、社会观念独具特色，与北方构成了鲜明的对比。因此，人们甚至倾向于给南方文化以特殊的定位，将其视为美国的一个亚文化（subculture）。在以往美国多数人的印象中，南方是贵族统治的农业区，而北方则是民主自由的商贸区。不仅域外人这样认为，南方人也以自己地区的与众不同为荣，这种地域身份的自我认知甚至夹杂着高人一等的优越感，其例证不胜枚举，比如，像福克纳的名篇《献给艾米莉的玫瑰》（*A Rose for Emily*）所表现的，杰佛逊镇的家境衰败的名门之女艾米莉和来自北方的荷马·巴伦交往，顿时在镇上引发了轩然大波，议论纷纷，人们无法相信她会"看上一个北方佬，一个出苦力的"①。而且，不仅旧南方的中上流社会、精英人士具有这样的居高临下感，具有讽刺意味的是，在这种根深蒂固的区域身份自豪感的耳濡目染下，即使在当代南方处于社会底层、遭受歧视和践踏、被蔑称为"红脖颈""白人渣滓"的穷困潦倒的劳动阶级中持这样态度的也不乏其人。南方"穷白人"代表作家多萝西·艾莉森（Dorothy Allison）在她的作品《白人渣滓》（*Trash*）中的一段讲述为此做了生动的

---

① William Faulkner, *Concise Anthology of American Literature*, eds. George McMichael et al., New York: MacMillan Publishing Company, 1985, p.1774.

演绎。她16岁开始跟母亲在小餐馆做服务员时，一些不给小费的老顾客来用餐，根本没人愿意去接待，妈妈会在旁边小声冲她说："扬基佬。"① 在周日，餐馆只供应丰盛的午餐。然而经常有人态度蛮横地在下午两点要求吃早餐。她认为他们是游客，向母亲抱怨，而母亲却说："他们不是游客，是扬基佬……扬基佬才会在早餐吃煮鸡蛋。"话语平平，却极具杀伤力，充满轻蔑。② 其实，在她们母女心目中，北方人及来自其他地区、国家的人，只要跟她们不一样，傲慢无礼，说话极为粗鲁，行为令人不齿，都可一概称作"扬基佬（Yankees）"。③

植根于这样独特文化土壤的南方文学自然也不同凡响。南方文学具有悠久的历史和传统，其渊源可以追溯到17世纪甚至更早的时期。从广义上讲，南方文学的历史可以上溯到欧洲探险者、移民以及后来的非洲奴隶到来之前。在南方开始有人居住，也就开始有了它的文学的萌芽。当时，当地的土著居民已经通过口头方式传播神话、故事、歌曲。从那时起至20世纪初，南方的文学作品数量丰富、种类繁多，涌现了一批作家，像约翰·史密斯（John Smith）、约翰·肯尼迪（John Kennedy）、威廉·西姆斯（William Simms）、弗雷德里克·道格拉斯（Frederick Douglass）、凯特·肖邦（Kate Chopin）等，但总体而言，能形成广泛、持久的影响，享誉全国的作家尚不多见，与北方新英格兰地区的文学成就相形见绌。这段时期内，南方堪称驰名全国的作家当数埃德加·艾伦·坡（Edgar Allen Poe）和后来的马克·吐温（Mark Twain）。艾伦·坡虽然多才多艺，在小说、诗歌、文学理论领域均有建树，为美国文学做出了显著贡献，但却命运多舛。他命运的阴影渗透进了他的文学创作。他以癫狂、阴郁、奇特的想象创造了一个光怪陆离，暴力、恐怖肆

---

① Dorothy Allison, "I'm Working on My Charm", *Trash*, Firebrand Books, 1988, pp. 75 – 76.
② Ibid. p. 78.
③ Ibid. pp. 78 – 79.

虐的世界，似乎也为后来的"南方文艺复兴"的哥特式风格定下了一个基调，做出了一个示范。

南方文学于20世纪20年代厚积薄发，迎来了长达30多年的鼎盛时期"南方文艺复兴"，涌现了诺贝尔奖得主、享誉世界的文学大师威廉·福克纳（William Faulkner）以及罗伯特·佩恩·沃伦（Robert Penn Warren）、艾伦·泰特（Allen Tate）、尤朵拉·威尔蒂（Eudora Welty）、佛莱纳瑞·奥康纳（Flannery O'Connor）、卡森·麦卡勒斯（Carson McCullers）、威廉·斯泰隆（William Styron）等一大批优秀作家，其奇特的文风和强烈的历史感、南方意识、家庭观念在美国文坛独树一帜，硕果累累，强力助推南方文学走向了美国文学的前沿，也使得南方文学作为美国一个区域性文学可以与19世纪诞生了埃默生、梭罗、霍桑、麦尔维尔、狄更森的新英格兰的文学成就相提并论。不过，泰特当时并没有意识到"南方文艺复兴"可能具有的巨大意义，仍然表达着对霍桑、麦尔维尔、狄更森的仰慕："我们没有霍桑、麦尔维尔、狄更森。我们有威廉·基尔默·西姆斯。我们搞得（艾伦）坡在波托马克河以南都活不下去。"① 南方文学也由此构成了美国文学一个重要组成部分。不同年代与版本的美国文学史、作品选集均对南方文学予以专题介绍。而且，"南方文艺复兴"的卓越成就甚至使南方文学的声誉驰名世界文坛，如果说"美国南方文学或许是最具国际知名度的美国区域文学"②，那并非虚言，可以说名副其实。

这种繁荣景象出现的根源是复杂、多方位的。内战的结局在南方人的心灵世界搅起了混杂的情感，既有战败的羞愧，也有对自己的文化传统苦涩的自豪，对内战与历史的反思，随之而来的战后重建和对外开放，由以农业为

---

① William L. Andrews ed. , *The Literature of the American South : A Norton Anthology*, New York · London : Norton & Company, 1998, p. 245.
② Ibid, p. 1.

主的经济向工业化的转型，这一转型对传统生活方式的冲击和引发的强烈反应显然都是其中重要的原因，也是激发他们创作灵感的源泉。"南方文艺复兴"的这些作家用他们的笔对他们为之竭力维护的价值观念进行了辩护和深刻的剖析。他们关注的焦点是现代化对旧南方的身份与传统的侵蚀。他们的作品主要表现了热爱田园风光、悠闲、秩序井然、宁静的生活的传统价值观念和向城市化发展、生机勃勃但又混乱的社会秩序之间的冲突，描写在剧烈变革的环境里旧南方的个性与文化的衰落，南方人的异化感。他们小说中的人物常常被边缘化，封闭在孤独之中，行为、思维怪诞，有些身体畸形。不少故事情节恐怖，充斥着暴力。通过这些作品，作家们表达了他们强烈的历史、地方、家庭、阶级感。这些作家根据他们对南方生活的亲身经历和理解，构筑了一个抗拒工业文明、商业文化的入侵，留恋过去的时光，带有悲壮色彩的"南方神话"，成为"南方文艺复兴"鲜明的识别特征。怀着对逝去的旧南方依依不舍的情感，作家们打造了这一神话，以浪漫、理想化的笔触再现了南方的荣誉、勇气、优雅、尊严、礼仪、坚毅，或者如密西西比人文学者佩姬·普伦肖（Peggy Whitman Prenshaw）对福克纳、沃伦、泰特的作品主题所提炼揭示的那样："福克纳、沃伦、泰特的作品聚焦南方的过去、奴隶制、内战，将19世纪南方领袖们的罪孽、勇气、道德的迷茫、荣誉感以悲剧的方式糅合在一起。"[①] 这些作家以他们的才华、勤奋在南方的其他领域在全国尚处在黯淡的境地时，为南方在历史上写下了亮丽的一笔，为南方文学乃至美国文学创造了一道奇观，将"南方文艺复兴"这一就其成就而言南方空前、美国罕见的文学运动永远载入了美国文学的史册，将一系列地域特色鲜明、令人过目难忘的经典人物形象和精彩纷呈的故事留给了后世，令人惊叹这一经济相对落后，并且曾经遭受了战争浩劫的地区居然孕育了如此巨大的

---

① William L. Andrews ed., *The Literature of the American South: A Norton Anthology*, New York·London: Norton & Company, 1998, p.584.

文学潜力和能量，创造了如此巨大的精神财富，不能不使人慨叹物质的欠发达和战争的灾难并不一定会妨碍精神的富有，反倒可能成为激励精神财富创造的强劲动力之源，更能产生撼人心魄的有冲击力、感染力的创作素材，更能凸显人生坚硬的质地，更能激发作家的创作灵感和激情。

从20世纪60年代开始，南方文学进入了一个更新换代的时期。福克纳、奥康纳、麦卡勒斯这些"南方文艺复兴"的标志性作家先后离去。此后，"南方文艺复兴"的第一、二代作家中，除威尔蒂依然笔耕不辍，沃伦在诗歌领域迎来了创作的第二个春天之外，泰特、斯泰隆这些人虽然健在，但他们基本上已经过了小说写作的巅峰时期，尽管也偶尔有作品发表，但已经难以与他们此前问世的作品相提并论，没有引起什么大的反响。他们似乎到了强弩之末，再无大的建树。一批第二次世界大战前后出生的作家成为后南方文学的中坚力量。他们以杰出的才华和成就在美国文坛赢得崇高的荣誉。仅20世纪80年代以来，即先后有彼得·泰勒（Peter Taylor）、安妮·泰勒（Anne Tyler）、理查德·福特（Richard Ford）等获普利策小说奖，沃克·珀西（Walker Percy）、艾伦·吉尔克莱丝特（Ellen Gilchrist）、考迈克·麦卡锡（Cormac McCarthy）等获全国图书奖，雷诺兹·普莱斯（Reynolds Price）、安妮·泰勒获得全国图书评论界奖，哈瑞·克鲁斯（Harry Crews）、巴瑞·汉纳（Barry Hannah）、鲍比·安·梅森（Bobbie Ann Mason）、莱瑞·布朗（Larry Brown）、多萝西·艾莉森、李·史密斯（Lee Smith）等获密西西比艺术文学院奖、南方图书奖、南方图书评论界奖、欧·亨利奖、海明威奖、美国艺术文学院奖，或进入全国图书奖最终候选名单，接受全国广播公司、有线电视新闻网等美国顶级新闻媒体电视采访，作品或为《纽约时报》评为年度最畅销书或搬上银幕。

仅从表象看，南方文学仍作家辈出，繁荣局面依然在延续。但深度考察，就发现这一时期的南方作家们的价值观、态度以及他们的作品主题和关注焦点已出现颠覆性改变,和此前的南方文学大相径庭,"在20世纪七八十年代,以前被视为南方文学标志的特征开始受到挑战,质疑的声音尤其来自女性主义、非裔文学学者,南方文学领域也开始逐渐经历重大嬗变"。① 受到国际化、同质化浪潮影响的后南方的思想意识和价值观念发生巨变,尤其是曾遭"南方文艺复兴"蔑视,被长期边缘化的"穷白人"作家群体性崛起,以及黑人作家、女性作家这些之前的弱势群体跻身南方文坛,极大改变了其文学生态,其文学再现也随之转型,注重表现出这一曾以农为本、封闭落后的地区进入后工业社会后的生活形态,演绎告别过去、活在当下的人生信条,对其"南方文艺复兴"的先辈们所崇尚、遵循的传统形成了针锋相对的悖反,真切展示了在时代变迁的浪潮中南方对旧的性别、阶级格局的颠覆,历史与地域情结的消散以及英雄神话的衰落。此时虽然传统影响仍依稀可辨,虽然其怪诞、狂乱的风格犹存,但很多作品似乎走出了历史的阴影,不再沉溺于反思奴隶制和内战带来的后果,沉思历史对现实的影响,而是将观察焦点对准了当代南方社会所发生的无序和碰撞,注重展示生活在一个高速奔向未来,秩序、结构、意义经常受到挑战,传统文化逐渐被当代科技、工业、政治破坏的世界里人的彷徨、无根情绪,支离破碎的生活形态,以及在消费资本主义制度下生活商品化所导致的后果。作家们以后现代时期特有的怀疑、叛逆精神向曾被"南方文艺复兴"视为神圣崇高的价值观念显示了冷漠和不敬,致力于在当下的世界里探寻,表现属于新时代的生存之道。在这一转型中,迥异于"南方文艺复兴"作家尤其像"农业主义作家"们以及福克纳等倾向对一种体系、机制,一个区域、一个整体,对宏大叙事的衰变的关注,后南方作家的视野似乎收窄、微小化,将目光更多移向了个体、分子,描写他们在当下条件下的生存形态。《南方文学史》就此做出了如下观察:"现在人们更多从

---

① William L. Andrews ed., *The Literature of the American South: A Norton Anthology*, New York · London: Norton & Company, 1998, p. 584.

非目的论角度思考,……主控规划意识减弱。虽说南方不会很快就变成虚无主义者、存在主义者的乐园,但关注焦点将从社群转向个人,很多南方文学所描写的……破坏社会结构的混乱无序问题将更多地在个人身上和家庭里看到,而不是在社区里显现出来。"①

---

① Louis D. Rubin, Jr. ed. , *The History of Southern Literature*, Baton Rouge and London: Louisana State University, 1985, p. 587.

第二章 后南方的小说的时代语境

后南方的小说受文学发展内在规律的推动及外部环境的催化。20世纪60年代以来，南方开始在政治、社会、文化、经济等领域发生巨变。政治领域的进步为南方人从根本上校正自己的人生理念，反思如何正确地认识自我、别人、世界，实现思维方式的升级换代提供了一个契机。此外，在经济领域，它摆脱了旧时孤立、封闭、保守的状态，由一个贫穷、落后的农业区成为生机勃勃的"阳光地带"，以开放的姿态迎接着外来科技、投资、移民、观念的涌入，逐渐融入美国消费社会，和广阔的外部世界接轨。这些变化由此也带动了该地区其他领域的连锁变化，客观上为新文学在南方的萌生、成长提供了适宜的土壤和环境。后南方的小说应运而生。

一　政治改革与民主化进程

南方在美国的政治领域一直是引人注目的一个热点地区。引发动荡、冲突的一个主要根源就是使福克纳困惑不已、将其视为南方意义核心的种族问题。南方的奴隶制曾经对美国的政治体制和价值观念构成了莫大的讽刺和严重的挑战。从黑人奴隶制合法化、黑人"野兽"① 论的鼓吹，至吉姆克劳法（Jim Crow Laws）全面推行种族隔离，在一个标榜平等、自由，并将这些价值观念定为立国之本的国度里，它的一个广袤的区域里却存在公然禁锢人的自由、践踏人的权利和尊严的丑恶制度。此后主要因为奴隶制的纷争而爆发的内战是美国历史的一个重大事件，险些改变了美国的历史进程和领土完整。到了20世纪五六十年代，南方政治再掀波澜，那里发生的一系列种族、暴力事件再次震动全国：黑人妇女罗丝·帕克斯（Rose Parks）在阿拉巴马州的公共汽车上勇敢地拒绝服从有种族歧视色彩的乘车法规，在汽车的前面坐下，拒不向白人让出自己的座位从而被捕入狱，由此激起了酝酿已久的众怒，引发了黑人和同情黑人事业的有正义感的人士大规模的抵制公交车运动，对南方乃至美国的政治生活产生了深远的影响；三个民权运动的工作人员在密西西比州被种族主义者暗杀；黑人民权领袖马丁·路德·金（Martin Luther King）在田纳西州的孟菲斯遇刺身亡。这些事件将南方文化野蛮残暴、黑暗、有悖人性的劣质充分暴露在光天化日之下，促使很多南方人警醒，对他们曾经习以为常并自以为是的南方传统和道德准则进行重新审视，为废除种族隔离制度所代表的种族歧视铺平了道路，做好了思想准备。

在来自内部和外部的压力下，南方开始在社会、文化、政治领域发生巨变。南方从美国种族隔离最为严重的地区转变为种族融合度较高的区域。1954年，美国最高法院判决终止公共教育中的种族隔离，为了保障种族隔离而实施了一百多年的一党制也随之结束。1964年、1965年，美国政府接连颁布了《民权法案》《选举法案》等法律文件，切实保障黑人的教育、就业机会及选举权，极大地提升了黑人在社会各领域的地位，黑人参政人数、家庭

---

① ［美］埃里克·桑德奎斯特：《福克纳：破裂之屋》，隋刚译，上海外语教育出版社2013年版，第124页。

收入、接受高等教育的比例等指标得以显著增加。这些法律法规的实施，对于黑人居民占比较高的南方具有特殊意义。吉米·卡特（Jimmy Carter）1976年当选为美国总统是一个具有划时代意义的事件，因为作为南方的一位白人政治家，他赢得了那里黑人选民的强力支持，这是一个积极的信号，标志着南方的种族关系得到了很大改善，民族和解看到了一线曙光。当然，南方乃至美国的种族问题并没有得到全面、彻底的治理，因歧视不公引发的种族冲突仍时有发生。距离不同种族平等、和谐共处目标的实现，他们还有很漫长的路要走，在观念和行动上还要做出持续的努力。

此外，从20世纪上半叶起，南方的性别关系也出现了重要的改变，这和总体社会环境追求平等、自由的趋势密不可分。1920年，美国最终通过了第19条宪法修正案，赋予女性以投票权，规定美国公民的投票权将不以性别的原因被拒绝或省略，从法律上正式确认了女性参与国家政治生活的权利。后来在1964年民权运动的促进下又通过了民权法案。20世纪70年代，女权运动席卷全国，其影响自然也波及南方，对女性意识的进一步觉醒起到了积极作用。美国其他地区和外国的移民涌进了南方，带来了新的思想，而且，大众文化传播了与旧南方迥然不同的性别观念，加之在南方经济不断发展的情况下，女性经济地位也随之提高，她们不但就业的机会增加，职业和生活方式的选择亦趋于多样化。这些因素为推动南方女性的自我意识的苏醒提供了精神物质基础，相应地也削弱了男性的权利。南方的性别关系随之改变，南方女性看到了自己潜在的力量，增添了争取自我的权利和自由的勇气和信心。

20世纪30年代的经济大萧条促使人们将贫困问题及下层阶级当作重要的社会课题进行反思，人们开始改变将贫穷归结为个人失败的想法，尝试通过社会改革解决贫困问题。美国各级政府开始采取相应的手段，逐渐建立、健全了较为完善的公共救助制度。但是战后的经济繁荣没能为穷人提供公平的机会，贫富差距进一步悬殊。至20世纪50年代末60年代初，贫困问题和下层阶级成为美国政府和公众关注的焦点,约翰逊总统提出了"向贫困宣战"的口号,主要是放宽福利限制条件,扩大覆盖范围。自20世纪80年代开始,美国改革了社会福利制度,将政府救助的重心由福利救济转向增加就业,将下层阶级失业或待业人员推向劳动力市场,为其创造就业机会,提高其收入水平,同时消除了穷人对福利的依赖,贫困率得以显著下降。下层阶级逐渐得以进入社会生活的各个领域,颠覆了精英阶层的中心地位,冲击着社会对下层阶级的偏见。逐渐成长起来的下层阶级,尤其是穷白人随着大众文化盛行的潮流,建构起自己的文化品牌,也重塑了南方的阶级关系与社会架构。

南方种族、阶级、性别问题的改善从微观的层面看,减少了在当今南方的生活和文学作品里重现福克纳、沃伦、威尔蒂、斯泰隆笔下那样的黑人形象,以"斯诺普斯"家族为代表的穷白人原型和格拉斯阁作品中那样的南方淑女的概率。但其意义并不止于此。从宏观的角度评价,这种变化的作用是多方位的,对于南方总体的思想意识具有重要的、积极的,尽管可能是潜移默化的影响。它在政治领域的这种进步、发展为南方人从根本上校正自己的人生理念,反思如何正确地认识自我、别人、世界,处理与它们之间的关系提供了一个契机,由此也带动了该地区其他领域的连锁变化。霍布森在他的《后现代世界中的南方作家》一书中,把20世纪60年代定为南方历史和文学上的分水岭。在他看来,正是在20世纪60年代晚期观念和认识开始发生根本性的改变。实际上,20世纪60年代可以被视为在南方生活和文学中具有决定性作用的10年,与20世纪20年代极为相似。

二 经济增长与城镇化发展

除了政治的进步之外,南方的经济和科技也有了长足的发展,促进了南方经济结构的调整和就业机会的增加，使南方跃升为美国的一个就业的极点。第二次世界大战之后，美国经济增长的几大支柱产业国防、航天、先进技术、石油、石化和天然气、房地产和建筑在南方蓬勃发展。20世纪60年代，南方的绝对就业人数在全国名列前茅。从1960年至1985年，它为其经济增加了1800万份工作；其中，制造业增加了200万份工作，而建筑与服务业则增加了1500万份工作。城市的经济成长吸引了大批农村人口。他们不愿再继续以土地为生，艰难度日，而是涌入城市，寻找较好的生存条件和报酬。据统计，1969年，58%的南方贫困人口生活在非都市区域，而到了1986年，这一数字降为40%。有1/3的贫困人口居住在中心城市。在20世纪初，3/4的南方人生活在主要城市的影响范围以外，而到了1980年，已经有2/3的南方人生活在都市区。南方的城市化进程意味着南方从传统的乡村、小城镇模式的重大转向，逐步融入城市。另外，电视为了提高节目的吸引力和竞争力，根据观众的性别、年龄、趣味的不同需求，将其逐渐分化为小规模的观众群和电视市场。这类举措使得家庭成员们在观看电视节目时有了更多的独立性和选择；与此同时，也拉大了他们之间的距离，使他们的社会与群体意识趋向淡薄。此外，服务业在南方也蒸蒸日上。20世纪60年代以前，很少有人会想到去南方休闲、旅游。然而后来，南方的一些景点已经成了观光、度假的乐园。在碧海蓝天的佛罗里达的海滩，路易斯安那多国风情交会的新奥尔良，奥兰多的迪斯尼游乐园，北卡罗来纳的西部山区，南方的音乐之都田纳西的纳什维尔，游客们纷至沓来。旅游业的兴盛作为拉动服务业的火车头，带动了旅馆、餐饮行业的发展，同时，也为铁路、航空业注入了新的活力。此外，银行、房地产、保险、零售业在南方如雨后春笋。在这种环境下，南方原有的农业主义观念衰落。工业科技、消费文化日益深入人心。对于这种转变，大卫·葛德菲尔德（David R. Goldfield）写道：

在几十年间，对农业性质的南方和农业的研究显示了农业区和文化以及由它们衍生的活动如何铸就了南方和该地区对美国的反应和它在美国的位置。

第二次世界大战以来,南方的城市及其经济正成为学者们关注的焦点,因为城市化的南方和在那里生活、工作的人们在定义这一区域方面所发挥的作用超过任何事情或者其他地方,这样说不算太过分。①

三 移民涌入与地方感淡漠

从美国其他城市化、工业化程度高的区域或者外国迁入的移民是推动南方变化的又一个重要因素。南方在 20 世纪 70~90 年代的经济扩张掀起了移民潮,外来移民蜂拥而至。根据美国人口普查局发布的统计数字,自 1955 年至 1960 年,从国外来到南方的有 50.5 万人,而到了 1980 年至 1985 年,这类人数激增至 120 万。1975 年到 1991 年,230 多万外来移民选择在南方定居。20 世纪 80 年代,南方的西班牙语和亚洲人口大幅度上升。这些外来人口因为不是出生、生长在南方,很难期望他们对南方文化有切身的感悟和坚定的体认,真正应验了《押沙龙,押沙龙!》(*Absalom, Absalom!*) 里昆丁·康普森在和对南方人的地方情结百思不得其解的外乡人史瑞夫的对话中说过的名言:"你明白不了。在那里出生才能明白。"② 他们到来的主要功能是增加了南方生活版图的多样性,他们带来的文化的价值观念和传统南方文化的主流交会之后在一定程度上稀释了它的浓度,冲淡了它的色彩,加速了它的改变。实

---

① John B. Boles ed. ,"The Rise of the Sunbelt: Urbanization and Industralization", *A Companion to the American South*, Malden: Blackwell Publishers, Ltd. , 2002, p.490.
② William Faulkner, *Absalom, Absalom*! New York: The Modern Library, 1951, p.361.

际上,梅森在她的一个短篇小说里就涉及了外来移民对南方的生活方式、价值观念的催化作用。他们的到来仿佛搅乱了一潭静水,弄得当地人焦虑不安。女主人公的丈夫斯蒂芬来自北方,紧跟城市化、商品化的发展潮流,奔波于南方各地,推销词汇处理器、打字机,希望把家安在大城市路易斯维尔。他代表了一种新的生活方式和价值取向,和她对土地的特殊的情感形成了对立。她对前辈留下的农场恋恋不舍,因为她钟爱玉米地和田边古老的白木构成的田园风光。徘徊在走还是留、坚守还是顺应之间,怎样决定成了她的两难选择,她甚为苦闷纠结。她说:

> 他是一个扬基佬。他们正以持续增加的频率移居这个地区。这一现实弄得本地居民心烦意乱。……我这样说是因为我无意中听到人们怀疑、绝望的论调,仿佛这个镇子受到了外来入侵。学校里的孩子们现在也说起了"你们这帮伙计",还吸毒。我可以想象到这样的场景,课堂里羞怯的乡下"土包子"聆听新来的孩子操着北方的口音兴高采烈地大谈起在欧洲的时光。这些影响令人心神不安。这里的多数人宁死不愿离开镇子,可也有少数几个人觉得路易斯维尔的丘吉尔丘陵地带将会是世界上最气派的地方。我就对这些人说,他们都是梦想家。①

经过几十年的发展,南方摆脱了孤立、封闭的状态,由一个贫穷、保守的农业区成为生机勃勃的"阳光地带",以开放的姿态迎接着外来科技、投资、移民、观念的涌入,逐渐融入美国消费社会的主流。南方人在教育、收入、就业水准方面,逐渐向全国标准靠拢。电视、电脑、广告、摇滚乐、连锁店、高速公路替代了乡村、庄园、小镇,构成了新的南方生活背景。表演艺术的出现使乐队、芭蕾、戏剧公司像在东北部那样在南方城市应运而生。

---

① Bobbie Ann Mason, *Shiloh and Oher Stories*, Lexingtons: Univesity Press of Kentucky, 1995, p. 122.

南方人、外乡人、外国人的生活方式和区别特征相互交会、同化。这一切物质与意识的新旧轮替不可避免地会在它的文学中反映出来，客观上为新文学在南方的发生和发展提供了适宜的土壤。

如果说经济基础决定文学的形态和性质的话，那么可以说"南方文艺复兴"完全沿循了这一规律，它是深深植根于一个以农为主的经济体的文学运动。当这个经济体内部结构发生了重要改变，当南方的大城市亚特兰大、查尔斯顿、奥兰多、纳什维尔及其郊区变得和芝加哥、费城的外貌难分彼此的时候，当沃尔玛超市、假日旅馆、肯德基快餐店在南方遍地开花时，"南方文艺复兴"所体现的思想体系犹如被釜底抽薪，失去了继续沿着原有轨道向前运行的动力和基础。它的转轨于是势在必行，不以人的意志为转移。南方文学在从一个亲近土地、乡村的文学向拥抱工业文明、消费经济、大众文化的文学移位。史密斯回忆了自己在弗吉尼亚矿区与世隔绝的青少年时期，谈到了南方物质条件的改变引发的波及广泛的后续效应，也透露了自己从事文学创作的动机之一。她说：

> 随着道路的铺设，一切都变了。有一首歌唱到道路的铺设。随着道路的铺设，卫星天线、麦当劳的涌入，一切都变了，我开始惊慌起来，决定该是将其定格在纸上的时候了，因为这是唯一能定格它的地方。[①]

克鲁斯也承认一个和他的记忆中的南方完全不同的世界已经诞生：

> 显而易见，新南方已经产生，因为现在万象俱新……新南方源自富裕的生活、电视……佐治亚路德维奇的小孩不听他们的祖父讲他们叔叔、母亲的故事了，他们改看电视了……富裕的生活造成了人口的高度流动

---

① Linda Tate ed., *Conversations with Lee Smith*, Jackson: University Press of Mississippi, 2001, p.112.

性。农业不再是小农场的形式,而是变成了庞大的重工业。我不是说这些事情都不好。我只是说过去那些标志南方身份的事情……已经全都崩溃。因为流动性大了,有了电视机和富裕的生活,人们不可能再在弹丸之地的农场里生存。这一切都消失了,说些或想些别的都是愚蠢的。①

四 后现代思潮的渗透

南方文学的嬗变与后现代思潮在南方的渗透、扩散有着一定的因果关系。"后现代"(postmodern)是一个包容广博的概念,涉及美学、哲学、建筑、文学、舞蹈、音乐、电影、电视、音像、绘画、语言、摄影等多个学科门类和领域。这一术语的诞生之日无从知道。它有据可查的首次使用是在19世纪80年代,当时的英国画家约翰·维特金斯(John Watkins)把超越了印象派的艺术称之为"后现代绘画"。在随后的几十年里它断断续续地出现在人们的语言里。自从该词开始被使用,它就一直处于争议之中,所携带的弦外之音既有贬,也有褒,要视具体的语境而定。著名的历史学家阿诺德·汤恩比(Arnold Toynbee)就把1875年以后的这一历史时期描述为"西方历史的后现代时期",认为它见证了西方文化的衰落。经过反复的使用和逐渐的衍化,直到20世纪下半叶,它的基本意义才得以确立,指对现代主义或现代性所做出的一种反应。但即使这样,仍嫌笼统。它的内涵和外延究竟是什么,不同的人对其提出了不同的阐释和理解,因此,难以形成一个公认的准确、凝练的定

---

① Harry Crews, *Getting Naked with Harry Crews*, Gainseville: University Press of Florida, 1999, p. 55.

义。尽管如此，人们对它还是达成了一个大致的共识。在时间的跨度上，它一般指 20 世纪 50 年代末 60 年代初开始至当今时代。在这一段时期内，世界的政治、经济发生了翻天覆地的变化，冷战结束，以电视和计算机为代表的飞速的技术进步，城市郊区崛起为一种文化力量等。此外，它还可以表示过去四十多年里在观念、风格特征、主题等方面进行的一系列实验、探索。无论激发后现代主义的艺术和知识运动有多么纷繁复杂，它们似乎有一个共同特征：质疑一切信仰、价值系统和知识体系，放松对道德问题的关注。它们挑战既定的原则和惯例、规章的权威性所依托的基础，打破、跨越此前约定俗成的界限，开拓自由的表现空间。

后现代主义具有其破坏性、颠覆性，所以，它和一些否定性的词语密切相关，比如，"断裂""去中心""解构""反一统""去稳定"等，所以，把 20 世纪 60 年代以来的四十多年演变成一个以传统断裂、变幻不定和深切焦虑为特征的时代。这一文化现象有着巨大的冲击力和广泛的渗透性。当代世界里的美学、哲学、建筑、文学、舞蹈、音乐、电影、电视、音像、绘画、语言、摄影领域几乎难有什么事情不在其影响范围之内。

南方文学就是一个极具说服力的例证。这个神秘、看似牢不可破的文学的基石在松动。在它的黄金时期，它曾经是那样独树一帜，内存着抗拒变革的巨大反冲力，似乎坚不可摧的信念仿佛能确保它把鲜明的本色传之久远。然而，岁月沧桑，无论仍固守传统观念的南方人士、学者是否愿意面对、承认，在后现代文化的传播下，南方文学开始出现引人注目的变化是不争的事实。麦卡锡、汉纳、克鲁斯、福特等人的作品较为鲜明地体现了后现代主义在南方文学的出现。他们作品里在创作艺术、形象塑造、行为准则等方面不同程度地融入了后现代主义的元素，故此，"后现代""后南方"这样看似非常前卫，与旧时"南方神话"存在巨大代差甚至势不两立的语汇在南方文学批评界逐渐被坦然接受、使用，后现代精神对南方文学的影响开始得到正视和公开讨论,其代表性论著即是《南方现代文学之后》《后现代世界里的南方作家》《当代小说的后南方地方意识》。

在20世纪80年代开始创作生涯的福特以准确把握时代脉动而确立了在南方乃至美国文坛的地位,被认为在当代美国作家中,他更充分地"帮助揭示了80年代美国的道德意识"①。他的代表作致力于追踪该时期消费、大众文化对人们的影响,故此,多被评论界纳入后现代范畴讨论。他本人公开申明对后现代文学的欣赏:"我不认为现在被称为后现代的60年代、70年代是一段糟糕的时光,也不为它目前似乎在衰落而特感宽慰。这一文学表现的是它所目睹的世界。我认为这样好,这样好。我对此持开放观点。"② 在挑战中心、权威,质疑偶然现象下隐含着普遍原理的后现代思潮里,他看不出有永恒价值体系贯穿人的生活,能为他的故事搭建一个宏大的意义平台,那也不是他的兴趣所在。他更重视剥离出个人在细小层面上的普通生活状况作微观剖析,讲述人们在后现代环境里的生存之道。

除了福特,麦卡锡、汉纳、克鲁斯被并称为后南方的小说的三大"坏小子"(bad boys)。布令克美尔(Brinkmeyer)给"坏小子"们下的定义是指"嘲弄……南方传统……(或是)把它掀个底朝天"的作家③,由于其作品向传统发射出的猛烈攻击火力,他们三人被认为是把后现代主义在南方发扬光大的先驱和悍将。麦卡锡、汉纳对历史的抨击尤其显示了他们对于南方的过去决不心慈手软,对其的颠覆完全而彻底。

---

① Raymond A. Schroth, "America's Moral Landscape in the Fiction of Richard Ford", *The Christian Century* 106, March 1, 1989, p. 227.

② Richard Ford, "An Interview with Richard Ford", Kay Bonetti, *Missouri Review* 10.2, 1987, pp. 71 – 96.

③ Robert H. Brinkmeyer Jr., "Beyond the Veranda: Trends in Contemporary Southern Literature", Paper presented at Oklahoma Foundation for the Humanities Symposium "Southern Fried Culture: A New Recipe, A New South, A New Conversation", Tulsa, Okla., March 1, 1996.

五 作家的地缘位置、阶级出身差异

如前所述,与之前的南方文学相比,后南方的小说在价值观念、主题关切等方面体现出区域特色淡化和在与时代接轨。在这一点上,新涌现出的作家们的地缘位置差异、分布的广泛性在稀释南方文学旧有识别特征,增加其多元性方面也发挥着不容忽视的作用。从表象看,或者在人们习惯的印象中,南方似乎是一个坚固如一的整体,其组成部分拥有着共同的特征,但这只是一个概括、粗略的评价。事实并非如此。在这种共性之下存在丰富的个性。进一步研究可以发现,南方文学的总体版图内派生出几个独具特色的分支。休·霍曼(Hugh Holman)依据地理位置、经济发展状况和政治倾向等指标把南方大致划分成了三个主要部分:潮汐地、南方纵深地带、山麓地区。属于热带气候的南方纵深地带和阿巴拉契亚山区就迥然不同,弗吉尼亚的潮汐地又有别于工业化的山麓,佐治亚州的富有南方风情的小镇萨瓦纳和同在一个州里的现代化大都市亚特兰大形成了鲜明对比。南方的滨海地区,以种植园为主的部分是南方贵族的势力范围,而红土壤的山麓地区居住的则主要是自耕农和蓝领阶层。此外,南方的山区有着他们自己的政治立场,并非是南方邦联的坚定支持者。在以前的认知水平和条件下,当人们提到"南方文艺复兴"时,他们一般指的是以福克纳、奥康纳、威尔蒂为代表的集中在南卡罗来纳、佐治亚、阿拉巴马、密西西比和路易斯安那的所谓"南方纵深地带"(Deep South)的文学,其中以密西西比和佐治亚为最。正是由于他们所处的地理位置相同,引起他们兴趣的问题也相对集中。该地区包含了方圆约7000英里的冲积平原,又称密西西比三角洲。这里土壤肥沃,年降雨量丰沛,气候温暖，适宜种植棉花等经济作物，对大量廉价劳动力的需求滋生了黑人奴隶制。使得种族关系成为该地区的一个重要问题，也成为福克纳等作品里的一个表现元素。福克纳的作品就理所当然被视为是南方文学最具代表性的标志。加上沃伦、奥康纳、威尔蒂等一批来自"南方纵深地带"的作家，合力打造了"南方文艺复兴"浓郁的地域特色。现在，随着时代的演进，观念的变化，对南方文学的认识在提高，对其的研究、定义也在拓宽、扩容，正如《美国南方文学》(*The Literature of the American South*) 总编威廉·安德鲁斯 (William Andrews) 在这本起始于南方殖民时期，跨越南方各历史发展阶段，包含不同族裔、性别作家的皇皇作品选集的序言所说，"过去的读者和评论家在说到南方文学时，不言而喻地就是将他们的视域限定在白人男性的作品"，而"在过去的30年里，南方文学的概念已经极大拓宽，南方的黑人及白人女性的作品得到了重新的评价。《美国南方文学》就反映了南方文学的经典的范围被拓宽了"①。南方文学原来长期受压抑，或遭忽视或未得到应有显现的地域的多样、差异性遂开始浮出水面。来源广泛、分散在南方不同地区的南方作家在南方文坛获得承认，其作品被收入南方文学的正典。因为所在地区的差异，他们的艺术视角、主题也大相径庭。以阿巴拉契亚文学为例，这一文学源自包括西弗吉尼亚、弗吉尼亚西部、肯塔基东部、北卡罗来纳西部、田纳西东部、佐治亚北部的山区。因为特殊的地理条件，该地区虽然蕴含优越的自然资源，如矿藏和森林，但是因为群山的隔阻，交通不便，出入困难，而且由于山地地形所限，难以实施大规模的粮食和其他农作物的耕作，农民的生活仅能维持基本的保障水平。这样的经济环境和条件决定了阿巴拉契亚文学和南方纵深地带的文学在思想意识和人物形象选择上的分歧。它基本上是平民百姓的文学，讲述山村白人的故事，对南方贵族、种植园主的意识形

---

① William L. Andrews et al. ,*The Literature of the American South*, New York·London：W·W·Norton & Company，1998，pp. xxi – xxii.

态和行为准则没有认同感,因为那里没有贵族阶级,人们都一贫如洗,在穷困中艰难度日。内战爆发之后,阿巴拉契亚地区的居民总体上是同情维护国家统一事业,站在联邦军队一边,不支持把南方从美国分裂出去的政治主张。南方上层阶级不惜拿起武器,用鲜血和生命捍卫的利益似乎与他们无关。这使得当今的阿巴拉契亚作家像麦卡锡、史密斯在文化传统的熏陶上就有别于福克纳。史密斯在20世纪80年代一次接受采访时就特别强调,她和许多没有特权阶层背景的阿巴拉契亚作家不像南方纵深地带的白人作家那样关注南方历史上的种族罪孽。所以,这些作家自然没有理由或者动力去步福克纳的后尘,老调重弹。这类问题对于他们显得遥远而毫不相干。缺少切身体验,即使希望表现这类问题,也会力不从心。她后来在另一次采访里特别强调说明了自己和福克纳那一批作家的不同之处:

> 我生长在山区,所以,我的许多生活经历与我们谈到的"南方纵深地带"的大作家很不一样……阿巴拉契亚地区和"南方纵深地带"几乎没有任何相同之处——我是说我们从来就没有黑人,我们从来没有种族罪孽,我们从来就没有钱,我们没有任何人属于上层阶级,所以,差别很多。①

南方文学的这一扩容现象虽然淡化了其原有的色彩,但其正面意义不可否认,那就是,强化了南方文学的代表性、包容性,使其对南方生活的讲述更接近全面、真实性。

此外,后南方的小说如果从阶级角度审视,也包含了精英文化与大众文化之间的一场冲突。"南方文艺复兴"时期的作家很多出身于名门望族或书香门第。福克纳的曾祖父是当地的一位传奇人物、政治家、种植园主,沃伦、

---

① Linda Tate ed., *Conversations with Lee Smith*, Jackson: University Press of Mississippi, 2001, p.111.

泰特、威尔蒂等则来自教师、商人、中产阶级之家。这样一个由中、上层阶级的作家构成的强势群体确立了 20 世纪上半叶南方文学的识别特征。而由于诸多因素的阻碍，来自社会下层的作家被挡在了创建"南方神话"之外，被忽视、边缘化了，造成了他们在相当长的一段时间里的"失语"。应当说，这是在特定历史条件下话语霸权的产物。如今，原本被视为另类阶层的声音在逐渐成为强势话语。当代南方作家中有一批人出身贫寒，像克鲁斯、布朗等来自佃农之家。他们既没有高贵的出身或辉煌的功绩可以为之自豪，亦没有深重的罪孽可以为之反思。他们饱尝了在土地上耕耘、在赤贫中挣扎的痛苦。梅森也深知普通农家生活里，人们精神麻木，累断了脊梁，与世隔绝，在大自然力量面前孤独无助。艰辛的成长经历使他们对南方生活的认识与他们"南方文艺复兴"的前辈大相径庭。在他们心目中，乡村生活迫使人残暴、愚昧、冷漠，所谓浪漫、优雅、闲适的"南方神话"荒唐可笑。他们攻击、嘲弄南方文学传统的主题及文化根基，对造就了他们的文化提出了自己的见解和阐释，表达了他们对南方生活的感受、认知，讲述他们及家族的人生故事，使世人得以有机会清楚了解穷白人这一南方庞大的社会群体的本真。

第三章 历史遭遇危机

一 对历史的凝思

在19世纪,德国哲学家黑格尔(G. W. F. Hegel)说:"历史给我们的教诲是,人们和政府从未向历史学习过,或是按照从历史演绎出的原则行事。"他的意思似乎是把历史视为人们的良师,可以作为一个知识与道德的资源或是一个标准去衡量人们的行为。黑格尔强调了历史的价值,告诫人们忽视历史可能带来的危险:"历史有自己的形体和意义。尽管我们在不同的时候以不同的方法和形式在我们的艺术作品中体现它,我们不能也决不应忽视它。因为忽视它就会危及我们和我们构成其中一部分的社会。"①

这一番话仿佛穿越了时空,在20世纪大洋彼岸的美国南方文学家那里激起了强烈的共鸣。"南方文艺复兴"的一个主要特点就是对过去、对历史上所

---

① G. W. F. Hegel, *The Philosophy of History*, trans. J. Silbee, New York, 1956, pp. 17–18.

发生的事件的高度关注和凝思。多重因素的交织产生了南方浓郁的历史情结。这其中的重要原因之一是，西方文明的历史观在南方找到了沃土而深深地扎下了根，为南方奠定了重视历史的传统。另一个原因是，美国的内战在南方人的心灵上制造了长久的痛。以自己的文化为荣的南方人难以接受被打败的结局，从这巨大的精神创伤中恢复过来。奴隶制这一邪恶的制度也为南方留下了历史的重负。这些致使南方人以羞辱、负疚、自豪的复杂情感不断地去追问、反思、剖析自己的过去，与此同时，又情不自禁地对它进行了美化。虽然"南方文艺复兴"的作家并不是一个有组织和文学主张的群体，他们却不约而同地都具有历史的思考才能，对过去的认识有着惊人的相似之处，把对历史的反思作为他们文学创作的一个中心论题。如果将散见于他们文学作品中的观点提炼、汇集在一起，就构成了一个系统、一致的具有深刻哲理的历史理论体系。这些南方作家相信，历史是一个连续的过程，一个运行在时间里的庞大体系，记录了人的勇敢和怯懦、慷慨和贪婪、崇高和卑劣。人是历史的产物，摆脱不了过去的影响，他所接触的东西和经历的事情，他的所作所为永远地成为了他的一部分，历史给人以启迪、知识和力量。他们发起的"南方文艺复兴"是借助"恢复或重构记忆和历史"[1]的方式抵御现代化的步步进逼。他们以强烈的历史意识致力于探讨过去之于他们作品中的人物的意义或是过去在某一个人、某一群体的现在生活中散发的影响。不仅如此，他们还从主观情感和审美的角度处理历史，致使它经常成为确定叙事结构、人物性格发展模式甚至作品体裁的关键因素。

作为"南方文艺复兴"的里程碑，福克纳就极为重视南方的历史。南方著名学者柯林斯·布鲁克斯（Cleanth Brooks）评论福克纳的作品"浸透了历

---

[1] Lewis Simpson, *The Dispossessed Garden: Pastoral and History in Southern Literature*, Athens: University of Georgia Press, 1975, p. 70.

史，他的最富有思想的人物经常沉思历史的意义"①。此言不虚。福克纳对历史的功能和价值进行了深思熟虑，形成了一套他的关于历史的理论，散见于他的文章、访谈、演讲、作品里。他的论点的精髓是坚持过去与现在和未来的有机联系，强调历史对于定型人格、行为，影响人的命运的决定作用。他认为，记录历史是一个作家义不容辞的责任："一切民族都有很多信仰。其中之一就是对其文字记载、传奇、民俗的信仰。作家的责任是记录这样的历史，向人们展示他们未来的希望，作为抵御他们过去的措施。"② 福克纳那枚"邮票大小"的"约克纳帕塔法县"充分体现了他对过去和时间的意识和解读。他把人视为过去的产物。他这样表述了他的历史观："人都从他的过去走来，没有哪一个人是孤立的自我，在某种程度上，他是自己的过去，如果你可以接受这个说法的话，也是他的未来的总和。"③ "就它（历史）是人类的行为而言，我们因此应该全力向它学习。它永远有其用途。"④ 他在下面一段著名的话里阐释了人与过去之间的关系："实际上，没有真正的过去时，因为过去寓于现在，它是每个男女，每个时刻的一部分。他或她的先辈、背景无论何时都是他或她的一部分。所以，一个故事里行动中的人物任何时候都不仅仅是他个人，他是组成他的元素的总和。"⑤ 对于福克纳而言，过去并没有结束或消失，它依然充满活力存在于现在。历史仍然回荡在人的思想意识里。人类并不是单纯生活在时间中，也不是被隔绝在现时、现地。他们处在一个过

---

① Cleanth Brooks, "Faulkner and History", Paper of the Mississippi Quarterly's 1971's SCMLA Symposium 25, Supplement (Spring 1972), p. 3.
② James Meriwether and Michael Millgate eds. , *Lion in the Garden: Interviews with William Faulkner*, 1926–1962. New York: Random House, 1968, pp. 201, 208.
③ Frederic L. Gwynn and Joseph L. Blotner eds. ,*Faulkner in the University*, New York: Vintage Books, 1965, pp. 48, 84.
④ James Meriwether and Michael Millgate eds. , *Lion in the Garden: Interviews with William Faulkner*, 1926–1962. New York: Random House, 1968, pp. 201, 208.
⑤ Frederic L. Gwynn and Joseph L. Blotner eds. ,*Faulkner in the University*, New York: Vintage Books, 1965, pp. 48, 84.

去、现在、未来交会、互相包容的链条中。福克纳通过他的《喧嚣与愤怒》(*The Sound and the Fury*) 的独特的叙事结构和风格表达了他的主题思想，南方的过去与现在和康普森家族的过去与现在复杂地交织在一起，难以分离。过去不仅寓于现在，它还操控着现在，决定了作品中人物的命运，引导着事态的发展。对于这些人物而言，过去犹如一股强大的、挥之不去的力量把现在笼罩在它的阴影之下。《修女安魂曲》(*Requiem for a Nun*) 是福克纳以文学作品图解他对历史的认知、追问历史的本质及意义的又一个典型例证，包含了"约克纳帕塔法县"正式的编年史。历史既是这部长篇小说的艺术手法，也是它的一个主题。作品里的人物尚未出场，福克纳先借一段冗长的关于约克纳帕塔法县法庭的过去的陈述把沉甸甸的历史摆放在读者的面前，似乎向他们强调，一切的一切要从它的历史开始。该地虽然经历了岁月的沧桑、内战战火的蹂躏和后来的现代化，很多地方已经面目全非，但是，作为历史的见证的法庭却依然如故，威严不减当年，仍然是"中心、焦点、中枢"[1]。通过赋予这座建筑如此重要的意义，福克纳旨在为剧情铺设一个宽阔的历史语境，展开他对小说中的人物坦普尔·德雷克面临的问题的法律、道德、社会角度的深度剖析，试图从遥远的过去、该地建立之初，追溯她的道德危机的根源。评论家珀尔克（Noel Polk）感受到了福克纳通过这部作品进一步清楚地解读历史的努力，指出："福克纳没有比在这里（《修女安魂曲》）更加直截了当地试图把握历史的本质——不仅是过去怎样影响现在的我们，而且是历史的本质，历史的意义。"[2] 在福克纳看来，过去的意义和价值表现在它的认知功能，它可以被用来诠释现在、社会、个人。评论家里查德·格雷把《押沙龙，押沙龙！》称之为"就对历史的探究而言，是福克纳最伟大的历史

---

[1] William Faulkner, *Requiem for a Nun*, New York: Random House, 1951, p. 200.
[2] Noel Polk, *Faulkner's Requiem for a Nun: A Critical Study*, Bloomington: Indiana University Press, 1981, p. 5.

小说"①。昆丁·康普森为了破译南方之谜，转而从托马斯·苏特班过去生活中发生的事情寻求答案，以达到理解这一神秘的地区和自我、定义自己身份的目的。来自北方的史瑞夫无法明白南方为何纠缠于历史不放，向昆丁坦诚地发问：

  我们（北方人）没有生活在陈年旧事里，动辄就是打了败仗的祖辈、获得自由的奴隶……餐厅桌子上的子弹，总在提醒我们不要忘记过去。过去是什么？像是空气，你经历过，呼吸进了体内？还是像一片真空，里面幽灵出没，充满了对五十年前的事无法遏制的愤怒、自豪、荣耀感？②

  昆丁顿时受到强烈刺激，马上为他的故乡辩护道："你明白不了。在那里出生才能明白。"对于他来说，他的家乡的历史记载了一场失败的战争和无数家庭的悲剧，沉甸甸地压在他的灵魂上。这种感受刻骨铭心，当然是其他地区的局外人完全无法体验的。

  在福克纳的心目中，过去、现在、未来是一个统一整体不可分割的三个组成部分，正确处理好它们之间的关系至关重要。他通过他的作品昭示，只有当人们将过去、现在、未来成功地连接起来，建立起三者间富有成效的互动关系，他们才可能获得自我的定义，像《未被征服的人们》（*The Unvanquished*）里的贝亚德·沙多里斯那样，从一个盲目崇拜父亲的幼稚、天真的少年成长为一个成熟、理性的青年，那是在他目睹了父亲所代表的南方文化残暴的一面之后，汲取了历史提供的教训，从而为自己的人生奠定了坚实的道德基础，拒绝以暴易暴，而是以凛然正气，不是兵戎相见，以眼神产生的

---

  ① Richard Gary, *The Life of William Faulkner: A Critical Biography*, Oxford, England: Blackwell, 1994, pp. 205–206.
  ② William Faulkner, *Absalom, Absalom!* New York: The Modern Library, 1951, p. 361.

咄咄逼人的气场逼得杀父仇人气泄退却，远走他乡。如果他鲁莽地从生活中抹去过去的痕迹，或是对历史的启示视而不见，就可能最终蜕变为像《喧嚣与愤怒》里的杰生·康普森那样的骗子、种族主义者、家庭暴君或是残暴的恶棍形象。

罗伯特·佩恩·沃伦（1905—1989）与福克纳在历史问题上达成了高度一致。他同样强调历史在一个大的有机体系中不可或缺的功用，它与人类命运之间的相互关系。在他的一次人文科学讲座里，他指出："……一个社会如果没有过去意识，感受不到人类角色的重要之处不仅在于经历历史，而且在于创造历史，它就不可能有命运意识。没有命运意识和自我意识的社会那是一个什么样的社会？这样的社会没有运用人类成就的记载和人类才能的宽度衡量自我的需求和意愿。"[1] 对于沃伦而言，历史为未来提供了存在的前提，假如没有历史，未来无从谈起："……对未来的梦想并不比过去的事实更美好，无论过去有多么可怕，因为没有过去的事实，我们无法梦想未来。"[2] 沃伦认为，与欧洲人相比，美国人的历史感更为发达，因为美国的历史很短，这使得他们格外珍视历史的作用，对于历史有着特殊的情感，这注定会影响到他们对过去的思考。沃伦专门阐述了历史在南方受到高度重视的原因，深刻地剖析了美国内战在南方文学中由单纯的历史事件被升华为浪漫的传奇，蒙上神秘、浪漫的迷雾的过程："南方是一个特殊情况。它打了败仗，遭受了磨难。那种败仗赋予了过去重要的意义。这就需要铭记它，为它而辩护，这就把史实记载转化成了传奇。在这一过程里，痛苦、恐惧，个人经历的细节同化为浪漫的寓言。浪漫的寓言比任何单一故事的史实感染力都要强烈，它改变了故事本身；虽然人们和这一事件只有一二代之遥，但很难穿透这层浪

---

[1] Lewis P. Simpson ed., *The Possibilities of Order*, Baton Rouge: Louisiana State University Press, 1976, p. 56.

[2] Cleanth Brooks, *On the Prejudices, Predilections and Firm Beliefs of William Faulkner*, Baton Rouge: Louisiana State University, 1987, p. 148.

漫的迷雾。可能这就是南方作家如此关注历史的原因之一。"① 沃伦作品里的人物和历史有着千丝万缕的关联。他的故事发生的背景大部分都选在过去。例如，讲述1905年至1908年烟草战争的《黑夜骑手》(*Night Rider*)，涉及19世纪中叶及内战时期的《天使》(*Band of Angels*) 和《原野》(*Widerness*)。即便是故事发生在现代，过去的事件总是被当作与现实比较的参照标准，比如《全是国王的人马》(*All the King's Man*) 中的主人公原型休·朗。沃伦在《全是国王的人马》中，把过去当作一个主观能动因素使用。他将过去视为运行在杰克·波登生活中的一股强大的力量，把有强烈过去意识的波登塑造为一个鲜明对照，映衬威利·斯达克对时间、传统、隐含在现在中的过去的冷漠，从而赋予了波登的对两人生活的叙述以意义，甚至为其增添了悲剧色彩。借助杰克·波登对卡斯·马斯特恩过去的探究，沃伦成功地为叙事人现在的生活注入了过去旺盛的活力。关于过去、现在、未来的相互关联，卡斯·马斯特恩如是说："我尽可能告诉她，如果你不接受过去以及它的重负，就不会有未来，因为无此即无彼，如果你接受过去，未来就会有希望，因为只有从过去才能创造未来。"② 沃伦希望以他的作品为载体宣扬他的历史观。他以美国内战为背景的长篇小说的主人公在获得了历史意识，回望过去为人类的问题寻求解决方案的同时也理解了个人的身份，实现了自己的目标。此外，正如沃伦所说，他作品中人物的过去的失误或罪孽与他们形影相随，为他们提供启示。他们在青少年时期的经历牢牢地镶嵌在他们的成年生活里。

艾伦·泰特（1899—1979）亦高度重视历史的价值。他对历史的依恋在他为"南方文艺复兴"给出定义的时候得以充分体现。在他看来，南方文学的区别特征是"南方作家独特的历史意识"。他有一句对于"南方文艺复兴"

---

① Floyd C. Watkins and John T. Hier eds., *Robert Penn Warren Talking*, New York: Random House, 1980, p. 74.

② Robert Penn Warren, *All the King's Men*, New York, 1946, p. 461.

这一文学运动的本质的形容生动、精辟、深刻,被奉为经典,经常引用:"伴随1914—1918年的战争,南方重归世界——但在跨过这道边界的时候,它的目光仍然在回望过去:对过去的回望为我们带来了'南方文艺复兴',这一文学意识到过去存在于现在。"① 虽然生活在现代社会,但是与之格格不入的感觉困扰着他,泰特希冀通过回首过去找到一种理想模式,反衬工业文明的弊端。他在给道诺德·戴维德森的一封信里写道:"对过去的求索是我们的共识,但在我心中这一渴望最为强烈。"②

柯林斯·布鲁克斯对人与过去的关系进行了沉思默想,解读了历史作为一个体系对于人正反两个方面的影响,他得出的结论是:

> 如果我们有时受到记忆的伤害,我们也汲取了它的营养,因为我们不是像动物那样以分钟计算生命,我们生活在人类历史完整丰富的空间里。此外,我们是过去的产物。我们从它生长而来,由它的经历构成,好也好,坏也罢,不管怎样,我们心中携带着它的一个部分。我们或许能救赎过去——使其产生美好的东西——或许我们会被它所伤,但是,认为我们能抛弃过去的想法是愚蠢的。③

在布鲁克斯看来,逃避历史即是逃避自己对人类的责任。

与上述几位作家、学者的观点大同小异,罗伯特·黑尔曼(Robert B. Heilman)提出了他对南方人迷恋于历史的见解:

> 出于包容一切的本能,他们(福克纳、戈登)和其他一些人在他们

---

① Allen Tate, "A Southern Mode of the Imagination", *Essays of Four Decades*, Chicago: Swallow Press, 1968, p. 545.
② John Tyree Fain and Thomas Daniel Young eds. , *The Literary Correspondence of Donald Davidson and Allen Tate*, Athens: University of Georgia Press, 1974, p. 212 (letter of April 12, 1928).
③ Philip Castille and William Osborne eds. , *Southern Literature in Transition*, Memphis: Memphis State University Press, 1983.

的小说和社会批评里，探索过去，依靠过去，因为过去寓于现在。我们并非孤立地生活在时间里，奴颜婢膝，与其他一切无干，是过去发生的事将我们推向显赫、决定性的位置。南方人有着整体意识，他们不断提醒我们，我们不完全是此时、此地的自由行为人，过去在部分意义上是主人。过去还提供视点——不是向它倾诉多愁善感的热爱，而是把它作为价值观念的宝库，如果正确看待，就可能领略它的意义，与此同时，它也会为我们的时代提供一个完全必要的观察世界的角度。①

相比较之下，威尔蒂对历史的立场似乎不那么旗帜鲜明，较少公开直截了当地表达自己对历史的感悟。但威尔蒂自有她解析历史的婉转方式。她将其以艺术的手法隐含在她的作品里。她借助象征，将笔触深深地探进历史，去挖掘在现代社会中过去对人的意义。她小说中的人物在故事结束时往往从蒙昧状态觉醒过来，意识到过去的价值，开始懂得珍视它。虽然他们发现过去有被理想化的缺陷，但他们显示了对它的理解与共鸣。在她的一个短篇小说《亲戚》（*Kin*）中，女主人公狄茜·海斯廷丝和一个北方人订婚。她决定回访自己在密西西比的老家，为自己未来的婚姻生活寻找指引方向的启示。尽管她察觉到过去的神话并不是真实的生活，但却反映了人们在努力维护自己的理想，体现了人类文明生生不息的追求。她的著名的长篇小说《乐观者的女儿》（*The Optimist's Daughter*）的情节与《亲戚》很是相似。女主人公劳瑞尔·麦科尔瓦为了参加父亲的葬礼回到了故乡密西西比。她的故乡之行从本质上是一次对历史的回访，她得以有机会审视过去传承下来的神话，逝去的父亲、母亲、丈夫的往事在她的记忆里一幕幕重现。她找到了最为深刻的事实真相。她身强力壮、欲壑难填的继母菲伊对传统形成了冲击和搅扰，被

---

① Louis Rubin and Robert Jacobs eds. , "The Southern Temper", *Southern Renascence – The Literature of the Modern South*, Baltimore: The Johns Hopkins Press, 1953, p. 11.

认为是游离于历史之外的一个典型。菲伊粗野地嘲笑劳瑞尔对过去的沉思，声称："过去对我来说什么也不是，我属于未来。"① 菲伊所代表的是对过去的遗忘，对人珍视自己宝贵的过去时刻的否定。对于她来说，没有过去，只有现在用于满足她的欲望，只有未来等待她去征服。她完全不明白劳瑞尔为何珍视她的母亲贝吉留下来的面板，无知地问她在这东西里看到了什么。劳瑞尔回答她看到了整个故事，完整、坚实的过去。与菲伊形成鲜明对照的是劳瑞尔的母亲这位受人敬仰的南方淑女。她是力量、知识、坚毅的化身。作为她的女儿，劳瑞尔在认识到了母亲的美德后，接受了历史的重负对她情感的影响。尽管她清楚地知道，人们过去的生活不一定比现在美好，她仍然满足于回忆往事。她以形象的语言对过去作了如下总结："过去像盖棺论定的父亲那样不会接受帮助或承受伤害。过去与他一样，刀枪不入，再也不会被唤醒。但记忆还会回来……呼唤我们的名字，要我们为它落下眼泪，这理所当然。"② 尽管她明白过去的神话带有虚构、不真实的性质，导致人们精神的压抑，她仍然乐意与其共存，因为那是她的文化遗产。劳瑞尔在剖析了过去的缺陷之后，坚持认为过去值得人们去理解、敬重，因为它象征了人类的对可能达到的境界的一种理想和眺望。

威尔蒂的密西西比同乡谢尔比·福特（Shelby Foote, 1916—2005）既是一位优秀的长篇小说家，又是一位著名的历史学家。他最出色的作品是耗时20年左右推出的三卷本的《内战叙事》（*The Civil War: A Narrative*）。这组史诗般的小说通过对战争的真实再现张扬了历史的威力，传递了这样一个观点，即人只有向历史和传统致敬才有可能定义自我。个人的失败被赋予了更广的内在意蕴，被用来体现文明的失败，因为它不能正确地对待历史，没有汲取历史提供的知识理解自我。一旦有人铤而走险，企图打破历史的规律，阻挠

---

① Eudora Welty, *The Optimist's Daughter*, New York: Random House, 1972, p. 179.
② Ibid. p. 179.

它的发展，等待他的必将是失败的结局。在福特的其他小说中，抛弃历史或被历史抛弃的人总是生活在孤独之中，面临经济、社会等方面的问题。

南方对历史如此地执着，如此数量众多的南方作家孜孜以求，不约而同地参与对历史可能携带的启示进行深度发掘和凝思，提出了系统、连贯的诠释，这在美国乃至世界文学史上的确是一个罕见的现象。看待这一现象时，人们首先会不由自主地联想到美国的内战，认为是这场战争促使南方人将更多的目光投向了过去。应当说，这种认识在一定程度上是正确的。内战使南方人生动、深刻地领教了历史的力量，使他们在很长的时间里沉浸其中，难以自拔。一方面，他们感受到了过去带来的伤痛之剧烈、之长久。这场战争的结局对南方的心理、经济、文化是一个近乎毁灭性的打击，牢牢地镌刻在南方人的记忆里，使其久久难以恢复以往的心理宁静。他们非常难以面对被北方人征服的严酷现实，因为他们曾经以居高临下的姿态轻蔑地把北方人叫作"扬基佬"。另一方面，他们中的一些人也感受到了这一创伤振聋发聩的效应，被它可能包含的启蒙和教育意义所吸引，将其当作一个对自我和世界进行再认识、使南方走向成熟的契机。他们从传统的优越感和昏昏欲睡的状态里惊醒，开始严肃地思考和反思，看清了自我的局限性。沃克·珀西在一次接受采访时，当被问到为什么南方出了这么多优秀的作家时，他简单地回答说："因为我们打了败仗。"[①] 这句话看似答非所问，实际上中肯、扼要，蕴含了丰富的哲理。奥康纳对这句话的内在含义作了破译、展开，认为珀西是说战争的结局促使人们警醒，重新审视自我与世界，完成了一次思想意识的飞跃，如同亚当偷食禁果一样，摆脱了纯真无知，看到了自我与世界的本来面目。他们进行反思的强烈冲动以文学的形式迸发出来。奥康纳为南方经历了这场战争而庆幸，因为战争促使他们长大，将他们从自以为是的幻觉中解

---

① Flannery O'Connor, *Mystery and Manners*, New York: Noonday Press, 1969, p. 59.

救出来，推向更高的知识层次。依照她的理解，南方人"进入现代世界的时候，内心里知道人的局限性并且还有一种神秘感，这些在我们最初的纯真无知状态时是不可能发生的——在我们国家的其他地区亦没有完全发生。并不是每一次败仗都会对社会产生这种效果，然而，我们则是双倍的幸运，不仅因为我们摆脱了纯真无知，而且我们还有对其进行阐释的手段"①。

由此可见，如果单纯地将"南方文艺复兴"对历史的迷恋和凝思定性为沉湎于过去以逃避战败蒙受的羞辱，或是不断蚕食着旧南方的工业化和现代化进程未免失之偏颇。它还是南方人在认识领域做出的一个努力，渴望重新审视世界，通过对过去的探讨，寻找到一种存在模式或秩序，破译意义，以更好地理解现在。过去被视为道德和知识的源泉，具有认识和指导功能，能够帮助人们把握现在。它的目光从表面看是凝视过去，但真正的关注仍然是现在。《押沙龙，押沙龙！》中的昆丁·康普森正是在翻阅了过去之后认清了自己及其他人的复杂性。"南方文艺复兴"的一位重要作家威廉·戈尔摩·西姆斯（William Gilmore Simms）也提出，过去对于理解过去、开辟未来至关重要："过去正是通过历史为未来提供忠告和指导，如果他没有把生命的气息呼吸进他的鼻孔，盗尸人就无法用绳子把他为后代偷出的摇摇晃晃的骨架维系在一起。"②

美国内战与南方的历史情结有着密不可分的关系，因此，当人们谈论南方对历史的执着时总会联想到内战。不过，应当指出的是，这场战争固然在提高南方人的历史意识方面起到了重要作用，但是，内战不是它的唯一原因。如果对两者之间的联系给出一个恰当评价的话，可以说内战强化了而不是催生了南方人的历史意识。这种意识产生的根源比人们通常想象的要更为深刻

---

① Flannery O'Connor, *Mystery and Manners*, New York: Noonday Press, 1969, p. 59.
② C. Hugh Holman ed., *Views and Reviews of American Literature*, *History and Fiction*, 1st Ser., Cambridge, Mass., 1962, pp. 34–35.

和久远。南方学者霍曼高度概括了历史在南方成立以来在塑造人的理智与情感中所扮演的角色，声称："过去175年里南方人的想象浸染着历史色彩……时代长河中发生的事件总能激发南方人的想象力，他们在对过去的阐释里发现了现在与未来的最深刻的真理。"①

霍曼并没有夸大其词。南方对过去的重视充满真挚的情感，源远流长、根深蒂固，可以追溯到来自欧洲的移民在新大陆南部海岸的弗吉尼亚和南、北卡罗来纳定居的时期。他们以曾经生活过的英格兰的存在方式和思想观念为基础建立他们的新的家园。这其中就包括对历史的尊崇。在19世纪，英国作家沃尔特·斯哥特（Walter Scott）的历史小说风靡美国南方，不仅是人们阅读的佳品，而且当地的一些城镇、农庄、儿童皆按照斯哥特的"威佛利小说"中的人物和地方取名。当"斯哥特热"在全国其他地区退潮之后，这里依然热度不减，一直持续到内战爆发，几乎达到了登峰造极的地步，被美国著名作家马克·吐温戏谑为"沃尔特先生病"②。南方对历史的青睐可见一斑。它可以被当作一个例证，从一个侧面表明南方人的历史感与西方文明之间存在内在的联系。在西方世界，评价历史作用的一个方法就是把它置放在一个宏大、完整的语境里考察它的连续性、合理性、意义性，将它视为一个发展和实现世界之灵的重要过程。依照基督教的解释，历史在客观地执行上帝的意志。黑格尔在他的《历史的哲学》中断言："可以说世界历史在解析知识的过程中展示了世界之灵"，"整个历史进程……旨在把这一无意识的冲动转化为有意识的行为"③。英国诗人塞缪尔·泰勒·柯律芝（Samuel Taylor Coleridge）认为，斯哥特的"威佛利小说"依靠"两个现存的重大社会人文原则的较量：一方面出于宗教信仰坚守过去、远古的传统，对永恒的渴望和爱

---

① C. Hugh Holman ed. ,*The Immoderate Past*, Athens: The University of Georgia Press, 1977, p. 1.
② Mark Twain, *Life on the Mississippi*, New York, 1923, pp. 332 – 334.
③ G. W. F. Hegel, *The Philosophy of History*, trans. J. Silbee. New York, 1956, p. 25.

慕；另一方面，作为理性的后代，对增长知识、追求真理的热情，简而言之，谋求进步与自由的巨大本能"①。这一历史观与南方历史学家伍德沃德，小说家斯泰隆、沃伦 1968 年在新奥尔良的一次学术研讨会上的发言几乎一脉相承。南方人沿循的思维模式追根溯源似乎可以在西方文明的哲学思想那里找到起点。内战的爆发强化了南方人对历史的关注，为他们宣泄对历史的情愫提供了一个契机，因而赋予了"南方文艺复兴"和"南方神话"鲜明的历史视野。

二 对历史的质疑、重审、拒斥

如今，斗转星移，时间进入了一个"已经忘记了如何进行历史的思考的时代"②。在后现代大潮的冲击下，人们对历史的认识经历了深刻的变化。小说和历史传记中过去与叙述过去的关系被重新评价，对历史的再现方式受到了拷问。笼罩在历史上神圣、权威的光环被驱散，其曾经拥有的指导和象征价值在被抽去，时间的连续性、历史的客观性与它究竟能在多大程度上能真实反映过去被质疑，难再被看作过去事件的真实、公正的记录或再现。它倾向于被降解为在人的主观意识的驱动下构筑的符号话语体系，并非是自然而然地与生俱来。这一体系把过去的事件转变为对现在而言的历史事实，人们借助它编制过去的意义，服务于某一特定的目的。它因而具有明显的主观选择性。

---

① T. M. Raysor ed., *Coleridge's Miscellaneous Criticism*, London: Constable & Co. Ltd., 1936, pp. 341–342.
② Fredric Jameson, *Postmodernism, or the Cultural Logic of Capitalism*, Durham: Duke University, 1997, p. ix.

这种对历史的功能与本质进行质疑、再认识的趋势引起了众多当代理论家、评论家的关注和讨论，他们有些甚至直接加入了推动这一进程的行列。美国学者彼得·马林（Peter Marin）在他的《新自恋症》中提到了他在20世纪70年代观察到的一个重要现象，美国社会在回归亚当·斯密（Adam Smith）宣扬的信条，因为他向人们保证："个人的意志具有强大的力量，完全能决定自我的命运。"① 然而，过度强调个人的作用所产生的一个问题是，他被从一个庞大、综合的历史或社会网络或系统中分离出来，加剧了他的孤独感，致使其更易于抹杀自己的过去，背离传统的道路。

福柯发表的一番言论在一定程度上显示了后现代社会的历史观对传统的颠覆。他不赞同把历史描述为一个系统、连贯的体系，为人们提供知识和抚慰，呼吁废除旧的历史观，对历史进行重新认识：

"有效"历史与传统历史不同，它没有常数。人甚至连他的体内都没有足够的稳定因素可以作为认识自我或理解他人的基础。传统上，人们建构一个综合的历史观，将过去描述为一个耐心、持续的发展过程，这种做法必须被系统地解构。我们有必要摒弃那种鼓励通过认识事物获得慰藉的倾向。即使在历史的旗帜下，知识也不是通过"重新发现"获得的，它尤其排除了"自我的重新发现"。历史通过将断裂意识引入我们的生命才会变得"有效"——它分化我们的情感，戏剧性地调动我们的本能，使我们的身体繁衍出多个形式，使其对自我进行反叛。"有效"历史夺去令个人宽慰、踏实的生活和自然的稳定性，它不允许无声的刚愎、顽固的意识将它运往世纪的终点。它要拔除传统的根基，毫不留情地打乱它虚假的连贯性。这是因为知识被创造出来是为了切割，不

---

① Peter Marin, "The New Narcissism", *Harper's Magazine*, October 1975, p. 46.

是为了理解。①

新马克思主义理论家弗雷德里克·詹姆逊（Fredric Jameson）在《后现代主义与消费社会》一文里的观点是，当代美国社会正在经历着"历史意识的消失"，在逐渐丧失其"保留其过去的能力"，人们"开始生活在永恒的现在和永远的变化之中，抹去了先前的社会结构需要以不同的方式保持的一切传统"②。詹姆逊把这种"历史失忆症"的原因之一归结于大众媒体，尤其是电视。过去被广大的电视观众在观看电视时不停地转换频道的行为分解成的缺乏连贯性的画面和声音片段，在他们的记忆中留下了一堆支离破碎的符号、形象，使他们无法构建出一个有意义的叙事或阐释体系，把过去、现在、未来有机地结合起来。

1970 年，著名历史学家大卫·菲舍（David Hachet Fischer）也注意到了当代人文社科领域广泛的反历史化思潮。他指出："持多种见解的小说家、剧作家、自然科学家、社会科学家、诗人、预言家、权威、哲学家对历史思想表现了强烈的敌意。我们很多的同代人格外不愿意承认过去的事实和曾经发生的事件，顽固地抗拒一切为历史知识的可能性及用途的争辩。"③

几年之后，海登·怀特（Hayden White）总结了当代文学就如何对待历史所采取的立场。他评论道："当代文学的鲜明特点之一是，它坚信如果作家以适当的、严肃的态度审视现代艺术特别要揭示的那些层面的人生经历，就必须抹掉历史意识。"他尖锐地指出了人们在确立历史时的主观选择性、实用性，认为这一行为受制于人们的愿望和需求，这就不免使历史的所谓真实性、客观性打了折扣："对历史专门的探询与其说是源自一种需要，要确立某些已

---

① Michel Foucault, op. cit. , *Language, Counter Memory, Practice*, "Nietzsche, Genealogy and History".
② Hal Foster ed. , *Postmodern Culture*, London: Pluto, 1985, p. 125.
③ David Hachet Fischer, *Historians' Fallacies: Toward a Logic of Historical Thought*, New York: Harper & Row, 1970, p. 307.

经发生的事件，不如说是出于一种愿望，决定哪些事件可能会对某个群体、社会或文化对现在的任务和未来前景的观念产生意义。"①

这些言论仿佛是针对后南方文学的反历史趋势而发的。的确，处在否定历史这样一个大的后现代文化环境里，当今南方作家显然无法无动于衷，仍继续孤立地运行在传统南方思想的轨道里。如果说他们"南方文艺复兴"的先辈以群体的力量将历史托举到前所未有的高度，那么他们这一代作家则似乎不约而同想到，要破除传统的禁锢，其历史观是一个必须拿下的突破点，从而开始了把历史拉下神坛的群体性努力，还原它应有的面目。他们对历史的功能、性质、意义的立场出现了根本的转向，在与时代的潮流接轨。他们不赞同泰特、福克纳们对记忆的复原力量的坚定意识，而是显示了对"记忆和历史建构的道德秩序之救赎力量的信心的衰退"②，历史开始从他们的思维定式中消隐。他们不想脱离飞速发展的世界，去继续徘徊在过去的废墟里追忆和沉思。历史对于他们不再有多少认知意义和价值。他们在将目光投向现在，在一个似乎没有意义的世界里寻找意义。历史在南方的文学书写中遭遇了空前危机。

早在 20 世纪 70 年代初，沃伦就把这种变化看在眼里，急在心上。他在一次采访中抱怨对历史的尊崇在美国从没有像当时那样跌落到如此低的地步。他说，在当代世界，"对过去的蔑视越来越明显"③。在另一个场合，他强调他深感忧虑的是历史的消亡，指出"对过去的意识在告别当代人的思想"，由此带来的损失将难以弥补，所留下的是"……某种空白。某种空白。但是，

---

① Hayden White, *Topics of Discurse: Essays in Cultural Criticism*, Baltimore: John Hopkins University Press, 1978, p. 31.
② Lewis Simpson, *The Dispossessed Garden: Pastoral and History in Southern Literature*, Athens: University of Georgia Press, 1975, p. 93.
③ Lewis Simpson ed. , *The Possibilities of Order*, Baton Rouge: Louisiana State University Press, 1976, pp. 119 – 120.

对于众多的年轻人来说，过去已经消亡；它根本就不存在"①。

客观地看，沃伦所提到的这种对历史的蔑视尚不是无意的轻慢或是一时鲁莽的冲动，而是源于理性的思考，对历史的功能的重新审视，即认为以前人们高估了历史的角色，现在该是拨乱反正的时候了，应切断与历史沉重的锁链，轻装前行。

这一论点的坚定支持者和传播者之一便是理查·福特（1944—）。福特在当今美国文坛具有重要影响，荣膺1989年美国文学艺术研究院奖、1996年普利策奖和福克纳奖。他以恬淡、精美的语言对普通生活的深刻再现受到评论界和读者的广泛关注。美国著名女作家乔伊斯·欧茨赞誉他为"叙事天才，具有无法模仿的抒情声音"②。

福特在南方文坛属于大器晚成。四十岁前写过几部作品，均不很成功。《体育记者》的问世一举扭转了局面。因为本书准确把握住时代的脉动，引起读者强烈共鸣，被《时代》杂志选为1986年5部最畅销书之一，至2000年销量近20万册。第二年他出版了短篇小说集《石泉城》（*Rock Springs*）。这两部作品使他扬名美国文坛。迄今他已经创作了《体育记者》（*The Sportswriter*）、《我的一片心》（*A Piece of My Heart*）、《狂野人生》（*Wild Life*）、《独立日》（*Independence Day*）、《加拿大》（*Canada*）等7部长篇小说和5部短篇小说集。

福特1944年1月出生于南方密西西比的杰克逊，在密西西比完成了中学的学业，和"南方文艺复兴"中闻名遐迩的前辈们有着不解之缘。他在杰克逊上的小学是威尔蒂曾经就读的学校，甚至受教于同一批老师。威尔蒂居住的地方就在他家对面。他母亲有一天指着街上一位女士告诉他，那就是威尔

---

① Floyd C. Watkins and John T. Hiers eds. , *Robert Penn Warren Talking Interviews 1950 – 1978*, New York: Random House, 1980, pp. 198 – 199.

② Huey Gaugliardo ed. , *Conversations with Richard Ford*, Jackson: University of Mississippi Press, 2001, p. 71.

蒂。据他本人回忆，他大学时阅读的福克纳的《押沙龙，押沙龙!》的人物形象及叙事方式令他震撼，激励他走向创作道路。他的早期作品即以密西西比为背景，触及了乱伦、身份、家庭的没落、暴力等主题，不禁使人联想到福克纳的《喧嚣与愤怒》《押沙龙，押沙龙!》和《圣殿》。故此，他被视为南方作家，甚至被归类为"新福克纳派"。

这部小说没有引起大的反响。这样的结局促使福特对自己的文学追求方向进行了反思，意识到如果仍然在"南方文艺复兴"光环的遮蔽下写作，将难以取得建树。他决心另辟新路。他承认可能在福克纳、威尔蒂和奥康纳影响下用传统南方主题写南方，"但我很快意识到以后不能写南方了，因为文学巨匠们已经将它表现得淋漓尽致"。①

从此，在以后作品里，他的文学创作出现重大转向，不仅视野从南方拓展至美国其他区域，价值观念亦挥别了南方。

如前所述，西方文明与哲学在南方的深厚底蕴以及美国的内战赋予了"南方文艺复兴"浓郁的历史情结，构成了福克纳、沃伦、泰特等梦牵魂萦的主题。他们的作品执着地从中提炼着意义，查找着与现实、未来的内在联系，将历史当作凝聚人的光荣、梦想、悲情的完整、连续的时间体系，知识与力量的源泉，定位自我身份的坐标，将人视为历史的产物。人摆脱不掉过去，他所接触的东西和经历的事情、他的所作所为永远地成为了他的一部分。

这种历史解读在《体育记者》中被彻底改写。南方文学评论家奎因指出："他（福特）的小说在拒绝基督教和历史这类宏大叙事正当性的后现代场景里展开，基督教和历史对他的南方文学前辈曾是那样至关重要。"② 作为同是前往北方体验不同人生的南方人，巴斯克姆与《押沙龙，押沙龙!》中的昆丁·康

---

① Jay Parini ed. , *American Writers – A Collection of Literary Biographies*, Supplement V, New York: Charles Scribner's Sons, 2000, p. 59.

② Matthew Guinn, *After Southern Modernism*, Jackson: University Press of Mississippi, 2000, p. 119.

普森一样受到过去的牵拉，迫使他陷入对历史功能的沉思。客居新泽西为他提供了一段审美距离。他完全可以像昆丁那样，在异乡土地客观、超脱地重新审视历史，在此基础上建立对自我新的定义。然而，他没有效仿昆丁，而是将走出密西西比视为彻底扫除历史阴影、解放自己的契机，因为他深深感到，将旧时的思想与价值强加于现在徒增人的痛苦，使他不堪承受生命之重，只有挣脱历史的捆绑，才能够应对现在的挑战。故此，他对历史实施了激烈抨击和无情解构，抹杀其诠释、指导作用，把它看作一个人为构筑的意义桎梏，一种集体信仰行为，表达了对人们服从这个结构操控的不可理喻。在《体育记者》这部作品中，他基本上是以一个漂浮、无根的形象出现。从历史地理的角度来看，可以说弗兰克的父母在南方的历史地理中无一席之地①。他的父母没有传承给他任何东西，他们"没有特别意识到他们在历史的连续性中的地位，两人只是漂浮在世界，对时间的期望与绝大多数人一样，对自我的重要性没有令人生畏的信念"②。他没有兄弟、姐妹，在离婚后形影相吊。他庆幸自己没有承载历史重负，宣称过去和先辈对他来说都毫无意义，含沙射影地嘲弄他的南方前辈深陷历史之于现实的影响不能自拔："我没有悠久的家族历史可讲，是否显得奇怪？我也没有一系列的问题与仇恨去沉思———一系列的创伤以及对过去的怀恋，它们仿佛能对一切事情做出阐释，但也会为它们带来麻烦。"③ 给巴斯克姆看过病的医生芬彻是作品中南方传统残余的隐喻，犹如时代错误的幽灵，宛如出土文物，游荡在后现代文化场景里。作品用近似漫画的手法绘制了他怪诞另类的寓言式形象："芬彻是那些身形瘦长、手毛奇多、臀部外翘、娘里娘气的南方人之一，他们往往成为律师或医生，

---

① Martyn Bone, *The Postsouthern Sense of Place in Contemporary Fiction*, Baton Rouge: Louisiana State University Press, 2014, p. 94.
② Richard Ford, *The Sportswriter*, New York: Random House, 1986, p. 24.
③ Ibid. p. 29.

我不喜欢这种人。"① 他形容芬彻是那种你宁愿付钱也不想在公共场合遇见的人，若和他乘坐同一班飞机，他甚至会选择改签，但偏偏又和芬彻在机场不期而遇，这使他极度不爽："公共场所的一个坏处就是有时会看见你宁可花钱也不愿见的人。"② 在机场撞见芬彻时，巴斯克姆原想撇过头去对其视而不见，然而，芬彻并不知趣，主动凑上来以他洪亮的带有南方腔调的男中音打招呼。他外表、声音都散发出的南方特点令巴斯克姆深恶痛绝。"芬彻是那种只会用玄奥滑稽的南方腔跟你说话的南方人，他认为所有听到他说话的人都对他的父母和历史了如指掌并且十分想了解他们的近况。他外表看起来虽年轻，但是行为却老套得像个六十五岁之人。"③ 巴斯克姆在讽刺他迂腐行为的同时也含沙射影抨击了拥有厚重历史但却不合时宜的南方。在巴斯克姆心中，芬彻象征南方历史的陈腐、乏味，身穿奇装异服，行为古怪、以自己为南方人而沾沾自喜，目空一切，逢人即喋喋不休地讲述他的家庭历史，让人避之唯恐不及。他还曾向巴斯克姆攀亲，暗示他们在南方有一个共同姑妈，但巴斯克姆拒绝以南方为纽带维系的人际关系，虚与委蛇、应付了之。不识时务的他如痴如醉地向巴斯克姆描述孟菲斯是自己的梦想，张口闭口南方如何如何。但巴斯克姆却觉得他愚蠢至极。巴斯克姆这种迫不及待想跟芬彻划清界限的心理和对其冷漠的态度表明他对历史兴味索然。福特本人对南方历史的感受在此昭然若揭。他认为没有必要紧紧抓住历史不放，历史不会给人带来荣誉感，只会增加心灵重负，沉湎过去是死路一条。通过对芬彻孤独、另类的刻画，巴斯克姆表明，紧抓历史不放等于将自己边缘化、隔绝于时代。他说，芬彻属于"那类南方人，罩着玄奥、滑稽怪诞的南方特色之网和人交谈，以

---

① Martyn Bone, *The Postsouthern Sense of Place in Contemporary Fiction*, Baton Rouge: Louisiana State University Press, 2014, p. 61.
② Ibid. p. 67.
③ Ibid. p. 62.

为周围所有人对他父母与历史都了如指掌,想利用一切机会聆听他们的近况"①。在巴斯克姆的心目中,历史毫无神秘、魅力可言。他直言不讳、洋洋洒洒地亮明了自己拒斥历史的立场:

> 我们真想达到这样一种境地,使过去无法做出关于我们的任何解释,我们能继续自己的生活。谁的历史能揭示很多真谛?依我看,美国人过于强调过去是定义自我的方式,这样做会是死路一条。我知道我读长篇小说时,在作者义不容辞、大张旗鼓地回访如同葬身之地的过去时,总感到恶心(我有时几乎完全跳过这些部分,有时合上书再也不拿起来读了)。让我们正视这一点,多数人的过去并非很精彩,你一旦准备好,它就应该变得索然乏味,解除对你的控制。②

这种自我反思式叙事策略既昭示了巴斯克姆与南方历史和家园的坚决切割,也延续了作者福特通过叙述者声音对他始自《我的一片心》的对"南方历史的负担",或者对"南方文学"这类陈腐东西③的批判性审视。虽然历史认知曾经在南方文学中举足轻重,但《体育记者》认为社会已发生巨变,若在消费文化大潮中依旧受制于历史桎梏,以旧思想和价值观衡量、诠释和指导现在,是严重的时代错位。这部小说一个主题表达着力点就是质疑并推翻"南方文艺复兴"所宣导的历史观,时常拿历史说事,否定对其所代表的理性、深度、传承进行追寻的意义,倡导在新时代以新的生存策略取而代之,拒绝回望过去,更愿着眼、享受当下,通过消费自我排遣,追求新事物,憧憬未来。巴斯克姆对汽车情有独钟:"坐进崭新洁净的限量款车或者蒙特哥轿车——里程检查完毕、油箱加满、座椅调整好、沉重的车门紧闭、鼻腔里充

---

① Martyn Bone, *The Postsouthern Sense of Place in Contemporary Fiction*, Baton Rouge: Louisiana State University Press, 2014, p. 68.
② Ibid. p. 24.
③ Ibid. p. 114.

斥着令人激动的新气味，这种感觉真是无与伦比……对我来说，这种理性范围内的自由感绝无仅有。崭新的今天，崭新的明天，可控范围内进行着永恒的更新换代。"① 在消费时代，汽车已然成为标榜一个人社会地位的外在形式。生活在由物质的不断升级所构建出的一种未来导向型的社会中，购置新车不仅能为巴斯克姆快速完成身份升级，亦能为他带来一种内在的新鲜感和自由感。他由此发出一段未来宣言和人生信条："全新的明天——任何新的一天——对我来说都有重大意义。我完全就是个期望者，我关注事物的未来。"②

作品还对人物做了别出心裁的设计，以有效淡化、清除历史痕迹及其影响，比如，对巴斯克姆的身世和家庭背景的介绍一带而过，用未知数符号 X 指称巴斯克姆前妻，在故事开始前让儿子拉尔夫夭折，离婚后前妻带着另外两个孩子离开他，极大地削弱了这段历史从过去向现在延伸的实体性，将巴斯克姆压缩为一个仿佛没有过去、孑然独立于现在的人，甚至让其前妻和后来的女友罹患失忆症，切断了她们在记忆中与过去的联系。福特不仅通过芬彻的形象从侧面表达自己对历史的摒弃态度，也借由巴斯克姆和 X 的一段对话体现他对南方历史的消极判断。在悼念亡子时，X 分析了巴斯克姆的性格缺陷。据巴斯克姆自述，她认为"是因为我不太了解我父母，上了军校，并在南方长大，那里到处是叛徒、守口如瓶的人和不可信赖的人，我同意这是实情，尽管我从来没见识过这些人。她说，所有这一切都是内战的后果。像她一样在一个没有明显特征的地方成长要好得多，在那里没有任何模糊的东西来混淆你或使事情变复杂，那里的人唯一认真思考过的事情就是天气"③。X 在此含沙射影地讽刺南方，将巴斯克姆的性格缺陷归结于其原生地，她认为"南方意识"是一种失调的甚至邪恶的社会意识，仍然背负着阿波马托克

---

① Richard, Ford, *The Bascombe Novels*: *The Sportswriter*, *Independence Day*, *Lay of the Land*, New York: Everyman's Library, 2009, p.135.
② Ibid. p.170.
③ Ibid. p.12.

斯（内战结束的地点）的沉重历史负担①。X 否定了南方历史，认为充斥着内战和奴隶制的南方历史对人的发展毫无进步作用，只会将沉重的负担加诸一代代南方人并阻滞他们的发展。巴斯克姆对此言并无反驳异议，反而默认甚至同意她对南方的消极评价。但他立即辩白自己不认识那些南方人，急于撇清一切关系。这种态度和《押沙龙，押沙龙!》中的昆丁·康普森形成鲜明对比。同样身为南方人的昆丁，在离开南方北上求学后听到同学史瑞夫对南方的负面评价，他立即表明自己并不厌恶南方，南方仍然是他魂牵梦萦的故乡。而巴斯克姆却和前妻达成共识，承认乏味、沉重的南方历史压得人喘不过气，使得他在面对不幸的时候往往不知所措，是造成他性格懦弱的根源。巴斯克姆对南方的不屑也反映了福特的历史认知。巴斯克姆所出生的家庭不像福克纳笔下的康普森家族或者沃尔夫笔下的甘特家族。弗兰克没有祖先意识，没有家庭负担，不仅没有祖父母，也没有兄弟姐妹。②和他一样，福特也坦承"我的家庭并无悠久历史"③。在这种历史缺席的共同前提下，巴斯克姆俨然是福特的化身，他们都不愿意当"历史的烈士"④，成为南方历史或家族历史操控的傀儡。在福特笔下，历史不再具有指导功能，它变得味同嚼蜡，甚至发出浓烈的陈腐味道，令人窒息，故步自封，逃避现实和未来。

巴斯克姆对历史的否定在一定程度上有其家庭因素的特殊性。他儿子因病夭折，因为无法适应这巨大打击，他和妻子离婚，另外两个孩子随前妻而去。他们是源于过去的实体，证明着时间从过去向现在的延伸。失去他们，时间的连续性仿佛就此断裂，他被抛入纯粹、孤立的现在。形影相吊的状态

---

① Martyn Bone, *The Postsouthern Sense of Place in Contemporary Fiction*, Baton Rouge: Louisiana State University Press, 2014, p. 96.

② Huey Guagliardo ed., *Perspectives on Richard Ford*, Jackson: University Press of Mississippi, 2000, p. 89.

③ Ibid. p. 84.

④ Richard Ford, *The Bascombe Novels: The Sportswriter, Independence Day, Lay of the Land*, New York: Everyman's Library, 2009, p. 273.

使他难以相信自己是历史链接中的一环。他决计告别过去，只为现在而活，首先关注如何融入现在的生存环境和目前亟待解决的问题，如泄洪道、防雨窗等。对于往事的侵袭，他的战术就是将其奋力推进遗忘的深渊，只有忘掉过去的梦想、痛苦，宽恕自己和他人性格的缺陷才有继续生活的希望。他形容自己是"遗忘的支持者"①，"我把我的历史想象成一张明信片，一面是变幻的场景，但背面就没有特别或是值得回忆的寄语"②。由家破人亡的悲剧得出的启示上升至一个更高层面，促进了他对历史的总体评价。他联想到南方乃至美国对历史的倚重，心潮难平："依我看，美国人为了给自己身份定位，太强调他们的过去……我觉得，父母以及整个过去对我们的影响被夸大了。在一定程度上讲，我们完整健全，自立于世，无论什么都不能改变这一点。"③

巴斯克姆对历史的消解也蕴含着时代的必然性，是后现代总体环境对个体的渗透，极大削弱了其传统价值观念和认知方式。针对后现代社会对历史的态度，詹姆逊提出了这样的见解："后现代给人愈趋浅薄微弱的历史感，一方面我们与公众'历史'之间的关系越来越少，而另一方面，我们个人对'时间'的体验也因历史感的消退而有所变化。"④ 后现代思潮的首要宗旨是挑战普遍准则、原理的中心统治地位。作为黑格尔、维柯等所认为的内存有连贯的模式，能提供理性阐释的庞大意义系统，历史位于被冲击之列。由于历史的思考往往超越物质和时限，与后现代的瞬时性、易变性、物质性比较，映衬出它的抽象、遥远。作为晚期资本主义压倒一切的着力点，物质丰富的现在以永远处在更新之中的产品与服务引领着时尚，模糊了人们对基本准则的判断能力。身陷于五光十色消费文化的包围，巴斯克姆非常困惑："现在世

---

① Richard Ford, *The Sportswriter*, New York: Random House, 1986, p. 150.
② Ibid. p. 30.
③ Ibid. p. 24.
④ Fredric Jameson, *Postmodernism, or the Cultural Logic of Capitalism*, Durham: Duke University, 1997, p. 433.

界物质这么丰富,更难判断什么是、什么不是立身之本,生活该向何处去。"①在此情况下,历史所能提供的帮助苍白无力,难与现实接轨,历史意识的衰落也就成为必然。《体育记者》凸显了巴斯克姆切断与过去的关联的愿望,代表了一个倡导在个人现在的生活经历中发现真理的一种新的文化价值观。

应当说,福特对历史的贬抑不是心血来潮,偶尔为之。它是建立在恒定、系统的认识基础之上的。或许在后南方作家里,在对历史与现实的立场上,就旗帜鲜明、始终如一的程度而言,福特是很突出的。他大部分的作品贯穿了两条主线,对历史的拒斥和与现实的拥抱。他作品里的人物一般没有根和过去。在福特被称为最具南方风格的长篇小说《我的一片心》中,罗巴德·休斯否定思考过去,认为那对于把握现在毫无用处。以他的观点,"事情发生也就发生了。某一时刻不会教给下一个时刻任何知识"②。在人生无常感的驱使下,他觉得人绝对有必要为现在而活着。对他而言,那是把握自我的唯一可能的途径。福特在《体育记者》的续篇、获得普利策奖和福克纳奖的《独立日》里,重申了他的反历史哲学。这本小说的主人公依然是巴斯克姆,依然生活在新泽西州的郊区小镇哈达姆,现在出售房地产,正帮助一个来自佛蒙特州的人家找房子。他仍然没有结婚。前妻在婚后带着两个孩子搬往了康涅迪格州。他买下了前妻留下的房子,将其当作自己的家。如同在《体育记者》里那样,他轻松快乐。闲暇之时,他会去新泽西海岸和女朋友团聚,或是去康涅迪格州接了他情感遇到障碍的儿子去参观名人堂。在新千年来临之际,他的思绪又一次回到过去,对它的本质进行再次的审视,得出的结论是,家庭的过去如同一个谜,而不是一盏照亮此时、此地的灯塔。他的父母稀奇古怪,令人费解。巴斯克姆悲叹,每当他想到他们时,他们浮现在他脑海里

---

① Fredric Jameson, *Postmodernism, or the Cultural Logic of Capitalism*, Durham: Duke University, 1997, p. 51.
② Ibid. p. 230.

的形象总是支离破碎。他处在现在的闪光时刻的包围里,丢弃了与过去的关系,准备为未来的下一个重要事件做出反应。他意识到,大部分美国人主要是在看得见、摸得着的现在和可预见的未来认识自我。因而,他决计紧紧抓住此时、此地,谨慎地迈进最近的将来。他认为这样做最为恰当、舒服。他炫耀了自己活在当下的生存理念,认为这搭起了一层保护膜,可以使他少受过去撕心的痛苦的伤害:"我现在不愿再去探究过去,更希望着眼未来或至少是现在,这是我最为舒适之处。"① 非常具有象征意义的是,他的前妻X和他现任的女朋友考德维尔都患有失忆症,既对把玩、翻腾过去了无兴趣,也从生理上缺少这种能力,就从根本上清除了纠结过去的烦恼。

鲍比·安·梅森(1940—)是另一位以反对纠缠历史而著称的南方作家。在1940年出生于肯塔基州的梅非尔德。梅森从肯塔基大学毕业后,离开南方去纽约的出版公司和杂志社任职,继而入纽约州立大学和康涅狄格大学深造,分别获得硕士和博士学位。她以短篇小说见长。她1982年出版的第一部短篇小说集《示罗圣地》(*Shiloh and Other Stories*),初试锋芒即获得1983年的海明威奖。次年,她获得古根海姆奖金。后来还获得了福克纳奖。但她也有长篇小说问世,比如《羽冠》(*Feather Crowns*),此书获得南方图书奖并且入围全国图书评论界奖的最后提名名单。从开始写作到现在,已经出版了10部长短篇小说。

梅森与福特持近似的观点,主张和过去的阴影保持距离。在一次接受采访中,她承认自己在某些方面是南方作家,因为其作品有着鲜明的南方特色,但是,她也阐明了自己对"南方文艺复兴"的反叛,强调了自己小说里的人物对历史的漠视:"我不认为我写的人物痴迷过去。我不认为他们对内战有所了解,我不认为他们在乎这一点。"② 她作品里的人物渴望拒历史于记忆之外,

---

① Richard Ford, *Independence Day*, New York: Random House/Vintage, 1995, p.252.
② Wendy Smith, "PW Interviews: Bobbie Ann Mason", *Publisher's Weekly*, August 30, 1985, p.425.

但有时也会坦率地剥开历史的美丽的画皮。与此同时，作为抗拒过去的侵袭的反制措施，她真诚地欢迎工业化、信息化的到来，以洋溢着活力的笔触表现当今时代的前进。她在采访中说："历史对许多美国人来说都很有吸引力，在他们看来，历史有凝聚力，是抓得住的，不像当代生活一盘散沙、混乱无序。在我看来，这种无序棒极了，人们正在摆脱过去。我认为这很好。尽管人们并不总能很好地适应变化，但是他们有这潜力。在我的小说《爱的故事》（*Love Life*）中，当贝弗利思考未来时，发现她拥有她父母并不拥有的选择时，这一刻充满意义。"① 她的兴趣在于描写快餐店、高速路、购物中心组成的当代消费文化场景。当她的故事回到肯塔基西部的过去的乡村生活时，她所做的更多是揭露它的黑暗。那里的愚昧、封闭、艰苦给人留下了深刻的印象。她说："我不能肯定旧南方的特点都那么美妙……我不留恋过去……时代是变化的，我的兴趣是写现在。在我看来，南方变化得充满了活力与复杂性……我作品里的人物在生活中获得的机会比他们的父母要多，甚至他们父母的老年生活也要比以前富裕。这就是南方正发生的变化——越来越多的人过上了美好生活。"② 显而易见，无论是从意识形态的角度还是物质财富的角度，梅森都觉得没有任何理由去消极地抵触它，企图复辟使她的阶级或者更下层的人们为生存而挣扎的过去。那是荒谬、不可理喻之举。所以，在她的小说里难有因传统的衰落油然而生的悲伤遗憾，而多以正常、投入的心态畅游在现实消费文化的海洋里。她在《羽冠》里，采用写实的、极其细致入微的描写手法再现了一个落后、封闭的文化。故事发生在 20 世纪初肯塔基的一家农场。女主人克里斯蒂生了 5 胞胎，在当地爆出了特大新闻，成为众目睽睽的焦点。人们成群结队纷至沓来，争相一睹 5 胞胎的模样。有人竟然急不可耐

---

① Boonie Lyons, Bill Oliver, Bobbie Ann Mason, "An Interview with Bobbie Ann Mason", *Contemporary Literature*, Vol. 32, No. 4, Winter 1997.

② Bobbie Ann Mason, "An Interview with Bobbie Ann Mason", Conducted by Albert E. Wilhelm, *Southern Quarterly* 26.2, Winter 1988, p. 37.

地要翻窗而入去看个究竟。克里斯蒂因此也成了名人。与世隔绝的乡间生活的单调、无聊、愚昧，人们对刺激、娱乐的如饥似渴的盼望，跃然纸上。这其中值得注意的是，故事的发生正值"南方文艺复兴"的黄金时期，那批"纳什维尔农业主义者"正在发挥他们的想象去美化、粉饰、大力倡导农业生活模式。克里斯蒂家乡的生存状况不言而喻地让"农业主义者们"慷慨激昂地宣扬的乡村神话尴尬不已。在该书的尾声，也就是时间接近20世纪末时，克里斯蒂已经是90岁高龄。作为从整个20世纪走过的饱经风霜的她，此时似乎已经是一位智慧的长者，具备了对过去的时光进行评说的权威身份。她抚今追昔，不胜感慨，以亲身的经历驳斥了对过去的神化和幻想，提醒人们过去并不值得留恋。她的观点和梅森接受采访时的谈话如出一辙："你想知道过去那时候是什么样，可你知道了心里也激动不起来。"① 她提出的忠告是："永远别以为我们那时生活在美好时光里。"② 南方文学评论家奎因指出了《羽冠》的两大主题，即对过去神话的颠覆，反对以旧的偏见苛求、过度指责现代社会："这部小说不仅演示了农业主义者们的过去神话的缺陷，也揭露了完全在现代社会寻找异化、不满的这样一种文化视点的不足。"③

在她1985年问世、1989年被成功地搬上银幕的另一部小说《在乡下》（*In Country*）里，梅森探讨了越南战争所代表的过去对个人和国家的身份造成的破坏，是对其一个彻底的去神化过程。故事发生在20世纪80年代肯塔基州的一个名叫霍普韦尔的小镇。女主人公塞姆·休斯的父亲在她出生之前即战死在越南战场。她和同样在越南打过仗，孤身一人，无法从战争的创伤中恢复过来的叔叔艾默特一起生活。作品将艾默特描写成生活在过去的阴影控制之下的受害者，把他行为怪诞的原因归结于把自己囚禁在过去不能自拔。

---

① Bobbie Ann Mason, *Feather Crowns*, New York: Harper Collins, 1993, p. 449.
② Ibid. p. 452.
③ Matthew Guinn, *After Southern Modernism – Fiction of the Contemporary South*, Jackson: University Press of Mississippi, 2000, p. 73.

塞姆希望从父亲留下的信件和日记里找到战争的真相。然而，母亲反对她涉足死去的父亲、叔叔以及其他一些越战老兵的战争经历，叔叔对越战的话题也总是躲闪回避。显然，他深知那段不堪回首的历史对人的良知的摧残有多大，不想把自己过去遭受的折磨传染给侄女。他推脱道："这事太悲惨，不说也罢。这种事情你就想忘掉。"① 当地的内战老兵也不愿多谈这场战争。她的男朋友汤姆体察到了他们的良苦用心，告诉塞姆这些人是想保护她免受惨烈的过去的伤害。老兵皮特对她说："别再想越战，塞姆。你不知道当时是怎么回事，永远也不会知道。你永远没法明白。所以，干脆忘掉它。"② 艾默特以自己在战争之后 14 年的灵魂的煎熬得出的感悟劝慰她超越历史的泥淖，尽管他自己已经被历史毁掉。艾默特直截了当地把历史斥责为无用的东西："人不能从过去学到什么。人从历史学到的主要一点就是从历史学不到任何东西。这就是历史的作用。"③ 在解密越战之前，对其无知的塞姆曾试图在自己的心目中勾画越南历史场景中一派宁静、迷人的田园风光："塞姆在她的脑海里有幅越南的画面……令人惬意的乡村，有点像佛罗里达，有沙滩、棕榈树、稻田和青山。"④ 随着她锲而不舍的追问，迷雾终于散尽，历史露出了它狰狞的真实面目。令塞姆异常震惊的是，父亲在越南写的日记中叙述的战争和她原来想象中的正义、爱国的神话严重脱节。在他写给塞姆的母亲信中的冠冕堂皇的话语听起来士气高昂，似乎相信自己在从事着一项伟大的事业，激荡着崇高、神圣之感——"我希望你为我而自豪……我为为祖国服役感到光荣，我在竭尽全力。有你的祷告相伴，我知道我们会取得胜利。我从骨子里感到这一点。"⑤ 但是，他留下的日记记录的却是残酷无情的战争法则把人改造成

---

① Bobbie Ann Mason, *In Country*, New York: Harper & Row, Publishers, 1985, p. 189.
② Ibid. p. 136.
③ Ibid. p. 226.
④ Ibid. p. 51.
⑤ Ibid. p. 180.

了嗜血成性、心灵极度扭曲的恶魔。美国士兵为在杀戮中寻找快乐、自豪和成就感，从对方战死者的身上取下耳朵、牙齿留作纪念，血淋淋的细节令塞姆作呕，"塞姆感到恶心。她的胃里翻江倒海，她觉得想吐"①。顷刻间，国家、父亲的形象在她心中一落千丈。她痛恨父亲在日记中谈论杀戮时那种冷血、平静的语气，宛如是在学校里参加考试。此后，战争场面像幽灵一样不断在她的脑海里闪现，消解着美国政府为了证明其介入这场战争的正当性而制造的官方越战叙事。实际上，在塞姆卷入这场梦魇之前，她的母亲爱琳已经看清了战争的实质，对其有了自己的定论。她拒绝接受政府的宣传，尖锐的几句话就轻而易举地刺破了这场战争神圣、缤纷的彩泡，脱去了它所谓意义的外衣，点明了它的混乱荒唐和由于美国等级的差别，社会下层天真、无辜的群众被送上战场做了替罪羊的卑劣行径。她说，参加越战的都是些乡下青年，是"分不清自己的屁股和胳膊的小子们。啊，天哪，那是什么样的年代。不是什么幸福时光，塞姆。别把它编造成幸福时光"②。这部作品的一个中心思想是，历史并不能像人们所期望的那样传输知识，发现曾经发生的事情的真相，给人带来的只有痛苦的回忆，甚至扭曲、残缺的内心世界，就像塞姆的叔叔艾默特一样。与其如此，不如避免踏入这一雷区，让真相永远躺在尘封里。塞姆意识到了自己行为的荒谬："可我不能生活在过去。过去是一场愚蠢的蹉跎岁月，没有任何值得回忆的。"③

来自南卡罗来纳州的女作家约瑟芬·哈姆佛瑞斯（Josephine Humphreys，1945—）对南方传统的历史观也是持抨击态度。她出版了《梦境》（*Dreams of Sleep*）、《爱意满满》（*Rich in Love*）、《消防员的聚会》（*The Fireman's Fair*），获得过海明威奖、美国文学艺术研究院奖、古根海姆奖。其中，《爱意满满》

---

① Bobbie Ann Mason, *In Country*, New York: Harper & Row, Publishers, 1985, p. 205.
② Ibid. p. 236.
③ Ibid. p. 185.

还被好莱坞拍成了电影。她荣获海明威奖的长篇小说《梦境》提出了生活在南卡罗来纳州查尔斯顿的维尔和艾丽丝一家对历史新的阐释。岁月具有摧毁一切的能量,即使像历史这样曾经令人敬畏的、仿佛牢不可破的时间体系也无异于世间的万物,难以逃脱它被连续不断的侵蚀。书中女主人公爱丽思的丈夫维尔在前往他的女朋友克莱拉住处幽会时,触景生情,浮想联翩,思绪由这座房子的过去和现在跳跃到对历史的沉思:"这整座房子曾经是一个家庭的家。难道事情就是这样分崩离析的?不是突然坍塌,而是慢慢破碎……我们现在无法维护曾经维护过的事情:王朝、宗族、大家庭;我们连它们的纪念碑都维护不了。雕像丢了鼻子,墓碑缺了字母。"[1] 查尔斯顿城市的外貌在时光的变迁中的剥离、衰落作为无言的铁一般的证据向人们提供了一个有关历史的启示和规律,使人们联想到了历史的脆弱、短暂以及它获得永恒之不可能。书中写道:"在一个老城市里长大,人们学到了关于历史的真实一课:历史是会褪色的。不作出巨大的努力,一切都会解体。他自己家坚固的房子一直处于解体的过程中。他叫来工人修房顶,漆门廊,换窗台:但即使这样的工作也没有永恒可言,过个四五年又要重来一遍。"[2] 这些历史的具体物质表现形式的破损表明了所谓历史的权威和永恒只不过是人们出于维护传统价值的一种愿望而人为构筑的海市蜃楼。该书也像"南方文艺复兴"的作品那样涉及了代表个人家族历史的家谱,但是,却对它做出了十分虚无、悲观的评判,否定了其对后人具有任何价值:"维尔自己的家谱是由一代又一代乏味无聊的人们组成的,没有给他留下精神遗产。"[3] 这部小说所演绎的一个主题是,重要的是放弃对过去的幻想,将重点转移到现在,活在当下,争取在日常生活的细枝末节中拼杀出一条路来。

---

[1] Josephine Humphreys, *Dreams of Sleep*, New York: Penguin, 1984, p. 112.
[2] Ibid. p. 112.
[3] Ibid. p. 104.

三 对历史强力出击

纵观福特、梅森、哈姆佛瑞斯这几位南方作家，他们主要通过遗忘、拒斥、揭露的手法对待历史，试图切断与历史的联系，实现对它的否定。相比较而言，他们对历史的破坏算是较为温和的。而麦卡锡和汉纳运用的手段更具毁灭力。麦卡锡和汉纳无意躲躲闪闪地规避历史或是提出质疑，而是索性毫不客气地去直接面对历史，重拳出击，对它竭尽嘲讽和抨击之能事，不惜撕破罩在它上面的神圣的伪装，别出心裁地把它丑陋、令人震惊的一面摊在光天化日之下，把对历史的破坏推向了极点。

麦卡锡（1933—）出生在北方的罗德岛，4岁时随家迁往田纳西州的诺克斯维尔市，曾在田纳西大学就读，以创作怪诞、暴力、变态的南方小说而著称。评论家认为，他最初的几部作品体现了福克纳的巨大影响，甚至说他在模仿福克纳也不算过分。他1976年前往得克萨斯州，改写西部小说。从1965年出版第一部作品《果园看守》（*The Orchard Keeper*）以来，他已经完成了9部长篇小说，其中包括《上帝的孩子》（*Child of God*）、《萨特里》（*Suttree*）、《外层黑暗》（*Outer Dark*），"边界三部曲"的《漂亮的马儿》（*All the Pretty Horses*）、《跨越边界》（*Crossing*）、《平原上的城市》（*Cities of the Plain*）。其中，《漂亮的马儿》1992年获全国图书奖及全国图书评论界奖并被改编为电影。虽然在主题和创作风格方面，麦卡锡和福克纳很有些相通之处，然而，他并没有全盘继承"南方文艺复兴"的衣钵。事实上，在他的最后一部南方小说、据说断断续续写了20年的《萨特里》中，他以特有的狂乱、怪诞、令人瞠目的形式表达了他就历史问题与福克纳、泰特等在认识上的根本分歧，向他们的历史观公开宣战。在他看来，历史给无序的当代社会带来的不是启迪和稳定，而是威胁，因为它血腥、原始、混乱，精神空虚就是过去留给当代社会的遗产。[①] 小说里的主人公萨特里虽然出身于名门望族，但是，他却抛弃了富有的家庭和妻儿，深入社会最低下的层面去体验它冷峻的真实，在田纳西州的诺克斯维尔市的田纳西河畔的贫民窟找到了栖身之地，住在一座桥下的船上，以从田纳西河捕鱼为生，与醉汉、窃贼和疯子为伍，接触到了离群索居的三教九流，恶霸、妓女、传教士、女巫、旅馆老板、捕贻贝的渔民。他试图通过这种方式告别过去，重新建构生活的秩序。他由此得出的结论是，唯一的灵魂拯救之路在于和过去决裂。

与福特对待巴斯克姆极为相似，为了尽力淡化历史对现在的影响，麦卡锡非常轻描淡写地处理了萨特里的过去，仅以只言片语简单地交代了他的身世、婚姻状况，不去涉及重要的细节，采用这种方式把他的过去化为一团模糊的迷雾，留下了很多的悬疑有待人们去猜测、判断，试图推出一个几乎没有过去的无根的流浪者形象。

本书用一系列象征为武器，发起对历史的猛烈攻击和解构。作为本部作品的一个主要意象，流经诺克斯维尔市的田纳西河被装载了象征意义，代表过去，表明建立永久秩序是不可能的，因为河始终在流动、变化中，不舍昼夜。与讲述萨特里的过去的简略所完全不同的是，麦卡锡不吝笔墨地描写了河的肮脏外貌，令人读来触目惊心，俨然是一个藏污纳垢之处：

> （萨特里）懒洋洋地看着河面上成片的污水缓缓地漂送着一块块灰色的叫不上名的废物，黄色的安全套从黑水里全浮现，煞像巨型的吸虫或绦虫。人脸映在船边的水面，倒影像乌贼脸在污水里左右摇转……一条

[①] Matthew Guinn, *After Southern Modernism*, Jackson: University Press of Mississippi, 2000, pp. 104–105.

水流在河面上慢慢蠕动，仿佛水的深处无法看到的什么东西在翻滚，冒出油腻腻的气泡。①

每年这个时节，田纳西河大概是北美最肮脏的河流之一……整条河被工业和人类垃圾严重污染。因为河上建起了一些水坝，河中有很多逆流，随河的水位变化消退或流动。因此，主流中积聚的废弃物可能会停留几天甚至几年。其中包括板条箱、被丢弃的电灯泡、用过的安全套，还有随水漂流的尸体。②

这个污秽、重度污染的河流被用来指代堕落的过去和被污染的人类意识，展示了人的思想与精神的垃圾场，汇聚了多年的沉渣污秽，阻碍了人清晰地认识、解读世界。就萨特里个人而言，他就是一个历史骚扰的受害者。和父亲爆发的冲突、婚姻的失败、抛妻别子这些痛苦的往事深深地埋藏在他潜意识中，偶尔会像河里脏兮兮的水泡一样涌现在他脑海表面，给他的思绪掺进苦涩。儿子的夭折给过去又一个闯入他看似无根生活的机会。他的反应表明，他在往事袭来的时候迅速埋掉它的决心。在得知消息之后，他行色匆匆地赶往原来的家。因为曾经抛弃了妻儿，萨特里和前妻家关系剑拔弩张，俨然不共戴天。他被拒绝参加儿子的葬礼，只得在葬礼结束后，悄悄溜到墓地。他不理睬别人帮忙的表示，便抄起铁锹，把泥土朝敞着的墓穴铲去，似乎在争分夺秒地投入一场战斗，奋力抵抗着过去的侵袭，尽快地弥合它带来的创伤。学者盖尔斯（James Giles）察觉到了他的行为的紧迫性和背后的动机，分析说："因为似乎没能阻止过去侵入他现在的生活，他必须要将它再次埋葬。"③

萨特里对童年故居的一次鬼使神差的回访也带有强烈的象征性。他如同

---

① Cormac McCarthy, *Suttre*, New York：Random House, 1979, p. 7.
② Ibid. p. 81.
③ James R. Giles, *Violence in the Contemporary American Novel*, Columbia：University of South Carolina Press, 2000, p. 92.

踏上了一次极具杀伤力的对过去的颠覆之旅,得以亲身体验,直面、破解它原始、黑暗的过去。按照常规,在一般的叙事里,这样的回访多被描写为虔诚、怀旧、慎终追远之旅,令人充满对逝去时光的留恋,对先辈的敬爱、思念与感恩。回访者借此确认自己与家族永不可分的血脉联系以及自己来自何方,强化自己的身份认同。但在麦卡锡这部小说里,这样的程式用布令克美尔的说法,被"掀个底朝天"[①]。麦卡锡借助具体、生动的意象竭力渲染它的腐朽、肮脏。当他徜徉在自己出生的客厅里时,一股腐朽、破败的气息扑鼻而来。屋里的一幅以前的当地行政长官的画像令他作呕,因为萨特里的眼睛仿佛被神奇地赋予了 X 光的功能,可以穿透画像中人物的皮肉,看到他的颅骨。而且,在萨特里的想象中似乎感受到那个颅骨如同一根污水管向外流淌着污秽的东西。他以这种令人毛骨悚然的方式,轻而易举地剥去了过去庄严的外表,洞察了它的恐怖与肮脏,宛如英国作家约瑟夫·康拉德(Joseph Conrad)的小说《黑暗的心脏》(*The Heart of Darkness*)里的主人公科尔兹,穿透了西方文明与进步的富丽堂皇但又薄薄的外壳,看到了伪装下掩盖的野蛮、恐怖的内核,他不禁连声惊呼:"可怕啊,可怕!"萨特里在进入原来的餐厅后浮想联翩,想象故去的先人在餐厅就餐的场景,使人恍如置身人类社会的原始阶段:

> 这餐厅里是以前举行宴会的场所。萨特里默然无语感怀着有几分显赫的故人……桌边坐了很多人。人们的眼睛盯着肉。谁骂了一声那些路上耽搁迟到的人,宴会开始了。身穿戎装的人们疯狂地就着盘子饕餮大吃,钢制餐具叮当作响,排骨滴着污血,人悄悄用眼角扫视着周围。看家护院的狗和饥饿难耐的叫花子在草堆里争抢残羹剩饭。餐桌上只有肉

[①] Robert H. Brinkmeyer Jr., "Beyond the Veranda: Trends in Contemporary Southern Literature", Paper presented at Oklahoma Foundation for the Humanities Symposium "Southern Fried Culture: A New Recipe, A New South, A New Conversation", Tulsa, Okla., March 1, 1996.

和水。没有人说话……主人在头发上擦擦手。他站起来，说明宴会结束了。①

在重访结束时，有一个意味深长的细节，萨特里穿过厨房回到外面的路上时碰到了一个旧的路标，上面油漆写的字因为年代久远已经模糊，但仍依稀可辨，告诫人们请勿进入。不知是谁扭转了它的方向，使它指向了外部世界。这样一个细节具有很强的象征性，意在暗示，萨特里重访故居几乎一无所获，除了在想象里重温了先辈的粗野、丑陋之外，就是接受了一个错误、反动的导向，要他留在过去的废墟里，不要涉足外面的世界。所幸的是，萨特里对此未予理睬，而是径直地走他自己的路，离开了南方，去西部开始新的生活。

萨特里的这次回归故里似乎图解了阿姆伯头·埃柯（Umberto Eco）的一句话："后现代主义对现代主义的回答包括认识到如下一点，既然过去难以真正被消灭，因为它的灭亡会导致一片沉寂，就应该以嘲讽而不是天真无知的态度重访过去。"②

但"嘲讽"显然不足以宣泄萨特里此刻对过去的感受。他心中激荡的是敌视。通过上述一次私人的重归故居之旅的毛骨悚然的场面，麦卡锡似乎要在更高层面上表明其强烈的意识形态指向：历史全然不是"南方神话"所标榜的那样，它毫无优雅、崇高可言，那时的人仍处在一个茹毛饮血、尚未开化的状态，它有的只是野蛮、污秽、猥琐，完全不值得留恋。它是一场可怕的梦魇，更不必期望它为后人提供什么启示、灵感、教诲。

麦卡锡对南方历史的肆无忌惮的亵渎行为刺伤了南方文学的卫道士、资深评论家沃尔特·苏里文。历史在麦卡锡笔下竟然如此惨不忍睹，苏里文痛

---

① Cormac McCarthy, *Suttree*, New York: Random House, 1979, p. 136.
② Umberto Eco, *Postscript to The Name of the Rose*, Trans. William Weaver, San Diego, New York and London: Harcourt Brace Jovanovich, 1983, 1984, p. 67.

心疾首。他拒绝承认过去是混乱、原始的象征,依然坚守着他的人文主义哲学的原则立场,抨击麦卡锡的作品"预示着野蛮时代的到来,是当代艺术破坏性冲动的最好例证","在麦卡锡这位艺术家的心目中,不仅社会、神话荡然无存;他向古老的秩序与真理的宝库宣战了"①。

和麦卡锡相似,巴瑞·汉纳(1942—2010)也被视为把后现代主义传入南方的一位作家。他的小说证明,他对此称号当之无愧。汉纳出生于南方密西西比州的麦瑞狄安,在密西西比的克林顿镇度过了童年。他至今人生的几个重要驿站都和南方密切相关,虽然其间也曾外出闯荡。在密西西比学院毕业后,他在阿肯色大学获文学硕士学位和美术学硕士学位。1975年从佛蒙特州返回南方去阿拉巴马大学任教,后来在密西西比大学做了九年的驻校作家。他生于斯、长于斯,对这方土地有着深切的体验和感受。因此,和密西西比有着难以言传的情缘。他的作品主要取材于密西西比的克林顿镇。他的写作风格和他的密西西比同乡福克纳有相似之处,经常有评论家将两位作家进行比较。他在20多年的创作生涯里,出版了11部作品,较为著名的有《杰若尼莫·莱克斯》(*Geronimo Rex*)、《守夜人》(*Nightwatchmen*)、《飞船》(*Airships*)、《瑞》(*Ray*)、《永远不死》(*Never Die*)、《地狱飞来的蝙蝠》(*Bats out of Hell*)、《极度孤独》(*High Lonesome*)。他是蜚声美国文坛的南方作家,当选美国文学艺术研究院院士,曾获得普利策奖提名、全国图书奖提名、全国图书评论界奖、福克纳奖、美国文学艺术研究院奖、南方图书评论界奖、古根海姆奖金。南方作家基金会授予他终身成就奖。

汉纳是后南方作家中引人注目的一位,之所以引人注目主要在于他的作品具有强烈的震撼效应,富含幽默与夸张,彰显着暴力与怪诞,也因此被别人送给"坏小子"的绰号。他将后现代艺术的理念和技术引入文学创作,为

---

① Walter Sulliwan, *A Requiem for the Renascence*, Athens: the University of Georgia Press, 1976, pp. 71–72.

他的作品增添了独特的张力。著名南方作家威廉·斯泰隆把汉纳描述为后福克纳一代里最令人感到兴奋的作家之一。美国当代著名女作家辛西娅·奥茜克（Cynthia Ozick）将他称为"南方的莫泊桑"。虽然汉纳并不认为他的作品刻意追求后现代表现元素，"我真的认为人们是后现代的。我只是把他们写下来。我没有后现代的焦点，事实上，我都不知道这个术语的意思"①。但从创作主题和风格衡量，霍布森认为汉纳是最接近后现代的作家。② 1980 年出版的长篇小说《瑞》是汉纳最优秀的作品，获得了美国图书奖提名，有评论家认为此书"属于八十年代最佳南方小说之列"③。作品的主要人物瑞曾是喷气战机飞行员，参加过越南战争，返回美国后在阿拉巴马州开业行医。婚姻的解体以及药瘾的失控使他陷入难以解脱的痛苦之中。在这部作品中，支离破碎、飘忽不定的叙述以瑞的个人生活经历以及其对历史的沉思为主轴，展示了一个社会和文化全面分崩离析的世界，地域、社区、传统的家庭模式、阶级、宗教的影响散失殆尽。汉纳以其特有的狂乱形式提出其对过去及生存现状的认知，与他的"南方文艺复兴"的文学前辈大相径庭，体现了鲜明的后现代文学元素。理查德·格雷认为，在《瑞》这部作品中，"被拒绝的不仅是传统的南方结构，而且是任何形式的结构以及关于结构的观念——它们不仅被拒绝，而且受到了公开的质疑"④。应当说，对以往的结构与观念的质疑正是后现代艺术与文学孜孜以求的。

在当代的南方作家试图告别过去的时候，汉纳却反其道而行之，对历史显示出异乎寻常的热情，他对历史的关注在同代作家中非常突出。对于挖掘

---

① Mark S. Graybill, "'I am, personally, the Fall of the West': Postmodernism and the Critical Reception (and Legacy) of Barry Hannah's Fiction", *Literature Compass*, 8.10, 2011, p. 679.
② Fred Hobson, *The Southern Writer in the Postmodern World*. Mercer University Lamar Meorial Lectures No. 33. Athen: U of Georgia P, 1991, p. 37.
③ Matthew Guinn, *After Southern Modernism*, Jackson: University Press of Mississippi, 2000, p. 170.
④ Richard Gray, *Writing the South: ideas of an American Region*, Cambridge: Cambridge University Press, 1986, p. 235.

历史中黑暗的东西，汉纳和麦卡锡有着相似的理念，认为历史有其残暴、野蛮之处，希望以客观、坦率的态度面对过去，不应总是对它歌功颂德。他钦佩麦卡锡对历史的使用或重写方式，不想隐瞒历史上的缺陷，要把血淋淋的事实展示出来，比如，把人的头皮割下来这种恐怖、怪诞的举动，让人承认、清楚地了解这是人类行为的一部分。在《瑞》这部小说中，汉纳决计再次闯进历史的圣地，彻底打碎包装在美国历史或文明之上神圣、堂皇的脆弱外壳，直取它所掩盖的触目惊心的愚昧与黑暗。他对历史的颠覆是系统的和全方位的，不局限于单一的时间与时代。《瑞》的故事框架结构似乎在沿袭这一模式。由于第二任妻子的性冷淡，主人公瑞的婚姻再次处于崩溃的边缘，他试图进入过去，让思绪游荡在内战乃至南方的初创时期。然而，汉纳并非真正期待瑞通过回访过去寻觅到走出困境的方案。他仅是将瑞的家庭危机确定为瑞回访过去的一个借口。汉纳设计瑞将目光投向过去的真正用意，不是要表达他对过去的敬意。他是要借此对它进行严厉的拷问、无情的解构和否定。他对南方历史的解构并非是偶然的冲动之举，而是源于他非同凡响的历史观。他对从内战以来南方从武力冲突中编制神话的行为，对在历史重压下的生存深恶痛绝。在另一部作品《回旋》（*Boomerang*）中，他毫不掩饰地宣泄了这种情绪。一位主人公环顾历史的围堵感到窒息，情不自禁地发出绝望的呻吟，身后是一代又一代杰出的死鬼，身边的土地里埋葬着邦联和联邦军队的亡灵，还有像福克纳那样了不起的人物，天哪，这里几乎没有活人的地方了。

谈论南方历史一定会涉及内战，汉纳对战争的看法集中体现了他对南方历史的解构态度。他虽然描写战争，但是却不像以福克纳为代表的旧南方作家那样对战争采取歌功颂德的态度。他的作品中充满了对战争的批判，以近乎冷血的方式展现了战争的暴力性和残酷性。人们在战争中没有所谓的人性，他们不再是引以为傲的南方英雄，而是近乎行尸走肉的战争牺牲品。战争不是充满荣耀的，而是充满不幸和不堪。露丝·韦斯顿（Ruth Weston）曾经评论过汉纳对战争思想的运用:"因为汉纳是南方人,对他来说,战争的概念总是被暴力的特殊传统和荣誉、军事及其他方面的色彩所掩盖共生在南方的思想中。"① 汉纳的很多作品均取材于或涉及了发生在南方的美国内战。内战是南方历史上最重要的事件,曾凝聚了几代南方人的光荣与梦想,闪烁着神圣与悲壮的光泽,似乎成为了南方文化的化身。约翰·佩尔京顿(John Pilkington)做出了如下精辟的阐述:"探讨南方及其历史的人……都认为内战是南方过去最重要、最富于象征意义的事件。了解南方的意义,它的力量及弱点,它的光荣与失败,它现在的问题,必须从内战开始。"② 自从它结束以来,众多的南方文人墨客对它进行了回望与沉思,试图为南方的现在与未来接受心灵的启迪。对准内战和越南战争,汉纳将瑞投放在两场战争之中。瑞不仅表现出南方人的强悍战斗力,而且反映了战争中生灵涂炭的惨状。战争不仅对参加者的生活是灾难性的,而且对生活在其之下的大众来说也是灾难性的。瑞对历史的追溯从越南战争开始,越过美国内战向更久远的过去延伸,直达16世纪因荷南多·德索托率部从佛罗里达向内陆的远征引发的莫贝尔之战。徜徉在过去幽深的甬道里,他清晰地洞察了历史的残暴与荒谬,体会到了一部南方乃至美国的历史是用血与火凝成的,是一场漫长的野蛮、混乱的梦魇,充满了冲突与暴力,毫无优雅、崇高、正义可言,亦不是仁慈、智慧、知识的象征,不可能为整治当代社会的无序提供启示,为人们彷徨、迷惘的心灵提供抚慰。汉纳用查理的口头禅来表达战争的负面影响:"当我们所有的历史都是战争时是可怕的,是极其难以安定的。"③ 在两次战争的摇摆下,后现代社会的忠诚、无序和不确定的现实取代了文雅感、殷勤斗士和典雅淑女的规

---

① Ruth D. Weston, "Debunking the Unitary Self and Story in the War Stories of Barry Hannah", *The Southern Literary Journal*, 1995 (2), p. 98.

② Louis D. Rubin Jr. et al., "The Memory of War", *The History of Southern Literature*, Baton Rough: Louisiana State University, 1985, p. 356.

③ Barry Hannah, *Ray*, New York: Alfred A. Knopf, 1980, p. 16.

范和勤劳历史的荣耀。生活在这样的环境中的人们被迫面对世界的复杂性和残酷性。战争无疑是导致这个后现代世界不确定性的因素之一。

瑞在梳理了历史上战争的表现模式之后得出结论,暴力与残忍在历史的长河里具有其恒定性和传承性,构成了完整的链条,一个暴力事件必定在历史的某个时刻寻找到对应。因此,越南战争中的大屠杀并非孤立的个案,它和在攻占莫贝尔的战斗中对四千印第安人的杀戮有着异曲同工之处。提及莫贝尔惨剧,瑞的朋友、莫贝尔之战的指挥者荷南多·德索托的后代查理·德索托感慨万千,深深认识到战争是历史一个永恒的主题,而"当我们的全部历史弥漫着战火……要获得安宁是极其困难的"①。为了进一步阐释这一观点,瑞选择了在美国深受敬仰的富兰克林和杰斐逊实施他对美国历史猛烈的抨击,以此揭示充斥在美国历史中的谎言与虚伪。在一次讲授美国文明的课程时,他指出,美国历史表里不一、自相矛盾,杰斐逊起草了《独立宣言》,本人却保留了奴隶,并且和女奴私通,富兰克林进行了科技发明,却虐待他的家庭成员,在他们身上混杂了进步与原始的品质。至此,在将美国历史的丑陋暴露于光天化日之下后,汉纳完成了对历史圣殿的破坏。

继而,他试图搭建后现代版本的历史,阐释他所认为的历史的本来面目,将他打造的内战时期南方邦联官兵呈现给读者。这是一个滑稽可笑的人物群体。对荣誉、勇气的信念,对事业、地域的忠诚,这些在南方文化里曾被崇尚的品质在他们身上难觅踪影。不仅如此,他们身上涂抹着几缕荒谬的色彩。汉纳以扭曲的幽默、嘲弄和调侃的语言编织他们的故事,评价他们的行为。这种极为另类的人物形象和福克纳的《未被征服的人们》及艾伦·泰特的《父亲》(The Fathers)中的沉着勇敢、冷静、足智多谋的约翰·沙多里斯和刘易斯·班钦等内战英雄形成强烈的反差,旗帜鲜明地宣示作者就历史问题

---

① Barry Hannah, Ray, New York: Alfred A. Knopf, 1980, p. 16.

与福克纳、泰特等在认识上的根本分歧。在汉纳的笔下，为了南方的神圣事业而进行的殊死战斗变成了荒诞不经的闹剧。按照主人公的叙述，南方军队的官兵甚至不知道为什么而战，感到困惑与迷惘，仅是对战争做出机械、本能的反应，宛如一群被驱赶上战场的炮灰。"你对你的坐骑拿不准，对这一事业也是如此。你所知道的只是你现在来到这里——穿过苜蓿丛和低垂的树枝，举起军刀，然后脑袋掉了。"[①] 虽然官兵们似乎也不乏士气高昂的时候，但他们的情绪起伏不定，人格分裂，从勇敢到怯懦的转换只是在瞬间发生，崇高与卑微混杂在一起。瑞和军队指挥官的一段对话暴露了涌动在他们内心深处的恐惧：

司令官，我们是冲锋还是撤退？我们只有军刀和手枪，这显得像胆小鬼……

司令官，我们可以撤退。我们的马能逃离这里。

不能后退，举起军刀。我们要走向他们，他们开枪后我们就冲锋。[②]

而且，战斗打响在即，面对三千联邦军队，很多人出现了类似精神分裂的症状。瑞叙述道："我们很多人有的哭，有的笑，因为我们要死了。上星期，我们还以为我们是永生的。"[③] 实质上，哭与笑的反应都是源于对死亡的恐惧。笑只不过是发泄这种情绪的极端歇斯底里的方式而已，更加映衬出他们神经的脆弱与异常。为了将这场战争推下神坛，挖掘出隐藏在历史中粗俗、本能的因素，汉纳不惜在故事里塞进了低级的细节，把庄严与下流猥琐搅拌在一起，仿佛在解构历史的过程中没有任何禁区雷池可言。战斗结束之后，在欢庆胜利之余，就在牺牲了很多战友的战场上，瑞梦见自己和两个妓女

[①] Barry Hannah, *Ray*, New York: Alfred A. Knopf, 1980, p.96.
[②] Ibid. pp.65–66.
[③] Ibid. p.65.

在鬼混：

> 然后，弹奏五弦琴的人走了过来，我们喝咖啡，吃烤牛排。我们用土掩埋了战死的人。斯图亚特进了树林抽泣起来；然后，我们都睡着了。死的人太多了。让我们奔向弗吉尼亚，让我们快跑吧。我入睡的时候脑海里响彻着五弦琴的乐曲，我梦见两个婊子在给我干那事。①

在重写历史的过程中，《瑞》摒弃了历史小说的创作规范，无意追求所谓的历史的真实与准确，打破时间界限，大胆地将杜撰掺进了史实，加以随心所欲地扭曲，把越南战争与美国内战拼贴在一起，泰然自若地制造了一个荒唐的时代错误。致使生活在20世纪下半叶的瑞跨越了一个多世纪，以上尉的身份参加了一场他不可能参加的战争——美国内战，在马里兰的群山里驾驶喷气战机掩护邦联骑兵部队向麦克莱兰将军率领的联邦军队发起攻击。极具创意的情节设计践行了汉纳对历史本质的认识——历史并不是对过去发生的事件的客观再现。人不可能以纯真的形式复制过去，企图进行这样的尝试将是枉费心机。历史并非真实的存在，它是人们在已有的各种文本的基础上加工制造出来，带有浓重的主观色彩，是受撰写历史的人的思想意识操控的话语，在很大程度上是其个人意志和选择的产物。所以，人们不应标榜自己对过去的研究是客观、超脱的，所谓绝对客观不过是欺人之谈，如同琳达·哈琴（Linda Hucheon）在她的《后现代主义诗学》（*A Poetics of Postmodernism*）中所表述的："后现代时期的历史和文学作品所教给我们的是，历史和小说都是话语，两者均构成了符号体系，我们由此制造过去的意义。"② 既然历史是多元的，是在个人的见解上构筑起来的符号体系，它就应始终处于变动之中，不是唯一的、权威的、静态的，蕴含着放之四海而皆准的真理。所以，在一

---

① Barry Hannah, *Ray*, New York: Alfred A. Knopf, 1980, p.41.
② Linda Hutcheon, *A Poetics of Postmodernism*, New York and London: Routledge, 1996, p.89.

种历史被构建之后，它即面临遭受质疑、被颠覆和重新构建的可能。因此，它不是坚不可摧的封闭的圣地，而是开阔的原野，允许充分发挥想象力，允许自由创造的空间，可以接纳各种对它的补充、修订、阐释，循环往复，以至无穷。汉纳这种将过去时空中事件的任意组合明白无误地显示在他的心目里，历史应被除去曾经笼罩在它身上的神秘、权威的光环，赋予它通俗、开放的定位，人们在重构历史的过程中其实想走多远就可以走多远。他在《瑞》中一段内战场面的描写蕴含着强烈的双重意义：

在我的战马跳向水面时，他们的炮火险些击中我。我们在马背上放声大笑，我听见尖嗓子的拉贝尔在我身后狂呼乱叫。他们投下了炸弹，我看见有些人倒下了。我的部下只顾大笑，战马攀上了河岸。好空旷的一片原野。我们大喊大笑。

这是一片空旷的原野。①

这是邦联军队的胜利，也是汉纳的胜利。官兵们在欢庆战斗胜利的同时，似乎在畅快淋漓地宣泄着作者打碎旧的羁绊、冲出旧的樊篱，无拘无束地纵横驰骋在新开辟的表现空间里的发自内心的欣喜之情。它以狂放不羁的形式张扬了作者的历史观：历史不是以所谓的理性与客观凝聚而成的，它完全可以在主观意识和经验中被创造出来。南方文学评论家奎因在解读这段叙述的内涵时指出："作为一个象征，它（战场）在形式上是开放的，戏谑而无序；极不协调的历史所指和人们大喊大笑的欢快的噪音共同制造了一种混乱无序的感觉，而这混乱无序将迎来新生。"② 艾伦·泰特曾经耗时近十年写出《邦联烈士颂》（*Ode to the Confederate Dead*）一诗，向长眠在墓地的烈士表达他的敬意与怀念，字里行间流露着对过去的时代的庄重、悲伤情感。评论家丽

---

① Barry Hannah, *Ray*, New York: Alfred A. Knopf, 1980, p.190.
② Matthew Guinn, *After Southern Modernism*, Jackson: University Press of Mississippi, 2000, p.176.

莉安·菲德尔（Lillian Feder）认为应该在古典世界的框架里解读这首诗，泰特"通过现在与过去的关系谈论现在，他把过去看作史诗般的英雄那样高贵，是诗人的过去，不是历史学家的过去"。① 如果将这片旷野与泰特的诗篇中的墓地视为两个历史的暗喻，可以清晰地分辨出不同的时代对历史截然不同的理解和呈现。泰特笔下的墓地被封闭在围墙和大门之后，庄严、神圣，而汉纳笔下的旷野则一马平川，有着横向和纵向无限的外延，激荡着强烈的动感，回响着震耳欲聋的喧嚣。

汉纳对历史的态度还体现在他对历史事实和南方神话作品的戏仿中。汉纳在《瑞》中，运用后现代艺术常见的对历史进行戏拟性模仿的手法去表现内战时期南方邦联士兵，颠覆了曾在南方被奉为英雄的传统形象，也刷掉了内战曾经的神圣、悲壮的色彩。他对历史的认知与麦卡锡非常地接近，即把过去看作混乱、野蛮的时光，充满了血淋淋的冲突，根本就不可能为当代社会的无序提供济世良方或为现在迷惘、彷徨的人们送出心灵的慰藉。汉纳作品的反南方神话特点还体现在他对福克纳作品的戏仿、揶揄。例如，在《杰若尼莫·莱克斯》中，"哈利在大学时期与室友的第一次会面"期间，"疯狂的父权制形象"是对《押沙龙，押沙龙!》中大学室友编造的父权制形象的戏仿。此外，哈利埋掉了一只名叫贝亚德的孔雀，特别值得注意的是，贝亚德是福克纳《沙多里斯》以及《未被征服的人们》里南方邦联骑兵军官约翰·沙多里斯的儿子，放弃暴力复仇，而是凭借道义的威力，用眼神逼得杀父仇人远走他乡。将一只色彩斑斓的艳丽大鸟和沙多里斯和贝亚德这两位旧南方神话叙事的偶像级人物的名字建立奇异的互文联想，手法滑稽，不伦不类，其象征意义也不言而喻，旧南方神话已死，应被彻底埋葬。罗斯·外斯顿（Ruth Weston）评论说，汉纳热衷于"消除'战争神话和勇士神话'的魅力，

---

① Lillian Feder, "Allen Tate's Use of Classical Literature", *Centennial Review of Arts and Science*, 1960, 4 (1), pp. 89 – 114.

以打破人们的一种幻觉,即,'文化的理想'能够通过神话培育'真正统一的自我'"①。南方文学评论家奎因也指出:"在汉纳的认识里,南方邦联没有任何神圣之处:浪漫伟大、爱国主义以及神灵的支持被搅合成一团多愁善感的乱麻。无论那些现代作家在邦联那里看到了什么样的秩序和意义,统统被连根拔掉。"②

汉纳对自福克纳以来所塑造的南方神话的讽刺旨在让人远离神话堆砌的幻境,承认现实的缺陷与阴暗。甚至他持南方历史无用论,认为历史不应只是英雄神话、传奇的舞台,而是充斥着暴力和悲惨事件。人们从南方神话获得不了任何有价值的启发用以指导混乱无序的现实。这也是汉纳对历史虚构性的否定。历史看似言之凿凿,不容置疑,但却是谎言编织而成;相反,小说往往以虚构形式深刻反映现实,更能发人深思。汉纳的作品对南方神话的颠覆以一种近乎极端的方式让人以评判的态度重审历史。反思历史有利于重建现实,要正视历史的残缺、局限、失败,而不应一味将其神化,自我麻痹。

麦卡锡、汉纳、梅森等坦率地揭露历史的丑陋,这和"南方文艺复兴"的一些作家有着相似之处,他们在留恋、欣赏过去的秩序的同时亦直面它在种族关系等方面犯下的罪孽。但是两者之间的巨大区别在于,福克纳等在掀开历史的罪恶的同时,依然坚持其教育、启迪作用,试图从过去的黑暗里发现其传递的教训和启示,无论过去有多么残酷,它毕竟是构成人类整体的一个不可或缺的组成部分,是留给后人的警示和遗产,忽视或摒弃它将给人们带来灾难性后果。而麦卡锡等则以虚无的历史观把过去的邪恶作为否定历史的作用和价值的铁证,砸碎了历史是仁慈、中立、博学的导师的传统观念。他们的行为接近于詹姆逊有关后现代小说对历史的处理的评价。詹姆逊在其

---

① Ruth D. Weston, *Barry Hannah: Postmodern Romantic*, Baton Rouge: Louisiana State University Press, 1998, p. 72.

② Matthew Guinn, *After Southern Modernism – Fiction of the Contemporary South*, Jackson: University-Press of Mississippi, 2000, p. 163.

中发现了存在的游戏性质。他认为，这类作品所传递的信息是，所谓历史只不过是用叙事包装的废话，作家们缺乏以叙事的形式恢复"真正"的历史经历、查明事实真相的严肃意识。梅森的小说中的人物汤姆就以玩世不恭的语气戏谑美国历史的一个神圣的地标——华盛顿纪念碑，说它像是"一根粗大的白刺"①。问题在于，打碎了历史之后，当今南方文学的作品里的人物没有过去可以回顾，又没有未来可以展望，更大的茫然和漂浮感涌上他们的心头，他们对方向的把握亦更加不确定，他们所能做的唯有紧紧抓住现在。在这样的状态中，心灰意冷、精神崩溃是不可避免的。

显然，历史在后南方的小说里陷入了严重的信任危机。作家们把强烈的疑虑和抨击引入了对历史的评价，对历史进行了重新探究和定位。奇妙的是，他们的这一做法似乎从"历史"一词的本义中找到了共鸣和支持。从词源学的角度上讲，这种对"历史"意义新的理解其实并无新意可言。它实际上是在经过了几个世纪的演变之后又回到了它在西方文化里的起点，恢复了其原有意义。按照雷蒙德·威廉姆斯（Reymond Williams）的《关键词》（*Keywords*）公布的词源研究结果，英语中的"history"（历史）一词衍生于法语的"histoire"、拉丁语的"historia"、希腊语的"istoria"，意即"调查""探究"。随着时间的推移，该词的含义发生了转化，被用来指调查的结果或获得的某些知识。从 15 世纪起，"历史"开始指对过去真实事件的叙述、系统的知识、确立的事实。它原来的意思"调查""探究"反倒成了对这种事实或知识的权威性的威胁或挑战。如今，这个词的本义似乎在复苏。

---

① Bobbie Ann Mason, *In Country*, N. Y.：Harper & Row, Publishers, 1985, p. 238.

第四章 宗教跌下神坛

一 "圣经地带"与南方文学

南方处于美国所谓"圣经地带"。仅凭这一称谓足以判断宗教在这一区域中至关重要的作用。南方的宗教基础是以加尔文教为核心的新教。它"是除路易斯安那州之外所有南方各州中占统治地位的宗教势力"。① 在北美殖民地时期,欧洲殖民者和清教徒各自为了物质利益或净化灵魂的目的移民到了美洲,基督教文化随着移民浪潮"从英格兰带到南方"②,在南方形成了悠久的历史传统和广泛的信徒基础。教民们都将《圣经》作为其教义经典。基督教的"原罪—救赎"的教义深深地铭刻在他们的思想意识里,对南方宗教观的建构发挥了奠基作用。而作为美国南方文化内聚方式和主导形态的基督新教

---

① Monroe L. Billington, *The American South*: *A Brief History*, N.Y.: Charles Scribner's Sons, 1971, p. 304.

② Elizabeth M. Kerr, *Yaknapatawpha*: *Faulkner's Little Postage Stamp of Native Soil*, New York: Fordham Uniuevsity. Press, 1976, p. 175.

文化，支撑着南方的社会、政治、文化，支持奴隶制和种族主义，对于人们之间的行为准则和价值观念具有规定性，基督教文化尤其是清教思想对南方"圣经地带"的各个领域产生了全方位、多层次的影响。但是其极为明显、重要的表征领域无疑是文学，尤其是"南方文艺复兴"的精神信仰主轴和灵感源泉，为其打上了浓重的宗教烙印，使其成为这一文学运动又一闻名遐迩的地域特色。

深受南方"圣经地带"宗教氛围濡染的福克纳将基督教元素充分地运用于其创作过程，借用《圣经》文本叙事技艺来丰富其文学创作内涵，或吸收《圣经》原型或母题深化其主题底蕴，《圣经》元素或人物原型的影子在他的作品中时隐时现，挥之不去。依照奥康纳的理解，"南方文学的繁荣在很大程度上也是得益于宗教，《圣经》是南方文学的源泉，……古老的希伯来文化能使绝对具体化，这决定了南方人看待事物的方式"①。刘易斯·辛普森认为"南方文艺复兴"的宗旨是在宗教之中探索现代南方问题的解决之道："'南方文艺复兴'意在寻求过去的经典基督教义对当下场景所产生的影响以及救赎功能。"② 他甚至将其称为一场宗教运动，而不是一场文学运动，并主张将福克纳与其同代南方作家定性为基督教作家。宗教之于"南方文艺复兴"的重要意义不言自明。

"南方文艺复兴"聚焦现代人因宗教信仰的迷失而造成的精神困境和灵魂孤独，这种由宗教信仰缺失所带来的灵魂苦苦挣扎，赋予了"南方文艺复兴"迥异于美国其他地区文学的风姿。在奥康纳的心目中，"南方的特性之一就是对神灵的向往，南方在步入现代世界时带着一种与生俱来的对人类局限性的感知和一种奥秘感"③；奥康纳作为天主教徒，将基督教教义成功融入其作品，

---

① Flannery O'Connor, *Collected Works*, N. Y.: Library of America, 1988, pp. 858—859.
② Lewis Simpson, "The Southern Recovery of Memory and History", *Sewanee Review* 82.1 (1974): 5.
③ O'Connor, Flannery. "The Regional Writer", *Mystery and Manners*, ed. Sally and Robert Fitzgerald, N. Y.: Farrar, Straus and Giroux, 1969, p. 59.

使其人物的人生体认具有独特的非理性怪诞风格,是其宗教观的外在艺术表达。这样一种浸染诡谲和怪异的深厚的宗教蕴含和灵魂炼狱不仅滋养了"南方文艺复兴"的文学创作,也在很大程度上增强了其文学创作的张力和深刻性。

基督教思想对美国南方的影响力度之深和范围之广是其他地区无法企及的,基督教尤其是新教逐渐在南方的政治、经济和文化生活中占据主导地位。一方面,南方是欧洲清教徒最早到达的区域之一,特有的气候、土壤和地理优势决定了南方实行以种植园为中心的农业耕作模式,这种相对封闭的农耕模式和田园生活在一定程度上束缚和影响着南方精神,铸就了南方人相对保守的性格特性,威廉·卡什（W. J. Cash）在其《南方的思想意识》（*The Mind of the South*）一书中将南方的思想意识定性为"宗教性的"。[1] 大多数20世纪评论家都赞同卡什对南方思想的评价,艾伦·泰特也发现"南方文化中存在一种坚定的超自然宗教元素"[2]。本来就带有深厚宗教背景的欧洲清教徒们在美国南方寻觅到了展示其宗教精神和信仰的土壤,使得南方表现出较美国其他地区更为厚重的宗教气息。"对出身于虔诚英国新教徒家庭的美国南方人,他们骨子里蕴含着深刻的罪孽感和对宗教的虔诚……"[3] 可见,基督教思想深度契合了南方的传统保守特质并参与构筑了南方人的民族精神和意识形态;此外,宗教在南方很快扎根的另一重要原因是它从神学角度支持南方的奴隶制和种族主义。欧洲的基督教文化与美国南方的地理、环境、体制与文化很快融合在一起,重新构建了南方独具特色的宗教观:以加尔文主义为核心的清教思想支配着南方社会各方面,所以比林顿（Billington）说南方"变

---

[1] W. J. Cash, *The Mind of the South*, New York: Vintage, 1991, p. 54.
[2] Allen Tate, "The Profession of Letters in the South", in *Essays of Four Decades*, Chicago: Swallow, 1968, p. 521.
[3] 陈永国:《美国南方文化》,吉林大学出版社1995年版,第75页。

得比清教徒的新英格兰更为清教化"①。事实上,所有关注南方文化的评论家都意识到了南方地区根深蒂固的宗教狂热,"长期以来美国南方所特有的强烈的宗教思想,同它的历史感、悲剧感、家族神话以及地域意识一起成就了南方独具特色的文学特质"②。美国著名批评家 H. L. 门肯将南方称为"圣经地带"。这一称谓以其凝练和形象性得到广泛接受和流传。

南方在南北战争中的失利极大刺激了基督新教各派在南方的迅猛发展。南方人在精神上和肉体上饱受战争的摧残,支撑南方农业经济发展的种植园遭到严重的破坏,奴隶制被废除,战后南方人感到苦难与不公正难以忍受,并且"怀疑仅仅靠自己的力量能够解救自己",所以,对宗教的需求就变得更加迫切。他们"退回到过去更为原始的信仰","更紧密地依赖神",从而为自己创造"一个更安全的堡垒"。③ "南方人并没有在战争中失败而抛弃上帝和信仰,战争带来的挫败感持续了很长时间,南方人呼吁上帝来帮助他们打败暂时处于优势的北方人。"④ 结果是,新教各教会在南方像雨后春笋般建立起来。在内战后 15 年间,主教派教会信徒增加了一倍,而美以美教会、浸礼教会和长老教会也发展得迅速。进入 20 世纪,传统的旧意识形态和价值观在北方现代化文明冲击下逐渐解体,这样,依赖传统价值观念生活的南方人突然失去了依靠,陷入精神危机,对自身的价值和社会的前途都产生了深深忧虑。在面临现世无法摆脱的痛苦时,人们唯一可以求助的是上帝的指引,使灵魂在来世得以解脱。20 世纪初的一系列历史变革及战争都不同程度刺激了

---

① Monroe L. Billington, *The American South: A Brief History*, N. Y.: Charles Scribner's Sons, 1971, p. 304.
② Farrell O'Gorman, "Peculiar Crossroads: Flannery O'Connor, Walker Percy, and Catholic Vision", *Postwar Southern Fiction*, Baton Rouge: Louisiana State University Press, 2007, p. 2.
③ W. J. Cash, *The Mind of the South*, Vintage Books, 1941, p. 134.
④ Alfred Kazin, "William Faulkner and Religion: Determinism, Compassion, and the God of Defeat", *Faulkner and Religion*, ed. Dorren Fowler and Ann J. Abadie, Jackson: University Press of Mississippi, 1991, p. 8.

南方宗教迅猛发展。正如比林顿说的，进入20世纪后，新教教会在南方的发展势头有增无减，其信徒的数量几乎在成倍增长，而其中特别是南方浸礼教会的发展更是令人吃惊。在1936年它已经拥有270多万名信徒，但到1965年其信徒已超过1000万。"南方是美国教堂最多的地区，南方历史上经历的梦魇般的失败与圣经故事中耶稣为救赎人类所承受的流血、牺牲的受难经历存在内在的平行性。"① 所以，奥康纳曾说过，南方是一个"基督出没"的地方。

聚焦20世纪初美国南方的宗教体系，尽管南方地区的教会形式相对繁杂，但是多数人都对与加尔文主义相关联的新教宗派情有独钟，美国南方主要是由浸礼会教派来统治，居于次要影响地位的是美以美会，它们共同构成了美国南方区别于其他地域的明显标志。② 在"斯诺普斯三部曲"之一的《小镇》（The Town）中，福克纳就曾经借小说人物查尔斯·莫立逊之口将杰弗逊这样的南方小镇描述成"由雅利安浸礼会教徒和美以美会教徒为雅利安浸礼会教徒和美以美会教徒而创建的"③，浸礼会和美以美会所信奉的思想和教义都与加尔文神学思想有着密切联系，以加尔文教为核心的基督新教和清教主义思想在南方占据了统治地位，其构成了理解和阐释南方宗教框架的核心。

福克纳在1956年6月发表于《哈泼斯》（Harper's）杂志上的《论恐惧——阵痛中的边远的南方：密西西比》的文章中谈自己家乡的宗教势力和教会组织时，他不仅称教会是美国南方的"另外一种声音"，而且认为"它是所有声音中至高无上的一种，因为它是上帝的光辉、权威与人的希望、冀求

---

① Alfred Kazin, "William Faulkner and Religion: Determinism, Compassion, and the God of Defeat", *Faulkner and Religion*, ed. Dorren Fowler and Ann J. Abadie, Jackson: University Press of Mississippi, 1991, p. 18.

② Wilson, Charles Reagan, "William Faulkner and the Southern Religious Culture", in *Faulkner and Religion*, ed. Dorren Fowler and Ann J. Abadie, Jackson: University Press of Mississippi, 1991, p. 24.

③ William Faulkner, *The Town*, N.Y.: Vintage Books, 1961, p. 306.

之间有生命力的联系环节",是"南方生活中最强大的凝聚力量",因为"所有的南方人都信教"①。教派、教会、基督教义与宗教信仰共同构筑了南方区域性的宗教文化体系,宗教俨然成为一种规定和制约南方人生活和思想的文化力量,每一个浸濡其中的南方人都能切身感受到那种浓厚的宗教气息。

南方社会所呈现的这种全方位的宗教文化体系势必对南方的政治、经济、文化和艺术生活具有很大的规定性,"南方文艺复兴"时期作家的道德价值观和艺术创作观也几乎或多或少地受到基督教文化和南方宗教气氛的濡染,尤其是以加尔文为核心的清教思想对作家的影响颇大。艾伦·泰特、卡洛琳·戈登、凯萨琳·安·波特以及考麦克·麦卡锡等几位声名显赫的南方作家和学者也都承认信仰一直存在于他们的生活。如评论家凯琴所说,素有"圣经地带"之称的美国南方地区有着深厚的基督教传统和《圣经》文化,南方作家无论信教与否,其文学想象与在这种宗教氛围中的个人成长经历是密不可分的,并且这些"想象力丰富的南方人在该地区的历史上一直尝试着以某种有意义的方式来表现这种强大的文化遗产"②。

任何一个作家都是养育他的那个社会的传统文化的产物,他的思想、他的作品都必然打上那个文化的烙印。不管他对这个文化是有意识地继承还是反叛,都是如此。"南方文艺复兴"时期将宗教信仰融入生活和创作的南方作家不胜枚举,威廉·福克纳、佛莱纳瑞·奥康纳、沃克·珀西以及卡森·麦卡勒斯等南方作家的生活和创作历程都渗透了基督教文化,有些作家甚至身兼小说家与天主教徒的双重身份,对此,奥康纳不仅不认为这两种身份有什么矛盾,相反她认为天主教徒的身份可以使她更好胜任小说家身份:"当人们说,因为我是一个天主教徒,所以我不可能成为一名艺术家时,我不得不沮

---

① William Faulkner, "On Fear: Deep South in Labor: Mississippi", *Essays, Speeches & Public Letters*, ed. James B. Meriwether, N. Y. : The Modern Library, 2004, p. 99.

② Susan Ketchin, *The Christ-Haunted Landscape: Faith and Doubt in Southern Fiction*, Jackson: University Press of Mississippi, 1994, pp. xii – xiii.

丧地回答,正是因为我是一名天主教徒,所以我必须是一名名副其实的艺术家。"① 诸多南方作家不仅将基督教思想与自己的文学创作和思想理念糅合在一起,而且他们透过切身生活与宗教思想之间建立了一种密切的关联,从而透射出作家独特的生活体认和宗教感悟,其中,福克纳和奥康纳在受到基督教思想影响力度之深和范围之广方面都是其他作家无法企及的。

威廉·福克纳自然也是他生在其中、长在其中的美国南方的传统文化的产物。南方传统社会的宗教浸淫使福克纳的个人信仰体系被深深地打上了基督教文化的烙印。除了南方社会宗教氛围的影响外,来自家庭的影响对福克纳也同样重要。福克纳出生在一个传统的基督教家庭。他曾对人讲他的曾祖父"是一个在原则上绝无价钱可讲的人。他的原则之一就是每天吃早饭时,每个人,从小孩到大人都必须准备好一段《圣经》的摘录并流利地顺口背出;不然的话,你就吃不上早饭"②。福克纳说这一规矩使得他不仅对《圣经》的某些段落很熟悉,甚至对整本《圣经》都了如指掌。他的父母都是虔诚的基督徒。福克纳和弟弟们从小就上美以美教会的主日学校。福克纳在结婚后上主教会教堂,一个规模很小却地位很高的教会。整个南方社会普遍的宗教氛围,再加上家庭的宗教熏陶,为福克纳日后宗教信仰体系的逐渐完善打下了坚实的基础。

福克纳本人对于基督教文化的认同意识也十分明显,对此他说:"基督教传说是所有基督徒的背景的一部分,特别是一个农村孩子、一个南方农村孩子的背景的一部分。我的生活、我的童年,是在密西西比州的一座小镇上度过的,那是我的背景的一部分,我就是那样长大的……它就在那儿,这与我

---

① Flannery O'Connor, "The Church and the Fiction Writer", *Collected Works*, N. Y. : Library of America, 1988, pp. 808 – 809.
② James B. Meriwether and Michael Millgate eds. , *Lion in the Garden*, Random House, 1968, p. 250.

在多大程度上相信或不相信它没有关系。"① 他还说:"南方的美——精神与物质上的美——之所以存在,是因为为了它,上帝做了那么多而人类却做得那么少。"② 据福克纳的妻子艾斯苔尔的讲述,在他们婚后一年多时间里,福克纳和她都定期参加圣公会的礼拜式,福克纳"不仅手拿一本英国国教的祈祷书,而且还参与会众一起唱圣歌,出席圣诞节前夜的礼拜式"③。福克纳本人也曾明确表示过对上帝的信仰,他说:"我信仰上帝。有时候基督教引起相当大的争论,但我信仰上帝。"④ 福克纳对基督教的经典《圣经》也是推崇备至,他曾经多次向人们提到《圣经》,特别是《旧约》,是他最喜欢并且反复阅读的书籍之一。在1995年的日本访谈中,他明确表示《旧约》影响了他的思想,"《旧约全书》是我所知最优秀、最健康、最有趣的民间故事。《新约全书》是哲学和思想,还具有诗歌的性质,我也读《新约全书》……"⑤ 熟谙《圣经》的福克纳对于基督教的一些经典教义和核心精神也是深信不疑,如人类的"原罪"和有条件的救赎。他从不相信人性的完美无缺,"他认为人性包含天生的缺陷,人具有为恶的倾向和能力,这自然与'原罪说'的影响有关"。⑥ 但根据基督教教义,上帝也为犯下"原罪"的人类提供了"救赎"的机会,上帝自己的儿子耶稣将"救赎"之爱传递给人类,最终耶稣通过牺牲自己换回了人类与上帝的和解。同样,福克纳在作品中深刻揭露罪恶丛生的社会黑暗面的同时,并没有忘记要提供给人类一个充满希冀和契机的世界,

---

① Frederick L. Gwynn and Joseph Blotner eds., *Faulkner in the University*, Charlotteville: University Press of Virginia, 1959, p. 86.
② William Faulkner, "Verse, Old and Nascent: A Pilgrimage", *Essays, Speeches & Public Letters*, ed. James B. Meriwether, N.Y.: The Modern Library, 2004, p. 239.
③ Jay Parini, *One Matchless Time: A Life of William Faulkner*, N.Y.: Harper Perennial, 2004, p. 102.
④ James B. Meriwether and Michael Millgate eds., *Lion in the Garden: Interviews with William Faulkner, 1926 - 1962*, Lincoln: University of Nebraska Press, 1968, p. 100.
⑤ 李文俊编选:《福克纳评论集》,中国社会科学出版社1980年版,第93页。
⑥ 肖明翰:《威廉·福克纳研究》,外语教育与研究出版社1997年版,第128页。

呼应了基督教"原罪—救赎"的核心理念。虽然福克纳并非真正的基督教徒，但是南方的宗教传统和个人的宗教热忱直接赋予了福克纳鲜明的基督教情怀和对宗教问题的高度关注。

基督教思想不仅参与构建了福克纳的个人思想体系和价值理念，而且还浸染了其文学创作观。福克纳在谈到小说创作目标时曾表示："我发现，我那一块像邮票一样小的土地上有值得我去写的我有生之年都写不完的东西。我会试着把发生在那里的故事升华为'《圣经》外传'，用尽自己所有的才能去实现可能达到的最高点。"① 福克纳对《圣经》典故和基本思想的援引数量之多和范围之广在现代作家中实属罕见，根据杰西·考菲翔实的研究，福克纳在其19篇长篇小说中共引用和参照《圣经》379处，其中对《旧约》和《新约》的引用分别为183次和196次；在引用《圣经》篇章方面，《马太福音》和《创世记》居前两位，分别引用94次和90次，接近引用总量的二分之一；福克纳的经典作品《喧哗与骚动》、《寓言》、《去吧，摩西》和《八月之光》位列引用参照的前四位。② 鉴于如此频繁的引用率，有评论家讲到："《圣经》的内容弥漫在福克纳的小说里。遍布小说的这类内容可能为作家提供了小说里最为深刻——尽管不一定最为显著——的互文性例子。对于身处福克纳时代和地方的人而言，包括对福克纳本人而言，《圣经》是如此地成为文化与环境的一部分，乃至在现代批评家们看来，一些词语具有明显的福克纳式语气。"③ 可以说，福克纳的经典作品再现了《圣经》中的各种宗教原型，重新演绎了基督教教义和精神。可以说，福克纳的作品所折射的宗教元素本质上就是作家个人宗教信仰的有形化、实体化或世俗化的外在表征。

---

① Jay Parini, *One Matchless Time: A Life of William Faulkner*, N. Y.: Harper Perennial, 2004, p. 102.

② Jessie McGuire Coffee, *Faulkner's Un-Christlike Christians: Biblical Allusion in the Novels*, Ann Arbor, Michigan: UMI Research Press, 1971, pp. 129–130.

③ Michel Gresset and Noel Polk eds., *Intertextuality in Faulkner*, Jackson: University Press of Mississippi, 1985, p. 114.

"南方文艺复兴"时期最令人瞩目的两位天主教作家是佛莱纳瑞·奥康纳（1925—1964）和沃克·珀西（1916—1990）。两次世界大战以及在此期间发生的经济、社会危机给西方社会带来巨大冲击。他们的创作直接指向20世纪50年代美国现代社会中宗教信仰丧失、物欲横流的畸形道德现状，呼吁透过宗教视野来超越满载历史负荷和信仰缺失的南方现实社会。吉莱斯皮（Gillespie）认为，这两位作家"作为罗马天主教徒，他们将神学观点渗透进他们的作品里，他们的作品所呈现出的宗教气质与南方地区的基督文化非常相似，每一位作家以其独特的方式将罗马天主教元素与他们风格迥异的叙事结合起来。"① 他们一生都在生活和创作中体认着天主教徒的信仰和感悟，将一腔的宗教热忱洒进谱写深爱的南方故乡的故事中。

奥康纳一生的创作都与其宗教信仰密切相关。在她2部长篇小说和31个短篇里，几乎每部作品的最终目的都在于揭示"上帝"恩典降临的奥秘，反映作者本人对"上帝"的信仰和诉求。奥康纳书信集《精神写作》的编者罗波特·艾斯伯格这样评价奥康纳的宗教信仰："这不仅仅是主观信仰的问题；这些是现实自然本质的一部分，就像物理学法则一样稳固。不管其他人是否关注或分享她的信仰，都是如此。"②

同福克纳一样，在宗教氛围浓厚的家庭和社会环境中成长起来的奥康纳自然也受到基督教潜移默化的影响，成为其思想体系的核心。作为19世纪中叶移民到美国的爱尔兰（欧洲）罗马天主教的后裔，奥康纳一家每个礼拜都会去螺旋形尖顶高耸入云的圣·约翰大教堂去作弥撒，每日祈祷唱赞美诗，奥康纳长期生活的佐治亚州的萨凡纳有着古老的天主教历史。无论是路标，还是其他公共场所的标识常被用来宣扬基督教，因此即使没有受过正式训练

---

① Michael Patrick Gillespie, "Baroque Catholicism in Southern Fiction: Flannery O'Connor, Walker Percy, and John Kennedy Toole," in *Traditions, Voices, and Dreams: The American Novel since the 1960s*, ed. Melvin J. Friedman and Ben Siegel, Newark: University of Delaware Press, 1995, pp. 28, 44–45.

② Flannery O'Connor, *Spiritual Writing*, ed. Robert Ellsberg, N.Y.: Orbis Books, 2003. p. X.

的人也可以得到严格的宗教教育。此后，她进入了天主教女子学校圣文森特小学学习，学校里还教授一整套正式天主教教义，这些教义都有固定程式化的问题和回答，其中最基本的问题和答案是："问：'谁造的你？'答：'上帝造的我。'问：'上帝为什么造你？'答：'在现世和来世认识他、爱他和做他的仆人。'"① 奥康纳这样写道："在我们懂事之前很久，我们的所见、所听、所闻和所触就对我们产生了影响……我们发现我们的感官已不可改变地要对一种特定的现实做出呼应。"② 奥康纳以虔诚的教徒身份对待圣礼和教义，她的圣礼观来自天主教圣礼神学。罗马天主教思想认为，圣礼不仅仅是一个记号，它不仅具有象征的功能，还具有工具的功能，它使人通过参与圣礼获得它所标志的恩典，圣礼与获得（授予）恩典是紧密地连接在一起的。奥康纳还十分强调教义的重要性，认为"教义是洞察现实的工具，……基督教教义几乎是世界上仅存的能够捍卫和尊重奥秘的事物"③。

面对身体病痛带来的折磨，奥康纳非但没有放弃自己的宗教信仰，反而更加坚定了其对上帝的虔诚。法国神学家泰亚尔·德夏尔丹有一个观点对佛莱纳瑞影响最大，即基督徒必须接受降临在他们身上的命运，无论它多么险恶。佛莱纳瑞就是以此心态看待她的病痛的。面对有限的生命，奥康纳并没有绝望，她越来越把她的病看成成就她写作的一种福分，坚定的宗教信仰给了她坦然面对身体疾病和苦痛的毅力，在宗教的荣光中获得生的力量和死的勇气。她写信对朋友 A 说："我因病一直哪儿也没去。从某种意义上来说，得病比长途跋涉去欧洲更有教益，病中之人永远是孤独的，谁也不能随你而去。

---

① ［美］苏珊·巴莱：《弗兰纳里·奥康纳——南方文学的先知》，世界知识出版社 1998 年版，第 30 页。
② 同上书，第 21 页。
③ Flannery O'Connor, "The Church and the Fiction Writer", *Mystery and Manners*, eds. Sally and Robert Fitzgerald, N. Y.: Farrar, Straus and Giroux, 1969, p. 178.

死前患病是再自然不过的事,我觉得没有患过病的人失去了上帝的一次恩惠。"① 对上帝的敬畏和虔诚一直伴随她的一生,直到生命的最后她也没有放弃对"上帝"的期盼。在1964年7月初,在知道自己生命所剩无几的情况下,她接受了圣餐礼并要求牧师给她施行了涂油礼。显然,奥康纳的精神之源在于上帝,"奥康纳献身于信奉正统基督教的南方,因为她相信基督精神为人类长期的病痛提供了神圣的治疗"②。在她眼中,疾病和死亡还原了生存的本真,证明着人类有限性的同时,也证明了上帝的无限超越及其对人类实施救赎的恩赐。这种向死而生的宗教感悟使得奥康纳能够在一个世俗化的环境中充当神学的守护者。

从洛林·M. 盖茨在《佛莱纳瑞·奥康纳:生平、藏书和书评》中列举的奥康纳大量的宗教方面的藏书来看,奥康纳吸收整合了20世纪各种神学思想,长期浸淫在南方新教文化氛围中的她对新教神学也很感兴趣,有些学者甚至称其为"福音天主教徒""天主教基要主义者"。奥康纳始终在世俗化的环境中固守着信仰的终极目标。她在书信和文集中也多次表达这种倾向,"对我而言,生存意义的中心在于基督对我们的救赎,我所看到的世界都是从这个角度来看的"。③ 不管个人生活中遇到多大变故,不管身体上遭受多大的病痛折磨,她始终保持着指向上帝的思想一致性。奥康纳的许多作品都是在当代语境下对圣餐、浸礼等宗教仪式的文学表达,其作品中的某个事物或细节都包含了深刻的宗教内涵。

基督教对奥康纳的生活和思想产生了形塑作用,也决定了其文学创作观。很多评论家认为天主教信仰是她创作的思想内核,"奥康纳眼中的南方以宗教

---

① [美]苏珊·巴莱:《弗兰纳里·奥康纳——南方文学的先知》,世界知识出版社1998年版,第131—132页。

② Ralph C. Wood, *Flannery O'Connor and the Christ-haunted South*, Michigan: William B. Eerdmans Publishing Company, 2004, p. 60.

③ Flannery O'Connor, "The Fiction Writer and His Country" in *Mystery and Manners*, ed. Sally and Robert Fitzgerald, N.Y.: Farrar, Straus and Giroux, 1969, p. 32.

为底色，南方特殊历史和现实境遇是其笔下的宗教隐喻"①。奥康纳认为"南方的特性之一就是对神圣的向往，南方在步入现代世界时带有一种与生俱来的对人类局限性的感知和一种奥秘感"②；南方所特有的神学性特质成为奥康纳传递宗教奥秘的风俗载体，她接近世俗现实是为了超越它，揭开彼岸世界所预示的终极现实的奥秘。奥康纳所有故事的核心和意义都是基于"不能以任何人类常规解释的奥秘感"③。

奥康纳的文学作品透射出鲜明的宗教动机和宗教热情，她将上帝的超然存在和永恒价值作为其创作的根本，不需追问、质疑，它一直存在。她曾经说过："我是一个坚定的精神目的的信仰者。我从正统的天主教的观点来看待生活。对于我来说，生活的意义在于得到基督的拯救……"④ 她接近信仰的方式是体认和感悟而不是理性，罗伯特·克尔斯在其专著《佛莱纳瑞·奥康纳的南方》中认为其作品中的非理性主义倾向在很大程度上是理性服从于信仰的宗教思想的外显。她的文学创作暗含了作家在世俗环境中恢复和维持宗教超然性的努力，利用自己独特的双重身份的优势糅合了罗马天主教和美国南方文化，并通过文学艺术的形式表达出来，这使得没有宗教背景知识的读者通过阅读得以靠近信仰。没有其他作家如此敏锐地捕捉到了这种融合所包含的艺术可能性。

沃克·珀西是"南方文艺复兴"中为数不多的哲理性作家之一，他的思想和价值观深受丹麦基督教存在主义者克尔凯郭尔和罗马天主教的影响。克

---

① 黄宇洁：《神光沐浴下的再生：美国作家奥康纳研究》，中国社会科学出版社2010年版，第19页。

② Flannery O'Connor, "The Regional Writer", *Mystery and Manners*, eds. Sally and Robert Fitzgerald, NY: Farrar, Straus and Giroux, 1969, p. 59.

③ Flannery O'Connor, "The Church and the Fiction Writer", *Mystery and Manners*, ed. Sally and Robert Fitzgerald, NY: Farrar, Straus and Giroux, 1969, p. 153.

④ C. E. Bain et al., *The Norton Introduction to Literature* (5th edition), N.Y.: W. W. Norton & Company, Inc, 1991. p. 312.

氏在其著名的"人生境界论"中认为宗教阶段是人生诸阶段中的最高境界，因为只有在宗教阶段孤独个体才可以同超验的上帝单独对话并在对话中确认自己的存在。并且在这一阶段，人摆脱了一切世俗物质的诱惑和一切道德原则的羁绊，所以宗教信仰是人生脱离苦海的唯一出路。克氏的宗教理念在很大程度上成为指导珀西进行艺术创作的思想基础和精神导师，使他在对现代人的存在本质及其异化状态和精神危机的深入探讨中加入凝重的宗教思考。他作品中主要人物在故事开始大多沉溺于消费社会带来的物质享受和感官刺激，在平庸无趣的日常琐事中消耗生命，精神颓废而不自知，最终强烈的异化感逼迫他们进行痛苦的探索。他们竭力逃避或设法消除异化感和虚无感，即《影迷》（*The Moviegoer*）的主人公宾克斯所说的"不适"（malaise）或"失落的痛苦"。① 最终他们苦苦求索后发现只有回归信仰才能实现个体的存在价值，从而真正克服异化感和虚无主义，这种探索的过程充满了强烈的宗教意义。

卡森·麦卡勒斯也将宗教视为建构自己社会身份的重要因素。她的成长过程与其对宗教的情感体验和切身感悟密切相关。史密斯（麦卡勒斯的娘家姓氏）家族有着基督教浸信会背景，尽管其父母并无宗教热情，但是麦卡勒斯八岁时接受了洗礼并把宗教信仰看成一件极其严肃的事情，在接下来的七年间一直坚持定期参加主日学校的《圣经》诵读。"精神隔绝"主题之所以成为贯穿其作品的主线，与其内心对作为终极价值的宗教信仰的渴望不无关系。麦卡勒斯也明确宣称，写作对她来说就是一个"寻找上帝"的过程。她将自己的写作状态归因于她与上帝之间关系的亲疏，创作中的思路不畅根本上源自"一种遭到遗弃、失去上帝和神性的感觉，这感觉时断时续地困扰了她大半生"②。与奥康纳一样，麦卡勒斯的小说世界充斥着南方社会特有的怪

---

① Walker Percy, *The Moviegoer*, N. Y.：Avon Books, 1980. p. 120.
② Virginia Spencer Carr, *The Lonely Hunter*, Garden City and New York：Anchors, 1975, p. 194.

诞与诡谲现象很大程度上也是源于现代文明社会中普遍存在的"上帝缺席",是宗教信仰失却后人们的精神家园无处安放,从而使身体或精神受创后的外显。

综上所述,刘易斯·辛普森将"南方文艺复兴"描述为一个宗教运动并非虚言。的确,宗教精神、准则、意象牢牢地植根于"南方文艺复兴"作家群的灵魂深处,成为其解读、感悟、阐释人生,建构个人思想价值体系,思考现代南方问题解决之道的重要参照,从文学创作艺术手法的借用到人物形象的影射和对《圣经》母题的承袭都无不折射出基督教文化对"南方文艺复兴"的多方位、多层次的统摄。基督教对"南方文艺复兴"的深度参与为这一美国南方的文学运动注入了神秘、超凡的气韵和摄人心魄的宗教启示,强化了其思想意蕴的广博与深邃,丰富了其艺术表现的手段。尤为重要的是,为其打上了区别于其他地区文学的独特身份烙印,为南方在文学领域迎来一个空前绝后的繁荣兴盛时期,进而自立于美国乃至世界文坛,发挥了不可替代的作用。

二 功利化、世俗化、娱乐化的宗教

依据法国哲学家、后现代主义理论家让·弗朗索瓦·利奥塔(Jean François Lyotard)的理论,后现代主义致力于解构为个体、局部现象提供共同、恒定阐释基础的普遍真理,是对神话、历史、宗教这类叙事知识有效性、正当性的宣战,宏大叙事遭遇的信任危机贯穿了后现代社会文化现象,成为其鲜明识别特征。各个领域都发生着翻天覆地的变化,其各自的标准和理念均被重新审视与改写。在后南方的小说里,历史作为人为建构之物受到质疑,其客观性、连续性、权威性被无情地推翻和颠覆；地域意识日渐淡漠，地方纽带呈现断裂；家庭结构分崩离析或走向畸形，家庭功能失灵；边缘力量崛起冲击着原有的中心统治势力；真理、原则、道德等所谓普遍性价值被消解和抛弃；等等。与此同时，宗教也无法超然世外，独善其身，保持其原有形式及纯正性。它不可避免地经历着嬗变，其道德统领地位、精神引导力量遭遇严重销蚀，从曾经高不可攀的圣坛跌落，丧失了威严、神秘色彩，被深深地打上了商品文化、大众文化的烙印，变得世俗化、娱乐化、实用化，平易近人，人们不仅对其失去了敬畏、虔诚之心，甚至还对其进行调侃、质疑乃至言辞犀利的抨击。在这方面，福特、梅森、汉纳的小说做了较为集中、典型的再现，写出了评论家罗伯特·塔沃斯（Robert Towes）称之为"后基督教社会"[①] 的世界里宗教这一宏大叙事衰落划出的清晰轨迹，穷途末路的惨象。在这一世界里，虔诚缺失，假冒伪劣充斥，似乎无人以精神追求为初衷，大多以明确的功利目的涉足宗教，宗教已沦为世俗生活里人们消遣散心、各取所需的一种手段。这倒也不难理解。这些作家本身就没有福克纳、奥康纳等那样的宗教情怀、意识信念。所以，他们做出这样的举动不足为奇。

在福特的《体育记者》里，巴斯克姆似乎盯上了宏大叙事，仿佛决计要把对其的解构进行到底。所以，他在作品的主题设计上两面出击，不仅对历史的颠覆毫不留情，将历史比喻为海底的葬身之地，否定历史对现在与未来的指导、启迪功能，反对以历史定位个人身份，呼吁挣脱它的羁绊，还将宗教选为他进攻的标靶，昭示人们将现实中的理想投射到杜撰的天堂，创建了一个描述、认识、诠释世界，规范行为准则的体系和话语，把它奉为至高无上的真理，幻想借助对其的崇拜组织和维护人生的秩序，为自我在世界的方位输入意义，为其行动方略提供灯塔，这样做是自我安慰和欺骗，是没有出

[①] Robert Towes, "America's Moral Landscape in the Ficion of Richard Ford", *The Christian Century* 106, March 1, 1989, p 228.

路的，应改弦更张。

《体育记者》的故事始于复活节前的星期五，是耶稣受难瞻礼日和巴斯克姆病故儿子的生日，大部分情节在复活节的礼拜天发生。评论界于是便据此推测，两个故事叠放一起有宗教指向，旨在重复其死亡、新生的原型模式，搭建一个宗教拯救的深层意义结构。福特觉得自己的初衷被曲解，专门出来做出澄清，否认故事和宗教隐喻可能存在任何干系："我当然很讨厌别人把它当作写基督教救赎的书来读，因为它写的不是基督救赎。书里的那种救赎与宗教毫不相干；它实在是佛兰克依据自己生活要素寻找生活的救赎方式。"①

诚如福特所说，巴斯克姆最终的救赎策略不具有宗教内涵。他转向现实为自己求索生命支点。不过，这是他在经历了对宗教的幻灭，排除宗教救赎可能性的前提下做出的选择。他在摸索自己独特救赎之路的同时，也宣泄着对宗教的质疑与蔑视。

或许是被称为"圣经地带"的南方浓郁宗教氛围的熏陶，巴斯克姆曾经对宗教寄予希望。他大学四年级正值越战时期，压抑、彷徨的他去教堂试图汲取精神激励。然而，几次参拜与他本来的想象形成了巨大落差，敬畏、庄重的情感由此转变为玩世不恭的取笑。他对其中一次参拜的漫画式描写，运用"反英雄"或"空心人"那样令人观之便心灰意冷的形象指涉当今宗教枯槁的本质，暗示了其气数将近的命运。主持仪式的传教士"高个、粉刺脸、衣领敞开，像个稻草人。他含糊不清的布道主要针对世界饥饿、联合国等问题。该站起来祈祷的时候，他表现尴尬，四处乱瞟的眼睛一直睁着。那皮包骨头、身材矮小、缺乏食欲的老婆是他的助手……教民主要是老教授的遗孀，几个迷惘、其貌不扬的女大学生，一两个遇到麻烦的同性恋"②。于是，他彻

---

① Richard Ford, "An Interview with Richard Ford", Kay Bonetti, *Missouri Review* 10.2, 1987, pp. 71 – 96.
② Ibid. p. 104.

底醒悟，放下《圣经》，改为星期六晚上去大学生联谊会一醉方休，完成了和宗教的决裂。

巴斯克姆以调侃的语气重点抨击了宗教盛名之下其实难副，揭露了在资本、商品的汹涌浪潮里，宗教遭受了全面侵蚀，被同化，仅仅残留了一个形式和称谓，却塞满了世俗、物质的内容，所谓救赎不过是自欺欺人的伎俩。他不仅在南方亲身目睹、体验了宗教的变质，在美国其他地方情况也高度雷同。新泽西对他来说并不是一个宗教色彩浓厚的地方，他所居住的"小镇上没有太多教堂，尽管确实存在一些教堂为当地的（华莱士·哈达姆所遗赠的）神学院服务……但这个小村镇有自己的全球化商业贸易"。① 新泽西虽然有历史上遗留下的神学院和教堂，但它没有故步自封，而是随着经济发展和随之而来的消费主义浪潮在不断进行产业升级。对巴斯克姆来说，这里只是个单纯的商业化居住地，并无特殊宗教意义。无论在新泽西还是密歇根，他作为一个南方人去感受上帝所代表的神圣秩序显灵的愿望每次都被偷梁换柱，打发回尘世，他说："基督教在当时的安阿波过于实际，过于以解决问题定位自身。精神以单调乏味的形式被转换成肉体。在一塌糊涂的世界获得些许狂喜、心醉神迷（这是我去教堂的目的）是不可能的。"② 即使他称之为布道方式良好、健康的哈达姆第一长老会依然将尘世锁定为终极目标，"他们热切希望通过托举你的精神使你回归尘世"③。在他看来，这种活动为人们创造了彬彬有礼的社交机会，仅此而已。有的传教士甚至靠插科打诨开场活跃气氛，调动教民的情绪，把本应神圣的仪式染上了杂耍、闹剧的娱乐色彩。

他接触圣灵的努力再三受挫，宗教不能履行其所标榜的以拯救人的灵魂为己任的使命，在与物质的碰撞中无可挽回地衰变，这一事实严重损伤了宗

---

① Richard Ford, "An Interview with Richard Ford", Kay Bonetti, *Missouri Review* 10.2, 1987, p. 44.

② Ibid. p. 104.

③ Ibid.

教自身的权威与正当性，暴露了这一宏大叙事所谓绝对、永恒真理的高度可疑，从另一方面证明了物质的坚实强大，助推他的人生关切向其倾斜。幻灭后，巴斯克姆对宗教绝了念想。他看清了当下宗教的本质，决心与之诀别："基督教过于讲究实际，以解决问题为导向。事实上，精神和肉体是无法分割的。世界的混乱扼杀了小规模的欣喜和狂欢。因此我讨厌去教堂。"① 在他眼中，宗教似乎一无是处，既虚伪又过于空泛而刻板，终日死气沉沉，不利于人的身心发展。针对前妻失去宗教兴趣，亦不送他们的两个孩子去教堂，他们可能长大后不信上帝的前景，他回答"我一点都不在乎"②。宗教的幻灭也在巴斯克姆的女友阿斯诺特身上重现。首次谈论宗教时，她对教堂赞誉有加，认为"他们为医院服务，教皇是个老好人"③，总把罗马天主教会作为各种保险的受益者，对宗教的忠诚不言而喻。但没多久，办理飞行保险时，她却将受益人改为巴斯克姆，并以颇为淡然、略带戏谑的意味对他说："我把宗教信仰也改了。"④ 虽然前一秒她还在赞美宗教，但转眼就变脸，剧情发生反转，宣布自己的信仰失效。这看似极具戏剧性并带反讽意味的一幕反映出宗教的影响力的没落。对于阿斯诺特，信仰并无任何实质性帮助。与其将精神寄托于高高在上不可触及的宗教，不如寄托在眼前所爱之人身上。由宗教理想构筑的宏大崇高的大厦在她内心坍塌，被世俗情感夷为平地。

为给自己对宗教的颠覆寻找更广泛的依据，巴斯克姆将叙述延伸向空前世俗的社会环境，旨在表明宗教的褪去光泽并非孤立现象，它已经呈广泛蔓延之势。人们对现世乐趣、物质生活水平的狂热追逐，拼命工作、娱乐、消

---

① Richard Ford, *The Bascombe Novels*: *The Sportswriter*, *Independence Day*, *Lay of the Land*, New York: Everyman's Library, 2009, p. 96.
② Richard Ford, "An Interview with Richard Ford", Kay Bonetti, *Missouri Review* 10.2, 1987, pp. 104.
③ Richard Ford, *The Bascombe Novels*: *The Sportswriter*, *Independence Day*, *Lay of the Land*, New York: Everyman's Library, 2009, p. 60.
④ Ibid. p. 65.

费,湮没了对来世、宗教慰藉、拯救的渴望。作品所特别展示的哈达姆复活节的凌晨无异于以往一个普通的星期日,世俗生活一切如常。人们在附近院子里用耙子清理落叶,在街上慢跑,低声悲泣,邻里夫妻间窃窃私语,在地板上吱呀走动,厚大的纸拍打着人行道,加之火车汽笛,构成了喧闹的尘世交响曲。只有教堂孤寂的钟声象征性地提醒人们复活节的降临,却没有得到任何的呼应。

评论家塔沃斯就注意到了巴斯克姆所处的环境已经告别了基督教,他也因此需要审时度势,思考新的人生方向,指出:"佛兰克(巴斯克姆)是个后基督教社会善良的人,试图在被剥夺了宗教的过去的世界里寻找自己的路。"①

就对宗教的后现代状况的观察、认识及再现而言,梅森与福特有着高度的相似性。她自小生活在宗教甚至迷信的环境中,长大后放弃宗教信仰,但仍然对童年听到的各类宗教故事心醉神迷,所以,她在《羽冠》中力求展现故乡人对宗教的矛盾和困惑感,以隐晦或直白的种种事例,平实又不乏揶揄的语言揭示宗教质的蜕变,向世俗化、娱乐化、实用化无可挽回地坠落,随意、滑稽,甚至荒唐可笑,其拯救灵魂的神圣使命已不复存在。这在传统南方人看来,有些惊世骇俗,有亵渎神灵之嫌。她在一次采访中说过:"在我书中人物的生活里,宗教并不占多少分量。我只是顺便提及宗教而已,让宗教在个别情况下作为他们生活中正常的一部分。但是,我在涉及宗教的时候心里没底,感觉那是个棘手话题。我努力思考这个问题,也对传教士和他们对人的影响很感兴趣。"② 她之所以说宗教是一个"棘手话题",是因为宗教对南方文化影响实在太大,连无神论者都无法否认,但坦言自己对宗教心里没底也等于间接亮明了其怀疑否定态度。事实上,《羽冠》中涉及宗教的描述就

---

① Robert Towes, "America's Moral Landscape in the Ficion of Richard Ford", *The Christian Century* 106, March 1, 1989, p. 228.

② Bonnie Lyons and Bill Oliver, "An Interview with Bobbie Ann Mason", *Contemporary Literature*, 32.4 (1991), pp. 464–465.

是对其不断戏谑、颠覆的过程。至于她所关注的传教士及其对人的影响，列出的基本是满眼乌烟瘴气的负面清单，配合了她对宗教的揶揄、嘲弄、揭丑。宗教失去了对公众的约束力、权威性，神职人员威信扫地，本应具有的神圣庄重性冰消瓦解，徒剩旧有名称、形式，却在新时代实现了另类转身，发挥着世俗、娱乐功能，以这样的奇葩方式延续着其日薄西山的状态。

梅森在《羽冠》中展示了新时代的南方宗教的混沌状态及人们宗教信仰的缺失。公众对宗教知识稀里糊涂，也无意深入探索宗教真谛，只是人云亦云，既不专业亦无虔诚之心，充其量是些伪教徒。神职人员则打着宗教的旗号混迹于世，被公众认清真实面目而失去其信任、尊敬，遭到蔑视、嘲讽，无异于从根本上否定了他们所谓宗教信仰的纯正性及意义和价值。哈瑞特·波勒克（Harriet Pollock）也指出："（克里斯蒂）的故事所反映的历史变革，表现的就是20世纪整个文化和个体教育状况，还有信仰的缺失。①"《羽冠》显示，对几乎没上过几天学的克里斯蒂，《圣经》故事毫无意义，可谓对牛弹琴。② 阿曼达对家人说起瑞尔福特布道会上自己被神灵附体，克里斯蒂却不明白这些"神灵"到底为何物。她只隐约觉得"那不是恶魔，更像圣灵"，仅因为她知道，家家都想要"圣灵"。③ 她对宗教的态度模棱两可，说起宗教时荒腔走板。克里斯蒂分娩前不久，夫妻俩常失眠，宗教方面好为人师的威利夫人故弄玄虚地解释说，丈夫詹姆斯失眠是有女巫干扰，克里斯蒂失眠是上帝为她分娩后的生活节奏做准备，而克里斯蒂和众多普通南方人一样，都以为异教各种意象是基督教的另一种说法，所以对她将异教迷信与基督教教义相提并论并不在意，而且觉得是女巫还是上帝，关系不大。不仅普通人对于宗教教义一知半解、曲解、误用，即使像琼斯这样的牧师宗教造诣也不甚了

---

① Harriet Pollack, "From *Shiloh* to *In Country* to *Feather Crowns*: Bobbie Ann Mason, Women's History, and Southern Fiction", *The Southern Literary Journal*, 28.2 (1996), p. 103.
② Bobbie Ann Mason, *Feather Crowns*. New York: Harper Collins Publishers, 1993, p. 49.
③ Ibid. p. 18.

了。他恭维五胞胎是"神迹",而克里斯蒂却不领情,而怀疑他信口开河,虚情假意,"他完全可以说天空里那些奇形怪状的云朵也是神迹"①,便故意问他神迹到底是什么,让他丢人现眼。琼斯果然不出她所料,一时语塞,无法给出基于《圣经》的解释,情急之下用"讨论月亮的盈亏是不是也可以从《圣经》中找到其合理性"②转移话题,掩盖其狼狈相,蒙混过关,令人贻笑大方,用这种揭短亮丑的手法将神职人员的正当、权威性撕得体无完肤。

在曝光公众、牧师对宗教的了解捉襟见肘之外,梅森也通过《羽冠》彰显了宗教在南方已面目全非、不成体统的现状的问题所在。神职人员作为教义的传播者和信使却德行欠缺,公众对他们乃至上帝产生怀疑、反感甚至不敬。牧师不深度关心人们的灵魂,只满足敷衍了事做表面文章,当一天和尚撞一天钟,工作重复、单调,态度冷漠,缺乏真诚投入,不施同情,一事当前,先做个人盘算。大家当然不把他们放在眼里。故此,小说对牧师形象的速写颇有喜剧、漫画笔触。克里斯蒂生下五胞胎后,琼斯牧师匆匆赶来提议为他们施洗,仅因为他可以将其充作谈资,在教堂有话说。米妮·索菲亚死后,他"对其他四个婴儿并未表现出关心,只是告诉詹姆斯他可以随时为米妮安排仪式"③。既没对孩子的死表示哀悼,也没对孩子父母表达慰问,马上进入正题,安排后事。人们对宗教的隔阂和反感油然而生。看到琼斯答不上自己关于"神迹"的提问时的窘态,克里斯蒂看透了他的嘴脸,暗想,"即使耶稣在大街上迎面走过来,头顶还闪着光环,琼斯牧师也不一定能认出来。……因为他在任何事情上都几乎是个瞎子"。④克里斯蒂憎恨江湖骗子,也厌恶神职人员,视他们为一路货色,油嘴滑舌,招摇撞骗引人上当,以欺

---

① Bobbie Ann Mason, *Feather Crowns*. New York: Harper Collins Publishers, 1993, p. 139.
② Harriet Pollack, "From *Shiloh* to *In Country* to *Feather Crowns*: Bobbie Ann Mason, Women's History, and Southern Fiction", *The Southern Literary Journal*, 28.2 (1996), p. 128.
③ Ibid. p. 237.
④ Ibid. p. 393.

世蒙人为业,令人不耻,对他们的敬意当然也就无从谈起:"布道者跟江湖医生差不离儿,整出些没用的膏药,还说能拯救你的灵魂。"① 瑞尔福特宣教会是传教士们出场亮相的一个重要场合。他们站在临时搭建的高台上,说话像演戏。克里斯蒂感觉传教士们个个像小丑,信口开河。

  克里斯蒂停下来,看见一位精瘦、一脸疲惫的男人,看上去一本正经、头脑清醒,说起话来像古时的哲人,头头是道。手里攥着一本《圣经》,但从没见他翻过。用故意压得很低的嗓音说,他打算把上帝的话带到月球上去开化那里的生灵。要实现这一计划,需要弹药和几根能伸缩的管子。克里斯蒂忍不住想笑。说话的男人衣服上还粘了块芥末,她真想去替他擦掉。②

  这位传教士虽然"一脸疲惫",却"头脑清醒",跟其他的痴迷狂大不一样,所以也就格外吸引克里斯蒂。可他是一派胡言,手里的《圣经》仅是个道具。衣服上的芥末这一喜剧性细节顷刻间把他拖下了神坛。这样的形象和福特的《体育记者》里的牧师非常神似,他们本应是宗教教义的捍卫者,信仰的引路人,但却无法令人肃然起敬,只是装腔作势的笑柄。

  在对牧师们嬉笑怒骂的同时,梅森还塑造了一个利用《圣经》赚钱的宗教赝品格林贝利·麦克凯。这一和宗教相关的各色人等泥沙俱下的问题严重败坏了宗教在人心目中的声誉。此人自称是"著名教育家、演讲家",③带克里斯蒂夫妇和五胞胎尸体巡回展览敛财。他把《圣经》当作工具,从中引经据典,说上帝本来召唤他从事神职,可他却拒绝了,因为这世界上"诱惑太

---

① Harriet Pollack, "From *Shiloh* to *In Country* to *Feather Crowns*: Bobbie Ann Mason, Women's History, and Southern Fiction", *The Southern Literary Journal*, 28.2 (1996), p. 368.
② Ibid. p. 65.
③ Ibid. p. 324.

多",他抵抗不了。①

格林贝利·麦克凯因宣称五胞胎的命运是上帝为了某种崇高的目的而设计的,他还从《圣经》中摘章索句来支持他的观点。其实他很多话都是胡扯,所谓《圣经》语录都是他凭空捏造出来的,他想到什么说什么,只要能用到他的演说中就成。②

梅森声称自己"对传教士和他们对人的影响很感兴趣"③。上述形象不言而喻地表明这种影响除了是污染,是引领公众误入歧途,不可能是别的。

述说了牧师和麦克凯的种种丑态,克里斯蒂勇敢地将怨愤、责难的矛头对准了上帝,指出上帝也常出错,惩罚无辜之人。她感到上帝让其生五个孩子,却没供给能喂饱五个孩子的奶水,是计算有误。五个孩子相继死后,克里斯蒂更是耿耿于怀,觉得上帝难辞其咎。

近来,克里斯蒂越来越怨恨上帝。他不公平。她对那位能说会道的黑发布道士产生了一点非分之想,上帝就惩罚她,凭什么?甚至还让对她的惩罚殃及孩子、丈夫和阿曼达,又凭什么?……她感到自己没犯大错,她只是爱做梦而已。世间多少罪孽,上帝视而不见,或者从轻发落,却偏偏饶不了她。上帝的惩罚对象好随意,由着他的性子,就像他对人间这么多的罪孽心中没数似的。④

克里斯蒂把五胞胎夭折看作上帝在为所欲为,是其传达给人间的某种信息,跟地震一样,但为此牺牲的人则是上帝随意挑选的。

---

① Harriet Pollack, "From *Shiloh* to *In Country* to *Feather Crowns*: Bobbie Ann Mason, Women's History, and Southern Fiction", *The Southern Literary Journal*, 28.2 (1996), p. 352.
② Ibid. pp. 336-337.
③ Bonnie Lyons and Bill Oliver, "An Interview with Bobbie Ann Mason", *Contemporary Literature*, 32.4 (1991), pp. 464-465.
④ Ibid. p. 389.

此外，梅森试图表明，在追求娱乐蔚然成风的环境里，宗教活动亦不能免俗，礼拜、宣教会已完全变质，无关朝圣、虔诚。人们各取所需，主要为散心或社交，具有鲜明、庸俗的功利性。克里斯蒂去教堂祷告，其实满脑子"吃喝玩乐和交友"，远离枯燥无味的家庭生活①。其他上教堂的人也目的相同，把教堂当作与人见面聊天的场所，传播打听小道消息，所聊话题往往都是低级趣味的流言。出于这样的动机，去教堂原本的核心主旨反倒被彻底抛弃，他们不在乎布道者说些什么。

> 每周都见同样的人，饭也淡而无味。加尔文两姊妹是这里的是非婆，每次都有说不完的下流话，到这儿的每个人都躲不开他们那两张刻薄的嘴。②

甚至有人非议克里斯蒂五个孩子夭折，却没见她哭，说明她很乐意。克里斯蒂丈夫詹姆斯大为光火，决心不再踏进教堂一步。

克里斯蒂和阿曼达为参加瑞尔福特宣教会精心打扮，身穿"星期日聚会的服饰"，"头戴缀着丝边的草帽，还带了姜汁点心、柠檬饮品"，俨然一副去野餐的样子。③ 这活动对她们俩人，更像大型狂欢节，可以见到上千人。实际上，她们的感受在参加教会活动的人群中相当具有代表性。

在梅森笔下，宣教会完全偏离正轨，关注重点竟匪夷所思地从神圣的宗教教义宣讲、聆听变成色相吸引、点燃情欲、醋意大发的闹剧。众人对康内特牧师的感觉、评价严重分裂。男人嫉妒他相貌英俊，女人则为之着迷而不顾他的恶行。有一对夫妻，女的对康内特牧师赞不绝口，男的却说这人劣迹

---

① Bonnie Lyons and Bill Oliver, "An Interview with Bobbie Ann Mason", *Contemporary Literature*, 32.4 (1991), p. 64.
② Ibid. p. 49.
③ Ibid. p. 62.

斑斑,"本就一赌徒,而且极其好色"。① 阿曼达见到康内特第一眼就豪放表示,"他要没结婚,我就爬到他身上去"。克里斯蒂听此也感觉"热血沸腾",两眼一动不动盯着他看。② 夜里睡觉时,克里斯蒂甚至能感觉到康内特性感的肌肤,让她又兴奋又愧疚。还有一位女人被康内特吸引,跟他说话时不停地"用手抚弄着自己的秀发"③。

> 康内特牧师柔情似水的嗓音与树叶间传过来的阳光融为一体,所有的人都随着他说话的节奏而跃跃欲动。④

沿着这一看点,宣教会变成女人们对台上牧师以貌取人,评头论足、释放力比多的选美秀。有位相貌平平的传教士登台后,阿曼达也不管他讲得好坏,而是先入为主地盖棺论定,断然唱衰:"太丑了。你咋能想象那么丑一张脸能说出个什么名堂来!"⑤

对观众来说,宣教会就是一场嘉年华,可以像疯子般尽情发泄,时而跟牧师大喊大叫,时而像风中柳枝摇摆不休,时而低下头默默祈祷。克里斯蒂起初只偶尔偷偷左顾右盼,观察众人的荒谬而非倾听牧师的宣教。不久,她便被人群阵阵呼喊晕得昏头转向,极度亢奋,也随他们一起狂叫。

> 他向空中挥舞拳头,人群也向空中挥舞拳头。他的手指向人群中的某个方向,这个方向的一堆人便站起来大喊。他的手在空中旋转,又指向另一个方向,他左侧一群散坐的人群,这一群人便立刻站起来,呜呜地喊个不停。⑥

---

① Bonnie Lyons and Bill Oliver, "An Interview with Bobbie Ann Mason", *Contemporary Literature*, 32. 4 (1991), p. 66.
② Ibid. p. 67.
③ Ibid. p. 80.
④ Ibid. p. 73.
⑤ Bobbie Ann Mason, *Feather Crowns*. New York: Harper Collins Publishers, 1993, p. 67.
⑥ Ibid. p. 77.

第四章 宗教跌下神坛

在宣教士鼓动下,人群像彻底失去理智。男人边用拳头捶打树干边像狗一样狂吠。女人则趴在地上。克里斯蒂虽然也混在人群里,但她不愿意毫无理智地"对着恶魔狂吠,或者像一棵被伐倒的树趴在地上"①。待这些癫狂的男女信众清醒后,对自己的失态也羞愧不堪。

至此,仿佛对宗教的颠覆意犹未尽,不够彻底,梅森再次出手,掀开作品中人物在宗教神圣包装下不为人知的荒诞内幕,点出克里斯蒂的曾祖父维尔本皈依及长期从事的神职居然源自十五年前一场恶作剧,是儿子对他的耍弄,不啻是对他一本正经献身宗教的莫大嘲讽:

> 家里人都这样说,他听见上帝在召唤:"托马斯·维尔本,别藏了,出来为人们布道吧。"他听从了召唤,直到十五年后快死的时候才知道,当年是自己的一个儿子藏在树上,发出了那一声恶作剧的召唤。②

在《羽冠》里,宗教不断被与尘世勾连,从天国拉回人间。克里斯蒂生下五胞胎后,琼斯牧师提出要"把可爱的羊羔们带到教堂里",他给"洒点儿水"。牧师这里或许想幽他一默,不仅让克里斯蒂忍俊不禁,也马上联想到熨衣服。既然都是洒水,和日常琐事并无二致,那就让阿尔玛代劳未尝不可,骤然抹杀了洗礼仪式的唯一性、庄严性和神秘性,轻而易举杂糅、扯平了崇高与平庸。

> 她想起阿尔玛熨衣服时是要洒点儿水。阿尔玛洒水时目的性很强,也颇用力,真像是夏日里突来的一阵暴雨。要是阿尔玛给宝宝们洒水,上帝一定会会心一笑的。③

---

① Bobbie Ann Mason, *Feather Crowns*. New York: Harper Collins Publishers, 1993, p. 78.
② Ibid. p. 66.
③ Ibid. p. 129.

以对消费文化的开放姿态而著称的梅森在人们对宗教态度的转向里观察到广告无孔不入的强大渗透、影响力。上帝形象被印在各种商品上。克里斯蒂从慕林夫人处买来的扇子上是"广告,广告旁边是耶稣,头顶一道光环,光环画得有些偏,就像皇冠戴歪了"①。神圣与廉价并置,光怪陆离。而且,上帝被赋予了大众文化的娱乐功能,成为芸芸众生可以随心所欲安排角色的演员。霍普威尔镇居民希望能有一台大戏,突发奇思妙想,要让上帝亲自担当恶棍角色,看其怎么表演。不管如何收场,这戏必定好看。

极其荒诞不经的是,在对宗教肆无忌惮的针砭、利用、消费、娱乐氛围里,与瑞尔福特宣教会上轻松、色情、狂热的情绪反差强烈,五胞胎尸体巡回展反倒力挽狂澜,引领人们回归庄严肃穆,俨然取代了曾经的宗教仪式的位置,令人瞠目,"观众穿戴整齐鱼贯而入,像上教堂做礼拜"②,"有专司引座的在两排队伍前头领着满怀期待的人们缓缓前来,很像去神坛前接受拯救"③。这两幅场景触目惊心地勾勒出人们宗教是非观彻底颠倒的画面。

宗教为传统南方人设置了内在标准,如何行为,如何遵从教义,如何悔罪,教导他们人生来有诸多缺陷,应时刻警觉自省,顺从上帝意志。然而,梅森的作品却挑战了这样的准则,强调人的自主性,显示人们意识到自我贬损极不合理,怀疑无条件顺从,否定宗教陈规,为人物做精神的松绑。在克里斯蒂身上,宗教的约束力经历几个阶段:怀孕时,她尚处于宗教的精神控制下,为自己婚后纵欲和追求享乐感到不安,更为对康内特牧师的性幻想羞愧难当,唯恐原罪、欲望招致惩罚,让她产下恶魔。孩子出生后,的确就"只是孩子,不是天使也不是恶魔"④。愧疚、担心烟消云散。做五胞胎妈妈

---

① Bobbie Ann Mason, *Feather Crowns*. New York: Harper Collins Publishers, 1993, p. 321.
② Ibid. p. 327.
③ Ibid. p. 328.
④ Ibid. p. 141.

第四章 宗教跌下神坛

的成就感、自豪感扫除了她对上帝的恐惧，对宗教规范的敬畏被抛到了九霄云外。她信心爆棚，将圣婴和自己的孩子相提并论，想象"马槽里的耶稣肯定也把尿布整得湿湿的。也不知那时候有没有尿布"①。五胞胎先后夭折，她的罪孽感复发：

> 她满怀罪孽感。她，还有詹姆斯，曾纵欲享乐，都犯了大罪。似乎这还不够，那个可笑十足的康内特牧师大嘴胡诌，地震也能成为愉悦人们的舞台秀，而她竟然对这么个人充满色欲。这是不忠！她没了信念，她妄议神灵，所以上帝才惩罚她。②

但她并没有回到温顺的从前，从未真心想过找牧师忏悔，而是沿着觉醒、叛逆之路前行。她明白，自己所谓罪孽，即欲望和怀疑，让她与旁人不同，成为真正的自我，对上帝可能为她本人的罪孽夺去孩子的生命的悲剧不是逆来顺受，而是愤愤不平。后来，克里斯蒂在一本细菌科普书里读到五胞胎夭亡的真正原因，醍醐灌顶。从此，无论遇到什么问题，她再也不诉诸宗教以求得解答或安慰。"是细菌而不是原罪导致悲剧的发生，这让20世纪文化史发生重大转变，宗教权威让位于科学权威，宗教信仰让位于科学信仰。"③ 宗教在人们精神世界的主导地位彻底坍塌。克里斯蒂后来将五胞胎的尸体留给了科研机构，没有像传统基督徒那样幻想五个孩子的灵魂回到上帝身边，以实际行动宣示了她新的精神皈依。她做这一决定时义无反顾，执意不再受制于宗教教义。挣脱旧的枷锁，开始新生活，他们的夫妻关系也不知不觉升温，亲密起来。他们都意识到，夫妻感情远比最后审判重要得多。《羽冠》显示，不相信宗教的在霍普威尔具有一定普遍性，不乏其人。克里斯蒂家里的其他

---

① Bobbie Ann Mason, *Feather Crowns*. New York: Harper Collins Publishers, 1993, p. 141.
② Ibid. p. 252.
③ Harriet Pollack, "From *Shiloh* to *In Country* to *Feather Crowns*: Bobbie Ann Mason, Women's History, and Southern Fiction", *The Southern Literary Journal* 28.2 (1996), p. 113.

人，同样不把宗教放在眼里。妹夫托马斯一次也没有进过教堂，① 他的妻子阿尔玛心中那点宗教信仰也被烦琐的家务和世俗事务驱逐得一干二净。瓦德更是明白无误地弃绝宗教。妻子阿曼达曾说，她被神灵附体。他回答道："你最好让神灵哪儿来回哪儿去，就把他留在教堂里吧。"② 这些普通人均有提防意识，不由自主与宗教拉开距离，不愿意让其统摄他们的生活。对克里斯蒂，对很多霍普威尔的居民而言，现世生活比任何教义承诺的来世都更有吸引力。克里斯蒂九十岁的时候对孙子毫不犹豫地讲起自己如何摆脱宗教桎梏："孩子，你听着，我说这话时，如果真有上帝，如果他真要给我当头一棒，我也不在乎。事实是，我不相信有天堂存在。我好多年都不信了。"③ 她明确宣称自己是无神论者，斩钉截铁否定南方传统，拒绝宗教束缚。对宗教从盲从到幻灭、叛逆到选择科学，她本人走过了一条曲折的信仰改弦更张之路，也一定程度上具有指标意义，折射了宗教这一在南方长期被奉为精神至理的宏大叙事在科学技术不断精进、人的自主意识不断增强的新时代所遇到的强劲挑战。

在这些人物身上，梅森让人们看到，后南方的人其实和任何人一样重视当下世俗生活，而不是宗教教义和建立在宗教基础上的价值观和行为准则。南方神话将人模式化为宗教的顺从者，恪守教义，每日忏悔。福特、梅森等则反其道而行之。他们笔下的人物从心理、行动上都力图冲破清规戒律，追求快乐的生活，自由、物质、钱财。如此，梅森颠覆了南方神话中的宗教价值观，创造出一批拒绝随波逐流、人云亦云，而是勇于进行独立观察、思考、判断，听从自己内心召唤的新南方人。

汉纳一如既往以其惯有的凌厉、狂乱的笔锋在其小说《瑞》中表现了宗

---

① Harriet Pollack, "From *Shiloh* to *In Country* to *Feather Crowns*: Bobbie Ann Mason, Women's History, and Southern Fiction", *The Southern Literary Journal* 28.2 (1996), p. 286.
② Ibid. p. 18.
③ Ibid. p. 451.

教陷入的名存实亡困境。小说人物的宗教信仰是虚无的、世俗化的。作为宣扬上帝福音的神父,首先牧师梅纳德的品行就极具争议,他肮脏、凶残暴戾而颓废,宛如一黑社会的歹徒,却阴差阳错当上了神父。最匪夷所思的是,基督教福音对以传播基督教福音为天职的他竟然了无意义,只有贝蒂悲怆的歌曲才能给他带来精神抚慰和安宁。他不仅在贝蒂的歌曲中宣扬悲观论调,还以冷血的枪杀方式将她占有。作为精神信仰的导师,梅纳德的堕落反映了后南方的无信仰的乱象。只有死亡才能使人最终心灵归于平静,就像汉纳在书中所说:"在他们内心,像梅纳德那样变态的人知道有些东西是他们永远无法拥有的,而这些东西又是他们满心渴望的。于是他们杀了他们。"此外,《飞船》中一段牧师和叙述者的对话也表现出宗教信仰的虚无。

"说吧,坎贝尔医生,我把心交给基督了。"

他仔细审视了我。他仅剩的稀疏头发油腻腻的,精心地以一种戏剧性的方式定型。

"告诉你,我的孩子。"他把手放在我的肩膀上。他低声说:"我不是和你说话的人。你对那个可怜的音乐节目主持人的所作所为让我对你恨之入骨。"

"他是个怪人,这是一场势均力敌的战斗。"我说:"他有一个棒球棒,我有一个电视天线。屋顶上没有别的东西。"

"他还躺在德鲁伊医院。"

"我知道他在哪儿。我在外套下面拿啤酒给他。那基督呢?我正在把我的心交给他。"

"我已经到了这个职位上,埃尔斯沃思。我不认为基督需要你。他死得太早了。他曾是个可爱的天才,但他已经死了。唯一剩下的就是人道主义。你是人道主义者吗?"

"是的。"

"珍贵的是我们彼此接触的时间",狗娘养的说。①

在这段对话中,很明显,牧师的言行都与道貌岸然的传统形象大相径庭,出口奇谈怪论,表示基督不会在意埃尔斯沃思,基督已死,重要的是所谓"人道主义"。牧师作为宗教信仰的传播者却断然否定上帝的统摄力、存在感,改行大谈"人道主义",说其挂羊头卖狗肉并不为过,显示宗教确实到了无可奈何花落去的地步,名存而实亡。

由这几部作品,我们可以清晰地看出宗教在后南方衰落的轨迹,它在资本、商品潮流的侵袭下发生变质,呈现出鲜明的世俗化、功利化、娱乐化属性。在过去的所谓真理、准则不断遭受质疑、冲击,宏大叙事逐渐式微的后现代语境中,宗教至高无上的神圣地位及其对人们精神世界的统摄作用遭到无情冲击和消解。"圣经地带"的昔日风光难在。后南方作家敏锐地把握住这一时代特点,坦率、直白地质疑宗教虚假的本质,抛弃了"南方文艺复兴"时期被奉为金科玉律的"原罪—救赎"信仰,视其为自欺欺人的谎言,果断将宗教拉下神坛,带着鄙夷、戏弄的态度对其进行嘲讽。宗教成为商业文化的参与者,世俗、物质生活的一部分。教会变成了社交、狂欢场所,人们的自我救赎取代了对上帝的追随,虔诚的精神寻求转向现实、物质享乐。人们对宗教的理解处于一种茫然、混沌的状态,宗教活动变成一种程式化的敷衍、表演,带有大众文化的娱乐功能,被处理成荒诞不经、滑稽可笑的闹剧,神圣意义荡然无存。宗教意识的淡漠对宏大宗教理想的构筑可谓釜底抽薪,催化了社会思想价值体系的转变,也为人们打开精神枷锁、尽情享受世俗生活铺平了道路。

---

① Barry Hannah, *Airship*, New York: Knopf, 1978, p.171.

第五章 地方情结散失

一 南方的地方情结

在本节开始,有必要对南方之于南方人的意义做一探讨,以充分揭示这一区域为什么曾对生存在这里的人们有如此巨大的魅力。北卡罗来纳大学的约翰·谢尔登·瑞德(John Sheldon Reed)对"南方人"这个词进行了专门的深入研究,试图破译它可能含有的多重意义。他指出,该词不仅是描述性标签,把它所包括的人们归入一个范畴,而是一个有归属感的群体的称谓。他接着说,从社会学角度讲,"南方"不只可以用作一个成员组,而且还可以被当作一个对照组,搞普查的专家将"地方"当作变量使用,说明他们意识到了这个事实。瑞德得出的结论是,像宗教、种族那样,地方似乎常被用来衡量种族的一个虽不完美但有效的标准。为了支持他这个观点,他引用刘易斯·凯里安(Lewis M. Killian)在他《南方白人》(*White Southerners*)中的论点,即鉴于南方的白人的独特性,他们可以被看作美国的一个种族,就如同人们划分出爱尔兰、意大利、立陶宛裔美国人那样。①

南方白人究竟能否被视为一个种族，尚待进一步论证。不过，凯里安的观点的确从一个方面反映了在人们感觉中，南方与美国其他地方差异是多么明显。无疑，之所以出现这种差异，是和南方人所生活的那片土地息息相关。由于历史和自然条件的因素，南方曾是以农为本的地区。这一社会体制酿造了人们对土地、对家乡的醇厚情感。对这一区域的深深依恋构成了南方人的共同特征。关于南方人的本质属性，威廉·卡什下过这样一个定论："然而，南方人首先是直接来自土地的产物，和欧洲农民一样。"② 他们对乡土的亲近固然有物质需求驱动，但更包含了精神内涵。所以，在南方人意识中，南方汇聚了多重意义。从宏观角度看，它不仅是养育他们的热土，体现经济和使用价值，盛产粮食、棉花、烟草、甘蔗，而且是他们的心灵家园，一个巨大的精神载体，代表了他们这一区域的光荣、梦想、历史、情感，界定了他们在美国文化中独特的身份，给予了他们强烈的归属感。从微观角度分析，地方对于一个南方家庭也超出了其房屋、场院、环境本身物质实体的价值。现代化进程在南方开始之前，由于那里思想观念封闭、交通欠发达、经济落后等原因，南方人口流动性较弱，人们的居住场所相对固定，在一个地方世代生息、繁衍成为一种常规。人们非常珍视对土地的拥有。这也使地方在人们的心目中升华为一个历史的缩影和链条，把家族过去一代代的人经历凝固在这里，也通过这一媒介跨越了时光隧道把他们的情感彼此在这里牢牢串接在一起，强化了人们对血缘的忠诚，保持了他们与过去的关联。所以，"地方"构成了"南方文艺复兴"的一个经典主题，也是南方文人经常讨论的议题。

---

① John Sheldon Reed, *The Enduring South*, Chapel Hill: The University of North Carolina Press, 1986, pp. 9 – 10.

② W. J. Cash, *The Mind of the South*, New York: Vintage Books, 1941, p. 31.

针对"地方"对于南方作家意味着什么，布鲁克斯以福克纳和威尔蒂为例，精辟地指出："地方的意义对南方文学的影响当然远远超出它的空间范围——它是一个特殊的场景。对威尔蒂小姐或福克纳来说，'地方'蕴含丰富的回忆，联想以及与过去的联系。"[1]

所以，在很多"南方文艺复兴"的作品里，"地方"往往不单纯是物质的实体，它被输入了情感与意义，宛如有思维和情怀的生命，在故事里扮演关键角色，传递人生哲理。与威尔蒂同属一代人的南方作家伊丽莎白·斯宾塞（Elizabeth Spencer, 1921—）小说里的许多人物均是借助对家庭与地方的回忆汲取力量，获得身份意识和归属感。她的短篇小说《南方风景》（*A Southern Landscape*）的女主人公玛瑞丽·撒莫若尔 20 年前曾经到过文德塞种植园。她坚信，那座邸宅依然屹立在那里，破败却清纯依旧，因为她需要一个确定的地带，一种永恒的心灵的风景来确定自己精神的坐标。通过这种方式，撒莫若尔把自己的命运与那片土地紧紧维系在一起，为自己的灵魂找到了寄托。在斯宾塞的另一个短篇《表兄弟》（*Cousins*）文章里，叙事人回想起了一位人物 30 年前在阿拉巴马州表达的对自己的血缘、对这片土地无与伦比的热爱，说假如自己活到一千岁，其所感受的爱绝不会比此刻更多。

的确，南方的传奇故事和人民使"南方文艺复兴"作家魂牵梦萦，那里富有灵性的山川、肥沃的田野、鲜花的芬芳使多少南方作品的主人公为之陶醉。托马斯·沃尔夫、沃伦、福克纳等高度重视他们小说中地方的形而上意义，刻意地强化其环境的南方性。福克纳极少漫不经心地使用自然景色。他以丰富的想象和充沛的情感把地方和他作品的结构与意义编制在一起，致使地方升华成某种精神的化身，而不只是作为一个普通场景。他的"约克纳帕塔法"系列融会了南方生活的两个层面，除了意在展示一个真实的世界，里

---

[1] Philip Castille and William Osborne eds. , *Southern Literature*: *the Past*, *History*, *and the Timeless*, Southern Literature in Transition. Memphis: Memphis State University Press, 1983, p. 6.

面生活着邦联士兵、黑人、穷苦的白人、没落的贵族、农民、酒贩子、马贩子、商人，还试图表现一个想象与理想的王国，一个最能代表南方这一部分的精神和意义的王国。福克纳希望使读者明白南方人与他们生活的地方之间的互动关系："他的人民生活的物质世界的本质，其对他们的意义，它如何影响他们，它又怎样被他们影响。"①

布莱尔·罗斯（Blair Rouse）通过对福克纳小说的研究，对他的小说的强大魅力做出了判断，认为发现了其作品散发出的神秘力量的主要源泉，那就是他对地方独一无二的使用。罗斯说："如果真有破解《喧嚣与愤怒》、《押沙龙，押沙龙！》或《我弥留之际》这些作品所拥有的神秘之处的钥匙的话，作者对时间、地点和它们的意义的处理很可能就是钥匙。"② 在《押沙龙，押沙龙！》一书里，当史瑞夫询问昆丁为什么仇恨南方时，昆丁在新英格兰寒冷的夜晚喘着粗气，强烈反驳史瑞夫："我不恨它，……我不恨它！我不恨它！我不恨它！我不恨它！"③ 他罕见地一连串使用五个"我不恨它"，其迫不及待地要做出澄清的急切溢于言表。他完全不能接受自己的南方情结遭别人严重误解，这是大是大非的问题。这被广为引用的著名一幕向人们昭示：南方在南方人心中。昆丁离开故乡去北方追求自由。对于他而言，北方是一个与他从少年之时就了解的南方迥然不同的新世界。然而，他在奔向北方的旅途中，强烈的毁灭感困扰着他。来到马萨诸塞的剑桥后，他长时间回首南方，追忆旧时往事。站在异乡土地上时他才意识到故土对自己的吸引力多么无法抗拒。尽管昆丁不是福克纳，把昆丁对家乡的态度等同于福克纳的或许会显得有些牵强附会，但是，昆丁的肺腑之言的确在一定程度上可以归因于福克纳与南方的特殊关系，有助于澄清这种关系的复杂内涵。奇妙的是，昆丁在

---

① Louis D. Rubin, Jr. and Robert D. Jacobs eds. , *Southern Renascence – The Literature of Modern South*, Baltimore: The John Hopkins Press, 1953, p. 143.
② Ibid.
③ William Faulkner, *Absalom, Absalom!* New York: The Modern Library, 1951, p. 378.

第五章　地方情结散失

小说中对南方的爱恨交加在福克纳的生活中被复制，仿佛又上演了昆丁为自我辩护的场景。当被问道为什么他不遗余力嘲讽南方以及他对南方总的感受是什么时，福克纳听到后有些不悦，反驳了人们对他的错误印象，清楚地流露了对家乡的一往情深：

> 那是我的家乡，我的故土，我热爱它。我没想嘲讽它，我要，就是说，我不是在我讲的故事里表达我的观点，我是在讲述人的故事，这些人表达的观点有时候是我的，有时候不是我的，可我本人并不是要嘲讽我的家乡。我热爱它，它有缺陷，我要尽量纠正这些缺陷。但在我写故事时是不会纠正它的，因为这时候我是在讲述人的故事。①

沃伦对家乡的热爱和福克纳一样深厚。在提到故乡时，不吝赞美之辞。出生在肯塔基的他在靠近田纳西—肯塔基边界的一个铁路小镇度过少年时代。从田纳西的克拉斯维尔高中毕业后去了田纳西的范德比尔特大学读书。从1930年起在孟菲斯的西南大学、范德比尔特大学、路易斯安那州立大学任教达10年之久。1942年，他去了明尼苏达大学，这标志着他离开了南方。1950年接受耶鲁大学的聘请前往新英格兰，1975年在耶鲁退休。从他的人生履历看，他前37年基本上生活在南方，与家乡结下不解之缘，虽然其间也曾外出求学。无论身在何处，他的心始终牵挂着南方，因为那是他文学创作的精神源泉。他不止一次承认，无法想象自己能写出南方以外地方的小说。他在《都是国王的人马》中以特殊方式处理地域因素，致使其仿佛成了剧作里参与表演的一位演员，南方的背景和小说人物的生活和行动水乳交融，赋予了其精神的意义。像历史一样，书中人物出生的地方，一般是在田纳西或者肯塔基，永远和他们形影相随，无法摆脱。沃伦后来虽然长期客居他乡，这非但

---

① Frederic L. Gwynn and Joseph L. Blotner eds., *Faulkner in the University*, New York: Vintage Books, 1965, p. 83.

没有削弱他的南方意识，其他地区和南方的不同之处反倒促使他更加坚定地感受到自己的南方身份。他诙谐地说，他在"去了加利福尼亚、康涅狄格、新英格兰之后成了南方人"①。在外漂泊的经历是他的一个印证南方的过程，帮助他进一步认识到家乡的弥足珍贵。他饱含深情地说："经过几年的飘泊之后，我想生活的地方，我认为是天堂的地方，是田纳西的中部。那是一片美丽的土地，或者说曾经是一片充满魅力的土地。"②

泰特在他的《南方的想象模式》（*A Southern Mode of Imagination*）一文里谈到家乡弗吉尼亚州法耶特县的泰特溪水山，描述了当地人视"地方"为生命，在他们心目中"地方"的位置至高无上："这个工业前社会对于生活在其中的人而言，意味着人的身份在一个明确的地点和土地以及物质财产密切相关，和金钱几乎无甚联系。我这个姓氏的人无论有多穷，认同自己与法耶特县的泰特溪水山的关联也要强于做镇上最富有却没有地方认同感的人。"③

威尔蒂生于密西西比，长于斯，终老于斯。她能深切体会到南方作家的地方情结，担心随着时代发展，它会随风逝去。甚至她自己身体力行，长年住在父亲1925年为他们建造的房子里，以最纯朴、形象的方式演示了什么是对一个地方始终如一的热爱。她对地方之于文学创作的作用也有着自己的理论，认为文学作品的生命源泉是"地方"。她这样阐述了她的见解："事实是，小说依靠地方获取它的生命力。地方是环境的十字路口，是证明'发生了什么事？谁在这里？谁要来？'的基础——这是这一领域的核心所在。"④ 她甚至把情感、地方、历史串连在一起，描述了它们之间盘根错节的关系，说："地方关乎情感，情感深深连接着地方；历史上的地方牵动情感，正如对历史

---

① Louis Rubin Jr. gen. ed. , *The History of Southern Literature*. Baton Rouge: Louisiana State University Press, 1985, p. 451.
② Robert Penn Warren, *The South: Distance and Change*, p. 325.
③ Allen Tate, *Collected Essays*, Denver: Alan Swallow, 1959, p. 558.
④ Eudora Welty, "Place in Fiction", *The Eye of the Story*, New York: Random House, 1978, p. 118.

的情感涉及地方。"① 当别人问她"地方"是否是她精神的源泉时,她给予确凿肯定的回答,并且由其对个人的激励和启蒙乃至对小说创作的艺术功用,侃侃而谈:

> 不仅是精神的源泉,它是我知识的源泉。它告诉我重要的事情。它指引我的航向,使我一直向前,因为地方定义和限定我的行为。它帮助我识别和阐释。它为你贡献良多。它拯救了我。……至少,地方不可或缺。时间和地方是建构任何一个故事的框架基础。在我心目中,一个小说家的真诚开始于此,忠实于时间和地方这两个基本事实。从那里,想象力完全可以把他带到任何地方。②

她的《乐观者的女儿》就是一部对"地方"的内在丰富的含义进行深度发掘的作品。女主人公劳瑞尔的家乡萨勒斯山对于她而言就是生命的原点,有着难以言喻的神秘和魅力,是一个可爱、永恒的地方,她的家庭与个人整个坚实的过去超越了时间的局限在这里汇聚和形成。从远离密西西比的芝加哥回到家乡之后,见到了亲朋好友,他们的拥抱与支持给处于悲痛之中的她带来了心灵的慰藉。

由以上可见,"南方文艺复兴"的这批作家以他们对家乡深厚的情感和对那里生活的切身体验讲述着南方的故事,讲述着他们对这片神奇的土地的博大精深的意义的理解,使他们的作品散发着浓郁的南方气息。

---

① Eudora Welty, "Place in Fiction", *The Eye of the Story*, New York: Random House, 1978, p. 122.
② Peggy Whitman Prenshaw ed., *Conversations with Eudora Welty*, Jackson: University of Mississippi, 1984, p. 87.

二　摒弃南方情结，放眼更大天地

自内战之后的重建工程以来，经过一个较为漫长的时期，南方逐渐融入了美国生活的主流。伴随着全国的城市化、工业化进程，在当今世界全球化进程不断推进的大背景下，科技的进步，交通、通信的便捷，媒体传播的广泛，人口流动的增加，文化的交融，南方人与其他地方人的直接接触和理解成为可能，地域界限的观念变得模糊起来。很多领域推行的标准化、一体化极大削弱了地域文化差异，深刻地改造了南方，侵蚀了过去的传统。与此同时，随着经济发展，南方人生存的手段有了多样选择，把他们从对土地的静态、单一的依赖解放出来，送上了动态追求新的生活的征程，在移动、迁徙之中不断寻找新的机会。所有这一切有形与无形的变化对地方特色带来了毁灭性打击，使得南方的纯正性几乎难以为继。有的学者甚至判断，其实早在20世纪60年代，南方已经面目全非，无异于美国其他地方，南方作为一个特色鲜明的区域的时代已经一去不复返了。

埃尔文·托夫勒（Alvin Toffler）在他著名的《未来的冲击》（*Future Shock*）一书中探讨了人们与地方之间的精神、情感的联系在土崩瓦解："人与地方的关系从来没有像现在这样多元、脆弱、短暂……做个比喻，我们'利用'和抛弃地方的方式和我们丢弃面巾纸和啤酒罐非常相同。我们正在目睹一个重要嬗变，地方对人类生活的意义在发生历史性衰落。我们正培育着新的漂游一族，几乎无人怀疑他们的迁徙的规模之大、范围之广、意义之重要。"① 托夫勒就当今社会人与地方的脆弱联系发表的评论无疑也适用于南方。随着人对土地的依存度持续弱化，人与土地和地方的关系不知不觉中逐渐变淡，南方人的地方观念被改变。这不可避免地影响到了后南方的文学，引发了它明显的与南方的离心倾向，即它在逐渐离南方而去，南方在失去其在南方文学里的中心和焦点位置。

这种离心首先是地理意义上的。后南方的小说似乎出现了一个群体性出走南方的现象。一部分作家离开南方，到其他地方生活，寻找新的写作素材。与之相应的是，他们的故事场景不再局限于南方，而是扩展到其他地区甚至其他国家。

福特的小说不固定故事发生的场景。他作品里的人物主要是漂泊在20世纪80年代，仿佛切断了与南方家乡的联系。他们的生活环境如同福特的地址一样处在变动之中。纵是他们有在某地扎下根基的意愿，也没有扎根所需要的时间，因为他们一直处在移动的状态。福特在18岁离开密西西比去密执安大学求学。从那时起，他先后在蒙大拿、新泽西几个州居住和写作，间或回到密西西比短住。《体育记者》里的巴斯克姆就向我们展示了"城市化的、反田园的、颇具先进性和流动性的美国生活特点"②。他有一段关于地方的自述："年少时，你会认为没有什么能把你从自己身边带走。但在美国这些真实而普通的城市，你的密尔沃基、圣路易斯、西雅图、底特律，甚至新泽西，一些有希望的和意料之外的事情都可以发生……我们都需要选择。这正是我在走入美国这些城市后的感受。大量的选择。这里有一些东西在等我，是我虽然不了解，但可能会喜欢上的东西。即便不是这样，来到一个新的地方也令我

---

① Alvin Toffler, *Future Shock*, New York: Bantam Books, 1970, p. 75.
② Martyn Bone, *The Postsouthern Sense of Place in Contemporary Fiction*, Baton Rouge: Louisiana State University Press, 2014, p. 133.

兴奋无比……还有比这更好、更神秘、更令人期待的事情吗？没有，完全没有。"① 和作者一样，年轻时生活在南方的巴斯克姆也许也曾有扎根南方的意愿，但是他之后意识到离开南方，去拥抱那些普通的、没有南方般地域特色和沉重历史的地方意味着海阔天空，会给自己的人生创造多重可能和希望。上述这段话仿佛道出了福特的心声。在谈到他离开南方的原因时，福特提出南方的地域局限性限制了作家的创作题材和思维。他认为出生在密西西比使自己的创作视野变得狭隘，因此他决心拓宽自己的人生视野和文学创作范围："除非我只想写南方，但我并不想这么做，所以我应该去看看外面的世界。"② 于是他开始了居无定所的写作生涯，从各个地方汲取创作灵感。他谈道："我需要确定自己有新的刺激物。新的地方可以提供为我所用的东西。因为在不同的地方我可以听到不一样的俚语，可以看见不同的风景，而这些就是我致力于通过语言所要表达的。"③ 福特认为不同的地方可以激发创作者的灵感，正如巴斯克姆所言："换一种舒适的生活环境对创造力始终是有益的。"④ 南方本身的局限性是一方面，另一方面就是当代科技和精彩的外面的世界促使福特走出南方。20世纪60年代以来，经济发展和技术革命使电视机走进美国的千家万户，极大丰富了人们获取信息的渠道，将精彩纷呈的辽阔世界展现在大众眼前，这种日新月异的媒体无疑是福特出走南方的一个重要推动力。在谈到他离开南方的原因时，福特除了列举出密西西比的种族隔离和暴力之外，也提到当代科技和精彩的外面的世界是促使他走出南方的一个因素："当时是想离开南方，因为我想看看全国的其他地方。电视让我开始关注纽约、

---

① Richard Ford, *The Bascombe Novels*: *The Sportswriter*, *Independence Day*, *Lay of the Land*, New York: Everyman's Library, 2009, p. 7.
② Huey Gaugliardo ed., *Conversations with Richard Ford*, Jackson: University of Mississippi Press, 2001, p. 59.
③ Ibid. p. x.
④ Richard Ford, *The Bascombe Novels*: *The Sportswriter*, *Independence Day*, *Lay of the Land*, New York: Everyman's Library, 2009, p. 105.

芝加哥、洛杉矶……我当时知道密西西比要发生可怕的事情……我只想……我得离开这里来挽救自己，重塑自我。"① 此后，他的第一部长篇小说之后的几部作品是以蒙大拿、新泽西、墨西哥、巴黎为背景展开的。他的作品不再表现对"南方或其他地方的特殊效忠"②。

1989年获得普利策奖的安妮·泰勒（1941—）以关注家庭的关系和日常生活著称。她在北卡罗来纳州的乡下长大并在该州的杜克大学读完大学。她在念高中时，在图书馆接触到威尔蒂的短篇小说选集，从她的故事里明白了文学居然可以从生活里遇到的普通事情创造出来。她坦言自己受到威尔蒂的影响，以至于"我一直想给威尔蒂写封感谢信，但我想她可能会觉得这事有点奇怪"③。她的前几部作品都是以北卡罗来纳为背景，比如，她1965年的处女作《如果早晨真的来临》（*If Morning Ever Comes*）、《铁皮罐树》（*The Tin Can Tree*），但随后的小说的表现范围开始转移，不再锁定南方，很多是以巴尔的摩为基础创作的，这其中的主要原因是她1967举家迁往这座位于南方文化边缘的城市并在那里定居下来。

安德鲁·杜巴斯（Andrew Dubus，1936—1999）出生在路易斯安那，在那里度过了童年，上完了大学，之后离开南方去艾瓦州攻读硕士学位，之后曾短暂地回南方任教。1966年，他接受了马萨诸塞州的一所大学的教职，永远离开了南方，在那里直至退休。虽然他的少数代表作写的是主要人物在南方成长的故事，但他的大部分作品的情节发生在南方以外，选取了新英格兰为故事背景。他的作品曾入选1970年《美国最佳短篇小说》。

不仅一批中青代作者的视野超越了南方的界限，数位原来以表现南方场

---

① Richard Ford, *The Bascombe Novels*: *The Sportswriter*, *Independence Day*, *Lay of the Land*, New York: Everyman's Library, 2009, p. 59.

② Martyn Bone, *The Postsouthern Sense of Place in Contemporary Fiction*, Baton Rouge: Louisiana State University Press, 2014, p. 133.

③ Anne Tyler, *Stilll Just Writing*, p. 14.

景和生活而崭露头角的名家似乎也难以继续从这片土地上获取创作的灵感而改弦易辙。深受福克纳影响的麦卡锡以根据南方阿巴拉契亚山乡生活写出的《果园看守》《外层黑暗》《上帝的孩子》等"南方哥特小说"成名。他于1977年从田纳西移居得克萨斯,告别南方,在西部的旷野开辟新的创作天地,改写传统的牧场文化在后工业文明的蚕食下的消亡。他在两年后出版的《萨特里》中再次表达了这一愿望。主人公萨特里在小说结束时摒弃了在田纳西诺克斯维尔市的嗜酒如命的生活,搭车开始了西行的旅程。场景的转换在"南方文艺复兴"的第二代作家、1985年当选为美国文学艺术研究院院士的伊丽莎白·斯宾塞的作品里体现得亦很突出。斯宾塞曾在范德比尔特大学受教于"农业主义"学者道诺德·戴维德森(Donald Davidson),她不止一次地谈到戴维德森对她的影响。无论从哪一个方面衡量,她都曾是一位地地道道的密西西比作家。她的家乡小镇卡罗尔顿位于密西西比,靠近福克纳的老家拉法耶县城,甚至还被选为拍摄福克纳的《掠夺者》(*The Reivers*)电影的外景地,因为它五十多年几乎没有什么改变,故能更传神地再现"约克纳帕塔法县"里"杰佛逊"镇的风貌。她的几部早期作品,如《晨火》(*Fire in the Morning*)、《后门的声音》(*The Voice at the Back Door*)均取材于密西西比的山乡,致力于揭露那里个人和宗族意识混杂、种族主义猖獗、先辈留下的历史罪孽对后代身心的危害,使人不禁想起福克纳的名作《喧嚣与愤怒》《押沙龙,押沙龙!》或者《我弥留之际》,她因此被当作继承福克纳的传统作家等"大师的门徒"。而且,她的如前所述的《南方风景》和《表兄弟》等作品里充满了浓郁的南方意识和对家乡的忠诚不渝。然而,她对南方以外世界的浓厚兴趣和在不同于南方的地方找到自己位置的强烈愿望促使她离开了南方,去了意大利和加拿大。她的作品的表现范围也随着她生活的变化而改变,出现了外国的都市,罗马、蒙特利尔。1960年,她出版了讲述意大利青年和美国姑娘异国恋情的《广场的阳光》(*The Light in the Plazza*)。美国妇女玛格丽特·约翰逊带着女儿克拉拉去意大利旅游。克拉拉漂亮动人但有智力障碍，26 岁的年龄却停留在 10 岁的智力水平。约翰逊一直希望女儿能过上正常人的生活。所以，当一位意大利青年提出求婚时，她从中促成了这桩姻缘。这部小说标志着斯宾塞作品从此从南方走向世界。她 20 世纪 90 年代推出的《夜行者》（*Night Traveller*）的场景切换于加拿大、北卡罗来纳州和美国其他地方，作品的主人公辗转于不同的地方从事反对越南战争的活动，展示这场战争对美国人整体和个体造成的心理破坏。

诚然，如果仅凭场景的转换就做出推断，认为南方文学已经今非昔比，未免有些匆忙、片面，因为即使像福克纳这样的作家的个别作品，如他获得普利策奖和全国图书奖的《寓言》（*The Fable*），就写到了南方之外的法国战壕，以第一次世界大战期间法国军队和德国军队之间的战斗为线索，提出他对战争的根源与实质的诠释；《押沙龙，押沙龙!》中的昆丁就离开了密西西比去北方的哈佛大学求学。但对于昆丁来说，距离并没有削弱他对故乡的依恋，事实恰恰相反，南方的故事更加紧紧地牵动着他的心弦。无独有偶，沃伦大学毕业后他似乎听到了他乡的召唤，去了北方。一旦身处异乡，他才发现只有在离开南方之后才能更加清楚地明白它的真正含义，体会到它在自己心中无可取代的位置，在南方以外的生活非但没有冲淡他的乡情，反倒进一步巩固了他与家乡的情感纽带。他在外漂泊期间，一直珍视自己的南方人身份："我得一直承认我的南方出身，我从来没有对此视而不见。我深深懂得，我的南方出身决定了我就是现在这样的作家。"[①] 所以，尽管在新英格兰居住多年，但沃伦仍然对家乡一往情深。他说，假如要写一个康涅狄格州的农民的故事，真不知道该从哪里入手，但是若写一个南方这样的家庭，富也好，穷也罢，伟大也好，悲惨也罢，他都会毫不犹豫，这对于他如同呼吸一样再

[①] Lewis P. Simpson ed., *The Possibilities of Order*, Baton Rouge: Louisiana State University Press, 1976, p. 83.

自然不过，因为他对那里的生活太熟悉了。

因此，作家是否留守在南方或者故事的场景是否选在南方应该不是判断问题的唯一标准。这里面问题的关键是，场景的转换之下涌动着思想意识的裂变。如果把昆丁和《体育记者》里的巴斯克姆进行比较，差别显而易见。巴斯克姆走出密西西比去北方寻找新的生活时，把对南方的认同以及对那片土地和人民的眷恋和忠诚留在了那里。巴斯克姆可以被视为一个化身，代表了当今众多南方作家对故乡的态度。他们不但把故事场景和人物搬迁出了南方，而且从情感和意识上疏远甚至告别南方，放飞了自己的心灵。现在的南方对于他们，简单了许多，失去了原来的多层次意义，不具有情感的牵挂和历史、文化的内涵。它只不过是一个地理上的概念，是人生旅途的一个短暂停留的驿站。佛莱德·霍布森注意到了这一现象的产生，认为南方文学现在缺少强烈的南方意识。① 对于这一说法，目前的南方作家倒也坦然接受。梅森对比了她的南方文学前辈以及他们这一代南方作家对南方的态度，直言不讳地说："老一代的（南方）作家有着很强的南方、家庭和土地意识，我想新一代的南方作家写的是这种意识是如何崩溃的。"② 虽然梅森的写作题材大多集中在南方，尤其是聚焦肯塔基州西部的小镇，不过，她并没有继承老一代作家的南方传统，而是选了一条特殊路径，通过描写新南方消解旧南方。她直言："我作品中人物往往处在这样一个背景环境下，几代人之前，那里的人们凭借艰苦奋斗、无谓牺牲和勇于冒险的精神实现了美国梦，拥有自由与土地，而到了他们这个世纪，自由、独立的乡村生活经历了深刻的变化。如今许多人习惯看时间打卡，然而他们的祖辈们都是通过太阳得知时间的。人们又变成了工人阶级，这算是降级了。他们的祖辈可拥有土地，是自己的老板。过

---

① Fred Hobson, *The Southern Writer in the Postmodern World*, Athens & London: The University of Georgia Press, 1991, p. 10.

② Jeffery Folks and James Perkins eds., "Bobbie Ann Mason Searching for Home", *Southern Writers at Century's End*, Lexington: University Press of Kentucky, 1997, p. 152.

去和现在的生活大不相同,面对这样的转变,人们的内心是复杂的。"① 如大卫·哈维(David Harvey)在《后现代的状况》(*The Condition of Postmodernity*)一书中所言,"时间和空间的概念必然是在人们反复创造社会生活的物质实践和过程中形成的"②,也会随之而改变。梅森正是巧妙抓住了这种物质实践过程的改变,刻画了一群群看时间打卡的工人阶级主人公,直击南方的文化震荡,揭露人们从传统南方田园生活到现代城市生活的过渡与迷茫,从而演绎出了和老一代南方人完全不同的时间感,也描绘出一个完全不同的南方空间。

斯宾塞和昆丁及沃伦的见解就有所不同。她感到,距离对于她重新定位自我的作家身份、选择题材发挥了重要作用。她觉得,只要她在南方写南方小说,就不需要问她写作的目的,因为她有明确的目的性和强烈的身份感,清楚地知道自己是南方传统的一部分。离开南方以后,情况就不一样了。客观上迫使她要超越南方神秘的过去寻找另外的题材。在这样的环境里,家乡不再是决定因素,写小说不必再是要和南方取得一致,而是要以现代世界为准。所以,她的故事从前期小说描写的南方小镇、山乡转向了后来作品里的美国、欧洲的城市,以便发现美国人心目中当代生活大的模式。

一如在否定历史对人的意义的执着,福特倾注了同样的热情要消除涂在"地方"上的神圣光彩,在他的谈话和作品里锲而不舍地拆解着这块南方文学的文化基石。福特对强调恒定地点的缺失兴趣盎然。他认为他故事里的场景是流动的空间,企图实现文化的永恒几乎无法想象:"我试图在一个地方耗尽我对它的兴趣之后,就继续前行,去写别的地方。在那里再次关注人们是如

---

① Bobbie Ann Mason, "An Interview with Bobbie Ann Mason", Conducted by Albert E. Wilhelm, *Southern Quarterly* 26.2, winter 1988, p.37.

② David Harvey, *The Condition of Postmodernity*, Oxford: Blackwell Publishing, 1990, p.204.

何适应那一居住地的。这是为什么我写这类故事的原因。"① 他甚至断定，南方作为独具特色的时代已经终结："作为激发我们创作的一个动力，南方的区域特征已经过了它的鼎盛时期……南方已经成了令人遗憾的'阳光地带'，一个商业区……南方不再是一个别具特色的地方。"②

在这种判断的指导下，他所观照的不是密西西比，而是新泽西一个讲究现实、井井有条的市郊。它位于乏味的物质化、标准化的美国中西部，是另一位当代南方作家沃克·珀西曾经取笑的地方。但是，在巴斯克姆眼里，中西部生动，闪烁着迷人光彩，而南方则让他印象淡漠。巴斯克姆对中西部的偏爱实际上是福特的真情流露。对于南方，他是徘徊在两种相互冲突的心情之间。一方面他承认喜欢南方，视其为自己的家乡。这或许是他的肺腑之言，无论他怎样表现得对南方漫不经心，但是，一个人，尤其是一个南方人，对于自己的故乡总是有些天然的或者些许残存的温情。但另一方面，他对南方的反感亦很强烈。在他看来，南方又是一个单调乏味，甚至使人望而生厌的地方，太多的陈年旧事散发着霉变的气息。他这样解释了自己为什么放弃南方的题材：

> 关于南方题材，我就是没有任何有趣的故事要讲或是对其有丝毫的好奇心，这大概是 70 年代中期做出的决定，我现在的南方经历更加薄弱。说实在的，南方题材让我厌倦。在我看来，作为一个区域实体或是一种身份，南方代表了很多惹人不快的事。③

他对新泽西颇为欣赏，认为"一个美国人要是拒绝来这种地方，那一定

---

① Joseph Flora and Robert Bain eds., "Richard Ford", *Contemporary Fiction Writers of the South*, Westport, Connecticut, London: Greenwood Press, 1993, pp. 147 – 155.

② Richard Ford, "Walker Percy: Not Just Whistling Dixie", *National Review* 29, May 13, 1977, pp. 561 – 562.

③ Huey Guagliardo ed., *Conversations with Richard Ford*, Jackson: University of Mississippi, 2001, p. 7.

是疯了，因为它最有趣、最容易理解，这里的语言永远最具美国性"①。虽然都出生于密西西比，但无论是福特还是小说中的巴斯克姆，他们追求的都是美国化的更具普适性的东西。以语言为例，新泽西的语言不似别扭崎岖、难以理解的南方口音，而是更为通用，更为美国大众所接受。语言是文化的表现形式之一，南方的语言的偏僻性也象征着南方文化的片面性。而南方的文化则是根植于其以种植园、奴隶制和内战构成的历史土壤里。对没有深厚家族历史的巴斯克姆而言，他更愿意走出南方，去拥抱以新泽西为代表的大众化的美国文化。巴斯克姆坦言自己对新泽西的喜爱："出生在世来到新泽西总比没来过要好……熙熙攘攘的郊区居民生活使这里成为城乡精神的典范。在这里，幻想不会与你为敌。"② 这样平淡无奇、缺少南方般厚重历史和传统的地方却令人神往，因为它更具包容性，更紧跟时代步伐。对他来说，新泽西最大的优点就是：人们在这里不会渴望神秘感，也不会回避有意义的神秘感。③ 换言之，新泽西是个没有秘密的地方，人们不用费尽心思去挖掘它的历史意义。他还列举美国南部城市新奥尔良作为对比，认为这座城市之所以打败自己，就在于其过于执着于神秘感。它渴望一种自身并没有、以后也永远不会有的神秘感，尽管它曾经拥有过。④ 小说中并没有说明这种神秘感指代什么，对巴斯克姆来说也许象征着南方神话。尽管南方确实辉煌过，但如今南方神话已然销声匿迹，时代车轮滚滚向前，南方神话只能永远活在历史中。过于痴迷历史，念念不忘，不愿面对当今和未来的现实，最后的结局只能是没落失败。如果说新奥尔良象征着南方历史和神话，那么新泽西则代表一种活在当下的、更为现实的生存模式。

---

① Richard Ford, *The Bascombe Novels*: *The Sportswriter*, *Independence Day*, *Lay of the Land*, New York: Everyman's Library, 2009, p. 48.
② Ibid. pp. 48–49.
③ Ibid. p. 44.
④ Ibid.

让巴斯克姆极为神往的地方除了新泽西，还有能令人遗忘烦恼的中西部其他城市。在巴斯克姆的眼里，中西部生动，闪烁着迷人的光彩，而南方则让他印象淡漠。巴斯克姆对中西部的偏爱实际上是福特的真情流露。福特在中西部便有一种如鱼得水的感觉，因为那里的一切都是那样亲切近人，完全没有与生俱来的令人生厌的南方的战败的阴影纠缠，全是些酸葡萄一类的玩意儿。提起中西部，巴斯克姆神采飞扬，赞赏有加，认为这是个切合实际、更加能反映现实的地方，而且预计，作为一方理想的生存乐土，中西部甚至有可能会成为全国效仿的典范："我读到这样的信息，假以时日，美国文明会把全国所有地方变成中西部的模式，包括纽约。从这里看，这一点都不错。"①密歇根州体现了巴斯克姆的后南方空间本体论——他在理想化的"美国"语境中进行的财务、生存和文本投资。② 他认为密歇根是美国一个理想的缩影，甚至断言"绝大多数能说明美国生活方式的东西都来源于底特律"③。这座曾经风光无限的汽车之城也位于密歇根，是工业化浪潮的产物，如今成为"一座丧失工业梦想的城市，它漂浮在身边，有如蕴含神圣高洁生活的海市蜃楼"④。对汽车情有独钟的巴斯克姆认为它在很大程度上反映了当代美国文明和美国人的生活方式。直至小说末尾，福特为巴斯克姆构想出美好生活的样子时，仍然没有将巴斯克姆定义为南方人，反而将他比作一个"合格的密歇根人，阳光洒在我脸上，彼时听见棒球在皮革手套上擦出的嘶声和碰撞声。这可能是一个体育记者梦想的生活"⑤。不难解释巴斯克姆对此地的喜爱，因为密歇根代表了后工业文明生活方式。在这里，经济蒸蒸日上，人民生活轻

---

① Richard Ford, *The Sportswriter*, New York: Random House, 1986, p. 115.
② Martyn Bone, *The Postsouthern Sense of Place in Contemporary Fiction*, Baton Rouge: Louisiana State University Press, 2014, p. 110.
③ Richard Ford, *The Bascombe Novels: The Sportswriter, Independence Day, Lay of the Land*, New York: Everyman's Library, 2009, p. 105.
④ Ibid.
⑤ Ibid. p. 336.

松富足。通过消费,他们既可以享受工业化成果,也可以借之忘却悲伤。在此不难看出,福特的地方观念也受到消费主义的影响。巴斯克姆俨如消费时代的化身,对于永远追逐"新"的他来说,除了物质消费,对"地方"的消费也成为了他特定的"消费种类"①。他认为人们都需要像他这样的"简单、清晰甚至是人造的城镇景观。没有挑战或者双重复杂性的地方"②。对于居住地的要求,他并没有考虑太多形而上的因素,而是注重更加现实的、与生活息息相关的条件,如稳定的房产价值、定期的垃圾回收、良好的排水系统、充足的停车位、距离机场不太远。这种要求无疑是消费主义的产物。经济发展提升人的商品购买力,加之工业和科技力量的推动,追求更舒适惬意的生活方式必然成为大势所趋。对巴斯克姆来说,与其受南方的历史影响和复杂的精神羁绊,不如选择一个更注重实际生活的地方,过好自己的小日子。

无论是新泽西还是中西部,它们都符合福特对后现代时期的"地方"定义:"可以是任何地方,能找到话题支配权并使其令人信服。"③ 他不愿意概念化或者抽象化一个地方。对他而言,地方通过自己的特色行使其感召力。他否认地方的象征意义和神秘色彩,这也是他选择离开被多重意义裹挟的南方之由。在谈到地方和写作的关系时,他一以贯之地对地方性文学持批判态度,否认为了地方而写作的理念,倡导不受地域所束缚的,更为自然、自在的真情流露的服务大众的文学。譬如以蒙大拿为例,他说明自己并不是为了写蒙大拿而写蒙大拿,只是恰巧住在那里,将发生在那儿令他印象深刻的事写进小说而已。④ 在《体育记者》的续篇《独立日》中,巴斯克姆改做房地

---

① Martyn Bone, *The Postsouthern Sense of Place in Contemporary Fiction*, Baton Rouge: Louisiana State University Press, 2014, p. 104.
② Richard Ford, *The Bascombe Novels: The Sportswriter, Independence Day, Lay of the Land*, New York: Everyman's Library, 2009, p. 95.
③ Huey Gaugliardo ed., *Conversations with Richard Ford*, Jackson: University of Mississippi Press, 2001, p. 21.
④ Ibid. p. 22.

产商。这个职业的特殊性给了他充分的理由去探讨个人身份与地产所有权之间的基本关系。他断言:"当然,在一个真实的地方和像密西西比海湾沿岸一样单调狭长的地方生活过以后,我对哈达姆这样一个简单的环境并不感到惊讶。再次观察,这个自甘朴素的地方能给人提供十足的宽慰和舒适感。"① 对南方这种特有的怀疑态度体现(尽管是隐晦地)了弗兰克新的地理哲学理念,即人们不应该在地方这个概念"本身"中迷失自我,认为自然地理具有某种独立于人类行为的内在动力或意义。② 在他看来,地产价值受到资本主义财产关系的影响,"地方"是与经济发展和现实生活密切相关的一种新的消费产品,而不应被抽象化为一种形而上的概念或人为地赋予其特殊含义。比起受到历史牵扯的复杂南方地带,新泽西显得更为简单且实际。因此,"比起密西西比,巴斯克姆依然偏爱新泽西"③。如果说密西西比象征着一种遥不可及的地方情结,那么新泽西则是与时俱进的、"受制于市场力量"④ 的消费产品。巴斯克姆对新泽西的偏爱体现了他对地方意识的进一步批判。在《独立日》中,他"扮演了一种新的后南方角色,他拒绝把自我和地方混为一谈"⑤,也拒绝神圣化或抽象化任何地方。地方的任务旨在提供基本居住需求,满足外部生存条件,而不主宰或影响人的精神和意志。作为地产经纪人的巴斯克姆也逐渐了解到资本主义财产关系如何影响地产价值且指导其未来走向。在意识到"地方意识"和"社区意识"在资本主义的掌控下已变得冗余或者至少有高度偶然性之后,他反而形成了自己的独立意识。⑥ 他倡导个人思想的独立性和主动性,曾言及"你最好尽可能近距离接触一个地方并把生活带到这里,

---

① Richard Ford, *Independence Day*, New York: Random House/Vintage, 1995, p. 93.

② Martyn Bone, *The Postsouthern Sense of Place in Contemporary Fiction*, Baton Rouge: Louisiana State University Press, 2014, p. 118.

③ Ibid.

④ Ibid. p. 120.

⑤ Ibid. p. 119.

⑥ Ibid. p. 131.

而不是仅仅依赖一个地方为你提供生活"①。当从佛蒙特州搬到新泽西州的马克哈姆一家思考着地方会为他们提供什么时，巴斯克姆以他惯有的嘲讽的口气洋洋洒洒地发表了一段对"地方"的意义颇为虚无的心得，指出人们相信地方的抚慰功能无疑过高估计了地域的价值，把自己托付给虚幻的梦。为此，他呼吁人们从梦中觉醒，以坚忍的人生哲学取代对地方的痴迷：

  从地产职业学到的特别知识是不再神化地方的魅力——房子、海滩、家乡，你曾经亲吻了某个姑娘的街道拐角、你参加过游行的场地，你7月一个阴天获准离婚的法庭，留不下你的任何迹象，风不会提到你是否在那里，你是否是你，或者你是否存在。我们也许觉得它们应该这样做，因此该赐予点什么，因为有些事情曾经在那里发生；在我们几乎失去活力，情绪消沉时为我们点燃一堆温暖的火，给我们注入活力。但它们不这样做。地方在你需要它们的时候从来就不配合，为你恢复尊严。实际上，它们几乎总是辜负你的期望，就像马克哈姆一家在佛蒙特和现在在新泽西发现的那样。最好把眼泪咽回去，逐渐适应让人黯然神伤的小事，向下一个目标前进，不要回首过去。地方毫无意义。②

盲目神化或崇拜一个地方只会使自己深陷生活的泥淖。正如大卫·哈维所指出的，"书写'地方力量'，就好像地方……拥有某种因果力量，将会导致最极端的物质崇拜"③。

福特等在采访或通过作品对"地方"的表态，和虽然长期居住在新英格兰却宣称自己除了南方的故土想象不出能写别的地方的沃伦形成了鲜明的

---

① Richard Ford, *Independence Day*, New York: Random House/Vintage, 1995, p. 76.
② Ibid. pp. 151–152.
③ David Harvey, *Justice, Nature, and the Geography of Difference*, Oxford: Blackwell, 1996, p. 320.

对比。①

当今南方文学对南方情感的淡漠、疏远还体现在一些南方作家甚至对"南方作家"这个头衔不以为然，不愿接受这样的定名，很有些避之唯恐不及。福特甚至斩钉截铁地矢口否认："现在没有南方文学这回事情。"② 他指责这样的归类"至少无聊乏味。它早就失去了用途，无助于鼓励创造涉及宽广范围的作品"③。安妮·泰勒质疑地域的标签是否还有什么真正的意义，指出那种认为美国存在不同区域的想法是主观、片面的："我怀疑，尽管有了现代的所有这些变化，各地的美国人是否仍然固守过去不放，希望这个国家还有可以辨认的区域。"④ 哈瑞·克鲁斯在接受采访时抱怨别人违背他的意愿，把"南方作家"的称号强加给他，根本不考虑他本人是否接受："人人都想把个地域标签贴在我身上。这是我一直拒绝'南方小说家'头衔的原因，只有南方人才得忍受这一套。我不认为我是'南方小说家'。"⑤ 针对他是否属于南方文学传统的问题时，他回答，他对于文学流派，尤其是对于他属于某种文学传统的观点一直不太舒服。⑥ 而佛劳伦丝·金（Florence King）对这个问题的反应更冲动一些。有人就"南方文学和其他主题的区别在哪里？"的提问顿时勾起了她心中积聚已久的火气，她回答："典型的南方小说有一个长不大的神经过敏的主人公，尽是描写臭味：泥土的味，河流的味，男人的味，女人的味，恐惧的味，失败的味，还总有性的味。我很热爱南方，可是大部分

---

① Philip Castille and William Osborne eds. , "Southern Literature: The Past, History, and the Timeless", *Southern Literature in Transition*, Memphis: Memphis State University Press, 1983, p. 5.

② Jay Parini eds. , *American Writers Supplement V*, New York: Charles Scribner's Sons, 2000, p. 58.

③ Huey Guagliardo ed. , *Conversations with Richard Ford*, Jackson: University of Mississippi Press, 2001, p. 137.

④ Tyler and Ravene. 1996, vii.

⑤ Harry Crews, "Interview with Harry Crews", ed. Thomas Harrison, *St. Petersburg Times* May 21, 1989, D7.

⑥ Erik Bledsoe ed. , *Getting Naked with Harry Crews*, Gainseville: University of Florida Press, 1999, p. 64.

南方文学作品让我受不了，我也不想被归类为一个南方作家。"①

显然，他们在试图拓展自己的视野，从区域身份挣脱蜕变出来，汇入美国文化的主流。福特毫不掩饰自己是要像威廉·迪恩·豪厄尔斯［1837—1920，美国著名作家、评论家，被认为开启了美国现实主义、自然主义的先河，代表作品为《塞勒斯·拉普汉姆的发迹》(*The Rise of Silas Lapham*)］那样"创作出涵盖美国的文学作品"②。福特担忧"区域作家"这一概念将会对他的创作生涯构成极大的限制。他解释了对这一概念内在含义的理解："我想我已经明白了那个词（区域作家）是贬义……区域文学来自一个很小的情感和知识环境，提供给同样数量很小的人们——我永远不想这样做。作为一个作家，我把我的作品尽量往好处写……使其适合于更大数量人们的生活。"③他甚至表示了跳出区域界限的义无反顾的坚定决心，声称，宁愿做一个失败的托斯妥耶夫斯基，也不愿当一个非常成功的南方作家。的确，他的《独立日》的标题的选择本身就独具匠心，以美国国庆日作为该书的标题，就暗示了突破区域界限的追求。这小说写的是美国精神，是一个大制作。

此外，现在南方的作家对内战、种族的罪孽这类问题已经形成了自己的判断，意识到这些主题在一遍遍的重复中已经变成令人厌倦的旧南方的陈词滥调，若再继续在这样的陈年旧事里耕耘难有重要收获，求新求变是艺术的生命所在。现在是他们与时俱进、取得新的突破的时候了。福特直言不讳地说："从南方的表面事情说起，人们很快就扯到了内战——它带来的悲哀、失望、破坏。"④福特在开始他创作生涯的时候沿袭了南方文学的传统，在主题与写作风格方面均有临摹福克纳的明显痕迹。福克纳的影响在福特的第一部

---

① Alanna Nash, "Florence King Confesses", *Writer's Digest*, July 1990, pp. 40 – 43, 51.
② Joseph Flora and Robert Bain eds., "Richard Ford", *Contemporary Fiction Writers of the South*, Westport, Connecticut, London: Greenwood Press, 1993, p. 148.
③ Huey Guagliardo ed., *Conversations with Richard Ford*, Jackson: University of Mississippi, 2001, p. 62.
④ Ibid. p. 7.

长篇小说《我的一片心》中得到了全面体现。故事发生在密西西比三角洲，涉及了乱伦、身份、个人的毁灭、暴力，从主题到场景都和福克纳的名作如出一辙。主人公萨姆·纽埃尔让人不由自主地联想到昆丁·康普森。纽埃尔从寒冷的芝加哥回到南方，跳进密西西比河，要和过去有个了断，"把过去缝合成某种理性的思路"①。结果，评论界自然而然地把这部小说和《喧嚣与愤怒》《押沙龙，押沙龙!》《圣殿》作比较。在接受《巴黎评论》的采访时，福特承认《我的一片心》"可能受到了福克纳、威尔蒂、奥康纳的直接影响"，它"写的是南方，迷上了某些传统的南方主题——寻找地方、选择的自由、性，这些都是传统文学关注的问题"②。但这部作品并未获得成功。福特做了反思，知道问题出在了哪里，症结就在于他重复了别人已经走过的道路，没有提供新的艺术视野，使自己的作品缺乏引人入胜的亮点。他说："我很快意识到以后不能多写南方了，因为文学巨匠们已经将它表现得淋漓尽致了。"③"评论《我的一片心》的人都说这是又一部南方小说，我就说，好，就这么着吧。我不再写南方小说了。"④他于是决定吸取因循守旧失败的教训，另辟蹊径。⑤自 1976 年出版《我的一片心》以来，福特本人即使在有限的条件下也拒绝了"南方"这一命题，且批判了"南方文学"所造成的地理限制。⑥他不再以南方为他以后故事的背景，他的第二部作品就把关注的焦点转到了墨西哥。在另一个场合，福特进一步道出了他离开南方文学的原委，言谈话语间透露着无奈。福克纳的影响太过强大，仿佛无处不在，似乎严重阻碍了他

---

① Huey Guagliardo ed., *Conversations with Richard Ford*, Jackson: University of Mississippi, 2001, p. 228.
② Jay Parini eds., *American Writers - Supplement V*, New York: Charles Scribner's Sons, 2000, p. 58.
③ Ibid. p. 58.
④ Don. Lee, "About Richard Ford", *Ploughshares* 22. 2 - 3, fall 1996, pp. 226 - 235.
⑤ Ibid. pp. 226 - 235.
⑥ Martyn Bone, *The Postsouthern Sense of Place in Contemporary Fiction*, Baton Rouge: Louisiana State University Press, 2014, p. 136.

在南方的场景里进行创新的可能性，无法选择走自己的路："你如果在密西西比长大，除了把它当作一个文学场景来看待，你几乎别无选择——几乎只能透过（福克纳的）视野三棱镜观察，否则它就没有生活可言。这迫使我不得不离开它……当整个世界变成了一个文学场景时——每棵树都被描写过了，每座山峦都被感悟过了——你最好换个地方，以便从新的视角看世界。我就是这么做的。"① 后来，在《体育记者》中，"福特的后南方主题显然超越了《我的一片心》在形式和空间上的局限性，这样做也对沃克·珀西的《影迷》中呈现的南方'地方感'产生了复杂的互文性批判"②。1977 年，福特在关于珀西的文章中同样评论道："南方不再是一个地方，而是一个经济地带，一个商业命题。"③ 此时对福特来说，南方已不再是一个承载乡愁和个人情感的符号，而是更为现实的、以商业发展为目的的客观存在。

与福特等有所不同的是，汉纳承认因自己是南方作家以及地域对作家的影响而写南方的故事，但另一方面他又淡化地方情结，更为强调其美国属性，认为他本身更是作为美国人而存在。

从以上还可以发现，现在相当部分南方作家放弃对南方的守望，与他们"南方文艺复兴"的前辈在区域文学的表现力、代表性问题上出现了根本分歧。由于当时历史条件的限制，地域的闭塞，交通、通信方式尚不发达，南方与外部世界的联系缺少便利，外部影响的输入不畅，传统观念根深蒂固等原因，福克纳及同代或稍后的作家在文学创作素材的选择上主要立足于南方。福克纳有 18 部长篇小说以南方为背景，其中绝大部分甚至都没有离开他那"邮票大小"的"约克纳帕塔法县"，并且自封为该县的"唯一拥有者、业

---

① Huey Guagliardo ed., *Conversations with Richard Ford*, Jackson: University of Mississippi, 2001, pp. 7, 43.

② Martyn Bone, *The Postsouthern Sense of Place in Contemporary Fiction*, Baton Rouge: Louisiana State University Press, 2014, p. 93.

③ Richard Ford, "Walker Percy: Not Just Whistling Dixie", *National Review* 29 (13 May 1977), p. 562.

主"。但是，这并不意味着他们目光浅薄、狭隘，只是胸怀南方。实际上，他们中的多数人视野宽广，拥有宏大的主题追求，致力于在他们作品思想的内涵上突破南方，走向世界。他们对于区域性与共同性的相互关系问题有着自己明确的认知。在他们的理解中，区域性和共同性并非是两个孤立、互不相干的概念，而是存在内在的联系。恰当地平衡、处理这种关系是可以取得透过一滴水珠观察无垠的大海的功效的。因此，他们试图把自己的区域性题材建立在宽广、深厚的思想底蕴之上，把自己的家乡当作一个缩影或模型，通过南方的场景和人物折射出普遍真理，阐发对人性的诠释和拷问。福克纳不认为他作品中的人物身陷的困境和遭遇的问题只是南方所独有的。他坚信，这些问题和困境超越了时空的界限，并非一个时代或者一个区域所独有。它们代表了全人类的一种永恒的生存形态。他在他的故乡的故事中生动地见证了人的力量与缺陷，人的美与邪恶，人类面临的威胁，探索了人类心灵古老的真理。福克纳本人在接受诺贝尔文学奖的致辞里就此进行了精彩的总结，给他的作品的主题赋予了极高的定位，宣称，它们描写的就是"人和自己的心灵的冲突"。威尔蒂在这一问题上的进一步阐释呼应了福克纳的观点。她说：

> 我谈到的在扎下根的地方写作时，可以说我所极力主张的是"区域"文学。我认为，"区域"这个词使用得有些漫不经心，透露出一种优越感，因为这样没有区分出地方生活的原材料和其艺术成果的差别。"区域"是外人用的术语，而对于区域内搞写作的人来说，这没有意义，因为就他所知，他是在描写生活，仅此而已……
>
> 完全可以说，从故土的这种强烈冲动产生的所有作品有一些共同之处。但其中表明的是，它们并非是琐碎小事，需要心细如发的评论家才能寻找出来，而是宏大主题，不能被错过或者误解，因为它们是文学的灯塔。

显而易见,从其发源地发出的最清楚、明确、直接和动情的声音的艺术会获得最长久的理解。正是通过地方我们扎下自己的根,无论出生、机遇、命运或我们的人生旅程把我们定在何方;然而,这些根伸向的地方——不管是美国、英格兰、廷巴克图——是一条深邃、流动的脉络,永恒、一贯如一,无论在哪里都保持着纯粹的自我品质,和人类的认知相互促进。①

希佛在分析"南方文艺复兴"的作家在这个问题上的立场,认为这实际上是他们的一种共识。他指出:"他们(南方农业主义者)会辩解说,南方文学是美国唯一有意义的区域性文学,因为它实际上具有普遍性价值。这些价值是从南方农业主义信条再生出来……这些评论家最终在福克纳作品里发现把南方构建成世界心灵家园的最伟大例证。"② 这是他们作品生命力持久不衰之所在。对于他们来说,追求宏大的主题不必一定要走出南方,它们就蕴含在这里的生活里,述说着永恒的真理。

而现在的南方作家显然对这一理念不以为然。他们似乎相信,区域性与普遍性难以兼容、相互作用,它们是一种相互排斥、非此即彼的关系。过于沉溺于地方题材会使作家的关注视野变窄,限制他们的思维、想象的空间,有碍于发现、发展大的主题。这个问题的解决方案并不复杂。如果追求更为广阔的表现自由,就需要跨出这条地域的界限,走出南方,以世界为家,海阔天空。如果援引南方作家詹姆斯·阿吉(James Agee,1909—1955)的经典之作《让我们现在赞美名人》(*Let Us Now Praise Famous Men*)开始的那句话:"世界是我们的家园",概括当今很多南方作家的地方观念再贴切不过。从表象看,他们描写的地域比"南方文艺复兴"要宽阔、丰富许多,但他们却倾

---

① Eudora Welty, *The Eye of the Story*, New York: Random House, 1978, pp. 132 – 133.
② Tony Hilfer, *American Fiction since 1940*, London and New York: Longman, 1992, p. 56.

向于放弃文学的认识功能和道德功能，以实用主义的价值取向将他们关注的目光定格在了叙述日常生活里琐细、表层、紧迫的个人问题和切实可行的解决方案上，不再重视透过表象探讨本质，借助微观的事例进行宏观的思考、诠释，反倒和他们的初衷产生了矛盾，使他们的作品带有明显的狭隘性和肤浅性。

第六章　阶级格局改变

后南方小说另一个值得注意的现象是，南方文学话语权拥有者阶级格局的更替。从20世纪60年代以后，南方文学进入一个更新换代的大变动时期。在"南方文艺复兴"的第一、二代的作家逐渐退出南方文坛之后，一批二次世界大战前后出生的作家逐渐成长起来，填补了他们的文学前辈的退出留下的空白，支撑起了当代南方的文学，成为它的中坚力量。在他们之中，一批人来自被挡在南方文坛之外的难登大雅之堂的劳动者甚至无产者家庭，与福克纳等"南方文艺复兴"作家的阶级身份存在显著的差异。这种差异促使出身寒门的他们获得发声的权利之后，没有步福克纳们的后尘，续写"南方神话"，或是以忧郁的眼神目送旧南方的离去，而是选择从他们自己的阶级立场出发，勾画出了他们视野中的南方生活场景，衷心地迎接现代化和新南方的崛起，形成了对"南方神话"的颠覆。

一 "南方文艺复兴"的阶级色彩

文学属于意识形态话语,代表着超个人的阶级信念、理想或情感。长期以来,文学的阶级内涵一直是思想家、文艺理论家关注的论题。马克思认为,文学是一种社会意识形态,意识形态总是与一定社会集团的利益相关,它的功能是为统治阶级辩护,体现其阶级意志。伊格尔顿将文学视为意识形态的生产,统治阶级的语言和意识形态借助文学建立自己的霸权地位。阿尔都塞虽然不赞同将文学等同于意识形态的论断,但他承认两者之间有密切的关系。他提出,意识形态表现了人所想象的他们与其真实的生存条件之间的关系,统治阶级通过它巩固自己的利益。上述跨越了不同时代的理论尽管在其各自的基本认识和表述上不尽相同,但是,它们在阶级因素对于文学的渗透、操控功能上却找到了契合点,阶级之于文学的意义不言而喻。

可以认为,"南方文艺复兴"带有明显的阶级色彩。美国南方的早期移民踏上那片新大陆的时候,无论出身高贵与低微都面对着适应新的环境进行创业的艰难困苦。其中一部分人凭借着过人的胆识、勤劳和管理能力,充分利用当时充裕的耕地和廉价劳动力等有利条件,紧紧抓住欧洲市场对其产品的需求,脱颖而出。到了17世纪后期,贵族阶层在南方开始显露雏形。随着时间的推移,他们的实力一步步增强,逐渐成为南方社会秩序的一个重要组成部分,占据了南方政治、社会的制高点。等级分明的南方主流文化框架由此产生。大种植园主、贵族居于顶层,中产阶级次之,其下是穷苦的白人,包括无土地所有权的农民、农场工人、非技术劳动者、契约奴,黑人奴隶处于最底端。这一结构恒定地存在于南方相当长的时间,为旧南方的社会、经济体制提供了坚实的基础，对于打造鲜明的南方特色至关重要。与此同时，它也深深地印在南方人的思想意识里。它所代表的文化崇尚优雅、荣誉、尊严、侠义、武力。美国内战之所以爆发，其中一个重要原因即是南北双方在奴隶制问题上起了争端，废除奴隶制将从根本上拆解南方的等级制度。这是南方所坚决不能容忍的，战火由此燃起。南方战败，在南方废除了奴隶制。经过内战和重建时期，至20世纪初，南方的政治环境出现了剧烈的变化，原有的阶级结构经历了变革之后以相对宽松的形式依然顽强地存在于南方生活。长期占据南方历史舞台的上层社会的主导地位虽然受到崛起的中下层阶级的冲击，但是，旧秩序的影响并没有随之消散殆尽。它所缔造的神话在新的时代得以延续。从一定程度上讲，"南方文艺复兴"是旧南方主流社会的一次强力发声，是它在第一次世界大战后南方在面临城市化和工业化蚕食的关键时期所做出的反应，释放了其阶级意愿。虽然这一时期的作品的声音谈不上整齐划一，但从中还是能够分辨出它们共同的基调。总体来说，"南方文艺复兴"的基调是滞重、保守的，它关注的焦点是过去，回望历史，将其确定为探知现实、未来、自我身份的坐标。历史，尤其是内战这一以保卫奴隶制为主要目的之一的"失败的事业"，化作一团巨大的阴霾飘荡在故事的背景里。作家们的话语活动以显性或隐性的方式输出了在背后居于支配地位的旧秩序的意识形态观念，他们以依依不舍的心情注视它逐渐逝去的背影，以矛盾、消极甚至拒斥的态度看待现代化的来临。

　　他们的态度在田纳西州纳什维尔市的一批被称为"纳什维尔农业主义者"（Nashville agrarians）的作家、史学家和社会学家道诺德·戴维德森、约翰·兰色姆、艾伦·泰特和罗伯特·佩恩·沃伦等出版的论文集《我要选择我的立场》（*I'll Take My Stand*）里得到了集中的体现和系统的阐释。一般认为，他们的宣言对于"南方文艺复兴"具有至关重要的意义，为其提供了理论基础。著名南方评论家刘易斯·劳森指出，这批"农业主义者们""完全成功地阐明了一个神话，支撑了一代人的南方文学"①。这本书的核心宗旨如果援引泰特在其中提出的一个问题进行概括，就是南方人该如何把握自己的传统。"农业主义者们"肯定、美化了南方的过去，将其视为南方历史的一个黄金时期，凝聚了西方文明的精华，试图将其挽留并传之未来，使南方能弘扬农业主义传统，避免正在推进的工业化在南方造成负面影响。他们中的安德鲁·里托尔（Andrew Lytle）直截了当地提出了解决现代化带来的问题的方案，那就是，"回到多数人务农的时代"②。在他们看来，在工业化的商品社会里，人的生活遭受了全方位的破坏，人失去了自己的个性，被异化，而旧南方是一个悠闲的世界，人际关系愉快而有意义，人与自然和谐相处。这种生活不是以物质至上的价值观念为基础，可以满足人们的精神、经济、宗教和社会审美的需要。因此，在他们的概念中，具有田园风光的旧南方是美好生活的具体体现，是一方远离堕落的工业文明的安宁、幸福的绿洲。他们提出的这一方略凝聚了旧南方上层阶级的理想，符合他们的群体利益。他们在抒发自己对这一生活模式向往之情的同时也充分表露了他们的阶级立场。兰色姆在他的文章里大谈"乡绅阶级"，而约翰·古德·佛莱切（John Gould Fletcher）则毫不掩饰他的优越感与偏见，主张"下等人无论在生活还是教育方面都应该只为上等人而存在"③。《我要选择我的立场》问世后，它的逆时代潮流而动的价值取向在南方招致了抨击。它的作者被称为"年轻的邦联派""一帮社会反动势力""象牙塔里的农业主义者们"④。

---

① Lewis A. Lawson, *Another Generation: Southern Fiction Since World War* II, Jackson: University Press of Mississippi, 1985, p. 12.

② Andrew Lytle, "The Hind Tit", *I'll Take My Stand: The South and the Agrarian Tradition*, New York: Harper & Brothers, 1930, p. 203.

③ John Gould Fletcher, "Education, Past and Present", *I'll Take My Stand*, New York, 1930, p. 119.

④ Virginia J. Rock, "The Making and Meaning", *I'll Take My Stand: A Study in Utopian - Conservatism*, 1925 - 1939. Ph. D. Dissertation, University of Minnesota, 1961, p. 331.

布兰尼根将"南方文艺复兴"比喻为"一条忠诚的看家护院的犬,巡逻在保守的社会秩序的围栏边"①。如果看一下"南方文艺复兴"核心力量的阶级构成及政治观念,便可以明白布兰尼根的话算不上夸大其词。这是一个来自上层、中上层阶级的白人作家群体。以"南方文艺复兴"的最伟大作家福克纳为例,他的曾祖威廉·克拉克·福克纳(William Clark Faulkner)是典型的旧南方上层阶级的代表,是其价值观念的化身。他在当地是一位传奇式人物,干过奴隶贸易,当过政治家和种植园主、律师。美国内战爆发后,他组建了志愿步枪连,在1861年就任南方邦联军队的密西西比第二步兵团少校。1862年回到密西西比后筹建了号称"第一密西西比敌后别动队"的骑兵部队,坚持游击战争,盗军马,烧桥梁,破坏铁路线,以这些骚扰战术继续抗击北方军队。因此,他成了联邦军队的追捕对象,他的家被联邦军队付之一炬。战争结束后,他参与了当地的铁路建设,并在1889年当选为密西西比州的议员。他为福克纳的文学创作提供了重要素材和创作灵感。在他的《未被征服的人们》中似乎被神化的约翰·沙多里斯的身上,可以寻觅到他曾祖这一原型。事实上,故事里的基本情节是根据他的事迹构思写成。托马斯·苏特班的经历和行为里也融入了他的某些特征。福克纳在提到他的时候,崇敬之情油然而生:

  我的姓名随我的曾祖。他在那个时代在当地是一位名人。他是约翰·沙多里斯的原型,在1861年至1862年招募、组织、资助、指挥了密西西比第二步兵团,那天下午在第一次玛纳萨斯战役中,他是斯通威尔·杰克逊的左翼的一部分;我们有一份第二次玛纳萨斯战役之后他的军长詹姆斯·郎斯垂特亲笔签发的嘉奖令。他修建了我们县的第一条铁

---

① John Brannigan and Julian Wolfreys eds. , *Introducing Literary Theories*, Edinburgh University Press, 2001, p. 172.

路，写过几本书，畅游了欧洲，在一次决斗中死去。县里为他塑了一座大理石雕像，至今仍然屹立在提帕县……①

福克纳从南方历史那里承担了罪孽的心灵重负的同时，也生发了对先辈辉煌业绩的自豪。他的作品虽然并未复制"农业主义者们"的理想国，却隐含了他对这种信念的认同和向往。他的内心深处涌动着对旧的理想遭到侵蚀的痛惜。他对旧制度缺陷的锐利剖析，他鲜明的人道主义思想并不妨碍他以浸染着阶级意识的思维定式塑造没落贵族、穷困的白人、黑人的形象。乔治·奥登奈尔（George Marion O'Donnell）从其卷帙浩繁的"约克纳帕塔法"话语体系中提炼出了作者在纷纭复杂的事件叙述过程中显露出的价值观念、精辟地勾勒出了作品中人物之间冲突的实质及他们各自所属的阶级阵营：

> 福克纳是……传统的卫道士……他的作品凝聚了一个原则，即，南方的社会、经济、道德传统……他的小说首先是相互关联的系列神话……围绕现代世界中传统与反传统之间的冲突展开……冲突的一方是沙多里斯们，这些易于识别的人以传统的方式行事。对方则是入侵的北方军团及其……盟友……入侵者无法对付沙多里斯们；但是，他们的入侵为另一个敌手提供了机会，借助这一机会他的反沙多里斯才能将他变得格外强大。这个敌手是没有土地的贫穷的白人马贩子阿伯·斯诺普斯：他特殊的才能是卑鄙狡诈。②

福克纳的小说的人物阵容浩大，囊括了南方社会的三教九流，从富有的大地主、中产阶级的白人到穷困白人、"白人渣滓"、黑人，几乎应有尽有。

---

① Joseph Blotner ed., *Selected Letters of William Faulkner*, New York: Random House, 1977, pp. 211–212.

② Ricard Gray, *The Literature of Memory*, Baltimore: The Johns Hopkins University Press, 1977, p. 209.

尽管种类庞杂，但杂而不乱。他们被归入各自的阶级属性。福克纳对这些不同的群体的刻画和选择有着他明显的主观倾向性。在他的心目中，要充分地表现南方生活的画卷就必须从它的中坚——南方的中上层阶级写起。所以，占据了他的"约克纳帕塔法"的表演舞台中心的演员主要是沙多里斯、康普生、古瑞厄森、德斯潘、考德费尔德这些当地曾经的贵族、奴隶主、邦联军队的军官、商人。福克纳的创作策略主要是透过这一层次的家庭的兴衰揭示南方的变迁。他们中的一些人不乏凛然正气。例如，《未被征服的人们》里的种植园主沙多利斯上校。他充满阳刚之美的南方绅士形象被捧到了极致，集合勇敢、足智多谋、真诚、对家庭忠贞不渝、崇尚荣誉于一身，完美到了不真实的、概念化的地步。他的儿子贝亚德为他在战争中的英勇事迹而自豪，对他极为崇拜，奉为心中的偶像。《去吧，摩西》《押沙龙，押沙龙！》《烧马厩》《小镇》里举足轻重的人物卡西亚斯·德斯潘是另一位散发着独特魅力的南方贵族。他是退役的邦联骑兵上校，内战结束后，在"约克纳帕塔法县"是大地主，开办了狩猎场，在猎人们中间深孚众望。

而与之形成鲜明对照的则是佃农出身的斯诺普斯家族。他们以次要角色登场，而且被选作了邪恶的象征，粗鲁、自私、狡诈。他们似乎无处不在，到处滋生蔓延，在旧秩序崩溃之时乘虚而入。他们工于心计，善于操纵局势，干一些卑鄙下作的勾当，把自己的阶级劣势化为胜势一步步发迹、扩张，如同时代的病毒侵害着人们的精神，冲击着正统的社会结构。他们代表了贪得无厌的新兴资本主义对旧南方乡村美德的取代。《未被征服的人们》里阿博·斯诺普斯是个强盗、盗马贼，出卖了米拉德姥姥，导致其被他的合伙人古拉比杀害。在《小村》（*The Hamlet*）里，明克·斯诺普斯残忍地杀害了杰克·休斯敦。《烧马厩》（*Barn Burning*）里的德斯潘上校家的佃农阿博·斯诺普斯认识到了自己低下的社会地位，心有不平，蓄意发泄，故意弄脏德·斯潘家昂贵的法国地毯。因为被法院判决赔偿由此造成的损失，他恶向胆边生，打算火烧德斯潘家的马厩。阿博·斯诺普斯的儿子福莱姆·斯诺普斯与他的父亲相比可谓"青出于蓝而胜于蓝",是斯诺普斯家族的无耻之尤。为达到自己聚敛财富、跻身社会名流的目的,他投机钻营,所运用的手段狡诈、寡廉鲜耻。对妨碍自己前进的人,他冷酷无情悉数扫荡之,无论是亲人还是朋友,都毫不犹豫。在《小村》里,福莱姆是威尔·华纳家的佃户。华纳的儿子乔迪雇他在华纳家的店里帮工。福莱姆凭借心计升任华纳的助手,帮他理账,评估棉花质量,挤掉了乔迪轧花厂主管的位置,使乔迪不得不回到华纳家的商店当小伙计。福莱姆向镇上的人放高利贷,开铁匠铺冲垮一个本家店铺,又转手倒卖给华纳赚了一笔。为了大展宏图,建立牢固的关系网络,福莱姆和华纳家攀上了亲,娶了华纳的女儿尤拉,尽管她怀上了别人的孩子。《小镇》里的福莱姆从与别人合伙经营小餐馆一步步爬上了沙多里斯银行总裁的宝座。与福莱姆的妻子尤拉私通了18年之久的曼弗雷德·德斯潘为他在当地电厂谋取了负责人的位置。与此同时,福莱姆贪婪的目光盯上了当地的银行,先是购买了银行的股票,在贝亚德·沙多里斯去世后,就任该银行的副总裁。然后,他故意把妻子尤拉和接替贝亚德·沙多里斯担任银行总裁的曼弗雷德·德斯潘的暧昧关系透露给她的父亲、握有银行大部分股份的华纳,激怒他逼迫曼弗雷德下台,把银行股票卖给福莱姆,由他取而代之。最终妻子自杀,曼弗雷德离开该镇。在《大宅》里,芒特高莫瑞·沃德·斯诺普斯打着摄影店的幌子从事色情业务,使福莱姆尴尬不已,于是设计把芒特高莫瑞送进密西西比州监狱。

斯诺普斯们所代表的品质是对"约克纳帕塔法县"里的贵族所崇尚的理想的亵渎,为这些大家族所憎恨。他们被骂作"狗崽子"。《小镇》里的斯蒂芬斯提起斯诺普斯家族深恶痛绝:"他们中间没有一个和其他人有特别的亲情;他们就是斯诺普斯,像是一群群老鼠或白蚁或者说他们干脆就是老鼠或者白蚁。"① 福克纳在任教于弗吉尼亚大学的时候，在解答关于阿博·斯诺普斯的品质时说，他给予了斯诺普斯极低的人格定位，把他概括为是个"食客""类似狗腿子""在被杀死的猎物边上呆着想弄点剩肉"，谁也不会依靠它，因为"稍微有一点压力……他也许就塌了架了"②。言语间流露出对他的鄙视。福克纳基本的阶级立场由此可见一斑。

当然，福克纳小说中对下层社会人物的正面塑造也是有的。比如，《喧嚣与愤怒》里康普森家庭的黑人佣人迪尔希是人们公认的美德的载体。她是康普森家庭里维护稳定的因素，体现了忠诚、奉献、关爱、忍耐的优秀品质。在康普森先生酗酒成瘾、康普森太太病恹恹地不理家务的情况下，她尽力而为，承担起了管教孩子的责任，抚慰有智力障碍的本吉，后来还保护凯蒂的女儿免受她舅舅杰森的专横对待。她以无私、纯朴、善良竭力维持着这个濒临解体的家庭的完整，为它带来了希望。评论界有人赞美她具有基督般的精神和品质。沃伦把她描述为《喧嚣与愤怒》的道德中心，拥有美德和同情的人。但从另一个角度看，迪尔希仍然局限在恭顺的种植园奶妈的形象窠臼。她的价值的实现存在一个前提，即接受自己是边缘、下层族群的一员的身份，承认康普森家族这个没落贵族家庭是自己的主人，对自己拥有使用权，忠心耿耿为他们的几代人服务，她的一切是紧紧围绕这个中心任务确立的。她和《未被征服的人们》里沙多利斯家的黑人仆人属于同一个范畴，没有自我，将自己的命运寄托在白人主子的身上。

福克纳著名的短篇小说《献给艾米莉的玫瑰》是一个贯穿了阶级内涵的名篇。它以文学的形式诠释了等级制度的因素在掌控人的命运上有着多么关键的作用。出身于杰弗逊镇古瑞尔逊家族的大家闺秀艾米莉与父亲相依为命。

---

① William Faulkner, *The Town*, New York: Vintage Books, 1961, p. 40.
② L. Gwynn Frederic and Joseph L. Blotner eds. ,*Faulkner in the University*, New York: Vintage Books, 1965, p. 250.

她年轻时吸引了当地的小伙子前来求婚，但他们却被她父亲横加干涉，挥动马鞭一一赶跑，主要原因是他认为他们和他的女儿不属于同一层次，他要坚持门当户对的原则，维护阶级制度的纯洁性。美国学者迪安·罗伯茨尖锐地指出："阶级是艾米莉成为老处女的原因。她的父亲虽然没有锁住她的肉体，却把她禁锢在了旧南方僵化的淑女观里，将她高高捧起，使杰佛逊的小伙子们够不到。"[1] 她不能按照自己的意愿和渴望健全地发展，被剥夺了像正常人那样享有爱情、婚姻、家庭的权利，最终沦为乖张、孤独的老处女，成为一个另类，被边缘化了。她后来和来自北方的荷马·巴伦的交往在镇上掀起了轩然大波，其症结还是阶级的因素。本来一个生活在孤独中的大龄女子和一个单身汉为了情爱走到一起是再自然不过的事情。然而，社区的人们却议论纷纷，焦虑、愤怒，群起而攻之。表面上的匪夷所思，难以想象，一个弱小的女子竟会有如此大的能量。如果仅仅将居民的强烈反应归结为孤陋寡闻而大惊小怪则没有抓住问题的实质。她的行为的象征意义和蕴含的潜在危险牵动了更深层次的敏感神经，所以产生了极为严重的冲击效应。在人们的潜意识里，她与巴伦的交往被视为闯入禁区、挑战公共秩序底线的危险事件，有可能抹杀维护社会结构的稳定所不可缺少的阶级差异，进而动摇其文化秩序的基石。罗伯茨认为："艾米莉小姐体内暗藏的情欲动摇的不仅是老处女的完整性，而且是南方历史和整个阶级的根基。"[2] 艾米莉是出身于名门望族的大家闺秀，尽管这个家族已经败落，但是余威犹存。而巴伦不过是领人修路的壮汉，两人的身份是不可同日而语的。他们蔑视等级差异的亲近，在一个封闭、等级意识根深蒂固的文化体系里面是不能被接受的，更何况事件的主角是当地人道德的标尺和精神寄托。所以，事情从一开始就搅乱了人们的思维

---

[1] Diane Roberts, *Faulkner and Southern Womanhood*, Athens and London: University of Georgia Press, 1994, p. 158.

[2] Ibid.

定式，在他们的心里投下了阴影。令小镇的居民更为惶恐不安的是，艾米莉身份的特殊性使她的行为造成的危害有可能超出个人范围，对其他人起到示范作用，传染整个社区。一时间，仿佛一个稳定的秩序被打破的危机即将到来，社会秩序将陷入混乱之中。所以，在她和巴伦乘坐马车招摇过市的时候，人们忧心忡忡地暗中注视着他们两人。众人的窃窃私语指向了这场风波的阶级本质：

"可怜的艾米莉，"女士们都说，"一个古瑞俄逊家的人当然不会看上一个扬基佬，一个出苦力的。"不过，也有些上了年纪的人认为，就算是（父亲去世后）心里难过，一个真正的大家闺秀也不应该忘了高贵的身份。当然，他们没这么说……有失身份。他们只是说"可怜的艾米莉，她的亲戚该来管管她啦"。①

让他们感到痛心疾首的是他们的偶像艾米莉竟然下作到这一地步，同一个不入流的男人打得火热。他们的高压、干涉粉碎了艾米莉对世界尚存的一线希望，彻底摧垮了她对生活的期待，把她推入了黑暗、扭曲的心灵深渊。福克纳对旧南方爱恨交织的复杂情感在塑造艾米莉这个人物时得到了淋漓尽致的体现。他撕开了旧南方等级制度的专制、严酷，也情不自禁地向它的秩序、威严显示了敬意，着力刻画了艾米莉的坚毅、盛气凛然，将"丰碑""天使""灯塔守望人""旗帜"等庄严、神圣的词语毫不吝啬地献给了她。在她的身上熔铸了旧南方的光荣与梦想。她活着时，代表了一个传统、一种责任，甚至在她独处的时候，都仿佛是壁龛里一尊无头的雕像。在发生剧烈变革的时代，她作为一个象征，作为一块精神基石支撑着分崩离析的旧南方，在现代化的蚕食包围中做着最后的顽强抗争。她的去世如同一座丰碑轰然坍塌，

---

① George McMichael et al., *Concise Anthology of American Literature*, 2nd ed., New York: MacMillan Publishing Company, 1985, p.1774.

宣告了一个时代的终结。内战的南方老兵特意穿上了邦联军队的制服出席她的葬礼，以这种庄严的仪式为她送行。她在人们心目中的地位以及她所代表的价值观念不言而喻。这个故事给人留下了难以磨灭的一个印象，旧南方即使无可挽回地离去，也是悲壮地离去。

威廉·亚历山大·珀西（William Alexander Percy，1885—1941），著名南方作家，《影迷》《废墟里的爱》（Love in the Ruins）、《兰斯洛特》（Lanslot）、《最后一个绅士》（The Last Gentleman）的作者沃克·珀西的叔父，也是他的良师益友和年轻时的监护人，出身于密西西比三角洲地带的种植园主阶级。在他的家乡，从这个阶级里走出了把握当地政治、经济命脉的大地主、银行家、律师或政府要员。珀西和福克纳一样有着值得为之骄傲的先辈。他的父亲曾是参议员，祖父带领社区重建白人至上的政治体制。珀西将他们奉为神明，以敬畏的情感在他的想象中勾画着他们威武的形象。在他的心目中，他们与强悍的古人严峻、令人生畏又风度优雅地镇守着天堂的入口。他的父亲则是旧南方美德的象征，政治、诚信，具有强烈的公共责任感、使命感。

他1941年出版的《防洪堤上的灯笼：种植园主之子回忆录》（Lanterns on the Levee：Recollections of a Planter's Son）是南方文学的一部名作，集中体现了旧南方的上层社会的理想、信念，以及时代的变迁在他们的思维、情感深处掀起的波澜。经历了传统价值观充分濡染的珀西展示了旧南方的田园风光，如同一处人间的乐土，字里行间，浸透了对旧制度的陶醉。同时，他也对世界风起云涌的变革和南方种植园体制、等级制度的理想与权威的崩塌黯然神伤，内心存在对工业化、对传统秩序的强力破坏的疑虑和恐惧："在我们身后，一个文化在消亡，在我们面前，陌生的工业世界的力量在汇聚，酝酿着巨大灾难。"[①] 在他看来，阶级架构的被颠覆不可避免地会导致社会的无序，

---

① William Alexander Percy, *Lanterns on the Levee：Recollections of a Planter's Son*, Baton Rouge：Louisiana State University Press, 1973, p. 24.

在南方发生的事情是世界风云变幻的一个组成部分,世界正陷入一场空前的动荡与混乱。谈及20世纪劳动大众在俄罗斯、德国、意大利的胜利,统治阶级的垮台,他感同身受,由此联想到在南方旧秩序阵地的陷落,充满惆怅:"我们这一代失去了一个堡垒又一个堡垒,旧南方,旧的理想,旧的势力。"①这部作品充溢着对土地拥有者的赞美及对以他们为主体构建的阶级社会的肯定。他歌颂工业化时代到来之前的种植园主阶级的生活方式,认为其优越性映衬了现代生活的弊端,也为问题的解决提供了正确的答案。珀西将攻击的矛头指向了新兴的工商阶级,表达了对他们发自内心的憎恶,认为他们是摧毁南方文化的信念的急先锋,正是他们的崛起导致了南方生活精神质量的没落。作者以一种阶级的傲慢姿态痛斥他们对传统文化一无所知,"精神贫乏,平庸得要命",把他们所代表的秩序形容为是一种"无优雅可言,游移不定的新秩序"②。珀西本人的贵族气质甚至给威廉·卡什留下了深刻的印象,使他由衷地赞叹道:"珀西是一个极其罕见的人物,是残存的名副其实的南方贵族,和假冒这一称号的人迥然不同。"③ 在《灯笼》这部作品里,珀西站在西方文明的高度,为他的家乡的过去辩护。他的目光越过了大西洋,为南方的价值体系寻找着高贵的渊源,证明其存在的正当性的强大后盾,把南方地区乃至他的家乡——位于密西西比三角洲地带的格林维尔小镇与旧大陆连为一体,试图表明南方的社会体制继承、弘扬了古老的欧洲文化传统,具有坚定不移的人文价值意识,崇尚勇气和尊严的行为规范,实践着西方文明的理想。

此外,沃伦来自肯塔基州的一个算得上中产阶级的家庭。他的父亲的愿望是当律师或作家,后来从事了金融行业。这一家庭是南方利益的坚定维护者。沃伦的祖父和叔祖父在内战期间曾经加入邦联军队与北方联邦军队作战。

---

① William Alexander Percy, *Lanterns on the Levee*: *Recollections of a Planter's Son*, Baton Rouge: Louisiana State University Press, 1973, p. 24.
② Ibid. pp. 9, 69.
③ Letter Received from Walker Percy, 17 November 1971.

在他的童年，沃伦所听到的是见证了这场战争的人们讲述的战争故事。他的外祖父也曾经在邦联军队为南方而战，担任过骑兵上尉。他是沃伦崇拜的偶像。在他的种植烟草的农场度过的一个个夏天犹如美好的田园牧歌，给沃伦留下了最为生动的回忆。他虽然反对奴隶制，但对南方的挚爱促使他超越自己的政治理念成为南方邦联的支持者，用他的话来说："我和我的人民站在一起……"[①] 年仅六七岁的沃伦从他那里汲取了美国内战的鲜活的知识，接受了南方历史的启蒙及熏陶。他的外祖父经常用石头和步枪子弹壳在地上摆出当时的战斗场面。激烈的战争故事激发了沃伦不尽的遐想。在他的心目中，他的祖父象征了英勇的壮举和浪漫的过去，是历史的化身，后来被沃伦写进他最优秀的诗歌之一《军事法庭》"Court Martial"，雕刻了一位曾经金戈铁马的战争英雄的暮年：

> 在雪松树下，
> 他和我整个夏天都坐在那里：
> 一位老人和年幼的外孙
> 躲避着白日的酷暑。
>
> 上尉、骑兵、邦联军人，
> 一位老人，现在皱纹纵横、花白
> 锐利的胡须修剪成古典的样式，
> 洗得发白的蓝色牛仔装下
> 肌腱早已扭曲，
> 骑兵的大腿早已萎缩……

[①] Floyd C. Watkins and John T. Hiers eds. ,*Robert Penn Warren Talking Interviews*, 1950–1978, New York: Random House, 1980, p. 225.

泰特的父亲奥雷年轻时家底殷实,从祖父那里继承了一大笔财产,包括木材林、磨坊、农场。只是由于他挥霍无度,坐吃山空,才使得后来家境败落,迫使他不断搬家,四处寻找商机。泰特的母亲奈莉据说是弗吉尼亚名门望族之后,甚至她宣称自己是南方邦联名将罗伯特·伊·李(Rober E. Lee)的远亲。她的父亲曾经拥有巨额资产,八十一个奴隶,二十万英亩的林地,分布在几个州。她从父亲那里继承了一部分土地,这也给了她相对独立于丈夫的经济基础,经常外出旅游。对于她的南方先辈,她有着浪漫的情感与想象。依据她的叙述,她所认定的自己的出生地弗吉尼亚州的菲尔法克斯县的华奈尔农庄及周围名为欢乐坡的地方发生过很多传奇故事,欢乐坡也成为后来泰特创作《父亲们》的故事场景之一。她以铸造泰特的南方身份为己任,执着地向他灌输着南方的历史知识,给他详细介绍家族的谱系,讲述她的家族里内战英雄和奴隶的故事,她尤其以她参加过葛底斯堡战斗的父亲为荣耀。她带领少年的泰特来到菲尔法克斯县参观欢乐坡被联邦军队烧为废墟的故居遗址,带他到乔治敦看望长辈亲戚,甚至还向他引见了据说是她祖父的奴隶的黑白混血的女人。这些寻根之旅在泰特的记忆里留下了永不磨灭的印象,对于他的人生观、价值观的形成起到了至关重要的作用,在他与旧南方之间建立起了牢固的心灵纽带。他在上小学的时候就向邦联军队的将军们宣誓效忠,用木头做剑,向假想的"扬基佬"战斗。他母亲家族的历史转化为他在"南方文艺复兴"中为旧南方文化作慷慨激昂的辩护的巨大动力。他根据他的家族使用的奴隶的传说,把内战之前的黑人描述为"温顺,大多数忠诚于邦联的事业"。[①] 泰特无视黑人获得掌握自己命运的权利对于捍卫他们作为人的尊严的重大意义,反而为旧南方的奴隶制的邪恶开脱,并同时借此机会猛烈攻击北方的工业化进程。他指出,如果说奴隶制犯下了令人发指的罪行,那

[①] Allen Tate, *Jefferson Davis: His Rise and Fall*, New York: Minton, Balch, and Company, 1929, p. 215.

么北方的工业化与南方的奴隶制也没有什么差别，而且就对黑人的剥削而言，其严重程度有过之而无不及，因为至少南方的奴隶制对黑人"采取了仁慈的保护形式：白人在一切意义上都对黑人负责"①，而一旦黑人获得自由，他们不可避免地会陷入水深火热的悲惨境地，沦为工资的奴隶，这是工业资本家的一种更为恶劣的剥削行为。他在1929年出版的南方邦联的总统杰佛逊·戴维斯（Jefferson Davis）的个人传记《杰佛逊·戴维斯的兴衰》（*Jefferson Davis: His Rise and Fall*）中指责戴维斯对北方联邦有着剪不断、理还乱的情感，幻想人们都会按照规则行事，他的思想与情感的分裂酿成了南方的灾难，对南方的战败负有不可推卸的个人责任。由于作者在书中流露的个人意识形态过于直白，传记出版之后，有评论把他形容为"有明确邦联意识的南方作家，摆出一副流亡的皇亲国戚的派头"，"为内战的失败而惆怅，因为这剥夺了他们"的"贵族"形象。②

泰特在他唯一的一部长篇小说《父亲们》中，描写了现代化侵入南方之后，新旧两种秩序发生的冲突。作品的男主人公刘易斯·班钦是以他的曾外祖父本杰明·刘易斯·博根上校——一位力主脱离联邦的弗吉尼亚人——为原型塑造而成。刘易斯·班钦是弗吉尼亚欢乐坡种植园的主人，代表了旧南方的势力。在泰特的笔下，他们居住的房子即使在岁月的侵蚀下开始呈现衰败的迹象，却依然保持着它的尊严。而班钦的女婿乔治·波西则是野蛮、冷酷，为了聚敛财富不择手段的20世纪的化身，仿佛人们相互之间都是赤裸裸的商业、利益的关系。波西有着出众的才华、难以抗拒的个人魅力，是优秀的骑手和神枪手。然而，他拒绝像南方绅士那样遵循欢乐坡的礼仪准则，以尊严和荣誉平等对待自己的竞争对手，在一年一度的骑士锦标赛上公开蔑视醉酒的对手，将其打倒。他像一股猛烈的飓风闯入了欢乐坡，所代表的观念

---

① Allen Tate, *Stonewall Jackson: The Good Soldier*, New York: Company, 1928, pp. 39, 59, 291.
② Mrs. Patterson, *Books*, Quoted by Tate in a letter to Mark Van Doren, 19 Nov. 1929, MVD – CU.

对南方的传统构成了冲击。他如同福克纳"约克纳帕塔法"系列中的杰森·康普森，为了追求个人物质利益的最大化，将一切传统的美德扫荡出自己的人生轨道，摧毁一切阻碍他达到自己目标的因素。内战爆发后，班钦选择站在了联邦军队一边。然而否定传统的道德准则，融入新的秩序对于他是一个极其痛苦、无法完成的嬗变。他以上吊自杀的无奈之举放弃了征服这个让他难以逾越的障碍的努力。国家的存亡和对个人的考验在班钦的家庭里交织在一起。这部作品以现代社会的荒诞和漫无目的、漫无原则映衬虽然蒙上了污点却井然有序的旧南方。它见证了一个纯真年代的结束，混沌时代的降临。整体基调如同一首挽歌，抒发了对过去的赞美和留恋。它同时也像一篇檄文，针砭时弊，对现代的罪恶进行了声讨。故事叙述人雷西对社会道德的快速滑落困惑不解地问道："为什么生活的变化要搅乱无辜人们的生活？为什么会发生这么大的变化，无辜的人们失去了无辜，变得暴虐和邪恶？"① 据泰特自己解释，这本书的总的主题是"忠诚与个人主义、个人至上与道德准则之争"，剖析的是"现代问题的本质"②。

兰色姆的家族几代人则是卫理公会的牧师。兰色姆的基本态度是建立在对过去的肯定和对现代的否定之上，将人的立身之本定位在过去。他的作品反映了他对传统始终如一的兴趣。人只有投身于哺育了的他的文化才能获得对过去敏锐的感知，从而在永远处于变幻之中的世界里，使自己保持一份稳定、永恒的情感。人通过回望以前的幸福时光，就可以宽容当今世界严酷的现实。相形之下，现代人缺少人生目标，无法理解人类之爱的拯救作用。

戴维德森的基本立场和兰色姆非常相像。他在1927年写给出版商的一封信里断言南方已经到了危急关头，在现代社会的影响下，南方的鲜明特征正

---

① Allen Tate, *The Fathers*, Baton Rouge: Louisiana State University Press, 1977, p. 5.
② Allen Tate, Van Wyck Brooks eds., *Obituary in Memoriam*: S. B. V. 1834 – 1909, *The American Caravan: A Yearbook of American Literature*, New York: 1927, p. 794.

面临消失的危险。为了保持南方精神的完整性，他提出的应对策略是，南方应该充分意识到其过去的价值，不要遗弃传统中一切值得保留的优秀遗产。

威尔蒂的母亲是教师，其父亲克瑞斯蒂安·威尔蒂在密西西比州的杰克逊成功地创建了自己的事业，曾一度做到了拉玛人寿保险公司总裁的职务，主持建造了当时在杰克逊的摩天大楼——保险公司的总部，一座哥特式十层楼房，与周围的环境和谐地融为一体，在当地也算得上是社会名流。威尔蒂家的生活虽然谈不上奢华，但住在都铎风格的房屋里，倒也舒适。克瑞斯蒂安·威尔蒂对建筑和商界的兴趣和才能传给了儿子们，他们中一个设计了杰克逊最漂亮的几处建筑，另一个去了保险公司任职。尤多拉·威尔蒂从父亲那里继承了他对真理的热爱、对奉献的崇尚、对自律的培养。相对体面的家庭出身和衣食无忧的生活经历自然而然地把她的文学表现视野基本定格在中上层阶级。她晚期的著名长篇小说《三角洲的婚礼》《乐观者的女儿》均是属于这一类型，以中上层阶级家庭为关注焦点。《三角洲的婚礼》的故事发生在一个种植园主之家，而《乐观者的女儿》的男主人公莫凯尔瓦法官则是萨勒斯山的头面人物之一。他的父亲是长老会的传教士，去中国传教。他的祖父是邦联军队的将军。无独有偶，如同福克纳的"约克纳帕塔法"系列里使用了下层阶级背景的斯诺普斯作为粗鲁、自私、狡诈的化身，对当地稳定的道德秩序和价值取向构成了严重威胁，《乐观者的女儿》里的劳瑞尔·莫凯尔瓦的继母费伊·琪瑟姆以她与众不同的观念和行为在故事里独树一帜，其特色之鲜明可以列入南方文学的经典人物之列。她来自得克萨斯州的乡下，嫁给了年长他30岁的劳瑞尔的父亲莫凯尔瓦法官，在当地引起了轰动。她没有修养，只具有冷酷的生存哲学，信奉现在与未来，蔑视过去。无论是作为女人还是作为妻子，她所具有的品行是饱受传统文化浸染的劳瑞尔所深恶痛绝的，粗野、性感、自我为中心，毫无顾忌的消费欲望，不愿承担料理家务的责任，对别人缺乏理解和关心。从旧南方走过来的柯林斯·布鲁克斯禁不住把她描述为"浅薄、粗鲁的小女人","白人渣滓","卑劣,以自我为中心,咄咄逼人,完全没有礼貌"①。她在莫凯尔瓦法官就医的医院撒泼,要把奄奄一息的他从病床上拉下来,在他的葬礼上又行为出格,令人尴尬不已。她的亲戚和她都是一路货色,粗大嗓门,自以为是,没有教养。大概布鲁克斯也感到了以费伊为一方和以劳瑞尔、莫凯尔瓦法官为另一方的阶级对比在作品中过于露骨,遂劝告人们不要把威尔蒂对费伊行为的描写误解为她是在媚富欺贫,发泄对穷苦的白人的蔑视,甚至是朝他们脸上打了一个耳光,主要是她太了解他们了,对他们的优劣一清二楚。不管怎样,在他们的粗俗、喧闹的映衬之下,两个群体的品位立时分出了高下。劳瑞尔所代表的文化显示出了其尊贵、高雅之处。

曾获得普利策奖的南方女作家艾伦·格拉斯阁(Ellen Glasgow, 1873—1945)经常被称为"南方文艺复兴"的先驱,但实际上她的优秀作品正是在这一文学运动的鼎盛时期出版的。她也来自上层社会。她的父亲在他做将军的叔叔拥有的铁厂担任了经理多年,格拉斯阁的母亲拥有弗吉尼亚贵族血统,和弗吉尼亚潮汐地的名门望族伦道夫、布兰德、泰勒等家族有着亲缘关系。格拉斯阁深受她优雅、信奉圣公会的母亲的熏陶。所以,和"南方文艺复兴"的许多作家一样,她的创作对象的主体是南方的中上层社会。她的长篇小说《战场》(*The Battle-Ground*)围绕弗吉尼亚两大贵族安姆布勒和赖特福特家庭的经历演绎了弗吉尼亚的种植园在内战前后的兴衰,再一次向人们展示了旧南方的标志性画面,充满田园风情的种植园生活,南方的绅士、淑女,快乐、忠心耿耿的黑奴。用她自己的话来讲,她在这本书里"试图刻画出弗吉尼亚贵族传统的最后一块阵地",这本小说"旨在借助丰富的想象复原旧的秩

---

① Louis D. Rubin Jr., "Everything Brought Out in the Open: Eudora Welty's Losing Battles", *Hollins Critic* 7.3 (1970): 1.

序，着手表现（南方）社会变化的历史"①。她虽然在书中质疑了旧的阶级制度的缺陷，对女性、奴隶们自由、个人权利的扼杀，但作为一个南方传统文化的产物，她无意全盘否定"种植园的神话"。所以，从人物的形象地涉及主题情节的安排，不乏对旧制度的歌颂。书中以陶醉的语言描述旧南方的风华："在旧南方，这个先辈传承下来的文化拥有着优雅、美丽、欢乐带来的灵感。"② 该书的男主人公之一的安姆布勒是上层阶级的典型代表，该州的州长。他在作品中以近乎完美的形象出现，既温文尔雅，有着对亲人的柔情，热爱自己的家庭，对朋友以善相待，又兼备骑士的勇敢。他虽然强烈反对从联邦中分离出来，但是，为了弗吉尼亚的荣誉，他放弃自己的政治信念，义无反顾地走上了战场，投入了抗击北方的战斗，在战斗中受伤，为南方捐躯。内战结束后，安姆布勒和赖特福特这两个家庭的黑奴们并没有抛弃他们而去，而是团结在他们的周围，要重建被战争破坏的以前的生活方式。

"南方文艺复兴"中这批作家的家庭出身背景与所接受的文化熏陶使得他们很难在如火如荼的时代变革中实现精神的涅槃，从心灵中完全否定他们的先辈曾为之奋斗的事业，彻底抹去他们所崇尚的准则，而从全新的立场评说南方的功罪。他们不同程度地对旧南方有着难以割舍的情缘，情不自禁地流露了对它的怀恋和欣赏，以中上层阶级的人物、故事作为他们创作的主要素材。因为占据着 20 世纪上半叶南方文坛的重要位置，他们实际上引领了这一时期该领域的话语，运用自身特殊的作用打造了此时南方文学的识别特征，依据他们的人生标准，以自己对南方历史、文化、价值观念的理解与想象，在文学作品中构筑了一个散发着浪漫气息的旧南方的神话。他们的声音如此强大，以至于造成了一种错觉，似乎这就是南方生活的全部。他们依据以往

---

① Ellen Glasgow, *A Certain Measure: An Interpretation of Prose Fiction*, New York: Harcourt, 1943, p. 13.

② C. Hugh Holman, *The Immoderate Past*, Athens: The University of Georgia Press, 1977, p. 51.

自己的阶级在南方的历史进程中所发挥的作用,自信能够以南方的代言人的身份出现,试图赋予自己的思想以普遍性,将自己所宣扬的神话描绘成放之南方而皆准的真理。泰特就曾一厢情愿地把南方绝对代表的桂冠封给了福克纳,宣称福克纳所打造的不只是南方传奇,它是一个神话,是"自1865年至1940年乃至二次世界大战每一个南方人的神话"①。兰色姆在为《我要选择我的立场》撰写的序言中站在意识形态的高度评价这本论文集的意义,想当然地确认了这本书对南方价值观念的广泛代表性,认为它反映了南方的农业主义思想和以北方为代表的美国城市化、物质化倾向之争,书中的论文支持了"南方的生活方式,反对或许被称为美国或者主流方式"②。

然而,他们所展示的南方生活仅仅是冰山一角。它的大部分处于被忽略、掩盖的状态。得不到充分、公正表现的不只是南方的黑人,与这些作家属于同一种族的贫穷的白人基本上也被挡在了"南方神话"的建构过程之外。深入、真实地描写该阶层人们的生存状况,正面表达他们的渴望和诉求的文学作品寥若晨星。俄斯金·考德维尔(Erskine Caldwell, 1903—1987)1947年再版的《烟草路》(*Tabacco Road*)可以视为一个例外。它将南方穷困的白人构成的佃农阶层的悲惨生活公诸于世。他们是南方生活的一部分,但却无缘参与到主流文化中来,而且对这一主流文化所代表的传统几乎一无所知。这本书征服了那些看腻了"皎洁的月光、木兰树"的南方经典形象的读者,以新取胜,畅销一时。但它毕竟偏离了当时的价值规范,也惹来非议,难以得到广泛承认。而且,考德维尔一人的声音过于孤立、微弱,不仅如此,他作品中的下层人物有被滑稽处理的痕迹,放荡、智力低下,有迎合当时的审美趣味之嫌,因而难以引起真正和持久的重视。珀西曾经以怜悯又不无居高临

---

① Allen Tate, *Memoirs and Essays Old and New*, 1926 - 1974, Manchester: Carcanet Press Ltd., 1976, p. 151.

② *I'll Take My Stand: The South and the Agrarian Tradition*, New York: 1930, pp. i - xx.

下的口吻呼唤对被遗忘的穷困潦倒的白人乡亲的关注:"南方穷苦的白人是遗传和环境研究的好素材。谁能追溯他们的出身,评价他们的品质,给他们以公正的对待? 我办不到。"① 当然,"南方文艺复兴"中的作家也试图拓展他们的视觉空间。但是,即使他们可能抱有真诚的愿望,他们与其他阶级在现实中的距离中影响了他们观察、表现这些群体生活的真实性、可信性。比如,"农业主义者"们曾从他们所占有的物质特权所产生的对田园生活的感受出发,以浪漫的情怀叙说农民含辛茹苦的耕作"既不匆忙又不机械,以便通过土地观察大自然之无常、之浩瀚;他的生活因此获得了哲学乃至宇宙意识"②。这大概只有没体验过在田野里劳动的艰辛的人才会对这种生活做出如此悠闲、轻松的遐想,使在田野里的劳苦大众无言以对。著名南方文学评论家佛莱德·霍布森(Fred Hobson)认为,阶级因素"在南方文坛一直举足轻重"③。事实上,威廉·卡什早在他1941年出版的名著《南方的思想意识》一书中即注意到了南方穷困的白人被排斥在文化构建之外的问题,他说:"在(上层阶级)的下面拥挤着一个群体,统称穷白人,实际上常称为白人渣滓。……当然,他们和他们主人之间的鸿沟是无法逾越的,他们的观点与情感无法进入南方文明主流的框架。"④ 他们只能日复一日在田间辛苦劳作,为优雅、闲适的上层阶级提供物质财富。著名后现代理论家琳达·哈钦尖锐地剖析了长期存在的美国阶级之间的差异对决定人在社会里位置的影响:"美国的边缘群体不只是性别、种族、民族的问题,而且是阶级的问题,因为美国的50个州并没有真正形成一个经济、社会的统一体。"⑤ 命运、严格的等级制度的偏见将

---

① William Alexander Percy, *Lanterns on the Levee*, Baton Rouge: Louisiana State University Press, 1973, p. 313.
② Matthew Guinn, *After Southern Modernism*, Jackson: University Press of Mississippi, 2000, p. 10.
③ Fred Hobson, *The Southern Writer in the Postmodern World*, Athens: University of Georgia Press, 1991, p. 22.
④ William J. Cash, *The Mind of the South*, New York: Vintage Books, 1941, p. ix.
⑤ Linda Hutcheon, *A Poetics of Postmodernism*, New York and London: Routledge, 1996, p. 134.

社会下层的人们牢牢地钉在了弱势群体的位置，剥夺了他们发声的权利。写作被视为绅士的特权。"红脖子""白人渣滓"这样的人群提笔写作是非常罕见甚至荒谬可笑的。霍布森认为，就阶级出身对美国作家的影响而言，南方为最。他指出："大约在德莱塞时代，作家产自有教养家庭这一观点在美国的其他地方已经消散，但在'文艺复兴'时期的南方，人们认为，作家尤其是女作家，几乎无一例外地应出身于上流社会或受过良好教育的公务员、教师、牧师阶层。实际上，许多的确如此。"① 路易斯·鲁宾在分析"南方文艺复兴"的性质时实际上也将它划定在精英文学的范围之内，他说："'南方文艺复兴'的文学是学院、大学培育出来的文学。"

这是在当时历史条件下话语霸权和阶级偏见的体现。想到他们阶级的过去的遭遇，在南方历史话语中留下了如此模糊、残缺的痕迹，来自劳动阶层的瑞克·布莱格（Rick Bragg）心潮难平，认为对贫穷的南方白人的经历"我在书里是难查到的。南方的穷人不书写历史，除非我们把富人从马上掀下去"②。对于这种现象，可以在福柯关于权力与知识的关系的论述中找到对这种霸权的实质的阐释。福柯相信，权力意味着知识和真理，在特定条件下，权力在确立有效、真实的知识和话语方面发挥着至关重要的作用。旧南方的中上层阶级运用他们的特权把"南方神话"打造成具有似乎无可辩驳的权威性的关于南方的知识和真理。

---

① Fred Hobson, *Southern Writer in the Postmodern World*, Athens: University of Georgia Press, 1991, p. 21-22.

② Rick Bragg, *All Over but the Shoutin'*, New York: Panthen Books, 1993, p. xvi.

二 "庶民翻天":穷白人文学崛起

"南方文艺复兴"这批上层阶级的作家们在编织南方神话之前,他们自己首先相信这一神话,因为他们所处的位置及拥有的物质资源使他们有理由相信人是可以选择自己的道路,过上体面、优雅、闲适的生活的。然而,这却是他们贫穷的同乡所不能认同的,无法引起他们情感的共鸣。后者认为,这和他们曾经拥有的生活没有任何共同之处。他们没有可以引以为荣的高贵的出身和辉煌的成就,没有祖先的罪孽值得反思。所谓舒适、优雅的生活方式对于他们完全属于另一个世界。只是因为他们长期处于"失语"和"无形"状态,不能自由地表达自己对神话的立场而已。20世纪80年代,随着该地区各领域持续发展及政治氛围进一步改观,在民权运动助推下,哈瑞·克鲁斯、莱瑞·布朗、多萝西·艾莉森、瑞克·布莱格、鲍比·梅森、李·史密斯、蒂姆·麦考劳林(Tim McLaurin)等一批出身于劳动阶级的作家跻身文坛。他们以局内人身份讲述的自己、家族或本阶级在南方穷乡僻壤的故事具有无与伦比的真实正宗性。历经冷遇、曲折后,其文学成就在南方乃至美国逐渐赢得正式承认,有的获颁密西西比艺术文学院奖、南方图书奖、南方图书评论界奖、欧·亨利奖、海明威奖、美国艺术文学院奖,或进入全国图书奖最终候选名单或为《纽约时报》所评年度最畅销书,多部作品被搬上银幕,有的接受全国广播公司、有线电视新闻网等美国顶级新闻媒体的电视采访。

这些作家对讲述自己、家族或本阶级的机会也分外珍惜,因为他们痛感在意识形态领域被蔑视、遗忘,被当作"他者"意味着什么。丹尼斯·考温顿(Dannis Covington)认为,来自这一阶级的作家"对国家、对南方贫穷的白人的轻蔑和嘲弄极为敏感，他们是美国唯一没有获准拥有自己历史的族群"①。派特·康罗维（Pat Conroy）在一次采访中透露了他成为作家的动力源泉："我想母亲渴望我当作家的原因很简单，她想让我成为她的家庭特别是她的代言人。几个世纪以来，和母亲家和我家的一样的家庭是没有声音的。我们上了大学，读了世界名著。环顾四周，我们意识到我们的家庭也有故事要讲。"② 这一个群体的作家人数众多。在开放的后现代语境中，他们的声音在逐渐生成为强势话语。他们拒绝迷恋于历史的追思，从所谓辉煌的事业中汲取力量，也无意去延续、粉饰南方神话。他们早年艰难的生活经历使他们体会到，乡村生活将人变得粗野、冷酷，所谓的南方神话所标榜的浪漫、闲适、优雅是荒谬无稽之谈。他们对"南方神话"的解构以历史和乡村生活为切入点，以有时令人瞠目的坦率，写出了南方社会最底层的鲜为人知的黑暗但却真实的故事，在作品中以不同的手段抨击、嘲弄了南方文学的传统主题及文化基础，提出了他们对南方文化的理解。他们的行为挑战了南方神话的真实性、权威性，揭示了神话作为南方生活写照的严重残缺。

在这些穷白人作家中，父辈曾是佃农或他们本人曾做酒吧服务员，伐木、开卡车、刷房子、铺屋顶等，出苦力谋生。这些出身寒门的作家抓住话语权为下层阶级代言，形成了一股势不可当的文学力量，促成了一个新的文学类型——"粗悍文学"（Grit Literature）的迅速崛起。Grit 在字典中主要显示三个含义：可指粗碾的谷物，亦可指坚毅、勇气，还可指沙砾、粗砂。在粗悍文学这一概念中，难以简单用任何单个意思对其进行诠释，因为这三个意思都蕴含其中。它既是南方人日常食用的早餐，也是穷白人咬牙直面生活艰辛的刚强，又是出卖劳力苦苦营生的工人鞋中的沙子。这种文学以绝对写实的

---

① Dennis Covington, *Salvation on Sand Mountain*, New York: Addition Wesley, 1997, p. xviii.
② Dannye Romine Powell, *Parting the Curtains: Interviews with Southern Writers*, Winston-Salem. N. C.: John F. Blair, 1994, p. 52.

手法重点展示生活冷峻、严酷的一面,通常讲述南方穷困的白人一无所有、暴力猖獗的生活,旨在通过这种触目惊心的形式迫使人猛醒,重新评估人在世界里的真正地位。学界对粗悍文学的范畴提出了不同的看法,试图对其进行定义和说明。南方学者扎克瑞·沃农(Zackary Vernon)指出粗悍文学是在美国南方语境下,以出身底层、白人男性为主的作家群体,对劳动阶级生活进行的书写。① 罗伯特·金哲认为粗悍文学是对致力于描写生活粗悍一面的小说的诙谐简称。② 南希·佩尔(Nancy Pearl)则称其"充满了在酒精和性爱刺激下愈发愤怒、疯狂、绝望的人物形象"③。它讲述的是不带任何浪漫、怀旧色彩的南方,是猎枪、毒品和刀子等意象,是被沙袋压弯脊柱或累倒在煤堆里的劳工,与传统南方文学中在洁净的拱廊品尝冰镇薄荷酒的光鲜亮丽的绅士淑女等形象形成鲜明对比。它没有华丽的辞藻,更无关风花雪月,而是着墨于贫困、艰辛、无人问津的下层白人生活,在弱肉强食的环境里,遭遇暴力,诉诸暴力,以求得生存。

可以说,穷白人作家已"庶民翻天",冲出过去深陷的边缘地带,携锐利的意识形态锋芒及粗悍的乡野气息强势崛起,与之前尤其是"南方文艺复兴"代表的旧南方上层阶级的思想意识模式形成碰撞,打破了传统上对穷白人的认知牢笼,认领他们曾羞于承认的穷白人身份,阐述其生存至上价值观,解构其被模式化的形象,展示真实自我,打响了自己的品牌,使穷白人以局内人讲述的故事,从几乎零起点迅速成长为南方文学一个重要类型,重塑了南方叙事母题及内容,当仁不让代表着当代南方白人文学主流,书写着南方文

---

① Zackary Vernon, "Romanticizing the Rough South: Contemporary Cultural Nakedness and the Rise of Grit Lit", *21st-Century Fiction*, Fall 2016, p. 78.

② Robert Gingher, "Grit Lit", *The Companion to Southern Literature: Themes, Genres, Places, People, Movements, and Motifs*, eds. Joseph M. Flora and Lucinda H. Mackethan, Baton Rouge: Louisiana State University Press, 2002, p. 319.

③ Nancy Pearl, "Grit Lit", *Book Lust: Recommended Reading for Every Mood, Moment, and Reason*, Seattle, Wash.: Sasquatch Books, 2003, p. 106.

学新经典。

　　哈瑞·克鲁斯（1935—2012）是他们中间较为突出的一位，被认作粗悍文学的代言人，① 穷白人传记写作的先驱，为艾莉森、布莱格等人的写作生涯铺平了道路。② 克鲁斯是佐治亚州的培根县一个佃农的儿子，是他们家第一个高中毕业生。由于经济状况落魄，无力负担子女的学业，在他之前，他那个家族无人完成高中课程，更不必说进入大学深造了。他依靠坚韧不拔的毅力和对文学的热爱，从社会的最底层一路奋斗，闯进了南方文学的殿堂，硕果累累，至今已经创作了《福音歌手》（The Gospel Singer）、《吉普赛的咒语》（The Gypsy Curse）、《鹰在死去》（The Hawk Is Dying）、《蛇的盛筵》（A Feast of Snakes）、《童年：一个地方的传记》（A Childhood：The Biography of a Place）、《这种东西不通向天堂》（This Thing Don't Lead to Heaven）、《健美之躯》（Body）、《欢庆》（Celebration）、《花园山中的裸体》（Naked in Garden Hills）等20余部作品，取得了引人注目的成就，获得了美国文学艺术研究院奖、海明威奖等。尽管他尊敬福克纳、威尔蒂、奥康纳等"南方文艺复兴"中的作家，在不喜欢藏书的他的家里还特意摆放着奥康纳的作品，他的小说怪异、狂乱的风格也极容易使人联想到福克纳、麦卡勒斯、奥康纳等，但在主题的选择上，他坚定走着自己的道路，发挥着南方穷苦白人阶级代言人的作用。他出版的《童年：一个地方的传记》一书记载了他幼年在佐治亚南部乡村培根县的不堪回首的岁月，展示了当地"美丽与丑陋的一切"③。他的故事把生活在被南方神话遗忘的南方最为穷困的人口推进了人们的视野里。弗兰克·谢尔顿（Frank W. Shelton）对克鲁斯做出了这样的评价："据我所知，

---

① Tammy Lytal, "Some of Us Do It Anyway: An Interview with Harry Crews", *The Georgia Review* Vol. 48, No. 3 (Fall 1994), p. 537.

② Sarah Robertson, "The Memorialization of Southern Poor White Men's Labor in Rick Bragg's Memoir Trilogy", *Journal of American Studies*, 47 (2013), 2. p. 461.

③ Harry Crews, *A Childhood: the Biography of a Place*, New York: Harper and Row Publishers, 1978. p. 17.

克鲁斯在南方作家中绝对独树一帜,他从穷困白人的视点描写(南方)生活。他是从他那个阶级的内部来写,没有采用南方白人作家的传统视点,从外部观察。"① 克鲁斯认为,严格的阶级结构把旧南方分割成不同的层面,一个特定阶级的人无法穿越其中的障碍去了解其他阶级的真实生活。他列举了他在佛罗里达大学的恩师、"农业主义者"、南方作家安德鲁·里托尔。虽然里托尔如同慈父一样关心他,把他领上了文学创作的道路,但是他们之间的重要分歧还是客观存在的,这主要是由于他们出身不同而造成的对南方认知的隔膜。里托尔对克鲁斯成长的那个南方茫然无知,因为里托尔的父亲是种植园主,有足够的财力送里托尔去法国读书,而且他一生从未动过犁耙,并且引以为荣。克鲁斯甚至觉得即使像考德维尔这样描写佃农的作家也并不真正理解他在南方的生活经历,因为考德维尔的家庭背景与他是不同的。考德维尔的父亲是长老会的教长,考德维尔生活安逸,有能力上大学,所以,和他的世界观大相径庭。② 克鲁斯对自己一家面朝黄土背朝天的生活的叙述永久地改变了南方乡村等于诗情画意的田园风光的传统定式。"南方文艺复兴"中的"农业主义者"将抨击的目标对准工业化进程,认定它是剥夺人类尊严的渊薮,田园生活是拯救人类的良方。克鲁斯则以切身的感悟反其道而行之,提出,剥夺人类尊严的正是乡村,因为它充满了原始、野蛮、蒙昧、穷困。人们的生活时常伴随着食物短缺和营养不良,并由此导致身体畸形和精神痛苦,这与传统南方叙事中丰盈优渥的物质条件及优雅闲适的田园生活景象截然不同。他把乡村生活的严酷事实公之于众,含沙射影地嘲讽了在象牙塔里高谈阔论、粉饰乡村生活的文人雅士们:"人们都喜欢以狂热的激情赞美乡村生活是多么美好。我在童年所了解和经历的乡村生活无一例外都很可怕。它使人

---

① Frank W. Shelton, "The Poor Whites' Perspective: Harry Crews among Georgia Writers", *Journal of American Culture* II. 3 (1988), p. 47.

② Harry Crews, *Getting Naked with Harry Crews*, Gainseville: University Press of Florida, 1999, p. 193.

变得对动物、对自己都很残忍。它使人冷酷无情……农民不坐在那里谈论世界之道。世界如同他们的皮肤一样与他们紧紧贴在一起。"① 显而易见，克鲁斯不会同意他的"农业主义者"恩师里托尔要多数人回到务农时代的呼吁。在克鲁斯笔下的乡村，人们每一天都要面对生存的危机。他们信奉的是武力。人们杀人并非一定是被害者犯下了杀身之罪，而可能是因为冒犯了谁。"在佐治亚州南部，人们可能会因为捕鸟犬、栅栏线等等琐事丢掉性命。"②《童年》中的人物"独眼龙"卡特仅因受到邻居司格特言语的挑衅，便用斧头将其手臂砍下。民风的粗野彪悍触目惊心。邻里间的纠纷完全靠自己出面摆平。如果有谁向警察求救，等于向对手发出了一个明确的信号，表示自己软弱无能，这将会大难临头，受到无休止的残暴野蛮的折磨。每一天都是对人们的生存考验。对于在生死线上挣扎的穷人来说，旧南方竭力弘扬的仁爱、怜悯、同情等信条无异于镜花水月，显得空洞而荒谬。因为在他们基本的生存权都无法保障的时候，何以奢谈尊严和荣誉？正如在克鲁斯父亲尸骨未寒之际，其生前的好友却偷走了他家里的唯一一块肉，饥饿、疾病迫使他们中的许多人铤而走险，做下了可耻之事，为此付出了终生的代价。但他们那实属不得已而为之，他们不忍心看到奄奄一息而缺医少药，妻子还不到30岁就老态龙钟。克鲁斯感叹地说："在那个世界里，生存取决于因为绝望和别无选择而激发的原始的勇气。"③ 他的父亲为了养家糊口常年在田地里耕耘，一天劳动15个小时，看不到一点生活会好起来的希望和出路，在克鲁斯2岁时心脏病发作死去。据克鲁斯的母亲的推断，他父亲实际上是劳累致死。他的母亲由于过度操劳而早衰，带着他们改嫁，颠沛流离，在他四岁前每年都要搬一次家，

---

① Harry Crews, *Getting Naked with Harry Crews*, Gainseville: University Press of Florida, 1999, p. 57.
② Harry Crews, *A Childhood: the Biography of a Place*, New York: Harper and Row Publishers, 1978, p. 8.
③ Ibid. p. 40.

甚至还会搬上两次。

由于乡村生活充满了贫穷、饥饿、愚昧，克鲁斯作品里弥漫着逃离乡村、背弃农业文明的主题。在《童年》的结尾，回家探亲的克鲁斯在务农时咒骂太阳的炽烈，引发亲人的震惊。离乡三年，他已然忘记田间地头的乡民对自然、土地的虔诚，其举动如同咒骂上帝一样是亵渎神明的。传统意识的淡薄象征着走出家乡的克鲁斯已与南方神话渐行渐远，对于他而言，社会的工业化、城市化进程是不可阻挡的，无须挽回和留恋。其小说中充斥着工业社会的符号，替换了传统田园风光，由工厂取代农场，城镇取代乡村，世俗取代宗教。在《花园山中的裸体》中，工厂停摆使人们仿佛回到了工业前社会，但是人们并没有回到闲适、浪漫的田园生活，反而像被逐出了伊甸园，失去了生活的意义，终日空虚茫然地徘徊。当维斯特里姆重新获得挖土工作后，这份机械、重复的工作使他恢复了自信。他成为全家的骄傲，并引发其他失业人员的羡慕。无所事事、生活走向混乱的花园山居民甚至变成商品，被吊在笼子里展览，供远处公园的人通过望远镜观赏。克鲁斯由此嘲弄了农业主义者要求回到农业社会的诉求，认为那将成为一个农业噩梦。他将自己与旧南方文学划清界限，拒绝农业主义叙事，声明："我不属于这种南方文学的传统。"[①] 不同于农业主义者流露出悲伤和怀旧的情绪，他以超然的态度见证社会的转变。后现代语境下的南方已经被无法逃脱的工业化、商业化洪流所席卷，人们不可能回到封闭的田园生活，亦无法逆转现代文明的潮流。人们不再局限于小农场耕作的生产、生活方式，为了寻求生存出路，纷纷抛弃乡村去城市打工。城市里的蓝领工作带来的报酬在一定程度上缓解了经济的窘迫，改善了他们的生活质量，也为他们开拓视野，不断寻找、抓住更好的契机提供了可能。他的作品以肯定的基调记载了南方从农村经济向城市生活的过渡。

[①] Anne Fonta, "Interview with Harry Crews, May 1972", *Recherches Anglaises et Americaines* 5 (1972), pp. 207–225.

像《鹰在死去》中的乔治·盖特令从佐治亚州的乡村进入城市,成功地完成了身份的转换,成立了自己的汽车装潢公司,赚了钱,住在豪宅里,驾驶着高档车,丰衣足食。《健美之躯》里的史瑞尔·杜邦从佐治亚南部的农村来到城市闯荡,经济地位跃升到了中产阶级。尽管在新的环境里他们遇到了精神压力的困扰,他们的家庭出身如幽灵一样和他们形影相随,和城市格格不入的陌生、异化感折磨着他们,但是,和他们的先辈面朝黄土背朝天的悲惨境遇相比毕竟已是天壤之别。他们的发迹在一定程度上折射了克鲁斯本人从贫寒走向成功、实现梦想的奋斗历程。除了到城市寻求新的生存空间,留在乡村的穷白人也欢欣鼓舞地迎接工业化和商业化带来的生活便利,丝毫没有对农业文明的不舍和眷恋。克鲁斯回忆培根县的白人佃农"一眨眼的工夫就丢弃了煤油灯,换上电灯泡……将旧的冷藏柜砸坏或者放在壁炉里烧掉,换上冰箱"①。社会进步为其摆脱穷困潦倒的生活提供了机遇,他们勇于并急于紧跟工业文明的步伐,走出生存困境。

  刻骨铭心的童年经历在很大程度上确立了克鲁斯的艺术观和世界观。针对评论界认定他有着美国文学最黑色的幽默感之一,他爽快地予以接受,以非常形象、通俗易懂的语言道出了自己的人生经历和世界观、艺术观之间的因果关系:"四十亩地一头骡子不仅给人以黑色幽默感,还给他以黑色的世界观。"② 克鲁斯在写作中力求真实,将一个原始、粗悍的南方解剖给世人看。他认为真相不只是美好的东西,作家必须揭开谎言的遮蔽,戳破幻想的泡沫,挖掘活生生、血淋淋的事实,声称:"我要把我的故事都写下来,并不是写成前些年那种赏心悦目的小说。我要赤裸裸地写,不用第三人称加以掩饰,而

---

① Harry Crews, "A Childhood: The Biography of a Place", *Classic Crews: A Harry Crews Reader*, New York: Touchstone, 1993. p. 132.
② Harry Crews, *Getting Naked with Harry Crews*, Gainseville: University Press of Florida. 1999. p. 153.

是用可爱又可怕的第一人称。"① 他正视自己卑微的出身和贫苦的人生经历，艰辛、破碎的生活为他的创作提供了最直接的养分。他完全不避讳将穷白人的缺点暴露出来，再现其暴力、酗酒、毁灭性的生活方式，并诠释这种生活背后穷白人深陷贫困难以翻身，无法养家糊口而导致挫败、焦灼的精神状态，揭示其失败中蕴藏的人性;② 同时也强调他们兢兢业业、自强不息的一面，即使生活卑微、苦涩、无望，他们仍然苦苦支撑。正如克鲁斯在访谈中表示："我们告诉自己，就算没有人能成功，或许我可以有所起色。"③ 展现出了顽强、坚韧的生命力。克鲁斯从曾经湮没在历史长河中的无声阶层内部发出自己振聋发聩的声音，颠覆了穷白人任人代为言说、扭曲勾勒的被动局面，促使人们反思自己的世界观和自我感知，重新认识南方和穷白人群体。

出生在福克纳的居住地，作为密西西比州拉法耶县牛津镇附近的佃农的儿子，莱瑞·布朗（1951—2004）因为家境贫寒而无缘接受高等教育，自学写作，参加过海军陆战队，在牛津镇干过将近二十年的消防员，直到成名之后才辞去这一职业，专心从事写作。布朗受到了克鲁斯的影响，也像他一样成为穷苦白人的代言人，出版了《直面后果》（*Face the Music*）、《脏活》（*Dirty Work*）、《乔》（*Joe*）、《父与子》（*Father and Son*）、《费伊》（*Fay*）、《比利·瑞的农场》（*Billy Ray's Farm*）等，两次获得南方图书奖，成为首次获得这类殊荣的南方作家。他的崛起表明了克鲁斯进入文学创作领域并不是一种偶然、孤立的事件，而是预示了众多这类新的声音将会响彻南方文坛，下层阶级参与构建南方文学是势不可当的潮流。布朗的小说世界中都是一些普通人，劳动大众。通过他们的生活片段，他以他直面人类困境的勇气和真

---

① Harry Crews, *A Childhood: the Biography of a Place*, New York: Harper and Row Publishers, 1978, p. 21.

② James H. Watkins, "The Use of I, Lovely and Terrifying Word", *Perspectives on Harry Crews*, ed. Erik Bledsoe Jackson: University Press of Mississippi, 2001, p. 22.

③ Tammy Lytal, "Some of Us Do It Anyway: An Interview with Harry Crews", *The Georgia Review* Vol. 48, No. 3 (Fall 1994), p. 545.

诚掀开了被绅士、淑女文化遮盖，隐藏在南方生活最底端的状况。布朗坦率承认自己出身贫寒，和福克纳的家庭背景大不相同。他断然拒绝别人将他的短篇小说《等待淑女》（*Waiting for the Ladies*）与《喧嚣与愤怒》相比较，指出这样做"毫无根据"。他认为："我和福克纳先生的作品虽然描写的是同一片水土、同一方人，但除此之外，并无相似之处。"① 他在自己的一篇文章里回忆了自己的童年，家里在密西西比的北部和田纳西的孟菲斯租房子住，搬来搬去，寻找着能好一点的生活。他觉得厄运缠身，他们家走到哪儿，它就跟到哪儿。他这种无法磨灭的经历证明了南方主流的意识形态是建立在多少穷人的痛苦之上。

在他的《脏活》和《乔》中将笔触伸向了他的文学前辈所排斥在他们作品之外的诸多阴暗的角落，颠覆了其留在人们印象里的南方浪漫的田园风光。《脏活》是以布朗在海军陆战队服役期间在费城一个附近医院的伤兵经常光顾的酒吧里的对话为基础创作写成。通过两个来自密西西比三角洲地带和山区的越南战争中美军伤兵沃尔特·詹姆斯和布瑞登·钱尼在病床上的对话，回放了他们作为弱势群体的不堪回首的过去。沃尔特的家庭就是被归类于所谓"白人渣滓"。他的父亲因为杀了人被判刑入狱，他与母亲相依为命，5岁就下地，顶着烈日帮助母亲摘棉花、砍棉棵。即使这样也难以维持生活，所以，他们还要接受政府的救济贴补家用。他能够感受到别人歧视的目光："可能有些人认为我们是渣滓。我知道有人瞧不起我们，因为我们吃救济。除了这个，还有我爸关在大牢里。"② 沃尔特的叙述反映了他们这个独特的另类群体在主流文化里被遗忘、被误解的状态，养尊处优的人们或是忽视了他们的存在，或是由于阶级的隔膜无法理解他们是在怎样艰苦的条件下顽强度日："人们不

---

① Bob Summer, "Author's popularity is poised to expand", Richmond Times - Dispatch 3 Nov. 1991, F4.

② Larry Brown, *Dirty Work*, Chapel Hill: Algonquin Books, 1989, p. 33.

懂得受穷的滋味。我小时候就家境贫寒。我们从井里打水，用桶把水提到家里。在 14 岁以前，我从来还没有在有自来水的房子里住过。我们没有空调可开，只好任凭汗水流淌。"① 这完全有悖于传统叙事对南方绅士、淑女优雅、体面、光鲜生活的描绘，仿佛在驳斥其对尊严、荣誉、真理的夸夸其谈。沃尔特直言不讳地表明了人一旦处在连饭都吃不上的凄惶绝境里，煞有介事地奢谈荣誉、尊严纯粹是虚伪、荒唐之举："我自尊心很强。这很好。但唯一的问题是，你不能拿自尊当饭吃。……你的孩子可以吃普通的麦片，喝普通的奶制品、果汁，没有尊严地生活。自尊对于一个饥肠辘辘、想吃东西的孩子来说一文不值，如果有人在他的孩子没有东西吃的时候说他不愿接受救济食品，如果他这样说了，那他就是撒谎，我会这样对他说。……我母亲把自尊咽到了肚里，每周都去领救济。"② 因为当时的家境窘迫，沃尔特小小的年纪就遭到了恶霸的欺辱。他无路可退，无处寻求支援。在母亲的激将和教导下，忍无可忍的他将刀狠命地捅进了对方的身体，险些送了他的性命，总算自行摆平了这场冲突。他的行为和克鲁斯在《童年：一个地方的传记》中对当地剽悍、野蛮民风的叙述遥相呼应，印证了在这样的地方行之有效的绝对是弱肉强食的丛林法则，旧南方上流社会所标榜的礼仪、尊严、同情的价值观念在这里没有立足之地。

  布朗的小说里的人物的遭遇表明，现代化时代的到来为挣扎在社会底层的阶级创造了机遇，使他们在黑暗的洞底捕捉到了爬出去的希望。对于他们来说，抗拒变革、陶醉于过去等于是迷恋贫穷、饥饿，纯属荒谬绝伦，而抗拒变革的阶级鼓吹的准则有利于维护自己享有的特权，有损于挣扎在社会边缘的弱势群体的福祉。布朗清楚地知道他的故事可能会使部分人士感到不悦，但他坚持要把南方生活的部分真相公之于世，并不在意它是否会与南方的经

---

① Larry Brown, *Dirty Work*, Chapel Hill: Algonquin Books, 1989, p. 33.
② Ibid. p. 34.

典形象造成冲突,甚至损害其浪漫与神秘:"也许我迫使他们对穷人、不幸的人、酒鬼多了一点了解。但明智的作家会写他或她最了解的东西,从最近的事情,所观察到的生活选取素材。"① 南方文学评论家奎因认为布朗在现实生活里的耳闻目睹把他自动放在了"南方文艺复兴"的对立面:"如果熟知穷人、不幸的人、酒鬼的生活为他提供了对南方文化的新的阐释,那么也赋予了他和南方文学传统相悖的感悟。"②

获得南方图书奖和密西西比文学艺术研究院文学奖,被评论界认为是布朗最优秀的长篇小说《乔》的主人公乔是蓝领阶级。虽然本质上还算是个好人,却恶习难改,犯过罪,酗酒、赌博、寻衅滋事。尽管已经年届50,本该是享受天伦之乐的时候,家庭生活却一塌糊涂,离了婚不说,和女儿、外孙也关系糟糕。他形影相吊,顶着密西西比的酷暑,开着辆破卡车奔波在乡间小路上,指挥着一帮黑人毁掉硬木林,以便能栽植收益更大的松树林。他结识的15岁的少年盖瑞·琼斯来自的家里愚昧无知,一贫如洗,没有钱,没有吃的,没有工作,看不到任何希望,在绝望的苦海里拼命地挣扎。他们的状况表明了即使在当今的美国南方,像"白人渣滓"这类形象并没有绝迹,消失在岁月的烟海中。他们依然真切地存在于南方的生活里。盖瑞的父亲肮脏、无耻,为了买酒喝不惜以身试法,去偷窃,去杀人。他甚至竟然把最小的哑巴女儿卖掉去卖淫,气疯了盖瑞的母亲。这种读来令人心灵颤抖的堕落、穷困潦倒让人见识了南方乡村最残忍、丑陋,但也是最真实的一面,使"南方文艺复兴"的文人雅士们笔下浪漫的乡村神话顿时变得苍白无力,黯然失色。

柯林斯·布鲁克斯对布朗的作品持矛盾态度。一方面,他认可《乔》是一部优秀的小说,但是他又无法将其置于传统南方的语境之中进行理解和接

---

① Larry Brown, *A Late Start*, Chapel Hill: Algonquin Books, 1991, p. 2.
② Matthew Guinn, *After Southern Modernism – Fiction of the Contemporary South*, Jackson: University Press of Mississippi, 2000, p. 38.

受。虽然故事发生在似曾相识的南方社会背景之下,但其对穷白人生活的关注却与传统南方叙事完全相背离。布朗聚焦南方乡村和小城镇中穷困潦倒、生活无望而走向毁灭的社会弃儿和他者,并认为"故事里的悲剧是无法避免的,因为人们的生存环境"①。他笔下的男性角色都有一辆皮卡车,终日为了生计奔波于乡间小道,象征着主人公从事体力劳作的工人阶级身份。车上配有装满冰镇啤酒的小冰柜,座位下放着猎枪,映射其充斥着酒精和暴力的生活方式。通过再现这些社会底层白人艰辛、劳碌的生存状态,布朗毫不留情地戳穿了中上层意识形态粉饰下"南方神话"的谎言,揭露了社会看似稳定的运作是以牺牲底层群体的利益、剥夺他们的权利为代价的本质。布朗在做消防员时就发现处于社会经济最底端的人更容易遭受火灾的侵袭,因为他们的房屋破败,充满安全隐患,并感悟到"贫穷是悲剧滋生的温床"②。基于自己的真实经历,他在回忆录《赴汤蹈火:生死抉择自述》(*On Fire: A Personal Account of Life and Death*) 中翔实地描写了被排除于主流社会之外的穷白人潦倒至极的生活状况:在遭遇火灾的破败房屋里,一帮醉汉高声争吵,女人衣衫褴褛、醉醺醺地咒骂,屋内堆满空酒瓶、脏衣服、垃圾,孩子光着脚到处跑。社会资源分配不均导致穷白人时刻处于劣势,深陷贫困的泥潭而鲜有翻身机会。面对如此不公的社会架构,布朗一针见血地指出:"工人阶级即使拼尽全力工作,也难以维持生活,富人却越来越富……太不公平了,上层人压制着下层人的发展。"③ 诚如他在《直面后果》中表示:"有钱人不会变成

---

① Bonetti Kay et al. ,"Larry Brown (1995)", *Conversations with American Novelists*: *The Best Interviews from the Missouri Review and the American Audio Prose Library*, Columbia: University of Missouri Press, 1997, p. 244.

② Larry Brown, "On Fire: A Personal Account of Life and Death and Choices", *Grit Lit: A Rough South Reader*, eds. Brian Carpenter and Tom Franklin, Columbia: University of South Carolina Press, 2012, p. 24.

③ Larry Brown, *Conversations with Larry Brown*, ed. Jay Watson, Jackson: University Press of Mississippi, 2007, pp. 192 – 193.

穷人，穷人也不会变成有钱人"①，由此形成了无法逾越的阶级鸿沟。布朗的一部短篇小说《富人》(*The Rich*)讲述了贫富的差距在阶级之间种下的仇恨的火种在燃烧。在旅行社工作的派立舍属于穷人的行列，要和计划出游的富人打交道。他渴望有朝一日能跻身富人阶层，但同时又对他们恨之入骨，想到这个社会极端的不公，让穷人饱经了生活的磨难，而富人却养尊处优、逍遥风光，便怒火万丈，巴不得抄起一挺机关枪把他们统统打倒，似乎只有这样方能一解心头之恨，"他真想做的就是用机枪向他们扫射……他真想让富人们遭受一遍他所遭受的痛苦，让他们倾其所有钱财才能治愈"。

看透了中上层作家笔下乡村生活岁月静好的假象背后涌动着的下层阶级的不幸和悲哀，同克鲁斯一样，布朗也决绝地背离了将田园生活理想化的传统叙事。他驳斥了布鲁克斯等农业主义者将南方乡村当作传统价值观大本营的诉求，淋漓尽致地展现了乡村底层生活的粗陋与不堪。虽然布朗小说中也涉及一定的田园主题，例如《乔》中的人物角色也从乡村、林间寻求慰藉，并在《比利·瑞的农场》中为儿子描绘了一幅与世无争的农场画卷等，但是农业主义者营造的浪漫和闲适在他笔下被消解殆尽。他直白地呈现了农场生活的艰辛，一一列举了养牛工序的烦琐，包括接种、去角、阉割、人工授精、称重、除虫等，断言一个想回到乡村寻求无忧无虑生活的人将会对其"大失所望"②。因此，布朗作品中的主人公纷纷逃离贫苦、艰辛的乡村生活，积极拥抱工业文明，寻求经济救赎的机会。小说《乔》中的主人公乔试图通过劳动争取更好的生活。盖瑞则千方百计地谋求经济独立，作为他逃离贫穷，摆脱暴力、卑劣的父亲的唯一途径。对乔和盖瑞来说，虽然从事砍伐硬木林的工作会破坏自然环境，有害于人们赖以生存的土地，但是这是他们赚取经济利益以求养家糊口的来源。而且土地从来都不是穷白人的土地，他们与田园

---

① Larry Brown, *Facing the Music*, Algonquin Books of Chapel Hill, 1988, pp. 39-40.
② Larry Brown, *Billy Ray's Farm: Essays from a Place Called Tula*, Chapel Hill: Algonquin, 2001.

乡村的联系原本就淡薄，他们只是佣工，目的是从土地中榨取尽可能多的经济收益。正如小说中的乔放弃逃避，回归现实，布朗认为沉浸于田园幻想并无法使穷白人获取平和与满足，他们应该积极抓住社会转型的机遇，改善自身的经济条件和生存境遇，由此打破阶级壁垒，实现阶级的逾越。

出生在南卡罗来纳州格林维尔县的多萝西·艾莉森（1949—）的《卡罗来纳的私生女》（*Bastard out of Carolina*）从曾经被轻蔑地唤作"白人渣滓"的阶级角度讲述南方的故事。这个意味深长的标题不仅亮明了女主人公个人的身份，而且从象征的意义来讲也绝妙地表现了以她为代表的边缘群体与南方神话之间的关系。他们犹如它的非婚生子女，遭受冷遇，被遗忘、歧视，丢弃在了它浪漫的神话王国的边界之外。现在，她要把他们这个阶层的真实的经历添加到南方文学的故事里，让人知道，在南方还有他们这样一个粗俗、穷困潦倒、几乎无人问津的人群。艾莉森先后推出了故事集《白人渣滓》、回忆录《我所确信的二三事》（*Two or Three Things I Know for Sure*）、小说《穴居人》（*Cavedweller*）等作品。她的声音在美国引起了高度重视，《卡罗来纳的私生女》进入了1992年全国图书奖最终提名名单并被搬上了银幕。这部作品具有高度的自传性，因此，也就有了它不可抹杀的真实性。它以艾莉森在南卡罗来纳州的童年个人和家庭的遭遇为基础写成。私生女鲁丝·安妮的故事讲述了下层生活司空见惯的酗酒、家庭暴力、早孕等丑恶现象。从她的叙述里，鲜有南方乡村的浪漫风情。他们所看到的南方是一个等级制度森严、贫穷落后、令人窒息的地方，阶级歧视无处不在。他们的家庭状况符合"渣滓"的定义，因此，自然被别人以此呼之。这个称谓极具鄙夷意味，不仅指经济状态的寒酸，还暗含道德、智力、两性关系等各方面的堕落。[1]"妈妈痛恨别人叫我们渣滓，不堪回首过去的每一天。她弓着腰为别人摘花生，摘草

---

[1] David Reynolds, "White Trash in Your Face: The Literary Descent of Dorothy Allison", *Appalachian Journal*, 20.4 (1993), pp. 365 – 66.

莓，而那些人却在那里巍然屹立，好像她就是地上的一块石头。"① 甚至在安妮随家庭颠沛流离的路途中，她可以从暂时就读的学区的老师的眼睛里看出轻蔑的神情："我在她的眼睛里看到了耗尽的耐心，一点怜悯的光泽，还有像我可以从她的教室的窗户看到的红土山一样古老的轻蔑。"② 在这样的环境的高压之下，出于人的一种本能，小小的年纪，她就懂得了维护自己尊严的重要，但在当时的条件下，她又确实毫无保卫自尊的资本。为了隐瞒自己卑微的身世，赢得别人暂时的羡慕，在班上介绍自己时她信口开河，编造了一套谎言，声称自己的家刚从大城市亚特兰大搬到这里，以此显示自己身世不凡，实际上她从来就没有到过亚特兰大。在受到超市经理的羞辱之后，安妮半夜潜入超市损毁商品，发泄自己的愤怒，报复外界对穷白人的歧视，企图运用暴力手段寻求正义。同样试图捍卫自我的还有《白人渣滓》故事集中的主人公"我"，曾遭七年级老师不加掩饰的厌恶，口口声声称"穷人家的孩子"缺少维他命 D，所以智力低下、发育不全。这令"我"又恐惧又愤怒，迫切地渴望通过补充维生素 D 予以反击，疾呼："给我牛奶，给我奶油，给我能对抗他们的一切。"③ 然而事实证明，这种种捍卫之举实属徒劳，他们难以逾越阶级壁垒，也无法消弭阶级歧视。在《卡》中，安妮的妈妈千方百计地想要摆脱"白人渣滓"的污名，并为此嫁给了出身中上阶层家庭的格伦，一次又一次地容忍格伦阴晴不定的脾气和对女儿的拳脚相向。疲于奔命的她首要目标是满足孩子基本的经济需求，根本无暇顾及安妮因继父施暴而造成的身心创伤，最终酿成了安妮被继父强暴的惨剧。

从艾莉森和布朗的小说里，人们能强烈感受到经济决定论。当你一文不名，经济命脉完全操纵在别人之手的情况下，其他一切都无从谈起。和克鲁

---

① Dorothy Allison, *Bastard out of Carolina*, Dutton, 1992, p. 3.
② Ibid., p. 67.
③ Dorothy Allison, *Trash*, Firebrand Books, 1988, p. 156.

斯一样，艾莉森是自己家庭里的第一位高中毕业生，后来以优异的成绩进入大学深造对于她的家人更是意外的惊喜。她的母亲来自一个"极端贫困的家庭"①，念完7年级就辍学了，当过女招待，刚过15岁就怀上了她。她对自己的家庭在南方社会中被划入另类的阶级身份有着痛苦但也清醒的认识："我家的人没有出众之处。我们是普通人，尽管如此，我们也带有神秘色彩。我们是人人都在谈论的'他们'——不知好歹的穷人。"② 依据她的叙述，寒酸的家庭背景在她的心里播下了挥之不去的耻辱和恐惧感。她承认："出生在这个社会认为可耻、令人鄙视但又罪有应得的贫困的条件下，这一事实及其无法摆脱的影响对我的控制达到了如此强烈的程度，我用了一生的时间来克服或否定它。"③ 在南卡罗来纳州阶级偏见根深蒂固的山麓地带，对被主流社会划为另类，被冠以"他们"的称谓极其敏感。这使她懂得了自己和中上层阶级之间难以逾越的鸿沟。在《白人渣滓》中，妈妈从小就告诫"我"：不要有所奢望，也"不要向别人吐露心声。我们不安全。在这个世界上有人生活在安全之中，但'那些人'跟'我们'不一样。不要表露出你的害怕，不然会招来可怕的祸患"。④ 由此，穷白人主动将自己噤声，并与主流社会割裂，这种疏离和退缩是一种自我保护，同时也无形地加深了阶级之间的裂缝。人人都知道她家，知道他们是渣滓，似乎这就意味着他们注定穷困潦倒，注定要干报酬可怜的脏活、累活，十几岁就生孩子。她明白自己属于一个边缘的群体，那么容易地自生自灭，其存在对于社会不仅多余，而且是一种威胁或污点，"被毁灭或否定，以便使那些'真正'的人们、重要的人物感到安全"。⑤

---

① Dorothy Allison, *Skin Talking about Sex, Class & Literature*, Ithaca, New York: Firebrand Books, 1994, p. 15.
② Ibid. p. 13.
③ Ibid. p. 15.
④ Dorothy Allison, *Trash*, Firebrand Books, 1988, pp. 36 – 38.
⑤ Dorothy Allison, *Skin Talking about Sex, Class & Literature*, Ithaca, New York: Firebrand Books, 1994, p. 14.

看到悲惨的命运毁灭了那么多她所爱的人，为了生存，她年轻时本能的反应是逃避、隐藏，知道如果她讲述自己的家庭、自己的历史的真相，就会被推入"他们"的范畴，可能会永远失去命名、拥有、理解自己生活的机会。这种逃避的冲动也是她的家庭其他成员所共有的。当厄运降临，生活难以为继的时候，改名换姓，搬往别处，销声匿迹，重新开始。这种冲动的背后隐藏的是自我的否定，认定自己的生活和身份没有任何价值。与其试图改变命运，不如一走了之。她无论如何也无法理喻的是，她的母亲做女招待，为人洗衣服，当厨师，装水果，继父干推销员，他们每天拼命地工作那么长时间，却永远挣不到足够的钱养家糊口。艾莉森明确地表示："我不想一辈子做服务员，过贫穷的生活，遭人白眼。"① 为了摆脱穷困，她孤身一人到陌生的城市寻求新生活。然而在种种尝试之后，她依然只是一名低收入的政府职员，住在廉价的汽车旅馆中，日日以花生酱三明治果腹，难以摆脱处于社会底层的宿命。她笔下的故事往往流露出浓重的自然主义色彩，穷白人在贫困中难以翻身，意志日渐消沉："我们不高贵，没什么值得感恩的，甚至没有希望。我们知道自己被人鄙视。那么工作、存钱、反抗又有什么意义呢？我们家族祖祖辈辈的经历告诉我们，什么都不会改变的，那些试图逃离的人都失败了。"②

艾莉森渴望客观地再现穷人的遭遇，她对于穷人在美国的文学和媒体里得不到真实的呈现有着切身的体会。且不说他们通常处于被冷落状态，即使受到关注，也是在人们浪漫的想象与加工之下走了形，被编造成了一种神话，失去了它原有的品质。她愤懑、无奈地感到要改变似乎牢不可破的占统治地位的文化意识形态，颠覆这种神话，打破其固有的主流叙事模式，以自己的真实故事取而代之有多么的困难。她一次次的努力均无功而返："我这样的家

---

① Dorothy Allison, "Introduction: Stubborn Girls and Mean Stories", *Trash*, Firebrand Books, 1989, p. v.

② Ibid.

庭生活在电视上、书本里甚至连环漫画里是看不到的。这个国家有着穷人的神话，但却不包括我们，无论我费多大的劲硬要挤进去。"① 艾莉森对于斯蒂芬·斯皮尔伯格执导的电影和俄斯金·考德维尔创作的小说以要么英雄化、要么漫画式的手法处理穷人的生活的做法甚为反感，指出，即使左翼的文人也未能避免在对贫穷的描写里加入虚构的成分，把穷困用作政治宣传的目的，把穷人当作向中上层阶级开战的武器，从他们的角度把劳动阶级的主人公无一例外地塑造成男性，义愤填膺，高尚得到了超凡脱俗的境界，偏离了历史的真实。而艾莉森所体验的穷困则是"压抑、逼人麻木不仁、可耻……"②她不屑于随这样虚假的英雄化的指挥棒起舞，把自己笔下的人物装扮成在艰难困苦的磨砺中崛起的英雄，而是要坦率地写出穷困几乎击垮了人的精神，使人看不到希望，自暴自弃，把人领向堕落、犯罪。艾莉森得出的结论是，在穷困中"长大成人就像朝一个洞里掉下去。男孩子常常半道就辍学了，早晚会因为干了蠢事去坐牢"③。久而久之，他们对坐牢习以为常，仿佛那是一条他们人生的必由之路。

如今，艾莉森在日渐崛起的劳动阶级队伍中找到了自己的身份归属，分享其特有的生活方式，即便知道自己的下层出身备受鄙夷，仍乐于并勇于认领其阶级文化传统。她不再回避和掩饰自己贫困的成长经历，明确表示要"真实地立足于世，摒弃谎言、逃避或甜言蜜语的胡说八道"④，渴望通过这种赤裸裸的再现传达她在贫困环境下成长的"羞耻、愤怒、骄傲和固执"⑤。为了更具信服力地展现贫穷对人的摧残，艾莉森毫不畏缩地讲述了自己家族

---

① Dorothy Allison, *Skin Talking about Sex, Class & Literature*, Ithaca, New York: Firebrand Books, 1994, pp. 17–18.
② Ibid. p. 17.
③ Ibid. p. 178.
④ Dorothy Allison, *Trash*, Firebrand Books, 1988, p. 12.
⑤ Dorothy Allison, "Introduction: Stubborn Girls and Mean Stories", *Trash*, Firebrand Books, 1989, p. xii.

的故事,并公然声称自己是"'坏的白人'——男人酗酒、保不住工作,女人总是未婚先孕,并且由于过度劳作和过度生育快速衰老,身材走样,小孩鼻涕邋遢、品行不正"①,由此呼吁人们关注那些被忽视、不被认可的人及其所承受的苦难,重新赋予这些生命以意义和尊严。她还力求通过写作"挑战这个地区的社会结构"②,拒绝接受"白人渣滓"这个毫无个人发展空间、只能逆来顺受的固定角色。艾莉森进而试图揭示穷白人所遭遇的不公待遇都是历史文化和社会现实的产物,正如《卡罗来纳的私生女》中安妮家族的祖先被剥夺了土地和家园,穷白人往往是被侵占了文化和社会资源的受害者。他们世代都是渣滓,别无选择且难以摆脱,由于社会资源分配不均,他们无法公平享有发展的机会,只能在贫穷的泥淖中越陷越深。他们的愤怒和绝望来自社会的不公,美国梦对他们来说只是不切实际的空谈。

生长于阿拉巴马州的瑞克·布莱格(1959—)自幼家境贫寒,父亲常年酗酒,游荡在外,全靠母亲捡棉花、打零工的微薄收入将他们兄弟三人一手养大。布莱格陆续出版了回忆录三部曲——《南方纪事》(*All Over but the Shoutin'*)、《艾娃她男人》(*Ava's Man*)及《蛙镇王子》(*The Prince of Frogtown*),分别记叙了自己、外祖父查理和父亲查尔斯祖辈三人的故事。这些作品"悲伤、美丽、有趣、感人……道出了被遗忘的白人渣滓心底的声音",③用最真挚的情感勾勒了南方的底层图景及社会变迁。其中《南方纪事》荣登《纽约时报》年度畅销书榜单。它基于布莱格在阿拉巴马乡村地区的成长经历而创作。布莱格小小年纪便跟着母亲到垃圾场捡垃圾,搜寻任何可以卖钱的东西贴补家用。母亲则为了孩子能穿上校服,18 年没买过一件新裙子,以捡

---

① Dorothy Allison, "Introduction: Stubborn Girls and Mean Stories", *Trash*, Firebrand Books, 1989, p. vii.

② Matthew Guinn, *After Southern Modernism: Fiction of the Contemporary South*, Jackson: University of Mississippi Press, 2000, p. 4.

③ Anthony Walton, "The Hard Road from Dixie", review of *All Over but the Shoutin'*, by Rick Bragg, *New York Times*, September 14, 1997.

棉花、熨衣服、打扫房间为生。尽管如此，生活仍难以维持。走投无路的母亲不得不抛下自尊，向生活低头，咽下求人施舍的那份痛苦难堪，排队领取救济食品并对此感激涕零。哥哥从11岁开始便在煤矿、黏土场、棉花场等不同的场所像牛马似的工作，布莱格回忆道："我不记得他这辈子有过一天的空闲。"① 尚在襁褓中的三弟，因无钱医治而死去，连名字都没有，墓碑上仅刻着"布莱格家的幼子"。生活对他们来说残酷、艰难，"像蛇一样令人生厌"②。布莱格还进一步消解了浪漫田园的叙事范式，一针见血地指出只有那些从未碰过锄头的人才会认为田园劳作是件很浪漫的事，而他的母亲为了种菜每天要趴在地里拔几个小时的杂草，还会碰到要命的毒蛇。在布莱格的作品中找不到传统南方叙事中马背上脚蹬皮靴、气宇轩昂的绅士，也没有撑着阳伞的打扮光鲜的淑女，他笔下都是被装满棉花的麻袋压弯了腰、手指甲里塞满了洗不掉的油污的人。他们的女人过劳而死，孩子因病残疾夭折。正如克鲁斯在培根县见惯了身体残缺、畸形的乡亲，布莱格时常会看到袖管空空的人，这不是因为战争，而是很多人在棉花场中被机器夺去了手和胳膊。这些人的祖先从未见过薄荷甜酒，也从未拥有过黑奴，世世代代靠出卖劳力维持生计，锯木头、扛木材、装黏土，在酷热或者剧毒的恶劣环境下工作，比蓝领工人的社会地位还要低下。③ 他们遭受着上层社会的白眼，被当作"乞丐"④ 对待。布莱格6岁起便被老师按照社会等级划入了穷人出身的孩子或傻孩子之列；在别人读书的时候，哥哥山姆清洗厕所来换取学校的免费午餐。布莱格逐渐察觉到有一堵高墙将自己与中上层阶级泾渭分明地隔离开来。在"他们那边"，生活安逸、资源优渥，而在"你这边"，甚至没有平等地接受

---

① Rick Bragg, *All Over but the Shoutin'*, New York: Vintage Books, 1997, p. xix.
② Ibid. p. 4.
③ Sarah Robertson, "The Memorialization of Southern Poor White Men's Labor in Rick Bragg's Memoir Trilogy", *Journal of American Studies*, 47 (2013), 2. p. 464.
④ Rick Bragg, *All Over but the Shoutin'*, New York: Vintage Books, 1997, p. 55.

教育的机会，注定要承受穷酸、遭遇冷漠，这些都使布莱格不堪忍受。因其出身卑微，他甚至一度被警察当作枪击案嫌犯进行审讯，令他感到"愤怒和震颤"①，也印证了他关于阶级和特权的观念。

人们在书里找不到这些人的故事。作为南方的穷白人，除非你把那位有钱人从马上掀下去，否则是不会在历史上留下痕迹的。② 布莱格十分不满穷白人在历史中的空白和不实记叙，决定写出这些背负着苦难的人的经历，避免他们的存在如过眼云烟，不忍他们的努力付诸东流，试图将穷白人纳入南方主流叙事。布莱格通过追溯家族的劳动传统，挑战了穷白人无所事事、懒散怠惰的形象设定。他的曾祖父参加过内战，战后与其他穷白人一起投身南方城镇的重建，其辛勤的付出时至今日仍有迹可循，布莱格声称："我曾赤脚走过他们修建的铁路支架和枕木"，③ 强调了穷白人在南方建设中的中心地位。这种苦干实干的作风代代相传，形成祖祖辈辈勤劳营生的传统。布莱格回忆道："我们家的人自幼就被告知其价值在于劳作。"④ 在《南方纪事》中，布莱格对妈妈最初的记忆就是她拖着大麻袋在起伏的田垄间捡棉花的身影。哥哥山姆坚信勤劳致富，用双手创造生活，宣称"要两只手紧握生命的咽喉，挤捏它，击打它，直到它吐给你一些东西，尽管少之又少。重要的是要一直挤，一直打，坚持努力地工作"⑤。最突出的劳动者形象当属外祖父查理，布莱格对他的工作姿态进行了生动的刻画："嘴里含着钉子，像砖头一样硬的拳头里攥着斧头。"⑥ 查理做过木匠、屋顶工、锯木工、挖井工、猎人，依靠自己的双手，撑起整个大家庭的生活，其多种劳作形象消解了穷白人不作为的原型。劳动的印记已渗入他肌肤的纹理之中，双手布满了伤疤和老茧，指甲

---

① Rick Bragg, *All Over but the Shoutin'*, New York: Vintage Books, 1997, p. 121.
② Ibid. p. xvi.
③ Rick Bragg, *Ava's Man*, New York: Vintage, 2002, p. 34.
④ Rick Bragg, *The Prince of Frogtown*, New York: Alfred A. Knopf, 2008, p. 128.
⑤ Rick Bragg, *All Over but the Shoutin'*, New York: Vintage Books, 1997, p. 27.
⑥ Rick Bragg, *Ava's Man*, New York: Vintage, 2002, p. 7.

劈裂、关节红肿。这样一双饱受过度劳动摧残的手甚至与其去世后出殡时身着的西服套装格格不入，但是这双手象征的是生存和力量。显然，这不是传统叙事中游手好闲的穷白人之手。

在布莱格笔下，农业、手工业文明也在不可挽回地消逝："我十几岁的时候见证了它风雨飘摇、气息奄奄、行将就木的情形。"传统的小镇风光、田园景色被快餐、连锁超市、购物中心取代，大众传媒改变了人们的思维方式，商品化冲击着宗教信仰。电视传教取代了教堂礼拜，布莱格"记忆中的故土裹着沃尔玛销售的涤纶西服，已经入土为安"①。南方习俗甚至成为一种商机，男人们会穿着狩鹿时的迷彩服逛商场，并把它当作时尚。人们的生活习惯也发生了变化，在着装上更为随意，不再像福克纳笔下的南方人一样，规规矩矩地将洁净白衬衫的纽扣系到领口。农业社会向工业社会的转型已成既定事实，布莱格欣慰地表示社会的发展变迁减轻了贫穷对穷白人的压迫和束缚，为他们的生活带来了转机和起色。但同时也对商品化冲击下逐渐淡薄的劳动传统表示留恋，其实质是对自己劳动阶级身份归属的坚守。在《艾娃她男人》中，布莱格借乡民之口表示："应该给他（查理）建个纪念碑，因为像他一样的人都不在了。"② 为了避免祖先的辛勤付出被遗忘，布莱格浓墨重彩地书写了后工业时期逐渐被机器生产取代的手工业劳作，用文字为祖先树立了一座丰碑。

肯塔基州的鲍比·梅森在该州西部的一个奶牛场度过了童年。尽管她的家庭从未遭受饥寒交迫之苦，但是与福克纳、泰特、珀西、沃伦等引以为豪的出身相比，她来自的阶级显得逊色了不少。用她自己的话来说，她的家庭"没有值得抓住不放的过去，没有先辈们发挥了重要作用的历史，没有轰

---

① Rick Bragg, *All Over but the Shoutin'*, New York: Vintage Books, 1997, p. 5.
② Rick Bragg, *Ava's Man*, New York: Vintage, 2002, p. 12.

轰烈烈的生活经历,没什么高雅文化值得保护"①。14岁时,她从一个乡下的小学校转到了梅费尔德高中就读。在其后的4年时间里,她首次感受到了在那里体现出来的等级结构和意识的力量。乡村与城镇人口之间存在的"一种特殊的阶级差异",让她明白了人原来还有高低贵贱之分,这"在她的心里形成了低人一等的感觉"②。梅森的生活经历使她对普通生活有着天然的亲近感,具体体现在她的作品在人物和题材的选择方面。她的小说的主人公以普通阶层、劳动大众为主体,卡车司机、家庭主妇、酒吧歌手、越战老兵、推销员等。她1987年在回答《密执安评论季刊》(Michigan Quarterly Review)提出的问题时特别谈到了美国文学中的去英雄化潮流,她对此给予热烈的支持,主张作家要扭转倾向于塑造特权、精英、逃避社会的人物的传统,应该眼睛向下,着力表现在社会中芸芸众生的生活,因为普通人是构成大众社会的主体。她说:"我现在对美国新小说特别感兴趣,这种小说写的是所谓'普通人',对他们的生活以前写得不多,但是他们的梦想和困难却复杂、丰富。我从四面八方听到了这些新的声音——他们是些'和我们一样的人',不是浪漫的英雄。"③

梅森的阶级视点铸就了她对南方过去的态度。在她小的时候,她的家庭生活和土地紧紧地连在一起。她锄过地,摘过黑莓,深知普通农民的田间劳作逼迫人情感麻木,累断了脊梁,痛感在神秘、强大的大自然的力量面前人的孤独无助。所以,虽然她的作品许多以传统的南方文学素材为基础,她对其的处理却背离了南方文学的传统,走着一条与"南方文艺复兴"的理念截

---

① Bobbie Ann Mason, "An Interview with Bobbie Ann Mason", Conducted by Albert E. Wihelm, *Southern Quarterly* 26. 2 winter 1988, p. 22.

② Charles Mortiz et al. ,"Bobbie Ann Mason", *Current Biography Yearbook*, New York: H. W. Wilson, 1989, pp. 388 – 389.

③ Rosemary M. Magee ed. , "Bobbie Ann Mason and Elizabeth Spencer", *Friendship and Sympathy Communities of Southern Women Writers*, Jackson and London: Unviersity Press of Mississippi, 1992, pp. 308 – 309.

然不同的道路，表明了她对南方的过去，工业化、现代化的态度。她在接受采访时的一段话指出，普通的南方人没有理由沉湎于过去，不欢迎工业文明的到来："我不能肯定旧南方的品质都那么好……我不怀恋过去……我作品里的人物在生活中获得的机会比他们的父母要多，甚至他们父母的老年生活也要比以前富裕。这就是南方正发生的变化——越来越多的人过上了美好生活。"① 安妮·泰勒就赞扬梅森以同情和理解塑造处于变化激流中的人物，认为他们虽然对新的环境有困惑，但总是以"对发展乐观的信心"② 去迎接、适应变化。她的《羽冠》以肯塔基的一个农场生活为主线展开。故事起点是二十世纪初，正值"农业主义者"们理念中的伊甸园式的南方开始消失。梅森揭露了这片所谓乡村乐土中存在的阶级霸权，质疑了它的价值。女主人公克里斯蒂在故事行将结束的时候直言不讳地道出了她的心声，奉劝人们放弃对过去的幻想和美化，认清它的严酷性，不要一提起过去就内心充满了欢乐和向往："你想了解过去，可你了解了心情也激动不起来。"③"永远别以为我们过去生活在美好时光里。它在有些方面还不错，但是有那么多人在那么多时间里心里苦得很。"④

由以上分析可以看出，在去中心化的后现代语境中，粗悍文学已逐渐形成燎原之势，引发着南方文学的嬗变。来自南方不同阶级层面的作家站在相隔几十年的时代长河的两岸进行了话语的交锋，依据他们各自阶级的历史经历和视野，充分给出了他们对南方生活、文化大相径庭的理解和诠释。从积极意义评价，这场交锋丰富了南方生活在文学中的呈现。双方的阐述互为补充，将它们拼摆在一起，更能展示南方生活的多面性，拓展南方文学的表现范围。与此同时，嬗变印证了在一定历史条件下，阶级意识这一无形的力量

---

① *An Interview with Bobbie Ann Mason*, p. 37.
② Anne tyler, "Kentucky Cameos", *New Republic* 187, No. 1 (1 November 1982): 38.
③ Bobbie Ann Mason, *Feather Crowns*, New York: Harper Collins, 1993, p. 449.
④ Ibid. p. 452.

第六章　阶级格局改变

对作家文学创作的操控，作家的情感、思维"由整个阶级在它的物质条件和相应的社会关系的基础上创造和构成"①，难以避免地被打上阶级的烙印。这是一个带有普遍性的规律。穷白人文学亦呈现出鲜明的阶级色彩，主要从认领他们曾羞于承认的穷白人身份，阐述其生存至上价值观，解构其被模式化的形象等三个层面彰显了其与传统南方叙事在意识形态领域的冲突。

身份的归属与体认对于一个人、一个群体界定自我至关重要。克鲁斯和艾莉森等穷白人作家在其作品里将其视为第一要务，着力表达他们对穷白人身份的承认与自豪。这是他们为穷白人文学兴起举行的奠基仪式、砌下的基石，具有决定性、划时代意义。正如首部穷白人回忆录、小说选集《粗悍文学：暴戾南方读本》（*Grit Lit: A Rough South Reader*）的编辑布莱恩·卡朋特（Brian Carpenter）所说："就克鲁斯和艾莉森而言，讲述这些故事的机会就是认领他们作为南方下层阶级儿女身份的一个途径。"② 这在以前，堂而皇之地说明强调是穷白人后代并以此为荣，匪夷所思，无异于自我抹黑，因为穷白人在旧南方主体叙事里基本被转化成穷酸、低贱、下作的代名词，是耻辱的象征，调侃对象，像在威廉·珀西这类上流人士眼里，他们是道德堕落，智力和精神比黑人还低下的社会渣滓。③

模式化形象在相当长的时间像大山沉甸甸压在穷白人身上，积聚了挥之不去的阴影，曾使其自惭形秽。珀西在《防洪堤上的灯笼——种植园主之子回忆录》的标题里就自豪地秀出其高贵、精英的属性。但对"穷白人"，情况正相反，不光彩的身份符号带给他们的不是荣耀，而是耻辱，是他们痛苦不堪、不愿面对的遗产。克鲁斯年轻时想到自己是佃农的儿子就"羞愧难当"，

---

① 童庆炳主编：《文学理论教程》（修订版），高等教育出版社2003年版，第62页。
② Brian Carpenter, "Introduction", *Grit Lit: A Rough South Reader*, eds. Brian Carpenter and Tom Franklin, Columbia: University of South Carolina Press, 2012, p. xvii.
③ William Alexander Percy, *Lanterns on the Levee*, Baton Rouge: Louisiana State University Press, 1973, pp. 19–20.

"不仅想也不忍想,更难以置信"①。与《卡罗来纳的私生女》中的安妮声称自己来自大城市亚特兰大的谎言如出一辙,艾莉森的故事《名字之河》(*River of Names*)的主人公将身上总是一股汗臭和鼻烟味的奶奶描述成散发着薰衣草香的优雅形象,以此掩盖自己卑微的出身,羞于告诉爱人自己的耻辱、恐惧和自我厌恶。这种怯懦、逃避的情绪对穷白人长期遭受歧视,处于失语状态,被排除在叙事讲述者之外,起到推动的作用。

与南方神话中聚在门廊下讲述家族历史的贵族不同,穷白人不愿面对自己的过往,鲜有家族故事的记叙,由此主动对自己的存在进行消音、抹除,加剧了其边缘化程度。艾莉森表示:"我们家族的人都保守秘密,或者只透露只言片语。"② 在人数众多的大家族中,"有一半人的故事我说不上来"③。因曾祖母的形象不明且无从考证,她不得不编造其形象和事迹。布莱格所知道的家族往事都是在"可爱又可恨"④ 的棉花田旁,听人口口相传下来的,鲜见文字记载,他也只能基于趣闻逸事对外祖父查理的形象进行建构。同样,克鲁斯在《童年》中也是通过回到故乡,在街头巷尾的乡亲口中拼凑出了父亲的形象。克鲁斯不禁担忧自己去世之后,孩子们是否也要通过他人之口了解自己,自己的形象是否也会变得模糊不清或烟消云散。为了让自己的故事真实可靠,让后世了解家族的传承,克鲁斯和其他穷白人作家不再畏缩、隐瞒,选择在历史上留下自己的声音。

穷白人作家中有些人经历漫长激烈的内心挣扎和思想蜕变,痛定思痛,达成共识,要堂堂正正自立于南方,必须先解决身份体认问题,拆掉心理障碍,端正认识,以勇气和尊严直面我是谁、来自哪里。丢掉"对我是谁的恐惧与诅咒"后,发现"唯一值得写的就是永远造就了我的那美丽、可怕、悲

---

① Harry Crews, *Blood and Grits*, New York: Harper Perennial, 1988, p. 145.
② Dorothy Allison, "Introduction: Stubborn Girls and Mean Stories", *Trash*, Firebrand Books, 1989.
③ Dorothy Allison, "River of Names", *Trash*, Firebrand Books, 1989, p. 56.
④ Rick Bragg, *All Over but the Shoutin'*, New York: Vintage Books, 1997, p. xvii.

惨的环境",感到"一身轻松"。① 他们以家族为起点,以阶级为平台认领穷白人身份。他们不再以家庭出身为耻,"洗白"自己改头换面,转而珍惜自己的血缘,以祖辈、父辈为荣并情真意切地向其致敬,像克鲁斯热情地表达自己对穷白人群体的归属:"我赞美他们,因为我也是其中一员。"② 艾莉森就惊叹其家族在艰难困苦中顽强的生命力:"我有时觉得惊讶,我们家是怎么活下来的。"③ 蒂姆·高楚(Tim Gautreaux)深感忘本是大逆不道:"回顾那段历史和悲惨遭遇,假如不尊重自己先辈和他们建造的地方,就觉得自己像叛徒。"④ 布莱格则从面朝黄土背朝天的艰辛劳作里、物质财富的生产中体察到闲适优雅生活不可比拟的美,更珍视家族亲情:"我一直觉得棉花地比沙龙舞厅有意思多了……无论好与坏,我都会接受我的亲人。"⑤ 他坦率宣称:"作为给别人摘棉花、烫衣服的女人的儿子,我为自己的出身感到自豪。"⑥ 此外,他们清楚地意识到"穷白人"称谓的产生、污名化及长期失语并非仅是某个家庭的不幸,归根结底是一个社会集团被歧视、压迫的问题。故此,要在同等高度以阶级名义从根本上破解这一沉疴。他们将自己定性为"劳动阶级作家"⑦,或将作品归类于"劳动阶级文学"⑧。艾莉森甚至干脆以《白人渣滓》

---

① Harry Crews, *Blood and Grits*, New York: Harper Perennial, 1988, p. 145.
② Tammy Lytal, "Some of Us Do It Anyway: An Interview with Harry Crews", *The Georgia Review* Vol. 48, No. 3 (Fall 1994), p. 540.
③ Dorothy Allison, "Deciding to Live", *Grit Lit: A Rough South Reader*, eds. Brian Carpenter and Tom Franklin, Columbia: University of South Carolina Press, 2012, p. 17.
④ Christopher Scanlan, "Tim Gautreaux", *Creative Loafing Atlanta*, 17 June 2004, http://clatl.com/atlanta/tim-gautreaux/Content? oid=1248256.
⑤ Brian Carpenter and Tom Franklin eds., *Grit Lit: A Rough South Reader*, Columbia: University of South Carolina Press, 2012, p. 47.
⑥ Rick Bragg, *All Over but the Shoutin'*, New York: Vintage Books, 1997, p. xx.
⑦ Brian Carpenter and Tom Franklin eds., *Grit Lit: A Rough South Reader*, Columbia: University of South Carolina Press, 2012, p. 16.
⑧ Orman Day, "The Secret Code", *Conversations with Larry Brown*, ed. Jay Watson, Jackson: University Press of Mississippi, 2007, p. 195.

作为自己 2002 年作品的标题,"直面这一标签(渣滓),当荣誉认领"①。针对这饱含轻慢的身份标识,反其道而行之,不再避之唯恐不及而是自豪应对,勇敢接受,冲刷上面的历史尘埃,将耻辱标牌变成荣誉勋章。他们觉得整个南方文学里最无处不在但最受误解的人物就是穷白人。②既然和其站在一起,他们感到义不容辞要纠正历史冤屈,还这一社会群体以本来面目和应有地位,也是对自己家族、阶级负责。鉴于此,他们重述穷白人的南方历史文化作用与角色,与旧上层阶级评价背道而驰。他们试图纠正历史上穷白人被排除在社会主流框架之外的谬误,并义正词严地指出穷白人的作用在过去被颠倒扭曲,他们应是南方的主人、社会的中坚、创造历史的劳动者,就像布莱格一一历数穷白人在内战后重建时期为南方基础设施建设所做的不可磨灭的贡献:"他们一锤一锤敲出座座城镇,铺铁轨,开道路,他们雕刻出的景观至今仍矗立在这里。"③ 由此可见,他们不应一直是绅士、淑女寒酸的衬托,被调侃、遭蔑视的渣滓、他者。基于这样的认知,蒂姆·麦克劳伦在《月亮的守望者:南方的童年》(Keeper of the Moon: A Southern Boyhood)中讲到穷白人社区时口气毋庸置疑:"这地方的人和美国成千上万类似的人构成我们文化的脊梁。"④ 被著名《书目》(Booklist)杂志冠以"白人渣滓之王"⑤ 的布朗被问到文学是否该写社会上流人士时斩钉截铁:"我认为最伟大文学恰恰源于这些普通人,作为劳动者的男男女女。"⑥ 穷白人在他心目中至高无上的地位不言

---

① Dorothy Allison, "Introduction: Stubborn Girls and Mean Stories", *Trash*, Firebrand Books, 1989, pp. xv - xvi.

② Brian Carpenter, "Introduction", *Grit Lit: A Rough South Reader*, eds. Brian Carpenter and Tom Franklin, Columbia: University of South Carolina Press, 2012, p. xxv.

③ Rick Bragg, *Ava's Man*, New York: Vintage Books, 2002, p. 34.

④ Tim McLaurin, "Keeper of the Moon: A Southern Boyhood", *Grit Lit: A Rough South Reader*, eds. Brian Carpenter and Tom Franklin, Columbia: University of South Carolina Press, 2012, p. 35.

⑤ Bob Minzesheimer, "Remembering Larry Brown", *USA Today*, 29 November 2004, http://www.usatoday.com/life/books/news/2004 - II - 29 - larry - brown - appreciation_ x. htm.

⑥ Gary Pettus, "Interview with Larry Brown", *Conversations with Larry Brown*, ed. Jay Watson, Jackson: University Press of Mississippi, 2007, p. 7.

而喻。他们对本阶级历史文化作用与角色的高度肯定甚至产生社会效应，唤起已养尊处优多年却不敢向白领朋友透露贫寒身世的读者觉醒，回归早被其丢弃的根。①

在认领身份的同时，他们与曾经统治南方几个世纪的旧上流社会价值观做旗帜鲜明的区隔，从思想上划清与其分属两个迥然不同世界的政治界限，保持自身的纯正、独立性。他们作品中难觅内战硝烟或奴隶制等"南方文艺复兴"经典主题或对"南方神话"的逝去依依不舍。他们觉得这些和他们不相干，不必无病呻吟，"如果这些作家不痛惜'失败的事业'或难以忘怀的旧南方，那首先是因为那些根本不属于他们，也就无所谓失去（根本不曾拥有，谈何失去呢？）"②。

身份的体认给了他们心灵洗礼、思想再造，使其重新认识自我、本家族、本阶级、他人、南方，增添了其底气。从克鲁斯、艾莉森、布朗等的表述里能强烈感到他们的自信与自觉，坦然面对外界目光，拒绝逆来顺受蜷缩在被分配的命运格局里，无视等级樊篱自由行走在南方社会版图。美国作家托尼·厄雷（Tony Earley）把南方文学比喻划分成铁路两边，一边是正道，在威尔蒂小姐庭院里悠闲品尝冰镇薄荷酒，一边是歧途，酿私酒，舞刀弄枪。穷白人作家汤姆·富兰克林（Tom Franklin）斥责这样泾渭分明的两分法却又洒脱表示："需要的话，……我也想溜达到路那边喝口冰镇薄荷酒。"③

他们的不懈努力对一直以来高敏感、强刺激的负面身份绰号"穷白人""白人渣滓"的喻指产生脱污作用，使其时常被公开援用，不必再遮掩当作禁忌。的确，当绰号受体视其为荣耀，自然不会感受冒犯。这也可谓南方穷白

---

① Tom Rankin, "On the Home Front: Larry Brown's Narrative Landscapes", *Conversations with Larry Brown*, ed. Jay Watson, Jackson: University Press of Mississippi, 2007, p. 113.
② Brian Carpenter, "Introduction", *Grit Lit: A Rough South Reader*, eds. Brian Carpenter and Tom Franklin, Columbia: University of South Carolina Press, 2012, p. xxviii.
③ Robert Rea, "The Art of Grit: An Interview with Tom Franklin and Chris Offutt", *Southern Quarterly*, Vol. 50, No. 3, Spring 2013, p. 82.

人文学的一大成就。他们对穷白人身份的认领及去污化若纳入历史视野观照，似曾相识，俨然是20世纪60年代发生在美国"黑即美"（Black is beautiful）的黑人身份体认的文化运动20年后在南方白人群体的翻版。前者为反抗种族压迫，后者则为消除阶级歧视，异曲同工，都为谋求正当权益，争取公平对待，实现《美国独立宣言》开篇倡导的"人生来平等"的理想。

如同"南方文艺复兴"注重人生信仰的传达那样，穷白人文学也坦率宣示其价值观念。对于珀西、福克纳、威尔蒂等崇尚的同情、仁爱、荣誉、尊严这样的品德，他们可以说原则上不否定，现实中不接受。说不否定，就像布朗对他笔下穷白人的剖析，他们也是"性本善"之人："他们想争取成为好人。他们知道区分好与坏、对与错。"① 说不接受，主要症结是他们恶劣的生存环境不允许。由此就衍生出他们一暗一明两套价值观，前者是理想，放置于良知，后者是工具，践行于现实。他们实际生活中通行、倚重的圭臬则似可概括为"生存至上"，用以在南方和本社会群体里衡量、认定事物，指导个人判断行为正误，摆放自己位置，处理与他人的关系，最大限度维护自身利益，确保其拥有最基本生存权及可能性，认定舍此其他一切无从谈起。

应当说，这一信条有冷峻的实用主义色彩，在20世纪南方显得格外另类、刺眼，其是非标准似有逆文明性，其完全利己排他性背离社会发展趋势。它谈不上或根本无须人为建构，完全由生理本能和环境要求经验式自动生成认知，不约而同在穷白人群体广为接受。克鲁斯、布朗、艾莉森、布莱格等不同程度诠释了这一信条。他们无意传播，也清楚其不具有普遍先进性，而重在诉说，以使世人了解这种价值观形成的背景、选取的视角、具有的意义，清楚认识到穷白人承受的历史苦难，也是就外界对他们未达到公认基本道德期待的质疑、非议做公开答辩。维护其价值观在局外人看似极端，但他们又

---

① Susan Ketchin, "Larry Brown: Proceeding out from Calamity", *Conversations with Larry Brown*, ed. Jay Watson, Jackson: University Press of Mississippi, 2007, p.36.

认定符合人性最大诉求的正当性,也是他们为阐明我是谁做的重要努力。相较而言,克鲁斯提出了最明确的表述、举证。他宣称造就穷白人的不是福克纳诺贝尔奖获奖词里赞美的仁爱、信仰等真理、美德,而是暴力及暴力威胁。① 依他之见,尊严、荣誉、体面听来很高尚,但对在生死线挣扎的穷人显得那样空洞抽象甚至虚伪,他们无践行这些美德的物质基础,其价值观没有"怜悯、同情"语汇。② 他在《童年》里讲邻里矛盾全靠自己武力摆平,报警会被视为软弱可欺,遭无休止暴虐。克鲁斯并没有刻意回避或掩饰穷白人令人不齿的行为,而是试图呈现一些暴力行为发生的具体语境,迫使读者思考是什么原因让一个人堕落成罪犯。"他们不是暴力的人,但是他们的生活充满了暴力。"③ 他强调穷白人也遵从重要的价值观、看重家庭、崇尚优秀品质。但是有时人们犯下恶行实属无奈,比如,你的孩子饱受饥饿的折磨,而你恰巧看到一块面包,即使这个面包不是你的,你也很可能会拿走。这不能说明你是坏人,只能说明你是普通人。④ 在缺衣少食的窘迫之下,克鲁斯一家不知南方中上层叙事秉持的优雅高贵为何物,欣然接受任何的救助,津津有味地吃着慈善机构捐赠的食品,心满意足地穿着二手衣服。对于将南方乡村作为浪漫闲适的代名词的人来说,他们对待慈善的态度令其匪夷所思。而克鲁斯则强调,在他生活的南方,人们永远处于饥饿之中,甘愿接受一切施舍。因为对他们来说,最基本的问题自始至终都是生存。⑤ 布朗的《脏活》等于重

---

① Brian Carpenter, "Introduction", *Grit Lit: A Rough South Reader*, eds. Brian Carpenter and Tom Franklin, Columbia: University of South Carolina Press, 2012, p. xxii.

② Harry Crews, *A Childhood: The Biography of a Place*, reprinted in Classic Crews, New York: Poseidon Press, 1993, p. 158.

③ Harry Crews, *A Childhood: the Biography of a Place*, New York: Harper and Row Publishers, 1978, p. 7.

④ Tammy Lytal, Some of Us Do It Anyway: An Interview with Harry Crews, *The Georgia Review* Vol. 48, No. 3 (Fall 1994), p. 538.

⑤ Harry Crews, *A Childhood: the Biography of a Place*, New York: Harper and Row Publishers, 1978. p. 142.

申了克鲁斯的观点。主人公沃尔特感慨道:"我自尊心很强,这很好。但唯一问题是,你不能拿自尊当饭吃。"① 这宛如用"尊严诚可贵、生命价更高"的座右铭直接回呛珀西在《灯笼》里对美德的崇尚,"荣誉、真诚、同情、尊严是美好的,即便它们能要你的命,因为它们赋予生命以尊严和价值"②,道出自然规律前人的无奈,物质需求被满足前精神世界的枯萎。依照他们的思维,人生就简化为生存或毁灭两个端点,仅此而已,一切均以此为考量。"生存"是贯穿穷白人文学的核心概念,是他们在既有严酷条件下的最高追求和唯一目标。艾莉森就将自己早年人生描述为"漫长可怕的生存之战"③。布莱格笔下由农民和劳工构成的世界中,为了养家糊口而流汗流血、受伤致残都是稀松平常的事。与克鲁斯《童年》中人们信奉武力解决争端的观点相呼应,布莱格的乡亲们认为胆小可耻,一个人不去打斗或者不能打斗是件丢人现眼的事,正如外祖父查理曾被逼无奈,向一个提着长刀直冲而来的女人开火,这才平息了两个家族的冲突。荣誉对上流社会来说是件天大的事,但是很少能从穷白人口中听到这个词,这并非因为他们不知道荣誉是什么,或者不具备这个品质,只是在生存面前,人们很少夸夸其谈。④

他们的叙事揭示了赤贫、闭塞扭曲,异化了人性,造成人心理重压,将其变得狭隘偏激,绝境求生的极度欲望迫使他们将自己利益摆在至高无上的位置,点燃本能冲动而更易诉诸暴力,不惜铤而走险去捍卫甚至主动出手,像《童年》里的卡特、司格特因猪起误解而结下仇怨,拼得你死我活,布朗的《乔》里韦德为食品优惠券杀人,更有克鲁斯在小说《蛇的盛筵》中处处渗透的穷白人与生俱来的竞争、抢位意识,要在弱肉强食的丛林里竭力抓住

---

① Larry Brown, *Dirty Work*, Chapel Hill: Algonquin Books, 1989, p. 34.
② William Alexander Percy, *Lanterns on the Levee*, Baton Rouge: Louisiana State University Press, 1973, p. 313.
③ Dorothy Allison, "Deciding to Live", *Grit Lit: A Rough South Reader*, eds. Brian Carpenter and Tom Franklin, Columbia: University of South Carolina Press, 2012, p. 17.
④ Rick Bragg, *All Over but the Shoutin'*, New York: Vintage Books, 1997, p. 19.

自己的生存机遇。克鲁斯透过精神错乱的主人公姐姐比德之口道出他们生活的真谛:"一切都在相互吞噬。"① 作品集中了不同的赛事,足球、斗犬、捕蛇、选美等比赛轮番上演,此外还有男主人公之间不经意的举重角斗,女主人公之间即兴的指挥棒旋转竞赛。主人公乔·隆的父亲在斗犬比赛中,眼睁睁看着自己的狗被咬得体无完肤,却硬撑着不肯认输,等等。这是穷白人现实里行为准则的本质。恩格斯曾赋予19世纪英国工人盗窃厂主财产行为以正当性,认为这是无产阶级反抗资产阶级的原始方式之一,并得出"道德始终是阶级的道德"② 的论断。穷白人情况虽与此有所差别,但原理相同,都有其产生的客观条件和前提,都在为生存而战。故此,"道德始终是阶级的道德"理论在这一案例中仍有很强适用性。

当然,单纯建立在原始欲望上的穷白人现实版的价值观比"南方文艺复兴"所弘扬的以人道主义关怀、理性、秩序为坐标的"同情、怜悯、仁爱"理想逊色不少。这也真切反映出穷白人并未充分共享南方大环境繁荣进步带来的福祉,他们仿佛被抛出发展快车道而遗落在与时代脱节的居留地里,停滞在原始性生存阶段而没有进入倡导顾及群体利益的社会性生存阶段,奉行与其生存状况相称的行为准则。无论这是其特殊性还是局限性,总之,就是马克思所说的"一个阶级的思想不能越出其生活所越不出的界限"③。他们这种丛林法则式的价值观是一个阶级的告白,也是对其所处政治、社会制度的控诉,不啻是戳穿了"南方神话"乃至美国梦,揭露了一个自诩,也被普遍以为是文明富强的美国一个广袤地区残酷、未经充分揭示的现实,一个庞大群体的"悲惨世界"。

---

① Harry Crews, *A Feast of Snakes*, New York: Atheneum, 1998, p.47.
② 《马克思恩格斯选集》第3卷,中共中央马恩列斯著作编译局译,人民出版社1972年版,第134页。
③ 《马克思恩格斯全集》,中共中央马恩列斯著作编译局译,人民出版社1972年版,第632页。

"在大众想象中,南方穷白人一直有鲜明的单维性。"① 相应地在"南方文艺复兴"等南方文学再现中也大同小异。有些作家试图创造不同品类的穷白人个体,但根深蒂固、先入为主的偏见以及他们身为局外人,这种努力难言成功,类型化、概念化倾向的穷白人形象反倒更易深入人心。如果说"南方文艺复兴"及以前小说中众多穷白人有"扁平人物"之嫌,则穷白人作家对这种较为单一的表现套路进行矫正,以其所宣称的源于生活的正宗性,运用写实、报道式文风,秉持人性化处理理念,采取宽光谱表现视野,塑造多维人物形象,使其笔下穷白人种类丰富,生动逼真,更像"立体人物"。

在人物构建时,穷白人作家面对一大问题是,他们是否有自己的英雄。这之前南方文学中几乎无先例可循,而一个社会集群假如没有自己的英雄作力量象征、精神支柱、道德楷模,体现其存在的价值和意义,是不可想象的。对此,穷白人作家给出肯定的回答。麦克劳伦在《月亮的守望者》中锻铸出拒绝恃强凌弱的托特,为穷白人做道义正名、翻案。托特当过空降兵,参加过二战,坐过牢,干过焊工,平时携双枪,标准的硬汉。一年轻人在当地聚会上挑衅他闻名遐迩的牛头犬,对方的狗惨遭重创。他顿生怜悯,提出停赛,对方妻儿也恳求退赛,但对方恼羞成怒扇妻子一巴掌。他见此马上宣布终止比赛。对方穷凶极恶辱骂他是胆小鬼,性格刚烈的他异常克制淡定:"我不想让我的狗咬死你的狗","我不怕你,孩子"……"我不怕打老婆耳光的人",② 众目睽睽下不畏名声会否受损牵狗主动离去,展示出"桀骜不驯的优雅"③,内敛的忍耐产生强大气场,不怒自威,令对方无地自容而气泄。这风范可以媲美福克纳《未被征服的人们》中放弃暴力、赤手空拳以眼神逼退杀

---

① Theresa Towner, "Poor White", *The Companion to Southern Literature*, eds. Joseph Flora et al., Baton Rouge: Louisiana State University, 2002, p. 671.
② Tim McLaurin, "Keeper of the Moon: A Southern Boyhood", *Grit Lit: A Rough South Reader*, eds. Brian Carpenter and Tom Franklin, Columbia: University of South Carolina Press, 2012, p. 45.
③ Ibid. p. 34.

父仇人的贝亚德，尽管他是"被压迫，遭践踏"① 的一介草民，没有贝亚德的高贵血统。这样熔铸勇猛与仁慈于一身的穷白人硬汉在南方文学史殊为罕见，令人耳目一新，具有开拓性。而且，小说将托特打造成贫民区传奇人物② 不啻是一种隐喻，无视过往惯例，空前大幅提升穷白人社会地位和观感，彰显默默无闻的配角或边缘化的"他者"不是其专利，他们也能是众人仰视、掌控一方局面的中心。

同样铁骨柔情兼备的还有临危不惧护卫自己孩子的父亲，成为匮乏、灰暗生活里他们大概唯一值得回忆的珍贵亮点。在《艾娃她男人》里，查理的几个醉汉朋友砸门夜闯他家，吓到睡觉的孩子，劝阻无效后他抄起大锤和枪将几人打作鸟兽散。他在草丛里拎棍抢走在前防止响尾蛇伤到孩子，孩子安危重于自己性命。若从蛇牙吸出毒液才能挽救儿子，他也愿干。"他不认为这是英雄行为。他就觉得自己能对付得了。"③ 孩子们以父亲为骄傲，逢人就讲，长大后继承他的品质走在自己孩子前。故事充斥着暴力凶险，但简约的细枝末节又散发人性温暖，甘于奉献、不计回报、天然舐犊之情。类似的父亲还有刘易斯·诺丹（Lewis Nordan）《快枪手的悲歌》（*Sharpshooter's Blues*）中冷峻又不失幽默地殷切呵护患脑积水的儿子、危急时刻果断出手援救儿子的瑞尼。

除了关照妇孺、同情弱者的托特，低调、父爱如山的查理，还有大是大非上挺身而出的穷孩子。诺丹在《荷枪实弹的男孩》（*Boy with Loaded Gun*）里用平淡的语言、貌不惊人的形象打造一个上演不平凡壮举，让他终生仰慕，四十年后专门打电话致敬的少年英雄。1955 年，密西西比一所中学的橄榄球

---

① Tim McLaurin, "Keeper of the Moon: A Southern Boyhood", *Grit Lit: A Rough South Reader*, eds. Brian Carpenter and Tom Franklin, Columbia: University of South Carolina Press, 2012, p. 34.
② Ibid. p. 37.
③ Rick Bragg, "Ava's Man", *Grit Lit: A Rough South Reader*, eds. Brian Carpenter and Tom Franklin, Columbia: University of South Carolina Press, 2012, p. 52.

员都在为一个黑孩子因对白人女孩吹口哨被残杀而兴高采烈，认为罪有应得。一个队员严肃说："我同情那黑孩子"，为那事杀他不对，不管什么肤色。其他队员笑容戛然僵住。这一声音在种族主义猖獗的环境中需要"闻所未闻的勇气"，甚至会惹来祸端。当时有心反对但不敢作声的作者强调："他只是普通队员，少言寡语的乡下孩子，失去什么都行，却赢得一生的尊重。"① 此外，还有布朗在《赴汤蹈火：生死抉择自述》里依据亲身经历再现的尽忠职守、冲向危险的消防员。可以说，这一组英雄群雕不同凡响，几乎史无前例，因此投射出强劲震撼力，颠覆了穷白人无非使人联想到猥琐、贪婪、愚昧、懒惰，是社会疮疤或负资产的惯性思维。

　　穷白人作家笔下还不乏逆境中穷不丧志、自尊自强之人，他们以傲雪凌霜之姿面对生活的磨难，却同时怀揣一副古道热肠。《南方纪事》中，外祖父查理"以一个人可以做到的最高尚的方式，诚信营生"②，依靠自身的劳动技能，做木工、刷房顶，勤勤恳恳地养活了八个孩子。而在此之前，高尚通常被认为是贵族的专属品格，布莱格用高尚来称颂穷白人实属别具一格。布莱格的母亲不愿让儿子们光靠政府救济金将就度日，也不甘仰仗亲戚和陌生人的施舍过活，她无怨无悔地在棉花地里劳作，任由棉花麻袋将她的脊背压弯，为了孩子咬牙坚持，只求有朝一日孩子可以摆脱贫困。冷酷的生活没有浇熄他们心底的善良火焰，即使自己的生活已举步维艰，查理仍坚持从河边带回一个可怜的孩子，像对待家人一样供他衣食。布莱格的童年生活并没有因贫困而阴云密布，反而在母亲的悉心呵护和陪伴下洋溢着浓浓的温情。家里的亲戚无私地相互帮衬，叔叔将辛苦挣来的钱给布莱格做零花钱，更为他树立起男子汉的榜样。这些多面立体的穷白人形象散发着人性的光辉，涤荡着中

---

① Lewis Nordan, "A Body in the River", *Grit Lit: A Rough South Reader*, eds. Brian Carpenter and Tom Franklin, Columbia: University of South Carolina Press, 2012, p. 58.
② Rick Bragg, *All Over but the Shoutin'*, New York: Vintage Books, 1997, p. 27.

上层叙事为其涂抹的斑斑污迹，使其以崭新的面貌立足于世，引发人们对其改观。

当然，穷白人文学并不一味制造英雄，护短遮丑。它也无情揭露穷白人的缺陷或劣行，无惧其一定程度契合、印证之前南方文学对穷白人常规式的刻画，像《红脖颈少年》(Redneck Boys)里虽也保护女友，旧情难忘，但不靠谱的斯普林特，《好心助人》(Samaritans)里扶老携幼，凄惶无告的女人设法向人讨来钱后却马上带母亲去喝酒，《花鲑鱼》(Speckled Trout)里贪得无厌的兰尼，尝到甜头再三偷盗别人种的大麻卖钱，结果掉进其为他布设的陷阱性命难保，还有《拯救格里斯》里舞毒蛇、传邪教、酗酒、不负家庭责任的父亲谢泼德。最令人不齿的形象当推《可悲的血统》(Sorry Blood)里的安迪。荒诞、光怪陆离的情节将他的懒惰、卑鄙写到极致。他去超市以父子相称拐骗失忆回不了家的老头烈日下代他承担妻子交代的挖沟任务，自己每天喝酒睡觉，享受生活，被老头痛骂为"白人渣滓"①。这反映穷白人作家坦诚正视本群体一些为人诟病的无良品质，在透视穷白人厄运时既目光向外也目光向内做自省、反思的勇气。

纵观这些人物，可谓穷白人作家创建的穷白人形象长廊，冲击了既往南方文学里穷白人表现范式，从局内视域，甚至像克鲁斯、艾莉森、布朗、诺丹、布莱格等基于亲身经历，让人物描写达到空前权威性和真实度。栩栩如生的各种面孔与品行组成的大千世界展示穷白人真相，针对过往较为单一的脸谱、历史偏见阐发出三重论辩。其一，地位高低、财富多寡与品质优劣无必然联系。穷白人亦有正能量和英雄崇拜，在"生存至上"氛围里同样有人坚守放之四海而皆准的道德底线和准则，并非皆黑白混淆，利欲熏心，无所不用其极之徒。如果"南方文艺复兴"能够镌凿出莱特福特、沙多里斯、班

---

① Tim Gautreaux, "Sorry Blood", *Grit Lit: A Rough South Reader*, eds. Brian Carpenter and Tom Franklin, Columbia: University of South Carolina Press, 2012, p. 268.

钦、莫凯尔瓦等绅士作为旧南方理想象征，穷白人文学则可以雕刻出"勇士"① 托特、反种族歧视男孩、消防队员等贫民作为当代南方德行榜样、正义化身、百姓保护神。其二，从人性角度看，穷白人与其他社会群体本质上并无二致。布朗说，劳动阶级文学的重要意义在于真实讲述他们的生活与岁月，增进人们的了解，"让人知道他们和其他人一样也是人"②，这不禁使人想起福克纳《小镇》里轻蔑地将斯诺普斯家族比作成群老鼠和白蚁。既然和他人一样，就应有人的尊严，得到平等对待。当然，人无完人，他们难免良莠不齐。布朗就此进一步指出："他们有时做错，因为他们并不完美，和我们所有人一样。我尽量给予我的人物这些我们都看得出、感受得到的人之特质。"③其三，因其人性缺陷就对这个群体贴一张标签、一概而论或模式化、妖魔化，罔顾其崇高、莽撞、平庸、无耻多元并存的复杂性，是片面专断之举，也是意识形态优越感作祟。目前看，穷白人作家借助叙事、文本力量为本阶级塑造多维立体形象，赢回被剥夺的尊严，力求使穷白人在公众视域中正常化、人性化，实现了初衷。扎克瑞·沃农说："就像因性别、种族、性取向被边缘化的群体那样，克鲁斯'红脖颈自传'④ 的力量在于其能解构和南方下层阶级白人相联的模式化形象，最终获得'历史上文学、电影里曾拒不给予他们的尊严'⑤。"⑥

---

① Tim McLaurin, "Keeper of the Moon: A Southern Boyhood", *Grit Lit: A Rough South Reader*, eds. Brian Carpenter and Tom Franklin, Columbia: University of South Carolina Press, 2012, p. 39.
② Orman Day, "The Secret Code", *Conversations with Larry Brown*, ed. Jay Watson, Jackson: University Press of Mississippi, 2007, p. 195.
③ Susan Ketchin, "Larry Brown: Proceeding out from Calamity", *Conversations with Larry Brown*, ed. Jay Watson, Jackson: University Press of Mississippi, 2007, p. 36.
④ James Watkins, ' "The Use of I, Lovely and Terrifying Word': Autobiographical Authority and the Representation of 'Redneck' Masculinity in A Childhood", *Perspectives on Harry Crews*, ed. Erik Bledsoe, Jackson: University Press of Mississippi, 2001, p. 17.
⑤ Ibid. p. 18.
⑥ Zackary Vernon, "The Enfreakment of Southern Memoir in Harry Crews's A Childhood", *Mississippi Quarterly*, Spring 2014, p. 195.

第六章　阶级格局改变

　　穷白人起势迹象早在"南方文艺复兴"时就是一大敏感问题，构成当时南方政治巨变、新旧制度更替留给作家们的不尽惆怅之一。珀西曾对穷白人的发迹、扩张痛心疾首，哀叹"庶民翻天"，① 但时势难违，只能庆幸家乡政治、文化被他们掌控之日自己已不在人世，不会目睹乱局到来。② 福克纳的"斯诺普斯三部曲"进一步淋漓尽致地流露出旧南方上层社会对穷白人的集体焦虑，暗示像斯诺普斯这样出身低贱的恶棍居然取得成功，殊为可悲。珀西的侄子沃克·珀西将这一问题在南方文学的再现做历时比较，解读出叔父与福克纳如出一辙，认为"他说'庶民翻天'，想的大概就是福克纳笔下斯诺普斯这类人，来自下层阶级，迫不及待夺去绅士的财产……"③ 依这些作家之见，穷白人"闯入"不属于他们的领地，加速既有秩序的崩溃，使社会粗俗，风气沉沦，是令人忧心如焚的梦魇。

　　克鲁斯、艾莉森、布朗等作家等于将"南方文艺复兴"作家们心底这片阴霾在南方文学领域彻底变成现实。"白人渣滓文艺复兴"（White Trash Renaissance）④ 和俯视穷白人的之前的主流南方文学尤其是盛极于20世纪上半叶的"南方文艺复兴"仿佛有个约定，预设在南方文学发展轨道中，注定要在此时的质疑权威、颠覆传统、去中心语境里发生这场族群内的"意识形态挑战意识形态"⑤，上演三十年河东、三十年河西的文学话语兴衰反转大戏，构成南方文学一道独特景观，也为文学嬗变研究提供一个绝佳典型。这场翻天覆地的变化消解了人们对"南方文艺复兴"是南方文学唯一代言的固有印

---

① William Alexander Percy, *Lanterns on the Levee*, Baton Rouge: Louisiana State University Press, 1973, p. 24.
② Ibid. pp. 20 – 21.
③ Walker Percy, "Introduction", *Lanterns on the Levee*, by William Percy, Baton Rouge: Louisiana State University Press, 1973, p. xvi.
④ Brian Carpenter, "Introduction", *Grit Lit: A Rough South Reader*, eds. Brian Carpenter and Tom Franklin, Columbia: University of South Carolina Press, 2012, p. xix.
⑤ Pierre Macherey, *A Theory of Literary Production*, London: Routledge & Kegan Paul, 1978, p. 133.

象和认识误区,呈现南方文学另一方重要天地,表明这一区域不只有"南方神话"里皎洁的月光、亭亭玉立的木兰树、冰镇薄荷酒等令人怀恋的浪漫风情,还有月光私酒、泥泞的乡间小路、大麻等阴郁场面,这为重新审视,客观全面评价曾经在"南方文艺复兴"光环笼罩下的南方文学,发现其本应具有却因长期受压抑而缺场的多元性提供了镜鉴和启示。穷白人文学崛起是20世纪下半叶南方文坛最大的历史变革,根本改变了南方文学的意识形态性质、作家组成格局及推进路向,促使南方文学从"旧时温文尔雅的农业主义权贵视角向批评家罗伯特·金哲称之为来自'生活……暴戾地带'的无特权的'粗悍穷人'① 视点转变"②,从精英文学向贫民大众文学转变,彰显了阶级因素对南方文学一直以来的统摄,其意义甚至超出文学范畴,不仅是西方马克思主义者皮埃尔·马歇雷(Pierre Macherey)指出的"是对不可解决矛盾的想象性解决"③,而是在政治现实里发挥了重要影响,使人更清楚地洞察南方历史遗留的贫富差距、阶级歧视、社会不公顽疾,引领、助力"庶民翻天",促进穷白人这一庞大社会群体争取公正评价与对待,功不可没。如今,对穷白人的各种指称在电影、电视、T恤、帽子上成流行标签。这无疑是在民主、平等时代的进步和必然。

---

① Robert Gingher, "Grit Lit", *The Companion to Southern Literature*, Joseph Flora eds., Baton Rouge: Louisiana State University, 2002, p. 319.
② Brian Carpenter, "Introduction", *Grit Lit: A Rough South Reader*, eds. Brian Carpenter and Tom Franklin, Columbia: University of South Carolina Press, 2012, pp. xviii – xix.
③ Etienne Balibar and Pierre Macherey, "On Literature as an Ideological Form", *Marxist Literary Theory: A Reader*, eds. Terry Eagleton et al, Oxford: Blackwell, 1996, p. 284.

第七章　性别版图重整

一　传统的性别关系

琳达·泰特（Linda Tate）在她的《南方女性浪潮》（*A Southern Wave of Women*）一书的序言里对当今时代南方女作家性别意识觉醒，开始挑战男权主导的传统为女性划定的社会和家庭位置，重写南方的性别关系的潮流作了综述。她写道：

> 无论她们的种族、阶级或地域背景是什么，20世纪80年代和90年代的南方女作家正积极地重新界定南方女性的含义。当这些女作家努力打造南方女性新定义时，她们一边寻找保持过去南方女性概念的可贵之处，一边谋求修改、扩大女性的角色。在这一过程中，她们重新考虑自己和家庭、其他南方女性的关系问题……女性过去在该地区被淡化的角色，以及南方这块土地本身。她们同依据目光短浅的男性视点确立的女性观进行了斗争，努力表达她们对自我的认识。在讲述她们自己、母亲、

祖母的故事的同时，这些女作家重写了南方文化的历史，赋予了此前一直被消音的人们以声音。通过这些人物的生活，这些作家为曾经被排除在南方文化之外的女性创造了空间。她们在一部又一部的小说里，描写了女性获得权利的类型，众多的女性相互扶持、鼓励。①

这一段话涉及当今南方文坛另一个出现巨变的领域，"南方神话"所体现的男权至上、女性从属的性别角色的分工遇到了强烈冲击，女性意识在从长期的蒙昧、被压抑的状态醒来，要颠覆原来的性别格局，调整两性失衡的关系，还其以公正的位置。

作为旧南方文化的表现形式，"南方神话"在确定两性之间的关系时具有相当的片面性，之所以片面是因为它是在一个中上层阶级和男性语境里构筑的。它或是在很大程度上忽略了，或是没有公正地考虑到充分再现南方女性的生活经历。它所描绘的南方生活的浪漫画卷难以得到这个群体的认可。相反，它在她们心中酝酿了长期被压抑的不满和怨恨。她们感觉到，现在起来戳穿其谬误，正当其时。因此，除了阶级之外，性别是颠覆"南方神话"的又一个重要因素。处在一个社会—文化、政治—经济、历史的语境里，性别无论是在普通的意义上还是恒久的意义上对于建构社会生活都至关重要。

和穷困的白人一样，南方女性是在制造"南方神话"的过程里又一个被边缘化、消音的群体。南方文化对于性别角色的划分有着严格的规则。内战前的性别关系，尤其是在种植园主阶级里，是以父权为基准分配家庭成员在家庭内部各自的位置。海姆斯（Joseph S. Himes）一针见血地指出："至近些年为止，南方的历史就是白种男人的历史。"② 凯瑟琳·克林顿（Catherine

---

① Linda Tate, *A Southern Wave of Women Fiction of the Contemporary South*, Athens: The University of Georgia Press, 1994, p.8.
② Joseph S. Himes ed., *The South Moves into its Future*, Tuscaloosa and London: The University of Alabama Press, 1991, p.113.

Clinton）研究了旧南方特权阶层的女性的受教育程度、亲戚关系、对奴隶制和劳动的态度、在婚姻中扮演的角色，清楚地看到女性遭受的压迫和剥削。她抨击了南方淑女的浪漫神话，认为那不过是骗人的假象，在它背后是南方女性的斑斑血泪。和北方妇女相比，南方女性是其文化的受害者。她们无法建立属于自己的生活，处在男权意识形态的控制下，无异于"奴隶的奴隶"①。这个比喻虽然有些耸人听闻，但的确道出了她们的辛酸命运。

在旧南方一个典型的主流社会之家，父亲占据着中心位置，拥有绝对权威，母亲、妻女儿作为温顺、无声的美丽饰品装点着他的权力和成就，出身、继承财产或头衔由男方的血统决定。泰特的《父亲们》的故事叙述人雷西·戈尔·班钦在回忆介绍家谱时对父系如数家珍，而对母系则坦言第一手资料了解不多。这轻描淡写的一句话看似偶然，但也似存在必然的成分，和那个时代母系受到普遍的冷落模式不无关系。这样一个性别角色的布局把家庭的责任安排给了南方女性。为了保证社会的顺利运转，南方女性要在附属于男性活动的范围内行事，矜持、约束自我，不能像男性那样自由表达自己的情感。

在这个领域里，她们应该是精神的化身，没有欲望，善于理家。这种南方良家女性的标准"遍布南方文化的各个层面，形成了一个符号系统，描绘了男女作为性别成员的生活范式"②。南方女性由此被强加给了艰巨的、似乎难以完成的双重历史使命。在精神和道德领域，她们被作为优秀品质的典范捧上了圣坛，诠释着虔诚、无私奉献、贞洁、仁爱的美德。在现实生活中，她们又要走下圣坛，回到基本的生活需求，辛勤劳作，承担着繁重的家务，管理奴仆，确保种植园的自给自足，还要有旺盛的生育能力。她们的个性、

---

① Catherine Clinton, *The Plantation Mistress: Women's World in the Old South*, New York: Pantheon, 1982, p. 16.

② Elizabeth Fox - Genovese, *Within the Plantation Household: Black and White Women of the Old South*, Chapel Hill: University of North Caralina Press, 1988, p. 39.

愿望和追求被湮没在了无休无止地履行这种义务的过程中，失去了自我，无异于是旧南方文化的牺牲品。

男权至上的南方对女性的赞美实际上别有用心，有着只可意会、不可言传的实用主义的目的，旨在安抚女性忍受这种角色的安排，死心塌地地为这种有损于女性权益的权利关系服务。外厄特·布朗就此评论道："南方的男性荣誉要求女性背负众多负面因素，这在永无休止的性别大战里是保持男性主动权的一个不言而喻的方式。"① 他们对女性的奉献和顺从大张旗鼓的赞美使她们"性别的劣势变得更加能够忍受。他们把这些负面特征升华到美德的高度"②。几乎无人在意南方女性是否乐意接受这类角色。南方女性研究专家安·琼斯认为："南方的女性观尤其否定自我的意愿和价值。"③ 她们个人意愿的表达被抑制，使她们无声，近乎无形，在生活的舞台上默默地做着她们的男人的衬托。冒昧地直抒胸臆或是肯定自己的观点不仅会失去男性对他们的敬重，还会涉及更加重要的象征意义，威胁到南方文化的根基，因为她们重任在肩，代表着内战前后以及 20 世纪早期南方的价值观。她们的地位如同西蒙·德·波伏娃（Simone de Beavoir）在她的《第二性》(*The Second Sex*) 中对女性在西方思想中的功用的分析，在男权的文化里，她们是"他者"，并非为自己的存在而存在，而是为了他人的存在而存在，被赋予了确认、印证男性的自我身份的使命。为了构建自己的坚实的主体性，男性将女性建造为"他者"。与作为主体和绝对权威的男性的基本属性相比，女性具有附带、非基本特征，属于"他者"的范畴。"南方文艺复兴"的文学以不同的形式再现了这种为南方女性特别定制的角色。

---

① Betram Wyatt‑Brown, *Southern Honor: Ethics and Behavior in the Old South*, New York: Oxford University Press, 1982, p. 227.

② Ibid. p. 234.

③ Anne Goodwyn Jones, *Tomorrow Is Another Day: The Woman Writer in the South* 1859–1936, Baton Rouge: Louisiana University Press, 1981, p. 4.

从福克纳的笔下诞生了庞大、生动的女性人物群体，在他的"约克纳帕塔法"王国占据着举足轻重的位置。但他对待这些女性人物的态度也引发了激烈的争论，评论界的反应毁誉不一。以莱斯利·费德勒（Leslie Fiedler）、阿尔波特·吉拉德（Albert Guerard）、欧文·豪（Irving Howe）为代表的一方认为，在福克纳的作品里，存在根深蒂固的对女性的蔑视。这种观点其实并没有新奇之处，是老生常谈，因为早在20世纪40年代，马科斯维尔·基斯默（Maxwell Geismar）就给福克纳下了"女性仇视症"（misogyny）的诊断。不仅是别人有这样的看法，连福克纳本人在1926年给安妮塔·卢丝（Anita Loos）的一封信里都承认他对于女性的智慧还很有些维多利亚时代的偏见。

布鲁克斯在福克纳的作品里就读出了女人与邪恶的内在关联，认为这不啻于是变相宣扬女人是祸水的论点。他说：

> 几乎在福克纳的每一部长篇小说里，男性发现邪恶与现实都与他发现女性的真正本质密切相关。男人把女人理想化和浪漫化，但是问题的关键是，女人和邪恶有着男人所没有的关联，她们秉性灵活、柔韧，能够调整自我，适应邪恶，而不至于被碎为齑粉。女人是理想化的目标，但是她们完全不是理想主义者。①

如果说福克纳直接正面塑造"南方淑女"，为她们歌功颂德不免有些牵强，至少在他的故事里这种做法较为罕见，鲜有青春靓丽、散发着女性魅力的形象。取而代之的是，他的女性人物相当一批俨然是"南方淑女"的反版，堕落、冷酷、放荡不羁，染着病态、怪诞的色彩，往往以灰暗、悲剧性的结局收场。《圣殿》里的坦普尔·德蕾克虽然是贵为杰佛逊镇法官的女儿，大家闺秀，但是因为不自重，胆大妄为，衣着妖艳，结果惹来祸端，被歹徒强暴

---

① Cleanth Brooks, *William Faulkner: The Yoknapatawpha County*, New Haven: Yale University Press, 1963, pp. 127 – 128.

并卖到妓院,沦落风尘,似乎在她自身体内燃烧的赤裸裸的肉欲和作孽的倾向推动着她在堕落的不归路上向前狂奔,致使在一些评论家的印象里,坦普尔·德蕾克是自甘堕落的荡妇,她遭受的蹂躏实属咎由自取,认为她本有机会避免厄运发生,不去跟人冒险,或是从妓院逃出来。

　　福克纳倾情塑造的《喧嚣与愤怒》里的凯蒂·康普森在作品的开始仿佛有成为例外的可能,因为少女时代不可抗拒的魅力使她一度成为衰败的家庭背景下的一个亮点,在濒临解体的家庭里发挥了一定的凝聚力。不仅使昆丁对她有些神不守舍,把她当作浪漫、理想的象征,是南方贞洁女性的化身,智力低下的本吉也从凯蒂身上感受到了母性和关爱,凯蒂成了他童年情感的中心,是爱的化身,对她产生了本能的依恋。自私冷酷的杰森也觉得她有可利用之处。甚至连福克纳本人都承认爱上了她,是他的"心肝宝贝",因为她"太美丽动人"①。对她深深的迷恋促使福克纳竟然不愿把她安排为故事的一个叙述人,担心让她直接面对读者会削弱她的美感,宁可通过别人的眼睛瞭望她更富于激情。② 但是,凯蒂终究难以从福克纳的思维模式里杀出一条路来,而是和他的一些女性人物殊途同归。孩提时的凯蒂的出场带来扑面的清新气息,在本吉的嗅觉里,她散发着树的淡淡清香,但这位给人以生命的美感和清纯,富有创造性的聪慧、坦诚、生动的女神一般的凯蒂在她 17 岁时便踏上了激情、性爱、堕落之旅,先是失身于代尔顿,继而又怀上了另一个人的孩子,为了遮丑,匆匆嫁给了她并不爱的赫伯特,后来可能被他识破玄机,赶出了家门,最终沦为了妓女,甚至可能做了纳粹高官的情妇,从故事的一个亮点化为一个无声的,犹如幽灵一般飘忽不定的影子,道德和政治的操守都溅上了污点。在一定程度上,她这样一个令人难以接受的归宿似乎和她与

---

① Frederick L. Gwynn and Joseph L. Blotner eds. ,*Faulkner in the University*: *Class Conferences at the University of Virginia* 1957–1958, Charlotteville: University Press of Virginia, 1959, p. 6.
② Ibid. pp. 1–2.

生俱来的活泼、独立、坚强的个性,难以抗拒的性感密不可分,它们把她送上了歧途。

理查兹在对福克纳小说里的女性人物进行全面研究之后,发现了一个较为恒定的规律:

> 福克纳小说里几乎每一位女性都违反了现存的道德准则:凯丹丝·康普森沉湎于婚前性关系,怀上了孩子,嫁给了不是孩子父亲的男人,然后离婚,成了妓女。丢厄·代尔、丽娜·格罗芙和米丽·琼斯也都未婚先孕,又被把她们引入歧途的男人抛弃。尤拉·华娜和坦普尔·德蕾克……过着不道德的社会和性生活。海特沃的妻子抛弃了丈夫,在田纳西的孟菲斯过着妓女生活。埃迪·班钦和一个传教士有个私生子。夏洛特·丽顿米尔贪图性刺激和淫荡的生活中抛弃了两个年幼的女儿和丈夫。这些人是名声远扬,但却是贫瘠的约克纳帕塔法县里许多堕落的女人中的最突出的代表。①

这些女性人物好像砍断了女性行为规范的约束,闯入了男性的专属区,夺去了他们咄咄逼人的性别特性,搅扰了本应安宁、祥和的家庭和社会秩序。如果误以为福克纳是借此倡导女性诉诸极端的手段赢得自我的解放和自由,那就错了。福克纳尽管不回避社会的邪恶对这些女性的伤害,他似乎更倾向于从传统的标准出发,借助她们光怪陆离、惊世骇俗的所作所为凸显她们在新旧时代的碰撞和交替中的迷失,流露了他对旧南方女性的定位的肯定,意在表明,一旦人们不再恪尽职守,颠覆了性别角色的格局,将会引发怎样的混乱无序,间接地传递了回归传统的必要性和正当性。大概是福克纳本人的局限性抑或是南方文化的局限性,阻碍了他自由、充分地运用想象的空间,

---

① Lewis A. Richards, "Sex Under *The Wild Palms* and a Moral Question", *Arizona Quarterly* 28, No. 4, Winter 1972, p. 329.

去为他小说中的女性人物构思在社会中的建设性作用。她们失败的结局仿佛在印证着一个定式，勇敢、敏锐是她们的不同凡响之处，也相应地毁掉了她们，断送了她们的未来。

布鲁克斯在研究了《圣殿》之后，感受到了福克纳对女主人公挣脱传统赋予的性别角色的忧虑，他在为塞蕾·培琪（Sally Page）的专著撰写的序言中写道，福克纳"相信男性或女性试图采用对方的价值观是错误的。两种性别必须维持自己的角色"①。

培琪非常赞同布鲁克斯的这一结论。她实际上跟进了这种观点，并且就此问题做了进一步的展开：

> 福克纳明确阐述了自己的立场，在家庭和社会面临衰败之时，道德秩序和忍耐的唯一源泉是女性履行母亲的创造性和支柱角色的能力。女性的目标是生儿育女，顺从了这一过程，她就获得了安宁和美德。②
>
> ……
>
> 因为女性是社会的中坚，将其延续到永远的行为人，如果家庭和社会要存在下去，她的位置的一些方面必须固定不变。拒不在"特定情况"的框架里应对或承担生活的管理员的角色，将会产生在其他社会群体所没有的严重的后果。混乱将随之而来。③

如果依照布鲁克斯和培琪总结出的这种定律去分析《未被征服的人们》里的米拉德姥姥，就可以较为清楚地为她身上体现的矛盾之处找到答案。她是一位令人印象深刻的南方老太太，在女婿沙多利斯离家领兵与北方军队作

---

① Preface to Sally R. Page's *Faulkner's Women: Characterization and Meaning*, Deland, Fla: Everett/Edwards, 1972.
② Sally R. Page, *Faulkner's Women: Characterization and Meaning*, Deland, Fla: Everett/Edwards, 1972, p. 93.
③ Ibid. p. 180.

战期间，挑起了维系家庭的重担，将向联邦军队开枪的贝亚德和瑞英苟藏在自己的裙子里面，应付过去了联邦军队军官的盘查。她实际上在行使着一个家长的职权。但是，就是这样一个坚韧、勇敢的南方老太太在另外的场合又人格分裂，表现出了鲜明的顺从品性，不由自主地被男权观念所左右。在她的意识深处，沙多利斯的威严有着上帝一样的神圣，不可动摇，她自动地把自己放在了从属的位置，不把她自己当作家庭的真正主人，而是在替沙多利斯代理职责，忠实地执行着他的意志。在吩咐仆人路易娜打点行装，准备撤退时，当路易娜提出不同意见，她斩钉截铁，以不容置疑的口吻拒绝了她，她给出的冠冕堂皇的理由是："我在依照我的理解执行着沙多利斯上校的指示。"① "'我想我们要继续赶路，'姥姥说，'约翰·沙多利斯上校是这么要求我们的。'"② 她每到关键时刻，虽然贵为沙多里斯的长辈，但却完全放下身段，像一名标准的军队士兵面对上司一样郑重其事地尊称沙多里斯的军衔，引用沙多利斯的指令，借助其强化她的决定和行为的正当性、合法性。她对于完全摆脱沙多利斯的阴影，树立自己的权威，彻底接管这个家庭有着严重的心理和道德障碍，也许觉得这样的举动大逆不道，不是她所能为之。这使得沙多利斯虽然很多时间不在家，其无形的影响依然通过他的代言人米拉德姥姥牢牢地统治着这个家庭。米拉德姥姥担当的角色正是培琪所形容的女性"生活的管理员"，忠心耿耿，向生活的主人沙多利斯上校负责。

艾伦·格拉斯阁的《战场》是示范旧南方性别关系的经典版本。作品里的男女人物是南方绅士、淑女的标准形象。在故事里的两个大种植园里，男性是中坚，女性则是附属品和点缀。男主人公之一的安姆布勒"仁慈""英俊"是"一个温和、慷慨的绅士，心胸就像他家的酒窖那样开放"③。他为了

---

① William Faulkner, *The Unvanquished*, New York: Random House, 1965, p. 42.
② Ibid. p. 64.
③ Ellen Glasgow, *The Battle-Ground*, New York: Doubleday, 1902, p. 45.

南方的荣誉和前途，牺牲了自己的政治信仰而走上了战场。他的妻子一方面作为从属的角色装饰、映衬着丈夫的伟岸、崇高，另一方面忠实地履行着家庭主妇管理家业的职责，不知疲倦地奉献着她的青春和生命："在这个大种植园里的人中，只有女主人从来没有停止劳作去休息。"①　"她以那样宁静的心态迎接的操劳过于沉重，非她的力量所能承担；它们驱散了她面颊的红润和明亮的眼神；尽管她对自己的任务从未迟疑过，她日渐萎靡，比她的实际年龄要显苍老。"②　不仅如此，安姆布勒夫人还要把传统礼教传递给下一代，向她们灌输盲从、奉献的道德观。她谆谆告诫女儿贝蒂要恪守妇道，不必去追求思想的深邃，那样会有违世界既定的法则和秩序，而应该把奉献作为衡量自我价值和成就的唯一标准。她教导女儿说："亲爱的，女人不需要像男人那样多的理智。如果上帝想让你聪明的话，他会把你造成一个男人。"③　在她的辛勤熏陶下，女儿弗吉尼亚变成了美丽的南方淑女，温顺、高雅、羞怯，具有高度依赖性。"一个孱弱的小姑娘，像花一样的颜色，光滑的褐发梳成绸缎般的辫子垂到腰间"④，在社交场合受到男孩子追捧。弗吉尼亚两个随他们家生活的姨妈种花，做果酱，她们种的玫瑰、做的果酱在餐间受到大家礼节性的赞扬。每当此时，她们则以文静、谦卑的正统女性礼仪规范做出回应，羞红了脸"眼睛朝下，她们每天晚上在这种善意的小插曲里都是如此"⑤。在丽迪亚阿姨为自己的无用备感苦恼时，安姆布勒一句善意的恭维——"我亲爱的丽迪亚小姐，仅是你的存在就是人类的福气"⑥ 很具有讽刺意味。这句话无意中泄露了天机，显示了在南方男权至上的秩序里，女性所扮演的象征花瓶的角色。《战场》里另一位男主人公赖特福特上校也是南方绅士。虽然和安姆

---

① Ellen Glasgow, *The Battle - Ground*, New York: Doubleday, 1902, p. 25.
② Ibid. p. 48.
③ Ibid.
④ Ibid. p. 4.
⑤ Ibid. p. 20.
⑥ Ibid. p. 21.

布勒相比，他更具有一股咄咄逼人的阳刚之气，在声色犬马上，他不逊色于任何一个弗吉尼亚的男人，但他的行为举止都是在圈定在允许的范围之内，基本没有超越南方绅士的行为规范。他尊重女士，对他所欣赏的人慷慨大方。骑士精神是他核心的价值观念。

二 女性意识觉醒

从20世纪上半叶起，伴随着南方总体社会环境的不断改善，南方的性别关系也随之发生变化。南方女性的自我意识觉醒，看到了自己潜在的力量，增添了争取自我的权利和自由的勇气和信心。她们开始反抗在传统的等级制度里被分配的位置。所谓的优雅、美丽的南方淑女形象受到广泛质疑。

南方总体社会环境的性别意识、关系的变化在南方文学的发展走向里得到具体的体现。纵观自"南方文艺复兴"以来的三代南方作家群的性别构成，可以发现一个值得注意的现象，南方文坛在性别格局上从男性的一元主导逐渐演变为男、女二元并存。"南方文艺复兴"之初引领风骚的当推威廉·福克纳、托马斯·沃尔夫和被称为"农业主义者""逃亡主义者"的罗伯特·佩恩·沃伦、艾伦·泰特等。他们的共同特征就是白人男性。当时的南方虽然难说是男作家的绝对一统天下，但是这一时期的文化价值观念仍较为保守，加之社会客观条件的限制，女性作家进入文学领域还是会遇到一定的障碍。她们难以被看作完全有资格的成员参与南方文学的构建。即使有女作家写作，也往往难登大雅之堂，其作品被视为二流货色。实际上，在20世纪30年代之前，真正有影响的女作家寥寥无几。女性在文学领域受到的歧视不仅在南方有之，在美国其他地方亦有发生。艾伦·泰特的妻子凯若琳·高登深受佛莱纳瑞·奥康纳的敬重,奥康纳经常在写完一篇故事后寄送给高登过目,感觉到只有这样才是真正完成了这件作品。奥康纳认为她从高登那里获益匪浅,超过了其他任何人的指教。像高登这样一位有才华的女作家,却被排除在格林威治村举行的文学研讨会之外,明显地被当作一个圈子之外的"他者"来对待。马尔科姆·卡雷(Malcolm Cowley)对于高登的与会资格发表了这样的解释,不避讳这一事件背后的性别歧视的因素:"她不是'我们中的一员'。'我们'大部分是诗人、知识分子和男人……后来她觉得自己成了性别歧视的受害者,在部分意义上讲,她是对的。"[①]"南方文艺复兴"第一代作家之后,局面有了改观,南方作家行列里面女性的数量开始攀升,第二代里出现了像佛莱纳瑞·奥康纳、卡森·麦卡勒斯、尤多拉·威尔蒂这样的优秀女作家,其创作才华和当时她们众多的男性同行相比各有千秋,并不逊色。而到了当今的"南方文艺复兴"后的第三代南方作家,女性上升的气势有增无减,风头正劲,很有些占据大半壁江山之势,比如像安妮·泰勒、鲍比·安·梅森、约瑟芬·哈姆佛瑞斯、李·史密斯、吉尔·麦考科尔(Jill McCorkle,1958—)等。她们的性别及切身体会自然而然地促使她们形成了对女性处境的特殊兴趣。她们中不少人对令她们感到窒息的"南方神话"耿耿于怀。与佛莱纳瑞·奥康纳、卡森·麦卡勒斯、尤多拉·威尔蒂等已经开始萌发,但尚显朦胧的性别意识相比,她们对女性问题的把握更进了一步,以更加清晰的女权认知和更加坚定的自信心在作品中深入探讨了当今南方女性的生存状况,表现她们对自立的渴望与追求。即使讲述20世纪上半叶的故事,她们也主要是站在揭露的立场,质疑以往南方文化的家庭、社会结构里男权至上的角色安排,要颠覆束缚南方女性的传统规范。

在挑战"南方神话"中的性别不公,表现南方女性遭受的危害方面,弗

---

① Letter from Malcolm Cowley to Ann Waldron, 1985, Quoted in Close Connections, p. 39.

吉尼亚女作家李·史密斯（1944—）是声音响亮、剖析犀利的一位。她在弗吉尼亚州的阿巴拉契亚山区长大，出版了长篇小说《山茱萸最后一天花期》（*The Last Day the Dogbushes Bloomed*）、《昂首阔步》（*Fancy Strut*）、《黑山崩溃》（*Black Mountain Breakdown*）、《步态舞》（*Cakewalk*）、《口述历史》（*Oral History*）、《家丑》（*Family Linen*）、《美丽温柔的淑女》（*Fair and Tender Ladies*）、《魔鬼之梦》（*The Devil's Dream*）、《拯救格丽丝》（*Saving Grace*），曾获得美国文学艺术研究院奖、南方图书评论界奖、欧·亨利短篇小说奖等。史密斯在弗吉尼亚的豪琳丝女子学院读大学时，先后接触到了威尔蒂、奥康纳、凯瑟琳·安·波特的作品。威尔蒂还去过她们的学院。她由此懂得了可以运用女性的经历进行写作。豪琳丝女子学院的活力和开放的校风感染了她，也对她未来自主、特立独行的思想意识的形成起到了重要作用。她后来回忆道："……在豪琳丝有着很好的娱乐精神，这当然是创造力的精髓。它让你觉得自己没有做不到的事情。"[①] 她参加了名为"弗吉尼亚狼群"的女子摇摆舞乐队，在美国文学课上读了马克·吐温的《哈克贝利·费恩历险记》而心醉神迷，向往哈克无拘无束的冒险经历，遂和朋友自制了一条筏子，顺密西西比河漂流到了新奥尔良市。就她们的性别和年龄而言，她们无疑是完成了一次壮举。所以，在到达目的地时受到了盛大、热烈的欢迎。

她的小说的主要人物几乎都是南方女性，历尽艰辛地寻找着真正的自我。通过一系列这类受到伤害的南方女性，如布卢克、莫尼卡、克里斯蒂尔、菲耶、希尔瓦妮、格丽丝等，史密斯试图揭示出一个真理——她们遭受的苦难环境和文化难辞其咎。她无情地剖析传统南方文化对女性的各种剥削与压迫，努力为女性正名，还她们以被剥夺的品质、地位和生活，为她们找出一种体现自我价值的生存方式和与男性的新型关系。她作品里的女性被社会准则束

[①] Ken Ringle, *Lee Smith at Home with Her Muse*, Washington Post, 4 December 1988, F5.

缚，被南方文化剥夺了认识自我、掌握自己命运的能力。她们唯一的成功之路是忘我的牺牲与奉献。她们的命运多舛，被人利用，被人抛弃，大部分人的家庭解体。家庭的男性成员无意理解或是帮助她们，要么离去，要么对家庭心不在焉，拒绝或是不去聆听她们的心声。而且一旦听到她们真实的声音，他们会有陌生之感。这些女性迷惘、心灵空虚，只能靠女性杂志、肥皂剧、电视剧打发时光，但这些慰藉方式仅是权宜之计，不能使她们真正摆脱困境。史密斯希望通过她对这些人物悲剧命运的个案研究向传统控诉南方女性的权益和自由被践踏。她把南方女性的困境的根源之一归结为她们的被动、懦弱。她们不思反抗男性的强权，似乎生来就要受人摆布、控制，把自己装进别人为她们铸造的形象中，不能拥有自己对自我的定义。更为可悲的是，她们客观上帮助南方的男权社会巩固了其对南方女性的界定，在一定程度上起到了为虎作伥的作用，为自己创造着痛苦。

史密斯在南方当代中年女作家里具有举足轻重的地位，影响了鲍比·安·梅森、吉尔·麦考科尔，并且推荐出版了麦考科尔的长篇小说《拉拉队长》（*The Cheer Leader*），俨然扮演了威尔蒂当时的角色，起着对年轻作家的扶植、带动作用。

史密斯的《黑山崩溃》里的克里斯蒂尔是一个想象力丰富、充满幻想、有艺术气质的姑娘。她单纯的愿望就是能快乐，放声大笑。不幸的是，她的家庭破裂，她的幻想也随之中止。她蓦然发现，自己要面对告别童年的严酷现实。她陷入了选择的困境，是因循守旧，当一位年轻淑女，还是离经叛道，在随意的性关系里放纵自我？经过一次失败的爱情之后，她嫁给了罗杰。但是，很久以前被强暴的阴影萦绕在她的心头，阻碍她在情感上完全投入。最后，她离开了罗杰，回到了母亲的身边，并患上了紧张症。她对欢笑的追求以精神的残疾而告结束。针对克里斯蒂尔的消极被动、无所作为，史密斯在解释这部小说的思想内容时强调她几乎是把它当作一个警告来写。她当时所处的阶段正值伴随她一起长大的女友们都在彷徨、苦苦挣扎，因为她们按照别人的观念决定自己应该是怎样的人、应该做什么。她于是写了这本书，揭露南方传统对女性的负面导向，即女性，尤其是南方女性，要消极被动。她特意构思让克里斯蒂尔根据她母亲还有各种各样的男人的观点塑造自己，结果抹杀了真正的自我，使她没有多少自我身份。史密斯认为，如果一个人完全缺乏主动性和足够的坚强，将会在自己人生道路上遇到巨大困难。克里斯蒂尔的悲剧的根源就在于南方女性原来所受的教育就是尽力扮演别人为她们设计的形象，她不能定义自我。

《美丽温柔的淑女》以书信体的形式使用女主人公艾菲·罗的声音讲述了她追求自我身份的努力。

史密斯 1995 年出版的长篇小说《拯救格丽丝》中女主人公的自我独白，如果从更广泛的意义看，那无疑像是一份宣言，体现了一个曾经沉默的群体的决心。她们要挺身而出，塑造她们观念里的南方女性形象，讲述、写出、发表她们自己的故事，而不是通过福克纳或是泰特等男性作家的视角再现南方女性的人生经历。这也可以被视为对莫瑞尔·瑞克伊尔 1968 年一个预言的回答。瑞克伊尔当时设想到世界在女性披露的她们人生真相前的猛烈的震撼，如果哪一位女性讲出她真实的人生故事，整个世界就要裂开。格丽丝说："我要讲述我的故事，我要讲出真实的故事……我将无所畏惧，即使讲的是可怕的事情……我又一次走进黑暗的树林，因为我要弄清我是谁，我的生活里已经发生了什么，以便能明白现在正在发生什么，以后会发生什么。"① 在这个故事的开始，谢泼德和妻子弗拉沃斯在携子女从佐治亚去北卡罗来纳的路上汽车爆炸。好心的卡尔顿和罗丝夫妇为他们找到了一处别人遗弃的房子。安顿下来之后，自封牧师的谢泼德建立起了上帝的耶稣教堂，舞弄毒蛇布道。

---

① Lee Smith, *Saving Grace*, New York: G. P. Putnam's Sons, 1995, p. 4.

他的祷告神奇地治愈了一些人的顽疾，甚至使一个女孩起死回生，因此，他在当地声名大振。他多次被毒蛇咬伤，但最终都化险为夷。妻子将谢泼德奉为圣人，认为他拯救了她的灵魂。她原是一个舞女，被他的魅力所吸引，带着三个孩子义无反顾地跟了他。但谢泼德的宗教狂热和他对女人的胃口一样强烈。他有多个情人。他和前妻的儿子拉马尔找上门来认父亲，住了下来。拉马尔和继母弗拉沃斯及同父异母的妹妹格丽丝发生了关系，还让弗拉沃斯的另一个女儿怀了孕，最后，驾驶谢泼德家的车逃走，不知下落。弗拉沃斯不堪受辱而上吊自尽。谢泼德带女儿格丽丝继续四处布道。因为毒蛇伤人，几次被捕。在勾上另一个女人后，谢泼德携带教堂的钱扔下格丽丝逃走。最后，他在密西西比故意让毒蛇把自己咬死。格丽丝嫁给了大自己二十多岁的正派但刻板的牧师特拉维斯。生了两个孩子后，格丽丝迷上了充满青春活力的兰迪，随他而去。但随着格丽丝年龄的增长，兰迪渐渐对她失去兴趣，有了新欢，抛弃了她。

格丽丝是又一个南方文化的牺牲品。她善良、温顺，经常调整自己去取悦别人，主要是男人，致使她缺乏稳定、完整的个性和自立的能力和意愿。她把自己的命运先后寄托在父亲和情人的身上，结果总是无一例外被他们作为工具利用，最后在他们认定不再具有利用价值时被抛弃。她为他们忘我的服务以及全然意识不到自我存在的精神非但没有得到应有的回报而收获幸福，反倒以悲剧收场，导致了情感最终崩溃。这样的结局表明了南方女性被动、恭顺的生活态度掩盖的潜在危险。在她的悲惨命运之前，乔治·费茨祝（George Fitzugh）以居高临下的男权至上的思维模式给南方女性下的玩偶般的定义显然是一厢情愿的无稽之谈：

> 只要她忐忑不安，变幻无常，难以捉摸，纤弱，与众不同，小鸟依人，男人就会崇拜和爱慕她。她的缺点就是她的力量所在，她的真正艺术是培养和改善这一缺点……和儿童一样，妇女只享有一项权利——被

人保护。大自然为每一位女人设计了她所爱慕、敬重、服从的丈夫、主人……如果她顺从的话，她就几乎没有被虐待的危险。①

史密斯的另一部长篇小说《魔鬼之梦》揭露了南方专横的男权统治对家庭带来的灭顶之灾。弗吉尼亚山区牧师的儿子摩西娶了凯特·马伦为妻。摩西以自我为中心，把自己的宗教信仰强加于妻子，强迫出身音乐世家的她放弃自己的音乐爱好，因为他认为音乐是魔鬼的笑声。他在一次为别人运送木头时遇险，侥幸逃脱。回到家中，恰遇妻子在拉琴娱乐，违抗了他的意志。他勃然大怒，大打出手，孩子吓得一哄而散。长子在逃往外公家的路上坠岩身亡。摩西连续在山林中祈祷，后得肺炎死去。凯特精神失常，时而大笑，时而歌唱，时而说乌鸦在向她低语，不久也死去。一个美满的家庭就这样破灭了。

史密斯在一次接受采访时较为具体、全面地表达了她对南方女性悲剧人生的深切感悟，对男权统治的愤懑：

> 我要真实地写出普通妇女和她们的生活。我要写出被动人生的危险。我要写出那种没有生活记载的女性，其生活的突出特征是沿循着我们所共有的程序：出生、死亡、疾病、损失……
>
> 过了很多年之后我才明白我首先要对自己负责。在南方，我伴随着谬误的观念长大。人们期望受过良好教养的能姑娘要遵守一种模式，我们的父母，我们要嫁的男人，我们要就读的学校，社会本身已经为我们设计好了角色……我们必须做的是适应这种模式。当然，我们要为我们的孩子、丈夫、那些没有我们幸运的人们服务……实际上，我们终生忙碌，我们永远没时间停下来回忆自己的过去，我们也曾经像你们现在这

---

① Geroge Fitzugh, *Sociology for the South*, Richmond: A. Morris, 1854, pp. 214–215.

样是芳龄二十的青春少女，也像你们现在这样，富有潜力、希望、理想和可能性。无论如何，对女性的整个认识是一片雷区。

我掉进了那片雷区的每一个陷坑，在里面度过多年的岁月。我全身伤痕累累。①

在史密斯看来，女性的价值在过去被严重低估，导致性别关系失衡和性别角色极端扭曲。要正本清源，建构真正、和谐的性别关系，就需要以建设性态度正确认识、评价两性各自的品质，真诚相互体验各自的价值。当然，她不主张矫枉过正，避免在争取女性权利时把事情推向另一个极端。她坚持不应以一种性别的贬值为代价树立另一个性别的强权的立场。她认为，作为女性，她们只有在认识到自身的价值，对自己充满信心时，人生才会完整。

与自己在豪琳丝女子学院的校友史密斯相似，吉尔·麦考科尔的作品的主要人物是清一色的女性，有着较为明确的自我意识。出于女性的天性，她对威尔蒂、奥康纳、麦卡勒斯、安·波特的小说有着特殊的亲近感。麦考科尔所关注的主题之一是女性在社会里所起的作用，在处理增强女性自身的能力和独立性方面遇到的挑战。她的《前往弗吉尼亚》(*Tending to Virginia*)、《7月7日》(*July 7th*)、《衰竭膳食》(*Crash Diet*)均观照了她们在生活里面临的与原来的美好期待大相径庭的困境。她们不愿被动、消极地接受所谓命运的安排，而是挺身而出进行了抗争，要为自己赢得开创独立的新生活的权利和机会，摒弃男性、传统为她们制定的规范，设计的位置，按照自己对生活与自我价值的理解规划自己的未来。艾琳娜·安·沃克（Elinor Ann Walker）对比了麦考科尔这一代女作家和她们的南方文学前辈的差别后总结说："她们的作品为女性人物提出了积极的空间——这种空间不是以家庭、地域或

---

① Nancy Parrish, *Lee Smith*, *Anne Dillard*, *and the Hollins Group*, Baton Rouge: Louisiana State University Press, 1998, pp. 207–209.

社区的关系来决定的,而是通过恢复女性人物的个性。"① 麦考科尔在接受采访时说,她作品里的人物是这样一些女性,"她们在平淡无奇的中产阶级生活中蓦然抬头,想起来自己也是人"②。这样,在对女性定义问题上,麦考科尔是站到自己和福克纳们的对立面。她反驳了后者所宣扬的坚守传统的家庭和社会意识是维持女性完整自我必不可少的前提条件,以她作品里的女性人物的遭遇和追求表明,这种意识带有误导性和欺骗性,往往辜负了女性的期望。

麦考克尔的《衰竭膳食》的女主人公桑德拉缺乏自尊,但却对婚姻生活充满幻想,以为每一桩婚姻都会是一个英俊的王子和美丽的公主浪漫的童话。待她做酒吧招待的丈夫肯尼斯·巴克利有了女朋友丽迪亚而决定离开她时,这消息对于视家庭为生命的桑德拉不啻是一个晴天霹雳。她气急败坏,失去了理智,对肯尼斯和丽迪亚实施了报复,把肯尼斯的车转到自己的名下,然后向警察报警车辆丢失,并且用肯尼斯的信用卡拼命消费。她感到是因自己身材肥胖,遭到丈夫的嫌弃,导致了五年的婚姻的破裂。她的愤怒、痛苦的情绪在狂减体重的努力上得到了宣泄,接近走火入魔的地步,最终引发了她的身体衰竭,不得不住院治疗。而在住院时,由于自卑、畸形的心态作怪,她隐瞒了自己的身份,在入院登记上写下了肯尼斯和他的新欢的名字组合"丽迪亚·巴克利",反映了她自我意识的薄弱、混乱,对于目前自己正使用的名字桑德拉·巴克利面临离婚后的改变的迷惘,不知该怎样应对。病愈出院之后,在经受了这场精神和肉体的双重磨难之后,她的认识上出现了一个飞跃,有了脱胎换骨的转变,开始了恢复、发展自我的历程,以成熟的心态应对婚变,认识到自己的命运不应该紧紧地捆绑在与他人的关系之上,新的生活在等待着自己去开辟。当肯尼斯找她在离婚文件上签字时,她心平气和,

---

① Elinor Ann Walker, *Redefining Southern Fiction*: *Josephine Humphreys and Jill McCorkle*, Ph. D. dissertation, University of North Carolina at Chapel Hill, 1994, p. 12.
② Ibid. p. 11.

以前所未有的自信签下了自己的姓名。"我专注地签上我的姓名，我真实的姓名，使用的是我的字迹。如果有人分析它，会发现这是个胖子的签名。有些东西人是摆脱不掉的；我的一部分特征就是一个胖子，肯尼斯的一部分永远会像下水道的污秽。"① 桑德拉痛定思痛，开始承认、接受自我，树立自己的审美标准，不再为自己的体重而羞愧，不再期望按照别人或主流媒体、杂志推销的完美的女性形象重塑自己。

安妮·泰勒的作品关注家庭日常生活，尤其聚焦其中的中年女性，对其身份动荡和自我认识进行深刻解读，描绘她们在后南方社会变化背景下，摆脱南方淑女标签后对自我身份的困惑、彷徨和重新思考。她们摇摆于传统的他者地位及再造自我、开辟独立人生的渴望之间，一方面习惯性依赖丈夫、孩子、家庭，另一方面面对社会变迁，下一代成长后离开奔向自由，自己逐渐老去，夫妻关系冷淡，感到非常迷茫，哀叹自己的人生被剥夺和欺骗了，遂萌生了从传统上循规蹈矩献身家庭向关注、思考自我的转变的冲动。

《人生如呼吸》(*Breathing Lessons*) 中的玛吉就是如此。小说标题的"呼吸"生动体现了其所代表的女性群体的挣扎，不断吸气呼气，得到失去，患得患失间找寻自我究竟身归何处，完成自我成长。她曾经似乎完全被精神控制，将忠实履行"妻子""母亲"的职责奉为最高、唯一的人生目标，和人言谈话语间总不离丈夫、孩子，乃至对自己是否该减肥的问题，也要遵从丈夫的好恶："艾勒就是这么说的，他喜欢我现在的身材。"② 但随着时光流逝，丈夫形同虚设，孩子们纷纷长大成家，习惯于以别人为中心奉献自我的她在中心撤去后失去依靠，像坠入巨大真空，茫然无措，为不再被别人需要而悲伤，甚至为家里没人吃她做的晚饭而哭泣。西蒙·波伏娃在《第二性》中对中老年女性的一段议论俨然是对她而发，"她习惯了将自己奉献给别人，然而

---

① Jill McCorkle, *Crash Diet: Stories*, Chapel Hill: Algoquin, 1992, p. 17.
② Anne Tyler, *Breathing Lessons*, New York: Berkley Books, 1988, p. 29.

现在别人已经无需她的奉献。她没用了,她生存正当性的理由已经不复存在,于是只有在风烛残年之中苟延残喘,她只能喃喃自语:'所有人都不再需要我了,'而她不会立即适应这种情况"。①玛吉之所以紧紧和家庭捆绑在一起,是传统余音在她身上回响。但是,这种捆绑并非天造地设,与生俱来,也并非必然一成不变,而是社会性别规约对其的再造,正如波伏娃所说:"女人是逐渐形成的。从生理、心理或是经济因素,没有任何的既定的命运可以决定人类中女性在社会中所表现的形象。"②她逐渐体认到自己是在把命运、福祉交付别人,以别人的意旨、标准、需求规划自己的人生,完全没有把握在自己手中,蹉跎岁月,意识到不能这样长此以往,所以,不但想象自己是一个完全独立自信的女性,不受丈夫影响,听从自己的天性,甚至想象着去一个陌生地方实现人生的再出发,抛却对丈夫和孩子的牵挂操劳。在小说结尾时,玛吉终于明白了自己不能再依附于丈夫和孩子,她需要认真思考完全不同的人生旅程,从而在对自我的认识上产生了质的跃升。在另一部小说《岁月之梯》中,女主人公蒂利亚和玛吉一样面对日益陌生的丈夫和正在摆脱自己的孩子感到苦恼,而比玛吉年轻一些的她真正实验性地尝试开启一段自己的旅途,摘下戒指、项链,告别之前那个童话般温顺的20世纪50年代的中产女性模式,不再穿丈夫喜欢的衣服,把自己打扮得像洋娃娃或花瓶。而在波伏娃的论述里,中年女性刻意突出女性气质,打扮自己,使用香水,使自己看上去迷人典雅,是否定自我独立性的表现,为的是诱惑异性。蒂利亚在这里算是对这一论述做出了自己的有力回应。她甚至试着改变声音,以此调整自己的心态,独自生活了一年半,顺从自己内心独立的躁动及求新求变的渴望。

当像玛吉、蒂利亚这些中年女性尚纠结、踯躅在从传统向后南方的艰难蜕变进程时,她们下一代女性,已经义无反顾、熟练自如地畅游在新时代潮

---

① [法]西蒙·波伏娃:《第二性》,李强译,西苑出版社2004年版,第226页。
② 同上书,第121页。

流里,演绎着全新的独立自主的性别角色,与传统决裂,迫切要离开家庭、母亲,奔向自由。在《想家饭馆的晚餐》(*Dinner at the Homesick Restaurant*)中,小女儿珍妮长大后便急切离开家庭,考入大学,凭优异成绩,圆了自己当医生的梦想,顺利开始自己的婚姻生活。面对婚姻关系,不像她母亲,在丈夫离开后一个人常年"守活寡",独自持家,而是勇敢放下,再选择。如果一段婚姻不合适,她也自然走出来,与合适的伴侣自然开始新的婚姻,共结三次婚,与小说中最后一任丈夫悉心照料一大群孩子并幸福生活。和珍妮一样,《人生如呼吸》中玛吉的女儿戴茜也是一个"女学霸",迫不及待地离家上大学,渴望新生活,有理想,有追求,梦想成为物理学家。她与母亲的思想观念区别明显,对其依附于家庭毫无乐趣的人生大惑不解,甚至直言不讳地问:"妈妈?你是什么时候决定此后的人生中只满足于做个普通人的?"①母亲深受触动,感叹自己在女儿年纪时的懵懂与缺少主见,从没考虑过将来要干什么。在珍妮和戴茜身上似乎投射了作家泰勒本人的经历。泰勒16岁高中毕业后便获得美国名校杜克大学全奖。所以,她对于这类出类拔萃的"女学霸"形象情有独钟,用她们做女性在后南方实现解放、追求卓越的示范和引领。小说中还有女性打破离婚可耻、羞于公开讨论自己婚姻状态的戒律,勇敢地在电台上宣布自己的婚姻选择和经历。泰勒笔下还有女性以"逃离"形式追求更彻底的自由。在被改编为电影的小说《末路迷情》(*Earthly Possessions*)中,女主角夏绿蒂同样对家庭感到不满,不甘心自己的花样年华受到母亲和丈夫约束,遂和杰克亡命天涯,逃离家庭和男性桎梏的方式和《岁月之梯》中的蒂利亚相似,但比蒂利亚更彻底,勇敢做自我,奔向独立,与传统进行更坚决的抗争。评论家苏·约翰逊(Sue Ann Johnson)称其行为是"逃离母亲""寻找自我"②。波伏娃在论说女性处境时讲道:"他们必须对抗

---

① [法]西蒙·波伏娃:《第二性》,李强译,西苑出版社2004年版,第33页。
② Sue Ann Johnson, "The Daughter as Escape Artist", *Atlantis* Vol. 9, No. 2, Spring 1984, p. 18.

种种加诸他们处境的限制，奋力开创未来之路。听天由命意味着退缩和逃避，对女人来说，唯有争取自由解放，此外别无他途。"① 显然，泰勒对这种谋求自立自强的新女性持赞成、支持态度，认为她们意气风发，注重个性的发展，注重人生的多种可能，敢为人先，勇于破除陈规陋习，拒绝用传统标尺给自己的人生画地为牢，无论是面对家庭还是人生，都做出了和她们母亲截然不同的独立自主的抉择，为后南方女性实验、探索，蹚出了一条符合时代精神的人生道路。

梅森处理女性问题的方法是把女权意识的普遍原理与具体情况相结合，用她自己的话来说就是"抓住女权主义的内在实质，找到我的经历和整个原理相适应的切入点"②。和泰勒类似，同时或许又比泰勒刻画得更为醒目，尽管传统的性别定位还有残余，梅森笔下仍然诞生了大量觉醒中的新女性，她们已经开始徘徊着走出传统的性别框架了，要重新定义女性、女儿、妻子、母亲这些身份，走出她们小时候所接受的性别概念，寻找新的替代。她们自信、坚强、尽力将命运把握在自己手中，其中很多反倒比其丈夫或情人更坚强、果断。在一定阶段，她们停下来重新审视自己的婚姻和生活，力求走一条清醒、有目标、自立自强的道路。

为了体现新女性主体意识的萌生，鲍比·安·梅森将笔触对准历史，审视历史是她笔下女性角色的一大特点。她们对于过去的女性地位坦率地说不，勇敢地抛弃传统性别观念的残余，挣脱懵懂无知状态，拥抱全新自由的自我。在一个讲述肯塔基一个农家欢度圣诞的故事里，梅森以她特有的细腻文风为人们提供了一个观察后南方社会的窗口，通过其可以捕捉到时代变迁对南方家庭、婚姻、性别关系的冲击效应。仅在这一家庭，便出现一个女儿离婚、一个女儿正闹分居的情况。女权意识的崛起是引发这种变化的重要因素之一。

---

① ［法］西蒙·波伏娃：《第二性》，李强译，西苑出版社2004年版，第245页。
② "Residents and Transients: An Interview with Bobbie Ann Mason", *Crazyhorse* 29, Fall 1985: 103.

其中，男女人物的一段话语的交锋反映了性别格局的变化以及人们在新的文化环境里的迥异心态。女性对自己的能力和价值已经有了新的认识，对自我充满信心，而男性还处于失落、调试的心理过程中，消极、惆怅地看待这种变化，对男性特权依依不舍。家里的男人们要匆匆吃完圣诞晚餐看电视。了解男权在家庭里至高无上的过去，爷爷怀念那一段男人们享有特权的美好时光，突然大发感慨："在过去，是爷们先吃，孩子在后。娘儿们最后在厨房里吃。"他这一倒行逆施的言论在他的一个孙女艾瑞丝听起来格外刺耳。她马上反驳说："现在时代不同了……我们不比男人差。"她正要分居的丈夫从男性的立场把她的话当奇谈怪论，赶紧以充满歉疚的口吻打圆场："这一套是她从电视上学来的。"①

否定历史的同时，她们对自我的人生也进行了深刻反思。梅森的《羽冠》的女主人公克里斯蒂，在肯塔基的一个小农场做了一辈子的家庭主妇，忠实履行着她为人妻、为人母的职责。在小说临近尾声时，和早期的艰苦岁月有了一段审视的距离，又身处女权意识广为播撒的 20 世纪 80 年代，她认清了当时生活的本质。回首自己亲身经历的家庭生活，无休止的劳作、责任，她的辛酸、悲伤不禁涌上心头，控诉了旧礼教套在她身上的枷锁。她以自己的真实感悟颠覆了旧南方以传统的性别角色和关系为基础对家庭的美化，要掀开家庭鲜为人知的狰狞面目，将南方女性遭受的压榨、剥削公诸于世。她给孙女讲了"关于人的真实故事，他们怎么样把你生吃下去。家庭能闷得你喘不过气来"②。那时候的她在家庭里地位低下，除了奉献、屈从于命运的安排看不出她还能有别的作为，仿佛她是为了别人而存在，"那时候，我得取悦这个，取悦那个，威德·维勒当家做主，当然，你总是要先伺候爷们儿"③。女

---

① Bobbie Ann Mason, *Shiloh and Other Stories*, New York: Harper and Row Publishers, 1982, pp. 103–104.
② Bobbie Ann Mason, *Feather Crowns*, New York: Harper Collins, 1993, p. 447.
③ Ibid. p. 451.

人在男权社会的命运被浓缩成了几个片段,如同电影的慢镜头在她的脑海里一幕幕播放出来:"她看到了一连串的蛋糕——婚丧嫁娶的蛋糕、庆祝生子的蛋糕。吃着某种食品的节奏把人们送进生活,又送出生活。她看到女人们在伺候男人、病人、老的、少的。女人们一直忙个不停。"[1] 悲惨的处境使她禁不住质问苍天命运为何对女人如此不公:"我以前常问,上帝为什么让女人遭这样的罪,阿尔玛说女人遭罪的原因是男人经不住女人遭受的磨难,可是我对她说,我觉得女人能挺得住是因为她们练出来了。"[2] 从曼蒂的自缢惨剧里,她满腔悲愤地总结出了女性追求自由的几条必由之路,其实完全没有什么道路可言,因为每一条所谓的道路都是以生命为代价。她们结束生命之日,也就是获得自由之时:"如果女人不在产孩子时死去,那她或许会在心绞痛或是被人遗忘之间选择她的解脱。这是她说出'我自由了'的唯一出路。曼蒂上吊就等于是这样说了。"[3] 她对比了过去女性所受到的限制,肯定了在当今世界女性的价值受到了承认,她们得到了施展自己才能的机会。她说:"那时候的女人不像现在能做事情。"克里斯蒂在生了五胞胎后被商业炒作,带着他们在南方巡回展示。这是一场把她的痛苦与隐私展示给世人的精神煎熬,但从它的积极意义看,也给克里斯蒂提供了一个机会,是她的一个启蒙之旅,使她能走出那个偏远、封闭的农庄,开阔视野,增长知识;是寻找自我的发现之旅,激活了她朦胧的女性意识,为她敢于坚持自己的立场,发出自己的声音带来了信心。她袒露了当时的心路历程,自己就是被一种强烈的求知欲所驱使:"我在找着什么。我想要陌生人碰面时那种自由、无牵无挂、慷慨大方。没有什么熟悉的东西会在你的身上投下义务的阴影,或者镜像。没有别人的影响或者评判……我想探索整个世界。我想了解别人。"[4] "那年夏天我

---

[1] Bobbie Ann Mason, *Feather Crowns*, New York: Harper Collins, 1993, p. 426.
[2] Ibid. p. 449.
[3] Ibid. p. 453.
[4] Ibid. p. 447.

们周游南方，因为我想知道更多。我想离开这个农场，看看这个蓝色的广阔世界有些什么。"① 和她的母亲相比，克里斯蒂是幸运的，虽然她也从男权社会走过，遭受了作为一个女性所会遇到的磨难，但是她至少在自己的一生中目睹了这种严重失衡的性别关系的改变，女性地位的提高，经历了自我意识的觉醒，认识到了自己是谁，挣脱了懵懂无知的状态。

除了对历史观念和个人生活的反省，她们更敢于追问历史，重新定位历史的中心。《在乡下》（*In Country*）一书讲述了少女塞姆与越南老兵相恋的故事。"塞姆"的姓名设定就没有明显的女性色彩，暗示了这一角色身上的非传统性。她不断追问过去发生的事，渴望了解那段女性缺位的历史。当她向母亲打听战争的故事和父亲的经历时，发现母亲嫁给父亲不久后父亲就因参加战争而离开，母亲完全在这段历史之外，对一切无从了解。母亲告诉她不用在意一切和她无关时，她强烈感受到，那一切和她紧密相关。山姆对历史的关切体现了新女性对历史的质问与颠覆。为什么女性被排除在主流历史之外？历史为什么是男性的历史？她开始对 Herstory 和 History 的思考，男性的历史中心位置被动摇。梅森在采访中讲述了塞姆这一角色的创造，讲述了探索男性历史的渴求。梅森小时候非常喜欢"神探南茜"系列小说，她认为"这类女性侦探小说中的女性角色探寻了男性的身份经历，男性在社会中到底经历了什么，这是很多女性在幼儿和青年阶段不被允许知道的。许多女性作家对男性的世界都表现出了极大的探索热情"。② 她自己就通过塞姆这一角色，思考了参加战争究竟是一种什么样的体验，为什么是男性去做这件事而不是女性。

为了更猛烈反抗，奔向自由，梅森笔下的女性角色甚至会有意识地模糊

---

① Bobbie Ann Mason, *Feather Crowns*, New York: Harper Collins, 1993, p. 447.
② Bobbie Ann Mason, "An Interview with Bobbie Ann Mason", Conducted by Albert E. Wilhelm, *Southern Quarterly* 26.2, Winter 1988, p. 37.

性别特征。在《汉克镇》(*Hunktown*) 里，田纳西州纳什维尔的一个酒吧女招待为争得属于女性的自由和权利，反抗传统加给女性的种种责任、义务，干脆走了极端，结扎了输卵管，企图铲除自己的女性性征。她给出的理由是，"因为我有生儿育女的器官，所以就得我做晚饭，我讨厌别人这样想"。①《第三个星期一》(*Third Monday*) 中，鲁比因为疾病做了乳房根治性切除手术，而她对此并不在意，勇敢幽默地坦然面对。拍完 X 光片后，她风趣地告诉朋友们，说她把自己的乳房给复印了。她的母亲把她乳房的疾病归咎于搬多了箱子，并认为"女人的身体本来就不适合做男人的工作"②，指责她太过独立，把男人和女人的事都做了，鲁比却不以为然，听了后不由得发笑，认为这些事毫无关系，丝毫不在意他人想法，母亲提出想给她一个乳房时，她直言"没什么啦，妈。你的大奶子我那里也放不下"③。在这部作品中，鲁比的朋友贝蒂甚至每天早上都要用女用剃刀来刮脸。她吃的避孕药刺激了脸上汗毛。尽管好几年前就把药停了，但胡子还在往外长。在《示罗圣地》(*Shiloh*) 中，勒罗伊的妻子诺玛·吉恩一开场就在练胸大肌，用哑铃健身，让人想到神力女超人，使性别特征更贴近男性的样子，抛开了传统中弱女子的形象。这些角色在剔除子宫、胸部等女性特征的同时，也剔除了传统对女性的束缚，她们开始在意识上实现自己思想的解放，女性的形象不再是一成不变的。

---

① Bobbie Ann Mason, *Spence + Lila and Love Life*, London: Chatto & Windus, 1989, p. 45.
② Bobbie Ann Mason, *Shiloh and Other Stories*, New York: Harper and Row Publishers, 1982, p. 243.
③ Ibid.

三 两性气质、角色重塑

此消彼长，新女性的产生也伴随着男性的改变，由此产生了两性气质、角色的重塑。传统上，人们习惯于从生理角度定义性别，规制了两性截然不同的各自应有的气质及应承担的责任。在"南方文艺复兴"及之前，南方作家就是遵从性别气质由生理决定这一极端本质主义观念，即"异性恋矩阵"，刻制出众多模式化的绅士和淑女。此后，出现了社会因素决定论，认为人的性别并非天造地设，不可更改，而是由人所处的社会环境、所履行的义务决定，并非一成不变，而是具有其流动、灵活性。女性主义批评家、性别理论学者朱迪斯·巴特勒（Judith Butler）就指出，所有的性别都只是人类的一种模仿，一种表演，而不是本质，并没有固定样子，从而否认了两性之间曾经人为划出的泾渭分明的界限，揭示了两性间性别僭越、融通的可能性，也为性别气质、角色的再造提供了理论依据。

安妮·泰勒几部小说中的人物可谓生动践行了上述观点，塑造了和人们对经典南方男性的阳刚气质的期待有不小落差的逃避者、弱男、暖男，表明雄健、勇敢等品质未必一定是南方男性的身份标识，他们也有脱离过往的性别模式，表现出懦弱、消沉、柔情的时候，从而讲述了与众不同的男性故事。泰勒的家庭是男性为主，祖父们、父亲、兄弟和丈夫一直是她生活中的主角，通过他们，她更了解男性。她敏锐捕捉到了后南方社会变迁下性别的流动，男性同样迫切需要重新自我定位，他们表现出种种不适症候，气质衰减，逃避、萎靡、消极。最典型的是一群作为"逃避者"的男性。她的第一部小说《如果早晨曾经来临》中，男主角本担心自己要照顾母亲、祖母、姐妹，便选择去加利福尼亚来逃避责任。讽刺的是，最终他发现，没有他，她们都过得很好，反倒是自己无法摆脱家庭独立。而《想家饭馆的晚餐》中的丈夫贝克更是一个经典逃避者。销售员贝克长期出差，带妻儿不断搬家，有一天突然告知妻子他将独自外出不再回来，说了句"我不是一个负责的人，会打算寄点钱回来"①，便在夜晚匆匆离开，抛弃了家庭，把三个年幼的孩子直接扔给妻子，直到孩子都成家、妻子病故时才在葬礼出现，聚餐时又匆匆逃离。问他离开的原因，他说："一切事情都乱七八糟、混乱无比，不再完美。我无法承受，而你们的妈妈可以，是的，所以我把一切都甩给了她。"② 他一个人沉醉在事业里，偶尔结交些女性朋友，无拘无束。这些逃避者不堪生活的重负，无力也无心去做传统型家长，只想一走了之。泰勒通过这些男性的逃避，揭示了社会性别角色的转换，性别权力的移位。曾经在旧南方种植园体制里被视为生产者、家长的男性无力继续维持这一角色，于是选择逃离，将其责任和支配权转交女性，由她们撑起这片天。无独有偶，这种文学作品里的离家出走有着现实生活的印证。据美国统计局 2015 年的数字显示，2014 年美国 23.6% 的孩子面临家庭里父亲缺位问题。③

除了那些逃避者，泰勒还塑造了一批被动承受者。他们同样无力抵抗命运，捍卫家庭，总感觉生活无法控制，既逃不掉，也不想逃，没有追求，只是消极颓废，精神萎靡，少言寡语，对生活提不起兴趣。《人生如呼吸》中的艾勒总感觉活得没劲："人们是在浪费自己的生命。他们把精力浪费在微不足道的嫉恨、无用的野心或者刻骨的积怨上……难道他还不明白自己就是整个儿被浪费掉了？"④ 虽然已经年过五十，他从未成过任何大事。曾经梦想当医

---

① Anne Tyler, *Dinner at the Homesick Restaurant*, New York: Ballantine Books, 2008, p. 9.
② Ibid. p. 301.
③ National Fatherhood: *The Proof Is In: Father Absence Harms Children*, (https://www.fatherhood.org/father-absence-statistic).
④ Anne Tyler, *Breathing Lessons*, New York: Berkley Books, 1998, p. 129.

生，却因为不得不接受父亲的生意，照顾家里的姐姐，最终耽误了上学，只好接受命运安排，一副听天由命、与世无争的模样："哈，面对现实吧，比整天在漆了金粉的镂花板条上锯四十五度角更糟的职业有的是。……他的人生也许不像十八岁时憧憬的那样，但有谁的人生是那样的呢？结果就是这样，总是这样。"① 与之相比，他们的下一代男性更加缺乏进取精神，甚至被动沉沦，自暴自弃。儿子杰西，不同于学霸妹妹，上学时旷课，升学受挫，借酒浇愁，用艾勒的话说，"才十七岁半，他就毁了自己的未来"。"他只要一出现，就是一股酒味和烟味，谁知道，说不定比烟草更糟。"在独自离开家的年纪还没找到工作，每天在城市里游荡，身无分文，"他每天回到家，一天比一天郁闷，每到晚上就和艾勒吵架"②。《想家饭馆的晚餐》中的考迪，也仿佛看破红尘，心胸狭窄，抢走弟弟未婚妻，对生活处处怨天尤人。客观讲，泰勒并无意贬损这些男性人物。她甚至在采访中表达了对考迪的喜爱，说："尽管考迪并不值得表扬，不过，他也值得同情，是生活中的一些事情莫名失控了。"③ 通过他们对家庭责任的逃避，对生活的消极悲观，她写出了他们的人性缺陷、弱点，表明所谓的担当、刚强、坚韧品质的标签不一定非要贴在男性身上，在一定情况下，他们未必是社会、家庭赖以存在的中流砥柱。像贝克的妻子就在贝克逃离家庭后以超强的坚韧将三个幼小的孩子抚养成人，情况恰巧相反，所以，传统上对他们性别气质的僵化定义是男性家长制文化的过时产物，失之武断，一厢情愿，未必属实。凡此种种，显示了两性性别角色、气质的开放、不确定性以及更新观念，对其进行再审视、再认识的必要性。

澳大利亚学者康奈尔（Raewyn Connell）在《男性气质》（*Masculinities*）

---

① Anne Tyler, *Breathing Lessons*, New York: Berkley Books, 1998, p. 166.
② Ibid. p. 234.
③ Lisa Allardice, "Anne Tyler: a life's work", *The Guardian*, April 2012.

一书中，就男性气质的抗争做了深入阐释，他指出，我们本来期望的男性气质在性别差异上的情感投入根本就不存在。泰勒显然也意识到了这一点，因此在她的小说中，她还塑造了几位暖男形象。他们尽管不乏弱男特征，无力像通常概念里的男子汉那样搏击命运，然而，他们面对命运的安排，无视男主外、女主内的既定规则，坦然进行性别的转换，僭越传统中女性角色，愿意付出心力，担起以往多由女性行使的家庭养育者职能，服侍老人，照顾孩子，以温和但在某些老派人眼里又有些另类的方式发挥着其正能量，也是一种坚强和担当。《想家饭馆的晚餐》中的二儿子埃兹拉秉性善良，关心同情弱者，他放弃上大学，选择在家附近的一家餐馆工作，在其他兄妹都离开家后，他留在家中照顾含辛茹苦将他们带大的母亲，料理家务，母亲病重，他留在身边细心照顾。泰勒在采访中表示，这是她在这本书中最喜欢的角色，她常常在后来其他的小说中提到他，想着埃兹拉在做什么。无独有偶，在另一部小说《伊恩的救赎》(Saint Maybe)中，男主角伊恩也是这样一位贤惠、有责任感的暖男。他最初也希望拥有雄壮的肌肉男性身体特征，从小羡慕哥哥的手臂，也为自己的肌肉惊喜，他会看着自己，"从手腕到手肘，一块块的肌肉，一条条的蓝色血管，好清晰啊！他握起拳头盯着一直看，看入了迷……"① 阳刚霸气外露。因为他怀疑嫂子对哥哥不忠，导致哥、嫂先后身亡。愧疚之下，他从大学休学，放弃了自己曾狂热追求的肌肉男形象，照顾孩子做作业，忙碌在厨房，成为名副其实的家庭煮夫，将他们留下的三个孤儿抚养长大，完成自己的心灵救赎。无论是泰勒对埃兹拉的喜爱还是伊恩的救赎，泰勒对这一类"暖男"青睐有加，她将这类男性的性别僭越视为再自然不过，无可厚非。在她眼中，性别不是一成不变，男性应勇于接受自己的性别角色状态。传统的规约要求男性强硬、内敛、富有肌肉，虽然貌似被抬

---

① ［美］安妮·泰勒：《伊恩的救赎》，吴和林译，长江文艺出版社2011年版，第13页。

上了雄健的高位，但同时也陷入了一个困境，束缚、压抑了男性的本真。这种捧杀和将女性架上淑女的圣坛存在同样的问题，被放进一个生硬的模式，天性因此被窒息甚至扭曲。泰勒在从男性视角进行写作时，常常感受到由于各种社会力量，不得不压抑感情的释放，就像在一条狭窄的过道前进一样。她在采访中感叹说："我们一直在关心女性解放，那男性呢？"① 逃避和消极都无法实现男性的自我解放，而勇于完成性别的僭越，正是男性解放自我的一种表现。

通过泰勒笔下男性、女性人物的分析、解读可以看出，他们很多人的情感和行为常常指向与自己相反的性别，显示关于性别气质更为灵活、开放、多元的表现方式正在出现。墨守成规是与时代相脱节的。加拿大作家、女性评论家玛格丽特·阿特伍德（Margaret Atwood）指出："当我们谈论男性的时候，情况变了，新旧的态度交合在一起，不再有单一的原则，从而诞生了一些令人激动的生活模式。"② 人们对性别的全新的观念正在形成。显然，泰勒赞成、欣赏这种观点，在她的笔下，男性和女性的界限正不断模糊，融合，打破传统的设定，每个人都有自己的个性化样子，尽管这个过程伴随着许多困惑和迷茫甚至他人的误解、侧目。

就性别气质的僭越、性别角色的移位而言，可以说梅森做了更为充分的思考和描写。《示罗圣地》里男主人公勒罗威因为出车祸造成身体残疾，失去工作，赋闲在家，落入有些像《新浪潮》（*A New-Wave Format*）里的艾德文那样阴盛阳衰的尴尬境地。他的妻子诺玛·珍属于自强不息的类型，把女权话语的某些理念移植到她对美国之梦的憧憬里，强健体魄，增进心智，为未来的可能的机遇和希望做好准备，追求自立。她参加健美训练，以极为形象

---

① https://www.theguardian.com/books/2012/apr/13/anne-tyler-interview.
② Margaret Atwood, *Second Words: Selected Critical Prose*, Toronto: House of Anansi Press, 1984, p. 428.

的方式再造自我，壮大自我。她去社区学院上成人夜校，提高自己知识水平。她熬夜练写作，在餐桌上构思写作提纲。随之而来的是她们的家庭生活发生变化。她烹饪的食物从以丈夫喜爱的炸鸡、野餐火腿、巧克力饼转向墨西哥馅饼、孟买鸡等非同寻常的食物。她由此出现的一些细微变化她丈夫看在眼里，忧心忡忡，感觉到"有什么事情在发生"。当她头头是道地向他解释写作要领时，英语水平低下的丈夫顿时发毛，在心理上矮了几分："这听起来挺可怕。'我的英语一直不好，'他说。"她似乎在远离自己而去，"诺玛·珍好像和他隔了几里远。他知道要失去她了"①。在参观了田纳西一处内战战场示罗旧址时，诺玛·珍宣布要离开勒罗威了。故事结尾时，两人在河边漫步。这是一幅极富戏剧性的场景，诺玛·珍快步如飞走在前面，勒罗威在后面追赶，但自身的能力使他很有些力不从心，双方的距离暗示了他们之间心灵的鸿沟和可能导致的结局：

  勒罗威起身去追赶妻子，可是，他那条健康的腿在休眠，那条残疾的腿仍然作痛。诺玛·珍离他很远，快步向河边礁石走去，他一瘸一拐想朝她的方向赶去。一些孩子尖叫着从他身边跑过。诺玛·珍已经到了礁石上，正朝田纳西河远眺。现在她朝勒罗威转过身来，舞动着胳膊。她在向他招手吗？她似乎在活动胸肌。天空苍白得出奇……②

梅森还会经常选取相反的角度，透过男主人公的焦虑、不安的反应描写性别格局的改变引发的动荡，运用她所擅长的所谓"极简主义"（minimalist）创作技巧，简洁、朴实无华的笔法，从主要人物日常生活的仿佛无关紧要、经常会被人忽略的细枝末节折射女性意识在破土而出。《新浪潮》里的艾德文

---

 ① Margaret Atwood, *Second Words: Selected Critical Prose*, Toronto: House of Anansi Press, 1984, p. 11.

 ② Ibid. p. 16.

在经历了两次失败的婚姻之后没有从挫折中汲取教训,变得成熟,反而对如何有效、正确地处理与现任女友萨布瑞娜的关系,给她带来幸福了无信心,茫然不知所措,对于她是否会留在自己的身边放心不下,只好恳求她合作:"如果我说错了话,我希望你告诉我,只是因为我太迷你了,所以有的时候都不会思考了。""可如果我能做得更好一些,我会尽力。我保证。只要你告诉我。"①

将梅森作品中的男性与女性对比,可以看出梅森也在重塑人们对于性别的观念,她否定性别身份生物决定论,认为社会因素在其建构过程中发挥着至关重要的作用,故此性别身份不应是一个僵化、封闭的概念,应赋予其流动、交融性。她曾在采访中提到,在她的故事中,她总是对男性角色关心同情,他们常常在各种变化中迷失方向,而女性角色则往往能自我突破,找到新的机遇。她以开放、去中心、质疑权威的精神在其作品中展现了当今南方男性气质的衰变,男性为此做出的徒劳捍卫以及对女性气质的吸纳,挑战了旧南方绅士的经典形象,颠覆了传统南方文化二元对立的性别规范和思维模式以及长期占统治地位的父权制霸权。

在人们的一般印象中,体貌既是男性气质的直观映像,又是衍生性别气质的物质根基和分配社会、家庭角色的先决条件。性别学家格切尔克(Gerschick)和米勒(Miller)曾总结道,身体是男性定义自我及被别人定义的根本基础,是决定自身价值的工具,反过来也会转换为地位与名望。旧南方对两性气质的界定泾渭分明,尤其对男性体貌有着固化的共识:强壮、威严。极具代表性的文学形象是比照南方邦联军队名将斯图亚特塑造的"骑士之花":"这位伟大的军人……堪称是理想的骑士情人……他的眼神飞扬;他浓密的髭须随着大笑而弯曲;他的声音欢快、洪亮,在充分享受着生命、健康

---

① Bobbie Ann Mason, *Shiloh and Other Stories*, New York: Harper and Row Publishers, 1982, p. 214.

和壮美的秋色所带来的乐趣。"①

梅森清楚这一模式，也意识到其所蕴含的社会、文化意义及功用，指出"（传统思维中）健壮的男性体貌可以解释许多（文化现象）"②，不言而喻也为其性别气质提供了天然保障，但她对此不以为然，感觉这样的高大上形象有意识形态构建之嫌，是筑牢男权统治文化的类型化手段。她在其作品中决计颠覆这一模式，反其道而行之，将男性形象拉下圣坛重新绘制，对体貌这一性别气质的根本性指标釜底抽薪，做"去男性化"处理，还其在她认知中的本真，遂使他们相较阳刚帅气的斯图亚特等南方男性的范式呈现彻底反转。《在乡下》中的男主角艾米特整日病殃殃，身上长脓疮，消瘦颓靡，靠大麻提神，已过而立之年仍需姐姐和外甥女照顾。"人们都说艾琳（艾米特的姐姐）把他惯坏了，她把他当残疾人对待，也没指望他找工作。"③ 为进一步削弱艾米特的雄性气质，梅森多次强调他的性无能，将其爱情与事业的失败也归咎到这一缺陷，生动演绎了康奈尔的观点：性能力是产生男性气质的基础，支撑起人物的性别认同，缔造了男性在两性架构中的侵略性、统治性地位，"缺失的或是低下的男性性能力会造成男性气质被阉割"④。依照作品的讲述，艾米特的生理缺陷使其丧失了实现男性霸权理想的咄咄逼人的旺盛生命力、扩张与侵略冲动和性吸引力，征服他者的原始资本也就无从谈起，从而外化了其社会身份的阉割状态。他在几乎完美的女友前自惭形秽，极度自卑，在家庭、两性关系中沦为被关怀、被施恩的弱者，是个受制于强势女性的边缘"废人"。类似人物在梅森作品中不乏其例，"胳膊细长，还有张梗犬样的

---

① 李杨：《美国"南方文艺复兴"——一个文学运动的阶级视角》，商务印书馆2011年版，第119页。
② Dorothy Combs Hill, "An Interview with Bobbie Ann Mason", *Southern Quarterly*, Vol. 31, No. 1, 1992, p. 97.
③ Bobbie Ann Mason, *In Country*, New York: Harper & Row, Publishers, 1985, p. 24.
④ ［美］康奈尔：《男性气质》，柳莉等译，社会科学文献出版社2003年版，第47页。

(长)脸,零星长些灰白的体毛"① 的司各特,佝偻瘦弱的妈宝杰瑞等。

当然,梅森作品中并非只有艾米特、杰瑞等天生羸弱的"衰男",也有几位曾经的"硬汉",但他们的出场似乎对挽救男性的颓势于事无补,反倒更倾向于印证所谓强悍的气概在岁月和伤病的侵袭下不堪一击,从而和艾米特等殊途同归,以先扬后抑、先建构后解构的方式进一步诠释了男人的名字也可以叫弱者。《葬礼之外》(*The Funeral Side*)的克劳德年轻时是垒球猛将,独自抚养儿女长大,性格倔强,但年老体衰后只好接受了女儿的照料和邻居的同情,邋遢褴褛,"他的头发愈发灰白,谢顶愈发严重,脸色更是苍白"②,当年能徒手撑起帐篷,常在外抛头露面,如今连手杖都把持不住,蜷缩阳台。《示罗圣地》中勒罗伊的人生轨迹也经历了这种直线滑落。他曾开货车养家,妻子千方百计讨好他。车祸使他在家中地位急转直下,肢体残疾使他自惭形秽,刚强、独立、好支配等男性气质随之散失,从家中顶梁柱变成"家庭煮夫",努力适应、忍受别人的嫌弃、揶揄。而当妻子说他的名字意为"王"时,他自嘲道,"那我在家算是王么?"③ 克劳德、勒罗伊从中心滑向边缘,从似乎无所不能的神转向仿佛一无是处的人,表明了身体变化是男性气质消解的隐喻和前提,概莫能外,旧时对男性气质的期待也无法抗拒自然规律的力量,因此,这种文化规约有其虚幻性。如果将克劳德、勒罗伊和沃伦的《军事法庭》(*Court-Martial*)一诗中人到迟暮依然英气逼人的外祖父做历时比照,差异立现:"上尉、骑兵,/一位老人,现在皱纹纵横,花白/锐利的胡须修剪成古典的样式,/洗得发白的蓝牛仔裤下,/肌腱早已扭曲,/骑兵的大腿早已萎缩。"④ 再联想到威尔蒂作品中为人正直、慷慨博爱的老法官莫凯尔

---

① Bobbie Ann Mason, *Zigzagging Down a Wild Trail*, New York: Modern Library, 2001, p. 88.
② Ibid. p. 116.
③ Bobbie Ann Mason, *Shiloh and Other Stories*, New York: Harper and Row Publishers, 1982, p. 13.
④ 李杨:《美国"南方文艺复兴"——一个文学运动的阶级视角》,商务印书馆2011年版,第129页。

瓦和格拉斯阁笔下身负重伤还顽强战斗的安姆布勒等又在彰显身体的衰变愈发砥砺男性气质。显然，传统南方叙事中的男性更倾向捍卫既有的性别定义，不忘绅士准则与品位，在岁月和伤病侵蚀中仍始终如一坚守自己的信念和尊严，代表了那个时代的精神风貌。然而梅森小说里的南方男性为适应生存，选择放弃、接受，随遇而安，无所谓理想、境界，受形而上本质主义裹挟的性别身份遭瓦解，与主宰和权威日渐剥离。这在通俗化、去英雄化的后现代语境中，似乎更贴近真实，更具细腻的人文体察，坦率正视了曾被"南方神话"遮掩、忽视的人之局限与弱点。

社会学家科尔斯（Tony Coles）曾强调身体之于男性气质的不可或缺性，认为前者能发展成身体资本的各种形式，成为各种张力的场所，再生产社会不平等，而此身体资本也可以转换成其他形式的资本，即男性身体是其占据社会资源和社会地位的原始资本。梅森通过艾米特、克劳德、勒罗伊等形象试图更理性、客观地看待身体资本之于男性的意义及与此息息相关的地位得失，昭示其并非是男性永久、固有的专属优势、特权，在一定情势下会不可避免失去，引发传统定义的性别气质消散及随之而来生活形态的改变，这不以人的意志为转移。

男性在男性气质逐渐式微或与其密切相关的格局、地位遭到挑战时，除了无奈接受和顺应，残留的雄性本能难免会激起心底些许失落怨忿，促使其保全身份。换言之，"当男性在两性文化中被贬值时，由此产生的焦虑将过分激发男性气质，这便意味着其对攻击倾向的过分补偿和对胜利与地位的无休止追求"①。这种现象也存在于梅森作品中，有人为化解气质危机，摆出硬汉、家长姿态，试图恢复统治者派头，夺回丢失的权威高地。

对暴力的渴望与认同是霸权男性气质的典型表现，男性借此凸显自身的

---

① ［美］康奈尔：《男性气质》，柳莉等译，社会科学文献出版社2003年版，第68页。

扩张性情，夸大与非暴力群体的差异，进而居高临下占据主动。"南方绅士"在外部威胁和自身荣誉感作用下强硬出击，或在保卫家园的战争中拼杀，或在决斗场捍卫男性荣誉。回想泰特的《父辈》中的波西和兰顿以枪法决出高下，福克纳更是对决斗崇敬有加，甚至将其祖父决斗而死视为英勇壮举，照其原型创作了骁勇善战的沙多里斯。身为南方作家的梅森同样注意到暴力是男性气质遭遇挑战时本能而激进的反应，故其小说中不乏以暗含暴力倾向的行为武装自己的男性，比如，失业后遭妻子冷遇、暗中发狠、整日沉溺暴力、欲挽回男性血性的佩顿。但需要指出的是，这是打了折、变了味的暴力崇拜。梅森将其刻画为叶公好龙式、近乎人格分裂的懦夫。一方面，佩顿常腿上放把枪来回拆装，将其最钟爱的电影《虎胆龙威》最暴力的片段反复播放，另一方面，枪是从未上膛的空枪，"经历"的冲突是影像，且每提及这类电影，他总说"那又不是我的生活"，"我连屁股上都不会掉一丁点皮"[①]。虚拟世界中的暴力满足了其虚荣心，而真实暴力却又使其避犹不及。小说将他自相矛盾的心态展示得一览无余，表明其玩枪并非是为了战斗与射击，对暴力影片的"伪热爱"亦不是为了体会热血豪情，仅是虚张声势，犹如坚硬的蚌壳遮掩着柔软的内里，使其既可保全颜面，不至被看作懦夫，又能规避过激行为的风险与代价，确保自己绝对安全。将男性气质嫁接在暴力表象上是佩顿对传统异性恋矩阵（Heterosexual Matrix）中男性气质的"引用"，即"社会规范通过言语等行为促使行为主体选择与自身性别相符合的行为"[②]，使其犹如带上了一副符合周围环境要求与看法的面具，以表演掩盖真我。佩顿虽无胆直视暴力，却装出"酷爱"暴力衍生品的样子，企图通过这一仪式性行为迎合传统对男性气质的期望，证明自己算条汉子。这一造势的面具旨在制造男

[①] Bobbie Ann Mason, *Zigzagging Down a Wild Trail*, New York: Modern Library, 2001, p. 55.
[②] Judith Butler, *Gender Trouble: Feminism and the Subversion of Identity*, New York: Routledge, 1990, p. 7.

性气质尚存、一切安好的假象来减轻其性别气质缺失的恐慌。虽然他在性别气质重建过程中仍有意沿循男性气质规约，但因其秉性怯懦达不到规约期望，造成捍卫计划落空，更使其男性气质消亡的事实欲盖弥彰，反倒凸显了其贪生怕死的本相。

男性对其性别气质的捍卫不仅体现于对自身的要求，更蕴含于其对外界，尤其是对女性的"保护"和规训。传统南方男性在社会、家庭中是受人仰仗的导师和保护神，《乐观者的女儿》中莫凯尔瓦不畏强暴，为受白帽党威胁的黑人姑娘提供庇护，福克纳的小说《掠夺者》中绅士卢修斯与践踏女性尊严的奥蒂斯大打出手，以高尚道德感化、引领沦落风尘的科丽走向正轨，足见传统男性气质的感召力与责任感。然而同样是提供保护和进行规训的行为，在梅森作品中却被写成虎头蛇尾的笑柄。勒罗伊受伤后身心俱损，一事无成，而每每因此被岳母嘲笑，被同学超越，遭妻子蔑视时他便端出"燕雀安知鸿鹄之志"的架势，勾勒、制作拟建造的小木屋的蓝图和模型，为居无定所的家人提供庇护，树立权威，重申男性担当和家长功能，然而这一宏伟计划始终未付诸实施。显然，存在于幻想层面的造屋只是勒罗伊在现实受挫时谋求绝地重生的自欺欺人的手段，暂时满足他对拯救、践行男性气质，担当家庭责任的憧憬，但这事无补，也进一步暴露他的无能无用，而妻子的最终离去彻底击碎了其恢复男性气质的幻想。同样为夺回失去的家庭地位而努力的还有身处窘境依然对妻子装腔作势，张口是"你应该……""你不能……"的发号施令的杰克和麦克，以及被妻子逐出家门后仍不厌其烦打骚扰电话的佩顿，一再"苛责妻子不尽人妻之责"，强调"你是属于我的"[1]。这些旨在操控外界以挽救自身男性气质的尝试却在女性的蔑视、拒绝中自取其辱，尴尬收场，贻笑大方。

---

[1] Bobbie Ann Mason, *Zigzagging Down a Wild Trail*, New York: Modern Library, 2001, p. 47.

显然，与其说佩顿、勒罗伊等发起气质保卫战，不如说上演了滑稽独角戏。当与气质紧密相关的荣誉、威望以及能力消失殆尽时，他们无能为力又不甘沦落，恰如梅森尖锐指出的，"（气质沦丧）的处境使他们茫然失措，情急下他们回溯激进的男性行为也就不令人吃惊"①。然而在梅森看来，这种回溯是外强中干的"引用"及自我安慰的把戏，仅是逃避现实、满足虚荣的表演。无视自身处境、"拨乱反正"的虚妄企图无助其重拾对自身和他者的规约，巩固硬汉与家长形象，反倒更充分暴露了其人格的怯弱和面对现实的无奈。以抗争招致嘲弄，以操控引发背弃，对男性气质的回归仪式最终颓变成自慰游戏。梅森揭示了在去中心、去神话的后南方，仍墨守成规，僵化地进行所谓男性气质捍卫的不合时宜，应积极寻找新的生存路径。

从不可逆的传统气质的衰落到力不从心的气质捍卫，梅森笔下的男性似乎是消极被动的时代产物，除了被边缘、被支配别无他途。究竟路在何方？实际上，梅森对这一问题也进行了思考。在她看来，与其像佩顿、麦克等那样囿于社会规约刻板地进行装腔作势的性别表演，不如放下身段，走灵活自在的处世之道，以柔性方式纾解生存和认知困境。基于她对女性气质对男性的影响，以及男性为何又如何转变身份的强烈兴趣，梅森从中找到了答案。她以女性气质介入为起点，在其90年代后的小说里试图为男性勾画一条主动的变通路径，借鉴、吸纳反传统、非男性的气质的元素促使他们"适应变化更加迅速的时代"，也"更加世故、灵活，也更加复杂"②，塑造了一批以"异"为美、得益于"异"的南方新男性，使性别身份从固定转向流动状态，打破了形而上的性别对应，在进一步拆解了异性恋矩阵的同时也似乎印证了气质僭越的合理、可行性。

---

① Dorothy Combs Hill, "An Interview with Bobbie Ann Mason", *Southern Quarterly* Vol. 31, No. 1, 1992: p. 95.

② Boonie Lyons, Bill Oliver, Bobbie Ann Mason, "An Interview with Bobbie Ann Mason", *Contemporary Literature*, Vol. 32, No. 4, Winter 1997, p. 463.

第七章　性别版图重整

着装通常被视为是界定性别气质、身份的鲜明的外在标识。比如，福克纳《献给艾米莉的玫瑰》中，南方邦联老兵特意郑重其事穿上存放多年的、清刷干净的邦联军服参加艾米莉的葬礼，借此表明他们是曾为南方而战的勇士，也显示他们作为男人对着装规范的讲究。而梅森却对男主角做了另类装扮。《和爵士在一起》（*With Jazz*）中的爵士为讨好女友穿起他贩卖的文胸，"我们将两个文胸挂在一起，拼出了个颈上系带的露背装。他（爵士）穿着那条石灰绿的比基尼式三角裤，看上去棒极了"[1]。文胸、比基尼式三角裤是典型的女性服饰，是其作为被观察对象发出的暗示性着装。传统两性架构中，女性着装多为增添自身对异性的吸引力，凸显其作为观赏客体或"花瓶"的从属性，蕴含了男权社会中不平等性别关系以及在该体系中女性被动的气质属性，而与之相应的男性服装则通过衬托男性雄武的主导型气质加强其身份与地位。为堂堂男儿套上女性"异装"，戏剧性制造出与他生理性别相悖的观感，实验了性别角色的换位，使男性从"看"女性的"满足"的消费者转变为"被"女性"看"的"满足"的制造者。爵士的易装表演看似游戏，实则完成了一个重要的、观念的突破，闯入了传统上令人侧目的禁区，宣示两性间角色转换轻而易举，不应划出森严的界限，不存在难以逾越的障碍。

着装的越界暗示了性别属性僭越的可能，而言行的越界进一步增加了这种可能。"南方文艺复兴"作品的男性多果敢刚强，甚至专横，艾米莉的父亲挥舞马鞭赶走女儿的追求者，班钦更是凭无畏与坚忍对抗狂暴的战争，然而类似硬汉在梅森作品中无处可觅。她在《雷打雪》（*Thunder Snow*）中设计了这样一段对话，丈夫布吉急切问刚从战场回来的妻子："你有没有想家呀？""你想过我没？"妻子敷衍回答："我们那么忙，哪有时间想这些。"[2] 倘若不知道两个对话者的身份，人们完全可能误以为留守在家的妻子向归家的丈夫

---

[1] Bobbie Ann Mason, *Zigzagging Down a Wild Trail*, New York: Modern Library, 2001, p. 17.
[2] Ibid. p. 68.

撒娇示爱，性别气质的互换在对话中达到极致。布吉温柔细腻，多愁善感，对妻子没想念自己难以释怀，俨然僭越了女性的温柔、体贴、娇羞。无独有偶，《托布拉》（Tobrah）中洁姬对丈夫的评价是"安静而温情"①，而《电波》（Airwaves）中的科伊（Coy 本身就有腼腆、羞涩之意）连切肉都不敢看。勒罗伊每天在家刷盘子、洗碗、做针线活，总怕妻子离去而惶惶不可终日，旧观念严重的岳母看不惯他："你一大早就开始干这个？"② 这一再的气质越界是梅森性别认知的写实。如果说依照传统标准，这是男性气质消散的危机，但在梅森看来，这算不上什么危机，或者说，这一现象自然而然，不足为奇，因为男女气质本来就非泾渭分明，一成不变，在一定条件下可以相融互换。她公开赞同荣格（Carl Jung）的两性潜倾向论，指出："在许多社会中，女性外出打猎而男性守在灶边炉台，这证明我们成为这样或那样的人并非由自然（生理性别）决定。"③ 她甚至现身说法，列举其本人的男性气质力，证性别气质不全依附于生物性别的观点。她说："（我）对女性相关的诸如持家、结婚和安居等事宜缺乏兴趣。这与传统相悖。我的好多行为其实是具备典型男性色彩的。"④ 通过对现实中自我性别的反传统剖析，梅森等于重述了弗洛伊德对两性规则的质疑，即纯粹的男性或女性根本不存在，不管这些特征与其生物学特征是否吻合，她将这一认知带入创作，以女性化的男性来否定基于本质主义的性别自然论，模糊两性气质疆界。这也支持了以布吉为代表的男性对异性气质的吸纳，表明性别气质与其说生来就有，不如说是后天构建。在构建过程中，主体跨越了生理性别界限，选取最适宜生存的气质属性。他们温婉可人，巧妙避开与达琳等强悍女性发生"硬碰硬"冲突，这种带有妥

---

① Bobbie Ann Mason, *Zigzagging Down a Wild Trail*, New York: Modern Library, 2001, p. 26.
② Bobbie Ann Mason, *Shiloh and Other Stories*, New York: Harper and Row Publishers, 1982, p. 6.
③ Dorothy Combs Hill, "An Interview with Bobbie Ann Mason", *Southern Quarterly*, Vol. 31, No. 1, 1992, p. 98.
④ Ibid.

协色彩的示弱平衡了两性关系，反倒是巩固家庭关系的良方。巴特勒认为个体可通过重复扮演或模仿某一性别的行为将自己构建为具有所表演的性别特性的主体，从而消除性别气质的先决性。布吉对女性性情的表演体现了主体超越、重塑规范的可能，反转、重组性别气质，彰显了人物性别身份的变动不定。

通过男主人公的着装、性情、言行的性别僭越，梅森演示了性别气质可以脱离实体存在，否定了自然化或本质主义的性别身份或生物决定论，拆除了男性、女性气质间在她看来人为设立的隔板，建起了两者交融的渠道，也为两性角色、关系在新时代的再平衡提出了另一种视角和选择，也可视为她对所谓男性气质丢失以及徒劳的男性气质捍卫给出的劝慰，提出的解决方案。梅森认为时代的嬗变对他们的打击"令人恐慌"，在困顿与迷茫中他们很难维持传统气质。而吸纳与融合异性气质是该群体适应社会的抉择。言外之意，以她之见，男性特质的衰变与越界是一种历史的必然。

在"南方文艺复兴"及之前，南方作家遵从性别气质由生理决定这一极端本质主义观念，即"异性恋矩阵"，刻制出众多模式化的绅士和淑女。梅森打破了这一程式，重塑了南方男性，褪去曾专属于他们这一社会群体的性别气质，他们不拥有强势话语权，在家庭处于边缘、弱势位置，有时甚至为适应其处境吸纳了传统意义的女性气质。她将他们与所谓阳刚之气的切割以及与所谓阴柔之气的结合挑战了菲勒斯中心主义，否定了传统的性别二元对立。这在男性家长制长期统治甚至决定了其文化属性的南方，格外引人瞩目，甚至显得有些离经叛道。

梅森笔下这些男性角色的性别气质从衰变到捍卫失利到最终僭越，似乎是他们在后现代背景下的必由之路，显示了性别气质并非完全由先天决定，社会因素在其建构过程中发挥着至关重要的作用。对民主、平等的政治理想和权利的追求助推了他者势力的崛起及其对既定中心的冲击。原为他者的女性对知识的掌控及日渐平等的男女就业机会去除了巩固、维护中心的基础，减少了男性长久占据的经济优势，也相应削弱了他们对女性的操控、支配能力，迫使其放手强势话语，寻求与自我相称的地位。对他们性别身份嬗变过程中的境遇及惶惑、不甘、挣扎、调适，梅森做出了自己的观察、思考。一如她与时俱进、顺应当下的核心思想理念，她对传统意义上的男性气质消散现象持开放态度，认为随着"南方神话"逝去，支撑男性勇武精神的意识形态基石和语境已分崩离析，在这样的背景下，再企图重拾过去的性别定义，延续旧时的性别模式，发起无谓的男性气质抗争有悖社会发展大势，落伍、荒诞。在新形势下，性别身份不应是一个僵化、封闭的概念，应赋予其流动、交融性，通过重审性别角色，再建性别关系，勾画属于当今时代的生存之道。

福特的《体育记者》也反映出男性气质逐渐衰弱和对比之下女性气质逐渐走强的现实。他也像泰勒、梅森那样，对南方男性的性别气质和形象进行重塑。按照小说的讲述，故事里最典型的南方人当推芬彻了，因为他特色鲜明的南方口音，而且，他将历史、家庭这样的南方文化的经典主题挂在嘴上。但这样一位南方代言的出场却荒诞不经，令人大跌眼镜，不仅是"身形瘦长的、手毛奇多的、臀部外翘的、娘里娘气的南方人之一……"① 而且说话没完没了，令人望而生厌，与"南方文艺复兴"作品中大智大勇、英武果断的绅士有天壤之别，以极端怪异、另类的方式完全彻底刷新了人们传统认知里南方男性应有的外观和做派。

福特还通过巴斯克姆和在离婚俱乐部结识的沃尔特的关系有效消解了传统的男性气质。在描述两性特征时，"男性往往与理智和思维联系在一起，妇女和族群则被定型为更亲近自然、身体和情感领域"②。因而同性恋男性往往

---

① Dorothy Combs Hill, "An Interview with Bobbie Ann Mason", *Southern Quarterly*, Vol. 31, No. 1, 1992, p. 61.

② Josep M. Armengol, *Richard Ford and the Fiction of Masculinities*, New York: Peter Lang, 2010, p. 51.

被异性恋男性定型为"女人化的"或"柔弱的"①。沃尔特在这段同性恋情里承担的角色一定程度上弱化了其男性气质。同时也不难看出,他阴柔倾向明显,内心极度脆弱,对情感有依赖性,渴望他人的倾听和关怀。他曾向巴斯克姆表达自己对女性之间友谊的羡慕:"女性更擅长处理这种事情……从长期看来她们更了解友谊。"②"事实上他也比弗兰克更加重视和珍惜友谊"③,他毫无戒备地向巴斯克姆揭伤疤,倒苦水,包括其同性恋经历。相形之下,虽然被沃尔特称为最好的朋友,巴斯克姆为了维护自己的男性气概,刻意拉开和沃尔特的情感距离,不愿意分享彼此内心世界示弱。尽管察觉沃尔特的状况堪忧,但巴斯克姆仍然遵从约束情感的男性准则,并指出沃尔特的私生活是一个绝对属个人隐私,"除了他自己,任何人都不应去关注"④。"弗兰克与沃尔特在整部小说中的关系明显缺乏亲密感。"⑤ 他们的友谊的确也毫无根基,摇摇欲坠。从另一角度看,他们的关系犹如两性间的气质博弈。沃尔特是个极度需要情感共鸣和亲密感的人,而这两样东西都是巴斯克姆所拒斥的。沃尔特的软弱不言而喻。在与前妻离婚和与男性伴侣分手后,他无法走出两段情感阴影,由于自身气质危机难以满足传统规约而产生无法消解的认同困惑,最终选择自杀了事。而巴斯克姆则避免了与男性的任何亲密关系,他向前妻X承认自己没有(男性)朋友,坚持认为"男女在对事物的感知上是有分歧

---

① Josep M. Armengol, *Richard Ford and the Fiction of Masculinities*, New York: Peter Lang, 2010, p. 57.
② Richard Ford, *The Bascombe Novels: The Sportswriter, Independence Day, Lay of the Land*, New York: Everyman's Library, 2009, p. 86.
③ Josep M. Armengol, *Richard Ford and the Fiction of Masculinities*, New York: Peter Lang, 2010, p. 55.
④ Richard Ford, *The Bascombe Novels: The Sportswriter, Independence Day, Lay of the Land*, New York: Everyman's Library, 2009, p. 166.
⑤ Josep M. Armengol, *Richard Ford and the Fiction of Masculinities*, New York: Peter Lang, 2010, p. 50.

的"①。但巴斯克姆的男性气质也是徒有其表,有其虚伪、欺骗性,只是其软弱被他尽量掩盖而已,"尽管弗兰克看似在炫耀男性的个人主义和自给自足,但我们很快就知道他只是在假装。毕竟,沃尔特自杀,他立即邀前妻和他一起去沃尔特家,他显然很害怕独自前往"。② 面对死亡恐惧,一贯力挺以理性为代表的男性气概、对友谊和情感避之唯恐不及的巴斯克姆却弱态毕露,求助于女性。小说撕掉了巴斯克姆所谓男性气概的面具,不过是硬撑阳刚,实则外强中干,和沃尔特对男性气概的践行形式各异,但并无本质差异。有比较才有鉴别,巴斯克姆的前妻反倒展现出后南方女性人物在极端情况下的刚强与挺身而出。阴盛阳衰的局面应和了梅森的小说里的性别格局。

写了芬彻、沃尔特、巴斯克姆这三位性别气质程度不同消退的"衰男",福特又写了两位性别魅力光彩照人的"靓女"。一个是前妻 X,"她身材高挑,有一头浓密的棕色头发,十分漂亮,看起来比她的实际年龄 37 岁要年轻得多……当她站在高尔夫球上方的方形站位时,她可以把球打一英里远。在某种程度上,她已经成为我所熟知的那种真正的运动员"。③ 在巴斯克姆眼中,X 身姿矫健、积极自信、充满活力。她的女性气质依然对巴斯克姆有磁吸效应,离婚后的他甚至难以放下,"我是怎么会喜欢上这个女人并又失去她的"④,无法置信这失败的婚姻事实并试图对其做出反思。当时 X 发现丈夫和一个女子来往的信件,在双方无法达成和解时,巴斯克姆理亏气短,声音"越来越弱,最后只有自己能听见"⑤。最终以 X 提出离婚而告终,表明 X 并

---

① Richard Ford, *The Bascombe Novels: The Sportswriter, Independence Day, Lay of the Land*, New York: Everyman's Library, 2009, p. 299.

② Josep M. Armengol, *Richard Ford and the Fiction of Masculinities*, New York: Peter Lang, 2010, p. 54.

③ Richard Ford, *The Bascombe Novels: The Sportswriter, Independence Day, Lay of the Land*, New York: Everyman's Library, 2009, p. 10.

④ Ibid.

⑤ Ibid. p. 15.

非仅是外表健美,而且能力出众,比巴斯克姆更为果断且拥有更大的话语权和影响力。在家庭面临危机时,她不受传统家庭秩序中女性角色的绑架,独立思考,勇敢抉择,为自己的婚姻和今后的人生负责。另一位是巴斯克姆出身南方的现任女友阿斯诺特。巴斯克姆讲到她,爱慕之情溢于言表:"维基是个甜美的、有着一头美丽黑发的女子。她的颧骨很精致,说话带有一口显著的得克萨斯口音,她做事全神贯注且脚踏实地,让像我这样的男性梦寐以求。"[1] 与巴斯克姆的前妻相似,阿斯诺特的外在形象精致美丽且独立自信,充满女性魅力。这种女性气质令巴斯克姆十分着迷、俯首称臣。小说结尾两人陷入争吵时,巴斯克姆心知肚明"她决定不再爱我,因为我可能会改变她,但是她完全错了,我才是那个心甘情愿妥协的人"[2]。他承认阿斯诺特在这段感情中的主导作用。当意识到女性主体性可能遭到威胁时,阿斯诺特选择当断即断,以防自我意识被人改变。相比之下,巴斯克姆则愿意牺牲男性气质以委曲求全这段感情。尽管巴斯克姆尝试极力挽回,最终两人还是不欢而散,"她用尽全力,狠狠向我砸了一小拳头,我一个踉跄倒在草坪上"[3]。在这段感情中,巴斯克姆是完全的失败者,从一开始臣服于阿斯诺特的女性气质到最后败给她那极具爆发性和反叛性的拳头,他始终处于弱势地位。在这里,阿斯诺特代表了新时代在经济上和情感上兼具独立意识的女性,打破了旧南方淑女范式,不再一味顺从男性权威,甚至彻底推翻男权至上的传统,摆脱男性附属品的陈旧标签。

《体育记者》虽由男性视角展开叙述,却不留情面地批判传统的男性主导观点和男权制度的缺陷,且刻画出形象干练、思想独立的女性形象。有评论家对福特小说中的性别关系进行分析,认为他的小说中"男性观点的主导地

---

[1] Richard Ford, *The Bascombe Novels*: *The Sportswriter*, *Independence Day*, *Lay of the Land*, New York: Everyman's Library, 2009, p. 6.
[2] Ibid. p. 269.
[3] Ibid.

位明显受到了自身的性别限制……对比之下,女性在相对沉默的话语中显得神秘而富有力量。也许是因为这种沉默,这些女性往往比男性在情感上更加独立和自信"①。《体育记者》中巴斯克姆的"心灵导师"(reader – adviser)米勒夫人便是生动的写照。"她是个端庄大方、肤色略黑的女人,年纪在三四十岁。她身型丰腴,散发着过人一筹的气质。"② 每每心灵受挫或失意之时,巴斯克姆都会向她寻求帮助和建议。虽然他也承认,这位心灵导师通过看其手相给出的建议或判断往往是错误的,但关键并不在这里,而是"在最后她总会说一些让人感到充满希望的体贴入微的话"③,这是陌生人做不到的。对巴斯克姆来说,"她是那种会认真对待你的人生的陌生人"④。她从来不提消极的意见和看法,她的策略是给人提供活在当下、及时行乐的生活愿景,送上心灵慰藉。她不是小说的直接叙事者,占据的话语篇幅亦不及小说中的男性,但相对的沉默却令其显得神秘且自信,知性且成熟。这种深沉却有力的女性话语一方面为男性筑造心灵港湾,另一方面也化解了传统的男性权威话语体系。

从巴斯克姆与X、阿斯诺特、米勒的关系中,可以清楚发现力量的天平朝这三位女性倾斜。巴斯克姆在对她们的倾慕、崇拜、依恋中也重新诠释了两性气质和角色的定位。

如果说经典的南方女性在过去被模式化、树立为美德的象征、被捧上圣坛的同时,也被置于难以摆脱的道义困局和僵硬的责任义务规则束缚之中,无视了其个人的天性、能力及志趣,是一种别有用心的捧杀,那么经典的"南方绅士"其实也有着相同的问题。在套上阳刚、勇敢的行头后,他们真实

---

① Huey Guagliardo ed. , *Perspectives on Richard Ford*, Jackson: University Press of Mississippi, 2000, p. 89.
② Richard Ford, *The Bascombe Novels: The Sportswriter, Independence Day, Lay of the Land*, New York: Everyman's Library, 2009, p. 92.
③ Ibid.
④ Ibid.

的内心世界与品质也被严实地遮蔽了，也有不同程度的自我丢失。史密斯、梅森、麦考克尔、福特等拒绝步人后尘，沿袭两性在过去南方文学中模式化的形象，而是对其进行再审视，试图校正、改变人们长久以来对男性、女性、性别的认识偏差，对他们的天性、情感更加客观、人性化地看待、承认，给其以更为自由的表现、释放的空间，也唤起人们重新思考两性在家庭和社会中的位置及承担的义务和责任，挑战南方以男性为坐标，仅依据他们的审美需求和愿望定义南方女性的传统。像史密斯这些后南方女作家们希望女性作为有着丰富多彩的情感和追求的个体而受到承认和尊重，她们自身特有的价值得到独立、公正的评价，而不是将她们连接在男性的偏见上进行衡量。她们致力于推翻两性之间畸形的、压抑人性的主从关系，以建设性的、平等的性别关系取而代之。她们的努力不仅为南方文学提供了不容于以前主流社会的视点，更新、拓展了南方文学的内涵，从更广的意义看，也为南方的思想意识的进一步嬗变，从而推动其社会和文化的后续变革播下了希望的种子。

第八章 家庭衰变

一 "南方家庭罗曼司"

如前所述，南方传统上是一个以农为本的地区。它的农业的基本运作形式是以种植园为单位，一般由家庭经营。由于人们当时在一个地方居住的时间相对恒定，这类家庭除了对家庭成员的养育，还行使着社会和经济功能。在种植园经济的兴盛时期，一个种植园就接近是一个微型社会，在当地政治、经济生活中占据主导地位。威廉·卡什在《南方的思想意识》中指出，在南方一个农业县，几个家族控制整个县的现象并不罕见。家庭在南方社会中举足轻重的地位和影响可见一斑。由此逐渐演化成以家庭为核心的南方主流文化框架，也衍生了旧南方根深蒂固的传统观念，家庭和亲戚意识是定位个人身份、建立秩序的强大力量和可靠保证。这个家庭基本模式：主宰是有绅士风度、高尚可敬、勇敢的父亲，母亲则是圣洁、坚韧、没有欲望的完美女性。每个成员都清楚自己在家庭的位置。这个模式深深地镌刻在南方人的思想意识里。因为它带有浪漫、理想化色彩,被研究南方的学者称为"南方家庭罗曼司"。

理查德·金(Richard King)在他著名的《南方文艺复兴》(*A Southern Renaissance*)一书中专门辟出一部分,讨论"南方家庭罗曼司",深刻地概括了南方家庭的结构、功能、运作机制,提出了"南方家庭罗曼司"构成了南方文化感情与想象的主轴的观点,指出:"个人和区域的身份、自我价值、地位是由家庭关系决定的。家庭本身即等于个人的命运;南方被视为是一个庞大的具有象征意义的家庭,被血缘关系连为有机的整体……这就是'南方家庭罗曼司',南方文化的中心想象结构。"① 在当时实际生活中,种植园主之家甚至借助通婚的手段整合两个家庭的财富,以扩大其在当地的政治影响力。金承认"南方家庭罗曼司"并没有通过连贯一致的理论或文学表现形式表达出来,尽管如此,"人们可以在南方文学和生活的字里行间寻找到,因为是南方的集体想象构筑了南方文化的'情感架构'。它组成了南方白人的价值观、态度、信念,在他们对本地区、家庭、种族、两性、贵族与平民百姓之间关系的态度上被表达出来"②。

南方评论家霍曼的观点是:"在每一个农业文化里,都有着牢固的家庭的团结意识;亲戚关系意义深远;家谱里对每个人生卒的记载,比如威廉·福克纳的《熊》,等于是微缩的资料库,反映了一个地方、区域乃至世界的历史。"③

泰特在分析内战前南方的社会结构时,亦肯定了家庭的作用,认为家庭的意义深入人心,无论哪一个社会阶层的人们都把家庭尊为生活的核心。他说:"南方的中心是家庭,无论是对于罗伯特·伊·李(Robert E. Lee,

---

① Richard King, *A Southern Renaissance*, New York. Oxford: Oxford University Press, 1980, p. 27.
② Ibid. pp. 26 – 38.
③ C. Hugh Holman, *The Roots of Southern Writing*, Athens: University of Georgia Press, 1972, p. 9.

1807—1870，南方人崇拜的英雄，弗吉尼亚人，美国内战期间南方邦联的名将，曾率部和北方军队在弗吉尼亚作战近三年之久），还是对泰特溪水岭上的人们都概莫例外，因为弗吉尼亚汇集了众多的家庭，其几乎无限延伸的家庭关系差不多把它们连接成一个大家庭。"① 他认为，南方家庭所具备的经济和道德功能有助于在家庭内部形成一个稳定、连贯的价值观念传承体系，把价值观念一代代传递下去。

苏珊·狄什荣·格林（Suzanne Disheroon Green）和丽莎·阿伯尼（Lisa Abney）在《新南方之歌》（*Songs of the New South*）中以相同的论点评价南方文化中家庭的位置："南方人在很多方面受到了传统信条的耳濡目染，他们相信，阉割的等级制度是规范，家庭和家园应该受到尊重，其位置仅次于教堂。"②

同样，佛罗里达大学历史系教授波揣姆·外厄特-布朗（Betram Wyatt-Brown）在他的《南方的荣誉：旧南方的道德准则与行为》（*Southern Honor: Ethics and Behavior in the Old South*）一书中总结了南方的家庭对其社会结构的定型所发挥的特殊作用，认为南方的严格的等级制度是由家庭和地域的关系决定的。

的确，在南方文学中，家庭已经不只是基本的社会实体单位，组成了整个社会赖以存在的基础，它们似乎在传递着一个真理，呈现一幅超越物质意义、凝聚了南方价值精髓的画面，犹如南方文化的徽标：人们以血缘的关系团结在同一个屋檐下。无论他们的禀性、趣味、经济地位如何，他们被紧紧连接在一起。家庭的关系凛然不可侵犯。

显然，以种植园为基本生产单位，以家庭为经营主体的经济形式和封闭

---

① Allen Tate, *Essays of Four Decades*, Chicago: Swallow Press, 1968, p. 588.
② Suzanne Disheroon Green and Lisa Abney eds., *Songs of the New South*, Westport, Connecticut: Greenwood Press, 2001, p. xviii.

的地理环境决定了家庭在旧南方主流文化中的核心地位,因此,脱胎于这种文化的"南方文艺复兴"很多名篇均以家庭为基石,以家庭的悲欢、兴衰为切入点展开,将此作为社会与世界的缩影。家庭历经沧桑磨难,但其基本框架犹存,顽强牵拉着家庭成员的情感、命运,家庭所代表的血缘亲情、历史传统赋予人责任、身份、信念和力量。在这些作品里,家庭一般是超出丈夫、妻子、孩子的范围,指的是三服左右的叔父、姑母、堂兄弟、堂姊妹以及曾祖父母、祖父母、父母、兄弟、姐妹这样一个庞大的血缘群体。他们透过家庭观察时代的变迁,表现新旧南方的碰撞。福克纳的"约克纳帕塔法"鸿篇巨制的故事框架即是以生生不息、跨越数代的家庭关系筑成,一个个家族登台亮相,演绎它们的奋斗与没落的历程,如康普森、麦卡斯林、苏特班、本波等。家庭的兴衰、父与子、兄与弟之间发生的冲突是这些作品跌宕起伏的主题。难以想象,假如没有家庭作为表演的舞台,福克纳将会怎样设计他的故事和人物。布鲁克斯认为在福克纳的观念里,家庭是社会的最重要部分:"福克纳是一位保守的作家,他把家庭视为社会的基本单位。"① 欧文·豪也指出了家族在福克纳勾画南方故事时发挥的核心作用:

> 家庭而不是阶级构成了福克纳的世界的基本的社会单位。对家庭的自豪、对先辈的敬仰是(福克纳作品中的人物)行为的更加强大的推动力……福克纳的世界里的每一个主要家庭代表着建立在一种道德准则前提之上的特点鲜明的行为……正是通过家族的破裂,福克纳记载了传统南方的衰落……约克纳帕塔法的故事与其被当作一组小说来读不如被视为一部编年史。它讲的是……家族的兴衰,通过它的家族历史,它精心

---

① Alan S. Dower ed., "Primitivism", *English Institute Essays*: 1952, New York: Columbia University Press, 1954, p. 23.

编制了一个道德的寓言,其源泉就是南方生活。①

在《押沙龙,押沙龙!》一书里,悲剧人物托马斯·苏特班原是一个西弗吉尼亚的乡下的穷孩子。由于对南方家庭神话的理解与向往,他立下雄心壮志要干出一番事业,在他的心目中,其成功的标志就是打造一个家族的王朝。他为此不遗余力。一切的一切,包括他的孩子都要服务于这个宏伟目标。他在1838年来到了杰佛逊,通过不正当的手段从一个印第安的酋长那里购买了100英亩土地,驱使海地的奴隶为他在这片土地上建起了住宅,开垦出了一个庄园,号称"苏特班的百亩庄园",娶了杰佛逊最受敬重的姑娘、商人的女儿艾伦·考得费尔德为妻。妻子生了两个孩子朱迪斯和亨利。但亨利杀害了朋友查尔斯·邦之后就似乎从人间蒸发了。庄园在内战中遭到严重破坏。苏特班发誓要重建其辉煌。作为重建工程的前提,他牵肠挂肚的是传宗接代,以便能够把家族的名字世代相传。为此目的,他不顾和妻妹罗莎·考得费尔德几十岁的年龄差距,恳请考得费尔德和他同居,以繁衍后代,在结婚之前先生一个男孩,以代替杀掉朋友之后失踪的儿子亨利。取得并提升家族的声望成了苏特班毕生的唯一强大的动力与追求。这种追求由于太过偏执,把苏特班变成了考得费尔德眼中的一个恶魔。

《去吧,摩西》(*Go Down, Moses*)中在福克纳虚构的"约克纳帕塔法县"里有着最错综复杂的家谱。家族的历史成为主要人物艾萨克·麦卡斯林一个获取知识的源泉,为他认识世界、历史提供了一个关键线索。他在16岁时接触到了父亲保存的家庭的账本,异常震惊,账本成了他成熟的开始。通过追溯自己家族的演变轨迹,了解祖父的乱伦、与黑奴混血的斑斑劣迹形成了对世界的独特阐释,解读出了自己和整个家族所承担的一项宏大使命。他

---

① Irving Howe, *William Faulkner: A Critical Study*, Chicago: Ivan R. Dee, Publisher, 1991, pp. 7-8.

认为，上帝创造了美国是要给人类再提供一次机会，却被奴隶主和他的祖父亵渎，而上帝创建了麦卡斯林家族，就是让其为被玷污的天堂赎罪。他的父亲释放家奴即是这种努力的一部分。经过五年的沉思默想，他在 21 岁那年做出了决定，赎罪的责任到了他这里，他所应该做的是放弃家族遗产的继承权，把种植园交给他的堂兄艾德蒙兹。他本人则靠做木匠谋生。但是，他的这一决定犹如一把双刃剑。它从形式上斩断了自己和邪恶的纠葛，减轻了精神的重负。然而，彻底回避、抛弃麦卡斯林家族的传统也影响了他的一生，使他付出了代价，遭受到了某种程度的惩罚。他虽然结了婚，但是却无子女绕膝，享受天伦之乐。在他 70 多岁的时候，仍然"是县里一半人的大叔，却不是任何人的父亲"①。

泰特在他的《父亲们》一书中同样是以家庭为轴心设计他的故事框架。在作品开始，作为开场白，故事叙述人兼主人公雷西·班钦首先把一幅家庭图谱铺摊在读者面前，如数家珍地详尽解说了他家族父母双方祖上三四代的历史，把人们导入了血缘编织的迷宫一样的复杂家庭关系，以这种直观方式昭示家庭是他们的根基，其在他们思想意识里不可取代：

> 我的名字叫雷西·戈尔·班钦，是我父母第三个也是最后一个孩子。我父亲是已故的刘易斯·班钦上校，他是弗吉尼亚州斯珀茨希尔维亚县当地人。他在战争（内战）打响后就死在费厄发克斯县的欢乐坡，这"地方"是由于他母亲的缘故和我们有了关系。他母亲是斯珀茨希尔维亚县的刘易斯家族的人。我父亲，通过他父亲约翰·班钦博士的关系，成了"移民"本杰明·班钦的孙子。他是从苏格兰来的探险者。假如他登上新大陆那一年，我想是 1741 年，没有赢得玛丽·阿密丝泰德玉手的话，他一般情况下会跟随探险的同胞西出蓝岭山。玛丽·阿密丝泰德就

---

① William Faulkner, *Go Down, Moses*, New York: Random House, 1942.

这样成了我曾祖母。他父亲对那个探险的家伙的厌恶之情随着他的入土也烟消云散。在她陪嫁过来的财产里，还包括她继承的名分。班钦家族原本默默无闻，也因此跻身于后来被称之为弗吉尼亚贵族的独特社会圈子。——我对母亲娘家人的第一手了解就少得多。她的名字是莎拉·塞姆斯·戈尔，弗吉尼亚山谷人。从戈尔家那边算，她是苏格兰-爱尔兰血统；从塞姆斯那边算，她又有马里兰血缘。塞姆斯家大约在1800年移居到弗吉尼亚山谷。①

威尔蒂也是以表现家庭生活、描写复杂的宗族关系而著称。她的几部名作《三角洲婚礼》（*Delta Wedding*）、《败局》（*Losing Battles*）和《乐观者的女儿》（*The Optimist's Daughter*）的核心就是对家庭所代表的意义进行深入探讨。家庭象征了一切值得认识的事情。故事的情节均是以家庭为中心设计展开，包括了家庭生活中几项传统的仪式，结婚、生日、家族团圆、葬礼。它们体现了作为最重要的社会单位——家庭的价值，也显示了是家庭铸就了作品中人物的善恶观。值得注意的是，威尔蒂是在20世纪下半叶经过了十五年的沉寂之后，在1970年推出了《败局》，在时代已经发生了翻天覆地的变化的情况下，她还在续写着"南方家庭罗曼司"，似乎忘记了今夕是何年，在惯性推动下仍然沿循着旧的思维和主题选择模式，把这部描写20世纪30年代乡村生活的小说写成了南方家族的编年史，描写了大家族的聚会这样的南方文化里的传统仪式。书中的人物以他们的家族历史为荣，在密西西比东北部山区的比切姆和伦弗罗家族为老奶奶举行的九十大寿生日聚会上，祖孙四代相会，其乐融融，体验到了人生的完整和意义。该书把家庭描写为一种哺育和支撑家庭成员的有生力量，体现在这场生日宴会上洋溢着的热情与活力，人们相互真诚分享对方的悲欢，赠送精心准备的礼物，互道珍重，举止和话

---

① Allan Tate, *The Fathers*, Denver: Alan Swallow, 1961, pp. 3–4.

语之间传输着一股浓浓的亲情和关爱，使人真切感受到家庭的温暖。其中，为了营造喜庆、隆重的气氛，伦弗罗先生特别为家里的房子装上了新的白铁皮屋顶，在阳光的照射下熠熠生辉，在故事中格外显眼，宛如一座象征了家族精神的灯塔，巍然屹立。该书赞美了家族血脉的生生不息。岁月的风吹雨打无损于它顽强的活力。这部小说对亲戚聚会仪式的欣赏，对稳定的家庭身份的渴望，对地方坚贞不渝的肯定，对传统准则的守卫，与威尔蒂二十多年前完成的《三角洲婚礼》遥相呼应。

但是，乔纳森·亚德雷（Jonathan Yardley）发现相对于该作品问世时的文化环境，这本小说是那样的不合时宜，偏离了困扰当时社会的问题，令人读来恍若隔世。在亚德雷的判断中，这部作品属于一个正在逝去的时代，犹如是南方文学的"天鹅之歌"，唱出了南方文学的绝响。他不无伤感地说："如果我没猜错，这部作品的主要动机是怀旧，它怀恋的不只是失去的南方，而且还有失去的南方文学。无疑，可能会有人出来证明我说错了，但是我怀疑《败局》可能是最后一部'南方小说'——或者我应该说是最后一部优秀'南方小说'。"①

美国当代著名女作家乔伊斯·卡洛尔·欧茨（Joyce Carol Oats）也惊诧于这部作品如此落后于时代，指出其中所表达的理念和描写的场景已经随风逝去：

> 在1970年，《败局》所关注的问题已经灭绝。幸福快乐的大家庭和户外的丰盛大餐已经绝迹；对世界邮票大小的一角的忠诚已经绝迹；毋庸置疑的基督教信仰，既复杂又简单的关系网络赋予了这些人以身份，把他们和一个特别的过去连为一体，为他们提供了一个特别的、无法逃

---

① Jonathan Yardley, "The Last Good One?", *New Republic*, 9 May 1970, p. 36.

避的未来：所有这些已经统统化为乌有。①

促使威尔蒂写出与时代错位的小说的根本原因是，她本人对家庭所采取的坚定不移的立场。她无法相信南方神圣的家庭观念也会随着时代的变迁淡出历史舞台。在1965年接受的一次采访中，她一方面承认发生在美国的同化趋势极大地改变了南方的面貌，坦言密西西比的杰克逊和伊利诺的斯普林费尔德这两个相距遥远的地方已经变得非常相像，另一方面她又强调表面改变并不能代表一切，南方核心价值观依然稳固如初，声称："在南方，人们仍然极为尊重甚至崇敬家庭生活和历史感。我珍视它。我觉得我们应该珍视它，让其留存在我们的作品里。"威尔蒂在她小说里一再传达的主题思想是，从物质意义衡量，家庭没有永恒，它一直处在流变过程里，随着时间推移，旧的成员离去，新的成员加入，内部的、外部的颠覆性因素会对它的形态造成伤害。尽管如此，家庭的最可贵之处在于其对家庭成员心灵的培育作用，并不会以时代的变迁而发生改变。家庭所酿制的痛苦与欢乐永远铭刻在了他们记忆里，是他们宝贵的精神财富。威尔蒂曾谈到她所钟爱的英国女作家珍·奥斯丁（Jane Austen）的小说所依托的一个强烈的信念："家庭关系是所有其他一切关系的天然基础。"②这句评语转而用于描述威尔蒂本人的立场再贴切不过。

著名批评家阿尔夫雷德·卡赞（Alfred Kazin）也观察到了家庭在南方文学里的核心地位。他主要是从作家性别和自然兴趣倾向的角度阐释这一现象，将其归因于南方有大批女性作家的缘故，认为与生俱来的对家庭问题的关注帮助她们在庞大的家族关系中找到了自己青睐的话题。他虽然没有从南方文

---

① Peggy Whitman Prenshaw ed. , *Conversations with Eudora Welty*, *Jackson*, University Press of Mississippi, 1984, p. 21.

② Eudora Welty, *The Eye of the Story: Selected Essays and Reviews*, New York: Random House, 1978, pp. 6–7.

化的层面入手发掘事情的根源,不过他的话从另一个方面佐证了家庭在南方文学里是多么重要:

> 数量众多的才华横溢的女作家,凯瑟琳·安·波特、卡罗林·高登、尤多拉·威尔蒂、卡森·麦卡勒斯、佛莱纳瑞·奥康纳、舍丽·安·古罗、伊丽莎白·哈的维克——以强烈的自我和与南方的关联意识还告诉我们南方小说有多大部分取材于家庭。这些家庭结构严密,其影响超越它们自身——目光敏锐的姑娘很早就注意到"南方生活方式"的秘密。①

卡赞认为,把家庭放在主导位置使南方女作家有了真实感觉,感到是在地道的南方环境里。

当然,"南方文艺复兴"作品里的家庭并非完美无缺、坚不可摧。现代化的潮流在侵蚀着它的肌体,它不可避免也在经历动荡与危机,开始显示衰落、解体的迹象。福克纳的"约克纳帕塔法"系列自不必说,像泰特的《父亲们》写的也是家庭的崩溃。叙述人雷西在15岁时目睹了班钦家族和波西家族的成员参加他的母亲在1860年在欢乐坡的葬礼。待他长大成人之后,在他的记忆中这是"整个家族齐聚"欢乐坡的最后一次。从此后,"或者是因为他们自身的暴力,或者是时代的暴力",家族成员们"在现代的新生活里各奔了东西"②。在泰特看来,现代化的力量对秩序井然的南方社会结构的强力冲击是造成这种结局的一个重要原因。即使不考虑铁心要当资本家的波西的破坏性作用,整个大的社会环境的剧烈动荡也决定了班钦家族的解体不可避免,泰特说:"班钦家族迟早要以别的方式被同样的历史压力毁灭掉。"③ 除外部因素外,"南方文艺复兴"的作品并未回避南方传统家庭固有的缺陷,它的封

---

① Alfred Kazin, *Bright Book of Life*, Boston – Toronto: Little, Brown and Company, 1973, p. 49.
② Ibid. p. 4.
③ Thomas A. Underwood, *Allen Tate Orphan of the South*, Princeton: Princeton University Press, 2000, p. 303.

闭，令人感到窒息的特质，对族群、家庭整体利益的过度的强调，对个人福祉的忽视甚至践踏，在一些情况下扼杀了人们对自我的权利和幸福的憧憬和追求，也导致了悲剧性的下场。尽管如此，总体而言，这一时期的作品在不乏剖析家庭的致命问题的同时，其基调依然包含了肯定的潜台词，家庭依然是人生的核心组成部分，在其衰落的过程中仍然以相对强大的魔力继续将家庭成员的命运笼罩在它的影响之下，令人无法忽视它的存在。

二 亲情淡漠式微，家庭扭曲残缺

如果将"南方神话"里的家庭比作一座破旧、处在风雨飘摇的边缘，但毕竟仍顽强地屹立在那里的邸宅，在后南方作家的笔下，家庭的意象则更像是一片飘忽、聚散不定的烟云。在一个失去中心与恒久、一切的界限或形式都可能被摒弃的世界里，家庭结构或者解体，或者即使表面的形式依旧残存，它的下面掩盖的却是严重畸形生长的内容。作为旧的秩序的支柱之一的家庭从较为稳定、封闭的实体向开放型演化，变得充满了可能性和选择。曾经像季节轮换一样规律、确定的家庭也灌注进了无规律、转瞬即逝、难以预料的因素。由于南方过去对婚姻和家庭的重视，这些传统的阵地的嬗变产生的后果就更加引人瞩目。

关于后南方家庭的文学再现，首先需提及彼得·泰勒（1917—1994）。泰勒是与奥康纳、威尔蒂、麦卡勒斯一样被视为"南方文艺复兴"后第二代南方作家的优秀代表。泰勒早年在田纳西的范德比尔特大学受教于泰特、兰瑟姆、沃伦这三位南方农业主义作家、思想家。传统观念对他的熏陶不言而喻，挥之不去。连沃伦都说从泰勒的作品可以看出他情感的向背，他"对家庭的热爱与忠诚出于真心，对过去的回忆扣人心弦"①。然而，和他的师长有所不同的是，泰勒并不是无保留相信和全盘接受继承传统文化的价值观，而是敏锐认识到旧时的南方价值观和行为准则远非完美无瑕，也可能为沿袭维护其严苛的规约而粗暴践踏家庭成员的正当权益，严重窒息扼杀人的本性及对幸福、自由的渴望与追求，制造巨大的精神苦痛和命运悲剧，同时，他直面家庭在时代变迁里受到的冲击，就像沃伦所做的评说，在泰勒的小说里，"旧式的家庭结构依然存在，但在现代社会压力下在慢慢分崩离析"②。泰勒1986年出版，次年获普利策奖、海明威奖并获全国图书奖提名的长篇小说《孟菲斯的召唤》(A Summons to Memphis) 以故事叙述者菲利普典型的南方一家人的遭遇揭露传统南方文化的阴暗愚昧，以此昭示南方文化不仅能营造出风光无限的罗曼司，其固有的封建、专制等重大缺陷也能导致家破人亡，上演了一场人性与传统的残酷较量以及人性的最终完败。这个南方礼仪之家里一直相亲相爱，人与人之间不存在任何恶意，但他们相互之间却进行了无情绞杀，无人能免受其害，彰显了传统观念强大的破坏力。由于家庭旗帜一般的父亲卡佛无意中被女儿贝茨和约瑟芬的男朋友冒犯，贝茨和约瑟芬被迫与他们分道扬镳，终生未嫁，成了行为古怪的老姑娘。父亲卡佛还亲自施压，拆散了儿子菲利普和女友的关系，致使菲利普痛不欲生，到了知天命之年也没有结婚，在纽约和一个女人同居凑合度日。另一个儿子为了离开这个家主动参军，死在战场。83岁的卡佛在妻子去世后希望再婚，但在属于以农为本的"棉花文化"的孟菲斯，保守、落后的观念依然根深蒂固，老年人再婚被视为伤风败俗、有辱门风的丑闻，儿女们会遭人耻笑，所以，卡佛的再婚计划被两个女儿坚决制止。为了灭掉父亲这一念想，她们以照顾他生活的名义牢牢控制

---

① Jay Parini Editor in Chief, "Peter Taylor", *American Writers A Collection of Literary Biogrphies Supplement V*, New York: Charles Scribner's Sons, 2000, p. 318.
② Ibid.

了他，使他孑然一身度过生命最后时光。在这部小说里，泰勒着力揭露了传统家庭成员角色的定位以及整个家庭的运作机制对悲剧的形成所起的至关重要、推波助澜的作用。菲利普的父亲是一家之长，其权威至高无上，不容置疑。母亲则和威尔蒂的《乐观者的女儿》的母亲有些神似，在丈夫面前则处于弱者、从属的位置，衬托他的形象，贯彻他的意志。秉性活泼不羁的她在自己的母亲的谆谆教诲加丈夫的要求下将真实自我深深埋在心底而戴上"南方母亲"的面具，在年复一年的忍让中自己的棱角被磨损殆尽，偶尔违背丈夫的意志，还要道歉。在儿女的婚事及其他攸关家庭未来的大事上，她都违心地站在丈夫一边。"南方母亲"的面具使她不愿意甚至根本没想到过向丈夫提出异议。长期患病，算是她消极、无声的抗议。然而，在孩子们面前，她又忠实履行自己的职责，承担起管理、教育的重任，以强者姿态出现，劝说甚至斩钉截铁要求他们无条件服从父亲的决定，维护他的权威。菲利普多年之后回顾、反思母亲的所作所为，感慨万千："她在非常刻板的旧社会长大，是这种社会的产物，也是她母亲生活过的那个世界的产物。作为姑娘、年轻的妻子和母亲，她一直受常规和她母亲的铁腕指引。"① 母亲从外婆那里得来的教诲，又不遗余力传递、灌输给儿女，经常引用外婆的话告诉他们绅士、淑女的行为规范，子女该怎样对待父亲。

女作家吉尔·麦考克尔出生于北卡罗来纳的一个小镇。她曾经师从著名南方文学学者路易斯·鲁宾（Louis Rubin）。她已经出版了五部长篇小说和两部短篇小说集。她的《卡罗来纳的明月》提供了当今南方家庭生活的集中写照。小说中的家庭充满了凄凉、无序。里面已婚的男女们仿佛都选错了婚姻的伴侣，被禁锢在家庭生活里，忍受着精神的煎熬。他们与婚姻伴侣的关系脆弱不堪。他们迷惘、彷徨，都在移情别恋，试图以这种方式摆脱似乎已经

---

① Peter Taylor, *A Summons to Memphis*, New York: Ballantine Books, 1986, p. 22.

发霉变质的婚姻关系的羁绊，在恣意蔓生、错综复杂的情爱关系中体验暂时的快感，寻求精神慰藉，发泄对家庭的厌倦。在情人西西尔和丈夫洛尼死后，作品的女主人公奇·波蒂和有妇之夫、医生哈罗德有过瓜葛，麦克娶了莎拉，却暗恋着珠，莎拉和西西尔的儿子汤姆藕断丝连，要勾引他和自己生个孩子，因为她和丈夫麦克生不了孩子。而汤姆又和丹妮有染，丹妮因为无人可以倾诉衷肠，只好把自己的思绪像写日记那样录制在磁带上，用这种怪诞的方式宣泄内心的困惑与悲伤。莎拉和麦克虽然新婚燕尔，却体验不到生活的幸福。麦克每当看到日复一日病恹恹躺在床上的妻子莎拉，痛苦就涌上心头。家庭的氛围令他窒息，他经常需要走到门外，去呼吸新鲜的空气，舒缓自己的情绪，即使是"莎拉在那里，在窗户里面，有的时候他在外面时，两人之间有道墙隔开，他几乎可以忘掉烦恼"①。他甚至想逃离"幽灵一样站在他后边"的妻子和这个家。在这部小说中，每个人都在极度的孤独、迷惘中挣扎，家庭成员之间存在无法逾越的沟通屏障，相互间无真挚爱情可言。他们心中积郁着难以名状的凄凉，以冷漠的态度注视对方。他们的性乱实际上是对婚姻的基础和必要性的断然否定。

　　婚姻的破裂和家庭的解体是约瑟芬·哈姆佛瑞斯的小说的首要关切。她以女作家特有的细腻，敏锐地洞察到了社会结构和家庭模式的嬗变。她的《梦境》的主题写的即是传统南方家庭的衰亡。这部小说表现了北卡罗来纳州查尔斯顿一个家庭的成员之间以及他们与外来者之间令人眼花缭乱的关系。本书的女主人公爱丽思放弃了学术生涯专心抚养两个女儿柏丝和玛茜。不料，她做医生的丈夫维尔·瑞斯却对她不忠，和诊所的护士克莱拉·萨波尔特打得火热。爱丽思对于丈夫的这种行为怒不可遏，但又有力不从心之感，无法做出有效的反应，只是被动地盼望维尔会在失去对克莱拉的新鲜感后回到她

---

① Jill McCorkle, *Carolina Moon*, Chapel Hill: Algonquin Books of Chapel Hill, 1996, pp. 87–88.

的身边。她感觉到自己精神和情感仿佛都已死去。而维尔对于家庭也有自己的独特感受：结婚后，在获得了稳定感的同时盼家庭解体的愿望蠢蠢欲动，"有时令他眩晕的怀疑情绪紧紧攫住了他，让他天旋地转；怀疑这种稳定是虚假的；有那么一天拐过弯来，（发现）房子没了；更为糟糕的是，他会为房子的消失而高兴"①。具有讽刺意味的是，作品暗示了维尔的家庭似乎沦落到了一种风雨飘摇的地步，只靠内部的力量已经难以为继，需要借助外力扶持它摇摇欲坠的架构。在女主人爱丽思既无力采取行动对付投入别的女人怀抱的丈夫，又尽不到对自己孩子的抚育责任时，一个外人站了出来。家里雇来的保姆艾瑞丝·目恩深受爱丽思的两个女孩的热爱，她俨然以代理母亲自居。艾瑞丝甚至考虑带两个孩子离开有气无力、处于类似詹姆逊所说的"耗尽"状态的爱丽思，自己另起炉灶，组建家庭。但她的计划还没有实施，克莱拉就断绝了和维尔的关系，要嫁给丹尼。维尔绝望透顶，几乎和谁都打仗。爱丽思只好带孩子和艾瑞丝离开他。这些人物之间严重匮乏的是对相互的需求和情感，失去这些东西的维系，仿佛整个中心坍塌了，这个已经存在了十年之久的家庭也要四分五裂。家庭内部好像有一股无形的力量在发力，把他们向外推去。这些家庭成员不是向一起靠拢，而是在不断疏离。即使把房子精细地重新装修一遍也于事无补，没有增强他们家的感觉。甚至他们使用的新的装修材料也像爱丽思和维尔与孩子的关系一样，开始显示腐烂迹象。哈姆佛瑞斯的另一部小说《爱意满满》（*Rich in Love*）也聚焦了后现代时期南方家庭的破裂。作者把这种变化视为自然而然，用轻松、嬉戏的态度表现这个主题。所定的书名看似正面，却流露些许反讽口吻。用她本人的话来说，这个故事是喜剧而不是悲剧，与其说是"阴郁"，不如说是"滑稽"。在一次接受采访时，她说她写的大部分是家庭的故事，这些家庭虽然看上去是静态的，

---

① Josephine Humphreys, *Dreams of Sleep*, New York: Penguin, 1984, p. 52.

然而实际上，却一直处在变化中。

梅森在家庭问题上特立独行，不曾育有孩子，养猫为伴。这也许产生了一定的塑形影响，为她对家庭的观感与认识确立了淡然、开放的基调。麦考克尔·哈姆佛瑞斯小说里所表现的家庭成员忠诚的缺失、情感的冷漠、关系的陌生化在她的作品里几乎一样都不少。在她笔下，一股无形的离心力在家庭里发酵作祟，持续削弱着其稳定、完整性，家庭形态在像原子一样裂变，呈外向型走势，成员不断分离出来，然后消失。她的作品里不是家庭结构残缺不全就是子女快速离家，或是夫妻一方突然离开，其他亲属更是散落天涯，体现了强烈的无规律、不确定性。比如，故事《鲁克牌友》(*The Rookers*)中，女主人公玛丽一天突然接到失联已久的弟弟的电话，而他已经几年都杳无音信了，玛丽原以为他已不在人世。她意识到自己的家庭的散架就和女儿提及的原子理论一样，"如果你打破一个团体，那些个体就可能会消失而不再存在"。① 她的丈夫如今沉迷于做木材，他的存在被异化成钻子和锯子的声音，她忐忑不安地预感他似乎也在重蹈这种消失的覆辙，惶惶不可终日，家庭土崩瓦解的末日仿佛随时可能降临。配偶的离开与更替不乏其人，当这种情况出现后，另一半的内心也麻木不仁。如《新浪潮》中男主人公艾德温·克里什年方四十三岁，却已经离了两次婚。和《体育记者》中的巴斯克姆一样，女人走马灯似的换了一个又一个，内心一片空虚。也许是看淡了、看惯了这类事情，所以，他对婚姻的动荡不定泰然处之，"他过去以为自己是个冒险家，现在他觉得自己的生活过得很盲目，没有什么大的痛苦或失落的感觉"。② 在《静物西瓜》中两位女主人公的丈夫都心血来潮，毫无理智地跑掉，一个觉得自己可以成为牛仔，另一位爱上个老女人。梅森笔下的角色更倾向于建

---

① Bobbie Ann Mason, *Shiloh and Other Stories*, New York: Harper and Row Publishers, 1982, p. 26.

② Ibid. p. 216.

立模棱两可、暧昧不清的两性关系,情人的存在十分普遍,不必信守相互忠诚的诺言,不必履行相互扶持义务,免去了双方的精神负担和压力,无拘无束,轻松自由。在《定居与迁移》(*Residents and Transients*)的故事一开始,女主人公就坦承自从丈夫去路易斯维尔工作后,自己找了情人。在家庭成员四散的背景下,夫妻关系也对外开放,各奔东西,使得家庭结构的支离破碎常态化。即便是家庭结构残存,夫妻关系也相互渐行渐远,形同陌路,如短篇小说《示罗圣地》所描写的,妻子诺玛·珍开车,坐在她身边的丈夫勒罗伊就像她顺便捎上的无聊的搭车人。哪怕丈夫试着没话找话,妻子也惜字如金,懒得回答,最多一两个字,勒罗伊甚至感叹到他们认识太久,已经把对方忘了。通过貌合神离、名存实亡的夫妻以及人们频繁的情感关系更迭,梅森彰显了人们从传统型核心家庭束缚中解放出来寻找新的自我、追求个人自由和情感满足的主流意识和愿望。除夫妻关系,子女和长辈之间的关系也今非昔比,无等级、长幼之分,无尊重、权威之说。在短篇小说《爬树的人》(*The Climber*)中,格伦丝毫不理会父亲博伊斯请树木公司的提议,儿媳德洛丽甚至直呼其名,并挖苦他说:"博伊斯,我看出来了,你是来尽你微薄之力的。"[1] 在《抽签》(*Drawing Names*)中一次家庭聚会上,母亲拒绝了孩子递来的威士忌,孩子们却大胆反驳并执意递上,仿佛同辈一般,搞得母亲很尴尬。虽然在以自由平等为立国之本的美国,长辈与晚辈的关系总体相对宽松随和,但联想到梅森的《示罗圣地》里爷爷怀念过去美好时光发出的感慨:"在过去,是爷们先吃,孩子在后。娘子们最后在厨房里吃。"[2] 等级、权威意识至少还是有其历史渊源和接受度的。德洛丽等的言行显然带有时代的烙印,长辈们需要调适并为之做出改变。

---

[1] Bobbie Ann Mason, *Shiloh and Other Stories*, New York: Harper and Row Publishers, 1982, p. 112.

[2] Ibid. pp. 103 – 104.

第八章　家庭衰变

　　福特的《体育记者》里巴斯克姆的家庭生活也充满变数。这部作品开篇呈现的就是分崩离析的家庭。巴斯克姆与妻儿已经分为两处。他的妻子离开了他，也随身带走了两个孩子，剩下他形影相吊，至故事结束也未再组建家庭，仅残留些许对他之前家庭生活支离破碎的回忆，即使这零散片段也弥漫着极为压抑的冷漠，夫妻形同陌路，无亲情可言。是巴斯克姆对妻子不忠，和她没有情感交流，又对家庭缺少关爱毁了这个婚姻。他至少和18个女人上过床。他相当坦然地对待这个话题，认为这一数字考虑到当时具体的情况，尚不算高，没什么特别值得大惊小怪的。他草率地与她们发生关系是出于暂时消除他与这些女人之间的可怕的心理距离，进入她们的生活的渴望，尽管和她们相识的时间不超过4小时15分。他的滥交行为，沉溺于分享别人的幻觉、希望、秘密，他对家庭的冷漠终于使妻子忍无可忍。他们突然发现不知不觉之间相互已经出现了那样宽的鸿沟，遂决定结束这场婚姻。离婚后，巴斯克姆依然我行我素，延续着他的情爱之旅，从一个女人转向另一个女人，没有一个能够持久。他与阿斯诺特的关系开始看上去有向谈婚论嫁发展的可能。但最后却突然被阿斯诺特一拳打在嘴上，有了一个出乎意料的了断。小说结尾时，他依旧孑然一身，再婚前景黯淡，他不知道在可预见的将来怎么样重组家庭。甚至到了本书续篇《独立日》，他仍没结婚，继续通过交友方式和异性保持非婚姻亲密关系，以此填补情感的真空。其实，他本人也没有显示再婚的强烈愿望。漂浮的单身生活对于他是可接受的方式。他似乎刻意淡化家庭的影响，以代表未知数的"X"称呼前妻，给读者留下了一个非常模糊、残缺的形象。而对于父母，他轻描淡写儿笔带过，充分显示他对家庭这个人的根基之所在的漫不经心，全然没有《父亲们》中雷西·班钦对自己家族的由来、血缘的郑重其事的陈述。

　　美国文学艺术研究院院士雷诺兹·普莱斯（1933—2011）出生于北卡罗来纳州，曾获得全国图书评论界奖和福克纳奖，入围普利策奖的最终提名。

他创作的长篇小说包括《福寿双全》(*A Long and Happy Life*)、《慷慨之人》(*A Generous Man*)、《心地善良》(*Good Hearts*)、《地球表面》(*The Surface of Earth*)、《光源》(*The Source of Light*)、《愿心灵安息》(*The Promise of Rest*)等。在后南方作家群里,普莱斯是较为年长的一位。实际上,他和"南方文艺复兴"作家在文学之路上有着间接、直接的交集。他在杜克大学的文学创作课的老师布莱克波恩就曾在该校给"南方文艺复兴"的一位重要作家威廉·斯泰隆上过文学创作课。而且,尤多拉·威尔蒂对他产生了重要影响。普莱斯的作品曾经使威尔蒂印象深刻,并对其鼓励有加,并推荐给自己的出版经纪人拉塞尔,结果拉塞尔也成了普莱斯的经纪人,在普莱斯文学生涯早期无人问津的时候给了他鼎力相助。普莱斯也和威尔蒂结下了终生的友谊。普莱斯这样评价威尔蒂的作用:"她向我提供了年轻作者在其文学生涯里所需要的东西——充分的判断力,尽管这种需求可能出现在不同时段,形式各异。我知道她是位目光敏锐的判断家;我之所以知道这一点,是因为她判定我的作品是艺术品,而不是简单地就是她喜欢的某位学生或朋友的产品。"[①] 虽然普莱斯的小说里传统价值的脉络更为清晰一些,表现了人们在家庭内部寻找关爱和身份,不过他对家庭的怀疑、矛盾心态也同样清晰,他的作品里衍生一股逆流,家庭成员要冲出家庭羁绊,对其之外的独立和自由天地的渴望抵消着他们对家庭的肯定。《愿心灵安息》的主人公哈奇的家庭被同性恋和艾滋病问题摧毁,妻子和他形同陌路,离开了他,儿子死于艾滋病。普莱斯在其《罗夏娜·丝拉德》(*Roxanna Slad*)中展示了后现代社会疲软、不可能迸发出激情火花的家庭生活会给人带来怎样慢性的精神折磨。女主人公罗夏娜患过忧郁症,与丈夫关系还可以,生了两个孩子。家庭生活既不好也不坏。但她没有浪漫情怀和心理深度,仿佛只是一个被挤干了情感的躯壳,心力交瘁,

---

① Jay Parini Editor in Chief, "Reynolds Price", *American Writers A Collection of Literary Biographies Supplement VI*, New York: Charles Scribner's Sons, 2001, p. 257.

第八章 家庭衰变

在平淡无奇、空虚、枯燥的时光里日复一日地消耗着自己的生命。每当想到自己是妻子和母亲时，就有噤若寒蝉的感觉。在她的心目中，20 世纪如同一场缓慢的血浴。有评论家认为，典型的普莱斯式主题是"人自相矛盾，既需要社交又需要独处，害怕与人交往会失去自由，意识到人终归不能进入、理解或减轻他人的痛苦——在普莱斯的所有作品里都可以发现这些复杂难解的问题"①。

雷诺兹·普莱斯在杜克大学的学生安妮·泰勒以后现代的颠覆精神改写着家庭的传统定义。她致力于淡化家庭与非家庭实体间的分界线。从她的小说的表层结构研判，她似乎在追踪某些家庭的发展轨迹。然而，她关注的真正焦点是家庭成员与外人的暧昧关系。显而易见，泰勒感到有必要探索后现代家庭的新的结构形式。她打破了传统的家庭概念，即家庭是一个封闭的、只有家庭成员才能拥有的实体。她引入了革命性的理念，拆除了它的围栏，将其向外开放，让外面的能量涌入进来，管它是转瞬即逝还是有害无益。既然这个社会单位的内部束手无策，不能挽家庭于将倾，对外求救势在必行。这种措施至少使家庭得以维持。在利用外力维系家庭这个问题上，泰勒似乎和哈姆佛瑞斯不谋而合。罗伯森使用生动形象的语言评论这类家庭陷入来自两方面推力的奇特处境："读者感觉到自己好像上了一叶扁舟，一股向前的激流推它向前，然而强大的侧风又刮着它偏离正轨。"② 泰勒的小说里，家庭成员和外人之间的相互作用是故事的主线。泰勒一般先勾画出俨然井然有序的家庭结构，继而她把叙述的镜头摇向家庭成员和陌生人之间的关系，抹杀掉这种秩序。所以，家庭的躯壳犹存，但在精神与情感的层面，它已经分崩离析。家庭成员间能相互给予的是异化和窒息感。每个人如同另一个人的监狱

---

① Jay Parini Editor in Chief, "Reynolds Price", *American Writers A Collection of Literary Biographies Supplement VI*, New York: Charles Scribner's Sons, 2001, p. 258.
② Catherine Rainwater and William J. Scheick eds., "Anne Tyler", *Contemporary American Women Writers*, The University Press of Kentucky, 1985, p. 128.

或地狱。他们之间没有真诚交流，甚至根本就无这样的愿望。

她1982年出版并获得福克纳奖的《想家饭馆的晚餐》就是这样一部长篇小说。用泰勒自己的话来说，她终于通过珀尔一家讲述了关于家庭的色调灰暗的真相。单亲家庭的女主人公珀尔·珀尔在险些成为大龄青年之时结了婚，丈夫拜克是一位皮革公司的推销员。在育有三个子女考狄、埃兹拉、杰妮之后，他告诉珀尔不想保持这种婚姻关系了，遂一走了之。珀尔羞于承认事情的真相，向亲戚、邻居、孩子们隐瞒了拜克出走的实情，独自承担起了抚养孩子的责任。珀尔是位控制欲很强的母亲，为孩子们立下了严格的规矩。她本人不善于和人交往，也将她这一特点强加给她的孩子。她不愿让孩子们带朋友回家，不允许他们对她不言听计从。她的所作所为严重扭曲了她与孩子间的关系，使家庭里开诚布公地交流思想和情感的可能性荡然无存。在这样幽闭的环境里，家庭成员转向外部，被来自外部的牵拉所吸引，急切盼望与陌生人融为一体，激活自我。罗伯森指出，孩子们对母亲的忽视表明他们试图寻求"部分健康的解脱，避免完全石化"[①]。"他们已经学会了把目光从专注于家庭这头怪兽移向别处，借助别的资源寻求他们的成熟和身份。"[②] 埃兹拉这个人物具有双重身份，他一方面保持着和家庭的关系，另一方面通过家庭以外的关系获得成熟。他的生活中心并非是他居住的家，而是他打工的饭馆。尽管他表面上仍然正式称呼饭馆的主人丝卡拉蒂夫人，却很愿意和她长期保持亲昵关系，他们相对于对方都是不可或缺的另一半。他们的关系已达到密不可分的地步，丝卡拉蒂夫人决定以后把饭馆作为遗产馈赠给埃兹拉。她和埃兹拉的组合的性质含糊不清，难以界定。单从形式判断，他们的关系显然不属于传统意义上的家庭的范畴，然而，在实质上丝卡拉蒂夫人又扮演

---

① Catherine Rainwater and William J. Scheick eds., "Anne Tyler", *Contemporary American Women Writers*, The University Press of Kentucky, 1985, p. 133.
② Ibid. p. 127.

着家庭成员的角色，占据了埃兹拉内心世界的重要位置。她所体现的这种边缘、陌生的因素对家庭既是一种威胁，因为她夺走了埃兹拉对自己家庭的那份情感，加剧了家庭危机，但从另一个角度讲她又有积极意义，如同一种滋润，成了泰勒小说里人物成长的催化剂及避免异化的重要手段。让外来者介入家庭，代替家庭行使它的某些正常功能，这似乎是泰勒为当今功能严重失灵的家庭开具的处方。

这一处方是泰勒依据对造成外力介入家庭这一症结的诊断。在她看来，是丈夫不负责任的决定对这个残留的家庭造成了连锁、永久的伤害，使这个家庭散失其凝聚力，朝畸形方向发展。尽管珀尔竭尽全力不断对其进行修补和加固，但它已经名存实亡。这场婚姻的失败和随之而来的家庭重担扭曲了她的性格，使她暴躁易怒，铁腕调教子女，在家中形成非常封闭、压抑的气氛，使家庭成员之间相互交流的渠道严重阻塞。她的行为反过来又影响到了孩子们性格的正常发育。珀尔和孩子之间的紧张关系在一次她试图与他们进行的对话中得到了集中体现。当时，珀尔决定告诉三个孩子事情的真相，即他们的父亲为什么长期不在身边。由于她长期的高压手段，招致他们以逆反心理无言反抗。所以，她的话无人响应，他们依然各说各话。她与孩子们中间仿佛横亘着一面隐形的墙壁把双方隔开：

"孩子们，有件事我想和你们讨论一下。"考狄正说着一件工作。他得找个工作帮自己挣钱缴学费。"我可以在学校自助餐厅干，"他说，"去校外也行。我也不知道哪个好。"接着，他就听见了母亲说话，就向她看去。珀尔说，"我要说说你们父亲。"杰妮说，"要让我，就选自助餐厅。"珀尔对他们说，"亲爱的，我总说你们父亲出去有工作。"考狄说，"到校外报酬会高些，挣一分是一分。""可是，在校内餐厅，你能和同学在一起。"埃兹拉说。"对，这我想到了。"杰妮说，"那些女大学生，拉拉队队长，穿着小白袜的女孩子。"考狄说，"姑娘们都很甜。"珀尔对他们说,"我想给你们解释你们父亲的事。"埃兹拉说,"那就选学校餐厅吧。""孩子们?"他们说,"学校餐厅。"三个孩子冷冷地盯着她,他们灰色的眼睛一眨不眨地平视着她,和她一模一样。①

令人窒息的家庭氛围使家庭成员享受不到应有的温暖,对他们产生了强大的外推力,造成了他们情感上和家庭的疏远,为他们目光向外,寻求精神寄托、帮助提供了前提。从他们后来对异性伴侣的选择上,能够清晰地辨别出母亲在他们的心理上投下的阴影,体现了他们逃出她的控制,追求独立、无拘无束的生活的渴望。女儿杰妮匆匆嫁给了哈里·贝恩斯,主要看中了他能完全控制自己的情绪,不会像她母亲那样动辄勃然大怒。而埃兹拉钟情于丝卡拉蒂夫人,把两人之间的交往视为理想的关系,是因为她尊重他的个人权利,从不像他的母亲那样要介入他的感情隐私。埃兹拉还在他经营的餐馆的创意中贯彻他对自由的向往和家庭的理想,力求在餐馆里营造一种温馨、轻松、开放的就餐环境,给就餐的客人宾至如归的感觉,蕴含了他对真正的家庭幸福的憧憬。为了突出他的这个主题,埃兹拉特意给它取名为"想家饭馆"。他的一个朋友解释说,埃兹拉要建一个地方,使人们就像回家吃饭一样,每天特别给大家做一个菜,盛在盘子里,实在、健康,和家里的菜完全一样。似乎有些阴差阳错,不可思议,他在家庭中丢失了梦想和自我,却在原本是陌路人的丝卡拉蒂夫人留给他的餐馆里把它们找回来。正如书中所说,在这里的厨房里,和在其他任何地方都不一样,埃兹拉如鱼得水,恢复了自我,如同在旱地上步履蹒跚的人一旦进入水里则轻而易举地变得优雅自如。这样的情节设计,对传统家庭的功能的质疑乃至否定显而易见。

汉纳《瑞》中瑞的家庭是重组而成,成员齐全,但有生拼硬凑痕迹,而且和泰勒《想家饭馆的晚餐》及麦考克尔、梅森的小说颇为相似,离心倾向

---

① Anne Tyler, *Dinner at the Homesick Restaurant*, New York: Knopf. ,1982, p. 30.

明显，呈碎片化和疏离化征象。孩子和父母的交集微乎其微，更多是自我生长。瑞和第二任妻子威斯蒂有夫妻之名却无夫妻之实。威斯蒂对家庭疏于打理，且作为孩子的母亲总处于缺场状态，心不在焉。瑞感觉她似乎更关心房子本身："她对房子、院子、木材和土壤更感兴趣。"① 而家对于威斯蒂更像是一个笼子，自己像笼子中被圈养的鸟。瑞在维持在这个家庭的角色的同时出去另觅新欢，和贝蒂打得火热，要冲出围城，但又无意和她修成正果，追求的只是饥渴情感和原始本能的满足。

克鲁斯在他的长篇小说《欢庆》中以漫画式、调侃的手法，夸张地揶揄了婚姻、家庭的荒谬与可笑。佛罗里达的老头约翰逊总感到妻子散发着一股臭味，两人关系因此冷淡。约翰逊一怒之下用拖把在她身上猛搓，要为她洗去那难闻的气味。老两口后来被一个叫"太过分"的流浪女引诱进沼泽灌了一肚子黑水，险些淹死。这场怪诞的闹剧的目的是要给他们以启示，引发他们对自己婚姻的思考。这潭污水被用来象征他们六十年的婚姻。克鲁斯另一部小说的主人公黑克姆做了二十多年推销员仍孤身一人，不得已和妓女同居，凑合着解决本能需求。

在麦卡锡的作品里，家庭要么严重残缺不全，要么彻底解体，几乎没有一个完整、正常运转的家庭单位，有的只是传统意义上的家庭结构，扭曲走形、瘫痪，充斥着乱伦、变态性行为，这种混乱无序是对家庭的作用的莫大嘲弄，表明了家庭所代表的人类生活没有任何值得乐观或为之辩护的理由。《外层黑暗》里的卡拉·赫尔姆及《上帝的孩子》里的废旧品商人的乱伦行为令人发指。《果园看守》里的约翰·外斯理没有父亲，被一个贩私酒的离群索居的老头拉扯成人，殊不知那贩私酒的塞尔德正是他的杀父仇人。塞尔德出于自卫杀死了外斯理的父亲，却鬼使神差地被外斯理救了一命。两人在不

---

① Barry Hannah, *Ray*, New York: Grove Press, 1980, p.47.

知道对方真正是谁的情况下居然建立起了一种父与子的关系。在《萨特里》中，"城市老鼠"，愚蠢、天真中透着狡黠的街头混混之类的哈罗给特是一条光棍，到处游荡，没有谁愿意和他结婚建立家庭。他因为欲火中烧，竟然在晚上悄悄溜进农民的瓜地和西瓜干起了荒唐事，还因此惹出了官司，蹲了大牢。没有家的哈罗给特渴望异性的温存而得不到，有了家的萨特里反倒弃家出走。他抛弃妻子、儿子去了诺克斯维尔，住在田纳西河的船上，靠钓鱼为生。待他得知儿子夭折的不幸消息，他匆匆赶回以前的家参加儿子的葬礼。这几乎是《萨特里》这部小说涉及他家庭状况的仅有的片段，却充斥令人心悸的暴力冲突。他的出现燃起前妻和她父母万丈怒火，几个人顿时打作一团：

> 她（萨特里前妻的母亲）穿青挂皂，像瘟疫一样悄无声息地向他逼近，脸恨得走了形，嘴和双眼喷射着怒火。她要说点什么，却只发出了近乎窒息的尖叫。她女儿被甩到了一边，这个疯了一样的老太婆向他扑上去，连抓带踢，气得叽里咕噜。
>
> ……
>
> 老太婆叼住萨特里一根手指头，像饿鬼一样狠命地咬。他掐住她的喉咙。三个人一起摔在地上。萨特里觉得什么东西砰砰地敲着他的脑袋下方。原来老头已经冲出门廊，在用鞋揍他。
>
> ……
>
> 萨特里在这场混战里摇摇晃晃地站着，熊一样地呻吟。老头倒在地上。他女儿拽着老太婆，可是老太婆抱住他（萨特里）的腿不放，那力气比得上个患躁狂症的人，嘴里还叽里咕噜地乱叫。他说，你这条臭母狗，照她头侧就踹过去，顿时放挺了她。这下子，她女儿便像她母亲那

样疯狂朝他扑过来。①

待萨特里看见老头往枪里装子弹才知道再打下去要闹出人命,遂落荒而逃,才算结束了这场混战。人们可能会推断,是萨特里的不负责任和嗜酒如命才招致了前妻家如此猛烈的反应。但作者没有对婚姻破裂的原因做出解释。无论如何,它的结局和后果都触目惊心。由于婚姻和家庭的解体,故事里人物的关系竟然蜕变到无以复加的悲惨境地。萨特里和前妻的家人形同不共戴天的死敌,必欲将对方置于死地而后快。

这些作品里充斥着对家庭这一概念的否定、虚无、绝望,对家庭进行颠覆的冲动。泰勒的《想家饭馆的晚餐》这一名字就起得五味杂陈,它的英语原文"homesick"对于不同经历的人,在不同的语境中,可以派生出不同的含义。它固然可以拥有"想家"的意思,但亦可以包含"厌恶、嫌弃家庭"的暗示,折射出它的主人埃兹拉的内心世界,或是向厌倦了自己的家庭生活的群体前来寻求心灵的抚慰发出的一个邀请、召唤。而且,埃兹拉把他经营的餐馆作无墙化设计,突出一种开放、无遮挡的理念,也可以视为是他在家庭中长期呼吸封闭的空气后对障碍的厌恶之情的某种宣泄。依照这些作品的描述,家庭所能提供的不是温馨、关爱、凝聚力。正如托夫勒所说,它不再是"过去所称的社会的'巨型吸震器'——一个人们在和世界搏斗之后遍体鳞伤地回归的地方,一个在愈来愈充满变数的环境里稳定的场所"②。它甚至连社会的一个稳定因素都称不上,它是对人性的扼杀,对欲望的窒息,对情感的煎熬。它苟延残喘的困境激发一种强烈的感受,家庭的存在毫无意义和作用,完全可以弃之如敝屣。对家庭的这种消极情绪实际上呼应了后现代社会打破传统、准则、既定模式、社会体系及构成部分,渴望绝对自由的思潮。

---

① Cormac McCarthy, *Suttree*, New York: Vintage International, Vintage Books, 1992, pp. 150 – 151.

② Alvin Toffler, *Future Shock*, New York: Bantam Books, 1970, p. 238.

可以认为，后南方的小说里涌动的颠覆家庭的趋势不纯粹是来自作家们艺术的创造，它有着一定的现实基础，在某种程度上映射了南方乃至整个美国的家庭生活的状况。如果把问题放在美国的后现代语境里考察，有助于更加清晰、全面地解读这种变迁。美国进入后工业时期后，美国家庭一直在改变，家庭形式趋向多样化。所谓核心家庭，即封闭、男性主宰，妻子、孩子是被压抑一族的模式曾经极为普遍，但是，在20世纪60和70年代，这一模式开始衰落，家庭结构多元化。据美国人口普查局2002年发布的报告，一对夫妻与孩子组成的家庭数量在过去的10年里已经下降至全国人口的25%。估计到2010年，这一数字将会跌至20%。按照2003年10月20日的《商业周刊》（Business Weekly）的说法，美国人口普查局数字显示，在全美国人口里，由已婚夫妇组成的家庭的百分比从20世纪50年代的80%降至当时的50.7%。这就意味着，占劳动力42%的8600万单身成年人将构成未来人口的主体。泰勒、麦考克尔、梅森等的小说里所描写的开放型家庭并非凭空杜撰，因为在现实生活中，开放型婚姻都已经应运而生。这种婚姻形式在强调夫妻双方的相互扶持和帮助义务的同时，允许双方和他人发展亲密乃至性关系，把家庭从封闭、专一的实体对外开放。

原来一些被当作大逆不道的事情现在已经被广为接受，男主外、女主内的家庭仅占家庭总量的10%。婚姻与家庭是人生中第一要务的信念的认可度在不断降低。

在一个处在高速变动中的社会，各种人际间关系的坚固性不可避免受到削弱。在这种情况下，再不合时宜地奢望永恒显得有些不切实际。再婚已经成为普遍现象，美国当前结婚的男士有将近四分之一曾经结过婚。整个社会和文化氛围不再大力倡导地久天长的婚姻。伴随轻率的性行为、离婚数量的增多，极端个人主义意识的发展，美国的法律和文化也开始改弦易辙，倾向于把婚姻的定位从具有丰富文化内涵的制度转为两个个人间的关系。市场经济的消费主义价值观渗透进过去被视为神圣的家庭，腐蚀了其基础。在很多人心目里，实际需要取代了感情成为联系家庭成员的纽带。应当说，是后现代美国社会几种趋势引发了这样的巨变。

第一，科学技术的日新月异使人类繁衍后代的方式多元化，包括人工受孕、借腹生子的措施在生殖领域引发了革命，极大动摇了人们自古以来传承下来的生儿育女是家庭的主要功能之一的观念。

第二，最近几十年，性自由暗流汹涌。不少美国人把性关系视为完全是男女之间的私事，因此，希望在这一方面享受最大限度的自由与选择。他们不愿结婚成家为自己套上枷锁，而是渴求不断更换爱的伴侣从中获得充分的快乐。对于他们来说，最重要的是通过这种关系与悦己者相伴并满足自己的心理和情感需求。

第三，许多青年男女在真正考虑建立家庭之前热衷于进行有悖传统的家庭实验，比如像同居、临时结婚、连续结婚等。统计数字显示，美国 2000 年由同居者组成的家庭的数量达到 547 万。这些人要么是在经济或心理上尚未做好步入婚姻殿堂的准备，要么没有结婚的浓厚兴趣，不愿被这个形式捆绑起来。他们所希望的是滑行在不固定的情感的驿站，不断获得新奇的体验和感受，似乎在效仿着《体育记者》里的巴斯克姆。

第四，随着同性恋的人数持续高涨，美国也开始反思过去的否定立场，以更为宽容的态度处理这类事情。有一些州的法律允许同性恋结婚，建立家庭。大约有 60 万个同性恋家庭分布在全国的大城市和大学城。3 个人口最多的州同性恋家庭的比率也最高。旧金山、纽约、华盛顿的同性恋家庭数量在全国城市里名列前茅。这类家庭虽然不能繁衍后代，但是，他们可以选择收养一个以上的孩子。他们的存在使得常规的家庭观念相形见绌，显得落后、过时，人们曾习惯上认为，家庭应该是一个由异性父母以及他们的亲生骨肉构成的社会单位。

另外,女权运动兴起加速了家庭结构的变化。美国在20世纪六七十年代,由于女性性别意识的觉醒,女权运动爆发。女权主义者们拒绝承认传统分配给女性在家庭中的角色,抨击这一制度的性别歧视,指责其使男性大权在握,而女性则成了被压迫一族。她们认为,女性由于生理特点被强行赋予这一角色,政治上无所作为,因为社会结构是由男性建立,为他们服务。在这样的背景下,成千上万的妇女参加了全国性妇女组织,要求提高他们的经济和法律地位,在就业、薪酬、离婚、提职、家务方面享受和男性同等待遇和权利。她们呼吁根除一切形式的性别歧视。女权运动在很多方面取得了进展,如女性就业率大幅提升。美国20世纪60年代中期和70年代的住房、医疗、教育费用扶摇直上,结果很多家庭无法仅靠丈夫的收入维持以前的生活水平。美国经济重点向服务业的转型为打字员、秘书、接待员、助理、收款员、护士、保姆创造了很多位置,为女性就业提供了有利条件。此外,伴随着工业科技的进步,机器取代了相当部分的体力劳动,因此,降低了对经济活动参与者的生理和性别要求。因为很多女性渴望工作,家庭需要她们工作,况且也有工作等她们去做,她们于是走出了家庭,为了工作,也为了她们憧憬的自我解放。

所有这些发生在政治、意识形态、经济领域的变化毫无疑问损害了核心家庭的传统结构的稳定性,撼动了其曾经貌似坚如磐石的根基,在人们对家庭的概念里引发了一场革命,促使他们为家庭探索新的定义和形式。一部分社会评论家对这些巨变给家庭造成的后果相当悲观。他们预言,家庭在以飞快的速度奔向被遗忘的结局。菲蒂南·隆德博格(Ferdinand Lundberg)的结论或许有点耸人听闻,他发现家庭"正濒临灭绝的边缘"[1]。心理分析学家威廉·沃尔夫(William Wolf)则更进了一步,他干脆宣称:"除了抚养孩子的

---

[1] Ferdinand Lundberg, *The Coming World Transformation*, New York: Doubleday, 1963, p. 295.

前一二年，家庭算是灭亡了。"托夫勒依据自己的研究和观察，做出预言，家庭有可能分崩离析，然后以怪诞、新鲜的形式重新组合。① 当然，也有人持不同见解。但无论如何，家庭的颓势清晰可见，难以否认。它影响广泛、深远，甚至像南方这样传统的区域都感受到它的波及。克鲁斯在解释他的小说总是涉及人们真正家庭崩溃后拼凑临时家庭的原因时，解释说因为这是他经常目睹的现实："家庭的解体一直是我着重思考的问题。我所到之处都看到了这种现象。"②

李·史密斯也对家庭的解体深有感触。她中肯分析了家庭破裂对南方文学的重大冲击，指出南方生活中家庭的解体切断了南方文学原来为其提供鲜明特色的主要源泉，根本上破坏了南方文学的根基。正可谓"皮之不存，毛将焉附？"据此，她坦率做出推论，所谓南方文学继续存在的论调只不过是美丽的谎言。她说：

> 仅离婚率一项就完全摧毁了产生南方文学的那种结构，因为没有了那些完全富有凝聚力、世代生活在一起的家庭。人们在不断迁移，家庭破裂。所有困扰当代社会的问题也困扰着南方——像离婚率、家庭解体、整体理想的丧失、未能通过教育解决儿童问题——所有这些问题南方都有。我们所认为的南方文学已经是过去时。我们这些写南方文学的除非把故事发生时间往过去设定，我们这些人使用那些基本素材作为我们小说的基础——我们要撒谎的。你知道，无论怎么说我们都在撒谎——谎言我们还要继续撒下去。③

无论是现实生活的统计数字，还是后南方的小说作品的描述，它们都指

---

① Alvin Toffler, *Future Shock*. New York: Bantam Books, 1970, p. 239.
② Harry Crews, *Getting Naked with Harry Crews*, Gainseville: University Press of Florida, 1999, p. 112.
③ Lee Smith, *Conversation with Lee Smith*, Jackson: University of Mississippi, 2001, p. 110.

向一点：南方家庭在经历了现代化引发的动荡之后在后南方继续衰变，派生出多元的存在形式，在接近一个临界点。人们在抛弃以往的伦理道德，以更加随意、自由的态度对待婚姻伴侣或家庭成员。泰勒的《想家饭馆的晚餐》中的考狄就不顾和埃兹拉的兄弟情谊，越过行为底线，强行夺走了埃兹拉要娶的女朋友鲁丝。扫视后南方的小说家庭状况，开放、冷漠、陌生、畸变、衰落可以入选其无可争议的主题词。究竟家庭会否像评论家们所预测的那样彻底灭亡，或者是在剧烈的时代变革中以新的形式进行组合，现在还难下定论。但几乎可以断言的是，旧南方的"家庭罗曼司"将一去不复返，因为它所成长、兴盛的土壤，南方的农业经济，在当今城市、郊区建设、同质化大潮势如破竹般的进逼之下正不可逆转地隐入历史。

第九章　种族多元共生

　　像穷白人一样，贯穿于美国南方文化、文学脉络的另一个区域标识就是黑人形象。自 16 世纪非洲黑人被欧洲殖民者源源不断地贩卖到南方，种植园奴隶制便成为这一地区的独特传统，南方社会由此形成了白人贵族、穷白人、黑人奴隶自上而下的牢固的三级社会架构。黑人在南方文学中成为一个如影随形的形象，甚至造就了广袤种植园背景下，优雅的白人绅士、淑女主人及忠顺黑奴并存的经典叙事范式。此外，黑人对自由、平等的寻求引发了南北战争、民权运动等重大事件，在很大程度上决定着美国的历史走向；黑人的福音音乐、布鲁斯、爵士等文化元素已然融入美国文化，为构筑其特色贡献了自己的力量。因此，黑人对南方的社会、历史、文化皆具有特殊的重要意义。在后南方时期，黑人文学的崛起颠覆了黑人总是被白人主流文化消音、排斥、贬损的叙事，力求客观再现黑人形象，消弭种族鸿沟以实现不同人种和谐共生，也推动了后南方的小说沿多元并举的路径向前发展。

一　白人中心论及种族对立

19世纪60年代奴隶制被废除，黑人并未就此获得平等和自由，在接下来的百年间，依然在根深蒂固的种族观念下饱受苦楚。白人操纵南方各州的政府、立法、司法机构，大肆宣扬白人至上观念，并制定了吉姆克劳法（Jim Crow Laws）进行种族隔离。直至20世纪60年代民权运动等一系列社会活动爆发才对这些种族歧视制度有所撼动。在此期间，黑人遭受白人血腥打击报复及惨无人道的私刑残害，并且在种族隔离制度下无法公平享受政治权利及公共资源，更没有谋求经济提升和个人发展的均等机会，致使黑人长期处于弱势地位。黑人或奋起反抗，却迎来了更为残酷的镇压，种族冲突上升为族际关系的主旋律；或接受被消音、被压制的状态，被迫依附白人而存在，过着后奴隶时代的悲惨人生。

在文学领域，从最初的弗吉尼亚詹姆斯敦首领约翰·史密斯，到20世纪初驰名全国的埃德加·艾伦·坡和马克·吐温，直至"南方文艺复兴"时期大放异彩的福克纳、纳什维尔农业主义者、韦尔蒂、威廉·珀西等人，白人作家始终占据着南方主流文坛的绝对优势。他们利用话语霸权，推崇白人中心论，坚决捍卫白人在上、黑人在下的社会架构，将南方作为其文化伊甸园，把其他种族排除在主流叙事之外。在他们眼中，黑人低等、愚蠢，天经地义地作为廉价劳动力受白人驱使和奴役，理应心甘情愿地献身于伺候白人主人的"光荣"事业。

福克纳的作品始终离不开对种族问题的探讨，他"总是意识到，南方生活的核心问题是白人与非白人之间的关系问题"。① 总的来说，福克纳在其演讲或小说中皆明确表达了对奴隶制和种族主义的深恶痛绝，不断揭露和谴责奴役、杀害黑人的恶行及种族隔离等不公制度，秉持开明、公正的态度，倡导种族平等。但是他对黑人形象的塑造，以及对黑人、白人之间关系的刻画，又呈现出一种复杂微妙的感情。福克纳的种族意识是在其所生活的社会制度和文化氛围的潜移默化下内化而成，难免受到南方种族主义观念的侵蚀。他潜意识地将黑人放在次要、附属、低白人一等的位置上。比如，他在西点军校接受采访时就提出南方黑人问题根本的解决之道不在于黑人争取法律、制度上的权益保障，而是在于从自身做起，提高自己的素质、修养，直到密西西比的白人愿意接纳他们，说"请加入我们的行列吧"②，把白人视为社会的中心，把黑人加入白人的行列作为实现种族平等的一个标志。他强调，必须"教给黑鬼个人道德和正直、诚实的责任问题——方法是把他们送到我们的白人学校或者把白人教师派往他们的学校，直到我们教会了他们种族的老师，而这些老师又去教育、训练他们养成这些严格的、令其不愉快的习惯……黑鬼必须学会这些硬道理——自律、诚实、信赖、纯洁……"③ 显然，福克纳的思维方式是当时时代和个人局限性的产物，带有浓重的白人中心主义色彩，认为白人以权威者、文明人高高在上的姿态凌驾于黑人之上，肩负着启蒙、开化、教导黑人的历史重任。而黑人则文化匮乏、道德缺失、能力低下，难以维持平等的权利，承担相应的义务，把握自己的命运。他曾说，即使用刺刀把平等强加于他们，他们也无力保持这一权利或者会拒绝承担平等所带来的责任。④ 正如《坟墓的闯入者》(*Intruder in the Dust*) 中，带有一半黑人血

---

① 李文俊：《福克纳评论集》，中国社会科学出版社1980年版，第122页。
② William Faulkner, *Faulkner at West Point*, eds. Joseph L. Fant, Ⅲ and Robert Ashley, Jackson: University Press of Mississippi, 2002, p. 81.
③ Ibid. p. 211.
④ Ibid. p. 210.

统的路喀斯蒙冤时束手无策,是白人契克慷慨施以援手,找到了关键线索,才使他免被私刑处死。契克与路喀斯看似友好平等的相处掩盖不了他们之间拯救与被拯救的关系,印证了福克纳有关黑人需要白人指引、救助的观点。

福克纳小说中不乏正面黑人形象,然而他"所称道的那些品质正是历来奴隶主和种族主义者眼中的'好黑鬼'所具有或应具有的品质:诚实、单纯、善良、驯服,特别是忠心"①。他笔下典型的"好黑鬼"形象应属《喧嚣与愤怒》中康普森家族的黑人女仆迪尔希。她的身上汇集了诚实、忠厚、奉献、关爱、吃苦耐劳等种种美德,被福克纳称为自己"最喜爱的人物之一"②。在康普森先生酗酒成瘾、康普森太太终日抱恙的情况下,迪尔希无私承担起照料整个家庭的重任,里里外外进行斡旋,抚慰有智力障碍的本吉,保护凯蒂的女儿小昆丁免受自私、冷酷的舅舅杰森的伤害,尽力维系着这个分崩离析的家庭。她对主人的孩子关怀备至,称主人的孩子为"宝贝",却不允许自己的孩子有任何逾规越矩的行为,总是在责骂自己的孙子勒斯特,百般叮嘱他要看护好小主人本吉。除了迪尔希之外,还有《去吧,摩西》中仁慈善良、自我奉献的莫莉,《未被征服的人们》中沙多里斯家毫无二心的黑人仆人等,都属于同一范畴,没有自我,将自己的命运寄托在白人主子身上。他们是奴隶制的衍生品,视白人为自己的保护神,甘愿被奴役,忠心耿耿地维护主人的利益,缺少追求自由、平等的需求和愿望,有些人甚至反对黑人的自由和解放。《未被征服的人们》中的黑人女仆卢万妮娅在内战时忠心护主,帮助主人藏匿财产,却仇视解放黑奴的北方军队,并极力阻挠儿子卢希投靠"敌人"。男仆林戈则与主人同仇敌忾,称北方军队为"坏蛋"。在提及"自由"时,他们不仅没有丝毫的渴望,反而表达了嘲弄和鄙夷。在《八月之光》

---

① 肖明翰:《威廉·福克纳研究》,外语教学与研究出版社1997年版,第221页。
② James B. Meriwether and Michael Millgate, *Lion in the Garden*, New York: Random House, 1968, p. 224.

(*Light in August*) 中，听闻自己获得自由后，海托华家女奴的反应表明禁锢他们的不仅是奴隶的身份，更是他们认定自己为奴为仆的观念：

> "自由？"她平静地说道，带着令人捉摸不定的不屑神情。"自由？除了弄死了格尔老爷，把波普（她丈夫）变成一个上帝都造不出来的大笨蛋，自由都做了啥？自由？别跟我扯啥自由。"①

由此看来，福克纳所肯定、赞颂的"好黑鬼"，其实质仅是一种"新型奴隶"而已。福克纳在多部作品中幻想着以这种白人仁爱、黑仆忠顺的和谐假象化解种族矛盾和对立，但是在其热情歌颂下其乐融融、和谐亲密的主仆关系，实质都是建立在等级制度上的。当迪尔希试图保护、安慰小昆丁时，小昆丁的反应是将其推开，并称其"讨厌的黑老太婆"。《村子》中白人霍阿克唯一的小伙伴是一名黑仆，他们自小一起长大，看似平等的相互陪伴仍然难以动摇他们之间的主仆关系，尽管两人睡在一间屋子里，黑仆只能睡在地板上。霍阿克在六七岁时便通过拳头征服了这个黑仆，并且给他零花钱换取鞭打他的权利。在福克纳建构的世界里，不论黑人多么值得称颂，扮演多么重要的角色，不变的是白人对黑人自上而下的控制。

此外，在福克纳笔下，黑人经常以被消音的状态出现，似无声幽灵，游荡在故事的背景里。在《献给艾米莉的玫瑰》中，福克纳用速写笔触勾勒出一个黑人忠奴的形象。这名艾米莉小姐的男仆没有姓名，也没有对其外貌描写，从头至尾没说一句话，只是重复着引领客人、打开窗户、提着购物篮进出的单调动作，年复一年，直至头发花白，身形佝偻，忠贞不渝地陪伴着主人。待主人去世后，他凭空消失："他穿过屋子，走出后门，从此就不见踪影

---

① William Faulkner, *Light in August*, Beijing: Central Compilation & Translation Press, 2013, p. 345.

了。"① 在《干旱的九月》(*Dry September*) 中，明妮·库珀小姐为了满足自己的虚荣心、吸引人们的关注而谎称一名黑人强奸了她。于是，一帮义愤填膺的白人对这名黑人动以私刑，在黑暗和混乱中，传来了"皮肉挨打的声响、嘶嘶的吐气声和麦克莱顿（实施私刑的白人领导者）低嗓门的咒骂声"②，唯独被打的黑人没有发出任何声音。福克纳小说中的社会终究是白人的社会，黑人仅仅是主流文化的陪衬，是次要、边缘、无声的。小说《村子》中，闪过零星几个黑人参与的片段，如瓦尔纳太太家的黑人女仆、霍阿克的黑人小伙伴、豪斯顿的黑人情妇、发现明克·斯诺普斯猎枪的黑鬼等，这些黑人同样无名无姓，一律用"黑鬼"（negro）称谓指代，他们或顺从或不可信赖，自始至终被禁声、消音，仿佛只为完成白人的人物塑造或拼凑事件背景而存在，没有独立的主体形象和自主意识可言。

　　福克纳笔下没有品质邪恶、卑劣的黑人形象，但是他塑造了一些与"好黑鬼"相对照，不肯安分守己的"坏黑鬼"，并且对他们渴望平等、自由的愿望大加嘲讽，将其刻画成滑稽、可笑的形象。《未被征服的人们》中追寻自由的黑奴卢希被描绘成一个叛徒，将主人家埋藏的银器告密给了北方军队。然而他离开庄园的追梦之旅只换来了苦难和饥饿，最终不得不回到原主人那里。自由平等的理想和寻求在这里变成了一场虚无缥缈、徒劳无获的愚蠢闹剧。而在《去吧，摩西》中，福克纳塑造了一个沉溺于对自由的幻想，却毫无行动力，甚至无法养家糊口的滑稽黑人空想家。通过对其贫困、颓废、凄凉的生活描写，表达了福克纳对黑人无法自立，却痴人说梦般空谈自由的讽刺。最后，解救这个空想家的不是其自由主义理想，而是旧主人馈赠的一千美元，这不仅嘲弄了黑人对自由的追求，也进一步证明了黑人必须仰仗白人才能生

---

　　① [美] 威廉·福克纳：《献给爱米丽的一朵玫瑰花：短篇小说集》，李文俊等译，译林出版社 2015 年版，第 48 页。
　　② 同上书，第 58 页。

存的观点。

　　珀西对黑人的微妙情感与福克纳如出一辙,在那个时代的密西西比,他以对黑人的仁爱而闻名,但是这种仁爱建构的基础是白人在上、黑人在下的阶级布局,其前提是白人占据社会格局的制高点。他乐意看到的是:"黑人兄弟仍然在为我们耕种土地,为我们砍伐树木,当我们的仆人……他们的礼貌抵消了他们效率低下的不足,他们的邪恶虽然是缺陷,却让人感到亲切,有着独特的魅力。"[1] 字里行间透露出珀西居高临下的种族优越感,将黑人为白人出卖苦力归结为天经地义的事情,因其恭顺的态度感到欣慰和满足。

　　同样将黑人视为愚昧、落后代名词的还有白人精英主义的卫道士——"纳什维尔农业主义者"。相比于福克纳的矛盾态度,他们立场鲜明、言辞激烈地表达了对黑人的鄙夷和敌意。弗兰克·劳伦斯·奥斯利(Frank Lawrence Owsley)在《我要选择我的立场》中所撰写的《压制不住的冲突》(*The Irrepressible Conflict*)一文里不乏赤裸裸的令人震惊的种族歧视言论,诸如"来到南方殖民地的黑鬼数量庞大,人们担心白人种族的完整性受到威胁。因为黑鬼是食人生番,野蛮原始,所以很危险"。[2] 直白地将黑人贬低为兽性未泯的低等生物,并视之为洪水猛兽。约翰·古德·佛莱切在《教育:过去与现在》(*Education, Past and Present*)一文里宣称:"在目前他(黑人)生活的社会和经济条件下,送他上学就是浪费财力。"[3] 进一步贬损了黑人的智商,把黑人划入"劣等人"之列,认为对其进行教育纯属对牛弹琴、浪费学习资源,以盛气凌人之姿否定黑人的个人权益和发展机会。

　　在这一历史时期,尽管民主政治环境恶劣,经济提升机会渺茫,在夹缝

---

[1] William Alexander Percy, *Lanterns on the Levee*, Baton Rouge: Louisiana State University Press, 1973, p. 21.

[2] Frank Lawrence Owsley, "The Irrepressible Conflict", *I'll Take My Stand*, Baton Rouge: Louisiana State University Press, 1983, p. 77.

[3] John Gould Fletcher, "Education, Past and Present", *I'll Take My Stand*, Baton Rouge: Louisiana State University Press, 1983, p. 119.

中依然成长起少数黑人作家，奏出了有别于白人主流文学的"不和谐"旋律，代表作家有查尔斯·韦德尔·切斯纳特（Charles Waddell Chesnutt）、理查·赖特（Richard Wright）、拉尔夫·沃尔多·艾里森（Ralph Waldo Ellison）等。这主要是因为内战后，尽管黑人只能去种族隔离的学校，且很多人迫于经济压力未能进行系统完整的学习，但他们终究第一次有了受教育的权利。此外，受到哈莱姆文艺复兴①（The Harlem Renaissance）的影响和激励，南方黑人作家开始勇敢发声，讲述自己族群的故事。然而，黑人作家的写作之路困难重重。他们鲜有出版途径，即使作品有幸出版，也难被主流白人读者接受，或往往被白人文学批评界忽视，难以进入大众视线。例如，切斯纳特曾将其种族身份隐藏了足足十年，②后因反映种族问题的作品屡屡遭到白人读者抵制，不得不一度放弃种族关系题材的文学创作；赖特初期的大量作品除了一个故事见报之外，其他都被出版社拒之门外。哈莱姆文艺复兴促成了黑人出版机构的建立，在一定程度上缓解了很多黑人作家因其种族身份而难有发表机会的窘境。他们以自己出色的才华逐渐叩开了文坛大门，取得了一定的亮眼成绩，如艾里森《看不见的人》（*Invisible Man*）获得全国图书奖，赖特小说《土生子》（*Native Son*）引起强烈反响，被改编成百老汇舞台剧等。

这一时期黑人文学作品的鲜明主题是种族冲突和对立。黑人作家从自己的苦难过往出发，将真实的惨痛经历融入文学写作之中，诉说着自己的哀怨和忧伤，宣泄着群体的不满和愤怒，对奴隶制废除后依然处于水深火热之中的美国黑人在种族歧视下承受的身心创伤发出强烈的控诉。查尔斯·韦德尔·切斯纳特（1858—1932）的小说《一脉相承》（*The Marrow of Tradition*）以1898年发生在北卡罗来纳州威尔敏顿的种族暴乱事件为原型，再现了内战

---

① 20世纪20年代初期到30年代初期，在纽约黑人聚居区哈莱姆，由黑人作家发起的文学运动。
② Saunders Redding, "The Negro Writer and His Relationship to His Roots", *An Introduction to Black Literature in America: From 1746 to the Present*, ed. Lindsay Patterson, New York: The Association for the Study of Negro Life and History, 1969, pp. 287-290.

后白人至上主义者为了维护其绝对的权威地位而对黑人进行的惨无人道的报复和虐杀。忠奴的形象在切斯纳特笔下得以延续，例如黑仆山迪为了保护主人的孙子，即使自己差点被当成杀人凶手而遭受私刑，也不愿指出真凶；女佣珍妮毫无自我意识，对主人死心塌地，以伺候主人为己任和荣耀。在短篇小说《警长的儿女》中，切斯纳特借白人警长与女黑奴的私生子之口，字字珠玑地声讨了种族主义，宣泄了黑人内心的愤怒："她（女黑奴）死在皮鞭下，因为她倔强，有胆量。你让我做奴隶，把我的生命摧残了。"……"自由了可以干什么！……名义上自由了，实际上还受人歧视，遭人欺侮，被人踢在一边。"① 在切斯纳特笔下，种族压迫和剥削接连摧毁了一对母子的两代人生，尽管奴隶制已经废除了近百年，黑人依然步履维艰，自由、平等的理想对黑人来说只不过是空洞、充满讽刺的说辞。

理查·赖特（1908—1960）的代表作《土生子》的主人公别格·托马斯是美国愤怒黑人的典型代表。小说围绕黑人的恐惧、孤独、伤痛展开。别格深陷白人主宰的社会中进退维谷，遭受白人的轻视和耻辱，对白人社会充满了又恨又怕的复杂情绪。在他眼里，白人都是一样的，是造就他人生悲剧的敌对力量，他"对所有白人无一例外地怀揣幽怨、强烈的种族仇恨"②。因此，在误杀了一名白人小姐之后，他发现自己恐慌之中居然夹杂些许兴奋。赖特试图揭示黑人之所以诉诸野蛮暴力手段，走上犯罪道路，并非因为他们生来低贱，而是因为在种族压迫的夹缝中难以生存，被逼无奈，是美国社会不公酿就的苦果。别格在临刑前对辩护律师倾吐了心声："事实上我从来不想伤害什么人……我伤害人是因为我觉得我非这样做不可，就是这么回事。他们挤得我太厉害了，他们不肯给我一点空隙……可我并不残酷。"③ 种族歧视

---

① 转引自毛信德《美国小说发展史》，浙江大学出版社 2004 年版，第 398—399 页。
② David Cohn, "Atlantic Monthly Review of *Native Son*", *Richard Wright's Native Son: A Critical Handbook*, ed. Richard Abcarian, Belmont, Calif.: Wadsworth, 1970, p. 77.
③ ［美］理查·赖特：《土生子》，施咸荣译，上海译文出版社 1983 年版，第 485 页.

营造的"白色恐怖"氛围让别格感到窒息,在这种针锋相对的状态下,黑人甚至被逼入了你死我活的绝境。

拉尔夫·沃尔多·艾里森(1913—1994)的代表作《看不见的人》讲述了一个无名无姓的美国黑人在追寻自我的过程中始终遭受社会的漠视,从充满幻想、踌躇满志到屡屡失败、心灰意冷,最终悲哀、无奈地发觉自己是历史、社会环境和种族仇恨的牺牲品,躲进地下室成了不见天日的"隐身人"。艾里森由此揭露了美国所标榜的民主理想的虚伪,引发人们关注黑人长期被忽视、禁声的困境。小说的叙述人被塑造成依附白人、逆来顺受的形象,在小说开篇便被安排在集会上进行格斗表演,供白人娱乐消遣。在被人打得鲜血直流之际,他听闻可以领到犒赏后不禁"兴奋得颤抖了起来",并且遵照白人的命令跪在地毯四周,抢夺酬劳,白人则被逗得"捧腹大笑"[1]。这种十足的"奴才"相是叙述人自我保护、谋求生存不得已采取的手段。在毕恭毕敬的表面之下,其内心实则对白人充满厌恶和仇恨,当他看到一个俏丽的金发女郎时,被她吸引的同时"又想毁掉她,想爱怜她同时又想杀害她"[2],充分展现了叙述人在种族主义压抑下矛盾、扭曲的心理。在小说中,我们也可以看到"愤怒黑人"的身影,例如,鼓吹种族分离的拉斯,反对黑人融入白人社会,甚至采取血腥暴力的极端方式,打击、杀害不愿进行种族分离的黑人。他代表了不堪忍受白人歧视和迫害的黑人,意欲脱离白人的掌控,与之划清界限。

---

[1] [美]拉·艾里森:《看不见的人》,任绍曾等译,外国文学出版社1984年版,第27—28页。
[2] 同上书,第27—28页。

二 多元共生的种族关系

20世纪五六十年代,美国黑人不愿再忍受不公的命运,爆发了全国范围内大规模的民权运动,黑人文化运动也随之蓬勃兴起。这一系列社会文化运动取得了丰硕的成果,促使政府陆续颁布了《民权法案》《选举法案》等法律文件,废除了种族隔离制度,保障了黑人的教育、就业机会及选举权。大批黑人用写作积极回应社会运动,反击种族主义者和部分白人对黑人的谩骂攻击,力求唤醒黑人群体的独立意识和反抗精神,鼓励黑人追求自由平等。他们高歌"黑即美""黑人力量"(Black Power),追溯种族历史,赞颂黑人自己的独特文化,寻求族群的身份认同。黑人作家还成立了南方的出版机构,不必再到北方传统的出版中心谋求机会,同时组建了形形色色的文化组织和团体,肃清了他们在文学表达道路上的障碍,增加了黑人作品传播、影响的范围和力度。

政治和社会氛围的改观使得大批黑人作家得以崭露头角,代表作家如俄内斯特·盖恩斯(Ernest J. Gaines)、艾丽丝·沃克(Alice Walker)、詹姆斯·艾伦·麦克弗森(James Alan McPherson)等。这些黑人作家凝聚成一股势不可当的力量,迅速挤占了美国南方文坛的重要位置,并取得了令人瞩目的成果,作品畅销并频频获奖,在赖特、艾里森上一代黑人作家开拓性努力的基础上,推动了南方黑人文学叙事的进一步发展。这一时期,他们继承与出新并举,即在很大程度上延续了南方黑人文学传统的主题关切,专注于讲述本族群自己的故事,聚焦族际关系和本种族平等地位的谋求,试图通过呼唤黑人团结一致反抗压迫,或者与白人社会达成谅解实现种族的解放。他们强调自己的种族身份不仅仅被身为奴隶的过往所定义,从不同的角度重新审视自己的种族历史和文化根基,并将其独特的文化(如布鲁斯、爵士乐等)融入文学写作,强化黑人的种族身份和自豪感。不同于早期黑人作家笔下残忍、绝望的故事,这一时期的作品总是在绝境之中保有对未来的希望。他们坚信无名无姓的"隐身人"可以通过不懈努力,拥有自己的姓名。同时,种族内部的不平等,尤其是黑人女性在家庭、社会中遭遇的不公也成为作品表现的一个重点。至20世纪70年代中期,社会运动的焦点开始逐渐从种族抗议转向对个人权利的追求。① 黑人文学作品的主题也随之发生转变,视域进一步展宽、升华,超越黑人、白人二元对立关系,将目光投射到全人类,以更大的思维格局探索其相通的人性力量,追求不同文化背景的人和谐共生。另一方面,盖恩斯、沃克、麦克弗森等的作品也体现了和时代的对接。通过这些作品,人们也可以觉察出商品文化、大众文化对黑人社会的影响和再造,其叙事亦沿循着宏大叙事的衰落曲线,在一定程度上映衬出后现代的时代色彩:他们质疑了黑人被消音、边缘化的历史书写,力求通过塑造黑人的主人翁、多维立体形象进行历史重构,消解将其看作低等人种或者白人个人财产的传统叙事;大批黑人逃离南方乡村,在城市和北方地区寻求自由和发展,南方社会呈现离心倾向;同质化、去中心化潮流促使黑人身份呈现流动性,实现了种族身份和性别角色的僭越;人们沦为家庭生活的牺牲品,纷纷挣脱家庭纽带的捆绑,家庭结构遭遇解体;上帝的白人形象遭遇揭穿和摒弃,宗教的精神抚慰和救赎意义受到质疑;等等。黑人文学及其研究的兴盛发展冲击了以白人为中心的社会架构,体现了多元化消融中心性的时代特点,和穷白人、女性等边缘势力的崛起一样,重塑了美国的社会和文学版图,使之更为全面、完整,增加了其多样性。

---

① Demetrice A. Worley and Jesse Perry, Jr. eds. , *African – American Literature: An Anthology*, NTC Publishing Group, 1998, p. xxi.

俄内斯特·盖恩斯（1933— ）出生在路易斯安那州的一个种植园，家族五代皆为佃农。因家境十分贫寒，他从八岁起就捡棉花、挖土豆，获取每天五十美分的微薄收入贴补家用。父母忙于生计，无暇顾及、照料他，甚至为寻求更好生活而将他遗弃，因此他大部分时间由双腿残疾的姨妈杰弗逊小姐抚养长大。姨妈身残志坚、不屈不挠的精神深深地影响了盖恩斯的成长，在盖恩斯塑造的很多人物身上可以看到她的影子。盖恩斯在当地教区黑人学校读到八年级，后到加利福尼亚投靠母亲和继父。盖恩斯在当地的图书馆发现了南方文学的广阔天地，如饥似渴地进行阅读，尤其喜爱马克·吐温和福克纳。但是他也因黑人在多数作品中的负面形象备受困扰，无法找到可以还原黑人群体真实面貌的作品。他决心要代长期被消音的黑人同胞发声，再现真实的黑人形象，宣扬被无视的黑人文化，从而为黑人争取更多的生存机会和空间。盖恩斯将路易斯安那州种植园的生活景象及种族歧视下黑人的悲惨命运引入人们的视野，并以种植园生活作为蓝本，创造了黑人自己的"约克纳帕塔法县"，即贝永（Bayonne）小镇，在这里上演了黑人世代的血泪人生。他创作了多部小说和文集，代表作包括《凯瑟琳·卡米尔》（*Catherine Carmier*）、《爱与尘》（*Of Love and Dust*）、《血统》（*Bloodline*）、《简·皮特曼小姐自传》（*The Autobiography of Miss Jane Pittman*）、《老人集会》（*A Gathering of Old Men*）、《死前一课》（*A Lesson before Dying*）等，获得全国图书评论界奖及普利策奖、国家图书奖提名，多部作品成为畅销书或年度佳作，被改编成电影电视，其中改编自《简·皮特曼小姐自传》的电影横扫了九项艾美奖。

盖恩斯的创作虽然延续了种族对抗的主题，但是他的作品更注重对人性的探讨，其创作聚焦不同文化背景的非洲、欧洲后裔，呈现了他们文化、经济、种族、阶级之间的交叉和碰撞。他笔下的主人公不再是模式化的愤怒黑人，而是一些充满人情味的黑人，他们既幽默又严肃，既聪颖又笨拙，既悲悯又冷漠，对爱情既坚定又猜疑，面对困境，或卧薪尝胆，或奋起反抗，从而用更可信的人性形象强有力地消解了白人主流文学中低等、愚蠢的黑人原型。《简·皮特曼小姐自传》的主人公简以姨妈杰弗逊小姐为原型，她勇敢、勤奋、无私、坚强、聪慧，从小反击奴隶主的侮辱，在棍棒下毫无屈服之意，年仅十一二岁时，便不顾重重困难和阻拦，执意到俄亥俄州追寻自由。在女奴大劳拉惨遭杀害后，她毫不犹豫地担负起抚养其儿子内德的重任。此外，纵使大劳拉等一些转瞬即逝的小人物，也被盖恩斯塑造得血肉丰满，让人读后印象深刻，念念不忘。她时而在一队逃亡奴隶畏缩不前时挺身而出，时而在主人公简受欺负时主持正义，时而温柔呵护自己年幼的孩子，如此一位英勇、果敢、正直、自强又充满母性的人物便跃然纸上，与传统模式化黑人形象呈现天壤之别。在解构负面形象的同时，盖恩斯还推翻了黑人被边缘化的历史叙事，强调美国黑人的主人翁意识，重申黑人在美国建设和发展过程中做出的不可磨灭的贡献，借种族运动领袖内德之口宣称："美洲或美国是红人（印第安人）、白人和黑人的美洲……黑人凭着他们的脊背和双手，从东海岸到西海岸，开垦了这块土地。"因此，他铿锵有力地剖白："我和别人一样，毫不含糊地是个美国人，而且比大多数美国人还地道。"①

《死前一课》则挖掘了黑人在长期奴役之下受压抑、被忽视的可贵精神，揭示了黑人也同白人、所有其他人种一样，身上潜藏着人性光辉。盖恩斯着重探索黑人历经挣扎的心路历程，描绘了他们从软弱、逃避到勇敢、醒悟的精神成长轨迹，刻画了一个个缺点与闪光点并存的饱满人物形象，展现了他对人性之复杂与微妙的理解和把握。在小说开头，黑人青年杰弗逊被塑造成了在种族歧视制度压抑下怯懦、软弱的形象。他目睹了一场凶杀案，因害怕自己受到牵连，未能及时向中弹的受害人施以援手。尽管如此，他仍难逃厄运，无辜被指控为谋杀犯。在法庭上，辩护律师为了替他洗脱嫌疑，甚至将

---

① ［美］欧内斯特·盖恩斯：《简·皮特曼小姐自传》，紫军译，外国文学出版社1981年版，第131页。

他描述成一个智力、人格低下的牲畜,没有犯罪的能力,试图以此博取陪审团的同情:"你们能把眼前这个东西叫做人吗?……你能从他身上看到一丁点儿智慧吗?……把他送上电椅,还不如绑上一头猪。"① 然而这样的贬低和侮辱并没有将他从清一色白人组成的陪审团手中救出,杰弗逊依然被判处死刑。在监狱里,万念俱灰的杰弗逊自轻自贱,坚信自己就是头蠢猪,只配吃谷糠。起初,小说的叙述人格兰特·威金斯在受杰弗逊的教母艾玛小姐之托去监狱看望杰弗逊时牢骚满腹,并不想多费周折参与此事,认为自己无力改变现实,面对不公的社会环境,只想远走他乡,摆脱苟且偷生的生活。然而,在屡次探监的过程中,两个人相互摩擦、碰撞,各自逐渐发生了改变。最后杰弗逊懂得了做人的意义,尤其是做一名黑人的使命感,发现了自己内心的勇敢,在行刑之际,没有流露出丝毫的恐惧和惊慌,而是"无畏地径直走向电椅"②。更重要的是格兰特内心的变化,他意识到自己对人性的无知,明白了不论是白人还是黑人,在死亡来临之际,内心都会经历孤独与恐惧,由此打破了人们认为黑人命如草芥、死不足惜的想法。他重新审视了自己与黑人同胞的关系,意识到自己与黑人群体命运相连,休戚与共。除了对精神成长的探讨,盖恩斯还热情洋溢歌颂了黑人的外貌之美,用细致的刻画消解了白人主流叙事对黑人外貌的忽视和贬损。格兰特的女朋友薇薇安被描述为一名身材颀长、面容姣好、衣着时尚、打扮得体③的女子。盖恩斯浓墨重彩地建构起黑人"美女"的形象,瞬间驱散了人们根深蒂固的卑躬屈膝或无声幽灵式的黑人印象。

与之前黑人文学中过分宣扬白人、黑人水火不容的对立关系及仇恨、愤怒主题不同,盖恩斯更关注黑人的内部关系,强调黑人团结一致才能赢得自

---

① Ernest Gaines, *A Lesson Before Dying*, New York: Vintage Contemporaries, 1993, p. 8.
② Ibid. p. 254.
③ Ibid. p. 28.

由平等。《简·皮特曼小姐自传》中的黑人领袖内德在敌人的枪口下，面无惧色地宣扬自由思想，号召黑人团结起来，进行抗争。他认为，黑人之所以沦落为奴隶，是因为他们不能同心协力、一致对外，面对白人的奴役，毫无反抗的意识。他说道："我们非洲人相互火并，白人用一桶甜酒和一串念珠就换走了俘虏……团结一致是你们能够强大的唯一道路。"① 盖恩斯认为斗争的前景是光明的，"黑人总有一天会觉醒过来，掀掉他背上的那条黑被子。他一定会对自己讲，我盖着它的时间太长了"②。在小说最后，一直质疑斗争意义的黑人团结起来，在吉米精神的鼓舞下，携手去贝永市政府参加抗议活动，结局充满希望。《老人集会》中的黑人老人们团结一致抵制种族迫害，最终赢得了白人的尊敬和法庭的胜利。在《爱与尘》中，马库斯尽管结局悲惨，为了追求自由和爱情付出了生命的代价，却撼动、鼓舞了长期逆来顺受的黑人群体进行反抗。《死前一课》闪耀着黑人之间相互帮助、相互救赎的光芒。在杰弗逊身陷囹圄时，黑人学生和村民全员出动，到监狱探望，不仅送去礼物，更为他带去温暖和希望；在格兰特谈及要为杰弗逊买收音机的计划时，酒吧店主克莱本慷慨解囊，老板娘也将辛苦赚来的血汗钱拿给他，尽管自身困顿，却心甘情愿付出的胸怀让人感动。

南方向来是基督教文化的沃土，黑人尤其在基督教教义下，虔诚地扮演着忠顺的角色，或逆来顺受地忍耐着种族剥削，或坐以待毙地等待上帝的救赎。而盖恩斯在作品中坦率地表达了对宗教和上帝的质疑，在不平等的种族关系面前，他意识到上帝是白人的上帝，正如简·皮特曼对上帝的想象："一个白人，留着长长的黄发"，③ 这个上帝对黑人的苦难熟视无睹。小说中黑人

---

① [美] 欧内斯特·盖恩斯：《简·皮特曼小姐自传》，紫军译，外国文学出版社1981年版，第130页。
② 同上书，第273页。
③ 同上书，第160页。

领袖吉米在被种族压迫啃噬内心之时，惊觉"上帝似乎听不到我的祷告"①，直言自己"对上帝失去了信心"②。在发觉上帝并无法帮助黑人摆脱困境后，他们逐渐放弃了对上帝的信仰，最终得出解决种族问题的途径不在于祈祷、而在于战斗的结论。同样，《死前一课》的主人公格兰特也放弃了对上帝的信仰，公然与牧师叫板："我对上帝一无所知，也不懂什么罪孽。"③ 在牧师做餐前祷告时，格兰特居然只担心"好好的秋葵汤要没有热气了"④，字里行间尽显对宗教不屑一顾的态度。

尽管后工业化的进程如火如荼，黑人小说的焦点往往仍集中在种族问题上，关注其自身身份的确立、自由的寻求等。然而我们仍可以在他们的故事中找到商业化、城市化进程对黑人社会影响的痕迹。《简·皮特曼小姐自传》中提及了贝永小镇正在发生的变化："人在离开，青年男子去打仗，年轻的女子到城里去工作……拖拉机开来撞倒老房子，翻耕土地。"⑤ 机械化取代了黑人的劳作，改变了黑人依附于白人土地才能得以生存的境地，拓宽了他们的生存空间。黑人顺应城市化潮流，得以走出南方乡村，寻找自由、平等和经济的提升。他们急切地走出种族歧视和贫穷的阴霾，有很多人来到城市和北方寻求发展，在作品中多少反映出这种离心倾向及南方黑人社区的衰败趋势。在《死前一课》中，格兰特的启蒙老师笃定认为他的学生"大部分都会暴死，不死也会堕落成畜生。只有跑出去的才有活路……因为这里没有自由……走得越远越好"⑥，逃离南方乡村成为黑人追求自由和生存机会的唯一途径。

---

① ［美］欧内斯特·盖恩斯：《简·皮特曼小姐自传》，紫军译，外国文学出版社1981年版，第255页。
② 同上书，第267页。
③ Ernest Gaines, *A Lesson Before Dying*, New York: Vintage Contemporaries, 1993, p. 182.
④ Ibid. p. 189.
⑤ ［美］欧内斯特·盖恩斯：《简·皮特曼小姐自传》，紫军译，外国文学出版社1981年版，第244页。
⑥ Ernest Gaines, *A Lesson Before Dying*, New York: Vintage Contemporaries, 1993, pp. 62–64.

出生于佐治亚州农业小镇伊滕顿的艾丽丝·沃克（1944—）被认为是20世纪最知名的美国作家之一。① 父母皆为佃农的沃克自幼耳闻目睹名义上摆脱了奴隶身份的黑人依然在种族歧视下艰难度日的命运，他们被紧紧地禁锢在土地上，终日挥汗如雨地辛勤劳作，却从不曾拥有。大学毕业后她搬往密西西比州，积极参与民主活动，并将其与文学创作结合起来，致力促进社会进步，尤其是改善妇女和儿童的生存环境，在小说、诗歌、散文创作中融入对环境、人权等国际问题的探讨。她的主要作品包括《格兰奇·科普兰的第三次生命》（*The Third Life of Grange Copeland*）、《梅丽迪安》（*Meridian*）、《紫色》（*The Color Purple*）、《我亲人的殿堂》（*The Temple of My Familiar*）、《拥有快乐的秘密》（*Possessing the Secret of Joy*）、《父亲的微笑之光》（*By the Light of My Father's Smile*）等，在美国引发了广泛热烈的关注和讨论。其中《紫色》获得普利策文学奖、美国国家图书奖等美国文坛最高荣誉，成为美国第一位获此殊荣的黑人女作家。这部小说被改编成电影搬上大银幕，入围11项奥斯卡大奖并改编成音乐剧在百老汇演出，在广播电视、报纸杂志等社会各领域引起轰动。

在民权运动和女权运动的影响下，黑人内部社会也与世界其他地区一样受到震动，出现了女性意识的觉醒和对父权制霸权的反叛。沃克的作品揭露了身处种族主义和性别歧视双重压力之下的黑人女性悲苦的遭遇，呼吁女性的解放和独立，激励她们挣脱父权制的束缚，寻求自由和平等。她对自己黑人女性的低微出身感到骄傲和感恩，认为正是这种南方的生活环境和文化传统为她提供了"对世界的悲悯，邪不压正的信念，以及对正义永恒的热忱"②。她不仅关爱自身所代表的处于劣势地位的女性，更着眼于包括男性在

---

① William L. Andrews et al. ,*The Literature of the American South*: *A Norton Anthology*, W. W. Norton & Company, Inc. ,1998, p. 1011.

② Alice Walker, "The Black Writer and the Southern Experience", *Literary Cavalcade*, Nov/Dec2001, Vol. 54 Issue 3, p. 10.

内的全人类的生存和发展。沃克认为对于那些在精神和肉体上饱受蹂躏的弱势群体，学会自尊自爱不是件轻而易举的事情，因此，自我意识的寻求成为她作品的主题。尽管她的作品中充斥着不幸，但是她始终怀揣着人们能够得到救赎的希望，相信人的伤痛可以因爱愈合，社会的境况可以有所好转。人们必须团结起来，相互保护、相互关爱，由此达到和谐共生的理想状态。

沃克对女主人公的形象塑造反映出女性自我意识和精神世界的发展轨迹，经历了从父权制阴影下的受害者，到勇于反抗的觉醒者，最终成为自立自强新女性的成长过程。沃克的第一部小说《格兰奇·科普兰的第三次生命》控诉了父权制霸权对一家三代黑人女性的荼毒，前两代女性玛格丽特和梅姆依然在丈夫的奴役下扮演着顺从、软弱的角色，甚至最终惨死于丈夫手中。沃克对第三代女性露丝着墨不多，但是她已经开始有了自己的主见，大胆表达内心的向往："我们有自己的灵魂，不是吗？"① 并投身民权运动，最终得以自立。第二部小说《梅丽迪安》的女主人公则独立意识更为鲜明，更激进、主动地追寻自我。梅丽迪安发觉自己在婚姻和家庭中难以实现自我的发展，便勇敢地走出婚姻和家庭的牢笼，投身到民权运动，致力于提升黑人的权益。她积极学习社会理论知识，走街串巷宣传民权思想，并在活动走向衰亡之后，甘愿只身犯险，挑战压制黑人的白人势力。由于生活窘迫，她做过各种低贱的工作，却始终坚持理想，坚信自己可以"让这个庞大的国家向她下跪"②。她主张女性的精神解放，表示："你有自由成为自己想要的样子，与你喜欢的人在一起，不管他/她是什么肤色和性别。"③ 沃克在代表作《紫色》中讲述了女主人公茜莉从逆来顺受到逐渐被唤醒的漫长辛苦的蜕变过程。茜莉是一名善良、勤劳的黑人女性。她自小被剥夺了受教育的权利，先后沦为继父和

---

① Alice Walker, *The Third Life of Grange Copeland*, New York: Harcourt Brace Jovanovich, 1970, p. 223.
② Alice Walker, *Meridian*, New York: Harcourt Brace Jovanovich, 1976, pp. 431–433.
③ Ibid. p. 223.

丈夫某某先生的奴役对象和泄欲工具，从来没有自己的想法，更毫无反抗意识。这种强加于女性身上的父权至上观念甚至逐渐内化于受害者的思想，将女性变成禁锢自身、协同压迫其他女性的帮凶，比如，茜莉竟教唆继子哈泼家暴儿媳索菲亚，认为这样才能让索菲亚成为顺从的好媳妇。然而，作品中不乏富于反抗精神的女性，她们团结起来，成为彼此相互支撑、相互救赎的力量。茜莉的妹妹耐蒂一直告诉姐姐"你得斗争"①。儿媳索菲亚敢作敢为，从来不对丈夫唯命是从，面对丈夫的拳头打还回去，并鼓动茜莉："你应该把某某先生打得脑袋开花。"② 对茜莉影响最深的当属某某先生的情人莎格·艾弗里，她热情果敢、美丽聪慧、坚强独立，与茜莉建立起亲密的关系，并鼓励她发掘自我的力量、说出自己的想法，摆脱压迫。最终茜莉鼓起勇气离开了丈夫，开展起自己的事业，成为拥有尊严的独立女性，焕发出新的生命力。沃克在这部作品中涉及同性恋的题材，打破了传统黑人文学的禁忌，支持女性挣脱世俗的捆绑，自由选择自己的生活方式。沃克通过塑造形形色色、自强不息、独立勇敢的女性形象，强有力地消解了忠顺、默默无闻的黑人女性的刻板印象。

沃克的作品顺应了家庭功能走向衰亡、结构走向解体的时代特征，其笔下的家庭鲜有温暖的关爱，反而充斥着冷漠和伤害，成为束缚个体的枷锁，尤其造成了女性的不幸。由此，沃克对女性在家庭和婚姻中扮演的传统角色发出了质疑和颠覆。在《格兰奇·科普兰的第三次生命》中，家庭成了悲剧轮番上演的舞台。格兰奇深受种族主义的压迫，将自己对社会的失望、愤怒发泄到妻子玛格丽特身上。她在婚姻中言听计从，换来的只是丈夫的虐待和出轨。在丈夫外出寻欢时，玛格丽特哀怨地怀疑自己是否还存在，儿子甚至

---

① Alice Walker, *The Color Purple*, New York: Pocket Books, 1987, p. 18.
② Ibid. p. 44.

觉得"他妈妈有点像条狗"①。最终玛格丽特难以忍受丈夫的遗弃,服毒自杀。儿子布朗菲尔德比父亲格兰奇更为疯狂,经常殴打妻子梅姆,并残忍地将其杀害。最后,幡然醒悟的格兰奇为了保全孙女露丝,无奈杀死了儿子布朗菲尔德。格兰奇的家庭充斥着暴力,畸形和扭曲的家庭关系将每个人都变成了牺牲品。除了揭露女性在家庭中受到的摧残,沃克更进一步消解了女性围着灶台转,俯首帖耳伺候丈夫、照料孩子的隐忍形象。她们不再一味无私地舍弃自我,无欲无求地奉献家庭,而是开始渴望实现自己的价值,好奇而勇敢地去探索世界,坦率地表达自己的欲求。梅丽迪安发现自己在婚姻和家庭中无法实现自我的提升和完善,便毅然决然离开了丈夫和孩子,走出婚姻的圈禁,投身广阔的天地中追寻自我。沃克颠覆了将女性作为男人的性工具,把生儿育女作为女性神圣使命的叙事。传统的两性婚姻关系由此受到动摇,婚姻结构遭遇解体,在沃克笔下出现了多种形式的婚姻之外的两性关系。《紫色》中,茜莉曾与某某先生及他的情人莎格·艾弗里三个人共同生活在一个屋檐下。茜莉在婚姻中从未获得过丈夫的尊重与关爱,反而在丈夫的情人那里找到了精神共鸣,进而发展为身体结合。这份同性关系挑战了两个女性之间的情爱被认为荒唐变态的世俗观念,弥补了茜莉在婚姻和家庭中感情的缺失,对于茜莉自身的成长至关重要,婚姻反而成了她需要逃离、抛弃的累赘之物。

此外,沃克试图通过重新定义性别身份,挑战人们对社会性别的传统认知,从而打破父权制霸权对女性的压抑。在《父亲的微笑之光》中,波琳是一名特立独行的女同性恋者。截然不同于传统女性温柔、矜持、端庄等性别特点,波琳展现出男性的阳刚气质。"五十五岁的她,依然强壮、鲁莽、固执己见",举手投足间豪放不羁,与人们想象中中老年女性的慈祥神色天差地

---

① Alice Walker, *The Third Life of Grange Copeland*, New York: Harcourt Brace Jovanovich, 1970, p. 4.

别。她为人坦率,直白地承认自己像男人一样好色,主张及时行乐,居然会"叼着一支雪茄烟,对着门口玩扔烟头的游戏。她厚颜无耻地打量着别的女人",甚至还会爆粗:"我他妈就是好色……为啥只有男人才可以享乐?"① 这种言行强烈地冲击了人们对女性的界定,粉碎了传统观念对女性的身心束缚,表现出了鲜明的性别僭越特质。此外,不论是波琳,还是梅丽迪安,都不是传统定义中的女性,围着丈夫和孩子打转,而是像男人一样,读书、考大学、服军役或者从事政治运动,甚至学习工程类技术,渗入原属于男性的生活领域,敢拼敢闯、敢想敢干,闪现出十足的"男子汉"气概。

然而反抗父权、提升女性地位并不是沃克的最终目的,她认为男性和女性应该寻找一种和谐、平等的关系,妇女解放不仅仅关乎女性,也意味着男性的解放,甚至是整个人类的自由发展。正如茜莉因索菲亚反叛丈夫的行为受到震动,明白了摒弃性别歧视的婚姻会给男人和女人同时带来快乐,当人们突破了对男性和女性角色的狭隘限定之后,可以更好地相处与结合。茜莉发现哈泼喜欢像女人一样做家务,"他喜欢做饭、打扫、在屋子里收拾来收拾去"②。而索菲亚则喜欢男人的活计,登房顶、敲钉子、下地干活、喂养牲口等。当茜莉离开某某先生,不再被他予取予求之后,某某先生最终学会理解、尊重茜莉。他意识到暴力不仅摧残受害者,也摧毁着施暴者,重新思考并定义了男性和女性的角色,明白男性气概不意味着要对女性拳打脚踢,让女性唯命是从。他开始平等地跟茜莉交谈,分享内心感受,甚至跨过对男性的性别设定,参与到传统观念中女性专属的缝纫活动中,并喜欢上了全新的自己,他说"我第一次满足于作为一个平常人生活在地球上,像一种全新的体验"③。当人们走出传统性别角色的樊篱,保证每个人都能享受独立和自由,

---

① [美]艾丽丝·沃克:《父亲的微笑之光》,周小英译,译林出版社2003年版,第96页。
② Alice Walker, *The Color Purple*, New York: Pocket Books, 1987, p. 63.
③ Ibid. p. 267.

那么每个人都是受益者。

沃克相信宽恕和爱的治愈力量,坚持我们每个人都有义务和能力去改变自己和世界。她对和谐相处的理想追求不仅局限于两性关系,更倡导人际之间的关爱与支持,并在作品中处处体现了共生的主题。《紫色》中索菲亚入狱时,全家围坐在一起想办法,曾被索菲亚打掉了门牙的吱吱叫不计前嫌,前去营救;小说最后是茜莉与妹妹耐蒂和两个孩子的大团圆结局,团聚正值美国独立日(7月4日),他们在这个特殊的日子里欢庆彼此的存在。① 此外,沃克也追溯、反思了黑人的种族历史,寻求非裔美国人与非洲人的相融共生。耐蒂在与茜莉的书信往来中讲述了自己到非洲传教的经历,并表达了自己对种族贩卖和悲惨过往的思考。这开启了茜莉等人对自己种族的了解,在此之前,他们对祖先、对远在非洲的同胞一无所知。面对非洲人对非裔美国人的驱逐,茜莉痛心于黑人种族内部的隔阂,表示:"仅仅因为美国黑人与他们略有不同,奥林卡人(非洲土著黑人)就把自己的至亲骨肉赶出去。"② 沃克还通过耐蒂之口表达了自己的愿景:希望非裔美国人与非洲人可以携手致力于一个共同的目标,即振奋世界各地的黑人。③

与盖恩斯一样,沃克在作品中也表达了自己对宗教信仰的质疑和重新定义。梅丽迪安早在13岁时,便向传统的宗教信仰发起挑战。茜莉起初是一个忠实的信徒,向上帝倾诉自己的内心,虔诚地进行祷告。这时,上帝在她心中是一位高大、蓝眼睛的白人老头。但是当她得知自己的亲生父亲被白人私刑处死,母亲被逼疯,多年欺凌自己的人不是父亲而是继父,妹妹仍然活着却无法相见之后,便彻底放弃了对"白人男性"上帝的信仰,并言辞激烈地斥责其不公:"我一直向他祷告和写信的上帝是个男人,他干的事和我认识的

---

① Alice Walker, *The Color Purple*, New York: Pocket Books, 1987, p. 294.
② Ibid. p. 279.
③ Ibid. p. 143.

所有其他男人一样，无聊、健忘、卑鄙。"① 然而，正如两性和人际之间可以谋求和平，茜莉最终也得接纳"上帝"，但此时的上帝不再是白人化、父权化的上帝，而如莎格所言："上帝在你心里，也在大家心里……上帝既不是她，也不是他，而是它……我相信上帝就是一切。"② 茜莉由此豁然开朗，意识到上帝是存在于万事万物之中的造化之力，重新定义了自己对上帝的信仰。

詹姆斯·艾伦·麦克弗森（1943—）出生于佐治亚州，父亲是当地第一位高级电工，但种族身份使其在事业上屡屡受挫，郁郁不得志的父亲开始酗酒滋事，并被捕入狱。麦克弗森不得不自小承担形形色色的兼职工作，帮助做女佣的母亲养家糊口。像当时很多黑人的孩子一样，他依靠助学贷款和假期打工收入完成了大学学业。在成长过程中，他在种族歧视制度下步履维艰，后接受民权运动的影响，运用这些不幸经历进行文学创作，先后出版了故事集《色彩与呼唤》（*Hue and Cry*）、《自由空间》（*Elbow Room*）、《南方盛行中》（*The Prevailing South*）、《直面种族差异》（*Confronting Racial Differences*）、《十字路口》（*Crossings*）等，并成为首位获得普利策小说奖的非裔美国人。他延续了黑人作家对自己族群命运的关注，强调非裔文化是美国文化拼图中不可或缺的一个板块，黑人是美国社会名正言顺的一分子。他的视野和格局更跨越了种族的壁垒，不仅剖析黑人内部世界，更将对人性的探索延伸至其他种族中"各色各样的人：老年人、年轻人、孤独者、同性恋、迷途羔羊、社会弃儿、身心疲惫、负屈含冤之人"③。相比种族间的肤色差异，他更关注这些人各自的经历、共通的感情，揭秘他们的精神世界。他呼吁个体平等和社会公正，认为所有美国人，不分种族，都有共同的价值观基准，④ 种族出身

---

① Alice Walker, *The Color Purple*, New York: Pocket Books, 1987, p. 199.
② Ibid. p. 202.
③ William L. Andrews eds. , *The Literature of the American South: A Norton Anthology*, W. W. Norton & Company, Inc. ,1998, p. 983.
④ Wilfred D. Samuels, *Encyclopedia of African-American Literature*, New York: Facts on File, Inc. , 2007, p. 353.

不同并不能掩盖他们身上相同的人性光辉。

麦克弗森主张消解种族间的隔阂，推翻横亘在黑人和白人间的"柏林墙"，认为了解自己之外的其他种族是理解人性的前提，回应了后现代语境中多元并存取代一元专制的时代要求，助推了白人中心论的消解。他宣称人们过度强调了族际间的不同："有的人连同他们的价值观被称为'黑的'，有些人则被称为'白的'……所有人都与异己者划清界限……这些概念被人们过度地赋予了意义。"① 然而这并不意味着麦克弗森否认或者无视人与人之间的差异，他强调人们应正视矛盾，包容不同，声称："（一个美国人）应该是上层社会与下层社会、黑人与白人、城市与乡村、地域与世界的综合体。"② 麦克弗森塑造了一系列致力于开拓个人发展空间、探索人际间相互理解的人物。在《自由空间》中，黑人女性弗吉尼亚·弗罗斯特到世界各地游历，徜徉在各色各样的文化海洋中汲取知识养分，学习用不同的视角看待世界。她坦率宣称："我是黑人……但是我脑袋里不也有自由的空间吗？……如果做一个能与白人、黑人和世界上的万事万物联系起来的黑鬼，有一个与世界共生的自我，不也很了不起吗？"③ 故事《我是美国人》（*I am an American*）讲述了身处伦敦的美国黑人叙述者"我"和日本游客之间发生的趣事。日本人误认为"我"是非洲人，而"我"支离破碎的中文回应让日本人茫然失措。尽管"我们"之间的对话如鸡同鸭讲、令人啼笑皆非，却没有影响相互的交流——"我"热心提醒他们查看自己的财物，发现其护照被盗以后，又帮助语言不畅的他们报警，与老板娘交涉等等。事实证明，种族、语言、文化都不足以构成人与人相互关怀的障碍，人们可以求同存异，互利共赢，而不是各自为营，互生罅隙。此外，麦克弗森认为来自世界各地的人尽管千差万别，但是在人

---

① James Alan McPherson, "On Becoming an American Writer", *Atlantic Monthly* (December 1978), p. 56.
② Ibid. p. 57.
③ James Alan McPherson, *Elbow Room*, New York: Fawcett Books, 1972, p. 281.

们身上总是可以找到相似点。例如,"我"发现伦敦警局通缉的亡命之徒中有一个跟他亚特兰大的表弟长得非常相像,妻子尤妮斯认为日本人那副置身事外又礼数周全的姿态"完全就是美国南方人的翻版"①,从而进一步消弭了种族间、人际间的隔膜。

在对人性寻求的过程中,麦克弗森不仅强调接纳与融合的重要意义,也反向而行,挖掘人与人之间隔阂产生的缘由。麦克弗森传承了非洲文化中口头叙述的传统,总是通过一个人物之口讲述故事。然而这个叙事人经常被塑造为一叶障目之人,与追求人与人之间相生共荣的弗吉尼亚截然不同,他们自筑高墙,偏执地从自己的视角建构、解读世界,摒弃了人性的复杂性,因此,不同于传统叙事中叙述者中立、权威的口吻,麦克弗森笔下的这些叙述者的话有失偏颇,缺乏可信度。在《刀疤的故事》(The Story of a Scar)中,叙述者在候诊室碰到一名脸上带有可怕刀疤的女性,并询问她刀疤的来由。但是叙述者并没有认真倾听,而是带着偏见先入为主地对她的故事进行主观臆断,不停地打断她的叙述,对她做出误解性的评判。在这里,叙述者并没能与这位女性建立有效的人际联系。在故事最终讲完后,叙述人对女性的遭遇有了更深的理解,摒弃了原本以为暴力受害者都是罪有应得的想法。不同于这个故事的叙述者最终学会了倾听和理解,《一个死人的故事》(The Story of a Dead Man)的叙述者威廉则从头至尾都没有理解他的表哥比利。威廉为了追名逐利,融入商业化社会的中产阶级,有意调整自己的口音,放弃南方家乡的方言与身份,并娶了一位"有家里财力支持的讲求效率的女孩",语言、爱情、亲情都成为威廉谋求社会地位的一种工具。他反复强调:"在追逐目标的道路上,要避开一切分散我注意力的事物。"② 因此他避开了与他同样出身卑微的比利,试图与过去的下层生活划清界限。他的身份和经历不再连

---

① James Alan McPherson, *Elbow Room*, New York: Fawcett Books, 1972, p. 158.
② Ibid. p. 42.

贯一致，他的叙述带着重重的伪装，因此全然不可信。比利不仅代表威廉可能走上的另外一条人生道路，也是人性的另外一个维度，而威廉无视了人性的多面性，最终也未能达成人与人之间的谅解。

在工业化、城市化浪潮的席卷之下，黑人社会内部也受到了震动，越来越多的黑人离开乡村，走出南方，来到城市和北方的广阔天地寻求经济和政治机会。人口的频繁迁移，文化的交互融合使得美国黑人的身份也呈现出"流动性"①的特点。故事《寡妇与孤儿》(Widows and Orphans)的主人公路易斯·克莱顿生于北卡罗来纳州，后辗转于纽约、波士顿等地，到芝加哥做教授，逐渐丢弃了其南方身份，不再从过去中寻求自我的解读，而是不断被新的环境同化，创造出新的不同身份。更换身份对路易斯来说"仿佛是一个简单的过程，就像蜕皮一样"②。在呈现离心倾向的同时，南方黑人社会亦受到同质化的影响，麦克弗森的作品中时时处处体现了北方文化、商业文化对独特南方传统的销蚀。在《我为什么喜欢乡村音乐》(Why I Like Country Music)中，新的音乐、舞蹈风格皆是南、北方文化交融的结果。返乡青年开着租来的凯迪拉克，口若悬河地炫耀他们在哈莱姆的见闻，追逐纽约的时尚潮流，这些商业文化元素冲击着一度闭塞、稳定的南方社会。虽然他们依然遵循着南方特有的风俗习惯、言谈举止，但是在外来文化冲击下，他们的处世态度变得"更像扬基佬"，成为两种传统的"合成物"③，正如叙述者的学校将编织五月柱的传统南方仪式与北方的方块舞结合起来庆祝春天的到来。

尽管种族将人们区分开来，其他的文化现象（尤其是大众文化）则将美国人连接成一个整体④，由此，黑人的身份也不再被其种族出身所定义，而是

---

① Herman Beavers, *Wrestling Angels into Song: the Fictions of Ernest J. Gaines and James Alan Mcpherson*, University of Pennsylvania Press, p. 37.
② James Alan McPherson, *Elbow Room*, New York: Fawcett Books, 1972, p. 172.
③ Ibid. p. 21.
④ Herman Beavers, *Wrestling Angels into Song: the Fictions of Ernest J. Gaines and James Alan Mcpherson*, University of Pennsylvania Press, p. 36.

实现了种族身份的僭越。故事《寡妇与孤儿》中，路易斯置身于宴会的人群之中，在周围的人身上看到了白人演员的影子："在他的左侧，隔了几个桌子，坐着一个消瘦的男人，他紧闭双唇，目光炯炯，流露出坚定的神色，让路易斯想起格里高利·派克……（在另一个人身上）他看到了马龙·白兰度饱满的脸颊、撅起的嘴巴和不安的眼神。"① 然而这些人实则皆为黑人。路易斯为这些人赋予了大众文化的身份特质，从而在其身上看出了超出种族的东西，即不同的种族出身并不能消弭他们同为大众文化产物的相似性。此外，麦克弗森还试图打破一些文化活动的专属种族身份，从而跨越种族界限。在《我为什么喜欢乡村音乐》中，故事开篇便提及叙事者"我"对乡村音乐的喜爱遭到了种族意识强烈的妻子言辞激烈的嘲讽，因为人们约定俗成将乡村音乐看作白人至上的代名词，是白人表达对黑人的厌恶与歧视的音乐载体。但"我"却看重乡村音乐中融入的黑人文化成分，将其看作黑人特有的创作，以柔性的方式消解、改变白人中心的南方文化叙事。另外，源自北方的方块舞也被看作白人的文化活动，因此，当白人学监看到黑人小孩的方块舞表演时，不禁感慨："你们方块舞跳得这么好，让我羞愧白人没更好地保护自己的文化。"② 黑人通过参与白人专属的文化活动，颠覆了这些活动的种族身份限定，也使种族身份的区隔不再僵化如初、泾渭分明，表现出淡化、交会的可能性。

后南方黑人文学是社会民主运动助推之下产出的累累硕果，带有鲜明的意识形态指向，投射着黑人渴求挣脱种族歧视的枷锁，实现自由、平等的政治愿望。在种族歧视最为严重的南方，黑人作家做着最艰难却又最坚决的抗争，用自己的言说去揭穿传统白人主流文学将黑人愚蠢化、沉默化的一面之词，瓦解其话语霸权，促使人们摘掉种族主义的有色眼镜，重新客观、公正

---

① James Alan McPherson, *Elbow Room*, New York: Fawcett Books, 1972, p. 164.
② Ibid. p. 27.

地审视黑人群体，还其以本真的面貌和风采。他们致力于拓宽黑人个体的生存空间，拒绝做任何形式的牺牲品，倡导对非洲文化根基和美国公民身份的双重寻求，以确立黑人自己独特的个体认知。不仅如此，他们还冲破了意识形态的樊篱，将种族的冲突和对抗转化为接纳和包容，力求以更开阔的境界看待，认识问题，用人性之光驱散人际割裂、疏离的阴霾，放眼全人类，将种族、性别的解放升华为"人"的解放，凸显每一个个体的价值，谋求人与人之间的理解和关爱。这一时期的黑人文学不仅为南方文学的完整性补齐了曾经的一块短板，增进了其代表性，丰富了其多元性，也为促进南方文化、思想的发展嬗变，美国民主化的社会进程，不同种族和谐共生做出了自己的努力。

第十章 消费深入人心

一 消费在南方的历史经纬

消费主义作为一种文化观念，表现为消费者在基本生活需求之外的目的进行物质消费，通过消费行为本身获得心理愉悦，实现"自我价值"。当消费主义全面渗透到社会各个层面，对人们的价值观念和生活方式产生重要影响时，就形成了消费主义文化。在18和19世纪以农为本的南方，人们深受清教主义思想影响，主张克己劳作，以勤劳致富作为拯救灵魂和亲近上帝的必由之路。在消费理念上，他们崇尚节俭，反对过分享受，大部分消费用于基本生活和发展生产。内战后，南方被纳入北方自由资本主义轨道，工商业发展和城市化进程逐步推进，南方人经济状况得到一定改善。至20世纪初，美国工业化和现代化突飞猛进，物质生产加速，商品琳琅满目，进一步提高了南方人的消费水平。美国免费邮政投递体系的建立，信用贷款、分期付款等金融制度的完善，各式商品推销活动的兴起，也极大便利了南方人的购物体验。他们开始通过推销活动或者邮购方式购买除生活必需品之外的新款服饰、家具、日用品和奢侈品,由此而得到额外心理满足。尽管南方经济发展水平相对滞后,消费主义思想依然在南方开始悄然滋长。历史学者杰克逊·李尔说,"在举国上下热衷于不断获得新的身心满足的时代,贫困也未能将消费主义阻挡在外"①。马修·霍尔也认为,到19世纪末"全国性的消费模式已渗透了南方地区"②。

消费主义文化在南方的蔓延引起"南方文艺复兴"作家们的警惕、不安和疑虑,他们纷纷撰文剖析南方人的消费观变化,或者通过艺术作品对南方人的消费现象进行描述或评论。"纳什维尔农业主义者"对消费文化持负面观感,认为南方工业化和随之而来的消费文化"使人脱离传统、变成非人,是一种与久经考验的南方生活方式的优秀部分格格不入的文化"③。其中,莱尔·兰纳(Lyle H. Laner)指出,消费欲望膨胀是南方工商化的必然恶果。新南方以占有物质财富的多寡判断个人的社会地位和群体归属,但财富往往需要有形的物质商品表现出来,必然驱使大众以商品消费来展示自身经济实力和文化品位。他写道:"工业社会对个人的控制源于大众持有的这个坚定信仰:'繁荣''进步''生活水平高'意味着对物质商品无休止的生产和消费……它们实际上只是从购买中获得一种权利和重要性的感觉。"因此,他把建立于工业化和消费主义之上的"进步"视为一种"虚假的幻象"④。赫尔曼·尼克松(Herman Clarence Nixon)认为,以工业和消费为特征的南方新经

---

① Jackson Lear, *Rebirth of a Nation: the Making of Modern America*, 1877–1920, New York: Harper Collins, 2009, p. 148.
② Matthew R. Hall, "The Reliable Grocer: Consumerism in a New South Town, 1875–1900", *The North Carolina Historical Review*, Vol. 90, No. 3, July 2013.
③ Joseph M. Flora and Lucinda Hardwick MacKethan (eds), *The Companion to Southern Literature*, Baton Rouge: Louisiana University Press, 2002, p. 22.
④ Lyle H. Laner, "Critique of the Philosophy of Progress", Twelve Southerners, *I'll Take My Stand*, Baton Rouge: Louisiana State University Press, 1977, pp. 123–4.

济模式"预示着巨大的灾难"①。

福克纳对消费主义文化进行了更深入的观察和剖析，字里行间流露出对消费主义文化在南方滋长的疑虑、不安甚至厌恶。在他看来，消费主义文化的滋长与南方旧贵族没落和资产阶级新贵得势息息相关。旧贵族后裔重视精神享受，而非物质利益，热衷于培养社会优雅和热情好客，而非把握机会积累财富。他们安守传统消费观念，把消费作为满足基本需要和改善生活的手段，反对满足欲望、炫耀身份、追求愉悦的物质消费。例如，《小镇》里的镇长沙多里斯甚至宣布作为奢侈品的汽车在杰佛森镇行驶的禁令。但随着新兴资产阶级成为社会主流，老一代的清规戒律被推翻。年轻的曼弗雷德·德斯班当选镇长后，立即废止该禁令，还自己开设了小镇第一家车行，当地银行也在巨大商机引诱下为人们购车提供信贷支持。这些行为极大地吊起人们的消费欲望，催生消费需求。"斯诺普斯三部曲"的主人公弗莱姆·斯诺普斯更是践行和推动消费主义的资产阶级新贵代表。弗莱姆经商发迹后，不断"受到希望'体面'的愿望的诱惑"，逐渐以各种物质产品来彰显其经济地位和阶级身份，以求维持高人一等的心理优势。加入小店不久，他穿上白衬衫，戴上"村子里除瓦纳外唯一的领结"，表明其步入资产阶级行列。进入小镇银行不久，他付出大笔金钱购置家具，因为"副行长的家需要副行长的家具"②。登上行长宝座后，弗莱姆又买下德斯潘家的大宅。对他而言，这座气势宏伟的大宅的主要用途并非用于居住，而是昭示他拥有与那些世家大族平等的荣耀和地位，凸显其作为银行掌控者的雄厚经济实力，打消居民对其"穷白人"出身的怀疑。

对于消费主义文化蔓延的途径，福克纳认为，它与资产阶级新贵的炫耀

---

① Herman Clarence Nixon, "Whither Southern Economy", Twelve Southerners, *I'll Take My Stand*, Baton Rouge: Louisiana State University Press, 1977, p. 71.

② William Faulkner, *Snopes* (*The Hamlet*, *The Town*, *The Manson*), New York: Modern Library, 2012, p. 781.

性消费有关。为了显示自身的经济实力和社会地位,新贵们往往过度彰显其对物质的占有,让商品消费成为具有象征意义的显摆行为,而这又诱使南方人通过购买消费品来释放内心深处被压抑的欲望,从而对整个社区都产生难以阻遏的影响。小说《小村》中农场主豪斯顿的奢侈消费行为就是这样的例子。为让新婚妻子"有面子",他购买名贵服饰,建造大房子,置办整套新潮家具。这让法国人湾的乡民羡慕不已。小说写道:

> 整个乡下都来造访。男人们在院子里看那匹漂亮的牡马,女人们在屋里看明亮的房子、新款的家具,还有那些代步的或者让人免受劳碌之苦的新玩意儿。那些新玩意儿在邮购宣传图册上出现过,她们在看图册时都曾梦想过拥有。①

法国社会学家让·鲍德里亚(Jean Baudrillard)认为,在消费主义文化中,社会消费的主要目标不是商品的使用价值,而是作为"自我表达"和"身份认同"标志的符号价值,消费行为不是为满足具体的欲望或者需要,而是欲望满足本身。② 这种符号价值突出表现在奢侈品消费。这种消费一定程度上影响和改变了人们对幸福的理解和价值判断,正如海尔格·迪特玛所言:"在消费主义文化中,物质财富说明了他或她属于哪个群体,而且还是在社会物质环境中寻找同类人的手段,此外,物质财产向人们提供了关于其他人社会地位的信息。"③ 因此,为提升自己的身份地位,维系自己的社会权利,上层人物会关注时尚,增加对奢侈品的购买。"下层社会"根据他们的消费水平与高消费层次的距离去理解幸福,对自己所观察到的符号性消费产生羡慕和

---

① William Faulkner, *Snopes* (*The Hamlet*, *The Town*, *The Manson*), New York: Modern Library, 2012, p. 203.
② [法] 鲍德里亚:《消费社会》,全志钢、刘成富译,南京大学出版社2006年版,第73页。
③ Helga Dittmar, *Consumer Culture, Identity and Well-Being*, London: Psychology Press, 2007, p. 103.

失落心理，这种社会心理又推动和促进奢侈品生产和消费。豪斯顿通过马匹、家具、房产等向周围邻居展示新南方"富人"身份，邻居们羡慕不已。可以想象，一旦条件允许，他们定将效仿。如是，南方人不再是为使用价值，而是为附着于其上的文化符号来购买和消费商品，拜物对象由商品的交换价值转向符号价值，刺激消费欲壑难填。

福克纳小说描写了许多常人难以理解的消费行为，这些行为实质上也是消费文化影响的体现。《八月之光》中乔·克里斯默斯不顾养父麦克伊琴的反对卖掉家养的母牛，目的就是为了购买一套新西服。①《圣殿》里的贵族小女谭波尔消费着奢侈的进口中国丝质睡袍、镶白金丝的钱包、价值十美元一盎司的高档香水和其他名贵化妆品，这些东西买来之后又被扔得到处都是。② 甚至许多遵循传统理念的人物也不甘落后。《坟墓的闯入者》中的老姑娘哈伯瑟姆小姐穿着廉价的印花布裙，却通过邮购在纽约定制"价值数十美元的手套和鞋子"③。《掠夺者》中卢修斯的祖父"老板"对汽车没有什么好感，但自己也买了一辆汽车。④ "斯诺普斯三部曲"中的小贩拉特利夫到了纽约也不能免俗，在一家俄罗斯人开的服饰店选了一根昂贵的领带。⑤ 然而，透过他们生活的时代背景，可以看出物质消费与维系社会地位之间关系的影子。哈伯瑟姆小姐家道中落，为了维系其贵族的骄傲，在"南方淑女"标志性打扮的手套和鞋子上面就特别着意；"老板"购买汽车则是要"在难以解读的玄妙与沙多里斯上校一争高下"，拉特利夫购买领带则是要暗示其作为俄罗斯贵族移民后裔的身份。这种通过消费彰显地位的欲望在《小村》里农民买"马"的场景中得到特别集中的体现。与南方人常见的骡子不同，马在农业生产中并无

---

① [美] 威廉·福克纳：《八月之光》，蓝仁哲译，上海译文出版社2004年版，第113页。
② [美] 威廉·福克纳：《圣殿》，陶洁译，上海译文出版社2004年版，第197页。
③ William Faulkner, *Intruder in the Dust*, London: Vintage Books, 1996, p. 77.
④ William Faulkner, *The Reivers: A Reminiscence*, New York: Vintage International, 1992, p. 25.
⑤ William Faulkner, *Snopes* (*The Hamlet*, *The Town*, *The Manson*), New York: Modern Library, 2012, p. 815.

作用。当得克萨斯人赶来一批"马"（实际上是野马）来拍卖时，法国人湾的农民疯狂抢购。为什么要买，甚至他们自己也不太清楚。对此，学者汉斯·斯凯（Hans Skei）曾做出解释："在他们贫困潦倒的生活中，几乎没有什么可以改变其现状，只有马才能带给他们唯一可以期冀的那点满足。"① 换言之，在无法改变自身经济地位的情况下，农民希望能够拥有种植园贵族的传统物质消费象征——马：正是这些马的"无用"给了他们心理满足。小说《我弥留之际》中穷白人本德伦家的消费举动，则说明部分南方人消费欲望到了何等荒唐可笑的地步。将妻子艾迪运送回小镇安葬后，本德伦家家长安斯立刻要求子女们借钱给他镶假牙，全家则购买了梦想的"轻便的小留声机"。借助忠厚老实的长兄卡什的视角，小说叙述这个小留声机带来的消费享受和众人的心态变化："真是一点儿不错，关得严丝合缝怪精致的，像张画儿一样，后来每逢一张邮购的新唱片寄来时，我们坐在屋子里（外面是大冬天）听着音乐，这时我就想起达尔不能跟我们一起享受，真是太可惜了。不过这样对他也许更好些。这个世界不是他的；这种生活也不是他该过的。"② 达尔清楚全家人借送葬之名去小镇行消费之实，为阻止其堕落曾试图放火焚烧棺木。卡什本来理解和同情达尔，但发觉达尔妨碍他们追求"生活享受"时，冷漠油然而生。这表明，消费主义文化在南方的蔓延已经势不可挡，任何试图阻挡它的人都将被无情碾压和抛弃。

对于消费主义的蔓延及对南方传统的侵蚀，福克纳曾多次对记者表示不安和焦虑。他曾言简意赅地描述过"体面"（respectability）一词在新旧南方的不同寓意，为它由道德标杆转变成财富标志而感到悲伤和遗憾，感叹"在维多利亚时代，人们所说的'体面'意味着受到上帝拯救的灵魂。现在，人

---

① Hans Skei, *Reading Faulkner's Best Stories*, Columbia, University of South Carolina Press, 1999, p. 176.

② [美] 威廉·福克纳：《我弥留之际》，李文俊译，上海译文出版社2004年版，第225页。

们所说的'体面'显示的是发了财"①。福克纳还借用小说人物之口间接指出,商品消费的实质只是低层次的、虚假的精神满足。在《坟墓的闯入者》中,福克纳通过斯蒂文斯之口直言商品消费提供的"平庸拙劣的音乐无法表达心声,那受过分追捧的金钱庸俗、炫目但无根无基,还有那筑基于虚无至上的名气大业,它就像在深渊上用厚纸板建造的房子……这都是那些故意培养我们民族对平庸的喜好并因此发财致富的人所制造的喧嚣"②。不仅如此,福克纳还将商品消费与原始欲望在本质上联系起来,在小说中将美国物质消费的代表性符号——汽车比作"这个国家的性象征","女人将力比多发射到汽车里",而男人控制着"踏板和控制杆之间那永远纯洁永远淫荡的秘密"③。《小镇》中斯诺普家族成员"蒙哥马利·沃德·斯诺普斯"的名字和卑劣勾当也暗示了消费主义与低级欲望的关系。"蒙哥马利·沃德"从欧洲战场返回南方后,以在小镇开设照相馆为幌子,暗地里却兜售不堪入目的色情照片,并制作照片目录,将色情照片伪装为明信片向周围各县的农民提供"邮购服务"。由于在福克纳小说中很多人物的名字都与对南方社会产生重大影响的人物或事件相关,如"瓦达曼"(密西西比州第36任州长)、"华尔街恐慌"(1929年股灾)等,读者从这位斯诺普斯的名字和他的"邮购"商业活动中,很容易联想到美国消费主义文化的推动者之一"蒙哥马利·沃德"公司。据美国历史学家丹尼尔·布尔斯廷(Danial Boorstin)研究,"南北战争结束后的二十年间,蒙哥马利·沃德、西尔斯·罗伯克之类的公司如何通过精心编制的商品目录作为广告,而在它们周围建立了庞大的消费共同体",许多南方人"翻阅蒙哥马利·沃德公司或西尔斯·罗伯克公司大部头的商品目录,比

---

① Fredrick L. Gwynn and Joseph Blotner (eds.), *Faulkner in the University: Class Conferences at the University of Virginia, 1957-1958*, Charlottesville: University Press of Virginia, 1959, p. 32.
② William Faulkner, *Intruder in the Dust*, London: Vintage Books, 1996, p. 155.
③ Ibid. pp. 238-239.

翻阅《圣经》的时间还要多"①。小说讲述"蒙哥马利·沃德"的"挂羊头卖狗肉"的勾当，实际上是对现代消费主义文化的辛辣嘲讽：照相本是人们记录日常生活之美的手段，但这个美好口号下商人们却挑逗人们赤裸裸的欲望，并通过贩卖对这种欲望的虚假满足作为生财之道。它表明，消费主义文化通过刺激人们的感官欲望，诱导南方人将物欲的满足和感官享受等低层次精神愉悦当作人生的追求目标，实际上将南方人带入了物质主义和享乐主义的歧途。

　　福克纳在小说作品中还提示人们警惕消费主义文化对南方传统的危害。在他看来，物质消费带来的不是真正的主体个性和他人认同，而只是愿望得到满足的虚假感觉。《小村》中的弗莱姆希望通过领结彰显自己与穷苦农民的差异，但在旧贵族的眼中那依然是"一种小而邪恶、没有深度、意义暧昧的污渍般的玩意儿"②，其故作高雅的行为受到极大的鄙夷。另一方面，社区居民在接受消费文化的过程中，性格也越来越"物化"，变得急功近利、唯利是图，不愿在土地里诚实劳作，希望通过捷径发财并尽情享受。在"花斑马"交易中，村民们对代表着上层阶级地位的马匹充满占有欲，久久不愿离去，宁愿花费自己微薄的血汗钱购买对他们的生产和生活毫无帮助的马匹，最终成为弗莱姆等新兴资产阶级的牺牲品。此外，消费主义文化不仅戕害个人，更败坏南方人道德自制、生活节俭的优秀文化传统。在福克纳笔下，消费主义文化催化欲望、滋生享乐主义和自私人格，侵蚀节制欲望的传统生活理念，受到消费主义腐蚀的人往往失去自尊、荣誉、正直等价值观，成为受欲望奴役、失去道德和价值判断能力的单向度之人。许多自诩为主流社会的人物被这种感官欲望控制后，几乎忘记了基本的礼义廉耻，甚至毫不顾及周围和社

---

　　① ［美］丹尼尔·J. 布尔斯廷：《美国人——民主的历程》，谢延光译，上海译文出版社1997年版，第148、169页。
　　② William Faulkner, *Snopes* (*The Hamlet*, *The Town*, *The Manson*), New York: Modern Library, 2012, p. 57.

区的评判，如《圣殿》中整日周旋于男大学生中间的谭波儿，以及《小镇》中沉迷于肉欲并与人通奸的镇长德斯潘。追求物质消费满足的人并未获得真正的幸福，反而因此蒙受损失或悲惨境遇。谭波尔被男伴出卖，惨遭强奸；德斯潘身败名裂，被迫远走他乡；法国人湾村民买下的野马一哄而散，留下两手空空的村民们欲哭无泪。这些人物的荒谬命运结局揭示出作家对南方人追求消费主义的痛心疾首，在他们演绎的可悲可笑的种种故事中，隐藏着作家内心对消费主义的厌恶和拒斥。

二 消费定位身份，愉悦精神

后南方的小说中涌动着在商业化浪潮推动下社会、个体以及道德和审美的转型，对物质、精神的感受、定位的质变。社会层面聚焦在新兴科技和大众传媒的带动下，个体能力的提升冲击社区集体的功能，足不出户构建的模拟世界取代切实存在的客观社会，疏离型社会和仿象社会应运而生；个体层面，在消费是人生支点和一切皆可消费的准则引导下，主体观念发生转变以及客体范围随之扩大；道德伦理和审美情趣的转向中，以享乐主义为导向，倡导娱乐精神与感官冲击的大众偶像崇拜和音乐明星追逐蔚然成风，消费拉动生产的后工业理念深入人心，成为新的审美和道德标杆。20世纪下半叶，南方经济持续蓬勃发展，商业化随之全面而深刻地浸淫南方生活，购物中心、主题公园、电影院、连锁快餐店、饭店、宾馆等消费场所成为其主要景观，极大改变了南方人的传统价值观和生活方式，以"多支出、多购买、更繁荣"

为原则的"福特主义"深入人心,① 带动南方人以开放姿态迎接消费时代的到来。当代南方一些文学作品与时俱进,记录了这一嬗变。理查德·福特所写的《体育记者》以及鲍比·安·梅森的小说尤为典型。

在梅森的作品中,消费场景随处可见。麦当劳、购物中心、凯玛特超市、7/11这些购物场所已然成了人们日常生活不可或缺的一部分。商场货架上灯具、行李箱、打字机、银器、瓷器、假花等琳琅满目。人们习以为常地以消费来确立个人身份,所穿衣服品牌款式、所开的车成了人的品位、档次、志趣的辨识标志,更加关注自身,注重通过消费实现个性化装扮和表达,朋克式奇装,大小不同、风格各异的耳环成为一些年轻人追捧的新宠。小说《在乡下》中,塞姆眺望着高速公路上飞速驶过的车辆,一个繁忙的、商业文化蓬勃发展的洪流的缩影尽收眼底,明确无误地向远方铺排着当下的生活形态。"度假的家庭,打探市场的推销员,流浪的怪人,拉着货物的卡车。美国的一切都在这里、在路上进行着。塞姆喜欢这种陌生的感觉。他们位于一个十字路口:东西走向的是一条州际公路,南北走向的是一条国道。她处身其间,位于这巨大能量的正中心,柴油卡车的嘈杂声浪正如一首摇滚歌曲的背景音乐。"②

一反旧南方的乡村田园风情,《体育记者》的背景大多数定位于车水马龙的城市。小说通过消费视域下密西西比的巴斯克姆离开故土漂泊异乡的人生轨迹和心路历程体现了当今南方人的浅表思维、物质崇拜、享乐主义、活在当下的信条和生存形态,否定颠覆了"南方文艺复兴"彰显的历史意识、地方情结和家庭观念,揭示了其在新时代的陈旧虚幻及被摒弃的必然。巴斯克姆独自驾驶在路上时,五光十色的餐馆所构成的亮丽风景线令他心醉神迷。

---

① Richard Gray, *Southern Aberrations: Writers of the American South and the Problems of Regionalism*, Baton Rouge: Louisiana State University Press, 2000, p.350.
② [美]博比·安·梅森:《在乡下》,方玉、汤伟译,重庆大学出版社2014年版,第19页。

他承认"高质量的饭馆、脱衣舞俱乐部、酒吧、夜总会、咖啡厅——这些地方存在一种小小的荣耀感,让人心潮澎湃。生活本质的一部分就在这里"①。在巴斯克姆看来,生活的范围不仅仅局限在家庭之内,还包括这些流光溢彩、富丽堂皇的消费场所。这些地方都是后现代人在工作和家庭生活之余娱乐、消遣之处,他们借由酒精、美食、脱衣女郎等提供的味觉和视觉享受来愉悦自己,暂时忘却生活的挫折或不幸。从某种意义上说,这些是借助消费手段为人物搭建的发泄内心苦闷的平台和临时避难所。既然沉湎历史被视为死路一条,作品推介的"更有希望的事情"② 就是像巴斯克姆那样转向商品消费,在遭遇困难苦痛时专心阅读商品广告。这一貌似普通琐细的举动在巴斯克姆生活中举足轻重,被作品赋予远超越单纯信息查阅的隐喻意义,衍化为他与当今世界进行无声交流、体现其人生信条的微型仪式。他坦言自己"喜欢商品消费,喜欢广告上画着的普通的美国人面孔……"③ 并借此摆脱历史阴影,倾情拥抱现在,从中寻觅、感知、获取乐趣与启示、真谛,汲取力量。广告上琳琅满目的商品通过符号形象仿拟浓缩了一个富足缤纷的世界,令人感觉真实,触手可及,可亲身体验,于是,向他直观传递了一切尚好的信息,为他带来愉悦和安抚,使其忘却悲伤,平抑纾解心灵和感情的冲突。作品力求揭示,商品广告阅读对世界的认识虽诉诸感知实现,仿佛缺乏理性的深刻和意义的厚重,渺小肤浅,难与历史思考相提并论,但当传统的概念里连续的时间已碎化为一系列当下片段之后,历史思考已失去前提条件,应运而生的广告阅读紧扣形势的运行规律,温馨近人,值得信赖,能有效帮助人提振信心,以平静和坚韧面对现实。因此,它不但彰显了其在新时代的可贵之处及

---

① Richard Ford, *The Bascombe Novels*: *The Sportswriter*, *Independence Day*, *Lay of the Land*, New York: Everyman's Library, 2009, p. 136.
② Richard Ford, *The Sportswriter*, New York: Random House, 1986, p. 24.
③ Richard Ford, *The Bascombe Novels*: *The Sportswriter*, *Independence Day*, *Lay of the Land*, New York: Everyman's Library, 2009, p. 179.

作为生存之道的正当性，且反衬出历史的缥缈、陈腐及被摒弃的必然。作品以肯定的笔触强调巴斯克姆在消费社会中关注的焦点在眼前，表明他隔绝过去、立足当下的核心价值观顺应社会大环境，适者生存是明智选择，正如巴斯克姆声称，"只要现在是快乐的……别无所求"①，"从邮购广告目录满足我们所有购物需求，这是适合我们和我们生存环境的生活方式"②。这也映射出福特的价值观。无论是巴斯克姆还是福特，他们都拥抱消费主义，并不觉得有任何不妥，不对这个物质世界进行任何评判或讽刺。③

至于定位自我问题，和梅森所见略同，福特给出了相似的答案，人们在消费大潮中可以通过购买的商品和服务来建构身份，践行了让·鲍德里亚对商品的符号、象征价值的论述：符号化的商品是拥有者身份、地位和财富的象征，能创造、定义自我。为强化消费对身份定位的重要性，作品在介绍巴斯克姆女友时，略去其出身背景等身份信息，直接聚焦她的服饰及用品，从香奈儿5号香水、超麂皮夹克、手提包到双绉纱睡裙，描述细致入微，活脱脱依靠商品堆砌装点出一个时尚拜物女郎形象和消费时代化身，借助这些商品及品牌知名度所体现的货币价值，她对其的购买、占有行为打造出她不同凡响的品位和骄奢、帅气、随性、性感的气质，既显示出"作为物质主义的代言者，维基·阿斯诺特的本性让她对物质的信仰超过本质"④，也令巴斯克姆倾倒。这种迷恋展现了以消费定身份的方式得到了他的衷心认同，已潜移默化渗透进其心智，统摄着他的情感及审美、价值判断，取代了"南方文艺复兴"作品中的人物那样通过寻根溯源、追忆反思历史来定位自我身份归属的传统模式。小说不仅通过女性的物质消费对阿斯诺特进行身份归类，还通

---

① Richard Ford, *The Sportswriter*, New York: Random House, 1986, p. 144.
② Ibid. p. 195.
③ Huey Guagliardo ed. ,*Perspectives on Richard Ford*, Jackson: University Press of Mississippi, 2000, p. 87.
④ Richard Ford, *The Bascombe Novels: The Sportswriter, Independence Day, Lay of the Land*, New York: Everyman's Library, 2009, p. 56.

过巴斯克姆对汽车消费的偏爱来显现其对精致生活的讲究。他多次提及自己的雪弗兰迈瑞宝,在说到其他汽车时也往往细称其品牌或特性,而不仅统称"汽车"或"轿车"。对他来说,驾车体验是美好生活的一个重要组成部分,"坐进崭新的、洁净的限量款车或者蒙特哥轿车的感觉简直无与伦比"①。

　　旧南方以农为本的经济落后的交通、保守的观念将很多家庭世代封闭于固定的地域,由此衍生出了南方人对地方发自内心的认同,地方既是其居所,也被视为承载了家族的悲欢和梦想的心灵原点和归宿。所以,"南方文艺复兴"作家以饱蘸激情的笔墨在创作中抒发对故土不尽的眷恋,揭示南方山川河流、一草一木蕴含的历史、启迪和灵性。威尔蒂甚至常年住在父亲造的房子里,以实际行动演绎她对地方的热爱,宣称南方"不仅是精神的源泉,它是我知识的源泉……它指引我的航向……"②

　　《体育记者》以令其"南方文艺复兴"前辈瞠目的方式和强度消解了这种浓郁的地方情结。它首先釜底抽薪,对故事场景做去南方化处理,将事件发生地几乎完全搬出南方,设定在底特律、新泽西、纽约等地,以此作为三个基点,以大部篇幅勾勒出巴斯克姆前往异乡求学、憩息、就业,在消费社会自由放飞心灵、寻觅理想目的地,游离于南方之外的旅程。进而,作品对地方进行去情感化、去寓意化处理,抹去"南方文艺复兴"装载进地方的情感、隐喻、想象因素。与离开故土后反倒对其魂牵梦萦的昆丁大相径庭,巴斯克姆的出走被写得义无反顾,强调家乡的单调、肮脏、落后为少年时的巴斯克姆留下恶劣印象,使他"没有丝毫依恋","觉得很快有一天会突然离开这地方"③。作品闭口不谈地方与人有何心灵交融、呼应和牵拉,而是对地方

---

① Richard Ford, *The Bascombe Novels: The Sportswriter, Independence Day, Lay of the Land*, New York: Everyman's Library, 2009, p. 135.
② Eudora Welty, *Conversations with Eudora Welty*, ed. Peggy Whitman Prenshaw, Jackson: Mississippi University Press, 1984, p. 87.
③ Richard Ford, *The Sportswriter*, New York: Random House, 1986, p. 26.

的物质生活水准和房产价值津津乐道，将地方之于人的意义简化为单纯的消费使用功能，揭示南方人对地方的态度已今非昔比。比如，巴斯克姆选择住在新泽西就是因为其"有稳定坚挺的房产价值、定期垃圾回收服务、优良的排水系统、宽敞的停车场"①。显然，他是沿循纯粹消费者的思维将购买后房产可能升值的经济收益和良好的物业服务作为唯一评价指标。而且买房子的钱源自他出售其小说所得的酬金。这一细节耐人寻味，暗示受消费文化影响，文学也未能免俗，被彻头彻尾地商品化，与地方在流通领域进行等价交换。在交易过程中，地方被除去曾被人为赋予的多重象征意义，仅剩下通过货币来衡量，以买卖来实现的单一地产价值。有评论家敏锐地注意到这一问题，总结道，"贯穿《体育记者》始终的是南方文学、后现代的'地方'和金钱之间纠缠不清的关系"②。

　　背井离乡，四海为家，究竟情定何处？从巴斯克姆的漂泊轨迹看，以消费为核心建构的便利斑斓的都市生活、娱乐休闲方式是为其指引航向的灯塔或吸引其憩息的驿站，"欲望的文化、享乐主义的意识形态和都市化的生活方式"③是他所追求的理想生存形态。他对底特律不吝溢美之词，因为那里丰富发达的商品、交易、服务向他打开令他心醉神迷的世界，给他酣畅淋漓之感。"学习如何获得政府批准用地、抵押买房、在灯光下看人玩游戏，那是绝好去处"④，"生活的精华都在这儿了"⑤。这显然与他对家乡的憎恶形成巨大反差，两相对照可以看出，外面世界五光十色的消费生活和感官诱惑对新南方人产生了强大的磁吸效应，致使他们离开先辈眷恋的热土，前往他乡寻找精彩人生体验。

---

① Richard Ford, *The Sportswriter*, New York: Random House, 1986, pp. 103 - 104.
② Martyn Bone, *The Postsouthern Sense of Place in Contemporary Fiction*, Baton Rouge: Louisiana State University Press, 2005, p. 101.
③ 周宪：《视觉文化与消费社会》，《福建论坛》（人文社会科学版）2011 年第 2 期。
④ Richard Ford, *The Sportswriter*, New York: Random House, 1986, p. 115.
⑤ Ibid. p. 149.

在后南方，农业主义者的土地所有权理想和威尔蒂的"南方情结"，以及空想派泛神主义的乏味谬论，统统被商业化地产的资本主义物质崇拜所取代。① 资本消费和地方的关系在《体育记者》的续篇《独立日》中也得到进一步的体现。"《独立日》写的似乎是关于后南方、后资本主义时期的美国，而不是一些'南方'的田园乡村甚至沃克·珀西式的郊区。"② 对于《独立日》中转行从事房产经纪的巴斯克姆，传统的地方意识已全部转变为经济学上的地产概念。此时，巴斯克姆站在旗帜更为鲜明的"美国后南方晚期资本主义的背景下和我们对话"③。对巴斯克姆而言，"房地产是他曾在邮购商品目录中对物质追求的一种延伸"④。从《体育记者》到《独立日》，巴斯克姆从走出密西西比的少年到新泽西的房产经纪人，南方逐渐被剥离其历史意义。在这过程中，原本深受历史和个人情感影响的"地方"概念产生了新解，蜕变成受经济资本控制的、独立于个体情感之外的商品。这种转变即是巴斯克姆不断探寻地方的本质的结果。地产经纪人这个职业令他"开始强烈意识到，房地产是反映哈达姆的地方感的（社会经济）现实"⑤。换言之，"'地方'和'社区'都依赖于市场经济"⑥。因而《独立日》从某种意义上来说也强调了受资本主义财产关系影响的"地方"相对于受复杂历史牵扯的地方情结的独立性。

巴斯克姆的漂泊一定程度上也是福特本人的真实写照，融入了福特十八岁离开密西西比后辗转于他乡的经历和思考，再现了新南方人告别南方这一社会现象，表明伴随着世界的飞速发展，南方被四通八达的交通工具和技术

---

① Martyn Bone, *The Postsouthern Sense of Place in Contemporary Fiction*, Baton Rouge: Louisiana State University Press, 2014, pp. 123 – 124.
② Martyn Bone, "The 'Southern' Conundrum, Continued: Barry Hannah and Richard Ford", *Mississippi Quarterly*, Vol. 53, No. 3, 2000.
③ Martyn Bone, *The Postsouthern Sense of Place in Contemporary Fiction*, Baton Rouge: Louisiana State University Press, 2014, p. 136.
④ Ibid. p. 124.
⑤ Ibid. p. 119.
⑥ Ibid. p. 131.

手段和其他区域连为一体，南方人的活动范围和视野不再局限于南方，对其的忠诚与依恋式微，在强大的消费文化面前，故乡的感召力已消散殆尽，南方的情感附加值会不可避免地剥落，物质战胜精神、流动代替坚守是大势所趋。福特曾这样解释自己为何离开南方："因为我想看看全国的其他地方。电视开始让我关注纽约、芝加哥、洛杉矶……我得离开这里来挽救自己，重塑自我。"① 显然，在异乡的漂流过程就是新南方人破除旧的思想观念，重构、践行新的人生信仰之旅。

作品着力刻画了消费文化在强力介入家庭和个人生活，超越其原有的满足物质需求的作用，承担起填补亲情严重缺失，行使家庭原本意义上的拯救、抚慰功能的关键角色，如同茫茫黑暗中一束阳光，为苦闷彷徨的个人带来愉悦温馨，提供某种心灵护理，赢得家庭成员的青睐和信任，成为其当家庭出现变故或矛盾冲突时所求助的精神支柱。离婚前，巴斯克姆和妻子在儿子去世后就"移情别恋"，将专心浏览邮购广告当作要事。离婚后，巴斯克姆对消费的倚重一如既往，甚至达到痴迷地步。当离婚俱乐部的沃尔特问他怎样快乐起来，他回答"我会看邮购广告，喝个大醉……"② 在得知沃特自杀的消息后，他慨叹沃特本可以通过阅读商品广告避免悲剧的发生。③ 显然，在巴斯克姆的认知中，消费代表了最可信赖的慰藉、自处方式，支撑起其人生观。究其原因，主要在于"由光怪陆离的广告所制造出来的符号价值的幻境，……被认为比真实更真实"④，向他演绎了无忧无虑、幸福安定的愿景，在关爱、抚慰无处寻觅的当今，商品广告或消费至少给他"奇怪的安全

---

① Richard Ford, *The Bascombe Novels*: *The Sportswriter*, *Independence Day*, *Lay of the Land*, New York: Everyman's Library, 2009, p. 59.
② Richard Ford, *The Sportswriter*, New York: Random House, 1986, p. 184.
③ Ibid. p. 351.
④ 张一兵：《消费意识形态：符码操纵中的真实之死——鲍德里亚〈消费社会〉解读》，《江汉论坛》，2008 年第 9 期。

感"①，使他放松被悲伤和孤独所折磨的神经，激发对未来的信心和希望，从困境中暂时自我解脱。阿斯诺特母亲去世后，她和家人一道去商场吃饭和购物，买下一条自己并不需要的金项链，暂时转移他们的注意力，减轻亲人逝去的悲伤。在精神极度贫瘠、低落之时，似乎能抚慰、拯救他们的就是身边那些看似庸俗简单，但触手可及，给人坚实存在感的物质产品。

福特把握"南方文艺复兴"价值观的精髓，曾被人称为"新福克纳派"，后来他决计另辟新路，目前遂以真实描写20世纪80年代消费、大众文化里南方人的生存形态著称，《体育记者》即是此类一部力作。它以巴斯克姆的人生轨迹和心路历程悖反与颠覆了"南方文艺复兴"的核心价值观。这其中蕴含了社会发展的必然及福特对过去、现在的观察思考与判断，形象演绎了他同代南方作家梅森所说的话："老一代（南方）作家有很强的南方、家庭、乡土意识，我想新一代南方作家写的就是这种意识如何崩溃。"②结合梅森等其他众多当今南方作家的类似描写，可以看出《体育记者》《独立日》等一定程度上代表了南方文学受现实的嬗变的带动，在从"南方文艺复兴"的崇尚精神，传统的种植园、乡下、小镇话语朝城市、商品消费的叙事转型，物质化、即时化、浅表化、娱乐化演进成其核心价值和主要表征，折射南方人现在不再深陷内战和奴隶制的历史阴影，将封闭贫穷的故乡奉为精神皈依，他们已紧随时代步伐从商品消费中获得物质欲望满足，找到心灵依托，将追求感官愉悦、活在此时此地立为信条。在他们心中，当今世界精彩纷呈又变幻莫测，充满不确定性和虚幻感，机缘、幸福转瞬即逝，商品消费是触摸生活质感和希望、确认自我存在的有效方式。这充分体现了时代变迁对文学强大的辐射、重塑功能。南方在"漂流向一个浅表世界，意义均和购物挂起钩来，

---

① Richard Ford, *The Sportswriter*, New York: Random House, 1986, p. 196.
② Bobbie Ann Mason, *Southern Writers at Century's End*, eds. Jefferey Folks and James Perkins, Lexington: University Press of Kentucky, 1997, p. 152.

这当然就是为什么近年来南方小说许多人物以其采购的商品而非以其居住的地方定位自我,他们似乎一直到处采购"①。

物质与精神一直是人类一道非常简单又那样令人难以取舍的哲学命题。西方经典思想的一个主轴是将最高价值赋予精神,将其作为人应不懈追求的境界和终极归宿。比如,柏拉图旗帜鲜明地将肉体感应贬低为囚禁人的洞穴,认为其会将人引向虚假现实,而亚里士多德则倡导将心灵的探索放在首要位置。基于这一理念,现代主义文学作品将其所关切的核心问题锁定在科技发展、物质丰裕的社会里人的心灵的贫瘠、扭曲与救赎之道。沃克·珀西的《影迷》就以典型的现代主义的公式,沉沦—异化—觉醒—求索,演绎了一个现代南方人心灵挣扎与奋斗的历程。虽然强大的物质诱惑让波令难以抗拒——"我第一天去取车牌时是多么心满意足啊!我订阅了《消费者报道》,所以就有了台高档电视机,几乎寂静无声的空调和长效除臭剂"②,这导致他一度沉沦、放纵,但是,在灯红酒绿中,在花前月下,波令有时要忍受失眠、浑身颤抖、对环境产生陌生感的折磨。这是他心灵深处的火花在唤他觉醒,表明虽然身陷物质的泥淖,他追求更高境界、完善自我的愿望尚未彻底泯灭。波令奉行的逻辑是"人如果没有沉溺于他的普通生活,就会进行求索……意识到求索的可能性就是要寻找精神支点。没有支点就要陷入绝望"③。他最终幡然悔悟,挣脱诱惑,以觉醒、求索实现了对柏拉图等所倡导的精神至上的西方古老哲学观的回归,体现了其精神的坚持与守护,凸显了在物欲横流的社会大背景下的精神不灭。福特和珀西相识于20世纪70年代,他首次接触《影迷》时受到极大震撼,将其称为美国的伟大作品之一,坦率承认珀西对自

---

① Richard Gray, *Southern Aberrations: Writers of the American South and the Problems of Regionalism*, Baton Rouge: Louisiana State University Press, 2000, p. 351.
② Percy Walker, *The Moviegoer*, New York: Avon Books, 1980, p. 13.
③ Ibid. p. 18.

己后来创作《体育记者》的影响。①

但如果比较这两部小说里波令和巴斯克姆对物质与精神孰轻孰重的问题的回答,差异立显。巴斯克姆并无对物质潜在的危害的担忧之情,而是无保留地接受了物质生活,与之和平相处,坦然自若地享受着物质所创造的乐趣。伴随对物质生活的坦然认同,巴斯克姆避免了波令蒙受的失眠、颤抖、陌生感的困扰,心满意足地讲述着近年来的故事:"我12年来的生活一点都不差。在很多方面非常好……几乎没什么事情真使我忧心忡忡或夜不能寐。"② 巴斯克姆以典型的实用主义制定自己的人生规划。以物质为构成要件的消费哲学仿佛衍化成一种宗教,取代了上帝的位置,赢得了他的爱戴和虔诚。巴斯克姆再三表达自己是物质、商品的信徒:"我的思维方式让我爱上了数量丰富的完全普通平常……的物品。我喜欢购物,喜欢照片上普通、美丽的美国面孔……这带给我一种奇怪的安慰,让我感觉到自己周围的生活尚好。"③ 对于他,和普通物品的实际接触是在风驰电掣得有些不真实的世界里求证自我、肯定自己的存在的最佳途径。奎因认为:"处在让·佛朗索瓦·利奥塔所说的对元叙事充满怀疑情绪的后现代文化环境中,像福特这样的当代写实主义作家不可能像现代派作家那样转向宏大的历史和哲学叙事……对弗兰克(巴斯克姆)来说,和元叙事最相近的形式……是普通和可消费的物品……"④

有评论家将巴斯克姆与波令的异同进行了对比,精辟地指出:"他(巴斯克姆)就是一个宾克斯·波令,但缺少波令对堕入'平凡'生活危险的忧患意识"⑤,看似细微的一念之差,却道出了他与波令的根本分歧。印在《影

---

① Hue Gualiardo ed., *A Conversation with Richard Ford*, Jackson: UP of Mississippi, 2000, p. 182.
② Richard Ford, *The Sportswriter*, New York: Vintage Contemporaries, 1995, p. 4.
③ Ibid. p. 196.
④ Matthew Guinn, *After Southern Modernism*, Jackson: University Press of Mississippi, 2000, pp. 118, 129.
⑤ Frank W. Shelton, "Richard Ford", *Contemporary Fiction Writers of the South*, eds. Joseph Flora and Robert Bain, Westport: Greenwood Press, 1993, p. 151.

迷》正文之前的克尔凯郭尔的一句名言堪称这部小说的点睛之笔："准确地讲，绝望的特点就是它意识不到是绝望。"波令意识到了自己所处的险境，所以他就有希望。假如套用这一逻辑去检验巴斯克姆，则毫无疑问可以宣判巴斯克姆已经无可救药，因为他一直没有挣脱普通去求索的饥渴，没有体验到精神危机的降临，但建立这一对比并不具有相关性，原因在于巴斯克姆并不接受波令的人生准则，而是选择了另一条道路。对于在异化中挣扎、反抗的波令，巴斯克姆似乎指出了症结所在，波令从一开始就陷入了一个认识论的误区，僵化地沿袭着人为自己编制的人生是精神与物质的二元组合、精神高于物质的陈规，把理想、信念当作归宿，从而为异化的产生预设了隐患。巴斯克姆轻而易举地给出了避免困境的答案——跳出旧的思维窠臼，换一个角度看待生活，将它的形态简化成物质的单一实体，一切会迎刃而解。他倾向于模糊甚至抹杀形而上王国的存在，声称："生活中没有超验的主题。一切事情发生后便告结束。这就足够了。"① 为了强化他的观点，巴斯克姆将詹姆斯·乔伊斯（James Joyce，1882—1941）作品中的"顿悟"（epiphany）作为攻击的标靶，指责其是文学编造害人谎言的铁证，把人为想象出来的抽象秩序强加给宇宙，把普通场景和物体变成传递启示的媒介②。以巴斯克姆这样的观点衡量，精神追求便失去正当性，远不如通过近在咫尺的可触知的物体去体验、接受生活来得更加实际。这种现象传递的信息是，消费资本主义的力量势不可当，深刻地重塑着人的理智与情感。处在不断更新的产品、服务、时尚引领的环境里，人们似乎无暇、无心顾及所谓精神家园，无意沿袭过去的原则、程序去固守、坚持什么，取而代之的是以开放、多元、柔软如水的姿态顺应世界发展。

显然，在后南方，商品文化、消费文化的影响逐渐深度渗入人们生活的

---

① Richard Ford, *The Sportswriter*, New York: Vintage Contemporaries, 1995, p. 16.
② Ibid. p. 119.

方方面面，改造着人们的思想意识和社会文化构成，促使人们对物质和精神产生新的思考。后南方作家超越了视物质消费为腐蚀道德、败坏世风的负面叙事，衷心地欢迎、拥抱消费主义，以更为开放、坦然、包容、欣喜的态度对待物质的效能，将人们拥享美好物质生活的权益正当化。在这样的氛围里，追求物质的层次、品位，享受其带来的舒适、快乐，相信很少会再遭到非议、反对。消费已经融为人们日常生活中至关重要、必不可少的组成部分，从更高的层面看，是建立社会联系、构筑个人身份的手段，也是其走出地方热土、完成人生再次定位的导航。消费文化非但不腐蚀人的心灵，反而通过感官享受，在人失意苦闷之时为其提供慰藉、欢愉，替代家人的关爱，填补亲情空缺，从精神的对立面转化为精神的抚慰者和守护者。"南方文艺复兴"对宏大叙事的牵挂与后现代时期消费文化的盛行，反映出人们在不同的历史时期对普通生活的不同感悟与解读在某种程度上体现了人生理念、价值观从现代向后现代时期的转变。不管是对精神世界的坚守还是对微观生存哲学、物质乐趣的依恋，他们的方案都属于各自的时代，也宣示了通向充实生活感受的道路并不止一条，关键在于你主观上怎样看待它。

第十一章 南方文学：现状与未来

南方文学曾经与众不同的地域风情铸造、成就了它，使其成为在美国除西部文学之外仅有的以地域命名的文学。然而，南方在过去几十年在社会、文化、经济、政治等领域发生巨变以及后现代的叛逆精神，在后南方的小说引发了明显的背离传统的倾向，对"南方文艺复兴"所构筑的"南方神话"进行了颠覆，南方文学原有的特色在消退、散失，在践行演绎断裂、动荡、浅表等后现代文学精神和信条。后南方的文学根据巨变的生活状态在努力开辟新的表现空间和视角，其目的、取向与关注焦点在经历质变、转型，在朝与美国其他地方的文学趋同、融通的方向发展，是一种历史的必然，不以人的意志为转移。

一 南方文学的现状

霍布森在1991年指出，在过去的十五至二十年间的南方文学的一个主要特点是，年轻的南方作家不再那么重视"区域自我意识"①。区域意识的弱化，这是对南方文学现状的一个准确评价。在标准化、一体化的大背景下，南方文学原有特色在散失，它在挣脱区域身份，朝与当今美国文学主流趋同、融会的方向发展。以描写文化震荡而著称的梅森笔下的人物很多从思维到行为方式在经历着"美国化"的过程。他们也像美国其他地方的人那样，在工作之余寻求休闲的乐趣，去商场购物，开车去兜风，或在家里看电视。漫步在迈阿密、亚特兰大、伯明翰、诺克斯维尔等城市高楼大厦鳞次栉比的街头，仅从他们的表象观察，已经很难把南方和种植园、旧邸宅、小城镇、马车、西班牙青苔联系起来，分辨出南方人和其他美国人的不同之处。这在客观上当然是从外部涌入的变化浪潮汹涌澎湃，南方特征的衰变不可阻挡，客观现实的深刻变化又推动了后南方文学的思想意识的升级换代，使其基本上不再像"南方文艺复兴"那样以怀疑甚至抗拒的目光审视新生事物的出现，将其视为对南方的威胁，犹如洪水猛兽。它在很大程度上已经失去了捍卫区域身份的纯正、完整性的那份激情和坚定决心或者说已没有了这样的意识和意愿。

在跨入20世纪之后，南方遇到了前所未有的变革的冲击，它本能的反应是奋起自卫。作为它的文学表现形式，"南方文艺复兴"带着焦虑、困惑和一些怅然若失，以唯我独尊的坚守的姿态抵御外来的物质与精神的入侵，把以北方为代表的现代化、城市化视为制造精神荒原的力量，腐蚀南方的价值观念，使人非人化，迫使他们树立错误的价值观，抛弃人的基本美德——勇气、坚忍、同情、奉献、善良等。"南方文艺复兴"以向外部世界呈现、阐释自我，推介其理想和信念作为反制策略。在这一抗争的努力中，它把对自我区域身份的诠释推向了前所未有的高峰，将其鲜明的南方个性淋漓尽致地展示在世人的面前。田纳西大学教授詹姆斯·考波这样评价"南方文艺复兴"：

---

① Fred Hobson, "Surveyors and Boundaries: Southern Literature and Southern Literary Scholarship after Mid-Century," *Southern Literature Review*, Autumn 1991, pp. 753–754.

第十一章 南方文学：现状与未来

"阐释南方的需要和拒绝拥抱美国化的命运曾使南方作家怦然心动，为之着迷，促使他们写出了自己最优秀的作品。"①

但时间的力量仿佛会溶化一切，在南方进入20世纪下半叶，向新千年运行的过程中，它已经换了人间。它对自我的执着、坚守似乎在烟消云散，在很大程度上已经失去了捍卫区域身份的纯正、完整性的那份激情和坚定决心，开始拆除抵御外侵的心理屏障，顺应时代的潮流，将外部世界引入自我，不断吸收着、接受着非南方所固有的事物，按照新的模式改造、重塑着自我。与之相应，当代南方的文学也改为以开放、灵活、包容、务实的理念对待经济、文化的同化。安妮·泰勒注意到了她的南方同行梅森小说中所体现的这种根本转变，对里面的人物与时俱进，积极追赶社会的变革印象深刻。她说："里面的人物以如此乐观的态度作出巨大的努力紧跟时代变化，而不是去抗拒变化。他们真诚地相信进步发展；他们迅速吸收新的品牌，就如同外国人要学习所置身的一个陌生国度的语言一样。"②

应当说，这类作品是南方现实生活的真实写照，反映了南方在全力追逐、投身于时代的发展，去体验发展所创造的便利与幸福，享受融入一个连接四面八方的生机勃勃的庞大机体所带来的繁荣。但是，在保持与时代同步的努力中南方也付出了代价，它难以充分兼顾、呵护好它的过去和遗产。它独特、鲜明的区域色彩在发展的浪潮的强力冲刷下在一步步消退，成为过去。或许，势不可当的发展大潮更容易使人质疑，逆流而上，竭诚保护这种南方特色除了浪漫、空旷、抽象的理由，究竟有多少现实的意义和成功的可能性？毕竟，发展才是硬道理。在经济指数、生活质量成为了国家和地区的压倒性议题时，

---

① Joe P. Dunn and Howard L. Preston eds. ,"Tomorrow Seems Like Yesterday: The South's Future in the Nation and the World", *The Future South A Historical Perspective for the Twenty-first Century*, Urbana and Chicago: University of Illinois Press, 1991, p. 229.
② Rosemary M. Magee ed. , *Friendship and Sympathy Communities of Southern Women Writers*, Jackson and London: University Press of Mississippi, 1992, p. 253.

南方文化特征的得失的意义就有些空洞、相形见绌，落到了次要的位置了。何况，固守这些已经落后于时代的东西并不能保证南方在一个充满竞争的世界里的成功甚至生存。

南方的外观与内在的变化如此之大，对南方是否还是南方的探讨早已成为一个在南方广为关注的话题，已经谈了一个世纪，从福克纳到奥康纳一直到现在，年复一年地重复着同样的内容，几乎已经沦落到陈词滥调的地步。这种讨论似乎于事无补，它无法减缓南方变迁的速度。于是，南方也就在这无休无止的谈论间继续丢失着它的地域特征，南方关注的焦点也在这期间转向了高科技、国民生产总值、自由贸易、经济一体化、环境保护、生态平衡、性别平等、大众文化等全球很多国家和地区面临的共同问题。甚至像查尔斯顿这样的旧南方的文化中心都已经摇身变成了新时代发展的桥头堡，更何况其他地方。即使在密西西化的小城镇，按标准化建造的各种品牌的连锁店也是比比皆是。当采访者问哈瑞·克鲁斯，罗伯特·佩恩·沃伦等笔下的带有悲剧色彩的南方是否已经消失时，克鲁斯回顾了自己在童年所熟悉的南方，两相对照，他清楚地看到了南方在朝与其他地区趋同的方向发展。所以，他的回答是肯定的："我的确知道我们正被美国其他地方的文化所同化。小孩子不像我那时在爷爷的膝头听故事了……是的，它有可能消失；它会消失的。"[①]

哈姆佛瑞斯是当今南方作家中少数几位对南方区域特征的消失感到心急如焚的一个。她把这种变化定性为继内战之后南方的第二次毁灭。她把这种毁灭归咎于在南方各地蓬勃展开的经济发展，形容为"南方的家丑"，指责南方人对南方的消失熟视无睹，甚至欢庆这种变化的到来。她讲述了一个自己亲身经历的故事。她带领来自北方的一个作家游览了北卡罗来纳的夏洛特后，

---

① *Getting Naked with Harry Crews*, pp. 213–214.

对方最后的观感是:"没有任何事情能阻止这里成为新泽西。"① 这样的结论令她强烈地感到制止事态的恶化刻不容缓。她呼吁作家们起来采取行动:"我们必须制止它。作家尤其负有责任制止它,因为这攸关我们的生命线。"② 但客观地看,她的言论至多也就是表达了个人的一种愿望和态度,对于现实难以产生什么有效的影响。无论她说些什么,有一点是肯定无疑的,变化仍将继续,这并非是个人的意志所能控制的,因为南方已经被注入了强大的推进剂,和美国甚至世界其他地方的发展连为一体。减缓或者把它从正在风驰电掣的快车道上强行拖下来完全是异想天开的事情。

当然,需要指出,在后南方的发展变革大潮里,旧时的传统并非已完全消散殆尽,而是依然不同程度地存在。尤其在深受传统影响浸淫的地方或相对封闭、欠发达的乡村,其遗痕依然有迹可循。泰勒的《孟菲斯的召唤》的故事叙述人菲利普就讲到了南方特色鲜明的纳什维尔这座城市和当今世界恍若隔世,对20世纪翻天覆地的科技、社会变迁似乎无动于衷,几乎纯正如初,到了有些不真实、有些神秘的地步。那里的人们依旧生活在过去。"教养好"这样的传统文化的关键词总是萦绕在人们的耳边。他们经常谈论的是绅士,传颂的是本地传奇英雄的决斗。那里的每一片土地和空气都仿佛浸透了南方的历史和文化。甚至在街上,人都能从周围的空气里感觉到警示,告诫人们不要相信变化无常的现在,过去仍然真实地存在,"纳什维尔代表了昨天"③。不过,应当说,这样的怀旧在后南方是孤立、局部的现象,构不成其时代的主旋律。而且,即使在这样传统貌似坚固如磐的城市里,变化仍无孔不入地悄然发生,不可避免。菲利普就说:"即便如此,对我们这些孩子来

---

① Rosemary M. Magee ed. , *Friendship and Sympathy Communities of Southern Women Writers*, Jackson and London: University Press of Mississippi, 1992, p. 297.
② Ibid. p. 297.
③ Peter Taylor, *A Summons to Memphis*, New York: Ballantine Books, 1986, p. 28.

说，他们整个生活方式的变化还是显而易见的。"① 在泰勒的其他故事里，想逆势而上，回到农业主义生活方式的也不乏其人，在漂泊于不同城市的同时渴望回归田园生活，但又"发现自己在当今世界已无可挽回地被改变，'一切从旧时继承下来的东西'，即使不予以抛弃，至少也要重审"②，陷入了进退两难的困局。其实，沃伦早在 20 世纪上半叶为泰勒一部短篇小说集所写的前言里，就已经注意到泰勒的小说在回望传统的同时对南方变迁的着力呈现，过去与当下的交织造成的困惑茫然，这样评说泰勒笔下的南方："这是个对自我及其价值观念基石极不确定的世界，现代消费主义和传统纠葛在一起，常规走向没落，虔诚与虚情假意混杂……"③

由于南方文学在美国乃至世界的重要影响，这种变化引起了美国文学评论界的高度重视。专家、学者们著书撰文，对此做出评说。其中著名南方文学评论家佛莱德·霍布森、刘易斯·劳森（Lewis Lawson）、刘易斯·辛普森、休·霍曼、沃特·苏里文（Walter Sullivan）、马修·奎因（Matthew Guinn）的代表作有《后现代世界里的南方作家》、《南方现代文学之后——当代南方小说》（After Southern Modernism—Fiction of the Contemporary South）、《"南方文艺复兴"的挽歌》（A Requiem for the Renascence）、《世纪末的南方作家》（Southern Writers at Century's End）、《当代南方小说家》（Contemporary Fiction Writers of the South）、《二十世纪南方文学》（Twentieth – Century Southern Literature）、《世界是我们的家园——当代南方文学里的社会与文化》（The World Is Our Home—Society and Culture in Contemporary Southern Writing）等。

世界其他一些国家的美国文学专家也对这一问题产生了浓厚的兴趣而将

---

① Peter Taylor, *A Summons to Memphis*, New York: Ballantine Books, 1986, p. 28.
② William L. Andrews ed., *The Literature of the American South: A Norton Anthology*, New York·London: Norton & Company, 1998, p. 759.
③ Jay Parini Editor in Chief, "Reynolds Price", *American Writers A Collection of Literary Biographies*, New York: Charles Scribner's Sons, 2001, p. 318.

其列为研究课题。德国的波恩大学就于1991年主办了当代南方文学国际研讨会，并出版了论文集《重写南方》(Rewriting the South)。

柯林斯·布鲁克斯就当今南方文学是否继承了自己的传统的问题给出了肯定的答案。虽然他承认南方在很多领域已经发生了变化，但他把那当作表面的现象，不足以说明本质的问题。他坚持认为，南方在它基本的方面依然如故。为了支持他的立场，他引用了约翰·谢尔登·里德的社会学研究成果，表明尽管南方在向全国的标准、规范靠拢，然而在对家庭宗教、地方、历史的态度上与以前相比并无很大差异。他甚至提出这样的见解，南方与其他地区的区别实际上似乎在拉大。依照这一论据，他得出结论，南方文学过去六十余年的繁荣时期以丰富的想象力栩栩如生地再现了新、旧南方生活的独一无二的品质。[①] 布鲁克斯的论点在另一位著名南方学者路易斯·鲁宾那里找到了知音。鲁宾是南方文学始终如一的坚定捍卫者。他反复申明自己的观点，认定"南方文艺复兴"非但没有结束，反而进入了一个新的发展时期，充满了生机与活力，虽然和原有形式有所不同。在《美国文学文集》中，鲁宾一方面承认南方文学的变化，另一方面又强调它的基本原则犹存，福克纳的影响不仅没有成为过去，而且仍然在发扬光大，甚至有可能在年轻作家的想象力中占据主导地位。他说："虽然出现了变化，但也有继承、抗拒变化的因素。虽然有些因素会彻底改变，但有些条件是时代延续的。因此，如果说福克纳时代的南方并非当今的南方，故赋予福克纳的经历以秩序和意义的见地不再适用，未免将事情简单化了。"[②] 鲁宾在1985年出版的《南方文学史》(The History of Southern Literature)里重申："美国社会里过去和现在都存在着一个被称为南方的实体，无论如何，透过与这个实体的关系去审视自我经历的习

[①] Philip Castille and William Osborne eds.,"Southern Literature: The Past, History, and the Timeless", *Southern Literature in Transition*, Memphis: Memphis State University Press, 1983, p. 4.

[②] Louis Rubin Jr., *Essays in American Literature*, Baton Rouge: Louisiana State University Press, 1969, p. 286.

惯做法仍然是构成该实体组成部分的作家与读者的一个有意义的特点。"① 鲁宾在他的另一本书《南方文学》(*The Literary South*)里重复着自己的立场:

> 我们所了解的南方文学的想象力是否已经严重过时,注定要失去它易于识别的身份,还有待观察。它已经经历了重要变化,这是没有问题的。毫无疑问,变化还会继续。因为如果文学植根于一个社会的生活和时代,那么在南方社会面对不同的情况和发生巨大变化的环境时,它的文学也必须经历重要变化。但若是像有些人那样,说南方文学或南方这个区域已经或正在迅速失去其身份,等于忽略了相反的引人瞩目的证据。
>
> 生活在这一发生变化地区的人们可能对周围的变化的程度和影响感受过于强烈,以至于忽视了变化中恒定、稳固的元素依然存在。然而,南方之外的人毫不怀疑南方仍然有自己的特色。

他然后接着说:"的确,正是通过变化,能够变化,南方才迄今为止保持了它的身份。因为正如历史学家乔治·布朗·田道尔提醒我们的那样,变化不一定必然失去自己的身份,变化有时候是为了找到自己的身份。因此,现在和未来的南方文学的创造力仍然会独具特色,因为它伴随一直处于变化中的南方在变化。"② 他在《南方人画廊》(*A Gallery of Southerner*)里重申了这一观点:

> 新近问世的最优秀作品使我感觉到,它们仍然具有鲜明的南方特征,我认为,在可预见的将来,优秀的南方文学作品会继续涌现,同时还会有关于这些作品的优秀的文学评论。所以,出于我的性格和理智,我不同意我的某些朋友的意见,他们在我们撰文评价的这个地区的文学里,

---

① Louis Rubin Jr. gen. ed. , *The History of Southern Literature*, Baton Rouge: Louisiana State University Press, 1985, p. 5.
② Louis Rubin Jr. , *The Literary South*, New York: John Wiley & Sons, 1979, p. 621.

看到的只是衰竭、没落。(南方)社会身份依旧存在……①

休·霍曼和鲁宾所见略同。他说:"鲁宾和我在不同的方面对我们认为所看到的('南方文艺复兴')的延续持更乐观的态度。"② 布赖恩特(J. A. Bryant Jr.)和鲁宾与霍曼站到了一边,捍卫南方文学传统延续说。与两者有所不同的是,他承认"南方文艺复兴"在21世纪来临前早就结束,但与此同时,他认为"南方文艺复兴"的精髓、生命在当今的南方文学里得以留存,并且他对南方文学的未来发展充满了信心:

> 如果数字能为我们做证,根据最近的一些作品的活力和质量来判断,南方文学,这一"南方文艺复兴"的真正的遗产,依然生机勃勃、向前良好地发展。它依然具有鲜明的南方特色,在题材上毋庸置疑,在语言风格上也经常如此,显示这一地区仍然保持了它独一无二的身份的某些元素,这些元素有待在诗歌和小说里以新的创造性加以探讨。③

支持这种立场的学者和作家还有派特·康罗威、詹姆斯·阿兰·麦克佛森、法罗·塞姆斯(Ferrol Sams)、范·伍德沃德(C. Van Woodward)等。或许对于布鲁克斯、鲁宾这些对南方一往情深,致力于坚持、弘扬其传统的学者、作家来说,南方文学传统延续说更多还是他们主观情感、立场的一种宣示和表达,但在另一些学者看来,在当下形势下,这样的观点未免显得有些牵强,不实事求是。

同样是南方文学资深评论家的沃尔特·苏里文显然不同意布鲁克斯、鲁

---

① Louis Rubin Jr. ,*A Gallery of Southerner*, Baton Rouge and London: Louisiana State University Press, 1982, p. xvii.
② Philip Castille and William Osborne eds. ,*Southern Literature in Transition*, Memphis: Memphis State University Press, 1983, p. xxi.
③ J. A. Bryant Jr. ,*Twentieth - Century Southern Literature*, Lexington: The University Press of Kentucky, 1997, p. 7.

宾、休曼等的观点。他对"南方文艺复兴"在后现代时期仍在继续的可能性持怀疑态度。以他之见,当代世界导致了神话的衰落和公共意识的解体,因此,削弱了人们的道德信念,造成了绝对真理的丢失。其后果是,人们的伦理规范被遗忘,正确与错误的原则发生了混淆。据此判断,"南方文艺复兴"的基础不复存在。在他看来,南方文学正处在彩虹的末端。他说:"但是我要为你们描绘的是南方小说在新的制度下濒临枯竭的境况。无论我们可能提出别的什么说法,南方小说要保持南方的特色必须以南方为基点,关注南方文化、南方的习俗和信仰、南方的人民。我的论点是,文学随着支撑它的文化的消亡而消亡……"① 他甚至认为南方文学的衰落并非在近年发生,从威尔蒂的晚期作品和沃克·珀西的小说已经初露端倪。在他们的笔下,传统南方文明失去了原有的力量,在土崩瓦解。刘易斯·辛普森则提出了"后南方"的概念,即使不是显示此南方已非彼南方,也意在表明当今这一区域与过去南方大相径庭的代差,在学术界获得了响应、认同,进入了南方文学研究的流行语汇。马修·奎因对于鲁宾以静止的眼光试图找寻固定不变的南方在新的南方文学作品里的延续不以为然。他感到这样做无异于忽视了区域之外的影响和潮流,所以难以建立起可行的当代南方文学的理论,因为它排斥了一大批不符合这一模式的作家。奎因坚决主张,解读当今最富于创造性的小说的最佳方式是审视年轻作家如何拒绝"南方文艺复兴"的文学批评所坚持的对"南方文学的虔诚",如何在写作中和"南方文艺复兴"的模式背道而驰,拒绝弘扬后"南方文艺复兴"作者珀西、斯泰隆有气无力地维护的传统。②

显然,对于南方文学作为一个独具特色的区域性文学,现在是继续生存还是已经毁灭,争论的双方针锋相对。双方的观点各执一词,因为他们均能

---

① Walter Sullivan, *A Requiem for the Renascence*, Athens: the University of Georgia Press, 1976, p. 66.

② Matthew Guinn, *After Southern Modernism Fiction of the Contemporary South*, Jackson: University Press of Mississippi, 2000, pp. x – xi.

在当代南方文学里找到论据。彼得·泰勒、富莱德·恰贝尔（Fred Chapell）、文代尔·贝瑞（Wendell Berry）等的小说可以作为南方文学传统主题的范例，清晰地续写了过去南方文学的模式，而要发现当代南方文学对"南方文艺复兴"的主题、模式、关注的背离，则理查德·福特、考迈克·麦卡锡、巴瑞·汉纳、鲍比·安·梅森、哈瑞·克鲁斯的长篇小说是最有力的例证。尽管两派观点分歧严重，但他们至少在一点上达成了共识，即南方文学已经经历了重大的改变而且变化还将继续，无可争辩。

　　经济基础决定上层建筑，这在南方文学的产生和发展过程中大概可以被证明是一个颠扑不破的真理。"南方文艺复兴"的部分主要特征在本质上是其经济基础在其文学领域的体现，和它以农为本的经济体制息息相关。南方和土地的贴近造就了人们对家庭的价值和意义的重视以及对地方的难以割舍的情缘。如果对当今南方文学的经济基础依托进行考察，可以发现它在很大程度上已经发生了质的改变，南方文学在从一个亲近土地、乡村的文学向拥抱工业文明、消费经济、大众文化的文学移位，表现了南方在从农业经济向消费经济转型，由单个家庭拥有、经营的农场逐渐集中到大企业的机械化管理之下。因此，现在南方文学里的人物更多的是生活在城市，而不是在乡村。他们中有相当一部分已经和田野、农舍隔了一段地理的距离和一道认知的屏障，对于乡村生活的了解或者是通过父辈或祖父辈的叙述，或是通过自己对在乡下的童年的回忆。乡村已经不再是他们长相厮守的故土，而是成了他们假期、周末偶尔游览、休闲或是拥有乡下别墅的去处。置身于灯红酒绿、车水马龙的城市里，无法想象他们的思维还会滞留在南方"农业主义者"们竭力弘扬的价值观念上，植根于看似遥远、虚幻的过去。那样对他们当下的生活并无指导作用和实际助益。和"南方文艺复兴"的文学较为静态的居住方式相比，现在的人们的移动频率和移动范围大大增强，不愿将自己丰富多彩的追求用情感的锚链拴在一个固定的港湾，限制着他们的运动半径。为了实现自己的理想，提升生活的质量，他们倾向于四处为家。

在呈现这些方面的变化中，梅森做得尤其突出。像梅森这一代的南方作家是在消费经济、大众文化蓬勃发展的环境里成长起来的。和福克纳、沃伦等在尚未完全散尽的内战硝烟里，当人们还在艰难地调试自己，去适应南方战败的羞辱时，聆听内战的老兵讲述他们在战场的拼杀所接受的熏陶具有根本的不同，梅森等人的经历、所见所闻构成了他们心目中的世界的面貌和他们日常生活的一个基本部分，决定了他们必然要从超级市场里、电视屏幕上寻找创作的灵感。梅森在小的时候就和她的父母爱上了通俗音乐，尤其是摇滚乐。在20世纪50年代，梅森是一名狂热的追星族，发起成立了全国"山顶乐队"乐迷俱乐部，担任主席。她将其当作逃避单调乏味的小镇生活的一种途径。她在她的小说里着重探讨的是随着人们和土地的关系的不断淡漠，像家庭、社会、自我这些基本的概念需要注入新的内涵和理解。对人们的意识形态施加关键影响的是以电视机、收音机、广告、通俗音乐为表现形式的消费、大众文化和先进科技。它们已经在人的心灵和思想深处牢牢地扎下了根。甚至像塞姆对历史的追问的一个途径，就是通过看电视节目。而艾瑞斯，依据她丈夫的说法，也是通过电视学到了女权意识。外观横平竖直、四平八稳的大型购物中心仿佛成了梅森的作品场景里的一个地标。梅森曾幽默又不失精妙地概括了自己的小说和当今时代的紧密结合，将其形容为"南方的哥特小说走进了超级市场"①。她把大众文化视为时代的象征，是塑造人的品格、反映人的渴望的新核心价值体系，认为它"反映了我们真正的愿望和价值观念"或是"帮助铸就它们"②。在她的作品中，如火如荼的城市建设在不间断地清除着农业经济残留的痕迹，小镇和农舍让位给了房地产开发区和"像真

---

① Lila Havens, "Residents and Transients: An Interview with Bobbie Ann Mason", *Crazyhorse* 29, Fall 1985, p. 103.

② Bobbie Ann Mason, *The Girl Sleuth: A Feminist Guide to the Bobbsey Twins, Nancy Drew and Their Sisters*, New York: Feminist Press, 1975, p. ix.

菌一样突然冒出来的移动家庭"①，整个生活的画面充满了动感和新旧的更替。梅森在刊登在《纽约人》(New Yorker) 杂志的一篇文章里，谈到在家乡肯塔基发生了翻天覆地的变化，旧的生活方式正在淡出历史舞台："我母亲使用的方言随着她那一代人连同美国的小家庭农场一起在消亡。"② 她的短篇小说《示罗圣地》的主人公勒罗威是一位卡车司机，常年行驶在路上。因为一次车祸留下残疾，失去了工作，赋闲在家几个月。这给了他仔细观察周围环境的机会。在驱车前往新近开张的购物中心的路上，勒罗威蓦然注意到了镇上已经发生了巨大变化，回想起了过去在农业经济时代经常看到的一幕，感叹已经今非昔比，新的购物中心和工业园已经取代了无所事事的在这里游荡的农民：

> 勒罗威不知道新房子里住的什么人。过去常在星期六下午聚集在法院广场上下棋、把嘴里的烟叶吐到地上的农民们已经不见了。勒罗威已经有些年头没有想到这些农民了，他们在他不留神中就消失了。③

新的时代向前奔驰的速度提供的选择是尽力追赶、适应，拒绝给人以怀旧的条件、可能。

福克纳在接受诺贝尔奖的仪式上发表的讲话里，表达了他对人类的坚定信念："他是永恒的，不是因为他在生物当中有着永不枯竭的声音，而是因为他有灵魂，有着能够同情、奉献、忍耐的精神。"这是他的肺腑之言。勇气、荣誉、同情、奉献、忍耐等品质构成了他的文学作品中衡量人的标尺。这些品质也是为"南方文艺复兴"的文学广泛认同的价值观念，为该时期的作品砌下了坚固的道德基石，融进了它们的主题思想及对人物形象的刻画，为它

---

① Bobbie Ann Mason, "Gooseberry Winter", *Redbook*, November, 1982, pp. 28 –174.
② Bobbie Ann Mason, "The Way We Lived: The Chicken Tower", *New Yorker*, 16 October, 1995, p. 92.
③ Bobbie Ann Mason, *Shiloh and Other Stories*, Lexington: University Press of Kentucky, 1995, p. 4.

们增添了强烈的震撼力和沉重的底蕴。福克纳谴责不能给人爱或是卑鄙地利用别人的爱的人。他站在他的道德立场塑造的不同层次的品质的人物牵动着人心的向背,以他的复杂、隐晦的文学语言宣讲着他对世界的正确与谬误的诠释。在他庞大的人物群体里,既有散发着人道主义光泽的正面形象,也有为人不齿的恶棍,判定他们属于哪一个范畴的关键指标是怜悯、同情和关爱的美德的缺失与否。他的作品里德弗莱姆·斯诺普斯以一个冷血的行尸走肉的形象出现,他致命的缺陷就在于他不具备怜悯、同情、对别人的关心,把追名逐利定为自己唯一的人生目标,失去了人的禀性和良知,仿佛将自己的灵魂出售给了魔鬼,以此为自己换取聚敛金钱的魔法,因此具备了"恶棍"的品行,成了很多评论的众矢之的。和他相近的另一个人物是《喧嚣与愤怒》里的杰森,一个唯利是图、视道德为草芥的家伙。他寡廉鲜耻地为自己的冷酷而庆幸:"很高兴我没有那种要像护理生病的狗崽一样悉心照顾的良知。"[①]和斯诺普斯与杰森形成对照,处在另一个品质极点的是故事里的迪尔西。她虽然是一个地位低下的仆人,但却占据了这部小说的意义中心。在一个弥漫着压抑、绝望气氛的环境里,她更象征着生活的希望。这其中的关键原因在于她道德的力量,在于她能像早期的凯蒂那样能给人以天然、真诚的爱。她的可贵之处是能够始终如一保持自己的纯朴,对主人康普森家的成员以善相待,不因时光的流逝或这个家族的富贵、没落而改弦更张,也不因每个人的能力、作用的不同而分出高低贵贱,一直忠诚不渝地为整个家庭的物质和精神需求而操劳。白痴的本吉遭到了他的兄弟杰森和外甥女昆丁的厌恶,迪尔西却对他毫不嫌弃,尽自己的心力给他以关爱。在本吉 33 岁的生日时,连他的亲生母亲都忘掉了这个日子,迪尔西却仍记在心上,甚至自己出钱,购买原料,为本吉做了一个生日蛋糕。柯林斯·布鲁克斯对福克纳的"约克纳帕

[①] William Faulkner, *The Sound and the Fury*, New York: Cape and Smith, 1929, p. 246.

塔法"系列的道德实质作了精辟的评论:"'约克纳帕塔法'的世界……也是一个复杂的道德编年史的场景,民间的神话和几乎带有传奇色彩的过去产生了美国文学里极为罕见的东西:对历史的负担和辉煌的深刻意识。"①

作为福克纳的同代人并且有着相似的家庭背景,威廉·亚历山大·珀西秉承了和福克纳类似的道德准则。他的善恶观泾渭分明。他在《防洪堤上的灯笼:种植园主之子回忆录》中的一段话充分表明了他对现代化时代的生存哲学嫉恶如仇的原则立场,把人的操守放在首要位置,不道德,毋宁死。他斩钉截铁地说:"向孩子讲授欺骗、无耻、残酷无情、野性的力量以便让他们生存下去?那他们最好还是毁灭吧。"② 在旧南方面临土崩瓦解的时代,面对传统价值体系在金钱、物质、竞争、效率的蚕食下的逐渐消失,他对过去的美德的信念坚定如初,痴心不改,以乐观的精神预言它的最终回归:"美好的生活只有一种,人们会渴望它并再次实践它……关爱、同情、美好、纯真会复兴。宁愿呼吸它们片刻,决不支持邪恶千年。"③ 他坚信伦理道德的沦丧只是暂时的,真理终将战胜邪恶。

威尔蒂的《乐观者的女儿》中的主要人物莫凯尔瓦法官所代表的就是传统的价值观念,仁爱、慷慨、睿智、忍耐。他在大萧条时期资助考特兰上学,在当地传为佳话。他的善举和美德受到了当地人的敬仰,也收到了感恩的考特兰的回报。在他的第一个妻子生病期间,考特兰提供了细心的治疗。仁爱使这个世界增添了一份温馨,使人们在陷于困境之时不再感觉到孤独、无助。

反观后南方的小说,相当一部分作品在价值观念、生活态度上与"南方文艺复兴"时期具有很大不同。它无意重复爱、荣誉、自豪感、奉献、同情等崇高主题、背景,明显缺乏一个清晰、稳固的道德架构贯穿其中,避免触

---

① Irving Howe, *William Faulkner A Critical Study*, Chicago: Ivan R. Dee Publisher, 1991, p. 3.
② William Alexander Percy, *Lanterns on the Levee*, Baton Rouge: Louisiana State University Press, 1973, p. 313.
③ Ibid.

及正确与谬误的基本准则,其是与非的边界模糊难辨,往往踯躅在道德的虚空里,迷失在漫无目标的游荡中,像麦卡锡、汉纳、克鲁斯的小说非常突出地代表了这样一种颠覆道德的倾向。他们的小说里的人物几乎没有什么道德意识,传统的行为规范遭到肆无忌惮的践踏,被踢得七零八落。映入人们眼帘的是怪诞、狂野的本能、欲望,冲动决定他们的行动。比如,在克鲁斯的作品里,关爱似乎荡然无存,故事往往是以暴力、死亡或是离奇的结局收场。汉纳笔下的瑞的个人信仰的缺失和道德沦丧行为触目惊心。他在书的第一页宣称自己是医生,同时表示他必须"每天喝五瓶酒来保持清醒"[1]。无法想象瑞是如何在云山雾罩的醉酒状态下开具药方,实施手术的,这完全粉碎了人们对医生职业操守的传统期待。表面上,瑞为病人解除病痛,备受尊敬,然而,小说接着曝光了他荒唐的斑斑劣迹:让病人服用过量药物的失误屡见不鲜,甚至鼓励护士丽贝卡充当治疗他朋友急性胃炎的性工具。除了他怪诞的医疗手段和对职业道德的漠视践踏外,更令人震惊的是,当他发现病人在康复后有继续家暴的意图后,竟然终结了病人的生命:"我猛然拉开链接,关闭了监视器,让他从光明进入地狱。"[2] 汉纳采用先建构后解构的方式描绘出了瑞衣冠楚楚、治病救人的医生和胡作非为、冷酷无情的杀人犯的阴阳截然分裂的两张面具,靠酒精醉生梦死的人生,也写出了他所象征的一个光怪陆离的道德荒原。后南方的小说对道德坐标的轻慢在部分作品中还糅进了后现代的"嬉戏"(playfulness)元素,比如麦卡锡、汉纳、克鲁斯的小说以后现代的颠覆精神,用调侃、轻松的态度处理过去的庄重主题。汉纳在比较自己与福克纳对哥特创作手法的运用后承认,福克纳以哥特式的创作方式处理悲剧,而他却希望使用恐怖的背景为他的幽默服务,故意把故事写得荒诞不经,以收到滑稽可笑的效果。汉纳的幽默带有无法无天的肆意。在作者心目中,已

---

[1] Barry Hannah, *Ray*, New York: Alfred A. Knopf, 1980, p. 95.
[2] Ibid. p. 71.

经没什么东西神圣不可侵犯,无论是政治的正确性或道德的庄重性,任何人、任何事情,只要他认为在过去受到过于严肃对待或对人的心灵产生异常沉重的压力,都会成为他攻击的目标,难以幸免其无所忌惮的质疑和戏弄。这种混杂了粗俗的滑稽剧、戏仿、荒诞剧的表现形式的确给人耳目一新的感觉,也敦促他们重新思考传统行为准则的虚伪、黑暗之处。但是,失之东隅,收之桑榆,由于不相信什么准则,也无意建立什么准则,缺乏统一的价值观念体系的支撑,主要在文化的虚空里寻觅,他的作品缺少了一种内在定力和气势。这也是后南方的小说所面临的较为普遍的问题。和"南方文艺复兴"相比,它缺少道德的内涵所产生的坚实的底蕴。汉纳的这种创作理念与实践正应了兰斯·奥尔森(Lance Olsen)对后现代幽默的分析。奥尔森指出:"后现代幽默一直在不同程度上……与其说是叙述年代事实,不如说……是偏激怀疑……的思维状态,在不同时间和地方浮现出来……其动机是要去中心、破整体、解构,与此同时,没有任何事情它会严肃看待,包括它自己的前提准则(实际上它也没有)。"① 在躁动的消费文化氛围里,不仅物品被不断使用、抛弃,人的观念、习俗也不可避免地被卷入了快速产生、消亡的轮替,有的甚至还没成形就被新的时尚所取代。在这种情况下,要建立恒定、稳固的道德价值体系显然是奢望。

如果说麦卡锡、汉纳、克鲁斯们代表了一种极端,后南方其他作家不如他们偏激,说不定在这些作家的作品的什么地方会发现良知的灵光闪现的话,那也实在难以用"体系"一词来形容,充其量是残留的道德碎片,被人们各取所需,自行阐释。福特的《体育记者》里的巴斯克姆对于前妻、女友、朋友的柔情就若有若无、时隐时现,缺乏恒定性和强度。在 20 世纪 80 年代开始创作生涯的福特以准确把握时代脉动被认为在当代美国作家中,更充分

---

① Lance Olsen, *Circus of the Mind in Motion: Postmodernism and the Comic Vision*, Detroit, 1990, pp. 16, 27.

"帮助揭示了 80 年代美国的道德意识"①。他的代表作致力于追踪该时期消费、大众文化对人们的影响,在挑战中心、权威,质疑偶然现象下隐含的普遍原理的后现代思潮里,他看不出有永恒道德体系贯穿人类生活,能为他的故事搭建宏大的意义平台,那也不是他兴趣所在。福特就直言不讳地表明了自己在这一问题上的取向:"我不认为我有什么道德准则可言。我只不过是尽可能少做有害之事而已。""我比老伊阿古利己,终生自恋,看到隧道尽头只有自己一个人,没有比这更利己的人了。"评论家也顺理成章地认为其代表作《体育记者》的主人公巴斯科姆的道德世界"似乎很空虚;他在乎遵守道德准则或是做出讲道德的样子与其说是②出于善念,还不如说是出于虚荣"③。他更重视剥离出个人在细小层面上的生存状况做微观剖析。犹如在回应珀西对普遍真理的坚持,福特发表了一段肺腑之言:"我从内心里相信,正是那些无足轻重的时刻,那些人际间微不足道、几乎看不见,当然也就可以忽略的关系能拯救你的生活,如果你的生活养成了抓住这些细微时刻的习惯,那么,我认为你的生活就会继续,可能更美好。"④ 这种道德观念的破碎现象和后南方的小说所处的后现代文化的走向息息相关。大卫·哈维对后现代主义的总体印象是,它完全接受了转瞬即逝、破碎、无序、断裂的特性,不再期望超越或发掘可能隐含在一片乱象之中的永恒元素,而是"畅游、翻滚在变革的破碎、混乱的激流里,仿佛这就是一切的一切"⑤。究其根源,计算机、媒体、新的知识形式和经济体制的发展催生了后现代社会结构,推动了各领域节奏不断提速和日新月异的变化,加重了个人和公共价值体系转瞬即逝的不稳定

---

① Raymond A. Schroth, "America's Moral Landscape in the Fiction of Richard Ford", *The Christian Century* 106, March 1, 1989, p. 227.
② Jay Parini Editor in Chief. "Richard Ford", *American Writers A Collection of Literary Biographies Supplement V*. New York: Charles Scribner's Sons, 2000, p. 63.
③ Ibid.
④ "An Interview with Richard Ford," Kay Bonetti. *Missouri Review* 10.2, 1987, pp. 71–96.
⑤ David Harvey, *The Condition of Postmodernity*, Cambridge: Blackwell Publishers, 1993, p. 44.

性，浓化了世界神秘、不可预料的色彩，严重削弱了人们的安全感以及对认识和控制生存环境的信心。处在瞬时、充满变数的背景之下，他们高度怀疑道德体系的绝对性，不得不重新审视、定义自我与世界。巴斯克姆通过切身感悟告诉人们，当对体现超验与永恒的文化话语和道德体系的信念消散之时，他们需要对生存策略做出重大调整，从虚幻、缥缈的超验领域撤出生命寄托，将求助的目光投向短暂、有限的瞬间和事情，从传统所倡导的对他人、社会的责任转向自我，专心呵护自己的狭小天地，把握好每一天、每一刻，在当今时刻的体验、所见所闻就能构成个人在后现代文化空间的路线图。切尼基在评论福特的作品时说："人们不再渴望自我得到拯救，更不必说回归过去某个时代，他们所期盼的是自己快乐健康、内心踏实的感觉或转瞬即逝的幻觉。"①

沃伦曾经盛赞福克纳的作品："就效果的宽度、哲理的分量、风格的原创性、人物的多样性、幽默和悲剧强度而言，（福克纳的作品）在我们的时代和国家无与伦比。"② 沃伦的这一评价高度概括了福克纳小说的震撼读者的力量源泉。福克纳虽然算不上是一个哲学家，但他对南方生活，对人类的本质的追问确实达到了相当的深度与广度，为后人留下了说不尽的话题和谜团。沃伦也是一个有相当思维深度的作家。他对历史、对时间的透视卓尔不群。他的《全是国王的人马》被有的评论家称为"一部哲学小说"。

从哲理的角度衡量，与"南方文艺复兴"的名篇相比，后南方的小说似乎难以望其项背。它无意创作广泛、深刻反映和阐释南方重大社会变革的"宏大叙事"，所追求的更多的是普通、表面和瞬间的"微小叙事"（small narrative），或者是所谓"极简主义小说"（minimalist novel），只关心细枝末

---

① Huey Guagliardo ed., *Perspectives on Richard Ford*, Jackson: University Press of Mississippi, 2000, p. 164.

② Robert Penn Warren, "William Faulkner", *New and Selected Essays*, New York: Random House, 1958, p. 197.

节，注重平铺直叙日常琐事或某个生活侧面，所呈现的人物肤浅，倾向滑行在生活的表层，多是把描述的着力点放在了个人的狭小空间，很少对人生、世界进行深入思考，解构多于建构，甚至在有时候表现出一种虚无的情绪。如果把汉纳的《地狱来的蝙蝠》里的哈瑞斯·葛瑞夫和福克纳的《押沙龙，押沙龙！》中的史瑞夫关于南方的一段话进行比较，他们之间的差异立即显现。哈瑞斯的话字里行间透着哥特式幽默，弥漫着一种虚无的情绪，从根本上排除了对这片土地作意义发掘的价值：

> 我问道，人为什么在这里生活。他们一定知道这是一个肮脏、错误、幽灵出没的地方。连幸存下来的树木都像是长错了地方，受到虐待，被毒打。这里的红土地没有希望。松鼠瘦骨嶙嶙，负鼠、浣熊、犰狳和鹿自杀的很多，你的车躲都躲不过去。它们企图在这片贫瘠的土地上存活下去，但却办不到，所以决定跳上高速公路。这地方不出产任何有价值的故事。①

这似乎是针对史瑞夫要求昆丁·康普森阐释南方时的那份郑重的滑稽的戏仿：

> 讲述南方的故事。那里是什么样，人们在那边做些什么，他们为什么生活在那里，他们生活的根本理由是什么。②

其实，这种现象的出现并非南方文学所独有。倘若将它纳入整个美国乃至西方世界的文化环境中去考察，或许能更加清楚地看出其本质所在。如果使用一句话总结后现代特征，大概可以概括为中心与深度的缺乏。霍夫曼

---

① Barry Hannah, *Bats Out of Hell*, Boston: Houghton Mifflin/Seymour Lawrence, 1993, pp. 364 – 365.
② William Faulkner, *Absalom, Absalom!* New York: The Modern Library, 1951, p. 378.

(Hoffman)的一番话可能为这种现象提供了一种阐释:

> 解构性力量已经颠覆了系统的思维能力,侵蚀了人们的信念,使他们不再相信具有普遍意义的理性,人在宇宙的中心位置,规划无休止进步发展的可能性,甚至是艺术的拯救作用。它削弱了"宏大叙事"。"宏大叙事"是人类追求平等、解放的宏伟蓝图,但也显现出压抑、恐怖的特征,压制多元性。①

"宏大叙事"的衰落,对普遍真理的信念的下跌,削弱了人们探寻超验意义的努力,相应地对生活的解读也倾向于从深度浮上浅表。在他们看来,与其枉费心机地搜索偶然现象下的世界规律体系,破译其奥秘,以人为想象的中心控制结构将它抽象化,构建人生宏大的意义平台,不如将命运交付浅表、平凡,通过近在咫尺可触知的物体去体验、接受它来得更加实际。这种关注孤立的个案反映了美国文学告别重大的社会问题的趋势。当代思想家、文艺理论家不约而同地注意到了后现代社会的深度缺失症状。伊格尔顿对后现代主义作了如下总结:"由于忠实于后现代的各种信条,后现代艺术作品拒绝哲理深度而热衷于人为的无深度性、嬉戏和情感的缺乏,是追求快感、表面和转瞬即逝的情感强度的艺术。"② 詹姆逊的结论有异曲同工之处:"后现代文化给人一种缺乏深度的全新感觉,这种'无深度感'不但能在当代社会以'形象'和'幻象'为主导的新文化形式中体验到,甚至可以在当代'理论'的论述本身找到。"③ 他慨叹这种浅薄导致当代文化生产缺乏穿透时间的力量。

这其中,福特的《体育记者》的主题思想与人物塑造较为典型地代表了这种浅表、微小的价值取向。巴斯克姆就认定浅表、普通是他自我拯救的人

---

① Gerhard Hoffman, Lothar Honnighausen and Valeria Gennaro Lerda eds., *Rewriting the South – History and Fiction*, Francke Verlag, 1993, p. 407.
② Terry Eagleton, *An Introduction to Literary Theory*, London: Verso, 1998, pp. 201 – 202.
③ Fredric Jameson, *Postmodernism, or the Cultural Logic of Late Capitalism*, p. 433.

生真谛，尽管它显得那样微不足道，不具有恒久价值，不像是宏大叙事的理想替代品，却行之有效，至少"激发了我莫名其妙的信心，（感到）周围的一些事情尚好……事情还是可知的，安全稳固"①。伊格尔顿、詹姆逊所论及的深度缺失用于描述巴斯克姆处世策略恰如其分。"我根本没有任何朋友"② 是巴斯克姆向这个世界做出的孤独表白。摒弃历史、宗教这样的宏大叙事，婚姻、家庭这些给予生命以意义的要素解体，他的精神世界几乎一无所有，生命应该皈依何处，这是他必须面对的问题。他决定根据切身的经历，以浅显树立自己的信条，将自我放逐于生活表层，让其随时间、命运的力量漂流，不确定生活坐标和目的地，不深度接触和倾情拥抱世界。

他把职业的取舍和与人的交往化为实践他浅表逻辑的努力，以行动宣示他与形而上思维的决裂。经过思考，他逃离大学教职，因为同事们"均是解释、阐明、剖析的专家，通过这些手段鼓吹永恒。我觉得这让人绝望至极"③。他告别文学创作，因为他厌倦"复杂的文学模糊不清的玩意儿"④，最终他选择了当体育记者。体育报道极具象征意义，契合了他的向往。它是记录转瞬即逝事件的话语，而且这一工作所需要的快节奏推动他滑行在事情表面，观看相似的事情重复发生，完成一个比赛报道后迅速奔向下一场比赛，避免陷入必须对这个浩瀚世界做出深入评价的困境。在漂浮意识的支配下，他涉猎情爱领域，先后同18个女人萍水相逢，从一个女人转向另一个女人。他竟然不知道她们部分人的姓名。关系结束后，留不下任何刻骨铭心的留恋。他与别人的交流沿循了这一模式。离婚后，他与"离婚男士俱乐部"成员们温文尔雅、心照不宣地漫游于浮浅议题，无人踏入禁区，去触及汇聚他们的真正原因——离婚。他们原本就没有推心置腹的意向，相聚的意义不在于架起沟

---

① Richard Ford, *The Sportswriter*, New York: Random House, 1986, p.196.
② Ibid. p. 328.
③ Ibid. p. 222.
④ Ibid. p. 43.

通桥梁，深化对婚姻的理解，而在于通过语言持续输出释放他们残缺人生所积压的难以名状的孤独、凄凉，暂时缓解内心伤痛。

为了对他的价值取向作辩护，巴斯克姆甚至争取走得更远，推翻辩证法沿循的常规，从根本上否定事物的现象与本质、表面与深度的二元对立，将其切削成一个平坦表面，这就是人生意义形态的全部。他援引与宗教的短暂接触、对体育事件和人物的采访报道支持自己的观点，力求穿透有形世界去探索无形王国是徒劳的："生活中并没有超凡脱俗的主题。所有的事情都是发生后便告结束。这就足够了。"① 一位大学文学教授也告诉他，所谓超凡脱俗的主题不过是文学的把戏而已。

美国作家、评论家查尔斯·纽曼（Charles Newman）就美国文学现状发表了形象的感言：

> 在我们的文学里，没有比现在这样更能马上发现人在失去控制感、个人自主性的消失、普遍的无助感——使用极度扁平的措辞去表现在极度扁平背景里极度扁平的人物。这难免使人推断，美国人已经化为一片巨大的纤维化沙漠，几棵小草挣扎着从裂缝中蹿出来。②

尽管纽曼的比喻勾画的荒凉景象触目惊心，它却是巴斯克姆在他拥有的条件下所能发现的合适的生存方式。他向深度关闭思维是要删除人生中他认为的虚幻成分，将生活压缩至最简单、基本、能够把握的体积，在恍若梦境的混乱、变化里赢得一点稳定感，求证自己的存在，确立一个秩序和方向，抚平心灵创伤，避免或推迟精神崩溃时刻的到来。

巴斯克姆钟情的与浅表性密切相关的另一生命皈依是普通性（ordinariness）。《体育记者》着力彰显他对普通与平凡的青睐。一切以现实需求为评

---

① Richard Ford, *The Sportswriter*, New York: Random House, 1986, p. 16.
② *New York Times Review*, 17 July, 1987.

判标准，从细小事情做起。不触犯法律，保持心灵安宁，有足够的金钱和健康的体魄，这些似乎平淡无奇，对于他则幸莫大焉。他不希望将个人与伟大事业联系起来，壮怀激烈，以强者气势在生活的海洋中搏击、把握自己的命运，无意续写《白鲸》《押沙龙，押沙龙！》《了不起的盖茨比》中阿哈、苏特班、盖茨比的胆气、激情、梦想与执着，而是退出了人文主义所赋予人的世界中心位置，甘愿在其边缘以敬畏的目光仰视世界，"尽可能多向小镇、邻里、他的车、她的草坪、围栏、防雨窗说是"①。他对自我主体性的信念丧失殆尽，形象渺小、谦卑，不断调适自己去适应世间的变迁，在琐碎、无波澜起伏的存在中耗费着自己的时光。

《体育记者》整部小说充溢着对平凡的赞誉。巴斯克姆的人生之旅化为了体验、发现普通的美好品质，对其作多方位阐释的过程。作品开篇，他为病逝的儿子扫墓时特意准备了一首诗，因为"这首诗讲的是让日常生活中的事物给你带来快乐，比如，昆虫、阴影、女人头发的颜色"②，希望它让儿子的灵魂安息。这似乎为本书定下了褒扬普通的基调。普通以其亲和力、具体、可触及性对巴斯克姆产生了移情效应，化为了温馨象征以及他做出重要人生规划及应对困境的珍贵的参照标准，全面融入了他思维意识。他决定居住在新泽西州一个郊区小镇哈达姆的首要原因是它平凡、默默无闻，能给他"隐形人"身份。在他看来，普通向遭受挫折的他传递着信任、依托和抚慰，就像邮购商品广告目录，它通过稳定、易于识别、可触及的形式将一个漫无目标、捉摸不定的社会的一个细微方面摆放在面前，预示一个确定前景，从而成为他与前妻失去儿子后充实内心空白的重要手段。他声称："以邮购商品广告目录满足我们的全部购物需求是适合我们和我们生存环境的生活方式。"③

---

① Richard Ford, *The Sportswriter*, New York: Random House, 1986, p. 52.
② Ibid. p. 19.
③ Ibid. p. 195.

他欣赏平凡与普通的价值,感受到普通的巨大魅力和美感,以至于连粗陋、散发着尿味的市郊火车站都闪烁着神秘光彩,使之沉迷。

巴斯克姆对普通的钟爱近乎痴迷,将其定位为人的救赎之路,甚至认为它可以在人面临生存还是毁灭的重大命题时提供答案。他在"离婚男士俱乐部"结识的沃特自杀后,他为避免这一悲剧作了假设:"他本可以……阅读商品目录到深夜……或是花一百块钱招个婊子,或是找个什么理由活下去。平凡世界的唯一好处就是为人不过早离开它提供理由。"①

对普通的依恋仿佛为巴斯克姆带来了一些愉悦,但这种愉悦有自我安慰之嫌。他的一段真情道白泄露了他贴近普通之下掩盖的无奈,是世界的变幻莫测、偶然震慑了他。他慨叹:"无论我们懂多少,无论我们有多么聪明或良好的愿望,我们都无人能预料世事变化。谁知道拉尔夫会死呢?谁知道确定无疑的事情会变得像钻石那样稀少?……生活如同每一天,不断变化……"②既然如此,与其枉费心机地搜索偶然现象下的世界规律体系,破译其奥秘,以人为想象的中心控制结构将它抽象化,构建人生宏大的意义平台,不如将命运交付平凡,通过近在咫尺的可触知的物体去体验、接受它来得更加实际。这是他认定的自我拯救的人生真谛,尽管它显得那样微不足道,不具有恒久价值,不像是宏大叙事的理想替代品,却行之有效,至少"它(普通)激发了我莫名其妙的信心,(感到)周围的一些事情尚好……事情还是可知的,安全稳固"③。福特在接受采访时就这个问题作了补充:"生活令人心灰意冷,有时带有绝望的苦涩,但它能继续的原因是在自身找到了某种拯救自己的方式或东西——尽管它如美好的瞬间般脆弱。"④

---

① Richard Ford, *The Sportswriter*, New York: Random House, 1986, p. 351.
② Ibid. p. 107.
③ Ibid. p. 196.
④ Bonetti Kay, "An Interview with Richard Ford", *Missouri Review* 10.1, 1987, pp. 95 – 96, 71 – 96.

巴斯克姆对爱情的态度也浸透了对永恒的怀疑，流露出他对短暂瞬间的倚重。他说："在我对维基·阿丝诺尔特说'我爱你'时，我讲的不过是显而易见的事情。谁去管我是不是永远爱她。没有什么是恒久不变的。我现在爱她，我没有自欺欺人。真话还能包含别的什么吗？"① 福特的作品里的人物主要是飘浮的形象，往往陷入当代通俗文化的漫无目标的关系中。巴斯克姆满足于没有纷扰、没有悲剧地度过每一天。

阿尔文·托夫勒（Alvin Tofler）预言，新一波的科技发展将会对人的个性和社会行为产生重大影响，正在从前景变为现实。在科技革命和社会变迁的冲击下，人们感觉到现实变幻莫测，难以预料。他们逐渐失去对自我以及人类控制世界的信心，导致了自我的解体和主体的散失。詹姆逊曾经比较了现代与后现代艺术的区别。他发现，在现代艺术中，尽管受到孤独、焦虑的折磨，想缩回自我的天地以保持自我的完整，自我依然存在；而在后现代的耗尽状态下，人们体验的是一个扭曲的外部世界，自我不复存在。换言之，人已经蜕变为被去中心化的主体。后现代文化的形象是浅表、破碎、任意的多元排列，与现实和真正的历史相分离。詹姆逊在他的《后现代主义与文化逻辑》一书中，把现代主义与后现代主义的最大区别确定为自我的"零散化"，自我的消失。在他看来，在无常现实释放的强大压力下，后现代人身心处于"耗尽"状态，衰变为没有中心和身份的自我，失去了他原有的统一性，主体的破碎与消亡是当代文学理论中时尚的主题。这标志着自立的资产阶级的单胞体、自我或个人的终结。

詹姆逊的论述在汉纳的长篇小说《瑞》中得到了印证和演示。在确定瑞的身份的过程中，如同在他重写历史时所采用的手法一样，汉纳引入了后现代主义的多元、开放、矛盾的特征，拒绝将他视为一个坚实的主体，给他以

---

① Richard Ford, *The Sportswriter*, New York: Random House, 1986, p. 133.

自立和连贯一致的身份,而是对其进行了模糊化处理,将其降解为支离破碎、飘忽不定的影像。在赋予瑞的身份以动荡不定的特质时,汉纳首先选择了语言作为切入点。瑞无法通过语言确定自己的身份,因而,不知道应该如何放置自己,与美国后现代早期作家詹姆斯·邓力维(James Donleavy)的《姜人》(*The Ginger Man*)的主人公如出一辙。关于主体与语言之间的关系,当代理论给出了深入、系统的阐释。艾米尔·本文内斯特(Emile Benveniste)即认为,主体是语言的一个基本属性。他指出:"正是在语言中并通过语言人们将自己构建为主体,因为仅凭语言即可在社会现实和语言实践中建立'自我'的概念。"① 汉纳运用语言的游戏进行对主体的拆解,使瑞以第一、二、三人称交替称呼自己,由说话者到听众,由传统上以第一人称代词清楚无误标识的主体到第三人称代词所确保的客体,不停地转换于分裂的身份之间,完全抹杀了这三个称谓之间的差异,打通了它们之间的隔板,使主体的特性荡然无存。作为故事讲述人的瑞时而和故事主人公的瑞融为一体,"我"由此产生,时而和后者拉开距离,导致"你"和"他"的出现,极力营造一种他们分属不同个体的印象。瑞在故事开始时和分裂的自我的一段对话鲜明、生动地图解了他所陷入的身份识别的窘境和迷惘,强化了其主体的模糊性、流动性:

> 瑞33岁,他的父母体面、虔诚,我说……瑞,你是个医生,你在莫贝尔的一家医院,只不过你现在是病人,但你仍然是我。你说什么?你说你想知道我是谁?②

为了进一步实施对主体的拆解,汉纳打破了语法规则,将第三人称的动

---

① Emile Benveniste, *Problems in General Linguistics*, trans. Mary Elizabeth Meek, Coral Gables, Fla: University of Miami Press, 1971, p. 224.
② Barry Hannah, *Ray*, New York: Alfred A. Knopf, 1980, p. 3.

词形式连接在第一人称的主语之上,使之等同于同句中第三人称的表达模式:

"Writing a poem," says I. "Getting myself my own medicine." "Oh," she says. "I always loved poetry absolutely to pieces!" Here's some nooky, thinks I. ①

在对主体实施了语言拆解的同时,汉纳利用情节的设计,通过荒谬的时代错误(anachronism),完成对主体的破坏。他将瑞强行切割成两个部分,让其中一个部分游荡在后现代,将另一个部分抛入美国内战战场,迫使他穿越时光隧道,与相隔了一百多年的先人并肩战斗。通过既逼真又虚幻的自我去混淆、消解真实的自我。当然,瑞对于自己主体的消失有着痛切的感受和恐惧。处在错位组合而成的茫茫时空里,他禁不住发出悲怆的呐喊:"啊,救救我!我正迷失在两个世纪和两场战争里。"②

瑞的主体意识及其行为统一性和逻辑性的散失导致了作品的无情节性。文本缺乏清晰、连贯的发展脉络,只是将过去、现在,真实、杜撰,以及癔语式的独白随意堆砌在一起,营造了一种如梦如幻的意境。主体的消散所透露出的是瑞对生存状态和自身本体深深的不确定感,引发这种感觉的是周围飞速变化的环境。科学技术的发展日新月异,工业实现了高度自动化,计算机取代了人脑正得到广泛的应用。世界似乎在一种强大、神秘、冷漠的力量的操控下向前风驰电掣,人被卷入其中不由自主地随之漂浮,失去了原有的"宇宙的精华,万物的灵长"的稳固的自我意识和身份定位。而且,"受到后现代的空间挤压和时间转换,人的内在情思被抽空,本真心性被压抑,人在所谓的现代与后现代的虚幻时空中,仅仅感受到虚幻的存在和虚幻的生命价

---

① Barry Hannah, *Ray*, New York: Alfred A. Knopf, 1980, p. 106.
② Ibid. p. 45.

值"。① 因而，处在这样的状态下，人对自己的信心，对人类控制世界的能力产生了强烈的怀疑。环顾四周，面对缺少情感、破坏与暴力盛行的世界，瑞心惊胆战："这国家到处是摔烂的飞机、一氧化碳、凶恶的妻子、嗜杀成性的男人。到处是金属和坚硬的物体。"②

而且，在打碎了历史之后，瑞失去了南方人赖以界定自己身份的根基。站在它的废墟上，茫然与空虚不禁涌上心头。这一无根的感觉加剧了他主体意识的消失。

对他们和他们的"南方文艺复兴"的前辈在作品的深度和视野上的差距，当今南方作家有着自知之明。汉纳承认这一点，但是，他也强调这是他们的自主选择："当代思想根本就不想面对（托玛斯）沃尔夫、亨利·米勒、福克纳的雄心壮志。"③

二 南方文学的未来展望

从"南方文艺复兴"在20世纪30年代爆发至今，南方文学已经走过了近一个世纪的历程。在这一历程中，美国、南方在政治、科技、经济等领域所发生的翻天覆地的变化在南方文学的身上留下了深深的烙印，也从根本上改变着它的外观与内涵，它原有的区域色彩渐趋模糊，尽管在部分作品里的人物、主题、场景依然能使人想起"南方文艺复兴"的传统，但人们更多看到的是后南方的小说对"南方文艺复兴"传统程度不同的质疑、悖离甚至颠

---

① 王岳川：《后殖民与新历史主义文论》，山东教育出版社2001年版，第140页。
② Barry Hannah, *Ray*, New York: Alfred A. Knopf, 1980, p. 44.
③ Barry Hannah, "The Spirit Will Win Through: An Interview with Barry Hannah", (Vanarsdall) *Southern Review*, 19, 1983, p. 338.

覆。人们发现,旧的识别特征衡量现在南方的文学的适用性在弱化,后南方的小说,在变得越来越难以界定,它在逐渐和美国其他地方的文学趋同。这不免引发人们的疑问,曾经的南方是否在随风逝去?南方文学究竟是否还存在?回答这一问题,首先要看对南方文学怎样定义。倘若是以作家出生、成长在南方,写的是南方的人、故事、场景等这样简单、基本的指标来衡量,则南方文学依然还在,而且其他姑且不论,只要"南方"这一地理上、形式上的界线存在,它就会一直存在下去。如果仅仅是采用这样的标准,则南方文学的定义就缺乏了实质性的意义和正当性。如果在上述指标上再加进具有鲜明的南方特色一项,则可以看到,南方文学一直在发生的变化有威胁到它的生存的可能。如果是这样,人们也就必然会对其未来进行预测,关注这一曾经特色鲜明的区域文学将会归于何处。从目前的情况看,南方文学的未来大概有两种主要可能,在新的特征中奋起,在继续的变化中进一步褪色。

南方文学之为南方文学,在"南方文艺复兴"时期异军突起,创造了美国文坛的一个奇迹,其中一个关键的原因是它带着独特的历史的悲情,以其对现代化、种族问题的关注,对南方复杂、强烈的情感,讲述了南方的故事。浓烈的地域色彩是它的立身之本。当然,这种淳厚的地域特色的酿制有着其特殊的历史环境和生活创作基础。在后南方社会条件下,内战留下的心理阴霾似乎已经散去,发展已经成为时代的主旋律的时候,南方文学原来赖以存在的现实基础已经发生了重大的嬗变,试图继续从传统的题材里寻找创作的灵感不仅给人一种隔绝于现实的虚幻感,也不具有很强的可实施性,而且,这样也会使南方文学在向过去求救的过程里走上穷途末路,致使其生命力濒临衰竭。奎因就一针见血地指出:"对当代南方的作家来说,如果固守他们先辈的创作方法,其结果可能会使南方小说在充满活力的美国文学领域被降到次要、附属的位置。"① 所以，在后南方的小说依然繁荣兴盛的表象之下，也存在一个隐忧，南方文学何去何从，面临一个生死攸关的挑战。当然，这一挑战和机遇并存。是生存还是毁灭，关键要看南方文学能否抓住机遇，在时代的变革中成功地实现转型，浴火重生，确立新的地域特色。毫无疑问，后南方的小说要续写"南方文艺复兴"的辉煌，以特色谋发展依然是它的必由之路。新的时代需要新的声音，这是一个颠扑不破的真理。毕竟，宣示自己来自何方是一回事，但停滞不前无异于自我毁灭。其实，路易斯·鲁宾早在四十多年前就意识到了南方文学遇到的这个问题，他指出："南方文学要延续它在20世纪20年代在美国文坛如此重要的作用，就必须根据迥然不同的生活状态在新的基础上进行建造，这样才能形成'南方文艺复兴'一个新的、不同时期……新的南方文学必须和前一代作家的价值观念、生活态度和创作技巧有本质的不同。"② 现在的事实证明，这一预言非常具有前瞻性。

南方有着如此丰富的文学底蕴和潜力，南方文学如果能够抓住这一机遇，它有可能会迎来一个新的发展高峰。所以，虽然随时代的变迁，后现代的叛逆精神在现在的南方文学引发了明显的背离传统的倾向，将几代人打造的"南方神话"几乎消解殆尽，但是辩证地看待这种变化，它的积极因素也不言而喻，其细腻的观察、逼真的叙述和大胆的实验探索自有引人入胜的魅力。这为南方文学开辟了新的创作空间和视角，故事发生的场景更多地从乡村、小镇移向了工厂、购物中心、办公室、公寓、城市的街道，人物也换成了推销员、房地产商、公司经理等，从而使得南方文学保持了与时代的同步，减少了模式化痕迹，更加人性化，更贴近普通人生活，为南方文学注入新的活力。以福特、梅森为代表的一批作家对"文化振荡"的专注表明了他们在试

---

① Matthew Guinn, *After Southern Modernism*, Jackson: University Press of Mississippi, 2000, p. 184.
② Louis Rubin, *Writers of the Modem South*, The Faraway Country, University of Washington Press, 1963, p. 237.

图为南方文学寻找新的支点。但到目前为止,这种新的空间和视角只是相对南方文学的过去而言,并不能只是因为故事发生在南方而自动确保它和新时代美国其他地域的文学所讲述的城市生活迥然不同、标新立异,这与牢牢确立南方文学新的身份还有相当的距离。至少目前尚未清晰地看到这一可能性。后南方的小说仍处在一个要努力从旧的模式中蜕变出来的实验、不确定阶段。

南方文学要创造新的地域特色所要面对的一个强劲的、似乎难以战胜的对手就是当今时代横扫各个领域、各个地区的一体化趋势,它为南方文学实现这一前景设置了巨大的障碍,在很大程度上消除了它酿制醇郁的地方风味的物质环境和必备条件。人们日常生活基本的组成部分飞机场、高速公路、银行、连锁餐馆、购物中心、电视节目、公寓无论在南方还是北方都似曾相识。它们合力铸成了一口巨大的"熔化锅",熔解着差异,制造着雷同。期望行走在大同小异的场景里,却遵循截然不同的思维、生活方式和价值观念,将是非常困难的事情。俄斯金·考德威尔在80年代时就对这种同化现象扼腕叹息:"现在地方性的唯一困难就是地方性已经不再存在这一现实……我们都已经变成了全球性美国化新潮的奴隶。"[1]

不仅客观的环境对再造南方文学的新的区域身份形成了强大的阻力,从主观能动性来看,事情同样不容乐观。现在一部分优秀的南方作家对于这项事业似乎没有表现出强烈的意愿或兴趣。福特在外漂泊回到故乡密西西比短住时,觉得他"可以住在这里,把南方当作美国的任何一个地方",抵御"以大写的S(South)书写的南方特性和一切与之相关的负担"的魔力。[2] 另一位密西西比作家艾伦·道格拉斯(Ellen Douglas)的长篇小说《离不开你,宝贝》(*Can't Quit You Baby*)表明,她更倾向于从人性而不是从区域的角度讲

---

[1] Erskine Caldwell, "Erskine Caldwell", Dallas Jo. Braus ed., *Listening to the Voices*, 1988, p. 167.
[2] W. Hampton Sides, "Interview, Richard Ford: Debunking the Mystic of the Southern Writer", *Memphis* 10, February 1986, pp. 42, 49.

述南方的故事。作品里的一位白人，一位黑人，她们就是两位相互扶持、从对方汲取力量的女性个体，没有必要再把她们扯进南方的种族问题。显然，现在的南方作家不少人对于自己的南方身份缺少发自内心的认同，取而代之的是无所谓的淡漠里掺杂着反感。他们认为自己的地域身份是学术界强加给他们的，是借此在人为地延长着南方文学的生命。这大概会使推动南方文学的识别特征进一步弱化、散失，向与美国其他地方文学同质化方向发展的一个主要因素。但是，即使在这种持续变化的态势下，也难以断言南方文学将在可预见的将来彻底走向终结，完全成为人们的记忆。在几个世纪里沉淀、积聚而成的南方传统基因可能在一定程度上，无论是以本色的基调还是以变体的形式，以高辨识度还是低辨识度，还会顽强地存在于这一地区的文学再现里，就像彼得·泰勒的《孟菲斯的召唤》等作品那样。虽然这样的声音在后南方高昂的时代交响乐里显得孤立、微弱，但也是在提醒着人们不要忘记它的历史源泉和独一无二性。这种传统与当下的碰撞、交织也是美国乃至世界文学司空见惯的场景和程式。

参考文献

中文部分

［德］卡尔·马克思、弗·恩格斯：《马克思恩格斯全集》，中共中央马恩列斯著作编译局译，人民出版社 1972 年版。

［德］卡尔·马克思、弗·恩格斯：《马克思恩格斯选集》第 3 卷，中共中央马恩列斯著作编译局译，人民出版社 1972 年版。

［法］鲍德里亚：《消费社会》，刘成富、全志钢译，南京大学出版社 2006 年版。

［法］西蒙·波伏娃：《第二性》，李强译，西苑出版社 2004 年版。

［美］埃里克·桑德奎斯特：《福克纳：破裂之屋》，隋刚译，上海外语教育出版社 2013 年版。

［美］艾丽丝·沃克：《父亲的微笑之光》，周小英译，译林出版社 2003 年版。

［美］安妮·泰勒：《伊恩的救赎》，吴和林译，长江文艺出版社 2011 年版。

［美］丹尼尔·J. 布尔斯廷：《美国人——民主的历程》，谢延光译，上海译文出版社 1997 年版。

［美］康奈尔：《男性气质》，柳莉等译，社会科学文献出版社2003年版。

［美］拉·艾里森：《看不见的人》，任绍曾等译，外国文学出版社1984年版。

［美］理查·赖特：《土生子》，施咸荣译，上海译文出版社1983年版。

［美］欧内斯特·盖恩斯：《简·皮特曼小姐自传》，紫军译，外国文学出版社1981年版。

［美］苏珊·巴莱：《弗兰纳里·奥康纳——南方文学的先知》，世界知识出版社1998年版。

［美］威廉·福克纳：《八月之光》，蓝仁哲译，上海译文出版社2004年版。

［美］威廉·福克纳：《圣殿》，陶洁译，上海译文出版社2004年版。

［美］威廉·福克纳：《我弥留之际》，李文俊译，上海译文出版社2004年版。

［美］威廉·福克纳：《献给爱米丽的一朵玫瑰花：短篇小说集》，李文俊等译，译林出版社2015年版。

［美］弗雷德里克·詹姆逊：《新马克思主义》，陈永国、胡亚敏等译，中国人民大学出版社2016年版。

陈永国：《美国南方文化》，吉林大学出版社1995年版。

黄宇洁：《神光沐浴下的再生：美国作家奥康纳研究》，中国社会科学出版社2010年版。

李文俊编选：《福克纳评论集》，中国社会科学出版社1980年版。

李杨：《美国"南方文艺复兴"——一个文学运动的阶级视角》，商务印书馆2011年版。

毛信德：《美国小说发展史》，浙江大学出版社2004年版。

童庆炳主编：《文学理论教程》（修订版），高等教育出版社2003年版。

王晓路：《西方马克思主义文化批评研究》，北京大学出版社2012年版。

王岳川：《后殖民与新历史主义文论》，山东教育出版社2001年版。

肖明翰：《威廉·福克纳研究》，外语教育与研究出版社1997年版。

张一兵：《消费意识形态：符码操纵中的真实之死——鲍德里亚的〈消费社会〉解读》，《江汉论坛》2008年第9期。

周宪：《视觉文化与消费社会》，《福建论坛·人文社会科学版》2011年第2期。

英文部分

Alan S. Dower ed. , *English Institute Essays*：1952，New York：Columbia University Press，1954.

Alanna Nash，"Florence King Confesses"，*Writer's Digest* July，1990.

Alfred Kazin，*Bright Book of Life*，Boston – Toronto：Little，Brown and Company，1973.

Alice Walker，"The Black Writer and the Southern Experience"，*Literary Cavalcade*，Nov/Dec2001，Vol. 54，Issue 3.

——. *Meridian*，New York：Harcourt Brace Jovanovich，1976.

——. *The Color Purple*，New York：Pocket Books，1987.

——. *The Third Life of Grange Copeland*，New York：Harcourt Brace Jovanovich，1970.

Allen Tate，*Collected Essays*，Denver：Alan Swallow，1959.

——. *Essays of Four Decades*，Chicago：Swallow Press，1968.

——. *Jefferson Davis：His Rise and Fall*，New York：Minton，Balch，and Company，1929.

——. *Memoirs and Essays Old and New*，1926 – 1974，Manchester：Carcanet Press Ltd. ，1976.

——. *Stonewall Jackson*: *The Good Soldier*, New York: Company, 1928.

——. *The Fathers*, Baton Rouge: Louisiana State University Press, 1977.

Allen Tate, Van Wyck Brooks eds. , *Obituary in Memoriam*: S. B. V. 1834 – 1909, *The American Caravan*: *A Yearbook of American Literature*, New York: 1927.

Alvin Toffler, *Future Shock*, New York: Bantam Books, 1970.

Anne Fonta, "Interview with Harry Crews, May 1972", *Recherches Anglaises Americaines* 5 (1972) .

Anne Goodwyn Jones, *Tomorrow Is Another Day*: *The Woman Writer in the South* 1859 – 1936, Baton Rouge: Louisiana University Press, 1981.

Anne Tyler, "Kentucky Cameos", *New Republic* 187, No. 1 (1 November 1982) .

——. *Breathing Lessons*, New York: Vintage, 2005.

——. *Dinner at the Homesick Restaurant*, New York: Ballantine Books, 2008.

Anthony Walton, "The Hard Road from Dixie", review of *All Over but the Shoutin'* by Rick Bragg, *New York Times*, September 14, 1997.

Barry Hannah, "The Spirit Will Win Through: An Interview with Barry Hannah", (Vanarsdall) *Southern Review*, 19, 1983.

——. *Airship*, New York: Knopf, 1978.

——. *Bats Out of Hell*, Boston: Houghton Mifflin/Seymour Lawrence, 1993.

——. *Ray*, New York: Alfred A. Knopf, 1980.

Betram Wyatt – Brown, *Southern Honor*: *Ethics and Behavior in the Old South*, New York: Oxford University Press, 1982.

Bob Minzesheimer, "Remembering Larry Brown", *USA Today*, 29 November 2004, http: //www. usatoday. com/life/books/news/2004 – II – 29 – larry – brown

– appreciation_ x. htm.

Bob Summer, "Author's popularity is poised to expand", Richmond Times – Dispatch 3 Nov. 1991.

Bobbie Ann Mason, "An Interview with Bobbie Ann Mason", Conducted by Albert E. Wilhelm, *Southern Quarterly* 26.2, winter 1988.

——. *Feather Crowns*, New York: Harper Collins, 1993.

——. *In Country*, New York: Harper & Row, Publishers, 1985.

——. *Shiloh and Other Stories*, New York: Harper and Row Publishers, 1982.

——. *Spence + Lila and Love Life*, London: Chatto & Windus, 1989.

——. *Zigzagging Down a Wild Trail*, New York: Modern Library, 2001.

——. "Gooseberry Winter", *Redbook*, November, 1982.

——. "The Way We Lived: The Chicken Tower", *New Yorker*, 16 October, 1995.

——. *The Girl Sleuth: A Feminist Guide to the Bobbsey Twins, Nancy Drew and Their Sisters*, New York: Feminist Press, 1975.

Bonetti Kay eds., *Conversations with American Novelists: The Best Interviews from the Missouri Review and the American Audio Prose Library*, Columbia: University of Missouri Press, 1997.

Bonetti Kay, "An Interview with Richard Ford", *Missouri Review* 10.1, 1987.

Boonie Lyons, Bill Oliver, Bobbie Ann Mason, "An Interview with Bobbie Ann Mason", Contemporary Literature, Vol. 32, No. 4, Winter 1997.

Brian Carpenter and Tom Franklin eds., *Grit Lit: A Rough South Reader*, Columbia: University of South Carolina Press, 2012.

C. E. Bain et al., *The Norton Introduction to Literature* (5th edition), NY:

W. W. Norton & Company, Inc. , 1991.

C. Hugh Holman ed. , *The Immoderate Past*, Athens: The University of Georgia Press, 1977.

——. *Views and Reviews of American Literature, History and Fiction*, 1st Ser. , Cambridge, Mass. ,1962.

——. *The Roots of Southern Writing*, Athens: University of Georgia Press,1972.

Catherine Clinton, *The Plantation Mistress: Women's World in the Old South*, New York: Pantheon, 1982.

Catherine Rainwater and William J. Scheick eds. , *Contemporary American Women Writers*, The University Press of Kentucky, 1985.

Charles Mortiz eds. , *Current Biography Yearbook*, New York: H. W. Wilson, 1989.

Christine Blouch and Laurie Vickroy eds. , *Critical Essays on the Works of American Author Dorothy Allison*, Edwin Mellen Press, 2004.

Christopher Scanlan, "Tim Gautreaux", *Creative Loafing Atlanta*, 17 June 2004, http: //clatl. com/atlanta/ tim – gautreaux/ Content? oid = 1248256.

Cleanth Brooks, "Faulkner and History", Paper of the Mississippi Quarterly's 1971's SCMLA Symposium 25, Supplement (spring 1972).

——. *On the Prejudices, Predilections and Firm Beliefs of William Faulkner*, Baton Rouge: Louisiana State University, 1987.

——. *William Faulkner: The Yoknapatawpha County*, New Haven: Yale University Press, 1963.

Cormac McCarthy, *Suttree*, New York: Vintage International, Vintage Books, 1992.

Dannye Romine Powell, *Parting the Curtains: Interviews with Southern Writers*, Winston – Salem. N. C. : John F. Blair, 1994.

David Hachet Fischer, *Historians' Fallacies: Toward a Logic of Historical Thought*, New York: Harper & Row, 1970.

David Harvey, *Justice, Nature, and the Geography of Difference*, Oxford: Blackwell, 1996.

——. *The Condition of Postmodernity*, Cambridge: Blackwell Publishers, 1993.

David Reynolds, "White Trash in Your Face: The Literary Descent of Dorothy Allison", *Appalachian Journal* 20. 4 (1993).

Demetrice A. Worley and Jesse Perry, Jr. eds. , *African – American Literature: An Anthology*, NTC Publishing Group, 1998.

Dennis Covington, *Salvation on Sand Mountain*, New York: Addition Wesley, 1997.

Diane Roberts, *Faulkner and Southern Womanhood*, Athens and London: University of Georgia Press, 1994.

Don. Lee, "About Richard Ford", *Ploughshares* 22. 2 – 3, fall 1996.

Dorothy Allison, *Bastard out of Carolina*, Dutton, 1992.

——. *Skin Talking about Sex, Class & Literature*, Ithaca, New York: Firebrand Books, 1994.

——. *Trash*, Firebrand Books, 1988.

Dorothy Combs Hill, "An Interview with Bobbie Ann Mason", *Southern Quarterly* Vol. 31, No. 1, 1992.

Dorren Fowler and Ann J. Abadieeds. , *Faulkner and Religion*, Jackson: University Press of Mississippi, 1991.

Elinor Ann Walker, *Redefining Southern Fiction: Josephine Humphreys and Jill*

McCorkle, Ph. D. dissertation, University of North Carolina at Chapel Hill, 1994.

Elizabeth Fox – Genovese, *Within the Plantation Household: Black and White Women of the Old South*, Chapel Hill: University of North Caralina Press, 1988.

Elizabeth M. Kerr, *Yaknapatawpha: Faulkner's Little Postage Stamp of Native Soil*, Fordham Univercity Press, 1976.

Ellen Glasgow, *A Certain Measure: An Interpretation of Prose Fiction*, New York: Harcourt, 1943.

——. *The Battle – Ground*, New York: Doubleday, 1902.

Emile Benveniste, *Problems in General Linguistics*, trans. Mary Elizabeth Meek, Coral Gables, Fla: University of Miami Press, 1971.

Erik Bledsoe ed. , *Getting Naked with Harry Crews*, Gainseville: University of Florida Press, 1999.

——. *Perspectives on Harry Crews*, Jackson: University Press of Mississippi, 2001.

Ernest Gaines, *A Lesson Before Dying*, New York: Vintage Contemporaries,1993.

Eudora Welty, *The Eye of the Story: Selected Essays and Reviews*, New York: Random House, 1978.

——. *The Optimist's Daughter*, New York: Random House, 1972.

Evelyn C. White, *Alice Walker: A Life*, W. W. Norton & Company, 2004.

Farrell O'Gorman, *Postwar Southern Fiction*, Baton Rouge: Louisiana State University Press, 2007.

Ferdinand Lundberg, *The Coming World Transformation*, New York: Doubleday, 1963.

Flannery O' Connor, *Collected Works*, NY: Library of America, 1988.

——. *Mystery and Manners*, New York: Noonday Press, 1969.

Floyd C. Watkins and John T. Hiers eds. ,*Robert Penn Warren Talking Interviews*

1950 – 1978, New York: Random House, 1980.

Frank W. Shelton, "The Poor Whites' Perspective: Harry Crews among Georgia Writers", *Journal of American Culture* II. 3 (1988), p. 47.

Fred Hobson, *The Southern Writer in the Postmodern World*, Athens & London: The University of Georgia Press, 1991.

——. "Surveyors and Boundaries: Southern Literature and Southern Literary Scholarship after Mid – Century", *Southern Literature Review*, Autumn 1991.

Frederick L. Gwynn and Joseph L. Blotner eds., *Faulkner in the University: Class Conferences at the University of Virginia 1957 – 1958*, Charlotteville: University Press of Virginia, 1959.

Fredric Jameson, *Postmodernism, or the Cultural Logic of Capitalism*, Durham: Duke University, 1997.

G. W. F. Hegel, *The Philosophy of History*, trans. J. Silbee. New York, 1956.

George McMichael et al., *Concise Anthology of American Literature*, 2nd ed., New York: Macmillan Publishing Company, 1985.

Gerhard Hoffman, Lothar Honnighausen and Valeria Gennaro Lerda eds., *Rewriting the South – History and Fiction*, Francke Verlag, 1993.

Geroge Fitzugh, *Sociology for the South*, Richmond: A. Morris, 1854.

Hal Foster ed., *Postmoderm Culture*, London: Pluto, 1985.

Hans Skei, *Reading Faulkner's Best Stories*, Columbia, University of South Carolina Press, 1999, .

Harriet Pollack, "From *Shiloh* to *In Country* to *Feather Crowns*: Bobbie Ann Mason, Women's History, and Southern Fiction", *The Southern Literary Journal*, 28. 2 (1996) .

Harry Crews, *A Childhood: the Biography of a Place*, New York: Harper and

Row Publishers, 1978.

——. *A Feast of Snakes*, New York: Atheneum, 1998.

——. *Blood and Grits*, New York: Harper Perennial, 1988.

——. *Getting Naked with Harry Crews*, Gainseville: University Press of Florida, 1999.

Hayden White, *Topics of Discurse: Essays in Cultural Criticism*, Baltimore: John Hopkins University Press, 1978.

Helga Dittmar, *Consumer Culture, Identity and Well – Being*, London: Psychology Press, 2007.

Herman Beavers, *Wrestling Angels into Song: the Fictions of Ernest J. Gaines and James Alan Mcpherson*, University of Pennsylvania Press.

Huey Gaugliardo ed. , *Conversations with Richard Ford*, Jackson: University of Mississippi Press, 2001.

——. *Perspectives on Richard Ford*, Jackson: University Press of Mississippi, 2000.

Irving Howe, *William Faulkner A Critical Study*, Chicago: Ivan R. Dee Publisher, 1991.

J. A. Bryant Jr. , *Twentieth – Century Southern Literature*, Lexington: The University Press of Kentucky, 1997.

Jackson Lear, *Rebirth of a Nation: the Making of Modern America*, 1877 – 1920, New York: Harper Collins, 2009.

James Alan McPherson, *Elbow Room*, New York: Fawcett Books, 1972.

——. "On Becoming an American Writer", *Atlantic Monthly* (December 1978).

James B. Meriwether and Michael Millgate eds. , *Lion in the Garden: Interviews* with William Faulkner, 1926 – 1962, Lincoln: University of Nebraska Press, 1968.

James B. Meriwethered. , *Essays, Speeches & Public Letters*, NY: The Modern Library, 2004.

James R. Giles, *Violence in the Contemporary American Novel*, Columbia: University of South Carolina Press, 2000.

Jay Parini Editor in Chief, *American Writers A Collection of Literary Biographies Supplement V*, New York: Charles Scribner's Sons, 2000.

——. *American Writers A Collection of Literary Biographies Supplement VI*, New York: Charles Scribner's Sons, 2001.

Jay Parini, *One Matchless Time: A Life of William Faulkner*, NY: Harper Perennial, 2004.

Jay Watson ed. , *Conversations with Larry Brown*, Jackson: University Press of Mississippi, 2007.

Jean W. Cash and Keith Perry eds. , *Larry Brown and the Blue – Collar South*, University Press of Mississippi, 2008.

Jefferey Folks and James Perkins eds. , *Southern Writers at Century's End*, Lexington: University Press of Kentucky, 1997.

Jessie McGuire Coffee, *Faulkner's Un – Christlike Christians: Biblical Allusion in the Novels*, Ann Arbor, Michigan: UMI Research Press, 1971.

Jill McCorkle, *Carolina Moon*, Chapel Hill: Algonquin Books of Chapel Hill, 1996.

——. *Crash Diet: Stories*, Chapel Hill: Algoquin, 1992.

Joe P. Dunn and Howard L. Preston eds. , *The Future South A Historical Perspective for the Twenty – first Century*, Urbana and Chicago: University of Illinois Press, 1991.

John B. Boles ed. , *A Companion to the American South*, Malden: Blackwell Publishers. Ltd. , 2002.

John Brannigan and Julian Wolfreys eds. , *Introducing Literary Theories*, Edinburgh University Press, 2001.

John Sheldon Reed, *The Enduring South*, Chapel Hill: The University of North Carolina Press, 1986.

John Tyree Fain and Thomas Daniel Young eds. , *The Literary Correspondence of Donald Davidson and Allen Tate*, Athens: University of Georgia Press, 1974 (letter of April 12, 1928) .

Jonathan Yardley, "The Last Good One?" *New Republic*, 9 May, 1970.

Josep M. Armengol, *Richard Ford and the Fiction of Masculinities*, New York: Peter Lang, 2010.

Joseph Blotner ed. , *Selected Letters of William Faulkner*, New York: Random House, 1977.

Joseph Flora and Robert Bain eds. , *Contemporary Fiction Writers of the South*, Westport, Connecticut, London: Greenwood Press, 1993.

Joseph L. Fant, III and Robert Ashleyeds. , *Faulkner at West Point*, Jackson: University Press of Mississippi, 2002.

Joseph M. Flora and Lucinda Hardwick MacKethan eds. , *The Companion to Southern Literature*, Baton Rouge: Louisiana University Press, 2002.

Joseph S. Himes ed. , *The South Moves into its Future*, Tuscaloosa and London: The University of Alabama Press, 1991.

Josephine Humphreys, *Dreams of Sleep*, New York: Penguin, 1984.

Judith Butler, *Gender Trouble: Feminism and the Subversion of Identity*, New York: Routledge, 1990.

Kay Bonetti ed. ,"An Interview with Richard Ford", *Missouri Review* 10. 2, 1987.

Ken Ringle, *Lee Smith at Home with Her Muse*, Washington Post, 4 December 1988.

L. Gwynn Frederic and Joseph L. Blotner eds. ,*Faulkner in the University*, New York: Vintage Books, 1965.

Lance Olsen, *Circus of the Mind in Motion: Postmodernism and the Comic Vision*, Detroit, 1990.

Larry Brown, *A Late Start*, Chapel Hill: Algonquin Books, 1991.

——. *Billy Ray's Farm: Essays from a Place Called Tula*, Chapel Hill: Algonquin, 2001.

——. *Dirty Work*, Chapel Hill: Algonquin Books, 1989.

——. *Facing the Music*, Algonquin Books of Chapel Hill, 1988.

Lee Smith, *Conversation with Lee Smith*, Jackson: University of Mississippi, 2001.

——. *Saving Grace*, New York: G. P. Putnam's Sons, 1995.

Lewis A. Lawson, *Another Generation: Southern Fiction Since World War II*, Jackson: University Press of Mississippi, 1985.

Lewis A. Richards, "Sex Under *The Wild Palms* and a Moral Question", *Arizona Quarterly* 28, No. 4, Winter 1972.

Lewis P. Simpson ed. ,*The Possibilities of Order*, Baton Rouge: Louisiana State University Press, 1976.

——. "The Southern Recovery of Memory and History", *Sewanee Review* 82. 1 (1974) .

——. *The Dispossessed Garden: Pastoral and History in Southern Literature*, Athens: University of Georgia Press, 1975.

Lila Havens, "Residents and Transients: An Interview with Bobbie Ann Mason", *Crazyhorse* 29, Fall 1985.

Lillian Feder, "Allen Tate's Use of Classical Literature", *Centennial Review of Arts and Science*, 1960, 4 (1).

Linda Hutcheon, *A Poetics of Postmodernism*, New York and London: Routledge, 1996.

Linda Tate ed., *Conversations with Lee Smith*, Jackson: University Press of Mississippi, 2001.

——. *A Southern Wave of Women Fiction of the Contemporary South*, Athens: The University of Georgia Press, 1994.

Lindsay Patterson eds., *An Introduction to Black Literature in America: From 1746 to the Present*, New York: The Association for the Study of Negro Life and History, 1969.

Lisa Allardice, "Anne Tyler: a life's work", *The Guardian*, April, 2012.

Louis D. Rubin Jr. eds., *The History of Southern Literature*, Baton Rough: Louisiana State University, 1985.

Louis D. Rubin, Jr. and Robert D. Jacobs eds., *Southern Renascence – The Literature of Modern South*, Baltimore: The John Hopkins Press, 1953.

Louis Rubin Jr., *A Gallery of Southerner*, Baton Rouge and London: Louisiana State University Press, 1982.

——. *Essays in American Literature*, Baton Rouge: Louisiana State University Press, 1969.

——. *The Literary South*, New York: John Wiley & Sons, 1979, p. 621.

——. *Writers of the Modem South*, The Faraway Country, University of Washington Press, 1963.

——. "Everything Brought Out in the Open: Eudora Welty's Losing Battles", *Hollins Critic* 7.3 (1970).

Margaret Atwood, *Second Words: Selected Critical Prose*, Toronto: House of Anansi Press, 1984.

Mark S. Graybill, "'I am, personally, the Fall of the West': Postmodernism and the Critical Reception (and Legacy) of Barry Hannah's Fiction", *Literature Compass*, 8.10, 2011.

Mark Twain, *Life on the Mississippi*, New York, 1923.

Martyn Bone, Brian Ward and William A. Link, Creating and Consuming the American South, Gainesville: University Press of Florida, 2015.

Martyn Bone, *The Postsouthern Sense of Place in Contemporary Fiction*, Baton Rouge: Louisiana State University Press, 2014.

——. "The 'Southern' Conundrum, Continued: Barry Hannah and Richard Ford", *Mississippi Quarterly*, Vol. 53, No. 3, 2000.

Matthew Guinn, *After Southern Modernism – Fiction of the Contemporary South*, Jackson: University Press of Mississippi, 2000.

Matthew R. Hall, "The Reliable Grocer: Consumerism in a New South Town, 1875 – 1900", *The North Carolina Historical Review*, Vol. 90, No. 3, July 2013.

Melvin J. Friedman and Ben Siegeled., *Traditions, Voices, and Dreams: The American Novel since the 1960s*, Newark: University of Delaware Press, 1995.

Michel Foucault, *Language, Counter Memory, Practice*, Cornell University Press, 1980.

Michel Gresset and Noel Polk eds., *Intertextuality in Faulkner*, Jackson: University Press of Mississippi, 1985.

Monroe L. Billington, *The American South: A Brief History*, NY: Charles

Scribner's Sons, 1971.

Nancy Parrish, *Lee Smith, Anne Dillard, and the Hollins Group*, Baton Rouge: Louisiana State University Press, 1998.

Nancy Pearl, *Book Lust: Recommended Reading for Every Mood, Moment, and Reason*, Seattle, Wash.: Sasquatch Books, 2003.

National Fatherhood: *The Proof Is In: Father Absence Harms Children*, (https://www.fatherhood.org/father-absence-statistic)

Noel Polk, *Faulkner's Requiem for a Nun: A Critical Study*, Bloomington: Indiana University Press, 1981.

Peggy Whitman Prenshawed. ,*Conversations with Eudora Welty*, Jackson: Mississippi University Press, 1984.

Percy Walker, *The Moviegoer*, New York: Avon Books, 1980.

Peter Marin, "The New Narcissism", *Harper's Magazine*, October 1975.

Peter Taylor, *A Summons to Memphis*, New York: Ballantine Books, 1986.

Philip Castille and William Osborne eds. , *Southern Literature in Transition*, Memphis: Memphis State University Press, 1983.

Pierre Macherey, *A Theory of Literary Production*, London: Routledge & Kegan Paul, 1978.

Ralph C. Wood, *Flannery O'Connor and the Christ-haunted South*, Michigan: William B. Eerdmans Publishing Company, 2004.

Raymond A. Schroth, "America's Moral Landscape in the Fiction of Richard Ford", *The Christian Century* 106, March 1, 1989.

Ricard Gray, *The Literature of Memory*, Baltimore: The Johns Hopkins University Press, 1977.

Richard Abcarian ed. ,*Richard Wright's Native Son: A Critical Handbook*, Belmont, Calif. : Wadsworth, 1970.

Richard Ford, *Independence Day*, New York: Random House/Vintage, 1995.

——. *The Bascombe Novels*: *The Sportswriter*, *Independence Day*, *Lay of the Land*, New York: Everyman's Library, 2009.

——. *The Sportswriter*, New York: Random House, 1986.

——. "Walker Percy: Not Just Whistling Dixie", *National Review* 29, May 13, 1977.

Richard Gary, *The Life of William Faulkner*: *A Critical Biography*, Oxford, England: Blackwell, 1994.

——. *Southern Aberrations*: *Writers of the American South and the Problems of Regionalism*, Baton Rouge: Louisiana State University Press, 2000.

——. *Writing the South*: *ideas of an American Region*, Cambridge: Cambridge University Press, 1986.

Richard King, *A Southern Renaissance*, New York. Oxford: Oxford University Press, 1980.

Rick Bragg, *All Over but the Shoutin'* , New York: Panthen Books, 1993.

——. *Ava's Man*, New York: Vintage Books, 2002.

——. *The Prince of Frogtown*, New York: Alfred A. Knopf, 2008.

Robert Ellsberged. ,*Spiritual Writing*, NY: Orbis Books, 2003.

Robert H. Brinkmeyer Jr. , "Beyond the Veranda: Trends in Contemporary Southern Literature", Paper presented at Oklahoma Foundation for the Humanities Symposium "Southern Fried Culture: A New Recipe, A New South, A New Conversation", Tulsa, Okla. ,March 1, 1996.

Robert Penn Warren, *All the King's Men*, New York, 1946.

——. *New and Selected Essays*, New York: Random House, 1958.

Robert Rea, "The Art of Grit: An Interview with Tom Franklin and Chris Offutt", *Southern Quarterly*, Vol. 50, No. 3, Spring 2013.

Robert Towes, "America's Moral Landscape in the Ficion of Richard Ford", *The Christian Century* 106, March 1, 1989.

Rosemary M. Magee ed., *Friendship and Sympathy Communities of Southern Women Writers*, Jackson and London: University Press of Mississippi, 1992.

Ruth D. Weston, *Barry Hannah: Postmodern Romantic*, Baton Rouge: Louisiana State University Press, 1998.

——. "Debunking the Unitary Self and Story in the War Stories of Barry Hannah", *The Southern Literary Journal*, 1995 (2).

Sally R. Page, *Faulkner's Women: Characterization and Meaning*, Deland, Fla: Everett/ Edwards, 1972.

Sarah Robertson, "The Memorialization of Southern Poor White Men's Labor in Rick Bragg's Memoir Trilogy", *Journal of American Studies*, 47 (2013).

Sue Ann Johnson, "The Daughter as Escape Artist", *Atlantis* Vol. 9, No. 2, Spring 1984.

Susan Ketchin, *The Christ - Haunted Landscape: Faith and Doubt in Southern Fiction*, Jackson: University Press of Mississippi, 1994.

Suzanne Disheroon Green and Lisa Abney eds., *Songs of the New South*, Westport, Connecticut: Greenwood Press, 2001.

T. M. Raysor ed., *Coleridge's Miscellaneous Criticism*, London: Constable & Co. Ltd., 1936.

Tammy Lytal, "Some of Us Do It Anyway: An Interview with Harry Crews", *The Georgia Review* Vol. 48, No. 3 (Fall 1994).

Terry Eagleton eds., *Marxist Literary Theory: A Reader*, Oxford:

Blackwell, 1996.

Terry Eagleton, *An Introduction to Literary Theory*, London: Verso, 1998.

Thomas A. Underwood, *Allen Tate Orphan of the South*, Princeton: Princeton University Press, 2000.

Thomas Harrisoned. ,"Interview with Harry Crews", *St. Petersburg Times* May 21, 1989.

Tony Hilfer, *American Fiction since 1940*, London and New York: Longman, 1992.

Twelve Southerners, *I'll Take My Stand: The South and the Agrarian Tradition*, New York: Harper & Brothers, 1930.

Umberto Eco, *Postscript to The Name of the Rose*, Trans. William Weaver, San Diego, New York and London: Harcourt Brace Jovanovich, 1983, 1984.

Virginia J. Rock, "The Making and Meaning", *I'll Take My Stand*: A Study in Utopian – Conservatism, 1925 – 1939. Ph. D. Dissertation, University of Minnesota, 1961.

Virginia Spencer Carr, *The Lonely Hunter*, Garden City and New York: Anchors, 1975.

W. Hampton Sides, "Interview, Richard Ford: Debunking the Mystic of the Southern Writer", *Memphis* 10, February 1986.

W. Scott Poole, "'White Knuckle Ride': Stock Cars and Class Identity In the Postmodern South", *Studies in Popular Culture*, Vol. 25, No. 1 (October 2000).

Walker Percy, *The Moviegoer*, NY: Avon Books, 1980.

Walter Sullivan, *A Requiem for the Renascence*, Athens: the University of Georgia Press, 1976.

Wendy Smith, "PW Interviews: Bobbie Ann Mason", *Publisher's Weekly*,

August 30, 1985.

Wilfred D. Samuels, *Encyclopedia of African – American Literature*, New York: Facts on File, Inc. ,2007.

William Alexander Percy, *Lanterns on the Levee: Recollections of a Planter's Son*, Baton Rouge: Louisiana State University Press, 1973.

William Faulkner, *Absalom,Absalom*! New York: The Modern Library,1951.

——. *Go Down, Moses*, New York: Random House, 1942.

——. *Intruder in the Dust*, London: Vintage Books, 1996.

——. *Light in August*, Beijing: Central Compilation & Translation Press, 2013.

——. *Requiem for a Nun*, New York: Random House, 1951.

——. *Snopes (The Hamlet, The Town, The Manson)*, New York: Modern Library, 2012.

——. *The Reivers: A Reminiscence*, New York: Vintage International, 1992.

——. *The Sound and the Fury*, New York: Cape and Smith, 1929.

——. *The Town*, New York: Vintage Books, 1961.

——. *The Unvanquished*, New York: Random House, 1965.

William J. Cash, *The Mind of the South*, New York: Vintage Books, 1941.

William L. Andrews ed. , *The Literature of the American South: A Norton Anthology*, New York · London: Norton & Company, 1998.

Zackary Vernon, "Romanticizing the Rough South: Contemporary Cultural Nakedness and the Rise of Grit Lit", *21st – Century Fiction*, Fall 2016.

——. "The Enfreakment of Southern Memoir in Harry Crews's A Childhood", *Mississippi Quarterly*, Spring 2014.

后 记

从20世纪90年代末作为富尔布莱特研究学者去美国佛罗里达大学做南方文学研究,开始关注南方文学在后南方的嬗变,至今已逾20年,一直致力于这一领域的观察、探讨。本书可谓这20余年研究的总揽、大成。当时对这一现象产生浓厚兴趣不仅在于南方文学在美国乃至世界文坛独树一帜,享有盛名,还主要在于其在20世纪的运行轨迹具有相当大的历史跨度,典型地演绎了南方从20世纪初尚带有鲜明农耕文化遗痕的社会形态向20世纪下半叶后工业文明生存方式的急剧升级换代,从根深蒂固的传统保守的思想意识向高度开放、多元的人生理念的更新演变,种植园、棉花地、甘蔗田、小村镇、冰镇薄荷酒被凯马特超市、假日酒店、游乐场、州际公路、可口可乐取而代之,以文学的形式清晰勾画出了南方社会在这一世纪的变革路向。而且,它又不是孤立的,其意义不仅局限于南方,而是具有很强的代表性,在美国一个地区映射了美国乃至世界其他地方20世纪晚期文学典型的时代发展特征,其所表现的对历史的重审、质疑、颠覆,宗教的世俗化、娱乐化,地方情结的衰落散失,阶级格局的更替,种族的多元共生,女性自主意识觉醒增强及两性角色重塑,家庭关系的疏离及结构濒临的解体,消费时尚的引领,均是当今美国乃至西方文学的主要命题。这为纵览美国乃至西方文学这一时期的

后 记

大势提供了一个窗口和观测点，也为研究时代变迁强力作用于文学再现提供了一个模型和样本。文学固然是审美文本，激发读者的情感体验，但也是作者对世界的描摹、想象与感悟，具有其认识功能。即使貌似纯文学的作品，其时代、政治的映现也时常如影随形，挥之不去。王维貌似超凡脱俗的优美诗行"明月松间照，清泉石上流"令人心旷神怡，留恋陶醉，但与此同时，也许蕴含、折射了诗人对时局、政风的幻灭与惆怅。美国诗人菲利普·弗雷诺（Philip Freneau）在南方的南卡罗来纳州查尔斯顿看到野外一簇忍冬花后写下的诗篇仅是悲天悯物、慨叹生命的短暂还是借景抒情，间接表达诗人对美国独立战争之后政治形势的失望之情以及对个人命运的一声叹息？故此，通过文学这一艺术媒介，观一民族、一国家、一地区的世事兴衰沉浮，察其价值观念的更新转换，洞悉其种族、阶级、性别格局交替，发现其中心、边缘位置挪移，把握其社会运行脉动，辨识时代变迁对其文学再现的恒久统摄与不断重塑，加深对人生、世界的解读、认知、阐释、评说，是外国文学研究的一个重要意义所在。其实，对于文学的认识功能，几千年前的孔子早在《论语·阳货篇》就已觉察到，指出，诗可以"观"，通过诗歌可以看风俗之盛衰，考证政治之得失。基于这一理念，本书重在以"南方文艺复兴"及之前的南方文学为参照，在多个方面从后南方的小说展现的南方的时代变迁、新旧交替的维度进行研究阐释，揭示嬗变范围之广泛，嬗变程度之深刻。

感谢同济大学吕培明副校长、江波副校长以及同济大学组织部离任领导人学术支持计划的大力关心支持，使本书的撰写、出版成为可能。博士生于诚、林长洋、陈梦，硕士生杨丽婷、李雁楠、脱颖参与了本书部分章节的撰写，博士生张坤、韩晓丽，硕士生邓慧敏以其他方式为本书的完成做出了贡献。

李 杨

2018 年 7 月